UNE SI LONGUE ABSENCE

"Lettres anglo-américaines"

DU MÊME AUTEUR

LA MAISON DES SABLES ET DES BRUMES, Robert Laffont, 2004.

Titre original :
Gone So Long
Éditeur original :
W. W. Norton & Company, Inc.

ISBN 978-2-330-17661-7

ANDRE DUBUS III

Une si longue absence

roman traduit de l'anglais (États-Unis)
par France Camus-Pichon

ACTES SUD

Dis-moi.
Qui étais-je du temps où je t'appelais ?

Tiré de *Prayer*, de Marie Howe.

L'agent de probation de mon père avait son bureau au-dessus de l'échoppe d'un cordonnier de Lawrence, dans le Massachusetts. La rue en double sens et à la circulation clairsemée, avec quelques voitures en stationnement devant les parcmètres datant des années 1950, était bordée de petits immeubles construits dans la même brique rouge que les usines le long du fleuve. Un linteau de granit au-dessus de chaque fenêtre, des toits-terrasses, des commerces en enfilade au rez-de-chaussée : une maroquinerie, une boulangerie, une boutique de fournitures de bureau et un magasin de surplus militaires jouxtant une bijouterie dont la vitrine poussiéreuse ne contenait pas grand-chose.

Un flic jeta un coup d'œil à mes jambes nues, grimpa dans sa voiture, se mit au volant et remonta la rue. Je restai longtemps sur le trottoir, au soleil. À moins que je ne sois allée faire un tour. J'avais pu vouloir m'éloigner de tous ces magasins au rideau baissé, aux vitrines brisées et réparées avec du scotch, ou à moitié obturées par des planches vissées dans la brique. C'était une rue comme il en existait avant les centres commerciaux ; elle me rappelait tellement Arcadia, le bourg de Floride où j'avais grandi et où le temps semblait s'être arrêté, que j'eus l'impression de me retrouver dans un rêve récurrent, dévêtue et bientôt surprise en train de faire quelque chose que je n'aurais pas dû.

Trois gosses bruns de peau me dépassèrent, short de basket trop grand et chaussures délacées. L'un d'eux portait une barrette rouge dans les cheveux, ils avaient onze ou douze ans au plus, mais à ma hauteur un autre lança quelque chose en espagnol qui les fit tous rire. Une porte s'ouvrit et un homme cravaté sortit, les yeux braqués sur moi. Des odeurs de café, d'oignons frits et de fumée de cigarette me parvinrent, et je franchis la porte par laquelle il venait de sortir. Une mélodie italienne en bruit de fond. Une rangée de banquettes, deux d'entre elles occupées, des chevelures et des visages entrevus, et plusieurs tabourets le long du bar, mais je me dirigeai vers une petite table près de la fenêtre. Dessus, une assiette sale et une tasse de café à moitié vide. Je m'assis quand même.

À cette table je pouvais surveiller la rue, et voir l'entrée et l'escalier conduisant au bureau de l'agent de probation Xenakis. Elle était en brique rouge, les marches en granit, la première au soleil mais les autres dans la pénombre...

Cela réveilla un souvenir inopiné chez la jeune femme : à quinze ans, quand elle fumait ses premières cigarettes, elle devait le faire à l'insu de sa grand-mère Loïs qui, bien que fumeuse elle-même, le lui interdisait, la contraignant à sortir en cachette. Deux ou trois fois Susan s'était adossée au mur de la maison pour en griller une, mais de peur que Loïs ne voie la fumée s'élever par une fenêtre, elle avait pris l'habitude de s'enfoncer sous les arbres au bord de la rivière.

Un après-midi, il faisait si chaud qu'elle sentait la puanteur des branchages en décomposition sur la berge. Elle sentait le sable humide, l'argile, les minuscules écrevisses. Elle sentait les excréments des alligators, la mousse espagnole et sa propre sueur. Mais elle n'avait pas senti les écailles mordorées du serpent mocassin lové à une trentaine de centimètres de ses pieds et jambes nus. Quand elle le découvrit en baissant la tête, elle venait de tirer une longue bouffée et faillit tousser, mais ne bougea pas. La tête triangulaire du serpent reposait sur ses anneaux, les yeux dardés sur les chevilles de Susan. Comment avait-elle pu être si bête ? Comment avait-elle pu se mettre à ce point en danger ? Toujours sans bouger, elle souffla lentement sa fumée par les narines, mais fit sans doute un peu de bruit car le serpent leva la tête et ouvrit sa bouche blanche, Susan détalant aussitôt entre les arbres ; c'était cet épisode qui lui revenait tandis qu'elle surveillait l'entrée sombre du bureau de l'agent de probation de son père.

Qu'elle ait pu faire quelque chose de dangereux ne l'avait pas effleurée. Elle s'y attendait aussi peu qu'au sourire chaleureux de la serveuse qui venait de surgir devant elle pour débarrasser la table de l'assiette et des couverts sales, et de la tasse à moitié vide.

"Un menu, mon chou ?" C'était une fausse blonde aux sourcils bruns, avec de gros seins. Noué autour de sa taille, un tablier taché comme si elle faisait également la cuisine.

Susan dit non merci et commanda un thé glacé.

“Ça marche.” L’assiette, les couverts et la tasse dans une main, de l’autre la serveuse nettoya la table sans quitter Susan des yeux, sans cesser de sourire. “Tu es magnifique, mon ange. Tu devrais faire du cinéma.”

Susan avait déjà entendu ça, mais seulement dans la bouche de garçons qui voulaient d’elle ce que certains finissaient par obtenir, jamais dans celle d’une femme qui aurait pu être sa mère. Peut-être remercia-t-elle du compliment, peut-être pas. En tout cas elle resta assise à s’apitoyer sur son sort.

Non, elle resta pour savourer cette présence chaleureuse, opulente, qui incarnait ce dont elle avait été privée. Sa grand-mère, avare de compliments, n’évoquait l’apparence de Susan que pour la mettre en garde contre le risque de faire vulgaire. De passer trop de temps à se coiffer et à se maquiller, alors que cela lui prenait rarement plus de quelques minutes. De porter des tee-shirts moulants et de sortir sans soutien-gorge à son âge.

Jamais un compliment sincère de la part d’une femme qui, vingt ans auparavant, avait le même âge qu’elle aujourd’hui.

Soudain, à l’autre extrémité de Canal Street, un homme sortit de la pénombre de l’entrée et apparut en plein soleil. Grand et mince, avec un débardeur, un pantalon de sport, et des sandales aux pieds. D’où Susan était assise, on aurait dit un métis. Elle le regarda tourner les talons et remonter la rue.

La serveuse lui apporta son thé glacé, le posa devant elle avec une rondelle de citron et des sachets de sucre en poudre.

“Appelle-moi si tu veux autre chose, mon ange.” Elle continuait à lui sourire, à la dévisager comme si Susan illuminait sa journée ; Susan lui sourit en retour, la remercia, et ce fut sans doute à cet instant que la colère monta en elle. Parce qu’elle était si sensible aux attentions de cette serveuse, si surprise de découvrir combien elle en avait besoin.

D’ailleurs pourquoi était-elle là ?

Ce n’était pas du tout son père qui lui avait manqué.

Plus d’une heure durant elle resta assise à cette table. Les derniers clients venus déjeuner étaient partis – trois vieilles dames parlant grec ou italien quittaient le restaurant –, et Susan vit encore deux hommes émerger de l’entrée du bureau de Nicholas Xenakis. Le premier, un obèse qui portait des chaînes d’or en sautoir, marcha péniblement jusqu’au coin de la rue en se dandinant. Impossible que ce soit lui, n’est-ce pas ? Non, elle ne ressentait rien à sa vue. Rien. Le second, en chemise blanche, cravate et pantalon, devait être l'agent de probation de son père. Il était descendu fumer sur le trottoir. Il avait des cheveux noirs coupés ras comme ceux d'un flic, et levait entre deux bouffées le visage vers le soleil en fermant les yeux. Cela donna envie à Susan d'une cigarette, et après avoir commandé un deuxième thé glacé, elle sortit à son tour fumer sur le trottoir.

La circulation s'intensifiait. La chaleur du soleil sur son visage et ses bras lui fit du bien. L'homme remonta l'escalier et Susan regagna sa table. Deux inconnus en costume d'été passèrent peu après. Ils ressemblaient à des banquiers, à moins que ce détail ne lui vienne alors que son moi plus âgé écrit ces lignes. Qu'importe. Mais en chaque homme elle commençait à voir un prédateur.

Quelques minutes plus tard, un gros costaud en tee-shirt bleu longea le trottoir d'en face. Elle détesta son catogan, ses arcades sourcilières de boxeur. Même lorsqu'il dépassa sans s'arrêter l'entrée du bureau de Nicholas Xenakis.

Le lendemain matin elle s'installa à la même table, et la même serveuse aimable lui apporta un œuf poché et un café noir. Deux types sur une banquette ne quittaient pas Susan des yeux. Ils étaient en bleu de travail, avec le nom de leur société brodé sur la poche de poitrine. Le plus corpulent avait une moustache broussailleuse et donnait des coups de coude à son voisin qui s'esclaffait, prenant à témoin les deux collègues assis en face de lui, que Susan ne voyait pas. L'effet qu'elle produisait n'était pas une nouveauté. Depuis Gustavo, elle avait fini par s'y attendre et tenir cela pour acquis, comme l'argent d'un compte bancaire où elle pouvait puiser aussi souvent que nécessaire. Mais ce matin-là, partagée entre l'espoir de voir son père et de ne pas le voir, elle se sentait surtout endettée jusqu'au cou, chaque homme qu'elle croisait semblant venir réclamer son dû.

Il faisait chaud, le ciel était couvert. Elle aurait bien saisi sa tasse de café pour en jeter le contenu à la figure de ce gros porc moustachu. Elle était là depuis près d'une heure et sa serveuse paraissait plus affairée que la veille, même si elle gardait son air chaleureux et continuait à l'appeler “mon ange”. Susan avait beau savoir qu'elle appelait beaucoup de clientes ainsi, cela lui faisait un bien fou. Elle allait partir quand, à l'autre bout de la rue, quelqu'un quitta l'entrée de l'immeuble de Xenakis et s'avança sur le trottoir.

Un frisson malsain la traversa telle une décharge électrique. L'homme avait le nez busqué, des favoris, les cheveux coiffés en arrière. Même de l'endroit où elle était assise il semblait immense et ses mains aussi, et ses pieds, et ses épaules tombantes dans son tee-shirt blanc. Il s'attarda quelques instants. On aurait dit qu'il ne savait trop quelle direction prendre et attendait qu'on la lui indique. Du regard il inspecta Canal Street sur toute sa longueur, et Susan remarqua ses yeux rapprochés, ses avant-bras musclés. Puis il descendit sur la chaussée et se mit en route, les bras immobiles ou bougeant à peine ; elle sentit une odeur de praires frites et d'océan, et alors elle sut.

Elle eut envie de vomir. D'un bond elle se leva, longea à toute vitesse la banquette des ouvriers, le bar et sa rangée de tabourets occupés par des clients qu'elle n'avait jamais vus entrer. Elle se retrouva dans les toilettes, porte fermée à clé, assise sur le siège, son short et sa culotte à ses pieds, pantelante. Son front et son cou se couvrirent d'une sueur huileuse ; un parfum fleuri de désodorisant se mêlait à des relents de graisse rance. Elle fixait le sol. Du lino blanc, jaspé de gris pour imiter le marbre ; sur le mur une affiche, une vue aérienne de la côte amalfitaine en Italie. Des villas construites à flanc de falaise, le long de routes sinueuses qui surplombaient une plage de la mer Tyrrhénienne, dont Susan ignorait sûrement le nom à l'époque. Elle l'apprendrait des années plus tard, lorsqu'elle s'envolerait pour passer une semaine à Naples avec Saul Fedelstein et séjournerait dans un hôtel sur ces mêmes falaises surplombant cette même plage.

À moins que ce n'ait été ni cette plage ni cette partie de la côte amalfitaine, mais il reste que les intestins de Susan se vidèrent aussitôt, et que si l'homme au nez busqué et aux bras musclés était entré dans ce restaurant de Canal Street, s'il se trouvait quelque part de l'autre côté de la porte des toilettes, la salle aurait aussi bien pu grouiller de serpents mocassins, car il reste aussi le souvenir de cet élancement au côté droit, cette sensation qu'elle se vidait de ses tripes, et ce lino à ses pieds où elle revoyait le corps recroquevillé de la jeune femme qu'elle savait être sa mère, et l'élancement au côté droit était devenu brûlure avant de disparaître aussi vite qu'il avait surgi, la laissant assise sur la lunette dans sa propre puanteur, consciente de l'utile et douce béance de ses entrailles, et mon Dieu comment avait-il pu faire ça ?

Ces mains immenses, ces avant-bras musclés. Toute cette force, et il s'acharnait encore pour arriver à ses fins.

Qu'était donc Susan pour lui ? Qu'était-elle pour quiconque ?

I

1

Une fois encore son prénom court dans les veines de Daniel comme des débris flottants. Il lui racle les os, s'enfonce dans ses viscères de vieil homme et rythme ses pensées, une pulsation régulière, insistante. Depuis des jours il s'est logé dans la douleur lancinante au creux de ses hanches et de ses reins, et Daniel ne connaît qu'un moyen pour s'en libérer, mais il doit d'abord finir le cannage de ces chaises qu'il rempaille au soleil. Ses yeux le piquent. Ses lunettes ont glissé au bout de son nez. Il les retire et les laisse pendre à son cou. Il essuie son front moite, se lève pour étirer son dos, mais la douleur persiste, au plus profond de lui désormais, il le sent. Le mal n'ira pas plus loin. Daniel se rassoit sur son tabouret, remet ses lunettes et retourne à sa tâche.

Aujourd'hui il remarque ses mains. Ce sont celles de son père : doigts courts, ongles cassés et jaunis, même si son père avait les cuticules teintées par des traces de peinture impossibles à enlever. Il prend la lime à ongles dont il se sert pour entrelacer les cannes de jonc. Un vent d'est tiède lui apporte les bruits de la plage, à moins qu'il n'entende que ses souvenirs : le grincement des engrenages de la grande roue, le claquement de ballons remplis d'eau, le cri des mouettes. Et aussi la ritournelle grêle de l'orgue de Barbarie, le fracas des voitures des montagnes russes, le hurlement des femmes et des enfants propulsés au-dessus du chuintement des vagues. Mais toujours lui reviennent, de plus en plus fort, les airs de rock assourdissants sur la sono de l'Himalaya : *Sugar, Sugar*, *Proud Mary*, et Tommy Roe chantant qu'il a tellement le vertige que la tête lui tourne. Hier, après des mois d'hésitation, Daniel a fini par aller faire un tour sur le Midway dans son pickup, et le parc d'attractions n'est plus que l'ombre de lui-même. Les rails en bois des montagnes russes sont démontés depuis des années, la nouvelle grande roue semble minuscule et l'Himalaya a disparu, remplacé par une boîte de strip-tease avec d'imposantes colonnes blanches à l'entrée. Cinquante mètres plus loin, dans la vitrine d'une boutique de souvenirs, parmi les draps de bain et les cerceaux de hula-hoop trône un mannequin homme en short de plage sous une pancarte manuscrite vieille de deux mois : *Soldes pour la fête des Pères / Tout à moitié prix.* Daniel n'a pas revu sa fille depuis quarante ans, et il y a tant à lui dire, mais pourquoi l'écouterait-elle ?

Il y a la peau brune de la mère de Susan, sa longue chevelure ruisselante qui sentait l'océan et l'huile pour bébé, et lui donnait envie de l'embrasser partout. Il y a son visage menu, son dos bien droit, ses seins aux mamelons sombres. Après toutes ces années il les voit encore, entourés de petites taches de rousseur, ainsi que la blancheur de ses seins, le reste de son corps étant toujours bronzé puisqu'elle et lui, des gosses du parc d'attractions, vivaient sur la plage : lui, Danny Ahearn, fils de Liam l'artiste peintre, même si peu de gens considéraient son père comme un artiste. On l'appelait Ahearn ou le Vieux Liam, ou encore Magic Mick car il pouvait remettre à neuf n'importe quelle vieillerie déglinguée par les vents marins : la tête de clown géante qui dominait l'entrée du parc, les enseignes des stands et attractions de part et d'autre du Midway : le Five O'Clock Club, le glacier Willey's, le Pavillon des Jeux d'eau, ou le Fun O'Rama de Shaheen.

Le père de Linda était propriétaire de la galerie de jeux Penny Arcade. Linda et sa famille habitaient sur place, même si rien ne l'indiquait. Au-delà du bowling, des machines à sous, des flippers et des tables de billard, derrière un mur noir se trouvait l'appartement où Linda vivait avec sa mère, son petit frère Paul et Gerry Dubie, son père qui détestait Danny car il sentait qu'il voulait sa fille. Ils voulaient tous Linda, là était le problème.

Non, il radote. C'était lui le problème, depuis toujours. Il n'avait pas simplement envie d'elle ; son désir pour elle était si fort que son corps lui faisait l'effet d'un costume trop juste, comme si le sang dans ses veines menaçait de déborder tant qu'il ne serait pas avec elle. Et quand elle avait enfin été à lui, le démon de la possessivité, ce ver brûlant, s'était insinué dans son cœur. Il n'avait jamais fait partie des beaux gosses comme Jimmy Squeeze – Monsieur Muscles –, qui devait son surnom à ses pectoraux entre lesquels il pouvait coincer un crayon, ou comme Tony Scarf – Tony l'Écharpe –, avec ses cheveux longs et sur l'épaule une liasse de cinq cents billets d'entrée au bowling, ou encore Manny Pina, dont le torse et le visage imberbes auraient pu illustrer une boîte de céréales. Et il y en avait tant d'autres : les caïds de la plage, rebuts de toutes les villes enfumées par les usines de la Merrimack Valley, ou parfois quelques fils de riches venus de Boston ou de New York, qui louaient des villas climatisées dans les dunes au-delà des bars du front de mer. Mais Danny avait quelque chose de plus, dont il aurait ignoré l'existence si Will Price n'avait rien dit ce fameux après-midi de mai 1969, juste avant le début de la saison.

Les cannes de jonc aiment la chaleur humide, comme celle de ce matin. Il en est à la sixième chaise de salle à manger d'un lot de huit datant du siècle dernier, qu'il a toutes dû remettre en état avant de pouvoir passer au cannage. Les sept autres sont à portée de main comme le reste, car il vit à l'étroit.

Son mobile home jouxte un bosquet de pins si envahissant que les branches recouvrent le toit, et par cette chaleur Daniel sent l'odeur de la terre meuble et celle de l'océan quand il travaille dans sa cour. Ce lopin de quatre cents mètres carrés, il ne l'a pas gagné à la sueur de son front, mais c'est quand même le sien. Trois ans plus tôt, il a engagé quelqu'un pour l'entourer d'une palissade qui dissimule son mobile home, un portail étroit lui permettant de rentrer son Toyota Tacoma. Il a demandé à un menuisier de lui construire contre la palissade côté ouest un petit atelier sur une dalle de béton, et s'est félicité que son terrain semble avoir rapetissé. Il a beau être en liberté conditionnelle depuis vingt-cinq ans, il n'est jamais totalement sorti de prison. Ses jours et ses nuits obéissent à la même discipline qu'autrefois : réveil à six heures, atelier dès sept heures, déjeuner à onze heures, et l'après-midi – sauf en cas de retard avec un lot de chaises – il traverse le fleuve, direction le Club des anciens de Port City pour conduire une personne âgée chez le médecin, l'accompagner au centre commercial ou à la pharmacie. Si on n'a pas besoin de lui, c'est le moment où il se cultive. Parfois il s'allonge sur son lit dans le mobile home pour écouter un livre audio, souvent sur des sujets historiques. Il vient d'en finir un consacré à l'homme d'État américain John Adams. Ou bien il va à la bibliothèque, un bâtiment de plain-pied dans le jardin public de la ville, frais l'été, chaud l'hiver, et il apprécie les trois dames de l'accueil, même si elles ne sont là qu'à tour de rôle. On pourrait croire qu'il n'aime pas les femmes, mais non. Il n'a jamais cessé de les aimer, bien qu'il évite la plus âgée des bibliothécaires. Grande, les cheveux grisonnants comme lui, elle travaille toujours debout. Deux ou trois fois à son entrée, elle lui a jeté un coup d'œil par-dessus ses lunettes comme si elle croyait le reconnaître sans trop se souvenir pourquoi, tout en sachant que ce n'est rien de bon. Revenir ici était sans doute une erreur, mais quand sa mère est tombée malade il n'a pas eu le choix ; elle s'est éteinte voilà trois ans et il a été le premier surpris qu'elle ait laissé un peu d'argent, lui permettant de devenir pour la première fois – à l'âge avancé de soixante-trois ans – propriétaire d'un logement, d'un atelier, et de ce terrain où il sue sang et eau au soleil.

Il insère la canne de jonc dans un trou du cadre de la chaise et tire dessus pour la tendre. Il a soif, mais ça attendra. Il doit reprendre de l'aspirine, mais elle n'a aucun effet, et ça attendra aussi. En travaillant sur du mobilier ancien, il est si facile de remonter le temps. Il revoit son père, le calme qu'il affichait toujours et qui rendait Danny taciturne, sa mère parlant pour trois. Originaire du New Jersey, elle avait gardé l'accent de là-bas, ce qui la faisait paraître moins intelligente qu'elle n'était. Elle avait aussi une voix haut perchée qui semblait sortir de son nez busqué – dont il a hérité – et parlait sans cesse toute seule. Alors qu'elle faisait la vaisselle, le père de Danny encore à table lisant lentement le *Boston Herald* en sirotant son whiskey Bushmills, et Danny assis devant son assiette saucée avec un morceau de pain guettant le moment où il pourrait demander la permission de se lever, elle couvrait soudain de sa voix aiguë le bruit de l'eau qui coulait dans l'évier : "Oui, voilà ce que je lui ai répondu, à elle. Parfaitement. Ne venez pas me dire le contraire." Ou bien : "Je sais. Trois fois par jour, la malheureuse." Le père de Danny tournait une page de son journal, et pour Danny c'était le moment, le seul où son père tolérait une interruption, lui si concentré et solitaire dans tout ce qu'il faisait.

Trois fois Daniel s'est retrouvé au mitard, et il s'est étrangement surpris à devenir son père. Le temps lui appartenait. Le temps était du ciment mouillé qu'il devait traverser tant bien que mal. Le temps était l'air vicié et le bourdonnement des tubes au néon qui ne s'éteignaient jamais, et Daniel survivait à ces journées en lisant mot à mot la Bible, le seul livre qu'on lui ait donné, des mots si anciens qu'il n'arrivait pas à les prononcer intérieurement, et ensuite, alors qu'il ne savait plus si c'était le matin, l'après-midi ou le soir, même quand les œufs qui refroidissaient dans son assiette le lui indiquaient, c'était sa mère qu'il devenait et il parlait tout seul, bien qu'en réalité ce fût à sa fille, à sa petite Susan qu'il parlait. Assis sur son lit, il lui disait à voix haute des choses qu'il voulait qu'elle entende. Il sait qu'il lui parlait, mais de quoi ? Que pouvait-il bien dire ?

En 1973, l'année où il a été écroué, Susan avait trois ans et s'asseyait sur ses genoux, se blottissait contre sa poitrine pour écouter son cœur. "Il bat tellement fort, papa." Ses cheveux étaient aussi bruns et lisses que ceux de Linda. Elle avait aussi hérité du visage menu de sa mère, mais pas du nez busqué de son père et de sa grand-mère, ni des yeux trop rapprochés de Danny.

Tout avait commencé au printemps 1969 à cause de Will Price, de ce dont il avait fait prendre conscience à Danny qui, âgé de dix-neuf ans, décapait pour son père de vieilles enseignes que Liam repeignait ensuite. Juché devant celle du Five O'Clock Club sur une échelle, à la fois en plein vent du large et en plein soleil, il venait de poncer les chiffres du O en forme de cadran d'horloge et s'attaquait au C quand son père l'avait hélé depuis l'autre côté du bâtiment dont il peignait la porte de l'entrée de service. À cause du vent qui l'assourdissait, Danny avait crié : "Quoi ? Qu'est-ce que tu dis, Liam ?" Drôle d'idée, cette habitude d'appeler son père par son prénom. Encore une chose qu'il pourrait raconter à Susan. Mais qu'y avait-il à raconter ? Que c'était un manque de respect ? De la colère envers ce père qui l'élevait dans des parcs d'attractions d'un bout à l'autre de la côte Est ? Ou parce que Liam laissait la mère de Danny faire la vaisselle dans l'évier de la cuisine en parlant toute seule ?

"Qu'est-ce que tu dis, Liam ?!

— Bon sang tu as du coffre, mon garçon." C'était Will Price, qui l'observait en contrebas derrière ses lunettes d'aviateur. Propriétaire de l'Himalaya et du Frolics, il ne sortait jamais de chez lui sans sa chemise bien repassée, son pantalon à pli et ses chaussures italiennes d'un noir étincelant. Autour du col ouvert de sa chemise, la cravate bolo des cow-boys de l'Ouest. Du haut de son échelle, Danny voyait aussi son début de calvitie.

"Comment va, monsieur Price ?"

Le vent lui avait apporté la voix de son père. "J'ai presque fini, je te dis." Et comme Liam n'apprécierait pas que son fils en soit encore à poncer l'enseigne alors que lui-même était prêt à la peindre, Danny avait laissé le C en plan et pris son racloir pour décaper le *l* dont la peinture blanche s'écaillait.

"Tu es bien le fils Ahearn ?"

Danny avait acquiescé. Peut-être sentait-il du changement dans l'air, car cet intérêt était nouveau. Aucun adulte, homme ou femme, ne lui prêtait attention jusque-là. Aucun de ses professeurs, en tout cas, or il avait fréquenté plusieurs écoles, la première près du Palisades Amusement Park dans le New Jersey, la deuxième dans le Maine, à un ou deux kilomètres du Palace Playground d'Old Orchard Beach, et la troisième à York où ils vivaient dans le parc animalier Wild Kingdom et où ses vêtements – que sa mère frottait pourtant de toutes ses forces dans la baignoire – empestaient le fourrage et la merde d'éléphant ou de lion. Sans oublier les lycées, le dernier ici même, à Salisbury Beach sur la côte au nord de Boston, avec son parc d'attractions qui s'étirait le long d'un remblai sablonneux où Danny habitait alors avec son père et sa mère un bungalow sans isolation, pas plus grand que son mobile home. Chacun avait un nom, le leur s'appelait Sea Spray – Les Embruns.

Dans chaque nouvel établissement scolaire, il attirait un temps l'attention des autres élèves à cause de son nez busqué, de ses yeux trop rapprochés, de ses boutons d'acné apparus sur son visage et ses épaules dans le premier des trois lycées où il n'avait fait que passer, tel un vagabond à bord d'un train invisible. Or ceux qui s'esclaffaient devant ces imperfections qu'il connaissait trop bien commettaient une erreur, car en lui bouillonnait une rage malsaine qui ne demandait qu'à sortir et lui laissait les jointures à vif, plus d'un rieur se retrouvant avec le nez en charpie sanguinolente. Et Danny était à nouveau exclu. Il s'était souvent fait remarquer, mais jamais comme à présent, par quelqu'un d'important qui le dévisageait.

"Répète : « À fond ! » ordonna Will Price.

— À fond !

— Nom de Dieu, ta voix résonne comme une putain de grosse caisse."

Et du jour au lendemain Danny, surnommé la Voix, était devenu DJ dans la cabine vitrée de l'Himalaya, un job pour lequel tous les jeunes de la plage auraient donné leur vie. Et même s'il n'était pas aussi beau gosse que les vendeurs de billets, il présentait bien, dans le blazer rouge et le pantalon blanc que Will Price avait dessinés spécialement pour lui et les autres employés. Chaque soir, une file d'attente longue d'au moins trente mètres se formait devant l'Himalaya, des filles principalement, toutes plus belles les unes que les autres avec leurs longs cheveux et leurs chemisiers déboutonnés, leurs yeux brillants et leur peau douce, certaines allumant dans un rire une cigarette et soufflant la fumée par les narines comme des stars de cinéma. Assis dans sa cabine vitrée, près d'un ventilateur brassant des relents de friture, de pop-corn et d'huile de moteur, Danny les voyait toutes, et c'était là que Linda l'avait remarqué pour la première fois, même si elle le connaissait depuis deux ans déjà ou savait du moins qui il était, tout comme il savait qui elle était, bien qu'il n'ait pas encore été la proie du désir.

C'était un samedi soir, une heure au moins après le coucher du soleil. Une foule bruyante envahissait le remblai éclairé par les lumières des attractions. Danny était au micro et venait d'envoyer *Build Me Up Buttercup*, la chanson des Foundations, tandis que Jimmy rétrogradait pour enclencher la marche arrière et propulser en sens inverse, sur l'enchevêtrement de rails en contrebas, toutes ces voitures violettes remplies d'adolescents comme eux ou plus jeunes, la moitié des filles se croyant amoureuses, les garçons en jean s'efforçant de cacher qu'ils bandaient. Jimmy avait accéléré l'allure et Danny, micro contre les lèvres, avait lancé de sa voix la plus grave : "Accrochez-vous, on repart en arrière et à fond, à fond la caisse !" Mais derrière la vitre sale de sa cabine, il ne quittait pas des yeux les trois adolescentes en tête de la file d'attente. La première était une Portoricaine maigrichonne et bronzée avec une coiffure afro, la blonde à côté d'elle avait un collier de bonbons autour du cou et la peau rougie par les coups de soleil, et toutes deux gloussaient en se criant des choses à l'oreille pour couvrir la musique. Danny, lui, n'avait d'yeux que pour la troisième, juste derrière elles : la fille de Gerry Dubie. Pas pour sa longue chevelure ou son visage menu, ses yeux bruns ou la chaînette d'or à son cou. Pour sa façon de se tenir bien droite dans cette musique assourdissante, ces rires et ce brouhaha de fête foraine, comme si elle était seule au calme quelque part, seule au monde. Puis elle avait détourné le regard comme si un souvenir important lui revenait alors que les Foundations chantaient : *"Build me up, build me up, Buttercup"*, et elle avait levé les yeux vers Danny dans sa cabine comme s'il était Jésus sur la croix. Il tenait le micro près de ses lèvres, mais il en restait muet : c'était trop. On aurait dit qu'elle désirait quelque chose depuis si longtemps, sans même savoir ce que c'était avant de lever les yeux et de voir qu'il la dévisageait, lui, Danny Ahearn dit la Voix.

Un camion passe devant son terrain, invisible derrière la palissade, mais au discret cliquetis du moteur diesel, Daniel reconnaît l'un de ces énormes pickups conduits par les jeunes d'aujourd'hui. Il a la gorge et la bouche sèches. Il continue à se punir. Oui, il se punit. Mais ne pas boire la quantité d'eau qu'il devrait ne l'aidera en rien. Il pose sa lime sur le cannage et rentre chez lui.

Dans le mobile home étouffant, il se remplit un verre au robinet et boit d'un trait. L'eau a un goût de fer qui lui rappelle celui du sang, et il entend encore la recommandation de son brave médecin deux ans plus tôt : "Surveillance régulière." À la bibliothèque, il a cherché "prostate" et "cancer", et vu partout le même conseil, ce qui ne l'a pas empêché de laisser passer cinq rendez-vous.

Cette vie, il n'en redoute pas la fin. Il l'a fichue en l'air de ses mains voilà des années. Mais ces trente-quatre derniers mois, le nom de famille de sa fille est resté en lui comme un éclat de verre, et il en a trop longtemps voulu à Liam et à sa mère de ne pas avoir recueilli Susan. Ils habitaient le même quartier que Loïs et Gerry ; sa fille aurait pu occuper son ancienne chambre chez les Ahearn, alors pourquoi ne l'ont-ils pas prise avec eux ? Encore que sa mère ait dit que c'était ce qu'elle voulait, qu'elle avait supplié Liam de le faire. Elle l'a avoué à Daniel voilà une éternité, le lui a répété peu avant sa mort.

Alors qu'elle vivait ses derniers jours, que les infirmières se succédaient et que la morphine libérait ses rêves dans le sang de sa mère, assis des heures durant à son chevet il contemplait son visage endormi. Malgré ses quatre-vingts ans passés, pour la première fois il la trouvait belle. Elle avait les joues pâles, les traits tirés, mais son nez paraissait plus petit, ses lèvres plus charnues et, même clairsemés, ses cheveux d'un blanc pur étaient ceux d'une femme qui ne les avait jamais teints, pas une seule fois. Le mot "adorable" lui était venu aux lèvres. Il la trouvait adorable.

"Danny." Parfois elle se réveillait et se mettait à parler.

"Daniel.

— Qui est Daniel ?

— C'est moi, maman.

— On ne t'a jamais appelé Daniel.

— Je sais, maman, mais maintenant je préfère ça."

Elle tournait la tête et le dévisageait. Le masque à oxygène accroché à ses oreilles lui aplatissait les cheveux. "J'étais sur les Flying Horses, Danny, les chevaux de bois. Avec ton père. Moi sur un étalon et lui sur une jument. C'est drôle, non ?"

Les Broadway Flying Horses. La fierté de Liam, peut-être sa seule fierté : un manège avec quatre calèches, quarante-six chevaux, trois chiens et trois chèvres sculptés à la main. Ils avaient été réalisés en 1890 par un sculpteur danois, mais Liam Ahearn leur redonnait vie grâce à une peinture à l'huile japonaise de couleur différente pour chaque harnais, chaque crinière, chaque selle, chaque queue. Aucun cheval ne ressemblait à son voisin, chacun était une œuvre d'art. À une époque, le père de Daniel avait dû vouloir être un vrai peintre, de ceux qui exposent leurs tableaux dans des galeries huppées où les riches flânent en sirotant du vin et en signant de gros chèques. Sans doute voulait-il être célèbre, Daniel n'en sait rien, parce que son père ne parlait de rien. Jamais. C'était comme vivre avec un homme devenu vieux avant l'âge.

"Je peux avoir un peu de glace ?"

Daniel avait pris une cuillerée de glace pilée dans le gobelet sur la tablette. Il l'avait déposée sur la langue de sa mère et elle l'avait avalée avec une petite moue en contemplant le plafond, le parcourant des yeux comme si elle scrutait une foule. Entre les rideaux de la fenêtre brillait un soleil radieux, une infirmière riait de l'autre côté de la porte entrouverte derrière lui et, sûrement à cause de cela, sa mère s'était soudain tournée vers lui – ce rire, la fraîcheur de la glace ruisselant dans sa gorge, l'image d'elle et de son mari sur les chevaux de bois.

"Je voulais élever ta fille, Danny. Ne crois pas que j'aie refusé de le faire, bien au contraire, mon chéri.

— Je sais, maman." Or il l'ignorait. Jamais il n'avait vu cette femme se battre pour quoi que ce soit, pas même pour obtenir brièvement l'attention du père de Daniel. Mais il n'était plus temps de se battre. Il avait soixante ans. Assis au chevet de sa mère dans cette chambre exiguë qui sentait vaguement l'urine, le coton et la peau d'une vieille femme, il se revoyait pourtant à treize ou quatorze ans, obligé de rester chez lui pendant des jours faute d'avoir pu contenir tout ce qui bouillait en lui. Une fois de plus il s'était fait renvoyer, mais sa mère ne le réprimandait jamais, ne criait jamais. Elle ne disait jamais rien non plus au père de Daniel. De toute façon, Liam partait travailler avant l'heure où Danny était censé aller au lycée, et elle préparait pour son fils des pancakes ou des œufs au bacon, puis le laissait lire ses bandes dessinées sur le canapé : *Les Vengeurs*, *Blue Beetle*, ou *Enemy Ace*, sa préférée parce que le héros Hans von Hammer, un pilote de chasse allemand durant la Première Guerre mondiale (surnommé le Marteau de l'Enfer), était incompris, son sens de l'honneur lui interdisant d'abattre un pilote ennemi blessé ou réduit à l'impuissance. Parfois elle s'asseyait près de lui dans son tablier qui sentait le café, l'Ajax et la transpiration, lui demandait de lui lire un épisode, et il s'exécutait. Elle ne le quittait pas des yeux pendant qu'il lisait, et quand il se tournait vers elle pour lui indiquer un détail sur la page, il surprenait dans ce regard sur lui un amour si profond qu'il en était intimidé et aurait voulu changer de pièce, mais il n'y avait que sa chambre ou la salle de bains. Et quarante-cinq ans plus tard, après tout ce qui s'était passé et tout ce qu'il avait fait, sa mère, masque à oxygène sur le nez, tournait la tête sur l'oreiller de l'hôpital pour lui adresser ce même regard, de ses yeux si limpides et immobiles qu'il était contraint de baisser les siens.

"Son nom de famille est *Donne*, Danny. C'est tout ce que Loïs a voulu me dire."

Loïs, sa belle-mère. C'est encore ainsi qu'il la voit. Et ce n'est pas "Donne" mais Dunn, non ? Susan sur son giron, sa minuscule oreille appuyée contre la poitrine de son père, sa main à lui recouvrant complètement ses genoux de petite fille.

"Pourquoi te l'a-t-elle révélé, maman ?

— Un peu de glace, mon chéri." Elle fixait le gobelet. Daniel avait repris une cuillerée de glace pilée, faisant tomber quelques gouttes d'eau froide sur le poignet de sa mère, sur la perfusion, sur le drap, sur son menton. *Susan Dunn.* Pas Susan Lori Ahearn, mais Susan Dunn. Trois ans quand il avait disparu, vingt ans quand il avait obtenu sa libération conditionnelle (sans qu'elle lui ait rendu visite une seule fois), et quarante ans trois années plus tôt, alors qu'il faisait glisser la cuillerée de glace pilée dans la bouche ouverte de sa vieille mère.

"Tu lui as dit que c'était pour moi ?"

Elle avait dégluti et secoué la tête.

Dans la mémoire de Daniel, un ciel blanc. On ne voyait rien d'autre depuis la cour de la prison. Aucune cime d'arbre. Aucun poteau ou fil téléphoniques. Aucun autre toit. Rien que le ciel au-dessus des miradors, des murs en béton hauts de six mètres, des barbelés qui étincelaient au soleil. Ce bout de ciel était cruel de laisser entrevoir son infinitude, comme était cruelle la lenteur avec laquelle s'égrenaient les paroles de sa mère.

"Elle vit où, maman ?

— Loïs a refusé de me le dire.

— Tu lui as posé la question ?"

Sa mère avait acquiescé de la tête. Elle contemplait à nouveau le plafond, le parcourant inlassablement des yeux. Les tuyaux du masque à oxygène semblaient tordus et elle paraissait plus fatiguée qu'une minute auparavant, comme si cette minute avait duré des années.

"Qu'est-ce qu'elle a dit, maman ?"

Elle avait le souffle court. Ses seins étaient flasques sous le drap et la chemise de nuit d'hôpital.

"Maman ?"

À nouveau le rire d'une infirmière, le bip d'une machine dans une chambre au loin, et toujours le souffle de sa mère. Elle ne s'était pas éteinte ce jour-là ni le suivant, ni une semaine plus tard. Peut-être avait-elle survécu trois semaines et peut-être avaient-ils eu d'autres conversations, mais plus jamais sur Susan, la fille de Daniel et de Linda.

La morphine semblait emmener sa mère en des lieux qu'elle aimait : dans un paysage enneigé où des loups bienveillants la recouvraient de branchages pour la maintenir au chaud ; sur une gondole à Venise où elle n'était jamais allée, même si elle flottait sous des ponts de pierre avec Frank Sinatra "du temps où il était jeune et mince", puis la gondole se transformait en wagon-lit d'un train de nuit, et sa mère évoquait longuement des fermes et des paysans aux mains crevassées par le soleil, la pluie et le vent. "Ton père a toujours travaillé si dur, Danny.

— Je sais, maman.

— Il avait beaucoup de talent.

— Je sais.

— Il me brossait les cheveux, autrefois.

— Liam ?

— La lune, Danny. Je pensais toujours à elle."

Daniel a oublié les derniers mots de sa mère, mais ils ne venaient pas du monde dans lequel il vivait. Quand elle était morte, un dimanche de mars en fin de matinée, il était en route pour l'hôpital, roulant entre des congères grisâtres repoussées contre les trottoirs par les chasse-neige.

Accroché à un clou planté dans le tronc d'un pin, derrière la fenêtre de la cuisine du mobile home, un thermomètre en métal rouillé. Trente-cinq degrés à l'ombre. Daniel rince son verre, le pose sur l'égouttoir et ressort. La porte légèrement cintrée ferme mal et il doit la soulever pour tirer le verrou. Le soleil est au zénith.

Pas d'ombre au centre de la cour, et sa chaise à moitié rempaillée a l'air dévêtue. Elle date de l'ère victorienne où tout le monde voulait apparemment mener la vie de château, et fait partie d'un lot destiné à un antiquaire de Port City. Ce fumeur de pipe fort comme un bœuf a dit à Daniel que si le rempaillage de ces chaises était réussi, il lui confierait un vieux fauteuil à bascule à l'assise en rotin, fabriqué peu après la guerre de Sécession. Daniel avait dû aller chercher les chaises dans son pickup et avait demandé un dollar cinquante pour chaque trou dans le cannage, remise en état non comprise. C'est du travail bien payé qui pourrait lui valoir d'autres propositions lucratives, encore que ses dépenses étant réduites au minimum, à quoi cet argent lui servirait-il ?

Susan Dunn. Au fil des jours, des semaines, des mois, ce nom communiqué par sa mère est comme un abcès qui mûrirait sous sa peau. Susan Dunn. Elle vit quelque part au loin. Il va devoir faire des économies pour la retrouver, non ? Et peut-être a-t-elle besoin d'argent. Peut-être pourra-t-il la dépanner.

Le soleil est trop haut pour que Daniel continue à travailler. Il emporte la chaise à moitié rempaillée et la pose à côté des autres dans l'atelier. Celui-ci, à peine plus grand qu'une remise, sent le vernis, la sciure de noyer, la tôle galvanisée du toit brûlant. Daniel claque la porte et donne un tour de clé. Il rêve d'une douche fraîche et devrait manger un morceau, mais il n'a pas faim, ne ressent que cette douleur à laquelle il ne s'habitue pas, et c'est en marchant au soleil vers son mobile home qu'il sait que le moment est venu. Peu importe que cet après-midi on ait besoin de lui ou non au Club des anciens, c'est aujourd'hui qu'il va se rendre à la bibliothèque municipale, s'asseoir devant un écran d'ordinateur et taper ce nom sur le clavier poussiéreux, le nom de sa fille adulte, qui n'a pas du tout les mêmes sonorités que celui hérité de Linda et de lui voilà si longtemps : Susan Lori. Susan Lori Ahearn.

2

Malgré l'aube toute proche, elle ne trouvait pas le sommeil. Allongée dans le noir sur le dos, il lui semblait n'avoir ni bras ni jambes, ni yeux ni oreilles, son visage était une abstraction. Blotti de l'autre côté du lit, une main entre les genoux, son mari ronflait doucement, mais elle l'entendait à peine. Pas plus qu'elle n'entendait le climatiseur encastré dans la fenêtre ; il faisait sans doute trop frais dans leur chambre, mais elle s'en moquait et ne tenta pas de remonter la fine couverture à ses pieds. Elle avait beau respirer à fond par le nez, elle ne sentait rien – ni l'odeur de coton des draps et des taies d'oreillers, ni celle de la sueur qui avait séché sur la peau de Bobby ou celle de son crâne chauve à quelques centimètres d'elle, ni celle du fond de vin rouge dans son verre sur la table de chevet ou de la cire de la bougie parfumée à la camomille, dont elle avait soufflé la flamme des heures auparavant. Absolument rien. Elle aurait dû discerner les contours de leur chambre, mais autant fixer l'ombre d'une ombre et elle ferma les yeux, dérivant seule dans ses propres ténèbres, avant de les rouvrir sur ce néant qu'elle habitait depuis des semaines : lors des repas pris ensemble à la petite table de la cuisine rouge de Bobby ou quand ils travaillaient côte à côte dans le bureau – elle au roman qu'elle avait ressuscité avec son aide, lui à la révision de sa thèse pour la rendre plus accessible aux masses –, et plus tard lorsqu'ils faisaient l'amour, qu'il grognait dans son oreille, lui enfonçait sa langue dans la bouche, et qu'elle avait la sensation d'observer la scène de loin, prisonnière une fois encore de ce non-être qui la fit soudain se lever d'un bond pour aller aux toilettes.

Branchée à la prise sous le dévidoir de papier-toilette, une veilleuse en forme de saxo diffusait son halo sur le sol où Susan, agenouillée, cherchait les ciseaux dans le meuble du lavabo. Ils étaient frais et lourds, et allumant le plafonnier elle grimaça à la vue d'un visage qu'il lui semblait ne plus reconnaître. Menu, des yeux sombres alors qu'elle se maquillait peu depuis des années, pas même pour masquer les rides à la commissure de ses paupières et de ses lèvres. Une impression générale de lassitude, se dit-elle. À quarante-trois ans, elle était de plus en plus lasse.

Tenant une longue mèche de cheveux entre le pouce et l'index, elle la coupa, d'un unique coup de ciseaux sourd. Elle jeta les cheveux dans la poubelle et continua à couper, puis éteignit le plafonnier et alla dans la pièce où elle écrivait. Quelle blague.

Elle s'assit à son bureau, et alors seulement elle se rendit compte qu'elle était nue. Elle passa les doigts sur son crâne tondu, sentit quelques cheveux épars tomber sur ses épaules et ses seins. C'était déjà quelque chose, de pouvoir sentir cela.

Elle revint en arrière, là où elle s'était interrompue, et revoyait le corps recroquevillé de la jeune femme qu'elle savait être sa mère, et l'élancement au côté droit était devenu brûlure avant de disparaître aussi vite qu'il avait surgi, la laissant assise sur la lunette dans sa propre puanteur, consciente de l'utile et douce béance de ses entrailles, et mon Dieu comment avait-il pu faire ça ?

Ces mains immenses, ces avant-bras musclés. Toute cette force, et il s'acharnait encore pour arriver à ses fins.

Qu'était donc Susan pour lui ? Qu'était-elle pour quiconque ?

Ses doigts restaient en suspens. Il y avait tant de laideur dans tout cela. Mais elle revoyait ces toilettes, elle revoyait l'image de sa mère recroquevillée sur le lino.

Elle rembobina le film jusqu'à ce qu'il n'y ait plus qu'un écran blanc. La sueur perlait sur son front et sa nuque. Sa bouche avait un goût de cendres. Et tout en se lavant les mains à l'eau bouillante avec du savon liquide rose, Susan Lori se regardait dans un miroir souillé et voyait la même beauté ténébreuse que celle de sa mère, mais sans le sourire un peu aguicheur sur ce polaroïd que Susan avait d'elle à quinze ans, sans le besoin de quelque chose ou de quelqu'un qui améliorerait à ses yeux son propre reflet dans le miroir.

Susan Lori ignorait si sa mère s'était un jour regardée dans un miroir comme celui-ci, mais en sortant de ces toilettes sans se soucier de savoir si son odeur nauséabonde la suivait ou non, elle aurait aussi bien pu lever un bouclier et brandir une épée, car elle avait cherché du regard dans la salle l'homme aux mains immenses et aux avant-bras musclés, mais il n'était pas là, et les inconnus sur leur banquette devant lesquels elle passa étaient pour elle des fantômes, aussi morts que ses propres excréments circulant dans les égouts, sous la rue où exerçait l'agent de probation de ce père avec qui elle n'avait plus aucune envie d'entrer en contact ou de parler.

Bien sûr, elle savait que l'homme qu'elle avait vu pouvait être quelqu'un d'autre. Mais dans cette ville ouvrière étouffante, au bord d'un fleuve marron aux vagues relents d'essence et de vase séchée, où chaque homme et chaque adolescent la dévisageait avec concupiscence alors qu'elle guettait l'apparition de celui qui lui avait pris sa mère, une partie de Susan Lori se mit à considérer tous les hommes comme des intrus. Et qu'ils aient eu pour intention de donner du plaisir ou de faire souffrir, qu'ils se soient servis de leurs doigts ou d'objets tranchants qui n'auraient jamais dû être dirigés contre une femme, ses pas l'avaient conduite là où jamais encore elle ne s'était autorisée à aller : au point ultime de la souffrance de sa mère.

Susan contempla cette dernière phrase. Elle sentait le sang courir jusqu'au bout de ses doigts, la descente de lit poussiéreuse sous ses pieds nus ; une voiture passa dans la rue, l'aube bleutée filtrait à travers les rideaux.

Au-dehors deux fauvettes se répondaient ; elle revint s'allonger près de Bobby et remonta le drap sur elle. Elle entendait la respiration régulière de son mari, huma l'odeur de cire froide de la bougie sur sa table de chevet. Elle frissonna et les recouvrit tous deux de la fine couverture, puis ferma les yeux, son corps s'enfonçant dans le matelas, et peu après elle flottait vers la mer sur un fleuve marron bordé d'usines, la serveuse affable au tablier sale lui souriant et lui faisant signe de la berge. Quand Susan se réveilla, un soleil radieux éclairait la partie du lit où dormait Bobby, qui était parti depuis des heures.

Dans la salle de bains, elle évita le miroir mais palpa sa nuque fraîche et nue, s'habilla et longea le couloir sombre jusqu'à la cuisine. Contre la cafetière électrique, un mot de Bobby, de son écriture informe de gaucher : *Tes cheveux, chérie… JE T'AIME. B*

Sa façon à lui de dire qu'il s'inquiétait pour elle, comme depuis des semaines. Elle s'était mise en congé de l'université pour un semestre, afin de pouvoir s'atteler à son "roman" et à la préparation de son master d'arts plastiques, mais passait le plus clair de son temps à dormir, à essayer de lire, à faire semblant d'avoir faim, ou envie de cet homme dont elle se sentait si éloignée. Le problème était qu'elle ignorait si cela venait de lui ou de tout le reste, car ce marasme s'annonçait toujours ainsi, en la rendant incapable de jouir des petits plaisirs de la vie : un verre de malbec après une longue journée de travail ; le parfum de la baie qui traversait le campus inondé de soleil ; une tomate tout juste tranchée sur de la porcelaine bleue ; la dissertation inspirée et bien écrite d'un étudiant. Elle éprouvait une fois chez elle ce lent détachement de toutes choses, cette anomie, sorte de crochet noir qui la soulevait, puis la laissait en suspens, hors de portée de tout ce qu'elle croyait aimer. Cela avait commencé quand elle était très jeune, et elle s'y était presque habituée, comme à un angiome noirâtre qu'elle aurait eu au visage depuis sa naissance.

“Ennemi ?” lui avait demandé Bobby la première fois qu'elle avait entrouvert cette fenêtre sur elle-même. Ils étaient assis sur le canapé de son bureau du campus un après-midi en milieu de semaine, ayant donné leurs cours de la journée, et il leur avait servi du vin dont elle n'avait pas envie.

“Non, avait-elle répondu. Anomie. Aliénation. Je ne sais pas, égarement.” Mais c'était resté leur mot pour en parler : “ennemi”, son ennemi.

Par la fenêtre, le soleil se reflétait sur le toit de sa voiture ; le café noir s'écoulait goutte à goutte dans la cafetière. C'était samedi, et elle se souvenait vaguement de Bobby lui disant qu'il comptait passer la journée à faire du ménage et du rangement dans son bureau du campus. Elle avait choisi de vivre avec Bobby Dunn. C'était son choix, donc elle ne pouvait qu'espérer se tromper sur ce qu'elle ne ressentait pas. Et peut-être se trompait-elle.

Elle fut tentée de relire ce qu'elle avait écrit la veille au soir, mais elle eut peur de réagir comme toujours, de trouver ça merdique, puis de tout supprimer et de rester une fois encore à contempler le néant. Non, elle avait l'impression que s'était allumée en elle une petite flamme, qu'il faudrait peu de chose pour l'éteindre. Bobby adorait ce roman auquel elle s'efforçait de travailler à nouveau. Il le trouvait “génial”, mais il se trompait. C'était de la merde, chaque mot sonnait faux. Il était raconté du point de vue d'une jeune Mexicaine vivant dans un taudis de Culiacán, or chaque fois que Susan tentait de se mettre dans sa peau avec des mots simples, elle revoyait sans cesse – au lieu d'une ville mexicaine – les magasins aux façades en brique d'Oak Street, à Arcadia où elle avait grandi au-dessus de la boutique de brocante de sa grand-mère. Et elle n'était pas seule. Elle était avec Gustavo aux yeux sombres, aux mains rugueuses et au chapeau de cow-boy qu'il posait à l'écart le temps qu'ils aient fini. En réalité la jeune fille sur qui elle écrivait, c'était elle, alors pourquoi ne pas écrire tout bonnement sur *elle-même* ?

Parce qu'elle n'avait jamais beaucoup aimé sa propre compagnie, voilà pourquoi.

Mais elle continuait à voir son ancienne chambre de leur maison d'Arcadia, la bibliothèque en pin achetée par son beau-père dans une vente aux enchères, son lit une personne dans l'angle avec une applique sous laquelle elle lisait allongée pendant des journées entières. Devant la fenêtre, surplombant les bois, il y avait sa table de travail où elle rédigeait fièrement des dissertations sur *Feuilles d'herbe* de Whitman, *La Perle* de Steinbeck, ou *Jane Eyre*.

Et dans son lit il y avait Gustavo avec qui elle faisait l'amour.

Elle avait besoin de retourner là-bas, ses souvenirs ressemblaient à un tas de petit bois ne pouvant que nourrir la flamme de ce nouveau projet d'écriture, ce sentiment de pénétrer dans une sorte de chambre éternelle où quelqu'un qu'elle avait oublié était assis et l'attendait.

Elle se versa du café dans l'une des tasses noires de Bobby, avec laquelle elle traversa le couloir jusqu'à son bureau. Son ordinateur portable était ouvert comme elle l'avait laissé, écran éteint. Elle s'assit et appuya sur une touche pour le rallumer.

... au point ultime de la souffrance de sa mère.

Ça s'était passé un après-midi dans la semaine, elle venait de faire l'amour avec Bobby sur leur lit défait. Elle était couchée sur le côté face à lui, par la fenêtre le soleil du couchant jouait sur le visage et les épaules de Bobby qui lui avait posé sa grande main sur la hanche. De son bureau leur parvenait *The Shape of Jazz to Come* d'Ornette Coleman, et Susan s'était habituée à ces sons discordants comme on s'habitue aux bruits des travaux dans la maison voisine, aux coups de marteau, au vrombissement d'une scie, aux éclats de bois tombant sur le plancher. Elle lui avait souri. "Ornette et toi, je ne comprendrai jamais.

— C'est pourtant facile. Il n'y a pas de ton dominant."

Elle l'avait regardé avec des yeux ronds.

"Rien n'est prédéterminé. Il n'y a pas de *règles* harmoniques. Écoute, Susan, la vie n'est rien d'autre qu'un immense foutoir.

Trop lui donner forme est un mensonge." Il lui souriait à son tour, et le facteur déclenchant avait sans doute été ce qu'il venait de dire, puis son sourire dans cette lumière, alors que la pénombre noyait le reste de la pièce.

"Bobby ?

— Oui ?

— Je ne suis pas vraiment orpheline.

— Ah bon ?

— Non."

Alors elle lui avait parlé de cette mère qu'elle avait perdue, et en quelles circonstances, et de ce père encore vivant. Et du fait qu'elle avait tout découvert quelques jours seulement avant de retourner à l'université pour son année de licence. Elle lui avait parlé de son projet de voyage en voiture vers le nord pour retrouver son père.

"Nom de Dieu.

— Oui.

— Tu ne te souviens pas du tout de lui ?

— Non, pas vraiment. Des images fugitives. Ses épaules, peut-être. Je ne sais pas. Quelque chose concernant ses épaules."

Bobby s'était mis à la regarder différemment. Comme si elle était cassée et avait besoin d'être réparée. Lui toujours si attentionné, il l'était encore plus, l'appelant pour lui demander ce qui lui ferait plaisir au dîner. Venant lui masser les épaules lorsqu'elle était devant l'évier de la cuisine, lui faisant l'amour comme si elle sortait d'une longue maladie et qu'il ne voulait pas qu'elle rechute. Elle n'avait pas été malade, mais après s'être confiée à lui, elle frissonnait à nouveau de honte comme sous l'effet d'une fièvre dont elle ne serait pas totalement guérie. Voilà pourquoi elle n'en avait jamais parlé à personne jusque-là, et regrettait à présent de l'avoir fait.

Nom de Dieu. Elle ouvrit sa messagerie, tapa l'adresse de Loïs, puis, en "Objet" : *Se voir ?*

Mais qu'allait-elle lui dire ? Qu'elle écrivait un *livre* sur elle-même ? Loïs considérerait que le linge sale se lavait en famille, elle emploierait même ce cliché et refuserait d'être partie prenante. Non, Susan ne pouvait lui en parler, mais elle pouvait sans doute lui révéler une partie de la vérité.

Coucou, Noni,

Ça t'ennuierait, si je m'installais chez toi quelque temps (Bobby et moi, on fait une pause. Je t'expliquerai quand je te verrai.)

Je t'embrasse, Susan

Elle rougit à la pensée de cette petite trahison envers son mari, qui ignorait tout de la "pause" en question, mais elle appuya sur "Envoyer" avant d'avoir pu changer d'avis.

3

C'était juste après l'aube, et il y avait déjà des chasseurs de fossiles sur la Bone River. D'où elle était assise dans sa véranda, fumant sa première Carlton de la journée, dégustant un café crème auquel elle avait ajouté deux sucrettes, Loïs voyait leur canoë glisser derrière les chênes et la mousse espagnole se balancer, elle entendait leurs messes basses, leurs voix pleines d'espoir. Une contrariété, cette intrusion dans sa solitude. On surnommait Bone Alley – l'allée des ossements – cette partie nord de la rivière, à cause de toutes les dents de mastodontes et de requins qu'on y trouvait, mais ce n'était pas son domaine, elle n'y connaissait rien.

Elle tira une longue bouffée et souffla lentement la fumée. Elle était fatiguée, après la Foire à la brocante de la veille où elle avait arpenté Oak Street pour inspecter les étals, s'assurer qu'on n'y vendait pas à la sauvette des Tupperware, des armes, des livres, des CD ou des bijoux artisanaux. Rien ne devait dater d'après 1950, et elle avait seulement repéré un exemplaire de *L'Attrape-Cœurs* de Salinger, à couverture cartonnée et paru en 1951. Sa propriétaire, une femme menue, portait une casquette des Devil Rays, l'équipe de baseball locale, rabattue sur les lunettes noires conseillées après une opération de la cataracte. Autour de son poignet, un bracelet d'hôpital aurait pu attendrir un autre inspecteur bénévole, mais pas Loïs.

"Vous n'avez pas le droit de vendre ce livre. Seulement ceux publiés avant 1950.

— C'est un classique.

— Il date de 1951. Rangez-le, sinon je devrai vous demander de remballer vos affaires et de partir."

La brocanteuse mit les mains sur ses hanches étroites. Elle avait les coudes noueux d'un pilier de bar et Loïs ne l'aimait pas.

"Vous êtes bien Loïs Dubie ?

— Possible.

— J'ai entendu parler de vous." Elle arracha le livre à Loïs et le jeta dans un carton à ses pieds. "Pour ça oui, j'ai entendu parler de vous."

Loïs savait quelle réputation elle avait. Peu de temps auparavant, en consultant sa messagerie professionnelle, elle était tombée sur un e-mail où Marianne, son unique employée, prenait sa défense : *Elle n'a pas eu la vie facile, vous savez. Pourquoi vous ne la laissez pas un peu en paix ?*

Loïs avait lu le reste des échanges. Le message s'adressait à un groupe d'antiquaires de la ville. Il avait pour objet : *Foire à la brocante du 4ᵉ samedi* et traitait surtout de logistique. Ann Barlow, du magasin Aux Vieux Trésors, y mentionnait toutefois son regret que *l'inspecteur des ventes ne soit pas quelqu'un de plus aimable que cette Loïs Dubie*. Les autres avaient discrètement exprimé leur accord, mais Loïs s'en fichait.

Tu es aigrie, chérie. Ça te rend méchante. Les paroles de Don résonnaient dans sa tête. Parfois, au grincement d'une latte de parquet elle tournait la tête, s'attendant à le voir. Son grand Don barbu qui, même la soixantaine venue, nouait encore ses cheveux en catogan. Quand elle était plus jeune, jamais elle ne lui aurait accordé un regard. Elle l'aurait pris pour un de ces hippies défoncés, allongés torse nu sur une couverture à la plage, des losers qui n'avaient même pas le courage de se battre pour leur pays. Mais Don était le premier antiquaire qu'elle avait rencontré juste après son installation dans la région avec Suzie ; il était apparu dans la boutique qu'elle avait achetée et ouverte trois jours plus tôt seulement, elle qui ne connaissait rien aux antiquités, sauf le fait qu'elles étaient anciennes. Quelque chose dans sa façon de s'être planté là, sur le plancher, lui avait inspiré confiance. À moins que ce ne soit ce qu'il avait dit : "Il faut vous spécialiser. Cette boutique n'a jamais trouvé sa voie. Je parie qu'on ne vous l'a pas vendue très cher." Il lui avait tendu sa carte avec un sourire :

Donald Lamson, Jr.
Acquisition d'antiquités
Ventes aux enchères et ventes privées
Arcadia, Floride

Un moineau se posa sur le fil à linge. Il avait les ailes grises avec un peu de jaune, un oiseau du bord de mer égaré à l'intérieur des terres, loin des siens. Le canoë des chasseurs de fossiles était invisible, même si Loïs entendait encore leurs satanées voix ; elle écrasa sa cigarette pour l'éteindre et ouvrit l'ordinateur portable sur ses genoux. Âgée de quatre-vingt-deux ans, elle avait juré de ne jamais s'en acheter un, mais dans le commerce on ne pouvait plus s'en passer aujourd'hui, surtout quand on se spécialisait dans la vente de mobilier d'époque et de jouets vintage. Ce qu'on aurait naguère mis des mois à dénicher, on le trouvait désormais en moins d'une minute. Don était mort avant de voir ça. Elle ignorait si ça lui aurait plu ou non. C'était un homme qui s'animait face aux autres, un commerçant-né. Peut-être aurait-il apprécié la facilité à trouver des ventes aux enchères ou des successions, mais sans plus, elle en était sûre. Puis il s'en serait allé dans son pantalon de treillis bien repassé et sa chemise écossaise, avec ses épaules tombantes, son catogan poivre et sel, et son sourire chaleureux, sincère le plus souvent.

Elle but quelques gorgées de café et consulta sa messagerie. Elle aurait bien fumé une deuxième cigarette, mais se raisonna. Elle s'en tenait désormais à six par jour et retrouvait son odorat. Le soleil n'était levé que depuis une heure, mais sa chaleur apportait déjà les senteurs de la rivière – de ses rives sablonneuses, du bois mort, de la mousse espagnole desséchée, des crottes d'alligators et de tortues. Une nouvelle journée étouffante s'annonçait et elle envisagea d'appeler la boutique pour dire qu'elle était souffrante, mais non : il y avait des clients le dimanche et elle ne voulait pas en demander trop à Marianne.

Sur l'écran jaillirent une série d'e-mails non lus. Elle cligna des yeux à leur vue. Elle avait laissé ses lunettes quelque part dans la maison, encore qu'elle en ait moins besoin qu'à une époque. C'était le seul aspect de la vieillesse qui lui ait réservé une bonne surprise. Sa vue commençait à se corriger toute seule.

Elle ignora les nombreuses autocongratulations des autres brocanteurs, sur le thème : *Encore un 4e samedi réussi*, et fit défiler le reste des messages dans l'espoir d'en trouver un de son fils ou de sa belle-fille. Paul avait tellement grossi, ces dernières années. Elle s'inquiétait pour lui. Il avait la cinquantaine, et à cause de son emploi dans le fret aérien, il restait assis derrière un bureau toute la journée jusqu'à tard le soir. Son fils, Paul Jr., était robuste lui aussi mais travaillait dans le bâtiment, ce qui l'empêchait de prendre du poids.

Il n'y avait rien venant d'eux. Seulement des spams que l'antivirus n'avait pas filtrés et quelques e-mails de sites de jouets, qu'elle n'avait pas envie d'ouvrir : E. T. Burrows, Fritzel, Halsam, et Wyandotte. Entre les deux derniers : *Se voir ?* Loïs cliqua sur l'icône. Suzie.

Coucou, Noni. Suzie ne l'appelait ainsi que lorsqu'elle avait besoin de quelque chose. Le reste du temps, c'était Loïs. *Ça t'ennuierait, si je m'installais chez toi quelque temps ? (Bobby et moi, on fait une pause. Je t'expliquerai quand je te verrai.) Je t'embrasse, Susan*

"Faire une pause" ? Jésus Marie Joseph. Loïs scruta l'écran. Susan avait envoyé ce message la veille. Elle allait croire que Loïs lui faisait la tête. Et pourquoi pas, d'ailleurs ? Sa petite-fille ne lui faisait-elle pas la tête depuis des années ? N'appelant que s'il lui fallait quelque chose ? Un prêt. Le gîte et le couvert. Sans parler de la fois où elle et ce marin pêcheur rouquin à cheveux longs voulaient emprunter son unique voiture : "Rien que deux jours, Noni. S'il te plaît."

Susan, alors âgée de vingt-cinq ou vingt-six ans, était d'une beauté saisissante, à la fois sombre et lumineuse, qui datait de son entrée au lycée, où les ennuis avaient commencé.

Avant cela, pourtant, elles avaient partagé de bons moments toutes les deux. Quand Loïs avait vendu sa galerie de jeux, elle avait emmené Suzie, alors en quatrième, passer les vacances de printemps en Floride. Suzie avait douze ans et était en plein âge ingrat, ce qui la rendait difficile à vivre. Une peau malsaine. Pas de seins. Un visage qui gardait ses rondeurs de bébé. Elle n'appelait Loïs que Noni, et même si Loïs l'ignorait encore, ces vacances marquaient la fin d'une période où elles avaient été plus proches qu'elles ne le seraient jamais.

Mais ce voyage avait été si heureux. Susan répétait que la voiture avait vraiment l'odeur du neuf, et qu'elle espérait voir des alligators. Loïs, sans homme dans sa vie depuis des années – Gerry étant mort à sa connaissance –, demandait souvent à sa petite-fille de lui faire la lecture et Susan s'exécutait, même si Loïs ne gardait le souvenir d'aucune des intrigues. En revanche, elle revoyait le profil de sa petite-fille durant ce long voyage vers le sud, alors que celle-ci lisait à haute voix un épais roman dans une collection de poche, les genoux calés contre la boîte à gants, ses cheveux bruns ramenés derrière ses oreilles. Elle avait un tout petit nez, des boutons d'acné sur les joues comme Linda au même âge, et allait tellement ressembler à sa mère que Loïs avait envie tout à la fois de la serrer contre elle plus fort que jamais et de la repousser.

Elles avaient passé une semaine à Disney World, Loïs en tirant la conclusion que sa vie entière avait été médiocre et vulgaire, que son ancienne galerie de jeux et la fête foraine d'alors représentaient une insulte à ce qu'un vrai parc d'attractions devrait être. Celui-ci s'étendait à l'infini et il était propre, avec des aérotrains, des visites guidées en bateau et des chiens mécaniques grandeur nature qui aboyaient à la vue de poissons volants ; il y avait aussi Adventureland, ses marais profonds et sa forêt tropicale aux alligators et aux serpents plus vrais que nature ; chaque attraction brillait comme un sou neuf, et en fond sonore une musique entraînante couvrait les grincements des engrenages ; Dumbo l'éléphant promenait les enfants sur son dos et les ramenait sains et saufs, et une jeune femme polie, en jupe écossaise et gilet sans manches assorti, leur fit visiter ainsi qu'à une douzaine d'autres tous les quartiers du royaume. Oui, des "quartiers", ceux d'un monde passé, avec leurs rues pavées et leurs boutiques aux huisseries en bois chantourné qui paraissaient tout droit sorties de la vieille Angleterre ; ou bien ceux du futur, où chaque construction en forme de cube blanc vitré semblait venir d'une station lunaire ; sans oublier Fantasy Faire, la galerie marchande où Loïs leur avait acheté à chacune un grand chapeau de toile qu'elles mirent pour assister, sous un chapiteau majestueux, au spectacle donné par des acteurs, danseurs et chanteurs costumés dans des tons pastel de pâtisseries, de crèmes glacées ou de ballons gonflables, devant des familles fascinées, comme happées par le rêve de quelqu'un d'autre, tellement plus beau que ceux qu'elles pouvaient faire, tandis que le fameux château enchanté dominait la scène comme si Dieu en personne y vivait. Dans la chaleur de cette délicieuse semaine avec Suzie qui, en débardeur, short et tongs, dévorait des yeux jusqu'au moindre détail, Loïs n'avait cessé de se dire : *Oui, c'est ce qu'il nous faut. Exactement ce qu'il nous faut.*

Elle ne pensait pas seulement aux lieux où il fallait payer le prix pour être diverti. Il s'agissait d'autre chose, et elle ne comprit quoi qu'après être remontée avec Susan dans leur Plymouth Reliant toute neuve pour prendre l'I-70 vers l'ouest, à travers des paysages qui la surprirent. Moins de cinquante kilomètres à l'intérieur des terres, elles se retrouvaient dans une région d'élevage sans poteaux télégraphiques ni stations-services, ni la moindre maison à la ronde. À la place, de chaque côté de la route à deux voies, des prairies d'herbe de Saint-Augustin, où des vaches noires et brunes paissaient ou somnolaient à l'ombre des chênes et des pacaniers. Il y avait aussi des champs de palmiers nains, et des étendues plantées de pins de Caroline sous lesquels le sol semblait tapissé de verge d'or et de chardons. À mesure qu'elles s'enfonçaient dans les terres, les pâturages firent place à une plaine alluviale, dont les marécages alimentaient la Bone River aux berges couvertes de fougères.

"Regarde, Noni !"

Plus au sud, une buse à queue rousse se laissait lentement descendre en spirale, avant de s'envoler vers l'est d'un coup d'ailes. Puis elles étaient arrivées à Arcadia, longeant au ralenti Oak Street et ses bâtiments pareils à des cubes de brique, construits dans les années 1900. La plupart des façades s'ornaient de pilastres ouvragés qui s'élevaient au-dessus des toits en terrasse. La ville avait un opéra, un saloon, et tous les trottoirs étant ombragés par des auvents aux colonnes en fer forgé, on pouvait s'y abriter du soleil et jeter un coup d'œil aux vitrines des magasins d'antiquités, des cafés et salons de thé, des librairies d'ouvrages rares et des bars, ces derniers peu nombreux. C'était comme si elle avait remonté le temps avec Suzie jusqu'à une époque antérieure à leur venue au monde, une époque plus simple, plus sûre.

Depuis combien de temps Loïs avait-elle peur ? Depuis quand cette présence sombre derrière elle qui ne lui laissait aucun répit, cette sensation de manquer d'oxygène, ces deux réveils nocturnes pour vérifier que Paul et Suzie étaient bien dans leur chambre ? Et lorsque Paul s'était engagé dans l'US Air Force et qu'elle s'était retrouvée seule avec sa petite-fille, ç'avait été pire. Elle avait dû payer un serrurier pour ajouter deux verrous sur chacune des deux portes de leur appartement derrière la galerie de jeux. Elle lui avait également demandé de poser des targettes sur les fenêtres, puis s'était adressée à un menuisier pour qu'il fixe un châssis grillagé à l'extérieur de ces mêmes fenêtres. Elle s'était promis d'y suspendre des jardinières où elle ferait pousser du lierre pour dissimuler le grillage – mais n'avait jamais trouvé le temps.

Un après-midi d'automne où elle se garait derrière la galerie de jeux en revenant de l'arrêt du bus scolaire, situé à près d'un kilomètre de là sur Beach Road, Susan avait dit : "Noni, cette maison ressemble à une prison.

— Moi elle me donne un sentiment de sécurité, ma chérie. Maintenant aide-moi à rentrer les courses."

Pourtant Loïs ne s'y était jamais sentie totalement en sécurité. Du temps où elle grandissait près de Boston, dans une ville du bord de mer avec ses tantes et ses oncles italiens, ses trois frères et ses onze cousins, et des parents apparemment toujours amoureux l'un de l'autre jusqu'au jour où sa mère avait trouvé son mari mort sur le sol de la salle de bains, Loïs considérait le monde comme un endroit sûr et plein d'amour. Certes, il fallait crier pour se faire entendre, et au fil des années c'était elle qui avait fini par crier le plus fort et attirer l'attention. Non seulement à cause de sa voix, mais aussi de ses cheveux, de ses seins plus gros que ceux des autres filles de dix-sept ans qu'elle connaissait, de ses hanches et de sa croupe. C'était le mot que Gerry avait employé. Gerry Dubie, un tuyauteur qui travaillait avec Gio, le frère de Loïs. Gerry, qu'elle avait vu pour la première fois alors qu'il sortait de la Chevrolet de Gio en plein soleil, avec la coupe de cheveux d'Elvis et les yeux mi-clos, beau comme un Français. Gerry, qui voulait se mettre un jour à son compte. Gerry, qui lui donnait le sentiment non seulement d'être remarquée et aimée, mais aussi d'avoir de la valeur. Gerry, qui lui avait offert Linda et Paul, et une vie au bord de l'océan.

Mais il y avait d'autres choses auxquelles Gerry accordait de la valeur, n'est-ce pas ? Il appréciait la grande vie et les beaux costumes, comme ceux que portaient Will Price et les autres forains. Il appréciait les Cadillac décapotables et les montres en or. Alors il s'était enrichi au noir avec des machines à sous dont Loïs ne savait même pas qu'elles appartenaient à des truands de Rhode Island. Il y avait eu ce matin où elle avait ressenti une brûlure en urinant ; le médecin lui avait dit que ce n'était pas une infection urinaire et l'avait toisée derrière ses lunettes de myope, avec une moue réprobatrice pour cette prostituée mariée. Il y avait eu un grille-pain lancé à la tête de Gerry. Il y avait eu la fois où elle avait jeté Gerry dehors, avant de le laisser revenir. Et il y avait eu Linda avec ce garçon si moche qui travaillait à l'Himalaya, et tout ce qui s'ensuivit et qui n'aurait jamais dû arriver. C'était la mauvaise pente. Loïs avait commencé à perdre jusqu'à son identité. Personne ne pouvait revenir en arrière et changer quoi que ce soit : ni ce qu'on disait regretter d'avoir fait, ni ce qu'on avait fait ou pas, ni ce que quelqu'un d'autre avait fait et qu'on l'aurait empêché de faire si seulement on avait su. Or on ne pouvait *pas* savoir.

Tous ces traîne-savates de la plage et des bars qui, semblait-il, s'étaient mis à tourner autour de Linda dans l'heure qui avait suivi ses quatorze ans et sa transformation en adolescente resplendissante. Mais Loïs s'en était rendu compte trop tard. Elle était trop occupée à s'inquiéter pour Gerry et à faire tourner la galerie de jeux ; le petit Paul réclamait son attention, il fallait faire les courses, la cuisine, ranger sans cesse leur appartement encombré pour le rendre vivable, et voilà comment – du jour au lendemain – Linda lui avait échappé. Elle adorait tellement la plage et cette fête foraine bruyante et vulgaire, et Loïs, sans avoir rien vu venir, s'était retrouvée avec le bébé de sa fille chérie dans les bras.

Aujourd'hui encore, après plus de quarante ans, elle revoit le père comme elle l'avait vu la première fois. C'était une de ces journées maussades où il faisait si lourd qu'on aurait cru respirer à travers un drap humide. On était en août, les familles se pressaient encore à la fête foraine pour tenter de s'offrir un peu d'amusement où ils le pouvaient, et Loïs avait confié Penny Arcade et la garde de Paul à Linda pendant qu'elle allait en voiture faire les courses au supermarché. À son retour, une fois le coffre déchargé, elle avait les cheveux décoiffés, son chemisier collé à sa poitrine, et il fallait qu'elle se change et talque sa peau. Il fallait qu'elle laque ses cheveux et trouve un chemisier propre. Mais Paul n'étant pas assis devant la télévision où elle l'avait laissé, elle avait ouvert la porte de la galerie et là, au milieu des lumières clignotantes, du bourdonnement des flippers et du tintement des machines à sous, elle avait trouvé son fils aux manettes de son jeu préféré, abattant un adversaire après l'autre, et sa fille dans les bras d'un homme adulte.

Il était tellement plus grand qu'elle. Dans le blazer rouge des employés de l'Himalaya, il enlaçait la taille étroite de Linda dont les liens du tablier lui servant à rendre la monnaie étaient tombés au bas de ses reins, et que sa fille se laisse étreindre par cet homme avait choqué Loïs, comme si c'était lui qui commandait à présent, comme si Linda se plierait à tout ce qu'il lui demanderait. Il avait alors levé la tête, et Loïs avait vu sa jeunesse, vingt ans à peine, son énorme nez et ses yeux trop rapprochés. Aussitôt il avait rougi, l'air pris sur le fait, et avait détourné le regard en chuchotant quelque chose à Linda avant de retraverser la galerie pour sortir dans la grisaille du remblai, et c'était la même sensation qu'en se lavant les mains face à un miroir dans les toilettes publiques, à ceci près qu'il n'y avait pas de miroir, mais un mur effaçant un bref instant votre vie entière, vous donnant l'impression d'être victime d'un cambriolage et vous annonçant qu'il y en aura d'autres, sans que vous puissiez rien y faire.

Mais à Arcadia, ce sentiment s'était dissipé. Debout avec Suzie à l'ombre d'un auvent, dans ce vieux bourg d'éleveurs entouré de pâturages et de plaines alluviales, elle avait compris une chose : là, elle pourrait éviter que Susan Lori ait des ennuis. Là, à moins d'une heure de route du royaume enchanté de Disney World et de toutes les leçons qu'il donnait, elle-même pourrait faire pour Susan, la fille, ce qu'elle n'avait pas fait pour Linda, la mère.

L'écran se ralluma et Loïs tapa : *Désolée, ma chérie. Je n'ai ouvert ton e-mail qu'aujourd'hui. Bien sûr…*

Elle s'interrompit. Qu'ajouter ? *Bien sûr que tu peux t'installer aussi longtemps que tu le souhaites ? Tu es ici chez toi ?* Mais pourquoi ces hésitations ? Pourquoi ne voudrait-elle pas que Susan s'installe aussi longtemps qu'elle en avait besoin ?

Parce que Susan faisait ressortir le pire chez elle, voilà pourquoi. Parce que voir Susan à quarante-trois ans, c'était n'avoir jamais vu Linda au même âge. Parce qu'aimer Susan, c'était la serrer contre elle d'une main et la repousser de l'autre. Parce que Loïs s'aimait davantage quand Susan ne vivait pas avec elle.

Elle ajouta : *Bien sûr que tu peux rester aussi longtemps que tu le souhaites. Tu es ici chez toi.*

Je t'embrasse,

Elle signa *Loïs*, puis supprima son prénom et le remplaça par *Noni*.

Sur la Bone River, un canoë bleu glissa rapidement derrière les arbres. À la proue et à la poupe deux hommes ramaient dur, et, assis entre eux au fond du canoë, un enfant dans un gilet de sauvetage orange criait : "Plus vite, les gars ! Allez, plus vite, encore plus vite !"

4

Hier, toujours sans nouvelles de Loïs, Susan n'avait rien dit à Bobby de ses projets. Mais pendant qu'il rangeait son bureau sur le campus, elle avait fait sa valise et l'avait fourrée au fond de la penderie, avant d'appeler son mari pour lui demander ce qu'il voulait manger au dîner. Elle avait envie de faire la cuisine.

"Ah bon ?"

C'était lui qui préparait les repas. Lui qui les nourrissait, ou du moins essayait, surtout quand Susan avait son ennemi sur les genoux.

"Comme tu veux, chérie." Il avait pris une petite inspiration. "Pourquoi tu t'es coupé les cheveux ?

— Je ne sais pas, mais ça me plaît."

C'était vrai. La veille, elle ne les avait même pas lavés avant de sortir faire les courses, ayant l'agréable impression de braver les convenances, comme si elle se fichait de ce que penseraient les gens, de même qu'elle se fichait qu'ils aient envie ou non de lire ce dont elle avait accouché sur son clavier au lever du soleil. Et en poussant son caddie entre les rayons du supermarché Kroger, elle s'était sentie portée par un courant dont elle ignorait tout, sauf qu'elle se laisserait entraîner par lui.

Elle éprouvait une sensation de légèreté, celle d'un oiseau libéré de sa cage et volant d'arbre en arbre. De retour chez elle, il y avait eu le fumet alléchant des blancs de poulet mis à frire dans l'huile d'olive, la fraîcheur moite des tomates et des olives sous ses doigts, puis les grandes mains de Bobby la prenant par les épaules pour déposer un baiser sur ses cheveux.

Elle lui avait embrassé le pouce et, faisant glisser de la planche à découper les herbes aromatiques, les tomates et les olives noires sur le poulet, elle avait su que plus tard ils feraient l'amour et peut-être même y prendrait-elle du plaisir.

Dehors sous les deux palmiers de la terrasse, à la lumière vacillante des bougies au parfum de citronnelle, ils avaient mangé son poulet à la provençale sur un lit de haricots verts. Bobby lui avait resservi un verre de vin. "Ton ennemi s'est fait la belle ?

— On dirait que oui."

Plus tard, pendant l'amour, elle avait eu la sensation de franchir comme après une longue absence une porte s'ouvrant facilement sur des gonds bien huilés.

Ce matin-là, tandis que Bobby dormait encore, elle alla dans son bureau et trouva l'e-mail de Loïs. Écrit avant six heures. *Bien sûr que tu peux rester aussi longtemps que tu le souhaites. Tu es* ***chez toi****.* Quelque chose s'ouvrit en elle, suivi par le courant d'air froid de la trahison, et elle retourna aussitôt se coucher, pelotonnée contre son mari.

À son réveil, Bobby la regardait avec ce sourire complice bien à lui. "J'aime vraiment cette coupe de cheveux, chérie."

Dans ses yeux se lisait la joie qu'elle se sente mieux, mais aussi la volonté de ne pas trop en faire. C'était ce qu'elle appréciait le plus chez lui, cette capacité à lui offrir de l'espace. Elle se leva, alla aux toilettes, puis prépara du café. Ils furent bientôt attablés l'un en face de l'autre dans la cuisine, Bobby prenant les pages Arts et Spectacles de l'édition dominicale du *New York Times*. Il se plaignit de ce que, avant même le début de ses cours, un étudiant l'ait déjà prévenu par e-mail qu'il détestait le free-jazz d'Ornette Coleman. Bobby travaillait sur le jazzman depuis des années et Susan, en l'écoutant défendre la théorie de l'harmolodie élaborée par Coleman, observait cet homme qu'elle avait épousé trois ans plus tôt, grand et attentionné, et dont le crâne chauve luisant de sueur ne semblait pas le soucier le moins du monde.

"Bobby ?

— Oui, chérie.

— Je vais m'installer quelque temps chez Loïs.

— Elle va bien ?

— Sans doute. Je ne sais pas. J'imagine que oui." Susan avait rougi. "C'est pour mon travail d'écriture." Elle approcha la main de sa tasse de thé sans la prendre. "Je suis peut-être en train d'écrire mes Mémoires, je n'en sais rien."

Bobby attendait visiblement qu'elle en dise plus, mais elle se tut.

"Et pourquoi t'installer chez ta grand-mère ?

— Il faut bien commencer par le commencement, Bobby.

— Mais pourquoi retourner vivre là-bas ? Quelques recherches ne suffiraient pas ?

— Sans doute. Probablement. Je n'en sais rien."

Elle le dévisagea. Sous sa barbe grisonnante de trois jours, il était bouche bée. Il avait cinquante-trois ans mais n'en paraissait que douze ou treize : un adolescent dégingandé et sympa qui se préparait à souffrir. Elle se sentit indigne de lui et peut-être le comprit-il, car il hocha la tête et posa son immense main sur le poignet de Susan. "Fais à ton idée, chérie. Du moment que tu rentres à la maison quand tu auras fini." Sa bouche souriait, mais pas ses yeux, et Susan eut curieusement envie de le rassurer, sans pouvoir nier le soulagement qu'elle éprouvait, comme déchargée d'un poids par l'énorme camion passant dans la rue.

5

Daniel regrette d'avoir appelé le Club des anciens aujourd'hui, parce qu'on l'envoie chercher Rudy Schwartz à Port City pour le conduire au supermarché. Rudy, quatre-vingt-sept ans, est en fauteuil roulant. Ancien professeur de mathématiques, il fait tout avec lenteur et précision, surtout les courses, vérifiant le prix de chaque boîte de soupe ou de blancs de poulet surgelés qu'il pose dans le chariot poussé par Daniel. C'est aussi un sale vieux grincheux qui le traite comme un employé, le rappelant à l'ordre si le chariot s'éloigne de quelques centimètres de son fauteuil roulant. Daniel préfère emmener certaines vieilles dames chez leur médecin. Chaleureuses et bavardes pour la plupart, elles lui sont reconnaissantes de leur offrir son aide et sa compagnie, et beaucoup lui rappellent sa mère.

L'immeuble de Rudy est dans High Street, et Daniel longe lentement la rue en voiture sous le soleil au zénith et le bleu intense du ciel entre les érables, le faîte des toits et les fils téléphoniques. Il passe devant les maisons rénovées à trois étages, de style fédéral et aux bardeaux aussi étroits que deux siècles plus tôt, même s'ils ne datent que de quatre ou cinq ans et sont peints en blanc et jaune ; les propriétaires sont des banquiers, des médecins ou des hommes d'affaires. Enfant, il connaissait l'existence, à sept ou huit kilomètres au sud de la plage, de cette ville surnommée Schooner City, car cent ans auparavant ses chantiers navals construisaient des trois-mâts aux voiles blanches qui claquaient au vent. Mais lorsque le monde n'eut plus besoin de schooners, la ville perdit sa raison d'être, les herbes poussèrent dans le béton fissuré des trottoirs, les immeubles en brique restèrent vides, les vitrines du rez-de-chaussée cassées ou obturées par des planches. Il n'y avait plus de raison d'emprunter le pont en voiture pour rejoindre la rive opposée, encore que Daniel garde le souvenir, aussi fugace qu'un rêve, de trajets dans la Ford Impala jaune de son père et de la banquette arrière couverte de bâches repliées, de pots de peinture et de boîtes de pinceaux.

Le fleuve empestait alors autant que les égouts. La boutique du marchand de peinture était petite et sombre, mais moins que le bar voisin où il se rappelle avoir mangé deux œufs durs, froids et aigres au sortir du bocal. Assis sur le tabouret près du sien, son père en tee-shirt blanc sirotait ce que Daniel sait maintenant avoir été un verre de Bushmills. Près de la porte, une étroite fenêtre à travers laquelle le soleil dardait un rai de lumière sur les mains de Liam.

Mais Port City était devenue la propriété d'agents immobiliers ayant flairé la bonne affaire – des rues étroites aux maisons anciennes en bordure du fleuve, à une demi-douzaine de kilomètres de l'océan Atlantique –, et ils avaient fait ce que font les gens de leur espèce : transformer un trou perdu en aire de pique-nique, trop chère pour les habitants qui y avaient toujours vécu mais durent la quitter. Les soirs d'été, pourtant, Daniel aime rouler jusque-là. Il sort son pickup de chez lui en marche arrière. Se dirige vers l'ouest sur Beach Road, laissant derrière lui les motels et leurs piscines privées où personne ne semble jamais se baigner. Dépasse les campings déjà là dans sa jeunesse, bien qu'aujourd'hui on y vive à l'année dans des mobile homes en bordure d'allées goudronnées. Les pinèdes ont été remplacées par des immeubles d'habitation et d'immenses parkings. Sans leur accorder un regard, Daniel tourne vers le sud et s'engage sur la route 1, longeant un restaurant de fruits de mer, un magasin d'accastillage, une salle de karaté, une poissonnerie, le salon d'un tatoueur. Au-delà s'étend le marais salant éclairé par le soleil déclinant, et lorsqu'il traverse le fleuve constellé de hors-bords blancs, Daniel aperçoit depuis le pont le Harborside Restaurant sur la berge, sa terrasse envahie par des familles en train de dîner sous des parasols rayés, les hommes en chemise à manches courtes et les femmes en jupe, certains prenant un verre au bar en plein air tandis que l'orchestre de jazz joue dans un coin. Personne ne lève les yeux au passage du vieux pickup rouge de Daniel Ahearn qui se sent importun – mot qu'il a appris récemment grâce au livre audio sur John Adams, interrompant l'enregistrement pour le noter et chercher le sens dans le dictionnaire Webster sur sa table de chevet.

Importun : qui impose sa présence à autrui, souvent dans son propre intérêt. Qui intervient inopportunément dans un lieu, une situation, une activité.

Les soirs où il gare son pickup sur le parking municipal empli de monospaces et de SUV noirs étincelants, il ne croit pas importuner quiconque, mais en empruntant l'allée en brique qui rejoint la promenade où flânent touristes et résidents, il a la désagréable sensation de s'introduire par la porte de service dans une fête à laquelle il n'a pas été invité. Dans ces moments-là, il scrute les vitrines à la recherche de son reflet et voit un homme vieillissant avec un peu de ventre et de grandes mains, portant une chemise blanche et un pantalon beige propres qu'il a repassés plus tôt sur la table en formica de sa kitchenette. Un homme avec des lunettes, des cheveux clairsemés coiffés en arrière, un visage dont les rides font curieusement paraître son nez busqué moins saillant, et une touffe de poils grisonnants qui dépasse de son col ouvert. Il pourrait être professeur en retraite ou comptable, voire avocat ou grand-père. Est-il bel et bien grand-père ? Ou même arrière-grand-père ? Il s'est souvent posé la question.

Vos enfants ont davantage besoin de votre présence que de vos présents. Cette phrase du pasteur Jesse Jackson était dactylographiée et encadrée sous verre entre deux supports plantés dans le sol, devant l'église unitarienne au bardage blanc, la plus imposante de la ville. Son clocher est plus haut que la coupole de l'église méthodiste au sud, plus haut que la croix de l'église de l'Immaculée Conception à deux cents mètres vers l'ouest, plus haut que le dôme de l'église orthodoxe grecque au nord.

Un soir de l'automne dernier, Daniel a emprunté le pont en voiture pour aller se promener en ville. Il a vu en contrebas les bateaux au mouillage pour l'hiver dans les bassins de la marina, les pontons démontés, et l'eau lisse et grise coulant vers l'est jusqu'à la ligne sombre de l'océan à l'embouchure du fleuve. Pendant qu'il se garait sur le parking, un couple est passé avec de jeunes enfants portant des pulls assortis. La mère de famille, blonde et bouclée comme une jeune fille, lui a souri et il lui a souri en retour, mais avec le sentiment malgré tout de s'introduire subrepticement dans une ville respectable aux habitants sympathiques, où il ne serait jamais vraiment le bienvenu. S'efforçant de penser à autre chose, car il avait depuis longtemps compris que toutes les portes lui seraient à jamais fermées, qu'il n'*existait* tout simplement plus, ce qui n'était que justice, il s'est retrouvé devant l'église unitarienne : *Vos enfants ont davantage besoin de votre présence que de vos présents.*

Ces mots qui résonnaient dans sa tête avec les intonations de Jesse Jackson lui ont rappelé Pee Wee Jones. Il n'avait pas pensé à lui depuis des années. Jones était noir, mais se tenait à l'écart des Black Panthers, un mouvement trop discipliné pour lui.

Ses membres ne buvaient pas, ne fumaient pas ; ils portaient des jeans propres et des tee-shirts blancs, lisaient des livres dont ils discutaient en petits groupes dans la cour de la prison. Pee Wee, lui, peignait et dessinait, et il avait un jour reproduit le portrait d'une paysanne illustrant une Histoire de la Russie. Il était détenu dans le quartier des courtes peines et Danny dans celui des longues peines, mais un soir, juste avant l'extinction des feux, alors que Danny tuait le temps dans la cellule de Pee Wee, il avait vu ce dessin affiché sur le mur au-dessus du lit. Une femme de profil, courbée pour accomplir sa tâche, ses fins cheveux tirés en arrière et noués en chignon. Elle avait le nez busqué et les yeux profondément enfoncés dans leurs orbites. "C'est *ma mère* que tu as dessinée, Pee Wee", avait-il déclaré.

Agenouillé sur son lit, Pee Wee avait détaché le croquis, l'avait enroulé sur lui-même et le lui avait tendu. Deux jours plus tard, le 5 mai 1980, Susan fêterait ses dix ans. Daniel avait été absent plus de la moitié de sa vie. Il ne savait jamais si on lui lisait les lettres qu'il lui adressait, et là, il souhaitait lui envoyer quelque chose de plus. Dans sa cellule, il écrivit au dos du dessin de Pee Wee : *Voici un portrait de ta grand-mère. J'espère qu'il te fera plaisir. Dire que tu as déjà dix ans ! Ton papa qui t'aime.*

Ou quelque chose d'approchant. Il ne voulait pas l'abîmer en le pliant, mais c'était la seule solution, alors il l'avait quand même plié avec soin avant de le glisser dans une enveloppe timbrée à l'adresse de ses parents, qu'il avait portée à Polaski, un maton détesté de tous parce qu'il jouait de sa force et prenait un malin plaisir à les rendre plus malheureux qu'ils ne l'étaient déjà. Ayant découvert que Willie Teague avait une jolie femme, Polaski l'arrêtait dès qu'il le voyait pour lui dire : "Ta femme baise avec ton meilleur pote, Teague. À la minute où je te parle. Quel effet ça te fait ?"

Il mesurait près d'un mètre quatre-vingt-dix et pesait cent vingt kilos. Comme tous les gardiens de prison il avait les cheveux coupés ras, une brosse courte de couleur rousse sur son cuir chevelu brillant. Ses yeux bleus étaient sans éclat, son visage massif, et même quand il ne tourmentait pas Teague, ne jetait pas dans la boue le courrier d'un détenu ou ne rédigeait pas un rapport sur un autre pour "manque de respect", son sourire mauvais n'annonçait jamais rien de bon.

Danny aurait préféré ne pas lui confier le cadeau de sa fille, mais il n'avait pas le choix. Il restait quelques minutes seulement avant l'extinction des feux, et Polaski verrouillait la porte grillagée au pied de l'escalier. Danny s'était arrêté sur la dernière marche pour lui tendre l'enveloppe.

"C'est quoi, bordel ?

— Pour la levée de demain.

— Tu oublies quelque chose.

— Pour la levée de demain, officier."

Polaski avait déverrouillé la porte, arraché l'enveloppe des mains de Danny, et l'avait fourrée dans la poche arrière de son pantalon. "Extinction des feux, Ahearn, je pourrais te coller un putain de rapport.

— Je rentre tout de suite. Merci.

— Merci *qui* ?

— Merci, officier."

À peine un an plus tard, Polaski se viderait de son sang au même endroit ou presque.

Vos enfants ont davantage besoin de votre présence que de vos présents.

Un autre jour, Daniel aurait pu se sentir injustement stigmatisé par le panneau devant l'église, mais en cette soirée d'automne, à la lumière vacillante des lampadaires, alors qu'une odeur de pâte à pizza et de feu de bois flottait dans l'air, cette phrase ne lui a inspiré qu'une gratitude nostalgique au souvenir de Pee Wee.

Le dimanche suivant, lorsqu'il s'est rendu par une matinée froide et ensoleillée à la boulangerie allemande qui vend du café fort et des scones aux noix, une nouvelle citation était encadrée sur le panneau : *"Où puis-je te trouver ?" a dit Moïse à Dieu. "Si tu me cherches, c'est que tu m'as déjà trouvé", a répondu Dieu.*

Daniel s'est arrêté pour la relire. Un jeune skateur est passé si près de lui qu'il a senti l'odeur de son gel coiffant et de la laine de son pull. Cette question de Moïse… "Où puis-je te trouver ?" De l'intérieur de l'église lui parvenaient des chants, des chœurs aux accents triomphants. Un camion de bière rutilant longeait bruyamment la rue. *Où puis-je te trouver ?* Cela lui faisait l'effet d'une question profondément enfouie en lui que l'on aurait exhumée et affichée sur ce panneau en plein soleil. Mais ce n'était pas Dieu qu'il cherchait – Dieu n'existait pas –, il cherchait Susan, et Linda, la mère de Susan, et Danny lui-même, avant qu'il ne soit devenu Daniel lisant cette citation biblique.

Les chants avaient cessé. Les portes de l'église se sont ouvertes et Daniel, immobile, a regardé sortir les paroissiens. Des hommes et des femmes d'un certain âge. Beaucoup de pantalons de velours, de gilets, de lunettes à double foyer, de jupes aux couleurs vives, de longs cheveux grisonnants, et même une jeune femme replète qui portait un nourrisson endormi dans une couverture blanche.

Plus tard, après avoir bu son café à petites gorgées et mangé son scone à la boulangerie, il s'est dirigé vers les portes de l'église et en a poussé une. Il s'est avancé sur le parquet du hall d'entrée. Une des portes intérieures étant ouverte, il voyait des bancs vides badigeonnés de blanc, entendait quelques voix d'hommes venant d'un vestibule sur la droite. Il ignorait pourquoi il était entré. Ce n'était ni pour Dieu ni pour Ses fidèles. Mais la citation reproduite sur ce panneau devant l'église s'était insinuée en lui, et il a soudain mis ses lunettes pour jeter un coup d'œil à une liste affichée sur le mur.

S'entraider les uns les autres
Offres d'emplois bénévoles dans l'agglomération de Port City

Il a lu le nom des organismes et des foyers d'insertion. Une main tendue aux alcooliques, aux toxicomanes, aux pauvres, aux malades et aux mères isolées. Il a pensé à toutes ces années où sa belle-mère avait élevé seule Paul, son jeune fils, puis sa petite-fille Susan. Gerry avait mis les voiles au bout d'un an. C'était en tout cas la version donnée par la mère de Daniel lorsqu'elle lui avait rendu visite en prison, même si elle avait visiblement du mal à évoquer la famille Dubie, au point qu'il avait cessé de la questionner. Il savait toutefois que Gerry s'était endetté auprès des propriétaires de machines à sous et de billards électriques – des mafieux de Providence –, et avant son incarcération il avait aussi appris l'existence d'une serveuse du High Hat, une brune à gros seins.

*Service d'aide sociale pour les jeunes de Port City**

Daniel voyait d'ici une mère aux prises avec ses gosses incontrôlables. Il pourrait lui tondre sa pelouse, lui rapporter ses courses, aider son fils ou sa fille à faire leurs devoirs, assis à la table de la cuisine. Mais c'était sans compter avec l'astérisque à droite du nom de l'organisme, et il a lu en se penchant qu'il aurait à produire un extrait de casier judiciaire. Pour s'occuper d'enfants, c'était obligatoire, et bien qu'il n'ait jamais fait de mal à un gosse, il savait qu'on découvrirait son histoire et qu'il serait disqualifié.

Il a poursuivi sa lecture jusqu'à la fin de la liste : *Aide aux seniors*, pas d'astérisque. La première association qu'il a repérée était le Club des anciens. Il a mémorisé le numéro de téléphone et quitté l'église avant que quiconque le voie et lui mette le grappin dessus.

Juste après le carrefour de State Street, Daniel tourne à droite et accélère dans la rue où se trouve l'immeuble de Rudy. En haut du pan incliné, le vieil homme l'attend dans son fauteuil roulant, les épaules voûtées, son visage ridé aussi renfrogné que si Daniel était en retard, alors qu'il a au moins dix minutes d'avance. Daniel le salue de la main, et la brûlure lancinante au creux de son bassin le traverse jusqu'aux pieds.

Il est maintenant assis devant l'ordinateur de la bibliothèque, en nage après avoir couru depuis son pickup. Sans forces parce qu'il n'a pas déjeuné, le cœur battant et la gorge sèche, il déplace la souris jusqu'à ce que l'écran s'éclaire, puis attend. Le temps de se garer devant l'immeuble de Rudy et de descendre le fauteuil roulant du pickup, il était plus de dix-sept heures et la bibliothèque ferme à dix-huit heures. À deux postes de travail de lui, une jeune fille obèse avec une mèche de cheveux verts pianote à toute vitesse sur son clavier. Debout derrière le comptoir des prêts, la bibliothécaire la plus âgée étudie quelque chose sur l'écran d'un ordinateur portable. À l'entrée de Daniel, elle a levé les yeux et l'a dévisagé comme si elle savait tout de lui, puis lui a adressé un sourire de pure forme avant de retourner à son écran. "On ferme dans quarante minutes." Une partie de

Daniel était soulagée. Jamais il ne pourrait retrouver sa fille en quarante minutes, mais ce soulagement l'a ensuite fait rougir de honte. Or pourquoi ne serait-il pas soulagé ? S'il la retrouve un jour, que se passera-t-il ?

Il fait frais dans la pièce. Il sent l'arôme mentholé du chewing-gum que mastique la jeune fille près de lui. Elle continue à pianoter frénétiquement sur le clavier ; il sait qu'elle joue à un jeu vidéo. De son côté il hésite, et il le sait aussi. Il clique sur Google et patiente. Mais la page d'accueil colorée s'affiche plus vite qu'il ne s'y attendait, et la longue barre de recherche attend qu'il l'emplisse de mots. Cette pesanteur douloureuse qu'il ressent au bas du ventre l'aurait fait se ruer aux toilettes quand il était en bonne santé, mais il se borne à regarder par la fenêtre la pelouse qui rejoint le square au centre de la ville, où un monument de granit honore la mémoire des jeunes tués au combat.

Il tape *Susan*. Puis *Dunn*. Il appuie sur la touche Entrée, et une série de *Susan Dunn* s'affichent : *Susan Dunn, décoratrice d'intérieur* ; *Susan Dunn, LinkedIn* ; *Susan Dunn, professeur à l'école d'infirmières, Wideman Community College*. Le cœur de Daniel s'affole comme un poisson perdu dans sa cage thoracique. Peut-il s'agir d'elle ? De la petite fille qui collait son oreille contre sa poitrine ? Il se la représente devenue femme, stéthoscope autour du cou pour faire cours à une classe d'étudiants attentifs. De ses doigts engourdis, il clique avec la souris sur Susan Dunn, professeur à l'école d'infirmières. Un CV. L'obtention d'un doctorat. La photo d'une femme rousse aux yeux verts, au regard bienveillant et au sourire chaleureux. La cinquantaine au moins. Le genre de soignante qu'à l'hôpital Daniel voudrait voir à son chevet, même si ce n'est pas sa Susan, et, luttant contre le courant d'un fleuve noir et froid, il clique sur les précédentes. L'une d'elles est psychiatre dans le Minnesota. Chef de service. Plausible, là aussi, mais quand il ouvre le fichier il n'y a pas de photo, et d'après son CV, cette Susan était étudiante dans les années 1940. Il revient à la liste et la fait défiler jusqu'à une page Facebook. Il ouvre : la photo d'un fauteuil Adirondack vide sur un ponton au bord d'un lac. Dessous, les Favoris de cette Susan-là :

Musique : Bobby Vinton, Tony Bennett, Dean Martin, Luciano Pavarotti

Livres : Sur la route de Madison, *et* Les Pages de notre amour
Films : Autant en emporte le vent

Pas la peine d'en lire davantage. Impossible que ce soit sa Susan. Il ignore presque tout d'elle, mais sait au moins une chose : elle était adolescente dans les années 1980, pas dans les années 1950 ou 1960 comme cette autre Susan.

Il a la bouche sèche. Il lui faudrait de l'eau. De retour à la liste de toutes les Susan Dunn, il ouvre encore une page Facebook et voit : *Susan Dunn, Photos*. Sa gorge se noue. Juste en dessous, les clichés de six femmes, aucune ne pouvant être celle qu'il cherche. Trop vieilles, trop pâles, et blondes pour trois d'entre elles, encore que sa fille si brune ait pu se faire décolorer les cheveux, non ? Il en examine une de plus près, mais elle a au moins soixante ans. Il clique trop fort sur la souris et l'écran se fige. Dehors, un vrombissement assourdissant sur la place : des motos, huit ou neuf. Il jette un coup d'œil à sa montre. Six heures moins vingt. Il reprend son souffle et avale laborieusement sa salive, le cœur en travers de la gorge. Encore un clic, plus doucement cette fois, et sur l'écran apparaissent les photos de douzaines de Susan Dunn.

Daniel a les larmes aux yeux. Toutes des femmes adultes, sans exception. Pas la moindre jeune fille, mais pourquoi y en aurait-il une ?

Elle a quarante-trois ans. Quarante-trois ans.

Il enlève ses lunettes, celles dont il se sert pour travailler, attachées autour de son cou par un fin cordon, et de l'index il écrase une larme. Soupire trop bruyamment. Remet ses lunettes et se penche en avant pour passer en revue chaque Susan Dunn.

La plupart d'entre elles ont posé pour ces photos que Daniel survole trop vite. Il s'oblige à ralentir pour étudier chacune d'elles. Une blonde en tailleur sombre fixe l'objectif avec un sourire si glacial que Daniel la croit procureur. Une brune plus jeune aux cheveux courts a mis l'index et le majeur sur son menton, comme si elle venait de finir d'écrire un livre et restait songeuse. Certaines femmes ne sont vues que de profil, d'autres portent des boucles d'oreilles ou un collier de perles, et presque toutes semblent sortir de chez le coiffeur. Une Susan Dunn est debout sur un podium, lunettes perchées sur le bout de son nez pour lire son discours. Sur le mur derrière elle, une banderole bleue et or :

Convention nationale des évaluateurs immobiliers. Son âge est le bon et Daniel scrute l'écran, puis pense à cliquer sur la photo pour l'agrandir, mais non, ce n'est pas sa Susan, celle-ci a les yeux bleus et le nez trop petit. Il réduit la taille de son visage et en fait lentement défiler d'autres : tant de Susan Dunn, il y en a trop.

"On ferme dans un quart d'heure."

Toujours la bibliothécaire âgée du comptoir des prêts. Daniel acquiesce de la tête au-dessus de l'écran de l'ordinateur. Près de lui, la jeune fille tape obstinément sur son clavier.

Il pense au lendemain. Il prendra un jour de congé et reviendra dès le matin. Il passera la journée entière à regarder ces photos. Il y en a tellement. Comment peut-il y en avoir autant ? Et voici également quelques hommes. L'un d'eux en costume-cravate. Un autre en tee-shirt, au soleil sur un bateau. Sur une photo de famille, une Susan fixe Daniel : elle, son mari et leurs cinq enfants, tous obèses. Elle aussi a l'âge qu'il faut. Se peut-il qu'il ait cinq petits-enfants trop gros ? Il clique sur la photo et zoome sur le visage de leur mère. Non, trop allemande. Ou trop suédoise. Même sous toute cette graisse, impossible que ce soit sa fille. Il réduit la taille de la photo. *Ma fille* : deux mots plantés depuis tant d'années dans sa tête comme une lame, et là, juste sous la famille obèse, apparaît Linda.

Le sang de Daniel se fige. Le cliquetis des touches à sa gauche s'assourdit. C'est sa femme, telle qu'elle aurait été si elle avait vécu quinze ou vingt ans de plus. En plein soleil devant un immeuble en béton. Elle a ramené ses cheveux longs sur son épaule gauche. Elle ne sourit pas, mais n'a pas le visage fermé pour autant. Elle porte une robe de coton sans manches, aucun bijou, et garde ses bras bronzés le long du corps comme si elle se tenait prête à les replier pour se mettre à courir. Il y a une main posée sur son épaule, c'est un portrait de groupe. Daniel clique pour agrandir la photo et cette femme devient encore plus belle. C'est Linda levant les yeux vers lui dans sa cabine vitrée à l'entrée de l'Himalaya. C'est Susan juste avant qu'elle lui échappe lors d'une partie de cache-cache. Ou qu'elle grimpe sur ses genoux, à la fois timide et joueuse. C'est sa fille qu'il n'a pas vue depuis quarante ans, et il vient de la retrouver en moins de vingt minutes. L'écran se brouille sous ses yeux. Il remonte ses lunettes sur son crâne, sèche ses larmes avec son bras et remet ses lunettes. En bas de la photo, en petits caractères jaunes : *Susan Dunn, professeure assistante, anglais*. Une enseignante. Sa fille est devenue professeure, elle, la fillette amoureuse des livres que Daniel lui lisait trop lentement. Elle préférait que ce soit Linda qui lui fasse la lecture, mère et fille blotties au lit l'une contre l'autre, la tête contre l'oreiller et les yeux fixés sur le livre ouvert entre les mains de Linda.

Mais de quand date cette photo ? Où Susan enseigne-t-elle ? À côté du cliché, un onglet : *Aller sur le site*. Daniel clique. L'écran s'éclaire : *Eckerd College, St Petersburg, Floride*.

La Floride. Là où Loïs s'est installée avec Susan après le déménagement de Paul et le départ de Gerry. Là où l'agent de probation de Daniel lui a interdit de se rendre, même le temps d'un week-end, en août 1988. Mais pourquoi serait-il allé là-bas, d'ailleurs ? La lettre de Loïs, envoyée la semaine de sa libération conditionnelle, il l'a conservée des années. Rapide et explicite comme une balle de pistolet, elle s'était logée dans sa mémoire :

Danny,

C'est criminel qu'on t'ait laissé sortir. J'espère qu'on t'en a fait baver là-bas. Si tu viens chercher Susan, tu le regretteras. J'ai un fusil et je m'en servirai. Ta fille n'a aucun souvenir de toi. Elle ne se souvient que de sa mère qui l'aimait et que tu lui as prise.

Loïs

C'était l'une des rares lettres reçues en détention qui ne soit pas venue de la mère de Danny, et elle était arrivée quelques jours avant sa libération. Il l'avait lue au soleil dans la cour de la prison. Autour de lui, les allées et venues de ses codétenus. Des odeurs de tabac froid, de cheveux sales et de transpiration. Il n'était pourtant pas un mauvais homme, mais si, en fait. Tout ce que disait cette lettre méritait d'être dit. Il l'avait relue trois fois avant de la replier, de la fourrer dans la poche de son jean, et de retraverser la cour pour regagner le quartier des longues peines, sa cellule, son lit, et le plafond en béton sur lequel il regarderait défiler sa vie. *J'espère qu'on t'en a fait baver là-bas.* C'était blessant, non parce que Loïs voulait qu'il souffre, mais parce qu'*elle* avait souffert à cause de lui. Il oubliait parfois son existence. Quand il pensait aux souffrances qu'il avait causées, c'était surtout à celles de Linda, et à celles de Susan. Et aux siennes.

"Cinq minutes, monsieur." La voix de la bibliothécaire se rapproche. Elle appuie sèchement sur l'interrupteur près du premier rayonnage. L'amatrice de jeux vidéos est partie, il ne reste apparemment plus que lui. Sur l'appui de fenêtre à sa gauche, près d'un bloc-notes, un mug au logo de la bibliothèque sert de porte-crayons. Il prend le bloc-notes et un crayon, griffonne le numéro d'Eckerd College. Il arrache la feuille, la plie pour la mettre dans la poche de sa chemise, et revient d'un clic à la photo de Susan. Mais l'écran est figé sur Eckerd College. Daniel déplace le pointeur jusqu'à la flèche en haut de la page, clique encore, mais rien ne se passe. Un parfum flotte dans l'air. La chaise près de lui est poussée contre le rebord de la table. "Je dois éteindre ces ordinateurs. On rouvre demain à dix heures."

Daniel clique une dernière fois sur la souris et l'écran reste figé, alors qu'une page plus loin, sa fille si belle devenue femme le regarde sans sourire, mais sans hostilité non plus, comme si elle voulait bien qu'il vienne la chercher. Elle est d'accord.

6

Assise dans le fauteuil derrière la caisse, Loïs avait envie d'une cigarette. À côté du registre sur le bureau, un petit ventilateur soufflait de l'air tiède sur son visage, et Marianne la suppliait à chaque printemps ou chaque été de faire installer la climatisation. C'était la dernière chose dont les meubles anciens avaient besoin. Il leur fallait surtout le taux d'hygrométrie constant maintenu par les cinq absorbeurs d'humidité disposés par Don dans le magasin. Leur bourdonnement permanent lui était devenu aussi familier que sa respiration, et elle se cala dans son fauteuil pour observer Marianne qui conseillait une cliente hésitant à acheter et à expédier chez elle dans l'Ohio un miroir Biedermeier à cadre doré. Loïs en voulait 4 500 dollars, ce qui lui laisserait un bénéfice de 1 800 dollars et rentabiliserait son dimanche. Proche de la soixantaine, la cliente avait la beauté des femmes fortunées aux cheveux soigneusement permanentés, son sac en croco au poignet tenant lieu de signe extérieur de richesse. Loïs la trouvait antipathique et se félicitait que Marianne s'occupe d'elle.

Seul autre client dans le magasin, un jeune homme en short et en polo qui examinait un camion miniature de cirque Wyandotte datant de la fin des années 1930. Sur le plateau du camion, une cage à lions en bois, au fronton orné d'une inscription en lettres minuscules : *Sous le plus grand chapiteau du monde*. Ce camion avec ses roues à rayons faisait partie d'un ensemble, et c'était une rareté. Loïs l'avait acheté trois cent cinquante dollars sur eBay, mais ne s'en séparerait pas pour moins de quatre cent cinquante dollars. Le jeune homme, vingt-cinq ans au plus, était peut-être oncle pour la première fois. Le col de son polo semblait usé, et Loïs ne bougea pas, doutant qu'il ait assez d'argent.

Elle ne quittait pas des yeux le paquet de Carlton au fond de son sac à main posé à ses pieds. Elle en avait fumé deux avec son café du matin, or il n'était même pas midi et elle aimait en griller une après le déjeuner, deux avec son verre de vin en fin de journée, une dernière devant la télévision après dîner. Il fallait qu'elle patiente.

Par la fenêtre, au-delà de l'ombre étouffante du porche, Oak Street s'étirait sur toute sa longueur au soleil. Une femme et une adolescente traversèrent la chaussée, et Loïs, pensant à Susan, consulta de nouveau sa boîte mail. Rien. Elle vérifia ses messages envoyés pour s'assurer qu'elle avait répondu le matin même à celui de Susan, et il était bien là, avec son pieux mensonge. Mais ce n'était pas totalement un mensonge. Elle n'avait pas vu Suzie depuis Noël dernier, à St Petersburg. Avec Bobby, son mari au crâne chauve, et cette musique de jazz syncopée que Loïs détestait. Mais la façon dont il regardait Susan la rassurait, et puis c'était un bon cuisinier : sa dinde à la sarriette était la meilleure qu'elle ait mangée. Quel dommage qu'ils aient des problèmes de couple, mais quand Susan n'avait-elle *pas* eu des problèmes avec les hommes ?

“Excusez-moi…”

De près, le jeune homme avait l'air légèrement plus âgé, le regard un peu las. "Vous en demandez combien ?"

Non pas *Combien ?*, mais *Vous en demandez combien ?* Ce qui signifiait qu'il n'était pas novice, qu'il voulait marchander.

"Cinq cents dollars.

— Sérieux ?

— Comme la mort.

— Curieux que vous disiez cela.

— Ce n'est qu'une façon de parler.

— Mon grand-père…" Il détourna les yeux, fixant la cliente de l'Ohio sans la voir. "Mon grand-père est malade, il…"

Ah, nous y voilà. Loïs se pencha vers lui.

"Il perd la tête, ne s'intéresse plus qu'aux jouets.

— C'est un jouet coûteux, mon ami.

— Vous accepteriez deux cents dollars ?"

Loïs avait parfois la surprise de sentir son corps réagir avant elle quand elle s'interrogeait sur quelqu'un, mais là elle bondit de son fauteuil, enleva le camion des mains du jeune homme et, se glissant derrière lui, alla prestement le remettre sur l'étagère à jouets près du Fort Apache de Rintintin. D'où elle était, elle remarqua sur la poche du short de son client une tache trahissant la maladresse et le laisser-aller, mais elle s'était levée un peu vite et le sol se mit à tanguer sous ses pieds. Elle reprit son souffle et s'adressa au jeune homme entre deux vertiges.

"Gardez vos histoires attendrissantes pour quelqu'un d'autre, d'accord ? Cinq cents dollars ou rien."

À la façon dont il cligna des yeux, elle se demanda si elle ne s'était pas trompée sur son compte. À moins qu'il n'ait pas eu l'habitude d'être si facilement percé à jour et pris pour un voleur, voire pour un brocanteur venu de la côte en quête d'une bonne affaire. Le dimanche après la Foire à la brocante du 4e samedi, on voyait traîner ce genre d'aigrefins, encore que Beaux Meubles & Jouets Anciens, la boutique de Loïs, soit la seule de la ville où il valait la peine de tenter sa chance. Aucun autre antiquaire n'aurait osé inscrire l'adjectif "Beaux" sur son enseigne, les boutiques d'Arcadia ne vendant qu'un bric-à-brac bon marché, rien à plus de trois cents dollars en général. Et principale raison pour laquelle les collègues de Loïs commençaient à lui en vouloir.

“Vous êtes dure.” Le jeune homme hocha la tête et sortit. Le calme revint. De retour dans son fauteuil, Loïs se représenta un grand-père du même âge qu’elle, aux mains couvertes de taches de vieillesse et déplaçant maladroitement des soldats, autos et camions miniatures. Oui, elle avait pu se tromper, mais elle relativisa d’un haussement d’épaules. Il valait toujours mieux se montrer trop méfiante que pas assez. Toujours.

Marianne adossa le miroir contre le mur et entreprit d’éclairer sa cliente aisée de l’Ohio sur la période Biedermeier, qui n’aurait pas existé sans la répression exercée dans l’Empire autrichien par le prince Metternich contre les peintres, écrivains et musiciens au début du XIXe siècle.

“Ainsi, voyez-vous, le milieu artistique se tourna vers des activités sans risques comme la décoration intérieure et ce ravissant cadre doré.”

Elle s’en sortait bien et c’était une chance de l’avoir, Loïs le savait. Marianne, vingt ans de moins qu’elle et vingt de plus que Susan, avait la soixantaine, à peu près l’âge qu’aurait eu Linda. Elle était mariée depuis quatre décennies au même homme, un éleveur de bétail qui lui offrait une vie agréable dans un ranch en bois massif sur quatre cents hectares de terres. Ils avaient élevé deux fils, tous deux mariés et pères de famille. L’aîné était avocat à Miami, et le cadet musicien à Los Angeles. Chaque printemps, Marianne et Walter s’envolaient pour l’Europe et y passaient un mois. Tantôt en Italie, tantôt en Espagne. L’année précédente, c’était la campagne française. Comme sa patronne, Marianne n’avait pas fait d’études supérieures mais c’était une grande lectrice, et à chaque nouvelle acquisition de Loïs dans une succession, une vente aux enchères, ou en ligne, Marianne entamait des recherches sur internet. Elle allait même en voiture à la bibliothèque de Tampa ou de St Petersburg pour y emprunter divers ouvrages. C’était, disait-elle, ce qu’elle préférait dans le fait de vendre des objets du passé : tout ce qu’ils lui apprenaient sur l’histoire de l’humanité.

Loïs n’en disconvenait pas. Elle aussi avait fini par apprécier ce que pouvaient lui enseigner ses antiquités. Comme sa collection de marionnettes Sue Herschel datant des années 1920 en face de son bureau, sur des étagères à côté des miniatures en plomb, et qu'elle se surprenait souvent à contempler. Elle possédait onze marionnettes, six hommes et cinq femmes, les hommes portant un pantalon de flanelle à bretelles, ou un ample costume trois-pièces et un canotier. Les femmes, sur une étagère à part, étaient des "garçonnes" des années 1920 aux mains gantées, avec fume-cigarette et chapeau cloche. Juste avant la Grande Dépression, Herschel écrivait et mettait en scène des pièces de théâtre, mais, lasse des excès de boisson des comédiens, elle s'était mise à confectionner des marionnettes et se retrouva, des années plus tard, à la tête d'une équipe d'au moins cinquante artistes qui fabriquèrent près de trois mille marionnettes Herschel. Des dizaines de troupes s'en servirent dans tout le pays, l'une d'elles se produisant même à la Maison Blanche devant le président Eisenhower. Mais avec le temps la plupart des marionnettes furent perdues, brûlées, ou mangées par les mites, et seules quelques-unes survécurent. Elles furent les premiers "beaux" jouets acquis par Don pour la boutique de Loïs.

"Formidable. Je vais vous l'emballer, alors."

Bravo Marianne.

Celle-ci écarta de ses yeux une mèche de cheveux grisonnants et, le miroir dans les bras, alla dans l'arrière-boutique où étaient rangés le plastique à bulles et le scotch, faisant à Loïs un clin d'œil au passage. Loïs eut un hochement de tête approbateur et referma son ordinateur portable. Elle attendit près de la caisse la cliente de l'Ohio, qui prenait tout son temps. Tel était l'effet des antiquités. Que vous soyez ou non amateur, elles ne vous laissaient pas indifférents, pas plus que le reflet de votre visage vieillissant dans le miroir. La cliente, son sac en croco au poignet, effleurait de l'index et du majeur le plateau ciré d'un bureau en noyer provenant d'une ancienne plantation. Il datait d'avant la guerre de Sécession, avait des compartiments secrets, et présentait des traces de brûlures causées par les bougies à la lueur desquelles ses propriétaires rédigeaient leur courrier tard le soir. La boutique Beaux Meubles & Jouets Anciens contenait des centaines d'antiquités, et combien d'heures au fil des ans Loïs avait-elle passées seule en leur compagnie ? Elle avait acheté ce commerce pour subvenir à ses besoins et à ceux de Suzie, sans jamais imaginer que ces vieilleries lui offriraient bien plus que le produit d'une vente ici ou là. Des années durant elle s'était satisfaite de gagner sa vie tant bien que mal et de constituer sa collection pièce par pièce, mais elle avait acquis une renommée et dû engager Marianne pour l'aider. Et même quand l'argent avait commencé à rentrer, elle appréciait par-dessus tout de s'installer parmi ses guéridons, ses fauteuils viennois, ses buffets, tables de nuit et dessertes Biedermeier, ses commodes et vitrines en bois noir, ses secrétaires en noyer, ses tables gigognes sculptées à la main, ses canapés en bois de rose, ses étagères couvertes de jouets d'enfants : camions Kilgore et chevaux de cirque, une voiture télécommandée Cox Shrike à essence, des chariots de la conquête de l'Ouest tirés par des chevaux de plomb, une boîte à musique en forme de niche faite en Suisse. C'était comme écouter, assise au coin du feu, un solide vieillard vous raconter des histoires toutes plus captivantes les unes que les autres, toutes différentes et pourtant curieusement semblables. Et combien de ces magnifiques objets avaient été fabriqués en temps de guerre ? En période d'épidémies mortelles, d'inondations et de sécheresse ? Contre vents et marées, des hommes et des femmes avaient continué à les fabriquer. Cela touchait Loïs. Elle n'identifiait pas trop cette émotion qui l'interpellait toujours, et souvent, après la fermeture, elle s'attardait dans son fauteuil près de la caisse, peu pressée de rentrer, surtout, surtout, pendant l'adolescence de Susan. Car dans sa boutique, entourée de tant de belles choses qui étaient l'œuvre de gens morts, elle pouvait pour une fois souffler et cesser d'avoir peur.

"À l'ordre de qui, le chèque ?"

C'étaient les vivants qui gâchaient tout.

"Pas de chèque. Paiement en liquide ou par carte de crédit uniquement, s'il vous plaît."

La cliente tirait de son sac à main un chéquier dans un étui en cuir. Elle s'immobilisa et soutint le regard de Loïs. "Je vous demande pardon ?

— Nous n'acceptons pas les chèques. Uniquement les espèces ou les cartes de crédit."

Loïs s'entendait et savait qu'elle devrait s'adoucir, faute de quoi elle risquait de rater cette vente, mais elle n'aimait pas cette femme venue de l'Ohio. Elle n'aimait pas les émeraudes à ses oreilles, assorties au pendentif sur sa gorge couverte de taches de rousseur dues au soleil. Elle n'aimait pas ses ongles manucurés ni ses bracelets d'or, et encore moins l'impression que se voir refuser quelque chose était une nouveauté pour cette dame.

"Mais je vous assure…

— En espèces ou par carte de crédit uniquement."

La cliente fit la moue et fronça légèrement les sourcils. Sous son regard, Loïs se sentit telle qu'elle était : peu raffinée, peu cultivée, et capable d'une certaine cruauté. Elle se sentit également grosse et vieille, sans homme dans sa vie, et désormais il en serait toujours ainsi, non ? Elle se sentait aussi dans son bon droit, et ne bougerait pas.

"Très bien." La cliente sortit un portefeuille en croco et l'ouvrit, révélant un porte-cartes qui en contenait dix ou douze. Elle saisit une carte Platinum et la tendit à Loïs à l'instant même où Marianne revenait de l'arrière-boutique, avec le miroir Biedermeier emballé dans du plastique à bulles.

"Et voilà !" Marianne, le front luisant de sueur, affichait un large sourire.

"Parce que vous ne vous chargez pas de l'expédition ?"

Parce que cette boutique ressemble à un bureau de poste ? Cette réplique traversa l'esprit de Loïs, mais elle avait déjà inséré la carte et on ne faisait pas tous les jours mille huit cents dollars de bénéfice. Sa tension montait, elle avait la bouche sèche, il lui fallait absolument une cigarette. Marianne expliqua qu'elles n'étaient pas équipées pour les expéditions. "Mais il y a deux magasins UPS à Port Charlotte, à une trentaine de kilomètres au sud. Vous avez un GPS ?

— Bien sûr que j'ai un GPS. Je croyais juste que, pour ce prix, les frais de port étaient inclus."

Loïs sentait son cœur battre jusque dans le lobe de ses oreilles. "Non." Elle détacha sèchement la facturette et la remit à la cliente avec un stylo pour qu'elle la signe. "Malheureusement non."

La cliente, du nom d'Anne Langely d'après sa carte de crédit, regarda la facturette de haut comme si Loïs lui présentait quelque chose d'incongru.

Je ne suis pas au service de cette garce pleine aux as. Si je rate cette vente, eh bien tant pis.

Anne Langely saisit le stylo, griffonna une signature illisible et tendit le bras vers sa carte de crédit. Loïs, tout sourire, la lui rendit.

Elle la rangea aussitôt avec les autres. “Je n’aime pas votre ton.

— C’est réciproque.”

À nouveau, cette moue et ce froncement de sourcils. *Allait-elle s’énerver ou pas ?* Anne Langely mit son sac en croco à son épaule. Elle se tourna vers Marianne, souleva à deux mains le miroir bien emballé et le serra contre son cœur comme une bonne élève. “Vous ne devriez pas employer cette femme. Elle ne vous fait pas honneur”, lui dit-elle.

Loïs prit son paquet de Carlton. “Ce commerce est à moi, pas à elle. Bonne journée à vous.” Elle passa devant Marianne, traversa l’arrière-boutique et sortit. La chaleur avait des relents de barbecue, et en allumant sa cigarette Loïs entendit la musique grêle d’un orchestre de mariachis à deux ou trois cents mètres de là. Anne Langely pouvait très bien rejoindre sa voiture avec le miroir Biedermeier, puis changer d’avis, le rapporter et annuler son achat. Et alors ? Loïs avait fait un bon mois. Marianne perdrait une commission, mais après tout, qui d’autre dans cette ville versait à son employée des commissions de dix pour cent ? Personne. Loïs n’aurait donc qu’à encaisser la perte et signer à Marianne un chèque de cent quatre-vingts dollars. Rien de tragique. Et plutôt aller au diable que de se laisser prendre de haut.

Tu effraies les gens et ils ne reviennent pas, Loïs. Tu les traites comme des intrus. Don, encore. Elle n’était pas allée sur sa tombe depuis des années. Il reposait dans le caveau de la famille Lamson à Ocala plus au nord, un bout de terre déprimant à l’ombre de quelques pins rabougris, son grand corps enfermé dans une boîte en bois à moins d’un mètre de son père et de sa mère, dont il jurait qu’ils s’étaient regardés en chiens de faïence durant leurs soixante ans de vie commune. Il y avait aussi son petit frère Arthur, tué au Viêtnam, dans cette guerre au sujet de laquelle tout le pays se déchirait pendant que Loïs élevait Paul et Linda. Que Don ait voulu être enterré en ce lieu l’attristait, mais où aurait-il pu aller ? Derrière leur maison, sous les chênes en bordure de la Bone River ?

Et elle-même, où serait-elle enterrée ? Pas à Ocala, ni avec son ordure d’ex-mari tout au nord, ni auprès de ses parents. Non, ce serait près de Linda. Là où se trouvait sa fille, encore qu’à la seule pensée des vagues de l'océan, Loïs sentit à nouveau le sol tanguer sous ses pieds et dut s'asseoir dans son fauteuil de jardin sous le vieil escalier de secours.

Sur une marche rongée par la rouille, le bocal à café vide qui lui servait de cendrier. Le fixant des yeux, elle revit Gerry, son mari, avancer en costume dans les flots avec, sous le bras, cette urne d'une petitesse obscène. Elle hocha la tête et fit tomber d'un geste sec la cendre de sa cigarette. À l'autre extrémité du terrain vague, la fumée déferlait entre les noyers d'Amérique et Loïs reconnut l'odeur du porc ou de la poitrine de bœuf en train de griller, tandis que les mariachis faisaient place à un groupe tex-mex populaire auprès des Mexicains de la région. Il y avait plusieurs accordéons et même une guitare électrique ; une femme chantait en espagnol, la voix soudain couverte par le vrombissement d'un moteur : un de ces antiques pickups surbaissés, que les jeunes gens bricolaient quand ils ne travaillaient pas dans les orangeraies. Lorsqu'elle et Suzie étaient arrivées trente ans plus tôt, seule une poignée d'ouvriers agricoles vivaient là avec leur famille, mais Loïs, Marianne et la plupart des commerçants blancs étaient à présent une minorité, surtout le dimanche, unique jour de loisir pour les Mexicains : Arcadia devenait un village mexicain, ce qui déplaisait à Loïs. Don l'avait traitée de raciste, mais il se trompait. Elle redoutait qu'ils fassent fuir les clients aisés, voilà tout. D'autres commerçants partageaient ses craintes. Ils avaient organisé des réunions. Don avait fait observer que, dans le coin, la délinquance se résumait plutôt aux coups de feu échangés par les saisonniers *blancs* des ranchs quand ils étaient ivres. Loïs ne pouvait guère lui donner tort.

Mais ce jeune Soto. Gustavo Soto. Aux pommettes saillantes, aux yeux noirs et aux santiags usées. Il n'était venu qu'une fois chez elles, un dimanche, au volant d'une vieille Chevrolet El Camino. Il avait un chapeau de cow-boy en paille, sa plus belle chemise western était rentrée dans son jean, et il tenait une modeste violette entre le pouce et l'index. Pour monter les marches jusqu'à leur porte d'entrée il avait retiré son chapeau et l'avait gardé à la main, la tête baissée mais guettant des yeux l'apparition de Suzie.

À seize ans, elle en paraissait vingt. Et portait déjà, contrairement aux autres filles de son âge, des robes d'été. Elle laissait pousser ses cheveux bruns, avait les yeux trop maquillés et trop de bracelets ; assise dans le bureau avec un livre, elle mâchait du chewing-gum l'air de rien, comme s'il était normal d'être ainsi pomponnée un dimanche. Loïs avait ouvert la porte avant elle.

"Vous avez quel âge, au juste ?"

Il n'avait pas répondu. S'était borné à la fixer comme on fixe un chien dont on se demande s'il va mordre ou pas.

"Vous parlez anglais ? Je vous ai posé une question.

— Bon sang, Loïs. Bien sûr qu'il parle anglais." Susan était passée devant elle, glissant le bras sous celui de Soto, lui prenant la violette alors qu'il se retournait et saluait Loïs de la tête, avant de remettre son chapeau sitôt les marches descendues. Il aurait aussi bien pu être ce grand gars moche en blazer rouge à l'Himalaya, qui enlaçait Linda dans la galerie de jeux, surveillant Loïs du coin de l'œil par-dessus l'épaule de sa fille, et... non. *Non et non.*

Le sang de Loïs n'avait fait qu'un tour. "Hé là ! Vous allez où, comme ça ?"

La cinquantaine, trop grosse et fumant trop, elle avait pourtant couru jusqu'à la voiture côté conducteur avant que ce garçon ne démarre. Elle avait tendu le bras à l'intérieur pour lui arracher les clés, mais il résistait et Suzie avait crié : "Lâche-les, Noni ! On va juste faire un tour en voiture, merde !

— Non, pas question." Loïs avait refermé les mains sur le poignet du jeune homme, mais il était plus fort qu'elle ; il s'était dégagé si brutalement qu'elle avait failli se retrouver par terre lorsqu'il avait passé la première, et la Chevrolet El Camino s'était éloignée en projetant de la terre et des aiguilles de pin sur la route.

Après, ç'avait été la guerre.

Bataille épuisante sur bataille épuisante.

Loïs tira longuement sur sa cigarette. En sueur, assoiffée, elle savait que sa tension était trop élevée. Et elle se sentait encore fatiguée. La matinée avait été bonne. Mieux valait peut-être fermer pour la journée. Donner à Marianne sa commission, rentrer déjeuner et faire une sieste.

"Je peux te parler, Loïs ?"

Oh, quoi encore, nom d'un chien ? "J'ai été trop garce avec cette garce ?

— Eh bien…" Marianne croisa les bras sur sa poitrine. Ce chemisier à rayures jaunes et blanches et ce rang de perles la vieillissaient.

"Marianne…" Loïs souffla un panache de fumée. "J'ai dû travailler toute ma vie. Je ne vais quand même pas laisser une touriste de l'Ohio me tenir la dragée haute dans ma boutique.

— Je ne l'ai pas trouvée si désagréable.

— Eh bien moi, si.

— Mais j'étais chargée de cette vente, Loïs, et…

— Tu sais que je te verserai ta commission quoi qu'il arrive. Est-ce que je ne l'ai pas déjà fait ?

— Il n'y a pas que ça. Je…

— Accouche." Loïs écrasa sa cigarette sur la marche rouillée et lâcha le mégot dans le bocal.

"Les gens jasent.

— Qu'ils jasent.

— Mais notre taux de satisfaction est tombé de quatre à deux étoiles, Loïs, et c'est…

— Écoute…" Loïs prit appui sur les accoudoirs du fauteuil et se leva lentement. "Je suis lessivée depuis hier et j'ai besoin de me reposer. Si tu veux tenir la boutique, à ton aise.

— Loïs…" Marianne croisait toujours les bras, l'air contrariée et déçue. À vrai dire, elle était sans doute la seule véritable amie de Loïs.

"Notre chiffre d'affaires se maintient, non ?

— En effet, mais…

— Assez parlé. Je rentre chez moi."

Quelque part dans le quartier autour d'Oak Street, un homme et une femme riaient. La chanteuse de l'orchestre tex-mex interprétait une ballade d'une voix presque brisée par la tristesse, et Loïs savait qu'elle devrait féliciter Marianne pour sa vente, mais elle passa près d'elle sans un mot. Elle n'aimait pas être sermonnée. Elle ne l'avait jamais supporté. Mais de retour dans la pénombre de sa boutique aux senteurs de bois ancien, elle espéra que, cette fois, Susan viendrait vraiment la voir. Et que ce n'étaient pas des paroles en l'air.

7

Bobby était adossé au fourneau, dans une vieille chemise hawaïenne aux tons délavés, sa tasse à café vide à la main. Il n'était pas rasé. En ce milieu d'après-midi, la lumière grise qui entrait par la fenêtre lui bleuissait la peau. Susan le trouvait pathétique. À quoi jouait-elle, grand Dieu ? Mais n'était-ce pas bon signe ? Le fait qu'elle recommençait à se soucier de lui ?

"J'ai peur que tu ne reviennes pas." Il lui sourit et hocha la tête ; elle s'approcha, il la serra contre lui trop fort et trop longtemps, sa tasse tombant avec fracas sur le sol. La peau de son cou avait les relents douceâtres d'un fruit presque blet. Cela n'avait jamais attiré ni repoussé Susan, et elle eut la vague sensation d'observer la scène de l'extérieur. Elle s'écarta, mais les grandes mains de son mari étaient encore sur ses hanches. Il contemplait ses cheveux coupés ras. "Mon rat musqué."

Elle l'embrassa sur la joue. Saisit la sacoche contenant son ordinateur et franchit dans des senteurs de palmiers la porte d'entrée grande ouverte, tandis que la haute silhouette voûtée de Bobby restait sur le seuil et qu'il la regardait rejoindre sa voiture d'un pas vif.

Peu après elle était sur le Skyway Bridge, dominant la baie de Tampa qui s'étendait de part et d'autre. Un porte-conteneurs faisait lentement route vers le large, sa cargaison jaune et rouille resplendissant au soleil. Les mots de Loïs résonnaient dans sa tête. *Tu es ici chez toi*. Mais en laissant son mari derrière elle, en roulant vers Arcadia, ses plaines alluviales et ses terres d'élevage, avec son ordinateur enfermé dans la sacoche sur la banquette arrière, elle avait l'impression d'être à bord de ce cargo, recroquevillée à l'intérieur d'un conteneur métallique vers une destination inconnue. Au moins n'avait-elle pas reculé, cette fois. Au moins essayait-elle de prendre les choses en main.

Assise sur la plus haute marche du porche, Susan attendait sa grand-mère. Il était presque dix-sept heures, mais il faisait encore chaud, et l'odeur des aiguilles de pin et du long chemin de terre qu'elle avait emprunté voilà bientôt une demi-heure imprégnait l'air. Elle ruisselait de sueur, regrettait d'avoir mis un jean, et la porte d'entrée était bien sûr fermée à clé, comme la porte-moustiquaire de la terrasse derrière la maison. Découvrant cela quelques minutes plus tôt, elle aurait bien rejoint à pied parmi les chênes et les pins les berges argileuses de la Bone River, sans le souvenir de ce serpent, ce mocassin qu'elle avait évoqué par écrit la veille, et ce fantôme de l'adolescente qu'elle était alors, lâchant sa cigarette et rentrant pieds nus chez elle à toutes jambes.

Chez elle. Jamais elle n'avait vraiment eu le sentiment d'être chez elle. Sa vie entre douze et quinze ans avec sa grand-mère dans ce campement amélioré au fond des bois lui avait paru étrangement précaire, comme si toutes deux étaient en cavale et se feraient arrêter tôt ou tard.

Il faudrait qu'elle écrive ça. Elle avait garé sa Honda sur l'herbe pour laisser à Loïs sa place de stationnement, et se pencha pour récupérer à l'intérieur de l'habitacle son carnet et son stylo sur le siège du passager. Elle but au goulot de sa bouteille d'eau un liquide tiède ayant goût de plastique, puis ouvrit le carnet à la page des quelques notes qu'elle avait prises, de simples impressions :

- Lycée en brique jaune lui aussi, ressemble à une prison
- Le Taco Bell est devenu un Lowe's ; tous les palmiers et les acacias ont disparu
- L'ancienne maison de Gustavo est envahie par les herbes folles derrière une clôture grillagée, à moitié affaissée comme si le conducteur d'une voiture était rentré dedans, et avait pris la fuite
- Les maisons des ouvriers agricoles travaillant dans les orangeraies sont toujours aussi merdiques, mais pas toutes
- Le camping de la Bone River ? L'amour avec Gustavo dans sa voiture ? Prise sur le fait par Loïs
- Les orangeraies qui s'étendaient tout autour de cette ville de merde ? Le fait que la beauté rende libre, sauf si on ne la voit pas ? Je voyais la beauté, mais je me sentais toujours tellement prisonnière.
- De Noni ? Oui. Et de mon ennemi.
- Les livres m'aidaient. Ils m'ont toujours aidée

La vie avec Noni donnait le sentiment d'être en cavale. Non, pas en cavale. En exil. Comme si nous étions deux exilées, écrivit Susan.

Elle reposa son carnet sur le siège du passager. Elle avait envie de faire pipi. Un oiseau lança un cri strident dans les bois derrière la maison. Si Loïs n'apparaissait pas rapidement sur ce chemin de terre, elle allait devoir l'appeler. Non, surtout ne pas se montrer trop insistante ou pleine d'espoir. Avec Loïs, autant faire profil bas et la laisser prendre les choses en main. Loïs s'y entendait. C'était ce qu'elle avait toujours su le mieux faire.

8

Daniel étudie la photo de Susan Dunn, allongé sur son lit face au ventilateur. Son travail fini, et avant de se forcer à déjeuner, il est retourné en voiture à la bibliothèque, a retrouvé le cliché et l'a imprimé, puis l'a fixé à la cloison du mobile home avec du scotch. Les angles inférieurs se soulèvent doucement dans la brise électrique. Les couleurs sont passées et les traits du visage moins nets que sur l'écran de l'ordinateur, mais c'est quand même ce que Linda serait devenue, c'est quand même leur Susan. Au bas de la feuille il a mis un post-it avec le numéro de téléphone d'Eckerd College noté la veille, mais il détourne les yeux.

L'espace d'un instant, il envisage de laisser tomber, comme tant de fois depuis tant d'années. Mais le poids fantôme de la joue de Susan et de sa minuscule oreille contre sa poitrine ne l'a jamais quitté, ni sa voix tendre et haut perchée : *Il bat tellement fort, papa.* Il était jeune en ce temps-là, un gosse de vingt-deux vingt-trois ans, et avant de disparaître il faut qu'il le dise à Susan. Sa fille doit savoir qu'il n'est plus l'auteur de cet acte. Et qu'il a toujours eu plus de choses dans le cœur que ce qu'elle a pu y entendre.

Ta fille n'a aucun souvenir de toi.

Il a bien sûr envisagé plus d'une fois cette éventualité, y revenant comme la pointe de sa langue sur un aphte. Pourquoi donc Susan se souviendrait-elle de lui ? Quel souvenir garde-t-il de Liam quand lui-même avait trois ans ? Celui de ses genoux osseux ? De la peinture aux couleurs vives incrustée sous ses ongles ? De son mutisme à table lorsqu'il engloutissait ce que lui avait préparé la mère de Danny ? Si Liam avait disparu quand il avait trois ans, il ne serait pour lui qu'une silhouette apparue en rêve, rien de plus.

Elle se souvient seulement de sa mère qu'elle aimait et que tu lui as prise.

Susan se souvenait-elle d'elle ? Il l'espérait. Linda avait été une bonne mère. La meilleure des mères. Il espérait que leur fille avait des souvenirs d'elle – des pancakes en forme de cœur qu'elle lui confectionnait, de sa façon de l'appeler Suzie Woo Woo, du soin avec lequel elle lui lavait les cheveux, les peignait et les tressait, des histoires qu'elle lui lisait le soir, et de son habitude, s'ils se promenaient sur la plage après dîner dans le vacarme de la fête foraine, de porter Susan et de ne la laisser marcher que si Danny et elle la tenaient tous deux par la main.

Danny la portait souvent, lui aussi. Il la hissait sur ses épaules et lui tenait le dos d'une main, les paumes poisseuses de la fillette posées sur son front, parfois même sur ses yeux. Quand Susan riait ou couvrait de ses cris les bruits de la foule, des attractions et des machines à sous, il sentait vibrer sa voix à travers sa poitrine jusqu'à l'intérieur de son crâne. Comme si elle y était chez elle.

Il y avait eu tellement de moments similaires. Un jour qu'ils jouaient à cache-cache dans leur bungalow à deux rues de l'océan, Daniel avait fait durer le suspense tout en sachant que Susan était derrière le canapé. Alors qu'il l'appelait sans cesse, elle gloussait dans sa cachette. Il avait soulevé le fauteuil et l'avait reposé bruyamment. Comme le pot de fleurs sur l'appui de fenêtre. "Susan ? Suzie Woo Woo ?"

Puis il s'était affalé sur le canapé, se prenant la tête à deux mains et faisant semblant de pleurer. Quelques secondes plus tard, une petite main se posait sur son bras. "Papa ? Ne sois pas triste. Je suis là. Tu vois ? Je suis bien là !"

Sur sa couchette de détenu dans le quartier des longues peines, la même vieille question tournait dans sa tête comme une vrille rouillée. Avait-on dit à Susan ce qu'il avait fait ? Pas quand elle était encore enfant, Loïs, et même Gerry, étant incapables de tels sévices, mais quand elle avait grandi ? Bien que Gerry ait disparu depuis longtemps, Daniel voyait d'ici Loïs faisant asseoir

Susan devant une table, ou sur le canapé du séjour. La beauté s'était transmise de mère en fille. Loïs avait toujours été grande, avec des yeux, un nez, des pommettes et une bouche parfaitement dessinés. Lorsque Danny et Linda avaient commencé à se voir, elle avait les cheveux crêpés comme toutes les femmes de l'époque, soulignait son regard d'un trait d'eye-liner noir et d'une couche de mascara charbonneux, portait un rouge à lèvres d'un rose presque blanc. Mais Susan avait dû devenir adolescente au milieu des années 1980, alors en quels termes avait pu s'exprimer Loïs ?

Il y a quelque chose que tu devrais savoir, ma chérie.

Quoi donc, Noni ?

Les Italiens appelaient leur grand-mère *nonna*, mais à deux ans Susan arrivait seulement à dire "Noni" et ce surnom était resté. Daniel tentait de se représenter sa fille pendant cet échange. Sa chevelure et son visage. Un appareil dentaire, peut-être ? Un jean ample comme il avait entendu dire que les filles en portaient ? Du vernis à ongles ? De fins bracelets au poignet ? Avait-elle un petit ami ? Est-ce qu'il la traitait bien ? Venant de lui, cette dernière question, pourtant sincère, semblait tellement inappropriée que, dès qu'elle lui traversait l'esprit, il se couvrait de sueur comme s'il avait de la fièvre.

Le problème était qu'il n'arrivait pas à se représenter Susan ainsi. Il la voyait uniquement comme il l'avait vue pour la dernière fois. Dans son short rouge, arrachée de ses bras par un des flics plantés au milieu de sa chambre.

L'après-midi de 1988 où il avait reçu la lettre de Loïs, Daniel ignorait encore qu'elle élevait Susan en Floride, aussi imaginait-il sa fille dans l'appartement de Gerry et de Loïs au fond de la galerie de jeux Penny Arcade. Une grande pièce commune avec une chambre de part et d'autre. Un long canapé noir de marque Naugahyde séparait le coin télévision de la cuisine exiguë où étaient empilés derrière les plans de travail, à cause du manque de placards, des boîtes de pâté, de soupe, de thon et de sardines en conserve, des paquets de crackers et de spaghettis, et des miches de pain sous cellophane. Au centre d'une table verte en formica aux pieds chromés et aux chaises assorties, une coquille de praire servait de cendrier, pleine de mégots des Chesterfield de Gerry et des Carlton de Loïs. À côté, une salière et une poivrière en forme de danseuses hawaïennes, la tête percée de minuscules trous au-dessus de leur couronne de fleurs rose vif.

Loïs avait-elle permis à Susan de garder le nom de son père ? Daniel en doutait. Avant de devenir cette magnifique Susan Dunn qui le fixait depuis son université de St Petersburg, elle s'était peut-être appelée Susan Dubie. Et Loïs avait peut-être commencé par là.

Quoi donc, Noni ?

À l'origine, ton nom de famille était Ahearn. Loïs aurait eu du mal à prononcer ces deux syllabes, mais elle l'aurait fait, soufflant en coin sa fumée de cigarette comme un mauvais sort. *C'était celui de ton père.* Pourtant, Daniel ne se représentait jamais la fin de l'échange sur l'écran blanc du plafond au-dessus de lui. Car si Loïs avait bel et bien dit à Susan où il se trouvait, cela signifiait que sa fille ne voulait pas le voir ni entrer en contact avec lui, puisqu'elle ne lui avait jamais rendu visite ni envoyé une seule lettre.

Il ne lui en voulait pas. Comment aurait-il pu lui en vouloir ?

Il devrait écrire tout ça à l'intention de Susan. Il a déjà essayé, mais il n'avait aucune idée de l'endroit où elle pouvait se trouver. Cela aurait été aussi vain que de lancer à la mer un message dans une bouteille. Maintenant, en revanche, il sait où elle est. Il devrait d'abord lui écrire et lui envoyer la lettre, et l'appeler ensuite. Après tout ce temps, il ne peut se contenter d'être une voix inconnue au bout du fil. Des vies entières se sont écoulées depuis qu'il a vu Susan pour la dernière fois.

Il se redresse trop vite et des mouches volantes lui obscurcissent la vue. Il respire à fond, hume l'odeur de beurre brûlé du croque-monsieur auquel il n'a pas touché, et celle de la résine des pins qui filtre par les moustiquaires de ses fenêtres. C'est de nouveau la canicule et son tee-shirt lui colle à la peau, le ventilateur ne brassant que de l'air tiède.

Dans le tiroir sous le grille-pain, entre les bouts de crayons et sa calculette en panne, il prend un stylo en bon état, le petit bloc sur lequel il facture les rempaillages de chaises, et s'assoit devant la table. Il fixe les lignes bleues horizontales et l'espace vierge entre elles. Se lève lentement pour aller chercher un verre d'eau. Se rassoit.

Le ronronnement du ventilateur, le croassement d'une corneille dans les arbres. Il se penche et commence à écrire :

Chère Susan

Il fait une croix sur ces mots.

Ma chère Susan

Non, on dirait qu'elle lui appartient. Qu'il la mérite.

Susan

Non, trop froid.

Susan, ma fille

Oui, c'est mieux. Et c'est la vérité. Mais ça reste trop froid.

Susan, ma fille chérie

Ça sonne juste, non ? Ces quatre mots, dans cet ordre ? Même s'il garde le sentiment de réclamer quelque chose à quoi il n'a plus droit. Mais autant commencer ainsi. Pourquoi pas ?

Je n'ai aucun droit de t'appeler ma fille chérie. Mais malgré tout ce qui s'est passé, tu es bien ma fille. Notre fille.

Ta mère était une très bonne mère. J'espère que c'est le souvenir que tu conserves d'elle. Elle ne méritait pas

Il s'interrompt.

Cette cuisine étouffante, enfumée. Où il ne faisait jamais assez clair, parce qu'il manquait une ampoule au plafonnier. Linda en avait assez. Elle hurlait, voulait partir, et c'était comme entendre votre cœur et vos autres organes se faire la malle sans que vous ayez votre mot à dire. À aucun moment.

Quarante ans ont passé, et Daniel se pose toujours la même question : s'ils avaient été dans n'importe quelle autre pièce, les choses auraient-elles tourné autrement ? Linda ne savait donc pas quel effet son départ aurait sur lui ? Mais comment aurait-elle pu le savoir ? Durant leurs quatre années de vie commune, il avait tenté de le lui expliquer, mais il avait toujours eu du mal à s'exprimer, et ses quelques phrases sonnaient creux à ses propres oreilles. Lorsqu'ils étaient allongés côte à côte sur leur lit étroit, nus, Danny débandant et enlaçant Linda qui lui tournait le dos, il lui disait, le visage enfoui dans sa chevelure : "Avant toi, je ne me sentais pas vivant." Ou bien : "Ce que je ressens pour toi, bon sang, c'est tellement *énorme*." Lui avait-il vraiment dit ça ? Et que chaque jour il avait peur de ne pouvoir être de taille ?

Bill, le frère de Jimmy Squeeze. Il était moins costaud que Jimmy, mais c'était le plus grand de leur groupe ; il avait la même voix grave que Danny et souriait toujours. Les deux fois où Danny était passé devant Penny Arcade en poussant le chariot de son père, empli de seaux de peinture, de rouleaux, de pinceaux, de bâches et de chiffons, il avait surpris Linda, ses petites mains dans la poche de son tablier de caissière, souriant à Bill qui lui racontait une anecdote ou une blague quelconque, et à leur vue Danny avait deviné que c'était de lui qu'ils riaient.

Et pourtant, que pouvait bien lui raconter Bill ? Danny se livrant peu, il n'y avait pas grand-chose à raconter. Même quand il était devenu la Voix de l'Himalaya. Il s'habillait, rejoignait la cabine en plexiglas et parlait dans le micro, mais après il n'allait jamais boire un verre avec les clients. On risquait des ennuis, et il n'aimait pas les ennuis. Peut-être à cause de toutes les fois où il avait été renvoyé de l'école les poings en sang, et où sa mère l'attendait avec un repas et des bandes dessinées, et cette tendresse dans le regard, comme si elle se doutait que son fils n'aurait pas une vie facile et qu'elle devait à tout prix lui donner de la force.

Avant l'Himalaya, Danny avait lui aussi commencé à en prendre conscience. Du fait qu'il aurait une vie marginale, et pas ce à quoi les autres avaient droit. Mais vers minuit, une fois les attractions fermées, il prenait son temps pour regagner le bungalow Sea Spray, parce que son pantalon blanc, son blazer rouge, et ce qu'il avait fait toute la soirée à l'Himalaya lui valaient des saluts ou des sourires respectueux. Les caïds de la plage le reconnaissaient, et il avait la même sensation qu'à ces moments où la fièvre tombe et où l'énergie revient dans les bras et les jambes ; peut-être avait-il trop souvent changé de ville, peut-être que chez lui rien ne clochait. Peut-être suffisait-il qu'il reste assez longtemps au même endroit pour que quelqu'un le remarque, un homme important comme Will Price.

Et une fille comme Linda Dubie.

Car elle était apparue après minuit, quelques heures seulement après avoir levé les yeux vers lui trônant dans sa cabine vitrée. Elle fumait une Camel sous l'éclairage orangé de Joe's

Playland, un bras replié sous les seins, ses longs cheveux sur les épaules. Il y avait toujours deux voitures de police garées devant le Frolics. Il n'empêche qu'elle n'aurait pas dû se trouver là toute seule. Sa fine chaîne d'or au cou, elle portait un jean moulant dont les pattes d'éléphant s'évasaient sur ses pieds nus dans des sandales de cuir. À la vue de Danny, elle avait semblé se redresser légèrement. Elle tenait sa cigarette allumée à la hauteur de sa hanche, l'autre bras toujours replié sous sa poitrine. Était-ce *lui* qu'elle attendait ? *Lui ?* Ce garçon boutonneux au nez busqué et aux yeux trop rapprochés ? Voilà l'image qui lui était venue alors qu'il ralentissait le pas et jetait un coup d'œil pardessus son épaule pour découvrir qui elle attendait vraiment. Or il n'y avait que la rambarde en bois contre laquelle les motards garaient leur Harley-Davidson ou leur Norton pendant la journée, et, au-delà, le sable jonché d'immondices, les flots noirs, et un ivrogne qui parlait tout seul, allongé sur le dos.

"Tu es Danny Ahearn ?

— Oui." Sa voix sonnait faux, trop froide et sèche à ses propres oreilles. Il s'était arrêté sous la chaude lumière orangée de Joe's Playland. "Et toi tu habites derrière Penny Arcade.

— Comment tu le sais ?

— Je t'ai vue rendre la monnaie là-bas.

— Ça ne veut pas dire que j'habite là." Elle parlait avec aplomb, comme beaucoup de filles des stations balnéaires, mais ses intonations trahissaient une certaine douceur et une forme de lassitude, comme si elle en avait assez de jouer ce rôle et envie d'en changer.

"C'est le parc d'attractions. On sait tout sur tout le monde, pas vrai ?"

Il avait dû lâcher quelque chose comme ça, il ne s'en souvient plus, mais il se souvient du petit visage de Linda sous les ampoules orangées de l'enseigne de Joe's Playland. Il se souvient qu'elles faisaient paraître ses yeux encore plus noirs, son décolleté encore plus échancré, sa mince chaîne encore plus étincelante sur ses clavicules. Il se souvient de ce qu'elle avait répondu : "Tu es le meilleur qu'ils aient jamais eu."

Elle avait tiré une dernière bouffée et jeté le mégot, l'avait écrasé sous sa sandale. Elle avait soufflé sa fumée par les narines avant de descendre du trottoir du Midway que les voitures longeaient jour et nuit. Sur le trottoir d'en face se trouvaient la plupart des boutiques, des attractions pour enfants et des galeries de jeux, et Danny avait accordé son pas à celui de Linda.

"Je te raccompagne chez toi."

Des semaines plus tard, chez Danny dont les parents étaient couchés depuis longtemps, Linda avait avoué en se pelotonnant contre lui que ce qui l'avait conquise, c'était qu'il n'ait pas demandé la permission de la raccompagner, mais dit qu'il allait le faire.

Là était l'erreur de Linda. Elle le croyait fort, et à cause de cette foi qu'elle avait en lui, il s'était un temps cru fort lui aussi. De tous les garçons de la fête foraine, Linda Dubie l'avait choisi, lui, Danny Ahcarn, qui à dix-neuf ans économisait déjà pour louer ou s'acheter son propre bungalow. Le problème – et comment expliquer ça par écrit à leur fille adulte ? – était que Linda et lui ne pouvaient se passer l'un de l'autre.

Ils avaient échangé leur premier baiser sous la jetée du Frolics en plein midi. La plage était bondée ; des transistors s'échappaient la musique rock et les matchs de baseball diffusés par les stations de Boston ; les frisbees tournoyaient dans les airs, certains atterrissant sur un parasol ou dans la gueule d'un chien en train de courir ; les vagues se brisaient inlassablement et le sable étincelait tellement au soleil qu'on ne pouvait le regarder sans cligner des yeux, mais sous cette jetée où Linda adossée à un poteau de bois était comme couronnée d'un cercle de pétoncles desséchés, il faisait plus frais, et à l'exception d'un couple de hippies endormi sur une couverture amérindienne à une dizaine de mètres, Danny et elle étaient seuls. Elle s'était penchée vers lui, lèvres offertes, et bien que n'ayant jamais embrassé une fille, il avait eu l'impression de l'avoir fait chaque jour de sa vie avec elle, avec elle seulement mais mille ans plus tôt, et de reprendre où ils en étaient restés, avec une sensation de nouveauté : ce goût et ce parfum d'une douceur qui rappelait celle des pins, quelque chose d'enraciné en eux et dont ils ne se rassasieraient jamais, leurs deux langues allant toujours plus profond, Linda semblant le désirer autant qu'il la désirait, mais sans qu'ils aient un endroit où aller. Leurs mères devaient être à la maison, aussi Danny l'avait-il entraînée sous ce soleil éblouissant, entre les grincements des engrenages, les cris et les rires des enfants, la musique aux sonorités stridentes, l'odeur des praires frites, du goudron chaud et des gaz d'échappement, la petite main de Linda dans la sienne tandis que de l'autre il tentait de cacher qu'il bandait à en avoir mal. Comme elle – et comme eux tous à l'époque –, il portait sans doute un short taillé dans un jean, et comme chaque samedi l'Himalaya était ouvert et Ricky, le fils de Will Price, était dans la cabine du DJ avec la voix qu'il fallait mais pas tout à fait assez grave ; les voitures violettes emplies de visages radieux fonçaient sur leurs rails et, au son de *Sugar, Sugar* car Ricky passait en boucle les trois premiers titres du hit-parade, Danny s'était glissé sous la chaîne à l'entrée de l'Himalaya avec Linda, dont la chevelure brune avait balayé son visage aux yeux brillants d'impatience, puis ils avaient continué leur chemin sous les rails, la musique et les cris désormais couverts par le grondement des voitures au-dessus d'eux, et dans un recoin sombre, Danny adossé contre la paroi en contreplaqué, ils avaient repris leurs baisers vieux de mille ans ; il ne les revoit ni l'un ni l'autre enlevant leur short, se souvient seulement des fesses douces et tièdes de Linda sous ses paumes, et d'avoir eu le sentiment d'un retour en la pénétrant, sa langue à elle dans sa bouche à lui tandis qu'ils tanguaient, assourdis par le fracas au-dessus d'eux, seules quelques bribes de *"Sugar, Sugar, honey, honey"* lui parvenant quand il avait inondé Linda de la seule chose qu'il pouvait lui offrir, et peut-être aussi la seule qu'elle attendait vraiment de lui.

Ce qui est fait ne peut être défait, écrit Daniel.

Il se relit, puis rature la phrase trois fois. Ronnie Dee répétait sans cesse quelque chose du même genre. C'était un Blanc incarcéré dans le quartier des courtes peines, très maigre et grand fumeur de Lucky Strike. Il prenait les paris pour le hockey sur glace, jusqu'au jour où Tommy Gardino, un Italien de Springfield, avait perdu dix cartouches de cigarettes sur un match des Flyers et où Dee avait commis l'erreur de vouloir récupérer son gain. À la prison de Norfolk, la cour était surnommée le "quadrilatère", un carré de pelouse comme dans les universités anglo-saxonnes, mais délimité par des trottoirs dont les détenus ne devaient pas descendre et où il leur était interdit de se réunir. Par cet après-midi hivernal, Danny allait après les cours travailler comme coiffeur quand Dee, tirant nerveusement sur sa cigarette face à Gardino et à l'un de ses hommes, avait pointé l'index d'un geste menaçant. "Ce qui est dit est dit, Tommy. Point barre." Et alors que Dee s'éloignait, Daniel s'était douté que Ronnie Dee venait de fumer sa dernière cigarette, de voir pour la dernière fois le ciel au-dessus de lui, de sentir les dernières odeurs d'herbe et de crasse mêlées à celle de sa propre sueur. L'avant-veille à la cantine, on leur avait servi des côtes de porc au dîner, et il restait du cartilage sur l'os qu'on retrouva planté dans la poitrine de Ronnie, moins d'une heure après qu'il eut lancé à Gardino la phrase fatidique.

Daniel contemple celle qu'il vient de raturer. À nouveau, il écrit : *défait*. Un mot qu'il connaît bien. Il en est prisonnier depuis ses vingt-quatre ans, ou plutôt non, c'est ce mot qui le retient prisonnier : une lourde chaîne autour de son cou, l'immobilisant au fond d'une mer aux eaux noires. On ne peut pas revenir en arrière. Il sait au moins ça.

Susan, autrefois j'étais Danny.

Aujourd'hui tu es adulte, je peux donc te le dire. Danny était incapable de réfléchir ou de prendre du recul, il réagissait au quart de tour. Il aurait pu être le héros des bandes dessinées qu'il lisait quand il était gosse, on l'aurait appelé le Réacteur. Sa famille déménageait souvent, il était toujours "le nouveau", et tu sais sans doute ce qui arrive aux nouveaux. Mais Danny ne tenait qu'une minute ou deux avant de se mettre à bouillir intérieurement, même si personne ne s'en apercevait jusqu'à ce qu'il soit trop tard. Comme si tout chez lui était toujours chauffé à blanc et qu'à la moindre brimade, une partie de lui apparemment incontrôlable appuyait sur un bouton et les murs tombaient, libérant cette chaleur brûlante.

Daniel se relit. Ce qu'il vient d'écrire ne lui plaît pas, mais seule la vérité blesse, alors il continue.

Ta grand-mère connaissait cet aspect de Danny et faisait de son mieux pour le calmer. Elle aimait son fils, tu comprends ? Elle l'aimait au point de croire qu'en le couvrant de plusieurs couches d'amour, celles-ci formeraient en séchant une carapace brillante dont aucune chaleur brûlante ne jaillirait. Mais c'est alors que je... que Danny a trouvé une autre sorte d'amour et qu'il a tout gâché. Ta mère...

Daniel raye ces deux derniers mots. Il écrit : *Linda Dubie était la plus belle femme du parc d'attractions, mais elle l'ignorait. Je ne sais pas ce qu'elle se racontait. Aujourd'hui encore, je regrette qu'elle ne puisse te dire ce qu'elle pensait d'elle-même. Elle parlait aussi peu que mon père. (Comme tu l'as peut-être appris, ton grand-père Liam était artiste peintre. C'était lui qui donnait aux attractions leur magie.) Le silence de Linda n'était pas glacial, mais chaleureux. Toujours chaleureux. Elle nous souriait beaucoup. À toi et à moi. Tu étais sur mes genoux devant la télé, et Linda – ta mère – ne regardait pas l'émission. Assise sur une chaise contre le mur, elle nous souriait. Elle avait les yeux si noirs. Comme les tiens. Comme cette photo de toi que j'ai trouvée sur l'ordinateur de la bibliothèque et imprimée. Tu as hérité de sa beauté, de manière troublante. Elle avait un regard irrésistible et j'étais trop faible pour le supporter.*

Il s'interrompt. En nage, la bouche sèche, il jette un coup d'œil derrière lui à la photo de Susan Dunn sur le mur au-dessus de son lit. Il ne devrait pas lui révéler tout ça, mais il n'a pas l'impression de faire quelque chose de mal. Susan n'est plus une enfant. À cause de lui, elle ne l'a sans doute jamais été.

Il reprend : *On allait se promener en bordure de la fête foraine. Parfois je te prenais sur mes épaules ou bien, quand tu étais bébé, ta mère te mettait dans un de ces sacs kangourous où les femmes hippies aimaient porter leurs nourrissons en ce temps-là.*

À nouveau il s'interrompt. Il sent encore entre ses paumes Susan bébé, ses fesses et ses jambes minuscules. Son stylo l'entraîne maintenant là où tout ne peut que mal tourner, et il voudrait épargner ce bébé, mais il a au moins appris une chose : la vérité est la vérité et, qu'on le veuille ou non, elle refait toujours surface.

Même lorsqu'on se promenait en famille, les hommes déshabillaient ta mère du regard. Il arrivait qu'on te confie à Loïs et à Gerry, et dans ces moments-là ça m'énervait vraiment. Quand les hommes voient une belle fille avec un autre homme, ce n'est plus pareil. Ils ne voient en elle que la femme et ils la veulent pour eux, et je lisais dans leurs yeux que je ne méritais pas ta mère. Cet après-midi-là marquait la fin de la saison, juste avant Labor Day, et ta mère et toi, vous étiez allées à la plage pendant que je faisais des travaux de peinture avec ton grand-père. Non. Peut-être que je travaillais déjà pour mon compte. J'avais acheté un pickup merdique et j'essayais de monter ma propre entreprise de peinture à Port City. En tout cas, c'était un vendredi après-midi, j'avais fini tôt, et ta mère venait de te coucher pour ta sieste chez Loïs et Gerry derrière Penny Arcade. Linda, des tongs aux pieds, ne portait qu'une minijupe et son haut de maillot de bain. Elle avait la peau bronzée, le ventre plat, et avec sa longue chevelure qui lui descendait jusqu'aux reins – bon, je ne devrais pas t'écrire ça, mais sa beauté pouvait te faire craquer. Elle avait dû voir les regards des forains, ou de ces pères de famille qui la reluquaient derrière le dos de leur épouse occupée à acheter des beignets ou un tee-shirt bon marché. Mais je n'en suis pas sûr. Linda aimait bien se promener main dans la main avec Danny, s'offrir une part de pizza et la manger assise sur un banc le long du Midway, en observant cette foule bruyante de gens couverts de coups de soleil.

Comme je le disais, elle parlait peu, mais il n'y en avait que pour toi. Suzie Woo Woo. Elle aimait bien t'appeler comme ça. Elle affirmait que tu étais plus intelligente qu'elle et en était fière. Voilà encore une chose que tu dois savoir. Linda avait quitté le lycée à seize ans. Gerry et Loïs l'avaient mal pris, mais Linda n'en pouvait plus. Elle me le répétait souvent. Elle ne voyait pas l'intérêt de continuer. Tout ce qu'elle voulait apprendre, elle pouvait le trouver dans les livres, et de toute façon elle reprendrait Penny Arcade. Elle adorait la plage et le parc d'attractions, tu vois. Même hors saison, quand les bungalows et les stands étaient fermés pour l'hiver, et que la neige soufflée par le vent formait des congères sur le Midway. Au lycée, elle ne devait pas non plus s'amuser tous les jours. N'oublie pas qu'elle parlait peu, et si tu es non seulement belle mais muette, les autres filles te croient prétentieuse et te tiennent à l'écart. En plus, Linda se trouvait bête. Même si elle dévorait un livre plus vite que toutes les personnes que je connaissais. J'en veux à son père. Il s'y prenait mal. Désolé. Je sais que c'était ton grand-père, mais il traitait Linda et Paul de tous les noms. De merdeux. De débiles. D'abrutis. Et de ratés quand il avait bu. Ce genre de conneries finit par t'empoisonner l'existence. Je le sais, même si mes parents ne m'ont jamais infligé ça. Jamais. Je n'ai eu à subir que ces ordures de forains qui me regardaient comme si je ne méritais pas Linda Dubie. Et je le croyais moi aussi, tu vois. Au plus profond de moi je le croyais. Raison pour laquelle j'ai réagi comme je l'ai fait, ce jour où tu faisais ta sieste et où je partageais avec Linda une part de pizza sur un banc au soleil.

Arrive Bill, le frère de Jimmy Squeeze, dans un de ses tee-shirts à col en V et avec, dépassant de la poche arrière de son jean, un portefeuille en cuir fixé par une chaîne. C'est d'abord ça qui a retenu mon attention : les reflets du soleil sur cette chaîne. Puis un break plein de gosses au visage tout barbouillé est passé lentement devant nous, j'ai vu Bill adresser à Linda un sourire comme s'ils partageaient un secret. J'aurais sans doute laissé courir s'il m'avait ignoré, mais il m'a regardé, et avec une moue… je ne sais pas comment dire. Méprisante. Aujourd'hui encore, je ne me souviens pas de m'être levé d'un bond et rué sur le trottoir d'en face après le passage du break. Je revois juste l'expression surprise de Bill avant que je lui mette mon poing dans la figure et que je le démolisse. Toute cette violence chauffée à blanc déferlait. Le plus drôle… non, ça n'a rien de drôle. Le plus bizarre, c'est qu'en deux ans de mariage jamais je n'avais entendu Linda crier, et là je n'entendais qu'elle : ***Danny ! Danny !*** *Elle hurlait mon prénom, mais c'était encore pire pour moi, car comment pouvait-elle défendre le frère de Jimmy Squeeze ? C'est là que le ver de la jalousie, comme je l'appelle, a dû se réveiller en moi. Et plus il s'enfonçait plus il y avait cette brûlure à l'idée que Linda me mentait d'une manière ou d'une autre, peut-être depuis toujours. Et je n'avais jamais tabassé personne comme j'ai tabassé le frère de Jimmy ce jour-là. Même du temps où j'étais le nouveau qui distribuait des coups de poing aux gosses qui m'insultaient.*

Deux flics m'ont maîtrisé et arrêté pour désordre sur la voie publique, plus quelques autres chefs d'accusation, moi qui détestais les ennuis et n'en avais jamais eu avec la police, mais lorsqu'on m'a menotté les mains dans le dos – sous les yeux des passants – je m'en fichais parce que je n'entendais qu'une chose : les hurlements de ta mère, si calme d'habitude, qui résonnaient dans ma tête. Ils exprimaient tellement de… je ne sais pas… de ***compassion****. Bill gisait immobile, le visage salement amoché, mais j'avais encore envie de le frapper. J'ai honte de l'avouer. C'était pourtant vrai. Et* cette fois c'était différent. Cette sorte de violence chauffée à blanc était nouvelle. Avec les élèves de tous les établissements que j'ai fréquentés, la violence retombait presque aussitôt. Mais là… eh bien elle redoublait.

J'étais vraiment mal parti, mais c'était seulement le début et je l'ignorais. Le poste de police ne se trouvait qu'à deux cents mètres, derrière la palissade entourant les montagnes russes, et les deux flics m'y ont emmené. J'en avais un de chaque côté, furieux, et ils me faisaient marcher si vite que j'avais du mal à me retourner pour voir ta mère. Alors j'ai compris. C'est du moins ce que je croyais. Car pourquoi ne m'accompagnait-elle pas ? Moi, son **mari** ? Comment pouvait-elle rester sur le trottoir où un ambulancier donnait les premiers soins au frère de Jimmy Squeeze ?

Tu sais que certaines images restent gravées dans la mémoire, comme marquées au fer rouge, et c'en est une de celles que je garde de Linda Ahearn. C'était devenu son nom. J'ai oublié de te le dire. Elle avait pris le mien, elle en aimait les sonorités. Elle prétendait que son nom de jeune fille était bon pour une poupée d'enfant, et que désormais elle avait un nom de femme.

Plantée là, elle me regardait m'éloigner. Le vent du large faisait virevolter sa jupe ; ses cheveux lui cachaient la moitié du visage. Un soir, elle avait levé les yeux vers moi du temps où j'étais DJ à l'Himalaya (c'est une autre histoire, j'étais connu dans le parc d'attractions depuis que Will Price, mon employeur, m'avait surnommé la Voix). En tout cas Linda m'avait regardé comme si Dieu en personne m'avait créé, comme si j'étais quelqu'un d'extraordinaire. Mais là – juste avant qu'elle disparaisse à ma vue – son expression donnait le sentiment qu'elle s'était trompée et que j'étais une créature du diable. Non, pas à ce point-là. Je me souviens juste d'elle debout, immobile, me regardant m'éloigner. Elle était bouche bée et avait porté la main à ses lèvres. Je ne l'avais jamais vue ainsi, on aurait dit qu'elle avait peur. Puis je me suis retrouvé en cellule jusqu'à ce que Liam verse une caution et me fasse libérer sans un mot, même si la fierté irlandaise se lisait sur son visage, mêlée à la honte. **Tu me rembourseras jusqu'au dernier sou, tête brûlée**, avait-il fini par lâcher.

Tête brûlée. La façon dont il avait dit ça expliquait tout pour moi. Je n'étais qu'une tête brûlée. Sauf que ça n'expliquait rien. Cette *violence n'était pas dans ma tête. Elle était dans ma poitrine et dans mes tripes. Dans mon sang, au fond. Et à partir de ce jour-là je... Danny est lentement devenu fou parce qu'il ne faisait plus confiance à Linda. Ces ordures de forains ne lui avaient jamais inspiré confiance, mais se méfier de Linda ne lui serait jamais venu à l'idée. Elle l'avait choisi. Elle et lui ne faisaient qu'un, et depuis le premier jour ils ne pouvaient se passer l'un de l'autre.*

Daniel s'arrête. Par la petite fenêtre, il observe sa cour et son atelier. Derrière son pickup, une corneille est perchée sur une planche de la palissade. Elle tourne sa minuscule tête ronde à droite et à gauche. Puis elle déploie ses ailes et s'envole.

9

Juste après le camping de la Bone River, Loïs tourna le volant de sa Coccinelle VW pour prendre la North West Country Road. Elle mit la climatisation à fond, et du haut du pont qui enjambait la rivière elle jeta un coup d'œil aux innombrables tentes, camping-cars, barbecues fumants, canoës retournés sur des barres de toit ou à même le sol. Une femme en gilet de camouflage et short trempé, debout près de sa tente, souriait à ses deux enfants accroupis sur la berge. Loïs, agacée par l'amour béat qui se lisait sur son visage, donna un coup d'accélérateur et laissa le camping derrière elle. À sa gauche s'étendaient les orangeraies, et même si elle savait qu'elle ne devrait pas en vouloir à cette mère, elle n'en avait pas honte. Elle assumait ses sentiments, et de toute façon ce n'était pas à cette femme qu'elle en voulait. C'était surtout à son ignorance. À sa joie de jeune mère. Combien de temps croyait-elle pouvoir la garder ?

Loïs hochait la tête et conduisait trop vite, mais tant pis. Sa mauvaise humeur montait à nouveau, c'était plus fort qu'elle. Surtout dans ce virage vers le nord, d'où elle apercevait la clôture métallique et les barbelés d'une prison au parking rempli de pickups, de voitures, de camionnettes. Devant les bâtiments en béton, derrière les trois épaisseurs de grillage, la zone réservée aux visiteurs était envahie par des familles. L'établissement avait été construit voilà bientôt vingt ans. À l'époque, Loïs avait appris en lisant le journal que cent hommes seraient "logés" dans trois "résidences" climatisées, avec télévision et distributeurs de boissons. Une douzaine de tables étaient disposées sous des parasols, et autour de chacune un détenu en bleu partageait un repas avec femme et enfants. Loïs voyait depuis des années ces hommes travailler en équipe dans la ville, tondant la pelouse devant la mairie, élaguant les arbres proches des lignes électriques ou ramassant les ordures sur les bas-côtés. Noirs ou Blancs, tous portaient leur tenue de prisonnier, chemise bleue et pantalon bleu à rayure sombre le long de la couture. Certains n'étaient que des gosses de dix-neuf ou vingt ans, d'autres auraient pu être leur père ou leur oncle dégénérés, et Loïs les détestait tous. Détestait d'être obligée de les croiser ou de se voir rappeler leur existence. Détestait que l'État de Floride soit allé choisir Arcadia, cet îlot au cœur des pâturages et des plaines alluviales, à moins de cinq kilomètres au sud de chez elle, pour y faire construire une prison au bord de la route.

Et désormais elle était obligée de passer devant et de voir ces détenus prendre leur déjeuner dominical en famille. L'un d'eux – un jeune Blanc au crâne rasé – enfournait de la nourriture dans la bouche de son petit garçon assis sur ses genoux.

Loïs accélérait sans le vouloir, les kilomètres défilant sur cette route de campagne entre les orangeraies. Elle fixait le ruban de bitume avec un regain de haine qui contractait sa peau, le bout de ses doigts, ses paupières et son décolleté ridé. Combien de fois s'était-elle imaginée abattant Danny d'une balle en pleine tête ? Non, le poignardant. De plusieurs coups de couteau. Sans pouvoir s'arrêter. Il n'avait fait que quinze ans de prison, et quand il en était sorti voilà plus de vingt ans, elle s'était acheté un revolver qu'elle a encore. Et puis six ans plus tard on avait construit cette prison ; ses craintes s'étaient estompées avec le temps, mais ses antiquités commençant à lui rapporter de l'argent, son arme restait chargée jour et nuit.

C'est quelque chose que je ne comprends pas. Donald lui avait-il vraiment dit ça, droit dans les yeux ? *Comment une femme adorable peut se transformer en bête féroce.*

Tu sais bien pourquoi.

Certes. Mais, chérie…

Chérie rien du tout. Il ne pouvait comprendre. Seules les autres mères le pouvaient, et les pères aussi, sans doute, encore que Gerry soit parti avec son chagrin comme carburant pour la voiture qui l'emmenait loin d'elle. Aujourd'hui il existait des groupes d'entraide pour les femmes dans sa situation, mais s'il y en avait déjà en 1973, Loïs n'était pas au courant et n'aurait probablement pas fait appel à eux. Ce qui était arrivé à sa fille Linda l'avait laissée comme échouée sur un iceberg au centre de l'océan. Et avec cette petite de trois ans. Cette Linda en miniature qui l'appelait Noni et lui offrait une promesse de réconfort, alors qu'il n'y en avait pas à attendre. Les Ahearn ne s'étaient pas opposés à ce qu'elle élève la fillette, ils avaient trop honte ; de toute façon la mère était limitée, et le père un alcoolique solitaire comme tant d'Irlandais que Loïs avait connus. Susan avait dormi jusqu'à dix ou onze ans dans le lit de Loïs. C'était ainsi. Une petite voix intérieure répétait à Loïs qu'il lui fallait un lit à elle dans une chambre à elle, mais pourquoi ? Pourquoi lui donner cette liberté ? Elle savait trop bien ce qui se passait quand on lâchait la bride. Mais un soir, un vendredi ou un samedi, Susan avait voulu inviter une camarade de classe chez elle, une gamine maigrichonne aux dents de devant saillantes et aux vêtements trop petits pour elle ; elles avaient dormi dans la chambre de Susan, qui ne lui servait que pour lire ou faire ses devoirs, et ç'avait été fini : la nuit suivante, Susan avait voulu s'y installer. Loïs, seule dans son grand lit, avait eu le sentiment de dériver à nouveau sur des eaux pouvant causer la mort si elle n'y prenait garde.

À présent, sa bouche sèche et cette sensation de vertige prouvaient que sa tension était trop élevée. Elle devait se calmer. Manger et boire quelque chose, se reposer. Mais avec Susan en route pour la voir, combien de temps se reposerait-elle ? Juste avant de quitter la boutique, elle avait consulté sa boîte mail et un nouveau message de Susan l'attendait : *Merci Noni. J'arrive ce soir. Bisous. Suzie.*

"Noni", et "Suzie" en prime. Elle sortait le grand jeu, non ? Avait-elle besoin d'argent ? Elle allait sûrement divorcer. Il lui fallait peut-être un bon avocat, encore que Bobby, son mari, soit l'homme le plus agréable que Loïs ait rencontré, alors pourquoi Susan aurait-elle besoin d'un avocat ?

Ce soir ? Elle avait aussitôt répondu : *Sois prudente au volant. Je refais ton lit ! Bisous. Noni.*

Le message envoyé, elle avait refermé et rangé son ordinateur portable. Elle allait bel et bien devoir refaire le lit de Susan. Et sortir acheter à manger. Susan buvait du café noir, pas celui à l'arôme de noisette que Loïs préférait. Elle consommait beaucoup de fruits et de légumes, surtout du céleri et des pommes granny, dans ses souvenirs. Et des yaourts. Ceux à la grecque, sans matière grasse. Pour Noël dernier, à St Petersburg, c'était ce qu'elle avait toujours mangé au petit-déjeuner, pendant que Loïs et Bobby se préparaient des œufs au bacon, du pain perdu, et même des pancakes fraise-banane un matin. Mais Susan appréciait le vin rouge, comme Loïs qui les voyait déjà assises sous la véranda, partageant une bouteille de cabernet et parlant aussi librement de tout et de rien qu'à Noël. Sans le mari de Susan, toujours de bonne humeur, les choses seraient-elles si faciles entre elles ? Ou bien reprendraient-elles leurs anciennes querelles ?

Merde, elle oubliait que l'ancienne chambre de Susan lui servait de réserve. Entre le lit et le bureau de sa petite-fille attendaient deux vitrines Chippendale, pleines à craquer de jouets de collection que Loïs n'avait pu transporter dans la boutique. La dernière fois qu'elle était entrée dans la pièce, il faisait une chaleur étouffante, et l'odeur de vieille bourre et de bois sec prenait à la gorge. Pourquoi n'y avait-il pas de climatiseur de fenêtre ? L'espace d'un instant, elle crut revoir Don en poser un. Ou bien l'avait-il enlevé à la suite d'un court-circuit ? En tout cas, elle allait devoir déménager ce bric-à-brac et installer un foutu climatiseur par-dessus le marché. Le tout avant “ce soir”, quoi que cela veuille dire.

À moins que Susan ne puisse l'aider. Une chose était claire, il faudrait qu'elle donne un coup de main pour ranger sa chambre. Ce serait bien qu'elle trouve la pièce prête à l'accueillir et fraîche de surcroît, mais pourquoi Loïs devrait-elle protéger ainsi sa petite-fille du réel ? La femme qui avait élevé Susan avait désormais quatre-vingt-deux ans. Gravir cet escalier chaque jour devenait une corvée, et elle envisageait sérieusement de transférer sa propre chambre dans le salon. Elle était en surpoids et sans doute diabétique. Elle avait des vertiges et le souffle court, ce qui ne l'empêchait ni de fumer ses six cigarettes par jour ni de manger ce qui lui faisait envie. Marianne, avec son tact habituel, s'enquérait depuis quelques années auprès d'elle de l'avenir de la boutique, et Loïs savait qu'elle s'inquiétait non pas du chiffre d'affaires, mais plutôt de savoir à qui reviendrait Beaux Meubles & Jouets Anciens après sa disparition, n'est-ce pas chère Loïs ?

"Chère" Loïs, mon œil. Marianne adorerait devenir propriétaire de la boutique. Eh bien peut-être Loïs devrait-elle la lui vendre. Marianne et Walter avaient les moyens de l'acheter. Mais alors à quoi occuperait-elle son temps ? À observer, assise jour et nuit sous sa véranda, les chasseurs de fossiles entre les arbres ? À voyager ? À voir ses proches ?

De sa fratrie il ne restait que Gio, dont la femme, Kathy, était morte et enterrée depuis longtemps. Ses enfants, pour se débarrasser de lui, l'avaient mis dans une maison de retraite de Peabody près de la route 1. Un vieil établissement aux murs de brique sur un terrain goudronné, coincé entre un restaurant Applebee's et une concession Range Rover, mais Gio disait qu'il avait une belle vue sur les parkings et qu'il aimait observer les allées et venues.

Non merci.

Elle pourrait laisser la boutique à son fils Paul, mais il avait échoué dans tout ce qu'il entreprenait. Alors qu'il voulait devenir pilote de chasse, il avait quitté l'armée de l'air après dix-huit mois seulement et s'était retrouvé à travailler dans le fret aérien, emplissant de Dieu savait quelles cargaisons les cales d'avions qu'il ne piloterait jamais. Il avait épousé une femme si froide qu'elle faisait paraître Loïs extrêmement chaleureuse, et c'était une dévote qui avait lentement converti son mari. Dans le séjour de leur modeste pavillon donnant sur une route étroite aux maisons identiques, le téléviseur couleur était presque aussi grand qu'un écran de cinéma. Il surmontait une étagère pleine de bibles, chacune avec une reliure d'une couleur différente et, sur la page de garde, les mots suivants, soigneusement calligraphiés par la belle-fille de Loïs :

Bible de la famille Dubie
Terry Dubie
Paul Dubie
Paul Dubie Jr.

Mais tout ce que la religion semblait avoir fait pour Paul, c'était le rendre encore plus gros et agressif. Combien de fois Loïs n'avait-elle pas dû lui demander de changer de sujet quand il parlait des Noirs, des juifs ou des Cubains qu'il traitait de "métèques rejetés par la mer" ? Il fallait ériger des clôtures électriques tout le long des côtes du pays, soit, avait-il un jour déclaré à Loïs, près de dix-huit mille kilomètres, et plus de quatre-vingt-cinq mille en comptant les baies, les péninsules et les îles. Assis sur le canapé, son habituel soda énergisant Mountain Dew à la main, Paul Jr. avait alors rappelé à son père les avions du 11 Septembre, ce qui avait lancé ce dernier sur la thèse qui insupportait le plus Loïs, celle selon laquelle leur propre gouvernement aurait massacré trois mille de ses citoyens, toute cette tragédie étant un complot.

Non, Paul transformerait Beaux Meubles & Jouets Anciens en quelque chose de sinistre et de bizarre, où l'on vendrait des pamphlets paranoïaques au lieu de jouets pour enfants d'un temps lointain.

Loïs ne pouvait pas non plus léguer la boutique à Susan. Cela équivaudrait à la confier à tout homme qui vivrait alors avec sa petite-fille. Elle s'en voulait de ce genre de pensées, mais c'était plus fort qu'elle.

Qui d'autre restait-il, à part… Linda ? Sa fille Linda. C'était à elle que Loïs aurait dû pouvoir léguer sa boutique.

Alors qu'elle approchait de sa propre fin, elle sentait davantage la présence de Linda que durant les années suivant la disparition de sa fille. La reverrait-elle jamais ? Certains jours la réponse à cette question était oui, et tout prenait une certaine légèreté, les difficultés de la journée s'estompaient, les ombres s'évanouissaient. Mais il y avait les autres jours, apparemment plus nombreux, où la réponse était : "Non, Loïs, quand tu pars c'est pour de bon, et tes souvenirs de Linda disparaîtront avec toi."

C'étaient les heures les plus noires. Loïs se retrouvait à se demander qui, à part elle, se souviendrait de Linda Dubie, sa fille. Il y avait eu Gerry, le père de Linda, mais avant d'apprendre ce qu'il était devenu, Loïs était restée si longtemps sans nouvelles qu'elle redoutait que sa route n'ait croisé celle des mafieux de Providence qu'il avait escroqués, et que c'en ait été fini pour lui. Des années plus tard, Susan avait découvert la vérité en tapant son nom sur internet, mais quand elle avait transféré à Loïs l'avis de décès annonçant qu'il était mort d'un infarctus à Rhode Island, celle-ci avait eu l'impression de lire celui d'un inconnu. Son dernier contact avec lui remontait au jugement de divorce envoyé en recommandé par l'avocat de Gerry, et qu'elle s'était empressée de signer, son ex-mari ne réclamant que ses vêtements et sa Cadillac.

Il y avait aussi les souvenirs que Paul gardait de Linda, bien que Loïs ne sache pas trop lesquels. Sur sa sœur aînée, il était toujours resté muet. Il y avait bien eu ce repas de Thanksgiving chez lui. Paul Jr. était encore adolescent. Il était assis à côté de son père, Loïs en face de lui, et la femme de Paul était allée chercher une bible dans le séjour pour leur lire une prière ; Paul Jr. avait voulu prendre un petit pain, et son père avait dit : “Si j'avais fait la même chose, ma sœur m'aurait flanqué une gifle.”

C'était vrai. À une époque, Linda était devenue l'arbitre des bonnes manières dans la famille. Du moins s'agissant de son petit frère.

Ne parle pas la bouche pleine, Paul. C'est impoli.

Paul ? Tu t'es lavé les mains après avoir fait pipi ? Fais-le immédiatement ! Je ne plaisante pas.

Paul, si tu ne ramasses pas ce pop-corn, tu vas m'entendre.

Maman, M. Price a offert à Paul une part de pizza aujourd'hui, et Paul n'a même pas dit merci.

Étrangement tout cela revenait à Loïs par bribes, de simples sons parfois. Elle entendait encore la voix de Linda si semblable à la sienne, sucrée mais péremptoire – de la barbe à papa avec un clou rouillé dedans. *Paul est un vrai cochon, maman. Je le déteste. Je le déteste tellement.*

L'un des moindres regrets de Loïs – ruisselet aux eaux sombres se jetant dans un noir océan – était que Linda ait dû partager sa chambre avec son jeune frère. Tout allait bien tant qu'il était petit et qu'elle avait dix ou douze ans. Cela l'aidait à surmonter sa jalousie envers ce bébé surprise venu la priver de l'attention de sa mère. Mais avec Paul dans la même chambre qu'elle, Linda l'avait vite considéré comme sa propriété, voire comme une partie d'elle-même, et cela coïncidait avec les années où Gerry s'était mis à sortir et Loïs à trop fumer, veillant devant la télé sans la regarder pour tenter d'oublier que son mari couchait avec une autre femme. Quoi d'étonnant à ce que Linda ait voulu fuir la maison dès que possible ?

Son bungalow n'était qu'à trois rues au sud du Midway. Son mari et son beau-père avaient peint chaque pièce en blanc, et elle avait accroché des rideaux, acheté des tapis. Loïs l'avait emmenée chercher dans les brocantes et vide-greniers de Port City des meubles en excellent état mis au rebut par les gens aisés. Ces moments-là, Loïs les revoyait parfaitement : Linda au soleil, dans un short et une tunique de grossesse bleu pâle qu'elle s'était offerte, avec ses cheveux bruns ramenés en arrière et formant une tresse, et ses oreilles ornées chacune d'une minuscule pierre rouge, cadeau gagné par son mari au stand de tir au pistolet à eau. Dans l'allée conduisant à la demeure d'une riche habitante de High Street, Loïs et elle inspectaient les bibelots et les livres de poche disposés sur une table, les tapis déployés sur la pelouse, les fauteuils à bascule en osier, les bureaux et les malles. Linda examinait le contenu d'un carton plein de disques. Une main sur son ventre proéminent, de l'autre elle passait les albums en revue. Une mèche de cheveux lui retombait sur la joue, et sa façon de la renvoyer en arrière en soufflant dessus du coin des lèvres avait ému Loïs. Cette réaction instinctive du corps pour se protéger lui rappelait celle d'une pouliche chassant d'un coup de queue une mouche sur son flanc. Ce ventre proéminent, la main de Linda posée sur lui. Loïs s'était alors sentie moins mère que sœur au sein d'une lignée infinie de sœurs qui avaient porté un enfant – une sœur aînée ayant désormais pour tâche de guider et d'instruire.

Le bébé, une petite fille, était né par une fraîche journée de printemps où le soleil au zénith brillait sur l'Atlantique, et Loïs, toute à la joie inattendue de tenir dans ses bras la fille de sa fille et d'aider à s'occuper d'elle, ne remarquait pas certains détails qui auraient dû l'alerter : l'horrible mari de Linda allait jusqu'à lui interdire de dire bonjour aux forains. Il interrompait ses travaux de peinture pour débarquer à Penny Arcade et surveiller sa femme. Il scrutait les stands pendant leurs promenades, à l'affût du moindre rival, et ne lâchait pas Linda d'une semelle.

Gerry avait à l'époque pris sa fille pour associée, et pendant que Loïs veillait sur Susan bébé dans l'appartement du fond,

Linda rendait la monnaie comme elle l'avait toujours fait, mais elle commandait aussi les billets de loterie et le maïs pour la machine à pop-corn, supervisait la maintenance des jeux vidéos et des machines à sous, et avait engagé un jeune homme simple d'esprit, à qui il manquait deux doigts à une main, afin que la galerie soit en permanence propre et balayée.

Linda adorait le parc d'attractions, elle était faite pour tenir un commerce et aurait sûrement…

Tous ces "aurait été", "aurait pu être", "aurait dû être" : autant de mains squelettiques qui entraînaient Loïs toujours plus profond dans des eaux glaciales et bourbeuses. Il lui fallait absolument une cigarette et quelque chose à boire, et, prenant une profonde inspiration, elle tourna dans le chemin de terre à l'ombre des chênes verts. D'où elle était, elle voyait le toit du porche affaissé et les bardeaux couverts de moisissures, mais aussi la voiture de sa petite-fille et, à côté, Susan adulte, apparemment prête à remonter dedans et à repartir. Pourtant elle sourit soudain, fit signe de la main, et Loïs lâcha le volant pour répondre à ce salut, mais Jésus Marie Joseph, qu'avait-elle fait à ses cheveux ?

10

Susan posa ses bagages et resta à l'entrée de son ancienne chambre, le visage poisseux à cause de la chaleur. Au centre de la pièce se trouvaient deux vitrines emplies de vieux camions et voitures miniatures, et de poupées dont l'une, couchée sur le côté, la fixait de son unique œil mort. Sur le lit une place, fait et couvert d'une courtepointe, gisait un antique ventilateur aux pales rappelant les hélices d'un avion de la Seconde Guerre mondiale. Les fenêtres étaient fermées, et dans la pièce sans climatisation flottait une odeur déprimante de bois sec, de métal et de bourre. Sur le mur au-dessus du bureau, la reproduction aux tons passés d'un tableau de Renoir, fixée par Susan l'année de ses quinze ans : sous un dais à rayures, des hommes et des femmes encore jeunes buvaient du vin, mangeaient, bavardaient et fumaient. Ils avaient l'air de s'apprécier, et ce bon moment qu'ils partageaient semblait n'en être qu'un parmi d'autres.

“Alors ? lança Loïs au pied de l’escalier. Un vrai foutoir, non ?
— Oui, mais je peux faire le ménage.
— Je serai incapable de t’aider, tu en as conscience.” Cette sécheresse dans la voix de Loïs, Susan ne l’avait pas entendue depuis longtemps, pas en présence de Bobby, en tout cas.
“Où dois-je mettre tout ça ?
— Aucune idée, répliqua Loïs. En bas dans le salon pour l’instant, j’imagine.
— Désolée, Noni. Je ne veux pas te compliquer la vie.
— Des restes pour le dîner, ça ira ? C’est tout ce que j’ai.
— Bien sûr que oui, Noni. J’irai faire les courses demain.
— Parfait. Il nous faut vraiment un climatiseur pour cette chambre.”

Susan entendit sa grand-mère rejoindre la cuisine d’un pas lourd. Derrière les vitres de sa chambre, toujours le même chêne aux grandes feuilles d’un vert intense à la lumière du couchant. Et là, caché par ces vitrines pleines de vieilleries, son petit bureau au plateau nu, comme s’il était écrit qu’elle reviendrait dans cette chambre, qu’elle le veuille ou non. Elle empoigna la poupée, un casque de plastique et trois camions en métal qu’elle descendit au pied de l’escalier, tandis que de la cuisine Loïs lui criait : “Il faudra trouver des cartons pour ce bric-à-brac !”

Susan, les cheveux encore humides après sa douche, était assise en face de sa grand-mère à la même petite table contre le mur de la cuisine qu’autrefois, sous la fenêtre avec vue sur les bois. Il y avait aussi le même rideau de dentelle, mais sur l’appui étaient posés une cartouche de Carlton, un cendrier, une liasse de coupons de réduction et un briquet Bic blanc. Le soleil se couchait et Loïs venait d’allumer le plafonnier, dont la lumière crue avait souvent donné l’impression à Susan – quand elle mangeait avec sa grand-mère – d’être ligotée à sa chaise pour un interrogatoire. À cette minute Loïs ne la quittait pas des yeux. Elle avait réchauffé des lasagnes au micro-ondes, et même si elles étaient racornies et froides par endroits, Susan se réjouissait de voir qu’elle continuait à se faire à manger. Calée contre le dossier de sa chaise, Loïs dégustait son verre de cabernet. “Tu t’es coupé les cheveux toi-même ?

— Oui.” Susan se força à sourire. “Ça se voit ?”

Malgré son envie apparente d’en dire plus sur le sujet, Loïs eut un geste évasif. “Tout ça ne me regarde pas, Suzie, mais si tu comptes rester ici, est-ce que je ne devrais pas en savoir davantage sur toi et ton mari ?

— Si.

— Eh bien ?”

Susan sirotait son vin elle aussi. Il était âpre et commençait à perdre son bouquet. Poussée contre la table entre Loïs et elle, se trouvait son ancienne chaise. Du vivant de Don, c’était là qu’elle s’asseyait, et contre toute attente elle pensait rarement à cet homme bienveillant qui avait si souvent tenté d’arrondir les angles entre elle et sa grand-mère. S’il était encore là, elle pourrait sûrement dire la vérité à Loïs. *J’écris sur mon enfance, j’avais besoin de rentrer à la maison et je me demande si j’ai vraiment aimé un homme dans ma vie, Noni.*

“C’est le meilleur compagnon que tu aies jamais eu. Tu le sais bien.

— Oui.”

Loïs la dévisagea un moment. Sa propre chevelure s’était clairsemée au fil des ans, elle se maquillait à peine et avait des poches sous les yeux. Cela lui donnait un air plus résigné.

“Bon.” Elle se leva péniblement. “Il me faut une cigarette.

— Tu en fumes combien par jour, Noni ?

— Six. Et alors ?” Elle prit son verre de vin, son cendrier et son briquet. “Viens dehors avec moi, si tu veux.” Elle disparut dans le couloir du fond ; la porte de la véranda s’ouvrit, puis se referma. Susan resta assise, se demandant si Loïs avait réellement envie qu’elle l’accompagne.

Elle était à présent couchée dans le noir sur le lit étroit de son enfance. Nue et en sueur. Un peu plus tôt, elle avait posé sur son bureau ce ventilateur semblant dater de la Seconde Guerre mondiale, l’avait branché et orienté vers son matelas, mais il vibrait si bruyamment qu’elle redoutait que les pales ne se détachent et ne s’envolent. Par les fenêtres ouvertes entrait le parfum des pins et du jasmin. Un arbuste à floraison nocturne que Don avait planté trop près de la maison, et que Loïs lui demandait de couper "parce qu'il *pue*", disait-elle, mais il ne l'avait pas fait. De toute façon Loïs sortait peu et vivait fenêtres fermées avec la climatisation, sauf durant les quelques mois d'hiver.

Susan entendait le bourdonnement sourd du climatiseur de sa grand-mère. Sur son lit dans cette chaleur, elle avait du mal à ne pas se sentir vaguement négligée ou punie, même si juste avant qu'elles n'aillent se coucher, Loïs s'était arrêtée à l'entrée de sa propre chambre et lui avait dit : "Tu peux dormir ici cette nuit, si tu veux." Derrière elle, la lumière tamisée de sa lampe de chevet, la courtepointe sombre sur son lit et la moquette encore plus sombre. Jusqu'à l'âge de dix ou onze ans, Susan avait dormi dans le même lit qu'elle, la chaleur et le poids rassurants de sa grand-mère tout près d'elle, comme son odeur de cold-cream et de tabac. Mais y dormir ce soir-là, même pour une seule nuit, lui aurait fait l'effet d'une sorte de régression.

"Tout va bien, Noni. J'ai le ventilateur."

Loïs avait haussé les épaules. "À ta guise." Puis elle avait fermé la porte derrière elle. "Bonne nuit !" avait-elle crié de l'intérieur.

La nuit avait bel et bien été bonne. Après le dîner, elles avaient dégusté leur vin dans la véranda et Loïs avait fumé deux cigarettes, critiquant "ces garces mesquines" qui se plaignaient qu'elle ait été chargée d'inspecter les stands de la Foire à la brocante du 4e samedi.

"Elles me trouvent autoritaire, alors que je ne fais que mon travail, bon sang. Au moins, Marianne prend ma défense."

Elle avait parlé de son employée, dont Susan n'avait pas encore fait la connaissance. "C'est la meilleure vendeuse que j'aie eue, mais elle est un peu pimbêche, enfin je ne sais pas", avait-elle dit avec ce geste évasif de la main bien à elle. Façon de disqualifier non pas cette dernière affirmation, mais tout ce qu'on pourrait lui répondre. Naguère cela indignait Susan, comme si on la faisait taire avant qu'elle n'ait ouvert la bouche. Mais pas ce soir-là. Elles étaient toutes deux assises dans la pénombre, seulement éclairées par la petite lumière jaune au-dessus de la porte derrière elles, et en écoutant et regardant Loïs dont la fumée de cigarette se dissipait à travers la moustiquaire métallique, Susan se serait crue dans un musée où la femme qui l'avait élevée témoignait de ce qui avait été, et n'avait au fond jamais changé. Plus jeune, elle aurait mal pris d'entendre Noni qualifier Marianne de "meilleure vendeuse" qu'elle ait eue, car combien d'heures, de semaines, d'*années*, Susan avait-elle passées derrière la caisse de cette boutique déprimante ? Mais Loïs n'avait pas tort. Tout ce que Susan faisait, c'était lire. Elle se souciait rarement d'épousseter ou d'accueillir les clients, ou même de lever les yeux quand la cloche au-dessus de la porte tintait. *Souris-leur, Suzie. Tu peux au moins faire* ***ça***.

Non, elle ne pouvait pas et ne le faisait pas, et alors que Loïs avait entrepris de lui raconter comment elle avait chassé ce jour-là un jeune filou qui tentait de la "voler", Susan s'était bornée à l'écouter, sirotant son vin et se félicitant que sa grand-mère la laisse tranquille, ce qu'elle avait curieusement appris à faire au fil des ans.

Mais on étouffait dans cette chambre. Susan s'assit sur le lit et se leva d'un bond pour remettre le vieux ventilateur en marche. Le moteur laissa échapper une plainte, les pales commencèrent à tourner, et tandis que Susan se rallongeait, le courant d'air tiède aussi lui sembla vieux, comme si le passé même la faisait ruisseler de sueur.

11

Elaine Muir, quatre-vingt-onze ans, fait vérifier sa tension deux fois par mois. Il est quinze heures, une brume de chaleur voile le soleil, et alors que Daniel ouvre la portière à Elaine, qu'il prend ses petites mains nerveuses dans les siennes pour l'aider à descendre du pickup, il reconnaît le parfum de son rouge à lèvres et de son eau de toilette, et ne la lâche pas avant qu'elle ait mis les deux pieds par terre. Alors qu'il transpire dans sa chemise à manches courtes, Elaine, elle, porte des chaussures confortables, une jupe de flanelle grise, un gilet et un chemisier blancs.

"Il n'y en a pas deux comme vous, Daniel.

— N'essayez pas de me flatter, Elaine." Il glisse son bras sous le sien pour lui faire traverser le parking récemment goudronné. Les lignes délimitant chaque place sont d'un blanc cru, et la forte odeur de bitume lève le cœur de Daniel qui est à jeun. Il se retient d'accélérer l'allure.

“Ah, dit Elaine, si seulement j’avais trente ans de moins.

— Des promesses, toujours des promesses.”

Ce genre de flirt lui plairait presque, s’il n’avait pas de temps à autre le même effet sur lui que la vue d’une boîte d’allumettes sur un pyromane repenti.

Elle poursuivait son badinage. “Vous l’avez été, Daniel ? Oui, forcément.

— Désolé, Elaine. Vous disiez ?

— Vous avez été marié ?”

Ils arrivent à l’ombre du bâtiment. Près des portes vitrées, une obèse en fauteuil roulant fume une cigarette. Son pantalon retroussé laisse voir ses chevilles gonflées et violacées, et Daniel revoit Tommy Banks à Norfolk, amputé des deux pieds à cause du diabète. Lui aussi devait se déplacer en fauteuil roulant, et tout détenu qui lui devait de l’argent devait le pousser là où il avait envie d’aller.

“Non, Elaine. Je n’ai jamais été marié.

— J’ai du mal à le croire, Daniel.” Malgré son ton taquin, ses paroles s’enfoncent en lui telle une pièce d’or lâchée dans un puits. Elle se cramponne à sa main pour gravir l’unique marche, lève la tête et sourit à la femme obèse : “Bon après-midi.”

L’inconnue souffle un nuage de fumée, salue en retour et jette la cendre de sa cigarette à ses pieds. Elle a les orteils presque noirs et Daniel détourne les yeux. Il appuie sur le bouton bleu destiné aux handicapés.

“Vous n’êtes pas d’accord, Daniel ?” Il est dans l’ascenseur avec Elaine. Elle vient de dire quelque chose sur les addictions – boulimie et tabagisme. “J’essaie de ne pas juger, mais la dépendance doit être vraiment forte.

— En effet.

— Vous avez été fumeur ?

— Dans ma jeunesse.” Il avait commencé en prison, à Walpole. À vingt-quatre ans. Pourquoi pas ?

“Ç’a été difficile d’arrêter ?

— Oui.” Encore que cette souffrance-là, il l’ait volontiers acceptée.

“Vous pensez qu’il sera là aujourd’hui ?

— Il est toujours là.

— Ah, très bien."

Les portes de l'ascenseur s'ouvrent, Daniel reprend Elaine par le bras et la guide le long d'un couloir étincelant vers la salle d'attente d'un médecin qui a cinquante ans de moins qu'elle ; pourtant elle est bien coiffée, s'est remis du rouge à lèvres, porte une jupe, un chemisier et un gilet bien repassés et assortis. Daniel inscrit son nom sur le registre et une infirmière, une robuste jeune femme, vient la chercher. Elle sourit avec chaleur à Elaine, la complimente sur sa coiffure et la conduit lentement jusqu'aux salles de consultation.

Daniel s'assied dans un fauteuil et saisit un magazine sans regarder la couverture. Un téléviseur est fixé en hauteur dans un angle de la salle d'attente, le volume au minimum. Le talk-show de l'après-midi est animé par un psychologue en costume bleu, un grand moustachu avec un début de calvitie. Penché en avant sur son siège, il s'entretient avec un couple assis en face de lui, deux jeunes gens pâles qui ont le même air effaré que s'il venait de leur apprendre qu'ils ne s'aimaient pas réellement et ne s'étaient jamais aimés.

Daniel inspecte la pièce du regard. Cinq patientes, une jeune fille et quatre femmes. Deux d'entre elles ont à peu près l'âge d'Elaine et des lunettes à verres épais, et lisent des magazines assises côte à côte. La patiente près de la porte est de la même génération que Daniel – bien que ses cheveux clairsemés soient teints en brun – et une longue varice lui traverse le mollet droit. À la main elle a un petit téléphone portable qu'elle scrute sans lunettes, tapotant sans cesse l'écran du bout de l'index. Un peu plus loin contre le mur du fond, sûrement une mère et sa fille. La mère est une de ces jolies conductrices de monospaces que Daniel voit régulièrement dans le centre de Port City ; elles ont la peau saine et le maintien des gens instruits mais les cheveux un peu en désordre, et de plus près on découvre qu'elles sont en tenue de sport, faute d'avoir eu le temps de se changer avant d'aller chercher leurs divers enfants sur le lieu de leurs diverses activités. Elles emportent partout leur bouteille d'eau minérale, ou un gobelet de café ou de thé qu'elles boivent à petites gorgées en bavardant joyeusement avec d'autres mères, pleines comme elles d'une énergie qu'elles semblent en permanence mettre au service d'autrui. Celle-ci, en jean, sandales et débardeur, les épaules et les bras minces et musclés, fixe le téléviseur dans l'angle de la pièce comme s'il lui révélait un secret important. Sa fille en short et tee-shirt siglé Dartmouth College montre trop ses jambes, et mâche du chewing-gum en feuilletant un magazine trop vite pour voir quoi que ce soit.

La mère jette un coup d'œil à Daniel. Il ouvre son propre magazine, chausse ses lunettes et parcourt le premier article sur lequel il tombe, mais sans vraiment le lire. Il sent le regard de cette femme sur son visage à la peau si fine qu'elle ne masque rien. Comprend-elle au moins qu'il ne leur veut aucun mal, à elle et à sa fille ? Et maintenant, ce poids brûlant sur sa vessie, mais il ne bouge pas.

En détention, si quelqu'un disait qu'il n'avait rien à faire là, c'était une blague. Ils étaient tous là pour quelque chose. Et si on se plaignait de son procès ou du verdict, on était une mauviette, donc on courbait l'échine et on faisait sa putain de peine. Même si c'était pour le restant de ses jours. Mais à Norfolk, en fumant après le repas du soir sur l'escalier en béton du quartier des longues peines et des récidivistes, les gars parlaient. L'un d'eux s'appelait Jay McGonigle. Il avait les cheveux aussi noirs que ceux d'un Amérindien et coiffés en arrière avec du gel, alors que la plupart des autres détenus laissaient pousser les leurs comme les adolescents à l'extérieur. McGonigle avait des favoris méticuleusement taillés et se rongeait les ongles. Et il était bel homme, avec son regard profond et sa mâchoire carrée de star de cinéma. On comprenait comment il avait pu mettre des femmes sur le trottoir.

Sauf qu'il les haïssait.

À un détenu qui parlait de son épouse ou de sa copine, la traitant tantôt de salope parce qu'elle l'avait laissé tomber, tantôt de sainte parce qu'elle restait avec lui, voire de sale pute incapable d'attendre son retour, McGonigle avait un jour répliqué : “Elles sont *toutes* des putes. Toutes autant qu'elles sont.” Sa façon de le dire, sans quitter des yeux la paroi grillagée de la cage d'escalier, donnait l'impression qu'il voyait quelque chose à travers et s'y complaisait. Sa haine. Une douzaine d'années plus tôt, il avait tué trois jeunes femmes en dix jours. Chacune étranglée après un fiasco. D'après la rumeur, les femmes ne faisaient pas bander McGonigle, mais il n'aimait pas non plus les garçons. Quelque chose en lui était mort, et il avait assassiné ces trois femmes coupables de le lui avoir rappelé. À l'époque, Danny fumait encore. Il se revoit encore détournant les yeux de McGonigle, écrasant sa cigarette et remontant dans sa cellule au deuxième étage du quartier des longues peines. À Walpole, sur les hauteurs, on disait que votre cellule était votre maison. À Norfolk ce n'était qu'une cellule, et Danny Ahearn était bien là pour quelque chose, mais pas comme McGonigle. La seule haine qu'il éprouvait était envers lui-même. Surtout les premières années après la mort de Linda. Surtout à Walpole où, contrairement à Norfolk, il n'y avait aucun programme de réinsertion : pas de cours le matin ni d'atelier l'après-midi, pas de délégués pour chaque quartier, pas de club débats ni de club quiz, où les plus intelligents et les plus cultivés d'entre eux se mesuraient à des étudiants qui venaient un samedi soir par mois : dans l'auditorium bondé de Norfolk, les détenus encourageaient leurs candidats qui battaient régulièrement les petits génies de Boston College et de Northeastern University, voire de Dartmouth ou de Harvard. Il fallait voir ça, et durant les jours qui suivaient une victoire, l'atmosphère s'améliorait dans les ateliers et la salle de classe, à la cantine et pendant la promenade, les détenus se disant qu'après tout ils n'étaient peut-être pas une bande de minables et de dégénérés, que d'un mal pouvait sortir un bien.

"Bonne nouvelle, Daniel." Elaine, accompagnée de la jeune infirmière, lui sourit. "Treize-neuf.

— Formidable, ma belle. C'est vraiment bien." Refermant son magazine, il découvre ce qu'il regardait sans le voir. Un pêcheur à la mouche du même âge que lui, au bord d'une rivière sous des peupliers. Les cheveux grisonnants et les sourcils froncés, il redresse le menton et lance sa ligne comme s'il donnait un coup de fouet dans l'eau : un homme simplement en train de se détendre au crépuscule d'une existence réussie.

Daniel repose le magazine sur la table. Il se lève, remercie la jeune infirmière et prend Elaine par le bras, mais tandis qu'il l'emmène vers l'ascenseur, hors de cette salle d'attente emplie de femmes, et qu'il fait mine d'écouter tous les compliments prodigués par le beau et jeune médecin, il n'a en tête que la photo de Susan Dunn, de son ravissant petit visage, et il sait que malgré ses réticences il doit terminer cette lettre, puis la poster à l'adresse du professeur Susan Dunn, Eckerd College, St Petersburg, Floride. Et au plus vite, car il a la sensation d'avoir la vessie pleine alors qu'elle ne l'est pas, un symptôme de plus confirmant ce que lui a dit son médecin avant qu'il cesse de le voir. Il y a aussi ces chaises victoriennes dont il doit s'occuper.

L'ascenseur arrive et Daniel y fait entrer Elaine, cette vieille dame pour qui chaque après-midi avec lui est un cadeau qu'elle préfère ouvrir le plus lentement possible.

Il se met à pleuvoir au moment où Daniel prépare son dîner. Un tambourinement soudain sur son toit de tôle, suivi par l'odeur de l'ozone qui traverse les moustiquaires métalliques. Une flaque se forme déjà dans la cour et, à genoux sur son lit, il ferme la fenêtre. De retour devant son fourneau, il vide le contenu d'une boîte de haricots en conserve dans la casserole posée sur un brûleur. Il devrait aussi faire cuire une saucisse de Francfort, et même des petits pois ou du maïs, mais c'est au-dessus de ses forces. Sur sa table en formica trône sa lettre à Susan. En rentrant après avoir déposé Elaine Muir chez elle, il s'est contenté de la regarder. Puis il l'a relue avec le sentiment d'avoir dit la vérité. Mais qui diable veut entendre la vérité ?

Il prend une cuiller en bois pour mélanger les haricots. L'odeur des lardons et de la mélasse contenus dans la sauce lui rappelle Willie Teague. C'était son plat préféré, mais Polaski le plaquait toujours au sol avant qu'il ait pu manger une bouchée. Polaski était son bourreau. Même si Willie marmonnait quelque chose entre ses dents, Polaski le punissait. Il lui réduisait son temps de télévision. Lui montait le chauffage dans sa cellule, ou le coupait en hiver. Lui supprimait le droit de se doucher ou de se rendre à l'intendance, surtout quand Willie n'avait plus de papier-toilette. Il mettait son courrier à la poubelle ou lui faisait croire à tort qu'il avait de la visite. Ordonnait sans raison une fouille rectale à l'heure où arrivait le repas de Willie.

Cela avait duré des mois, simplement parce que Polaski n'aimait pas Willie Teague, ses côtes saillantes, ses dents écartées et ses yeux gris de gosse de l'assistance devenu voleur de voitures. Alors Teague avait craqué. Le jour où sa femme avait introduit un pistolet en cachette, le détecteur de métaux était en panne et il n'y avait aucune gardienne pour la fouiller. Le calibre .38 était plaqué contre son bassin, sous une robe ample au décolleté généreux.

Quand la fusillade avait débuté, Daniel, devenu coiffeur en prison, coupait les cheveux du maton Johnny Sills. Aux premiers coups de feu, Sills s'était levé et rué dans la cour où Willie sortait du quartier des longues peines, et où Polaski se vidait de son sang devant la porte grillagée de la cage d'escalier. Danny avait vu la suite avec un groupe d'autres détenus. Sills, les mains en l'air, tentait visiblement de convaincre Willie de lui remettre son arme, mais celui-ci l'avait mis en joue et avait tiré, touchant Sills en plein cœur avant de disparaître dans le quartier des courtes peines ; quelques secondes plus tard, le dernier coup de feu de l'après-midi avait libéré Willie Teague pour l'éternité.

Daniel avait toujours regretté la mort de Sills. Il était réglo et les traitait, lui et les autres, avec respect en toutes circonstances. La nouvelle prison construite dans l'Ouest du Massachusetts aurait dû porter son seul nom, sans celui de Polaski. Après tant d'années, elle s'appelle toujours le centre pénitentiaire Sills/Polaski, et Polaski est entré dans la légende comme une sorte de héros qui se serait sacrifié dans l'exercice de ses fonctions, alors que c'était une brute sadique.

Daniel, tenant d'une main la poignée de la casserole, mélange à nouveau les haricots et baisse le gaz. La pluie continue à tambouriner sur son mobile home comme avec des baguettes sur une boîte de conserve. Il contemple sa lettre à Susan. Il peut lui écrire ce qu'il veut, ça ne lui rendra pas sa mère. Pourquoi ne pas se contenter d'un petit mot ?

Susan,
J'aimerais te revoir avant de disparaître.

La pluie diminue. L'odeur des haricots imprègne le mobile home. Daniel prend la lettre et relit les dernières phrases : *Ces ordures de forains ne lui avaient jamais inspiré confiance, mais se méfier de Linda ne lui serait jamais venu à l'idée. Elle l'avait choisi. Elle et lui ne faisaient qu'un, et depuis le premier jour ils ne pouvaient se passer l'un de l'autre.*

Il y avait tellement d'endroits où ils avaient fait l'amour : sous l'Himalaya, dans les dunes la nuit sur une couverture, une autre fois sous un flipper de Penny Arcade à trois heures du matin alors que, fou de désir, il était allé toquer à la fenêtre de la chambre de Linda, qui donnait sur le parking. C'était une nuit caniculaire et ils avaient déjà fait l'amour plus tôt sur la banquette arrière de la Ford de Liam, entre les pots de peinture et les rouleaux, Linda couchée sur une bâche que Danny avait déployée pour elle en même temps qu'il enlevait son short. Quatre ou cinq heures seulement s'étaient écoulées depuis, il ne trouvait pas le sommeil, et soudain l'ombre du beau petit visage de Linda était apparue derrière la moustiquaire métallique de la fenêtre, impossible à ouvrir sans que le bruit ne réveille Paul endormi au fond de la minuscule chambre. "Passe par-devant", avait chuchoté Linda et ils s'étaient retrouvés main dans la main ; elle avait étendu un tee-shirt sous le flipper où personne ne les verrait dans l'obscurité, et Daniel sent encore l'odeur du béton poussiéreux, de la chevelure et de la peau de Linda – mélange de sel marin et de savon, avec un vague goût de résine lorsqu'elle l'avait laissé la pénétrer. Ce cadeau qu'elle lui avait offert. Comment dire autrement ? Jamais personne ne s'était montré aussi généreux avec lui. Jamais personne ne lui avait donné ce sentiment d'être unique. Mais le ver brûlant de la jalousie s'était réveillé. Avant même que Liam ne soit venu faire libérer son fils contre une caution de vingt-cinq dollars que Danny lui avait remboursés le soir même. (D'ailleurs pourquoi Linda ne l'avait-elle pas fait libérer elle-même ? "J'étais avec *Susan* ! Je n'allais quand même pas l'emmener dans un endroit pareil, Danny !") La vérité, Daniel la connaît maintenant et depuis trop longtemps : alors qu'il attendait sa libération, assis dans sa cellule sur un banc, ce ver lui avait révélé des choses qui lui avaient échappé jusque-là. La rapidité avec laquelle Linda s'était donnée à lui sous les rails de l'Himalaya après leur premier long baiser à l'entrée du Frolics. Le fait qu'ils n'en aient parlé ni avant ni après. Et que c'était la première fois pour lui, mais sûrement pas pour elle. Pas de douleur. Pas de sang. Seulement ce désir impérieux qui lui était devenu aussi nécessaire que l'eau, l'air et le sommeil. Il ne lui était même pas venu à l'idée de mettre un préservatif. Durant ces premiers mois avec Linda Dubie, il était si euphorique et si heureux qu'il ne pensait à *rien*. Il ne réfléchissait pas. Ni elle ni lui ne réfléchissait. Prendre le temps d'évoquer une grossesse éventuelle ne les effleurait pas plus qu'un homme descendant un rapide ne s'arrêterait pour demander l'heure.

Les murs de la cellule étaient peints en jaune et quelqu'un avait dû introduire subrepticement un stylo, car à une dizaine de centimètres de la porte à barreaux était dessiné un vagin dégoulinant. Dessous, quatre lettres : *pute*. Un mot que le ver de la jalousie adorait. Il semblait s'en repaître. Comment Danny n'avait-il pas compris plus tôt ? Ce sourire que Linda avait adressé à Bill dans la galerie de jeux, l'expression de Bill quand il l'avait vue assise à côté de son mari au soleil. Lui aussi avait couché avec elle. Forcément.

C'était déjà bien assez pénible, de penser que Linda avait offert au frère de Jimmy la même chose qu'à Danny. Mais ce ver brûlant s'était insinué encore plus profondément. Linda avait-elle couché avec Bill alors qu'elle était *avec Danny* ? Qu'elle était sa *femme* ? À la vue du graffiti dans la cellule, Danny pensait aux nombreuses occasions qu'elle avait eues de le tromper. Pendant la sieste de Susan. Peut-être même pendant qu'elle tenait la caisse à Penny Arcade alors que Loïs s'occupait de Susan. Elle fumait beaucoup et faisait sans cesse des pauses cigarette. Un après-midi où il aidait Liam à passer du goudron sur le toit du Frolics, Danny avait jeté un coup d'œil en contrebas et vu sa Linda Ahearn qui en grillait une à l'entrée de la galerie, un bras replié sous les seins comme lors de leur première rencontre et son tablier de caissière noué autour de la taille. Elle semblait si belle, si solitaire, et c'était sa femme, la mère de leur bébé, mais soudain un grand type qui se promenait avec ses gosses lui avait lancé un regard appuyé. Et si ç'avait été Bill à sa place ? Qui pouvait affirmer qu'il n'aurait pas adressé à Linda ce même sourire avant de l'entraîner dans un recoin sombre ? Qui pouvait affirmer qu'il ne l'avait pas fait ? Et qu'*elle* ne l'avait pas suivi ? Danny s'était représenté sa femme écartant les jambes pour se laisser pénétrer par Bill, le regardant droit dans les yeux comme elle le regardait lui, comme s'il était l'homme de sa vie, et la cellule s'était mise à tourner, il avait vomi sur le sol en béton, le ver creusant toujours plus profond, jusque dans les tripes de Danny où il resterait jusqu'à ce qu'il soit trop tard.

Daniel se lève, s'approche du fourneau et coupe le gaz sous les haricots. Il se rassoit et écrit : *Danny avait perdu la tête, Susan. Cette expression ne convient pas vraiment, car elle donne l'impression que je cherche à l'excuser. Ce n'est pas le cas. Il a mérité tout ce qui lui est arrivé, et même davantage. Mais pendant quelque temps il était devenu fou. Voilà ce que j'essaie de dire. Et quand les gens sont fous, ils ressemblent tellement à des ivrognes ou à des toxicos qu'on a l'impression de parler à des extraterrestres. Impossible de communiquer avec eux. Linda n'y arrivait pas…*

Il faut que tu saches qu'en détention, je suis devenu encore plus fou. Tu as peut-être appris qu'on m'a d'abord envoyé à Walpole et mis sous surveillance pour risque suicidaire, sans doute à cause de choses que je répétais sans cesse, même si je ne me souviens de rien. Sauf d'avoir eu envie d'être tué par un autre détenu. Je voyais sans arrêt

Daniel ferme les yeux de toutes ses forces. Le visage de Linda, sa chevelure, son regard et sa façon de soutenir le sien après, la surprise et la peur s'effaçant devant la certitude qu'il ferait cela. Un effacement pas si éloigné de l'amour, un écho de l'amour, même si c'était l'amour de ce qu'elle avait été, et auquel elle tentait vainement de se raccrocher.

Je n'avais pas le courage de mettre fin à mes jours.

J'étais un arrivant. C'est le nom qu'on donne au nouveau qui purge sa première peine. Et les vieux de la vieille n'y vont pas par quatre chemins. Ils attaquent aussitôt, mais Danny s'est battu avec le premier qui l'a regardé de travers. Un certain Chucky Finn qui venait de Charlestown. J'avais mon plateau avec une assiette de mortadelle et de purée instantanée, et

Pourquoi écrire ça ? Quel besoin Susan peut-elle avoir de lire ces lignes ? Il n'a *aucun* droit de lui raconter ça. Mais il faut pourtant qu'elle sache, non ? Qu'elle sache que, même sous les verrous, son acte le rendait tellement dingue qu'il ne craignait personne, et surtout pas Chucky Finn, cent vingt kilos, qui l'avait toisé à table. Il avait juste eu le temps de lancer : “Drôle de taulard, putain !" avant que Danny se jette sur lui plus vite qu'il ne l'avait jamais fait. Il avait toujours eu de grandes mains, mais elles n'étaient plus que violence, et après avoir mis Finn au tapis en trois coups de poing dont il ne se souvient toujours pas, Danny, à cheval sur le torse de sa victime, avait serré entre ses paumes cette tête chauve, la cognant contre le sol en béton malgré les trois matons occupés à le maîtriser, tandis que ses codétenus le fixaient comme s'il était une gêne, ou au contraire une distraction bienvenue dans ces interminables journées monotones qu'ils vivaient depuis si longtemps.

Ne peut-il pas se contenter d'écrire à Susan qu'il était devenu fou et en rester là ? Non, car s'il en reste là, cet adjectif sonnera comme une excuse. S'il en reste là, Susan n'en saura guère plus que ce qu'elle sait sans doute. Or il faut qu'elle sache que, depuis vingt ans, il n'a pas approché une femme. Il aimerait pouvoir dire qu'en détention Danny est devenu Daniel, mais ce n'est pas vrai. Danny était un jeune homme, et le désir allumé en lui par Linda n'a pas disparu, sauf durant les mois juste après son acte, parce que la seule image de Linda qui lui venait à l'esprit était la plus horrible, un lent cauchemar repassant en boucle. Il fermait les yeux et enfouissait son visage dans le matelas, mais c'était pire. Il revoyait quand même la scène, la revivait, et comment avait-il pu faire ça ? *Lui ?* Comment ?

C'était à cause du son émis par Linda. Comme si elle s'était brûlé le doigt sur le fourneau et l'avait retiré brusquement. À cause de sa façon de soutenir son regard, avec cette certitude sinistre le concernant, un mauvais sort qu'elle lui jetait.

Il avait vingt-quatre ou vingt-cinq ans, mais le matin au réveil il ne bandait pas plus qu'un vieillard. Même à l'isolement pour la première fois, après s'être battu avec Chucky Finn, et la deuxième fois pour avoir défiguré Chico Perez qui avait sorti un couteau dans la buanderie, parce que l'épaule de Danny avait simplement frôlé la sienne. Mais le cœur du Réacteur en fusion avait craché sa vapeur brûlante, et le couteau s'était retrouvé dans la main de Danny qui avait tailladé le visage de Perez. Or, même durant tous ces jours et toutes ces nuits au mitard, s'il s'évadait par la pensée vers des souvenirs heureux, c'était uniquement vers ceux de la petite Susan, les moments où il la prenait dans ses bras et jouait avec elle, et où, quand elle était bébé, il lui donnait son repas dans sa chaise haute et tapotait son dos minuscule jusqu'à ce qu'elle fasse son rot à son oreille.

À Norfolk seulement, après six ou huit mois dans le quartier des longues peines, Danny avait de nouveau eu des érections au réveil. Il ne s'attendait pas à ce signe de vie, parce qu'il ne croyait plus pouvoir se sentir vivant. Et voilà que si. Une preuve de vitalité chez un jeune homme en bonne santé, mais ce n'était pas juste. Il n'avait pas le droit d'être en bonne santé, même s'il s'en félicitait. Un souvenir lui était revenu, de Linda et de lui. Ils n'étaient mariés que depuis une semaine ou deux, et le ventre de Linda enceinte de quelques mois commençait à s'arrondir. Le mois de septembre touchait à sa fin, mais il faisait chaud et ils avaient dormi avec les fenêtres de leur chambre ouvertes. Linda avait mis des rideaux blancs, et quand il s'était réveillé couché sur le côté, contre le dos de sa femme qu'il enlaçait, un petit vent soulevait les rideaux et leur chambre avait l'odeur de l'océan. "C'est tellement joli", avait dit Linda, comme si tous deux étaient éveillés depuis longtemps.

Ensuite ils avaient fait l'amour. Et sur sa couchette au deuxième étage du quartier des longues peines, Danny s'était masturbé et avait joui aussitôt, mais il n'y avait pas plus malheureux que lui.

Certains devenaient gays en détention, même s'ils ne l'avouaient pas. Une bouche était une bouche, un orifice était un orifice, et chacun faisait ce qu'il avait à faire. Danny, lui, remontait le temps jusqu'à l'époque où Linda et lui étaient seuls au monde. Il revoyait leurs ébats dans le sable, dans la Ford Impala de Liam ou sur leur canapé, éclairés par le halo de la télévision. Il revoyait tout cela et sentait encore le parfum de Linda, l'entendait haleter, et il jouissait dans sa main ou dans du papier-toilette, avec l'impression qu'il tentait de faire refleurir des fleurs fanées.

La pluie a cessé. Daniel verse les haricots dans son assiette et se met à table. Il laisse à l'écart sa lettre à Susan. Elle ne saura rien de tout ça. Les quelques cuillerées de haricots qu'il se force à manger pourraient aussi bien être un morceau de cire fondue. Il repousse son assiette et repense à l'été 1988, où il était libre pour la première fois depuis 1973. À trente-huit ans, il se sentait comme un gosse trop ignorant du monde pour en faire partie.

Son père était mort. Malgré une permission pour bonne conduite, Danny n'était pas allé aux obsèques de Liam. Au parloir, il avait dit à sa mère que la permission était refusée. Son père ayant vécu modestement, il savait que l'assistance serait modeste elle aussi et qu'on remarquerait sa présence. Il y aurait sans doute sa tante du côté de sa mère et son mari venus du New Jersey, plusieurs cousins désormais adultes, quelques commerçants rencontrés au fil des ans et peut-être Will Price, voire un propriétaire ou gérant d'un parc d'attractions auquel Liam avait contribué à rendre son éclat, mais ce serait tout. Et Danny se refusait à recevoir, dans un costume bon marché acheté par sa mère, des condoléances près du cercueil de cet homme qui n'était pas allé le voir une seule fois en prison.

Sa mère voulait qu'il vienne vivre avec elle, mais au bout de quelques mois l'agent de probation de Danny l'avait autorisé à s'installer à Boston. Dans la canicule de ce premier été de liberté, il habitait un studio à une centaine de mètres du salon de coiffure où il travaillait, à l'ombre de l'échangeur en face de North Station. À Norfolk il avait appris à rempailler les chaises et à couper les cheveux, et, son agent de probation connaissant le propriétaire du salon, l'affaire avait été conclue. À longueur de journée, cinq jours sur sept, il n'y avait dans le miroir que les cheveux et le visage d'hommes bavards aux épaules et au torse recouverts d'une cape de coiffure, et le brouhaha des rires et des conversations sur les derniers sujets d'actualité – Bush et Dukakis, en août de cette année-là. Quand Danny avait été incarcéré, Nixon était président et les Américains en guerre au Viêtnam.

Au coucher du soleil, il sortait faire un tour. Il fumait encore, son paquet de Winston glissé dans la poche de son tee-shirt ou le revers de sa manche retroussée. Il avait un peu grossi. Il n'était pas de ceux qui soulevaient de la fonte ou jouaient au basket en prison, et apercevait parfois son reflet sur la vitrine d'un magasin de vins et spiritueux ou d'une boutique de vêtements : un type avec un peu de ventre, des favoris comme plus personne n'en portait, des cheveux coiffés en arrière, un nez busqué et de grandes mains. Le problème, c'était qu'il ressemblait à un ancien taulard, et ça lui déplaisait. On aurait dit qu'il venait d'un autre temps, d'ailleurs il avait ce sentiment. Il ne s'attendait pas à trouver le monde extérieur si coloré, bruyant et animé. Les étudiants regagnaient la ville, et il croisait des jeunes filles aux cheveux brillants et aux jambes nues, leurs tongs claquant sur le trottoir. Il leur souriait comme s'il avait le même âge qu'au moment de son incarcération, mais elles passaient près de lui sans le voir, et pourquoi l'auraient-elles remarqué ? Il était aussi vieux que leur père et donc invisible à leurs yeux, ce qu'il trouvait normal. Il fallait qu'il soit invisible aux yeux des femmes. Et il pensait à sa petite Susan qui devait avoir, exactement comme ces étudiantes, environ dix-huit ans.

Longeant les immeubles en grès brun de Back Bay, il lui arrivait de voir un père, en short et en tee-shirt trempé de sueur, décharger une camionnette ou un break et disparaître en haut d'un escalier avec un pied de lampe, un tapis ou un carton de déménagement. Un jour près de Fenway Park, l'un de ces hommes entre deux âges lui avait fait un clin d'œil complice, comme si Daniel était lui aussi préposé au paiement des droits d'inscription à l'université, et heureux de s'acquitter de ses devoirs paternels en aidant un enfant à emménager dans sa chambre d'étudiant.

La douleur avait été trop forte.

Il avait choisi ses itinéraires de promenade loin des facultés. À Boston, c'était difficile, mais en quittant son studio près des voies de chemin de fer de North Station, il suivait Commercial Street vers l'est jusqu'aux quais. Sur l'autre rive se trouvait Charlestown, et la vue du Bunker Hill Monument lui rappelait certains détenus venant de ce quartier qu'il avait rencontrés à Norfolk : des braqueurs de banques pour qui c'était un métier au même titre que, pour d'autres, la plomberie ou la menuiserie apprises auprès d'un père ou d'un oncle. Au large de longs cargos gris, de petits bateaux de plaisance et quelques yachts blancs glissaient sur l'eau. En arrivant dans Hanover Street, il remontait vers Prince Street et les étroites rues pavées de North End, envahies par des touristes en polo et de jeunes enfants. Il s'asseyait parfois à la terrasse d'une brasserie, commandait un expresso et le dégustait en regardant les voitures rouler au pas, les piétons traverser devant elles entre deux coups de klaxon comme si elles n'étaient pas là, les policiers en uniforme sur leurs chevaux, un vendeur de glaces italien tout maigre fumant le cigare à la porte de sa boutique, les guirlandes lumineuses tendues au-dessus de la rue d'un trottoir en brique à l'autre, le tout dans des odeurs de poulpe frit, de citron, de *bubble-gum* et de fumée de cigarettes, auxquelles se mêlait le parfum des femmes qui se promenaient au bras de leur mari. Impossible de quitter des yeux leur visage, leurs épaules nues, leurs frêles poignets, leurs ongles vernis et, sous un short ou une jupe, leur postérieur rebondi qu'il avait envie de toucher, d'embrasser, mais aussi de fuir à toutes jambes.

La première fois qu'il s'était retrouvé au trou, une voix intérieure avait résonné dans sa tête : *C'est* ***toi*** *qui as fait ça, Linda.*

Il s'en voulait d'oser penser une chose pareille, mais avant Linda il n'était jamais devenu fou. Il avait mauvais caractère et ne supportait pas la moindre provocation sans réagir, mais une fois sa colère retombée, il oubliait celui auquel il avait donné un coup de poing ou de pied pour le faire taire. Là était le problème. Danny n'avait jamais cherché la bagarre ni les ennuis. Alors que faisait-il dans cette cellule où la lumière ne s'éteignait jamais, sur un lit en métal fixé au mur, avec une bible à la couverture déchirée ?

C'est ta faute, Linda. Mais ces paroles qui tournaient dans sa tête le faisaient rougir de honte ; il savait que Linda n'y était pour rien, et pourtant *si*, du moins par l'effet qu'elle avait eu sur lui : elle lui avait donné le sentiment d'être un élu de Dieu, tout en faisant depuis le début la même chose avec un merdeux comme Bill, le frère de Jimmy Squeeze. Encore qu'après un an à se torturer l'esprit, Danny avait fini par accepter, comme si on lui enfonçait des éclats de glace dans les veines, l'idée qu'il ait pu être aussi "malade dans sa tête" que le disait Linda, qu'elle n'ait rien fait de ce dont il l'accusait et qu'il se soit donc déchaîné contre une femme totalement innocente. Et même si elle l'avait trompé, ce qu'il lui avait infligé était si injuste, si atrocement injuste, que ces quinze ans de détention s'étaient écoulés aussi lentement que tout un océan s'évaporant au soleil.

Un soir au crépuscule, durant son premier automne de liberté, il avait vu une femme de grande taille parler à un flic sur le trottoir d'en face. La soixantaine, en tailleur-pantalon, elle avait les yeux trop maquillés et trop de laque sur ses cheveux grisonnants.

Quand elle avait allumé une cigarette, il avait eu un coup au cœur à cause de la ressemblance avec sa belle-mère ; il avait jeté un billet de cinq dollars sur la table et dévalé Prince Street pour ne plus y revenir.

Pourquoi n'y avait-il jamais pensé ? Loïs appartenait à une famille nombreuse d'origine italienne, installée à quelques kilomètres seulement au nord de Boston. Qu'est-ce qui l'empêchait, elle ou un de ses frères, de se retrouver à North End ? En fait ce n'était pas elle, mais peu importait. De toutes ses anciennes connaissances, c'était la dernière personne que Daniel souhaitait revoir.

La dernière.

Il se sent vaguement nauséeux. Il a mal aux hanches et à l'aine et boirait bien un Coca, mais il n'en a pas. Il finit son assiette, la rince dans l'évier et quitte son mobile home. Parfois il ferme à clé, parfois non. Là, au milieu des odeurs de résine, de tôle ruisselante et de terre humide, il pense à sa lettre à Susan sur la table de la cuisine, et soulève un peu sa porte d'entrée pour engager le pêne dans la gâche et la verrouiller. Il contourne la mare qui s'est formée au centre de la cour, monte dans son pickup, met le contact. Depuis quarante ans il vit seul. On s'y habitue, comme un unijambiste s'habitue à sa béquille et à marcher à cloche-pied. Mais son désir de revoir sa fille semble en avoir réveillé d'autres en lui. Durant tout ce temps, il a réduit ses besoins au minimum : un bon lit, trois repas par jour, des vêtements propres et assez d'argent pour vivre. Ses seuls plaisirs : de temps à autre une bière, un cornet de glace ou un film, et ses visites à la bibliothèque pour emprunter des livres audios. Or par cette soirée pluvieuse où il recule dans Beach Road uniquement pour aller s'acheter un Coca, un désir plus vaste le taraude et la honte lui fait venir le rouge aux joues tandis qu'il accélère entre les pins sombres, entre les maisons et les mobile homes aux fenêtres éclairées, chacun d'eux abritant une famille.

II

12

Sur le parking du magasin Lowe's, Susan était assise sur le siège conducteur de la VW de Loïs, la portière grande ouverte, son carnet à plat sur le volant. Elles avaient choisi leur nouveau climatiseur, que Susan avait proposé de payer, mais Loïs avait refusé d'un geste et lui avait demandé de rapprocher la voiture. *L'odeur de Noni*, écrivit Susan. Comment pouvait-elle oublier ce mélange obscène de talc pour bébé et de fumée de cigarette ? C'était le même depuis sa petite enfance, sa grand-mère ayant toujours une de ses Carlton aux lèvres lorsqu'elle talquait son décolleté. Dans le Nord, elle ne le faisait qu'en été, mais après leur installation à Arcadia c'était devenu son rituel du matin. Susan pourrait commencer par là. Par une description des seins de Noni, dont elle admirait, adolescente, l'opulence et la beauté. Il y avait aussi le parfum sucré de sa laque, les notes florales de son eau de toilette, les senteurs de rose de son rouge à lèvres. Même trop grosse, Loïs avait toujours été jolie, mais devenue octogénaire elle se laissait aller. Elle ne se souciait plus de teindre ses cheveux clairsemés, et si elle se maquillait, cela ne se voyait pas. Ce jour-là elle portait des lunettes noires qui lui cachaient presque entièrement le visage, et une ample robe d'été en coton recouvrait le reste de sa personne, sauf ses bras à la chair flasque. À l'ombre dans l'entrée du Lowe's, elle agitait l'un d'eux pour faire signe à Susan de la rejoindre. Un jeune vendeur patientait près d'elle avec le chariot contenant le climatiseur destiné à la chambre de Susan. Posant son carnet sur la banquette, Susan alla se garer devant l'entrée et descendit de voiture pour aider.

À l'intérieur des terres, la chaleur moite rendait l'air irrespirable. Le goudron était mou sous les sandales de Susan.

"Ouvre le coffre, Suzie." Seule Noni l'appelait ainsi. Entendre ces deux syllabes était aussi réconfortant qu'infantilisant. Ça aussi, il faudrait qu'elle le note : *Suzie*. Ce diminutif pourrait même lui servir de titre. Non, trop évocateur d'une poupée Barbie ou d'une star du porno, avec quelque chose d'à la fois mièvre et vulgaire, sans doute la raison pour laquelle elle ne l'avait jamais aimé. Elle ouvrit le coffre. Il était rempli de catalogues de jouets et de meubles anciens.

"Mets-les sur la banquette arrière."

Susan portait un short en jean et un tee-shirt, et quand elle se pencha à l'intérieur de la voiture, elle se sentit déshabillée du regard par le jeune homme debout près du chariot. Âgé d'une vingtaine d'années, il la fixait avec la même insistance que certains de ses étudiants, bouche bée comme si la vie était un long film projeté dans sa tête rien que pour lui. Elle se retourna. "Maintenant il y a assez de place, dit-elle. Merci de votre aide."

Il hissa le climatiseur dans le coffre, rabattit le hayon et s'apprêtait à tourner les talons, mais contre toute attente Loïs lui donna un pourboire. Il remercia, jeta un coup d'œil au ventre plat et aux cuisses nues de Susan, puis repartit en poussant son chariot vers les portes du magasin qui s'ouvraient devant lui.

"Jésus Marie Joseph, sortons de cette fournaise !"

Jésus Marie Joseph. Voilà comment on parlait dans le Nord. Encore quelque chose à noter.

De retour au volant, Loïs quitta le parking et s'engagea dans DeSoto Street. Elle mit la climatisation à fond, mais l'air glacial arrivait droit sur la poitrine de Susan et elle réorienta la grille de ventilation.

"Une idée de la façon dont on va monter ce satané engin à l'étage, Suzie, sans parler de l'installer ?

— Je dois pouvoir m'en charger.

— Impossible. Tu en as assez fait hier. J'appellerai Marianne. Ils ont des Mexicains qui entretiennent leur maison à l'année." Loïs regarda Susan par en dessous et accéléra.

C'était le mot "Mexicains" : Gustavo, tant d'années après.

"Ce climatiseur ne peut pas être bien lourd, Noni.

— Alors débrouille-toi. Je ne suis plus bonne à grand-chose, autant te le dire. Je ne vivrai pas éternellement, tu sais."

Les mêmes intonations qu'autrefois, du temps où elle envoyait des remarques cinglantes qui pouvaient blesser si l'on n'y prenait garde. Si l'on ne comprenait pas assez vite.

"Vite." Un adverbe que Loïs employait souvent : "Hein que tu seras une de ces filles qui comprennent vite ?"

Mère et grand-mère, elle était les deux à la fois, et Susan se demandait si elle avait toujours envie de s'installer chez elle. Des souvenirs enfouis depuis longtemps lui revenaient déjà : ce geste impérieux de la main qu'avait Loïs, la lumière inquisitrice du plafonnier de la cuisine, ou leur habitude le matin, comme ce jour-là, de se préparer chacune son café à elle et d'échanger des politesses alors qu'elles auraient préféré ne pas avoir à faire la conversation.

Loïs tourna dans Pinellas Street pour atteindre le centre historique de la ville. Elle fredonnait une chanson des années 1950, sa façon de détendre l'atmosphère après avoir mis de l'électricité dans l'air.

L'odeur de Noni ; Jésus Marie Joseph ; cette incapacité à s'excuser de quoi que ce soit.

"Il faut que je m'arrête une seconde à la boutique. Tu vas enfin pouvoir faire la connaissance de Marianne."

Elles longeaient les maisons de plain-pied des saisonniers employés dans les orangeraies et les ranchs. Susan était passée devant la veille, mais ne conduisant pas, elle pouvait les regarder plus attentivement. Certaines semblaient à l'abandon, le sol jonché de crottes de chien et de jouets en plastique décoloré au pied de leur terrasse, l'allée du garage encombrée par une moto les roues en l'air ou un canapé éventré. Les autres étaient bien tenues, leurs murs en stuc lessivés au jet, leurs allées balayées avec soin quoique fissurées et tachées d'huile. Sous les abris d'auto en fibre de verre ondulée, l'alignement des poubelles rappela à Susan celui des couteaux de cuisine de son mari, rangés par ordre de grandeur dans leur support en bois. Elle pensa au dernier Noël, à la gentillesse de Bobby envers Loïs : il l'avait emmenée avec lui faire les courses, avait concocté à leur retour un Cuba Libre à base de rhum ambré, et pendant qu'elle tranchait du céleri et des oignons il avait épluché des pommes de terre, le jazz chaotique d'Ornette Coleman pour une fois remplacé par la voix d'Ella Fitzgerald chantant *Baby, It's Cold Outside*. Susan les apercevait depuis la salle de séjour, où elle décorait d'un cordon de canneberges séchées le palmier en pot qui tenait lieu de sapin de Noël. Elle avait aussi accroché des guirlandes électriques bleues et blanches autour du tronc et à la base des feuilles, et alors qu'elle regardait Loïs s'affairer dans leur petite cuisine rouge, souriant ou s'esclaffant parfois au point que son double menton tremblotait, elle lui avait trouvé mauvaise mine, le teint pâle, et son amour pour sa grand-mère l'avait assaillie au point qu'elle avait presque dû s'asseoir.

"Tout te paraît comme avant ?

— Oh oui", répondit Susan avant même d'avoir enregistré ce qu'elle voyait. Elles étaient dans le centre historique et, hormis les voitures récentes garées le long des trottoirs, Oak Street présentait la même apparence qu'au siècle dernier. Des colonnes cannelées soutenaient toujours les auvents des boutiques, entre les vitrines desquelles de lourdes portes en cyprès ouvraient sur des cages d'escalier dans lesquelles Susan n'était jamais montée, même si à seize ans elle avait gravi avec Gustavo les marches métalliques de celui derrière le magasin de Noni pour atteindre le toit en terrasse.

Gustavo. C'était peut-être par lui qu'elle devrait commencer.

Noni se gara devant un bosquet de noyers d'Amérique sur le parking à l'arrière de la boutique. L'escalier de secours était rouillé, la peinture jaune s'écaillait. À l'ombre des marches, un fauteuil de jardin avec de la cendre de cigarette sur un accoudoir.

"Six par jour, Noni ?

— C'est ce que j'ai dit, non ?"

Susan la suivit jusqu'à la porte de l'arrière-boutique. Elle avait soif et un peu faim, et en clignant des yeux au soleil devant cet escalier métallique, elle se sentit comme le fantôme fané de la jeune fille qu'elle avait été.

À l'intérieur il faisait trop chaud, l'air sentait l'acajou, le fer forgé et la poussière. Une odeur si familière que Susan se revit instantanément à la caisse, lisant méthodiquement sa pile de livres de poche en sirotant un Coca tiède, une jambe en équilibre sur le pied de l'autre repliée. Les déshumidificateurs d'air ronronnaient dans la pénombre encombrée de commodes, de chaises, de bois de lits, et d'étagères emplies de jouets anciens dont la vue attristait Susan adolescente, car elle avait calculé que les enfants qui s'amusaient autrefois avec étaient soit très vieux, soit morts. Pourquoi diable voudrait-on de ce que ces gosses disparus depuis longtemps avaient laissé derrière eux ?

"La voici, Marianne. Je te présente ma Suzie.

— Mon Dieu, vous êtes encore plus jolie en vrai." Marianne quitta la caisse, souriante et la main tendue. Elle avait des cheveux gris coiffés au goût du jour, un collier de perles, un chemisier vert tilleul assorti à sa jupe, et une chaleur sincère dans le regard. Susan, conquise d'emblée, lui serra la main.

"Et professeure d'université, rien de moins ! Bonté divine !

— Enfin, pas tout à fait...

— Du nouveau, Marianne ?

— Professeure auxiliaire.

— Vous travaillez à mi-temps ?

— Oui, ça me laisse du temps pour mes recherches.

— Des ventes, Marianne ?"

Marianne se tourna vers Loïs. "Non, mon chou, juste un ou deux curieux. Aucun client sérieux. Et vous Susan, en quoi consiste votre travail ? Mon Dieu, vous auriez pu faire du cinéma. Regarde-la, Loïs.

— Elle est mieux avec les cheveux longs. Je me demande pourquoi elle les a coupés."

Susan sentait encore le poids des ciseaux dans sa main, elle revoyait son petit visage dans le miroir alors qu'elle prenait les mèches pour les couper. "Je suis écrivaine." Elle eut l'impression de mentir en disant cela.

"Une *écrivaine*, Loïs. Tu ne m'en avais jamais parlé."

Loïs haussa les épaules. "Elle ne m'a jamais rien fait lire." Son ton détaché ne trahissait qu'une pointe de dépit, et déjà elle se frayait un passage entre des meubles de toute sorte vers les deux baies vitrées de la boutique, protégées par l'auvent du soleil qui brillait sur Oak Street. "Il va falloir mettre les miroirs en vitrine, Marianne. Cette garce de l'Ohio est tombée sur le Biedermeier par hasard."

Marianne sourit et fit un clin d'œil à Susan. "On les y a déjà mis l'automne dernier, mais on peut recommencer, bien sûr.

— On les y a déjà mis ?

— Oui, souviens-toi."

Loïs les dévisagea toutes les deux. À contrejour, elle n'était qu'une ombre et paraissait plus petite qu'en réalité. "On en a vendu ?

— Là, c'est *moi* qui ne m'en souviens plus." Marianne éclata de rire et donna un coup de coude à Susan qui lui sourit en retour. Les deux femmes semblaient bien s'entendre, comme deux vieilles amies, à la grande surprise de Susan.

"Il nous faut un de vos Mexicains pour nous aider à installer un nouveau climatiseur, Marianne. Tu peux demander à Walter de nous en envoyer un ? Je le paierai en liquide.

— Je pense vraiment pouvoir m'en occuper, Noni.

— Ne dis pas de bêtises." Marianne fouilla dans son sac à main posé sur le bureau et sortit son portable. "J'appelle mon mari. Mon Dieu il va vous adorer, Susan. Vous restez longtemps ?"

Susan rougit. Elle se tourna vers une étagère et caressa la tête d'une figurine en fonte représentant un cow-boy qui jouait de la guitare, un genou en terre. "Non, pas très.

— Eh bien nous serions ravis de vous avoir toutes les deux à dîner au moins une fois avant votre départ.

— Elle peut aussi s'installer quelque temps, qui sait ?" Loïs alla à la caisse. La même que celle derrière laquelle Susan passait autrefois des heures assise : en bronze, avec des touches en ivoire. Loïs l'ouvrit et prit un billet de vingt dollars. "Note-le dans les dépenses imprévues, Marianne.

— Pour quelle heure je dois demander à Walter d'envoyer quelqu'un ?" Marianne tenait son portable contre sa poitrine. Elle ne quittait pas Susan des yeux. Son regard attentif et maternel donnait à celle-ci autant envie de rester que de partir.

"Le plus vite sera le mieux, mon chou." Loïs disparaissait déjà par la porte de service. Marianne appuya sur une touche de son portable, le plaqua contre son oreille et, avec un sourire enjoué, salua de la main Susan qui sortait elle aussi du vieux magasin plein de vieilles choses, en proie à cette timidité qu'elle ressentait si souvent en présence d'une femme qui aurait pu être sa mère.

13

C'est le milieu de la matinée, le soleil tape dur, et Daniel veut finir son travail. Devant lui, la dernière des huit chaises de l'antiquaire garde même en plein air l'odeur du brou de noix avec lequel il l'a teintée la semaine dernière. Il met quelques gouttes de glycérine dans un seau d'eau tiède, mélange le tout avec une baguette de pin. Il prend trois rouleaux de joncs, les immobilise avec des pinces à linge et les pousse au fond du seau pour les faire tremper dix minutes. Quand il a commencé dans ce métier, il tendait trop les cannes de jonc d'une traverse à l'autre, et elles durcissaient et se fendillaient en séchant. Mais plus maintenant. À sa grande fierté, il les tend désormais comme il faut, et une fois sèches elles sont solides, bien alignées et juste assez souples. Il ne cesse de penser à sa lettre pour sa fille, restée sur la table de la cuisine. *J'aimerais te revoir avant de disparaître.*

Derrière lui une corneille croasse dans les pins. La nuit dernière, il a rêvé qu'il dormait nu près d'une femme qui était nue elle aussi. Il avait un corps de petit garçon et il était couché sur le côté, une jambe en travers du ventre de cette femme, la joue contre son sein. Il lui semblait qu'elle était à lui depuis toujours, qu'il tenait d'elle une partie de lui et que sans elle il ne serait jamais pleinement lui-même. Il avait conscience de son pénis contre sa hanche, de sa vessie pleine, et le son qui s'échappait des lèvres de cette femme était pour lui comme une vieille chanson qu'elle lui fredonnait. La pluie qui tombait sur son toit de tôle l'avait réveillé, le laissant seul sur son matelas, et il était allé pisser pour la quatrième fois.

Combien de temps était-il resté dans la salle de bains de son mobile home ? Combien de temps avait-il attendu ces deux ou trois gouttes d'urine brûlantes ? Un symptôme de l'aggravation de son état, il le sait.

À trois ou quatre mètres au-dessus de sa tête, la corneille croasse, puis bat des ailes. Il compte les trous dans la traverse arrière de la chaise. Il trouve le trou central, y enfonce un tee de golf comme repère et fait de même pour la traverse avant. Il sort du seau un rouleau de jonc ruisselant, enlève la pince à linge, mesure de la main une cinquantaine de centimètres. Cette photo de sa fille qu'il a imprimée et fixée au mur… Susan a la beauté de sa mère et il ne peut s'empêcher de se demander si cela lui a valu des ennuis. Il retire le tee du trou central de la traverse avant, y insère la canne de jonc, et soudain lui parvient comme d'une soufflerie souterraine la voix de Linda qui hurle : "Je ne t'appartiens pas ! Je ne suis pas à toi, putain !"

Cette façon qu'avaient ses longs cheveux bruns de lui retomber sur le visage, ses yeux de se plisser et de s'assombrir, les postillons de jaillir entre ses dents étincelantes. Linda et lui étaient ensemble depuis cinq ans et demi, et depuis cet après-midi caniculaire où ils avaient fait l'amour debout sous les rails de l'Himalaya, jamais ils ne s'étaient quittés, ni le jour ni la nuit. Daniel devait avoir des centaines d'images d'elle en mémoire, et pourtant seule une douzaine d'entre elles tournent en boucle dans sa tête, dont celle-là, même si elle lui revient pour la première fois après des années.

Il retire le tee du trou central de la traverse arrière, mais sent derrière lui sa lettre à sa fille, projet à l'abandon que lui seul peut ressusciter, et il ferait mieux de s'y mettre tant que ce qu'il a en tête est encore là. Il laisse la canne de jonc en plan, et le voilà assis devant sa table de cuisine dans une chaleur étouffante, relisant stylo à la main le passage où il en était resté.

Un certain Chucky Finn qui venait de Charlestown. J'avais mon plateau avec une assiette de mortadelle et de purée instantanée, et

Pourquoi diable lui écrit-il *ça* ? Le fou qui compte est celui *d'avant* l'incarcération, pas celui d'après. Daniel trace une croix sur ces lignes et reprend :

Je vois que tu es professeure et je suis très fier de toi. J'aimais les bandes dessinées, mais je n'étais pas un vrai lecteur avant de découvrir les livres audios.

Il a la bouche sèche. Ses yeux le brûlent. Il enlève ses lunettes pour essuyer d'un geste la sueur sur son front, les remet. De quel droit se confie-t-il ainsi à sa fille ?

Il raye ce qu'il vient d'écrire.

Ce ver de la jalousie dont je t'ai parlé ? Eh bien c'est devenu un serpent noir dans mes veines, au point que j'avais tout le temps peur. Qu'est-ce que j'y pouvais ? J'étais le Réacteur. Dès que j'avais du ressentiment, il fallait que ça sorte, comme si je tirais au pistolet.

Mais j'étais devenu pareil à ceux de mes héros de bandes dessinées qui possédaient deux super-pouvoirs. La capacité à voler dans les airs et l'invisibilité, par exemple. Or pour Danny, ce nouveau super-pouvoir n'en était pas du tout un. Le ver s'était transformé en serpent du soupçon qui ne dormait jamais, ne se fatiguait jamais, et Danny ne croyait pas un mot de ce qu'on lui disait, surtout si c'était Linda, ta mère, qui parlait.

Il s'est mis à rentrer chez eux en milieu de journée. Puisqu'il ne travaillait plus avec Liam, il pouvait le faire. Il enveloppait simplement son pinceau humide ou son rouleau à peinture dans de la cellophane, descendait de son échelle, sautait dans sa Datsun et traversait le fleuve à une vitesse d'enfer pour rejoindre le parc d'attractions. Il ne voyait même pas la route. Il ne voyait que Linda faisant l'amour avec un autre que lui, et le pire était qu'il se sentait presque déçu de ne jamais la surprendre en flagrant délit, mais très occupée dans la galerie ou avec toi.

Il s'interrompt. Relit ces dernières lignes. Se lève, se verse un verre d'eau au robinet, boit d'une traite. Par la fenêtre il voit la chaise de l'antiquaire en plein soleil et les tiges de jonc qui se dessèchent. C'est mauvais pour elles, mais la lettre sur la table l'attire davantage ; il repose le verre sur l'évier et se rassoit.

Il a le bout des doigts qui tremble. Son cœur semble tout plat dans sa poitrine, comme écrasé par le passé. C'est la sensation qu'il a. Comment se peut-il qu'après tant d'années – de décennies – la mémoire fasse aussi remonter les sensations ? Comme si le passé n'était pas du tout le passé, mais seulement des strates en nous, pas plus mortes et disparues qu'une vieille chanson entendue à la radio. La corneille est de retour. Elle croasse dans les arbres. Si Daniel avait un pistolet à billes, il sortirait pour lui tirer dessus et la faire taire.

L'an dernier encore, il y a eu ce terrible après-midi. Avec Rudy Schwartz dans le pickup, il s'apprêtait à se garer sur une place réservée aux handicapés. La carte d'invalidité de Rudy était même suspendue au rétroviseur. Rudy la lui tendait toujours avant même de dire bonjour, encore qu'il le dise rarement. C'était une journée d'automne fraîche et ensoleillée, et Rudy avait besoin de serviettes en papier et de jus de grenade. Alors que Daniel mettait son clignotant et allait tourner, la place avait été prise par un SUV gris dont le conducteur, cravaté et chaussé de mocassins, était descendu pour se diriger vers le magasin, parlant dans son portable et verrouillant les portières avec sa clé électronique.

Daniel avait donné un bon coup de klaxon, mais il continuait à marcher. Même si Daniel n'a aucun souvenir d'être descendu de voiture lui aussi, il s'était retrouvé à un mètre derrière cet homme à la chemise froissée et l'interpellait. L'inconnu s'était retourné, haussant les sourcils avant d'écarter le portable de son oreille.

"Pardon ?

— Je te disais que tu m'as pris ma place, putain, et c'est une place pour handicapés. Maintenant tu dégages."

L'homme, grand et svelte, entre quarante et cinquante ans, sûrement un businessman, avait jeté par-dessus son épaule un coup d'œil au vieux pickup de Daniel, au vieux Rudy recroquevillé sur le siège passager et dont la roue du fauteuil roulant dépassait sans doute du plateau, puis avait levé sa paume pour endiguer le flot d'injures déversé par Daniel.

"Désolé. Je m'en vais, d'accord ?"

Les injures pleuvaient toujours. Daniel avait conscience qu'on l'observait : une femme restait plantée devant sa portière entrouverte ; le conducteur d'une berline passa lentement et le fixa des yeux tandis qu'il suivait l'homme d'affaires jusqu'à son SUV. La portière du pickup était restée ouverte et Daniel se réinstalla au volant, regardant le SUV quitter en marche arrière la place de parking où lui-même se gara un peu trop vite, si bien que le fauteuil de Rudy cogna contre l'habitacle.

"Du calme, lança Rudy. Il est parti faire ses courses ailleurs."

Rudy ne dit rien de plus et il avait son air habituel, mais Daniel revit toute la journée le visage surpris de l'homme d'affaires, son portable à l'oreille. Il affichait la même expression que Bill, le frère de Squeeze, ou que Chucky Finn, Chico Perez et tous les autres, jeunes ou moins jeunes, qui avaient au fil des ans réveillé le Réacteur : celle de celui qui se retrouve dans le pétrin. Celle que devaient provoquer les cobras et serpents à sonnette, une angoisse croissante alors qu'on cherche à fuir et qu'il est déjà trop tard – le tout en une fraction de seconde.

Il y avait aussi le visage de Linda. Toujours il était là.

Ç'avait été une mauvaise semaine, car elle avait convaincu Daniel qu'il n'avait pas du tout changé, que l'unique raison pour laquelle le Réacteur était resté en sommeil venait de ce qu'il vivait seul depuis des années.

Il note : *Chaque mot que je t'écris, Susan, raconte l'histoire d'un homme qui a changé.*

Il a les joues en feu, et ce n'est pas à cause de la chaleur. A-t-il réellement changé ? Parce qu'il a toujours mauvais caractère, non ? Mais à sa place, Danny se serait servi de ses poings, il ne faut pas l'oublier. Il se serait approché de ce salaud de riche et lui aurait démoli le visage. Il a perdu son calme, mais il n'est pas allé jusque-là.

Une voiture passe derrière sa palissade, sans doute les vitres ouvertes car il entend du rap. C'est la musique des jeunes gens en colère ; il la déteste, la détestera toujours. Il pose son stylo. Il a le sentiment d'être monté dans un très vieux bateau, sans moteur ni rames ni pagaies, et de laisser le courant l'entraîner vers un lieu dont il s'est éloigné voilà si longtemps, et le plus loin était le mieux.

Ne peut-il maintenant se concentrer sur les bons moments ? Ceux avec sa fille encore petite ? Sur l'amour qu'il lui portait ? Mais depuis cette nuit en cellule où le ver du soupçon avait rampé dans ses entrailles jusqu'à prendre le dessus, l'air était vicié dans la maison de Danny, et même sa fille Susan de deux ou trois ans le respirait.

Non, il ne va pas tout lui dire. Comment pourrait-il ? Le désir que Linda et lui éprouvaient l'un pour l'autre avait disparu, remplacé par une autre sorte de désir, du moins le concernant. C'étaient des aveux qu'il voulait d'elle, et elle, que voulait-elle ?

Ficher le camp loin de lui, voilà quoi.

Chère Susan,

Ce mal dont je souffrais a disparu depuis longtemps, c'est tout ce que je voudrais te dire. Cette maladie du soupçon. Ce serpent dans mes entrailles. Rien de tout ça – absolument rien – n'avait quoi que ce soit à voir avec toi.

Il souligne trois fois ce dernier mot.

Tu dois aussi savoir que j'ai essayé de te retrouver. Après cinq ans de liberté conditionnelle, j'ai eu le droit de sortir de l'État, j'ai quitté mon emploi de coiffeur et…

Ce bus Greyhound pour Fort Lauderdale, trois jours de voyage. Il n'avait aucune idée de l'endroit où Susan vivait en Floride, mais sa mère avait entendu dire que Loïs possédait un magasin d'antiquités. S'il le fallait, il était prêt à se rendre dans chaque ville, dans chaque bourg, à consulter les Pages Jaunes et à entrer dans chaque boutique.

Le bus n'était qu'à moitié plein : surtout des femmes noires avec de jeunes enfants. L'une de ces mères de famille voyageait avec un adolescent tout mince, en survêtement, et s'ils ne somnolaient pas ou ne grignotaient pas quelque chose qu'elle avait sorti d'un sac en papier – pommes, noix, bœuf séché –, ils bavardaient tranquillement, souriants, riant parfois. Daniel comprit que cette femme avait élevé son fils seule, qu'elle le conduisait probablement à l'université qui lui avait accordé une bourse. Assis dans ce bus roulant vers le sud, Daniel revoyait Loïs, sa belle-mère au joli visage, aux gros seins et aux cheveux laqués. Susan devait avoir vingt-trois ans et, comme cet adolescent poli à deux rangées de sièges devant lui, elle avait été élevée par une femme seule. De quel droit Daniel Ahearn réapparaîtrait-il à présent ? Sa fille était devenue ce qu'elle devait être, et quel bien ferait-il à quiconque sauf à lui en réapparaissant ?

Sur une aire de repos de Savannah, il était descendu de ce bus dans une brume de chaleur, avait traversé la chaussée, puis l'argile rouge et craquelée du terre-plein central, pour rejoindre la voie allant vers le nord et rentrer en stop.

… j'ai quitté mon emploi de coiffeur et pris le bus pour la Géorgie. Mais j'ai changé d'avis, Susan, et je suis rentré chez moi. Je ne voulais pas te déranger, et je ne veux pas non plus te déranger maintenant, mais dans quelques jours je vais quand même venir te voir pour une fois et j'espère que tu seras d'accord.

Ton papa qui t'aime

Non, ça ne va pas. Il n'a aucun droit d'employer le mot "papa". Il le raye et le remplace par "père". Puis il récrit "aime" en majuscules et signe : *Daniel Patrick Ahearn.*

Il détache du bloc sa lettre longue de plusieurs pages, numérote chacune d'elles et les replie ensemble. Ses lunettes en sautoir, il se lève et retourne au soleil vers cette chaise qu'on lui a confié le soin de rempailler. Le rouleau de joncs est accroché au tee de la traverse avant, tout sec. Daniel s'en veut plus qu'il ne devrait. Il enlève le tee, rattache le rouleau avec une pince et le replonge dans l'eau qui est son habitat naturel. Il a l'impression vertigineuse que le temps et l'espace tourbillonnent soudain, qu'il ferait mieux de se secouer et d'agir, sinon il sera projeté là où il sera définitivement trop tard. Il doit chercher sur internet l'adresse de l'université de sa fille et il doit poster cette lettre. Il a un haut-le-cœur, des douleurs dans le dos et les hanches, et il se rappelle que son pickup a besoin d'une vidange. Mais il doit d'abord finir son travail, il voudrait s'y mettre aussitôt, or il n'y arrive pas. Il faut attendre que l'eau assouplisse la canne de jonc. Donc il attend. Il nettoie ses lunettes avec sa chemise, les remet, et – comme Danny – il patiente.

14

L'après-midi touchait à sa fin. Susan, assise devant le bureau de son enfance dans sa chambre désormais climatisée, fixait l'écran de son ordinateur portable. Elle amena le pointeur là où elle en était restée : Et qu'ils aient eu pour intention de donner du plaisir ou de faire souffrir, qu'ils se soient servis de leurs doigts ou d'objets tranchants qui n'auraient jamais dû être dirigés contre une femme, ses pas l'avaient conduite là où jamais encore elle ne s'était autorisée à aller : au point ultime de la souffrance de sa mère.

Et à présent ?

L'échec. Un mur d'acier contre lequel on se cogne la tête. Que l'on fasse un pas de côté à droite ou à gauche, il est là. Que l'on tourne les talons pour fuir dans la direction opposée, il est encore là. Voilà du moins ce qu'elle avait ressenti des années durant. Puis Bobby, ainsi que, eh oui, Phil, son directeur de thèse – même s'il rêvait visiblement de coucher avec elle –, avaient percé dans ce mur une fenêtre qui ouvrait sur une vallée profonde, tapissée de fleurs sauvages, et lorsque Susan avait trouvé le courage d'enjamber cette fenêtre pour se lancer, elle ne croyait déjà plus un mot de ce que Phil lui avait raconté sur son roman, elle sentait son ennemi approcher, son amour pour son mari pâlir telle une vieille photo au soleil sur un mur.

Trois petits coups à sa porte. Loïs passa la tête dans l'entrebâillement. Elle venait de faire un somme. L'ourlet de sa robe ample était froissé, sa bretelle de soutien-gorge avait glissé sur son épaule gauche.

"Un verre de vin ?

— Le travail d'abord. Je peux t'aider à préparer le dîner, après ?"

Noni eut son geste évasif. "Travaille. La rentrée universitaire n'est pas pour bientôt ?

— Je suis en congé sabbatique." Ce qui signifiait en réalité qu'elle n'avait pas signé son contrat pour donner trois cours de dissertation littéraire cet automne, une longue file de vacataires piaffant derrière elle pour la remplacer. Loïs jeta un coup d'œil aux pieds et jambes nus de Susan, à son short en jean et à ses cheveux courts. Les sourcils froncés, elle brûlait visiblement d'en dire plus, mais referma la porte.

L'écran d'un blanc luminescent ne disait qu'une chose à Susan : "Tu n'y arriveras pas." *Merde*. Elle faisait peut-être fausse route, avec son roman sur Culiacán. À moins que Phil n'ait eu raison de penser qu'il était valable et qu'elle devait persévérer.

Il l'avait affirmé l'hiver précédent, devant un café au foyer des étudiants. Elle faisait son deuxième stage en résidence pour l'obtention de son deuxième master, et détestait le froid mordant du Vermont en janvier, qui lui brûlait encore les poumons même après des heures au chaud. C'était la fin de l'après-midi, Phil avait un pull noir et une chemise blanche dont le col ouvert laissait voir les boucles d'une toison argentée. Sortant d'un sac en papier une flasque de cognac, il en avait versé un peu dans son café et dans celui de Susan. "Je crois que ça vient de cette violence, avait-il déclaré. C'est ton sujet, j'en suis sûr."

Elle s'était sentie nue et laide, et bien entendu il avait probablement raison. Devait-elle s'en étonner ? "Pourquoi dis-tu ça ?

— Avec tes autres travaux, Susan, c'est comme si tu faisais des vocalises. Mais avec ce roman mexicain, toute cette brutalité, eh bien tu as trouvé ta voix, vraiment j'en suis sûr."

Phil Bradford employait souvent ces trois derniers mots. En cours, il répétait : "Il y a davantage à tirer de ce passage, j'en suis sûr." Ou bien, à l'intention de James Cobb – un ancien gestionnaire de fonds spéculatifs, qui écrivait un roman d'espionnage : "Jette-moi cette merde, Jimmy. Quelque part il y a un véritable artiste en toi, j'en suis sûr."

Susan, elle, en était moins sûre. James, un pauvre con plein aux as et imbu de lui-même, leur parlait de leurs travaux comme si c'était lui le professeur, son ton supérieur s'expliquant essentiellement par sa Mercedes à cent mille dollars garée sur le parking. Mais il était une anomalie. Tant d'autres stagiaires ressemblaient davantage à Susan : la quarantaine ou plus, ils tentaient une nouvelle fois d'écrire quelque chose d'assez profond et abouti pour émouvoir un lecteur inconnu. Certains étaient devenus ses amis, des femmes pour la plupart, plus ou moins une nouveauté dans son existence. La majorité d'entre elles avait des enfants, des maris ou des ex-maris. Beaucoup avaient toujours travaillé, et à cinquante ou soixante ans passés elles s'offraient le temps d'écrire un roman, des Mémoires, un recueil de nouvelles ou de poèmes. Diana Clark était celle dont Susan se sentait la plus proche.

Elle avait soixante-deux ans, trois enfants et sept petits-enfants. Ses cheveux blancs étaient coupés court et elle portait des couleurs vives toute l'année : des chemisiers à fleurs multicolores en été, des écharpes et des pulls d'un rouge ou d'un jaune éclatants en hiver. En juillet, elle buvait du gin. Janvier venu, elle optait pour le bourbon sec. Elle confectionnait elle-même ses boucles d'oreilles, souvent des anneaux d'argent sertis d'une pierre semi-précieuse, et pendant les ateliers elle donnait franchement son avis sur un texte, mais d'une façon qui restait malgré tout encourageante. "Mary, mon chou, tu es une bonne âme, mais ta générosité tue tes nouvelles, parce que tu essaies de sortir tes personnages du pétrin où ils se sont mis."

Mary, une institutrice en retraite originaire de l'Illinois, avait rougi et jeté un coup d'œil à Phil Bradford qui l'observait pardessus ses lunettes, ses pages manuscrites disposées sur le bureau devant lui, tels les plans d'une maison qu'il aurait décidé de ne pas faire construire. "Je ne peux pas être en désaccord, Mary. Vraiment pas."

Mary en avait eu les larmes aux yeux. Elle les avait séchées du bout des doigts, puis avait interrogé du regard les onze autres écrivains qui la contemplaient. “Mais comment est-ce que je peux remédier à *ça* ?”

Diana s’était penchée en avant sur sa chaise, faisant osciller les anneaux d’argent à ses oreilles. “Laisse-les simplement chier dans le ventilo, mon chou, et reste en dehors de leur merdier.”

Il y avait eu des rires, Mary s’était forcée à sourire, Phil avait entrepris d’expliquer que les personnages agissaient conformément à leur destin, et quelques heures plus tard, Mary, soûle dans la chambre de Diana et la tête sur ses genoux, l’avait remerciée encore et encore de lui avoir dit “la vérité”.

C’était un mot qui revenait souvent dans ces ateliers en résidence.

“Je ne trouve rien de vrai dans ce passage. Je crois que tu mens.” Ou bien : “Toute cette nouvelle exprime la vérité sordide de la vie de famille.” Ou encore : “La vérité et la beauté. Ce n’est pas pour elles que nous sommes là ?”

Si, avait pensé Susan, et parce que Bobby l’avait incitée et encouragée à s’inscrire. Parce que depuis leur rencontre à peine plus de trois ans auparavant, et leur mariage peu après, son existence ressemblait moins à une pièce sans air et plus à un vaste champ fertile, où il lui suffisait de creuser et de planter pour faire pousser quelque chose de bien.

Grand et chauve, un œil bleu et l’autre marron, Bobby Dunn avait une façon bien à lui d’incliner la tête avec un sourire charmeur. Il avait cinquante ans quand ils s’étaient rencontrés, dix ans de plus qu’elle. C’était à un pot de rentrée pour les chargés de cours au foyer des étudiants ; côte à côte au bar, ils attendaient leur tour pour commander. Avec un clin d’œil, il lui avait dit : “Ça te plaît, d’appartenir au Syndicat des travailleurs saisonniers de l’université ?”

Elle avait haussé les épaules. “Pas de réunions.

— Pas d’avantages sociaux non plus.

— Mais il y a la liberté.” Elle avait alors remarqué le tee-shirt sous sa veste en lin aux poignets élimés. Avec l’inscription en lettres rouge feu sur fond noir : *HARMOLODIE = FREE JAZZ*.

“Harmolodie ?

— Ornette Coleman. Harmonie, mélodie et rythme ont la même valeur." Il lui avait encore fait un clin d'œil, et contre toute attente ça lui avait déplu.

Elle n'avait jamais vraiment compris la théorie d'Ornette Coleman, pas plus qu'elle n'avait réussi à aimer sa musique. Une citation de lui était peinte sur le mur du bureau de Bobby, dans sa maison à un étage en face du campus : *Voilà comment j'ai toujours voulu que les musiciens jouent avec moi : à une multiplicité de niveaux. Je ne veux pas qu'ils me suivent. Je veux qu'ils suivent leur chemin, mais pour être avec moi.*

Bobby et elle avaient fait l'amour pour la première fois au son du saxophone frénétique de Coleman, de la basse discordante et des méandres de la batterie. Ils se connaissaient depuis trois jours : un verre au foyer des étudiants d'Eckerd ce premier soir, une salade de crabe partagée dans le centre-ville de St Petersburg le lendemain, et un autre déjeuner le surlendemain, chez lui cette fois. C'était un dimanche. Dans la petite cuisine dont il avait repeint les murs en rouge, et l'encadrement de la fenêtre et de la porte en noir, Bobby, vêtu du même tee-shirt et un pichet de sauvignon bon marché à la main, remplissait leurs verres en expliquant à Susan sa thèse sur le modern jazz : au début des années 1960, le jazz était prisonnier de motifs aussi codifiés et répétitifs que ceux de la musique classique, et c'était Ornette Coleman, "ce pauvre bouseux noir du Texas, avec son foutu saxo en plastique, qui lui avait rendu sa liberté".

Puis Bobby s'était planté devant le fourneau pour poêler des épinards à l'huile d'olive, son sourire charmeur aux lèvres. Il était pieds nus et flottait dans son short, les jambes pâles et maigres, les épaules légèrement voûtées. Son crâne chauve était brillant de sueur, et Susan appréciait que la passion de cet homme s'adresse non pas à ses yeux, à sa chevelure ou à ses seins, mais à *elle*.

À peine deux semaines plus tôt, Alan l'avait demandée en mariage. Il partait d'habitude travailler à six heures et la laissait dormir, mais lui avait apporté ce matin-là un café et donné un petit coup de coude pour la réveiller. Il s'était assis au bord du lit, dans l'un de ses tee-shirts blancs tendus sur les muscles de son dos. Ses joues et son cou rasés de près faisaient paraître sa moustache grisonnante plus drue que jamais, et par la fenêtre

Susan voyait son palmier sabal tout doré par les premières lueurs de ce jour dont elle savait qu'il viendrait, car il en allait toujours ainsi : les garçons devenaient des hommes et les hommes semblaient avoir besoin de construire un nid, mais sans une femme dedans il ne pouvait y avoir de nid.

Ce qu'elle avait adoré chez Alan, c'était sa force physique, la corne sur ses paumes et ses doigts. Elle avait admiré son assurance tranquille, déconcertante, le genre d'autorité qui vient d'années passées à construire des gratte-ciel d'acier et de béton. Elle aimait la douceur avec laquelle il lui faisait l'amour, et qu'il soit un bon père pour ses deux fils étudiants (le premier dans l'Est du pays, le second dans l'Ouest), qu'il les appelle sur son portable quand elle et lui allaient au restaurant dans son pickup. Pour les questionner sur leurs études. Demander s'ils prenaient soin d'eux. S'ils avaient besoin d'argent. Elle était touchée qu'il termine toujours par : *Je t'aime, fiston.*

Et voilà qu'Alan, assis au bord de son lit un mercredi à l'aube, les yeux rivés au tapis, lui expliquait qu'il avait beaucoup appris de son premier mariage et la ferait bénéficier de tout ce savoir. C'était le terme qu'il avait employé : *savoir*. Puis il avait relevé la tête, regardé Susan, et elle lui en avait voulu de ce pouvoir qu'il lui donnait sur lui.

"Laisse-moi réfléchir.

— Je regrette que tu aies besoin de réfléchir."

Il y avait du désir dans sa voix, et une pointe d'agressivité. Après tout, c'était un homme qui par sa volonté faisait exister des choses qui n'étaient pas là auparavant. Il s'était penché pour l'embrasser, et en répondant à son baiser elle avait déjà le sentiment de chercher la sortie.

Puis étaient arrivés ce Bobby Dunn et son amour de l'harmolodie. Il lui avait consacré sa thèse de doctorat dont il était sûr qu'elle serait publiée, même si son assurance différait de celle d'Alan. Celle d'Alan tenait à ce qu'il dirigeait des bulldozers, des bétonnières et des grues déplaçant des poutrelles d'acier. Celle de Bobby semblait venir d'années de passion pour une musique que peu appréciaient, et d'un combat pour trouver, phrase après phrase et page après page, les mots pouvant inciter le lecteur à écouter plus attentivement, à ouvrir son cœur et son esprit, que

Susan s'était surprise à offrir à Bobby Dunn dans la chaleur de cette cuisine rouge aux relents d'huile d'olive fumante et d'épinards. Il savait parler, et en buvant son vin à petites gorgées elle l'écoutait raconter comment Coleman s'était débarrassé du motif des accords récurrents. Elle ne pouvait pas dire qu'elle n'aimait plus Alan Chenier, seulement qu'elle faisait une fois encore ses valises et franchissait une nouvelle porte, ouverte pour elle par le Dr Bobby Dunn avec son free-jazz et son sourire charmeur.

Je ne veux pas qu'ils me suivent. Je veux qu'ils suivent leur chemin, mais pour être avec moi. Bobby jouait ses propres accords et la laissait faire tout ce qu'elle avait besoin de faire. Il n'attendait jamais d'elle qu'elle fasse les courses ou la cuisine. Ni qu'elle maintienne leur nid propre, fleuri et accueillant. Ni qu'elle fasse l'amour simplement parce qu'il en avait envie. Au contraire, c'était lui qui faisait les courses et la cuisine. Lui qui accrochait des tableaux aux murs, arrosait les plantes, et lui faisait l'amour quand elle en avait envie. Il aimait qu'elle lui fasse la lecture, et lorsqu'ils étaient à Eckerd College pour une soirée et qu'un collègue s'approchait un peu trop d'elle, ou s'attardait plus qu'il ne fallait, elle pouvait compter sur le sourire charmeur et complice de Bobby. *Vas-y, suis ton chemin, mais sois avec moi.* Cette liberté était nouvelle, aucun garçon ni aucun homme ne s'étant comporté ainsi avec elle jusque-là. Sitôt la porte de chacun d'eux refermée sur elle, elle était devenue leur bel objet dans une pièce claire, ce qui lui avait donné le sentiment d'être précieuse, puis entretenue, puis confinée. Mais ce sentiment même valait mieux que la solitude. Car quand elle était seule, une désolation sourde se répandait vite sur tout, une pénombre silencieuse qu'elle percevait comme dangereuse, tout en ayant la sensation de mériter ce qui pouvait lui arriver de mal.

Le dernier soir de son stage en résidence de juillet, Phil Bradford, deux doigts posés sur la hanche de Susan, s'était penché vers elle dans l'atmosphère bruyante et alcoolisée de chez Charlie O's pour lui dire : "Tu sais vraiment écrire, ma belle. Maintenant, il faut juste que tu y croies."

Or elle n'y croyait pas. Une fois de plus, elle avait la conviction paralysante d'être davantage une lectrice qu'une écrivaine. Depuis l'année où elle avait découvert les livres au lycée d'Arcadia. Il était toujours là, à moins de quatre kilomètres, cet établissement de brique et de verre à un seul étage, grouillant de fils et filles d'éleveurs de bétail ou de propriétaires d'orangeraies, des gosses qui semblaient ne faire que passer, comme si leur adolescence même était une étape obligée avant de pouvoir monter en selle ou s'asseoir au volant d'un tracteur. Susan Dubie, elle, était la fille boutonneuse à l'accent yankee, restée de onze à quatorze ans sans amis. Mais après son quinzième anniversaire, sa peau s'était assainie, ses seins avaient poussé, ses hanches s'étaient arrondies, et elle s'était sentie comme à l'époque où Noni avait vendu Penny Arcade et leur avait offert leur première voiture, une Plymouth Reliant rouge, modèle 1981. Avec l'étoile de la marque Chrysler sur le capot, des sièges couleur crème, et cette odeur inoubliable… On aurait dit que le monde avait décidé de prendre un nouveau départ et que désormais tout irait bien.

Les gens ne les regardaient plus comme avant. Sur le parking du supermarché, quand Noni ouvrait le coffre pour charger leurs achats, Susan lisait dans les yeux des clients qui passaient en poussant leur caddie du respect, la conscience d'avoir devant eux quelque chose de beau appartenant à quelqu'un qui faisait sûrement les choses bien.

Les garçons de sa classe de première les regardaient de la même façon, elle et son nouveau corps. Mais après l'avoir ignorée des années durant, ou traitée de pustuleuse et de Yankee, il faudrait qu'ils se contentent de regarder, et elle s'était vite lassée d'être une attraction. Aux heures de liberté entre deux cours, où trop d'élèves circulaient dans les couloirs, elle allait à la bibliothèque parce qu'elle y avait trouvé le premier roman qui ait eu un véritable effet sur elle. Son auteur avait trois noms, et il y était question d'un jeune homme riche de Los Angeles, de ses amis et amies, de fêtes dans d'immenses villas avec des cocktails et de la cocaïne à volonté, et de voitures de sport volées à des parents jamais là. Dans une scène, le héros découvre avec ses copains le corps d'une jeune femme au bout de l'impasse derrière un restaurant, et ils ne font rien ; ils se bornent à fixer le cadavre en fumant des cigarettes, avant de partir en voiture vers une autre fête. La scène finale montre le héros en train de vomir dans le bureau de son père à l'aube, assis dans son fauteuil en cuir noir et attendant qu'il arrive afin qu'ils puissent parler, mais sans savoir le moins du monde de quoi ni pourquoi.

Susan ignorait que de tels romans existaient. Noni ne lisait que des magazines et regardait la télévision. Le seul livre dans leur maison était *The Thirst for War* – "La Soif de guerre" –, un épais volume d'histoire militaire laissé par Paul. L'existence de Susan ne ressemblait en rien à celle de ce garçon riche de Los Angeles, mais en pénétrant durant trois cents pages dans sa tête et dans son cœur, elle s'était sentie moins seule et curieusement plus vivante, alors chaque après-midi pendant son temps libre elle lisait des romans dont elle savait à présent que la plupart étaient pour adolescents, et qui pourtant lui plaisaient : contes où des filles mortes tombaient amoureuses de garçons vivants, histoires de voleurs de chevaux, d'hommes qui rôdaient dans des greniers sombres un rasoir à la main, de jeunes femmes capables de se tirer d'affaire toutes seules par leur ingéniosité. Puis il y avait eu sa première année de fac à Gainesville, avec une colocataire blonde et douée pour le tennis et la natation, dont le père habitait New York et lui envoyait trois cents dollars par mois pour ses "extras", lesquels se transformaient trop souvent en rails de coke sur la table basse de leur chambre, en verres de tequila, et en comprimés de Valium pour le lendemain matin.

Elle se prénommait Andrea et surnommait Susan la Brune Ténébreuse, celle-ci ayant passé le début du premier semestre à lire sur son lit, écouteurs dans les oreilles pour ne pas entendre la chaîne stéréo d'Andrea. Elle lisait désormais des romans pour adultes, le premier étant *Le soleil se lève aussi* d'Hemingway, un livre si déchirant que des jours après l'avoir terminé, elle restait marquée par le jeune Jake Barnes et sa blessure de guerre qui l'empêcherait à jamais de faire l'amour à une femme, bien qu'il ait été amoureux de la belle et dépravée Brett Ashley, qui l'aimait aussi mais couchait avec tous ses amis.

Un soir, alors que Susan traversait le campus sous les palmiers à la lumière des lampadaires, les cris de plaisir d'étudiants insouciants s'échappaient par les fenêtres ouvertes des résidences, et l'air même semblait plus tendre, moins cruel que les humains. Elle s'était retrouvée dans sa chambre où elle avait bu trop de vodka avec Andrea et trois garçons bronzés de Miami, et soudain il était deux heures du matin, l'étudiant qui allait et venait en elle était le premier depuis Gustavo, elle l'enserrait de ses jambes lorsqu'il éjacula en gémissant à son oreille, et ses yeux s'emplirent de larmes qu'elle lui cacha, non parce qu'il n'était pas Gustavo, mais parce qu'il aurait toujours ce que Jake Barnes n'aurait jamais, et le méritait-il seulement ? Un seul d'entre eux le méritait-il ?

Elle lisait toujours plus de romans, ceux imposés par les professeurs et ceux qu'elle trouvait chez le soldeur de livres du centre-ville : Faulkner, Willa Cather, Saul Bellow, F. Scott Fitzgerald, et encore Hemingway, et Zora Neale Hurston, Richard Wright, Virginia Woolf. Elle veillait tard dans sa chambre pour finir ses dissertations jusqu'à en avoir mal aux yeux, même si ce qu'elle écrivait semblait ne jamais rendre justice à l'effet produit sur elle par ces romans : comme si elle était incisée, ouverte et découpée en strates dont elle ne soupçonnait même pas l'existence. Et même les livres qu'elle n'aimait pas lui donnaient l'impression que ses parts d'ombre, que personne ne connaîtrait jamais, s'épanouissaient telles des plantes fleurissant seulement la nuit. Elle se sentait reconnaissante et presque trop vivante, cet épanouissement la préparant pour la suite. Lire un livre de plus, assise seule sur son lit, lui avait vite paru superflu. Il était temps de passer à autre chose, d'*agir*. Mais pour faire quoi ?

Tous ces garçons. Cinq durant sa première année d'université, son préféré étant le troisième. Peter Wilke. Avec ses frêles épaules et sa peau blanche. Ses lunettes aux verres teintés en rose. Son odeur – sueur, sauge, et cigarettes American Spirit. Son refus de faire l'amour si elle ne le laissait pas d'abord l'inviter à aller manger des tacos et à boire une bière en ville chez Raul's. Il aimait aussi rester assis sur son lit avant et après, et l'écouter lui faire la lecture. L'idée venait d'elle. Elle le faisait avec Gustavo, même si avec Peter ce n'était pas pareil.

"Tu lis comme si c'était toi.

— Quoi ?

— Comme si tu *étais* les personnages de l'histoire.

— Je le suis.

— Ah bon ?"

Elle avait expliqué que c'était bien ce qui lui arrivait : quand elle lisait un bon livre, elle et son existence disparaissaient complètement. Il avait demandé si ça lui plaisait, et cette question l'avait surprise, car elle avait toujours eu l'impression que toute autre vie que la sienne était forcément meilleure, à certains égards et au moins un temps, par sa nouveauté. Ce grand type brun pour qui elle avait quitté Peter, par exemple : Chad, du New Jersey. Épaules carrées, peau couleur cannelle, son rire sonore et la blancheur de ses dents, et la façon dont les gens s'écartaient devant lui comme à l'approche d'un roi. Quand il la pénétrait, c'était chaque fois trop rapide, trop brusque, ce qui lui convenait en un sens.

Mais Peter lui envoyait des lettres déchirantes qui la culpabilisaient, et elle avait fini par lui en vouloir de ce sentiment. Chad ne remarquant rien, elle était passée au garçon suivant, puis à celui d'après, et ne savait même pas avec certitude de qui était l'embryon dont elle avait avorté par aspiration, dans cette pièce glaciale aux murs aveugles, sous un scialytique éblouissant mais lointain, comme si l'heure du jugement sonnait pour elle sans que personne n'ait vraiment le temps de la juger.

C'était la première chose sur laquelle elle avait écrit. L'automne touchait à sa fin, quelques jours plus tard ce serait Thanksgiving. Cet après-midi-là, elle avait mis les pieds dans les étriers devant un médecin vieillissant qui lui parlait comme à un chien de compagnie ("Parfait, bonne petite") ; dehors il faisait dix degrés et un vent du large faisait tourbillonner les aiguilles de pin sur le campus. Andrea avait été aux petits soins pour elle, lui apportant du paracétamol et un verre d'eau. Elle lui avait même préparé des brownies, et Susan ne pouvait dire qu'elle éprouvait du remords pour ce qu'elle avait fait, mais son soulagement était celui de quelqu'un ayant conscience de s'en tirer à bon compte et de devoir le payer un jour.

Le lendemain matin, après le départ d'Andrea, elle avait séché son cours d'algèbre et s'était assise sur son lit avec un carnet et un crayon. Elle ne savait pas trop ce qu'elle faisait ni pourquoi, mais voulait restituer la lumière de ce scialytique au-dessus d'elle, apparemment si proche et lointaine à la fois. Elle s'était mise à écrire : *Quand Peter était en moi, il aurait aussi bien pu être au Canada.* Elle avait écrit sur Chad et sur Sanjit, ce garçon timide venu d'Inde, au pénis long et mince, et si incurvé à gauche qu'elle se demandait si c'était normal. Elle avait écrit sur son amour des mots, même si elle semblait incapable de s'en servir pour parler aux garçons, ou s'y refusait simplement. Puis elle avait bien sûr écrit sur Gustavo, son odeur montant à nouveau en elle : fumée de cigarette, zestes d'orange et toile de jean usée. La première fois qu'elle l'avait vu était aussi la première fois qu'il la voyait.

C'était un dimanche après-midi, seul jour de la semaine où elle tenait la caisse du magasin de Loïs, afin de gagner un peu d'argent avec lequel elle s'achetait principalement des livres de poche. Pour Gustavo qui travaillait à l'orangeraie, le dimanche était jour de congé, et puisqu'il n'allait pas à la messe avec les autres familles mexicaines dans l'église en bois sur Pinellas Street, il faisait la grasse matinée, puis enfilait ses santiags et se rendait au Sawgrass Saloon où le petit-déjeuner était servi toute la journée. Il commandait une bière bien fraîche, un steak et des œufs. Parfois il jouait seul au billard et passait des chansons sur le juke-box : Freddy Fender et les Mavericks, et Patsy Cline dont il aimait la voix plaintive et haut perchée. Il ne savait même pas qu'elle était morte jeune dans un accident d'avion. Ce dimanche-là, il avait descendu trois shots de Jim Beam parce qu'il se sentait l'homme le plus seul au monde. C'était ainsi que Susan le voyait, en tout cas. Et c'était ce qu'elle avait écrit sur lui ce premier jour et le suivant, pour pouvoir lui pardonner car il fallait qu'elle lui pardonne.

En 1986, elle avait seize ans et commençait à lire les sœurs Brontë. Quand Gustavo s'était avancé dans Oak Street sous un soleil éclatant, elle était assise derrière la caisse avec un roman sur les genoux, assaillie par un désir qu'elle n'avait encore jamais éprouvé : pour Heathcliff, droit dans sa redingote et ses bottes sous un ciel bas et plombé, un pied posé sur un roc couvert de tourbe.

Don venait de faire une razzia dans une vente aux enchères. Il avait rapporté plusieurs lampes de cuivre et une armoire en châtaignier ciré pour ranger des carabines et des fusils de chasse. S'y ajoutaient trois selles de cowboys en cuir ouvragé et une collection de stetsons à peine portés. Les selles et les stetsons plaisaient tant à Loïs qu'elle les avait mis en vitrine, les chapeaux de cowboys appuyés contre les selles, comme si leurs propriétaires étaient partis se baigner dans une rivière.

Gustavo cherchait de l'ombre. À moitié ivre, en plein soleil et loin de chez lui, il était monté sur le trottoir pour s'abriter sous l'auvent. L'un des stetsons arrêta son regard. C'était le seul de couleur noire, avec un ruban incrusté de minuscules perles en turquoise : le chapeau d'un homme ayant réalisé ses rêves à la sueur de son front. Gustavo l'aurait bien acheté, mais n'avait pas besoin de regarder le prix pour savoir qu'il ne serait jamais à lui. Chaque vendredi, il envoyait la moitié de son salaire chez lui à Culiacán, et son unique moyen de porter un tel chapeau serait de le voler. Mais soudain il la vit : Susan Dubie lisant, dans son débardeur et son short en jean, *et alors, eh bien il en oublia le stetson.*

C'était la dernière phrase notée par Susan le matin où elle avait séché son cours. Elle savait qu'il y aurait encore tant à écrire sur leur histoire, mais à l'époque elle n'était pas de taille, et il lui semblait d'autre part avoir fait d'elle-même dans ces lignes quelque chose d'énorme, d'invisible et d'important. À cause de cette présence en train d'éclore, elle avait posé son crayon et refermé son carnet. Et poussé un profond soupir. Elle fixait une éraflure sur le chambranle, la voyait pour la première fois, avec la sensation que chaque cellule de ses bras et jambes, de son visage, de sa poitrine, de son ventre et de tous ses organes portait son nom, que ce nom était Susan Dubie et qu'elle était écrivaine.

Sans doute était-ce une erreur. Sans doute aurait-elle simplement dû continuer à écrire sans se donner ce titre.

"Susan ? Viens dîner !" La voix de Noni au pied de l'escalier montait jusqu'à sa chambre, comme si vingt-cinq ans ne s'étaient pas écoulés depuis qu'elles avaient partagé cette maison. Susan cria qu'elle descendait tout de suite.

Une odeur de poulet frit lui parvenait. Le souffle du nouveau climatiseur réfrigérait ses jambes nues. Ce passage qu'elle avait écrit la veille en attendant sa grand-mère… Elle prit son carnet et le relut : *La vie avec Noni donnait le sentiment d'être en cavale. Non, pas en cavale. En exil. Comme si nous étions deux exilées.*

Puis les disputes entre elles avaient commencé, et qu'était-il resté sinon une terrible solitude ? Loïs n'avait pas d'amis, pas un, encore qu'un soir, elle et Don aient invité un couple à prendre l'apéritif dans la véranda. Un gros homme presque chauve au rire tonitruant, spécialisé lui aussi dans l'"acquisition" d'antiquités, avec une épouse maigre et silencieuse, la seule à avoir fait des élégances, et qui eut l'air déçu en descendant de leur Lincoln devant la maison. De sa fenêtre à l'étage, Susan l'observait et lui en voulut d'être déçue, mais comment ne l'aurait-elle pas été ? Susan était restée dans sa chambre, essayant de lire, même quand Loïs l'avait appelée pour qu'elle descende "se montrer".

Et qu'était devenue cette adolescente ? Elle revenait ici à quarante-trois ans sans rien du tout à montrer, voilà quoi. Qu'y avait-il derrière elle hormis une longue suite de projets d'écriture abandonnés, de grossesses avortées et de relations interrompues ? Son ennemi était l'unique constante, même si elle ne l'appelait pas ainsi à l'époque, ne lui donnait pas de nom, et la seule chose qu'elle ait jamais menée à bien était la lecture d'un bon livre ou assurer un semestre de cours. Le mince espoir auquel elle se raccrochait encore était de se sentir appelée, oui, *appelée*, à écrire le genre de livre qu'au fond elle détestait.

"Ça va refroidir !

— J'arrive !"

Elle ferma le fichier de son roman et consulta sa messagerie. Il y avait deux e-mails de Bobby, dont elle savait qu'elle devrait les lire, mais sans pouvoir s'y résoudre. Le suivant venait de Phil Bradford. Elle l'ouvrit :

N'oublie pas, il me faut au moins vingt pages le mois prochain, Susan. Et assez de Kundera ! Personne n'a mieux écrit sur la violence qu'Hemingway. P. B.

Elle répondit aussitôt : *Je travaille sur quelque chose de nouveau. (Désolée.) Mais n'en attends pas trop. Je ne suis pas fiable. S.*

Elle appuya sur "Envoyer" et éteignit son ordinateur. Par la fenêtre, elle vit un oiseau se poser sur une branche du chêne, plantant ses minuscules serres dans une touffe de mousse espagnole. Son long bec jaune était tourné vers elle. À ses yeux c'était un signe, mais en sortant de sa chambre et en descendant l'étroit escalier de bois où flottaient des senteurs alléchantes de poulet frit, elle n'aurait pu dire s'il annonçait quelque chose de bon ou de mauvais, seulement qu'elle avait faim, qu'elle était impatiente de dîner avec sa grand-mère, et donc avec sa mère, la source de cette histoire que, selon toute vraisemblance, elle échouerait aussi à écrire.

15

Quel plaisir d'être assise dans la véranda avec Susan, chacune devant un verre de vin rouge. La nuit avait fraîchi, et par les moustiquaires métalliques entraient le parfum sucré et prononcé du jasmin, les relents des branchages qui pourrissaient sur les berges. À la lumière de la fenêtre de la cuisine, les cheveux courts de Susan laissaient voir son long cou ravissant et le profil qu'elle tenait de sa mère, comme ses poignets. Au dîner, visiblement abattue et distraite, elle avait englouti deux morceaux de poulet l'un après l'autre.

Loïs sortit d'un geste sec une cigarette de son paquet de Carlton et l'alluma. Elle tira une longue bouffée, la savoura quelques instants avant de souffler la fumée.

Susan lui lança un coup d'œil. "Six ?

— Pas une de plus, pas une de moins. Comment diable as-tu fait pour arrêter, toi ?

— Par coquetterie.

— À cause de tes dents ?

— Et de ma peau, de mes cheveux, de mon haleine de fennec.

— Ça n'a jamais découragé tous ces hommes."

Susan fixait obstinément des yeux la moustiquaire métallique et la nuit au-dehors, et Loïs comprit qu'elle venait sans s'en rendre compte de franchir une limite.

"Tu comptes m'expliquer, pour Bobby et toi ?"

Susan porta son verre à ses lèvres. "Est-ce que Don te manque parfois ?

— Pourquoi cette question ?"

Susan haussa les épaules. Elle but une petite gorgée de vin.

"Tu as vu quelqu'un d'autre, depuis sa mort ?

— Non.

— Tu ne te sens pas trop seule, ici ?

— Je pensais reprendre un chien." Loïs tira une bouffée. Maintenant qu'elle l'avait dit haut et fort, elle pourrait très bien le faire.
"C'est ça que j'admire chez toi.
— Quoi, les chiens ?
— Non, que tu puisses si facilement vivre seule.
— Je n'ai pas dit que c'était facile
— Mais tu y arrives.
— Cette idée de « faire une pause », ma chérie, c'était la tienne ou la sienne ?"
Susan croisa son regard. Elle semblait avoir à nouveau seize ans : péremptoire, mais peu sûre d'elle. "Il ne sait pas que je ressens ce besoin. Il croit que je suis venue ici pour écrire.
— Cet homme t'aime."
Les yeux de Susan parurent s'assombrir et elle se remit à fixer ce qu'il pouvait y avoir de l'autre côté de cette moustiquaire. "Tu as déjà eu le sentiment que c'était *fini*, Noni ?
— Quoi, l'amour ?
— Oui.
— L'amour sexuel, ou l'autre ?
— L'autre.
— J'ai eu ce sentiment avec ton grand-père, mais c'est lui qui a tué notre amour.
— Et avec Don ?
— Il m'agaçait parfois, mais je l'ai toujours aimé."
Susan eut l'air de se figer dans son fauteuil. Elle hocha la tête.
"Alors tu n'as peut-être jamais vraiment aimé, Suzie. Tu as toujours brûlé les étapes, tu sais." Loïs secoua la cendre de sa cigarette dans le coquillage servant de cendrier sur la table à côté d'elle. Elle savait qu'elle venait à nouveau de franchir cette limite, mais tant pis. Si elles devaient avoir une conversation à bâtons rompus, alors autant le faire, bon sang.
Susan la dévisageait. "Il y a quelque chose qui ne va pas chez moi." Elle avait parlé d'une toute petite voix. Voilà des années qu'elle ne s'était pas ainsi mise à nu devant Loïs. Cette spontanéité inattendue faisait l'effet à la fois d'un cadeau et d'un fardeau.
"Bienvenue au club, ma chérie. Je n'ai encore rencontré personne de parfait. Et toi ?

— Tu sais ce que je veux dire.

— Je sais surtout reconnaître quand on s'apitoie sur soi-même. Quel bien ça te fera ? Tu crois que je n'avais pas de raisons de me lamenter sur mon sort ? Vivre avec un homme est un travail à plein temps, Suzie. Et on va au travail, que ça nous plaise ou non.

— Tu penses que je ne travaille pas assez ?

— Je n'ai pas dit ça."

Susan prit la bouteille de vin et emplit son verre presque à ras bord.

"De mon temps, on n'attachait pas beaucoup d'importance aux sentiments. On se bornait à faire son devoir."

Susan sirotait son vin, déglutissant chaque gorgée en deux fois. Elle ne quittait pas des yeux la moustiquaire métallique et les ombres noires au-dehors. Au loin, un chien aboyait. Il y avait bel et bien quelque chose qui n'allait pas chez Susan, Loïs l'avait toujours su. Mais comment en aurait-il été autrement ? Mon Dieu, elle avait tout vu de ses propres yeux. À trois ans. Trois ans, nom d'un chien.

"Tu vas divorcer ?

— Je n'en sais rien.

— Je peux te demander pourquoi tu l'as épousé, alors, Suzie ? Parce qu'enfin, tu as eu tant d'hommes dans ta vie. Bobby avait sûrement quelque chose de plus.

— J'essaie de comprendre quoi.

— Il y a des choses qu'on ne devrait pas essayer de comprendre.

— Par exemple ?

— L'amour : soit on aime, soit non.

— Je croyais que tu n'attachais pas d'importance aux sentiments."

Loïs sentit poindre un sourire dans la voix de Susan. "Ne fais pas ta maligne." Le chien aboyait toujours. Il semblait s'être encore éloigné, avoir flairé quelque chose. "Pourquoi tu ne m'as jamais rien montré de ce que tu écris ? Il m'arrive de *lire*, tu sais.

— Quoi, par exemple ?

— Le journal. Des choses sur internet. Des magazines. C'est aussi de la lecture."

Susan but une petite gorgée de vin. Elle paraissait écouter ce chien dont les aboiements s'éloignaient de plus en plus. "Je ne suis pas une très bonne écrivaine, Noni, et en plus je n'arrive jamais à finir.

— Pourquoi ?

— Pourquoi je ne suis pas une bonne écrivaine ?

— Oh, à d'autres ! Après avoir lu des livres toute ta vie ? Si quelqu'un peut en écrire un, alors toi aussi.

— Dommage que ce ne soit pas si simple.

— Certaines choses *sont* simples, ma chérie, ça ne les rend pas faciles pour autant."

À nouveau elle franchissait une limite, même si Susan ne semblait pas s'en formaliser. Le chien s'était tu et elle penchait la tête, regardant vers le sud. "Tu crois qu'il poursuit quelque chose ?

— Un renard ou un lynx, sans doute." Loïs écrasa sa cigarette dans le cendrier, mais c'était un détenu de cette prison en bord de route qu'elle se représentait, se frayant un passage à travers bois, le visage couvert d'égratignures et luisant de sueur, le chien à ses trousses. Une peur ancienne la glaça ; impossible de se rappeler la dernière fois qu'elle avait pris son revolver dans sa table de nuit et l'avait gardé à la main.

Elle saisit la bouteille de vin et se resservit. "Un jour tu écriras un livre, Suzie."

Susan lui adressa un sourire triste et désabusé où se lisait aussi une certaine détermination. "Je vais remplir le lave-vaisselle.

— Laisse.

— Non, je veux payer mon écot." Elle se leva, empoigna la bouteille et le cendrier que Loïs n'avait pas vidé depuis des jours. Loïs faillit lui demander combien de temps elle pensait rester, mais de peur d'être mal comprise, elle se ravisa. Elle se retourna et observa Susan qui tenait tant bien que mal le cendrier et la bouteille de sa main gauche pour pouvoir ouvrir la porte de la droite. Dans la lumière de la cuisine, elle était une grande ombre svelte aux cheveux en désordre et aux hanches étroites : le corps de sa mère, des pieds à la tête.

16

Juste après neuf heures du matin, sous un ciel d'un bleu de plus en plus intense, Daniel roule sur la vieille route 1. Toutes les quelques secondes, il jette dans ses rétroviseurs un coup d'œil aux chaises de l'antiquaire. Il les a solidement fixées, chacune séparée des autres par du carton pour éviter les éraflures, et même à plus de soixante kilomètres-heure elles ne bougent pas.

Il a terminé la dernière tard la veille au soir dans son atelier, à la lumière blanche d'une lampe halogène. Il travaillait dans un silence seulement rompu de temps à autre par les gouttes de pluie tombant des pins sur le toit de l'atelier, et sur le capot de son pickup sous son unique orme. C'est l'un des ultimes survivants de cette maladie des ormes d'il y a quelques années, et Daniel est allé se coucher avec le sentiment que certains d'entre nous vivent plus longtemps qu'ils ne devraient, une forme de culpabilité pareille à un vieux bout de ferraille rouillé qui coupe encore.

Ce matin, debout devant la cuvette des WC dans son mobile home où flottait une odeur de café chaud, il a ressenti une brûlure plus douloureuse que d'habitude, et quand il a finalement émis quelques gouttes d'urine, l'eau de la cuvette a pris une couleur rose. Son médecin lui avait demandé de surveiller ce genre de choses, et voilà, ça y était, ça n'annonçait rien de bon et il était grand temps.

Un coup de klaxon retentit derrière lui. Dans son rétroviseur, il voit une blonde au volant d'une Range Rover noire et devrait sans doute se ranger sur le bas-côté pour la laisser passer, mais putain pourquoi est-elle si pressée ? Il ralentit jusqu'à ce qu'elle soit pare-chocs contre pare-chocs, son joli visage déformé par l'énervement, puis il met son clignotant et s'arrête sur le parking de la poissonnerie où il s'achète parfois un steak de saumon pour le faire griller au barbecue devant chez lui sous les pins. Mais son appétit n'est plus ce qu'il était. Ces derniers temps, il a à peine faim.

La conductrice de la Range Rover accélère en klaxonnant un grand coup. Daniel reste patiemment assis, bien que ses jours soient comptés. Il y a même eu certaines années où il a pensé en finir. Et ce dimanche de fin de printemps à Boston où il a failli passer à l'acte. Le salon de coiffure étant fermé, il est monté à pied au soleil levant jusqu'à la travée supérieure du Tobin Bridge pour contempler le fleuve tourbillonnant en contrebas. Le pont n'avait pas de trottoirs, seulement un mince ruban de béton pour les ouvriers passés et à venir, et derrière Daniel les voitures étaient rares mais roulaient vite, le souffle des pots d'échappement et le chuintement des pneus résonnant comme un refrain dans sa tête : *Fais-le ou pas, on s'en tape. Fais-le ou pas, on s'en tape.*

Sur les deux rives, il y avait des quais hérissés de grues et des kilomètres carrés de conteneurs vides en provenance du monde entier. Il y avait des hangars, des centaines de voitures, une énorme montagne de sable pour les camions de la voirie, et c'est sans doute ce qui l'a fait réfléchir, la pensée qu'il ne reverrait pas la neige. À moins qu'il n'ait été qu'une couille molle, pas même capable d'enjamber le parapet métallique et de sauter. C'était le verbe employé par les taulards quand les choses se présentaient mal : "Hé, ça va sauter." Et devant ce parapet lui est revenu le souvenir de sa première cellule, près de l'entrée du parloir. Les visites venaient de prendre fin ; assis sur sa couchette, il avait vu Queenie et Diaz passer à toute vitesse avec un air mauvais qui l'avait incité à aller jusqu'à sa porte jeter un coup d'œil vers le parloir, alors même que Mike White en sortait. Il était tout pâle à cause de ce qu'il avait ingéré – avec la complicité d'un maton, sinon jamais il n'aurait pu avaler autant de sachets de coke au parloir. Il était célèbre pour ça, cet adolescent malingre de Bunker Hill qui chiait sa quinzaine de sachets et les nettoyait pour les gars de Charlestown, mais là, Queenie était allé lui mettre son poing dans la figure, le jetant à terre ; Diaz avait brandi un couteau, s'était assis sur Mike et lui avait déchiré son tee-shirt avant de lui ouvrir le ventre de bas en haut, Queenie fouillant ses entrailles pour en arracher le plus de sachets sanguinolents possible et les fourrer dans ses poches. Mike White gisait sur le sol la bouche ouverte, les yeux fixant les étages qu'il ne voyait plus.

"Jésus sauve, mon frère." Voilà ce qu'il répétait sans cesse, comme d'autres disent "Ça va ?" ou "Je te revaudrai ça". Mais Jésus ne l'avait pas sauvé. Le "père" de Jésus non plus, et Daniel avait peu de patience pour ceux qui prétendaient le contraire.

Non, chacun de nous est précipité dans une vie aussi imprévisible que les torrents dévalant les caniveaux après une violente averse que personne n'a vue venir, et on devrait s'estimer heureux d'être au sec, même dans un endroit exigu et sale.

Mais Daniel était encore là, non ? Bien vivant sur ce pont, ce fameux dimanche matin. Il n'avait aucun droit d'être là, il le savait. Pas plus qu'il n'avait le droit de vivre à nouveau dehors. Or il était dehors, le fleuve en contrebas reflétant le miroitement du soleil levant dans des relents de gaz d'échappement, de rouille et de crotte de pigeon, et les hommes et femmes au volant des voitures derrière lui fonçant peut-être vers une église quelconque, mais sans un regard pour le pauvre type accoudé au parapet à quelques mètres seulement. *Je suis encore là, bande de salauds. Oui, je suis encore là.* Et c'était par haine de sa vie qu'il n'avait pas sauté.

Maintenant, il a fini par trop aimer sa vie : sa modeste activité de rempailleur de chaises, son mobile home sous les pins, son atelier et sa cour à l'abri des regards, les personnes âgées pour qui il fait le chauffeur et les livres audios qu'il écoute tard dans la nuit. À vrai dire, il a honte d'être allé voir un médecin en premier lieu. Son heure approchait, et il est parti en courant. Mais s'il est réglo, il assumera et laissera son corps faire de lui ce qu'il veut, parce qu'il a encore le temps de rouler vers le sud, et aussi de livrer ces huit chaises victoriennes fixées au plateau de son pickup.

Il attend qu'il y ait moins de circulation pour reprendre la route 1. Puis il accélère, dépasse le salon de tatouage et l'atelier du carrossier, tandis qu'une mouette solitaire survole les marais salants avant de disparaître de sa vue.

Le magasin de l'antiquaire se trouve dans un vieil entrepôt au bord du fleuve, avec un parking en partie goudronné, en partie recouvert de gravillons ravinés par la pluie, et Daniel recule lentement sur le goudron jusqu'à l'aire de déchargement. L'antiquaire, presque aussi large que haut, sort de son tout petit bureau. Sa barbe blanche aurait besoin d'être taillée, le tuyau de sa pipe dépasse de la poche de sa chemise de travail. Daniel détache le dernier sandow et l'antiquaire prend les deux chaises qu'il lui tend, inspectant les autres du regard. "Vous travaillez bien, Ahearn."

Daniel ne dit rien, se contente de grimper sur le plateau de son pickup et de poser les six chaises restantes sur le hayon pour que l'antiquaire les descende près des deux premières.

"Je viens de vendre le fauteuil en rotin que vous avez remis en état.

— Très bien.

— J'attends un lot de chaises danoises. C'est dans vos cordes ?

— J'en ai réparé." Daniel n'est pas sûr que ce soit vrai, mais il y a la bibliothèque, internet, et ça suffira bien.

"Cette semaine ?

— Impossible. Je pars en voyage." Il a l'impression de mentir, alors que ce n'est pas le cas. Ses lunettes se balancent à son cou, une odeur de cannage neuf et de vernis flotte dans l'air.

"Pour combien de temps ?

— Je ne sais pas.

— Huit jours ? Un mois ?

— Plutôt la première option."

L'antiquaire lui signe un chèque, dit qu'il le recontactera, et Daniel remonte dans son pickup, s'éloignant de l'entrepôt et retrouvant le soleil. À la hauteur de Water Street, il laisse passer un camion municipal brinquebalant, puis tourne à droite et le suit jusqu'au centre de Port City, vitres baissées, le chèque de l'antiquaire dans la poche de sa chemise. Il entend encore ce qu'il a répondu dans la fraîcheur et la pénombre de l'entrepôt. *Impossible. Je pars en voyage.*

Maintenant que ces mots ont été prononcés à haute voix, ils sont comme une déclaration qui le lie et l'autorise à partir en même temps. À moins que ce ne soit le sang dans l'eau de la cuvette des WC ce matin, ou le fait d'avoir fini la lettre à sa fille.

Au guichet de la banque, il demande à une jeune femme avec le prénom *Laura* inscrit sur son badge de lui donner également son solde créditeur. Elle acquiesce de la tête, souriante, et pianote aussi vite sur son clavier que si elle faisait corps avec la machine. Machinalement elle lui sourit à nouveau, lui tend son reçu bleu, et Daniel la remercie avant de ressortir au soleil. Des années durant, il a tiré tout le réconfort possible de ce genre de sourires. Ils émanaient de serveuses et de caissières d'âge mûr dans les supérettes ; de mères de famille dans les rues de Port

City, d'employées de la bibliothèque et de vieilles dames du Club des anciens, comme Elaine Muir et quelques autres. Ces brèves marques de chaleur humaine, sincères ou non, valaient mieux que rien du tout comme d'habitude, et il les aspirait goulûment tel de l'air avec une paille. Là, chaussant sur le trottoir ses lunettes aux branches un peu de travers pour lire son reçu, il a le sentiment ambigu, déstabilisant, que ces années touchent à leur fin, que les choses sont sur le point de changer pour le meilleur ou pour le pire, dans un ordre impossible à deviner.

12 647, 43 dollars.

Son mobile home et son terrain sont payés. Mais qui sait combien de temps il sera absent ? Il devrait payer d'avance le montant de la taxe foncière, ainsi que l'électricité, l'eau et le gaz.

Et il devrait retirer du liquide pour en donner à Susan, si elle accepte. En admettant qu'elle veuille le voir.

Un homme et une femme rient ensemble sur le trottoir d'en face. Daniel les observe par-dessus ses lunettes. Ils sont devant le Starbucks, chemise et cravate pour lui, jean, pull léger et sac à main en bandoulière pour elle. Sa tasse de café dans une main et un cartable en cuir dans l'autre, il drague visiblement cette femme, mais on dirait un avocat, et pourquoi n'y avoir pas pensé plus tôt ? Un testament. Il faut qu'il indique par écrit à qui il veut léguer ses biens.

Un poids brûlant pèse sur son bassin, il doit trouver des foutues toilettes.

Une voiture de la police de Port City patrouille lentement. Le flic scrute la rue devant lui et ne jette même pas un coup d'œil à Daniel, qui y voit un signe encourageant. Il glisse son reçu dans la poche de sa chemise, laisse retomber ses lunettes autour de son cou et traverse la rue pour aller voir l'avocat et la jolie femme, et se servir ensuite des toilettes du Starbucks sans regarder le contenu de la cuvette ni trop y penser.

17

Se retrouver assise seule dans la maison de son enfance, c'était comme être morte des années auparavant, et que personne ne se souvienne plus de vous. Une fois Loïs partie en voiture vers la boutique, Susan vida dans l'évier le café à l'arôme noisette de sa grand-mère, se fit du café noir et en monta une tasse dans sa chambre. Au-dehors le ciel était gris, l'air lourd et moite. Plus tôt elle avait mangé un yaourt dans la véranda, tandis que Loïs buvait son café trop sucré et fumait une cigarette en lui racontant qu'elle avait rêvé de sa vieille chienne Lilly.

"Elle avait un revolver dans sa gueule et l'a déposé à mes pieds. Bizarre, hein ?"

Susan avait acquiescé, mais ne lui avait pas raconté son propre rêve. Elle y faisait l'amour avec Gustavo. Elle n'avait plus seize ans mais quarante-trois, et Gustavo était aussi Bobby avec des touffes de poils grisonnants sur la poitrine comme Phil Bradford : trois hommes à la fois. Elle ouvrit son ordinateur portable et le dernier fichier en date. Sirotant son café, elle se mit à lire :

L'agent de probation de mon père avait son bureau au-dessus de l'échoppe d'un cordonnier de Lawrence, dans le Massachusetts. La rue en double sens et à la circulation clairsemée, avec quelques voitures en stationnement devant les parcmètres datant des années 1950, était bordée de petits immeubles construits dans la même brique rouge que les usines le long du fleuve.

Venait ensuite sa longue description de la ville et d'elle assise pendant deux jours sur une banquette derrière la vitre d'un troquet, des jeunes gens et des hommes qui la déshabillaient du regard, de sa haine croissante envers eux, puis du moment où elle avait fini par le voir : il descendit sur la chaussée et se mit en route, les bras immobiles ou bougeant à peine ; elle sentit une odeur de praires frites et d'océan, et alors elle sut.

Elle n'avait aucune envie de lire la suite mais la parcourut quand même, comme si elle écartait avec le pouce et l'index les bords d'une coupure pour en examiner l'intérieur. Elle fit défiler le texte jusqu'à la dernière ligne :

... ses pas l'avaient conduite là où jamais encore elle ne s'était autorisée à aller : au point ultime de la souffrance de sa mère.

Non, il y avait tellement plus à dire. Tant de choses derrière et avant tout cela. Elle avait commencé trop tard. Il fallait remonter en arrière. Elle revoyait soudain les palmiers du campus, l'éclat du soleil qui rendait leur vert si intense, même quand ils étaient tout secs.

Mon année de licence fut celle des deux Danny.

Je vivais alors à l'extérieur du campus avec mon amie Andrea. Nous louions un appartement dans une résidence en face d'un immeuble où une fille des Cinq de Gainesville avait été assassinée. Elle avait mon âge, et après l'avoir violée, Danny Rolling, le meurtrier, la fit s'agenouiller sur le sol de la salle de bains, la poignarda dans le dos et la décapita.

Tout le monde ne parlait que de ces meurtres. Un millier d'étudiants quittèrent le campus et plus de sept cents d'entre eux ne revinrent jamais. Il y avait partout des psychologues, les professeurs nous encourageaient à aborder le sujet pendant les cours, on organisait des colloques sur les causes de la violence, sur les serial killers, sur les violences contre les femmes et les adolescentes en particulier. Beaucoup de garçons étaient prêts à nous accompagner où nous voulions aller, bien que ce n'ait finalement été qu'un autre moyen pour coucher avec nous.

Jamais je ne me suis laissé raccompagner par l'un d'eux. J'étais trop en colère pour avoir peur.

Susan contempla cette dernière phrase. Était-ce vrai ? Oui, contre tout et tout le monde. Et cela avait commencé lorsqu'elle s'était retrouvée sur la berge de la Bone River, quelques minutes seulement après que Noni lui eut enfin dit la vérité.

Tout l'été, d'ailleurs, sa grand-mère s'était comportée bizarrement. Elles regardaient la télévision ensemble, et souvent Susan la surprenait en train de la dévisager avec une expression sévère et triste.

“Qu'y a-t-il ?

— Rien, ma chérie.”

Elle affichait alors ce sourire qui n'avait jamais inspiré confiance à Susan : tantôt il lui donnait le sentiment d'être aimée, tantôt il précédait une remarque cruelle, sur le fait que dans certains shorts Susan ressemblait à une pute. Ou qu'elle devrait porter un soutien-gorge. “Les mamelons attirent les regards, tu sais." Au fil des ans, Noni fumait plus et mangeait moins. Toute sa vie, Susan l'avait vue comme une femme robuste aux bras, aux hanches et aux jambes bien en chair, aux seins pareils à des oreillers généreux sur lesquels Susan posait la tête quand elle était petite. En août cette année-là, Loïs restait robuste, mais sa peau s'était fanée, elle-même semblait curieusement avoir rapetissé, et dans ce rétrécissement quelque chose qu'elle n'avait pas envie de faire et à quoi elle devait pourtant se résoudre attendait son heure.

Et puis quelques jours avant celui où Susan était censée reprendre le bus pour Gainesville, un jeune homme et quatre jeunes filles furent assassinés à l'extérieur du campus et le tueur courait toujours. Noni refusa de laisser partir Susan.

"Je veux retourner à l'université, Noni.

— Non, tu n'iras pas."

Elles étaient assises autour de la table de la véranda. Noni avait fait cuire au four des *manicotti* et du pain à l'ail, Susan avait tourné la salade, et toutes deux buvaient leur énième Coca Light.

"J'ai vingt ans. Tu ne peux pas vraiment me l'interdire, tu sais.

— Nom d'un chien, as-tu seulement idée du nombre de fois où tu m'as dit ça ?" Noni n'avait mangé que deux bouchées de *manicotti*, mais elle avait reculé sa chaise et allumé une cigarette. Elle venait de se faire faire une permanente et une coloration plus foncée, et les boucles châtains encadrant ses joues lui arrondissaient le visage. Elle avait la soixantaine mais paraissait plus jeune. Un ou deux jours plus tôt, Susan lui avait dit de ne pas s'inquiéter pour son retour à Gainesville, elle risquait davantage d'être frappée par la foudre. Elle ignorait si c'était vrai ou non, mais la vie avec Noni devenait étouffante et elle préférait tenter sa chance.

"J'ai acheté une arme à feu hier, Suzie.

— Quoi ? *Pourquoi ?*

— C'est un revolver. Et je vais apprendre à m'en servir." Du coin de la bouche, sa grand-mère avait soufflé sa fumée. Elle avait ajouté : "Tu es assez grande pour entendre la vérité."

Alors ce dont Susan rêvait jour et nuit depuis son enfance avait volé en éclats : plus de retour tardif où la voiture des Ahearn était passée par-dessus le parapet d'un pont, sa mère et son père projetés l'un contre l'autre quand elle était tombée dans le fleuve, des flots glacés se déversant à l'intérieur et l'entraînant par le fond, ses parents privés d'air, les poumons pleins d'eau. Susan avait tant prié pour qu'ils n'aient pas trop souffert à ce moment-là, pour qu'ils se soient vite élevés tous deux dans les airs au-dessus de ces eaux noires, pour qu'ils aient longtemps survolé leur maison sur la plage où, âgée de trois ans, elle dormait dans son lit pendant que Noni lisait un magazine au salon de l'autre côté du mur, et pour qu'ils la survolent encore, elle, de temps à autre. Elle gardait quelque part le souvenir de la longue chevelure brune de sa mère, de son sourire et de son rire. Et aussi de la grande roue, de l'odeur de barbe à papa, des promenades sur les épaules de son père.

"Il est *vivant* ?"

Loïs avait acquiescé de la tête. Son regard était si sombre, immobile et attentif. Sans doute celui de quelqu'un qui doit faire piquer son chien, ne le quittant pas des yeux, attendant que le poison atteigne le cœur et fasse son œuvre. Les entrailles de Susan semblaient se tordre en tous sens. Elle s'était levée, était sortie par la porte du fond qu'elle avait laissée claquer derrière elle en s'élançant vers la rivière. La mousse espagnole qui pendait aux branches des chênes lui frôlait le visage.

"Colère" n'était pas le mot juste. De la rage, peut-être. Bien que ce n'ait pas été tout à fait ça non plus. Susan revoyait encore sur la rive opposée une racine dépassant de la vase. Elle était torse et d'un brun foncé, ses deux extrémités enfouies, invisibles. Un spectacle grotesque pour Susan, une image maléfique du mensonge qu'on lui faisait gober depuis sa petite enfance, et elle injuriait cette racine, lui hurlait dessus, arrachant du sol des morceaux de schiste qu'elle lui jetait. Elle détestait tout ce qu'elle voyait : cette rivière marron aux berges sablonneuses, les chênes et leur mousse espagnole flippante, et à travers les arbres leur maison à Loïs et à elle sur son chemin de terre, avec la véranda où sa grand-mère l'observait dans la pénombre.

Dans le bus qui la ramenait à Gainesville, elle avait détesté chaque passager. Détesté les plaines alluviales, le bétail, tous ces trous perdus, ces pickups rouillés et ces maisons en préfabriqué avec leur antenne télé sur le toit. Détesté les bateaux de pêche sur leur remorque, les panneaux publicitaires montrant des mères de famille souriantes qui vous vendaient un produit nettoyant, des hommes sévères qui vous vendaient Jésus, et d'autres, gras et joviaux, des voitures, des assurances ou des armes à feu. Elle avait détesté revoir Andrea, parce qu'Andrea était toujours aussi riche et insouciante, et avait seulement envie de parler de l'Éventreur de Gainesville. Susan avait détesté le fait que ce soit la seule chose dont tout le monde veuille parler. Ils n'avaient donc *rien* lu ? Ils ne savaient pas que notre foutue planète était *saturée* de sang ? Et qu'elle, Susan, avait ses propres problèmes ? Elle détestait réagir ainsi et s'en était voulu, quand quelqu'un avait inscrit le nom des cinq victimes sur un mur de la 34e Rue, de ne pas déposer une fleur, un petit mot ou une bougie sur l'autel improvisé à leur mémoire. Mais elle détestait encore plus qu'un jeune homme la regarde en souriant, et pour la première fois depuis qu'elle avait seize ans, elle évitait tous les garçons. Même quand Andrea la traînait à une fête et qu'elle buvait trop. Même là. Et elle détestait toutes ces musiques assourdissantes : les Black Crowes, Alice in Chains, Jane's Addiction. Elle détestait les jolies filles et les filles moches qui essayaient d'être jolies, et elle avait détesté que Chad du New Jersey ait tenté de la baratiner pour qu'elle aille avec lui dans une chambre du fond "en souvenir du bon vieux temps". Elle avait détesté qu'Andrea ait remarqué tout ça et lui ait déclaré un dimanche après-midi devant un café : "Tu devrais voir un psy. Ces meurtres t'ont rendue dingue."

Non, aurait voulu lui répondre Susan, *ce qui me rend dingue, c'est quelque chose dont je ne te parlerai jamais.*

Mais pourquoi ? Andrea était son amie. Elle l'avait conduite jusqu'à cette pièce éclairée par un scialytique. Et l'avait ensuite ramenée dans leur chambre universitaire. Elle lui avait défait son lit et dit de s'allonger, lui avait apporté de l'eau et du paracétamol, lui avait même confectionné des brownies. Alors qu'elles les mangeaient ensemble dans la lumière du couchant, Andrea lui avait avoué être passée deux fois par là. Et lui avait conseillé de ne pas trop y penser. "Ces putains de mecs n'y pensent pas, *eux*." Puis, un soir où elle était soûle, la tête sur les genoux de Susan, le nez contre son ventre, elle avait fondu en larmes : "Mon père baise une pute qui a le même âge que *moi*."

Susan l'avait consolée de son mieux. Elle lui avait caressé les cheveux, les avait écartés de sa joue ruisselante. La souffrance était audible dans la voix de son amie, et il n'y avait pas qu'une seule sorte de souffrance : il y avait la confusion, le dégoût, le choc et le chagrin mêlés, et même une pointe de jalousie, mais il y avait surtout de la honte.

Andrea avait tellement *honte*.

On aurait dit que la colocataire de Susan avait frappé un diapason contre du métal, sa vibration sourde résonnant non pas pour la Susan que tout le monde croyait connaître mais pour la vraie, celle qui détestait le sang même qui courait dans ses veines, parce qu'il était pour moitié celui de son père et pour moitié celui de sa mère, le meurtrier et sa victime, Susan n'étant au fond rien de plus que le rappel vivant d'un crime impardonnable.

Non, j'avais trop honte pour avoir peur.

Partout où j'allais, sur le campus ou à l'extérieur, je me sentais nue et laide, comme devant mille miroirs et objectifs braqués sur moi. Puis l'Éventreur de Gainesville a été arrêté, lui aussi se prénommait Danny, et je ne pouvais m'empêcher de lire tout ce que je trouvais sur lui.

C'était une sorte de maladie. Comme ce week-end, pendant sa première année de fac, où elle avait couché avec trois garçons différents à seulement quelques heures d'intervalle. Une partie d'elle en avait envie et l'autre pas, mais elle avait cédé à celle qui en avait envie.

Danny Rolling avait subi des violences dans son enfance. Son père, un flic, le battait dès l'âge d'un an, n'aimant pas le voir marcher à quatre pattes. À cinq ans, il avait été ligoté ou menotté plus d'une douzaine de fois. Son père torturait le chien de la famille, qui était mort dans les bras de Danny alors âgé de six ans. Quand il avait eu dix ans, son père avait voulu lui donner des leçons de conduite, le traitant de tous les noms et le giflant parce qu'il n'arrivait pas à passer les vitesses. Depuis le début, il battait aussi la mère de Danny. Un soir, alors qu'il avait onze ans, Danny avait tenté de s'interposer pour la protéger et son père s'était déchaîné contre lui, le laissant presque inconscient. Sa mère s'était enfermée dans la salle de bains et s'était ouvert les poignets, sans toutefois en mourir.

À treize ans à peine, il volait des boissons alcoolisées et se soûlait dans les bois près de chez lui. Il avait appris tout seul à jouer de la guitare et faisait ses prières en chantant, mais il rêvait également de faire du mal aux autres et c'était plus fort que lui. Ça l'excitait.

Susan relut ce qu'elle venait d'écrire. Elle but une gorgée de café. Son obsession pour Rolling s'expliquait, bien sûr. Elle avait besoin de croire que sa disposition au mal venait d'autrui. Et que l'autre Danny, son père, avait en quelque sorte été lui aussi une victime.

En cette fin d'après-midi d'août où elle avait repris le bus vers Gainesville et sa dernière année de licence, les adieux entre elle et sa grand-mère s'étaient mal passés. Depuis cette révélation, elles semblaient en froid, et Susan savait que ce n'était pas la faute de Noni ; sans doute avait-elle eu raison de ne pas l'informer plus tôt, mais contre toute attente Susan s'était sentie soulagée en faisant ses bagages et en achetant son ticket de retour vers Gainesville, le campus des jeunes femmes assassinées.

"Putain pourquoi tu m'as dit ça ?

— Parce qu'il risque d'essayer de te retrouver, ma chérie."

D'où l'achat de ce petit revolver argenté. Loïs ne l'avait jamais montré à Susan, mais en cherchant son autre sac de voyage, celle-ci avait trouvé l'arme dans la penderie de Loïs. Sous l'étagère à chaussures était posé un coffret en plastique gris et Susan l'avait ouvert, découvrant ce revolver étincelant, enveloppé dans du velours bleu. On aurait dit un cercueil. Elle l'avait aussitôt refermé et remis sous les chaussures.

Les premiers mois après son retour à Gainesville, elle traversa l'existence dans la peau d'une nouvelle Susan, ayant désormais une histoire différente qui modifiait une vision d'elle-même qu'elle avait adoptée sans le savoir : elle avait été une orpheline élevée par une grand-mère parfois cruelle, version aussi tragique qu'un conte de fées, ce qui lui donnait le sentiment – bien qu'il l'ait à peine effleurée auparavant – d'avoir eu un sort injuste, et la conviction que les noirs esprits gouvernant ces choses lui devaient un peu de bonheur.

Trop longtemps ce bonheur n'avait existé que dans les livres, et ne pouvait venir que du garçon qui l'aimerait comme elle était censée l'être, quoi que cela ait pu signifier, car elle n'avait pas encore connu le grand amour. À présent, assise devant son ordinateur, elle revoyait la remise de son diplôme de licence sous un soleil de plomb, les tribunes emplies d'hommes cravatés à la chemise bien repassée, de femmes en robe légère, de gosses aux tee-shirts ornés d'un alligator, et de tant de personnes avec un bouquet de roses et de gypsophile à la main. Noni trônait sous une ombrelle que Paul tenait au-dessus d'elle. C'était gentil à lui, cet oncle que Susan considérait comme un frère, d'être venu. Il avait beaucoup grossi et gardait les cheveux très courts, même si l'US Air Force l'avait mis tôt à la retraite et s'il travaillait désormais dans le fret aérien à l'aéroport international de Miami. À côté de lui, son épouse Terry, une fumeuse toute menue, faisait tenir en place leur fils de six ans, Paul Jr., comme si elle aussi s'occupait de fret aérien.

"Susan Lori Dubie !"

Sous la toge de Susan, son chemisier et sa jupe de coton lui collaient à la peau. Elle avait la bouche et la gorge sèches, et sa toque était lourde sur sa tête tandis qu'elle gravissait les cinq marches de l'estrade. "Yo, Susan !" La voix de Paul avait porté à travers la foule et déjà Susan serrait la main du doyen, devant le photographe de l'université agenouillé à deux pas. Avait-elle vraiment écarquillé les yeux au soleil pour *le* chercher dans les tribunes ? Espérait-elle vraiment apercevoir un homme debout ou assis, seul, et n'ayant d'yeux que pour *elle* ?

Elle relut la dernière phrase qu'elle avait écrite : Ça l'excitait.

Gustavo et elle. Ils étaient assis à l'avant de sa Chevrolet El Camino, tard un soir après les cours. Le couvre-feu fixé à vingt-deux heures par Noni était passé depuis longtemps, et Gustavo avait garé la voiture sous les chênes du camping de la Bone River. Dans les bras l'un de l'autre ils s'embrassaient, elle l'avait laissé déboutonner son chemisier et dégrafer son soutien-gorge. Il avait mis l'autoradio en sourdine sur une station rock de Tampa, qui passait des tubes que Susan dédaignait parce qu'ils plaisaient aux élèves de son lycée. À la lumière du halo émis par l'autoradio, elle voyait Gustavo contempler ce qu'elle venait de lui offrir. Elle n'avait encore jamais fait ça, se sentait dénudée mais moins vulnérable qu'elle ne le craignait. Au contraire, le découvrant bouche bée de désir et de gratitude, elle eut l'impression d'ouvrir un tiroir du bureau de sa chambre, à l'intérieur duquel se trouvait un pistolet chargé dont elle pouvait se servir à tout moment.

Gustavo avait palpé et embrassé ses deux seins. Il avait suçoté un mamelon, faisant surgir une onde de chaleur entre les jambes de Susan où il la caressait à travers son jean, et elle l'avait repoussé. Elle avait reboutonné son chemisier, lui avait demandé une cigarette. Il était resté assis sans rien dire. Puis il avait éteint l'autoradio et sorti son briquet de sa poche de chemise pour allumer une Camel filtre qu'ils avaient partagée.

"Tu n'es pas comme les autres." Il avait tiré une brève bouffée avant de lui passer la cigarette, et aussitôt soufflé la fumée par les narines comme s'il ne fumait pas, faisait juste semblant. Prenant la cigarette, elle avait longuement inhalé parce qu'elle fumait, elle, depuis l'année précédente où elle avait lu un roman qui se déroulait sous l'aveuglant soleil marocain, et dont les personnages, hommes et femmes, fumaient au bord de piscines désertes ou sirotaient une chartreuse dans la pénombre d'un bar.

"Qu'est-ce que tu veux dire ?"

Il avait hoché la tête. Sans le halo de l'autoradio, il n'était qu'une ombre parmi d'autres. Elle sentait entre ses jambes l'humidité qu'il avait causée.

"Tu as quel âge ?

— Dix-sept ans, je te l'ai dit." Elle ne s'était vieillie que d'un an, n'avait donc pas l'impression de mentir. Il chercha sa main et la garda dans la sienne. Susan en percevait les rugosités, sa paume et ses doigts pareils à du vieux caoutchouc.

"Quand j'avais ton âge, je creusais des tunnels pour La Alianza de Sangre.

— Les trafiquants de drogue ?

— On creusait les tunnels pour aller d'une *casa* à une autre."

Il essaya bien de ne pas retravailler pour eux, mais on lui donna une arme et un lourd paquet à transporter dans un tunnel qu'il avait aidé à construire. Alors qu'il rampait à l'intérieur, il avait laissé l'arme et le colis par terre à mi-chemin, était ressorti et avait regagné en courant la maison où sa famille vivait dans deux pièces, près de la Humaya River. Tard dans la nuit, il avait marché jusqu'à une cabine téléphonique pour appeler son oncle qui avait un emploi en Floride, dans un village avec un nom de jolie fille. À présent il était en sécurité, gagnait sa vie honnêtement, et avait rencontré une fille qui s'appelait Susandubie. Il prononçait toujours son nom ainsi, comme s'il était en un seul mot.

"Chaque semaine, j'envoie de l'argent chez moi.

— À ta famille ?"

Il l'avait dévisagée. "*Si*, pour ma *madre* et ma sœur.

— C'est gentil de ta part."

Il avait haussé les épaules. "Je suis un homme, Susandubie."

Susan ouvrit le fichier de son roman mexicain. Elle amena le pointeur là où elle en était restée : Sur Pedro Infante Blvd, un lowrider au moteur vrombissant roule vers la Humaya River. Corina entend du rap américain et un jeune qui hurle pour couvrir la musique. Elle espère qu'Adelmo n'est pas dans la voiture. Elle espère qu'elle se trompe à son sujet, que les taches de sang sur la chemise trouvée au pied de son lit ont une autre origine que celle qu'elle redoute. La respiration haletante de son père et les cris de sa maîtresse traversent la cloison ; Corina se lève, enfile son peignoir et grimpe de sa fenêtre sur l'escalier métallique qui conduit au toit en terrasse.

Susan tapota l'angle de son ordinateur. Ce passage avait été difficile à écrire. Non seulement parce qu'elle s'identifiait à Corina, cette jeune Mexicaine, mais à cause d'autre chose aussi. Elle tapait une phrase, l'effaçait, tapait une nouvelle version, et la supprimait à son tour. Le problème venait peut-être de sa connaissance insuffisante du Mexique. Que savait-elle, hormis ce que Gustavo lui avait dit ? Elle avait alors cliqué sur des liens dédiés au "narcotrafic", apprenant que, cinq ou six ans plus tôt, le cartel de Sinaloa s'était scindé en factions adverses, des gangs de jeunes, garçons et filles, qui filmaient et postaient en ligne ce qu'ils infligeaient à leurs semblables. Une vidéo montrait l'exécution de cinq femmes dont le seul crime était d'être les sœurs, épouses ou mères d'hommes d'un gang rival.

On les avait forcées à s'agenouiller à même le sol, les mains ligotées dans le dos. La plupart, obèses et d'âge mûr, portaient un tee-shirt ample ou un corsage à bas prix qui avait été déchiré, et leur soutien-gorge arraché. Derrière elles, trois jeunes gens en pantalon de treillis et rangers noirs étaient adossés contre un pickup poussiéreux, torse nu pour l'un d'eux, les deux autres avec un tee-shirt délavé. Chacun était armé d'un fusil ou d'un pistolet ou des deux, et ne quittait pas des yeux un quatrième homme qui allait et venait derrière les cinq femmes, parlant vite et fort en espagnol, prenant visiblement la pose devant la caméra. Plus âgé, trapu et massif, il avait une casquette de base-ball et un grand couteau dans la main droite. Toutes les deux ou trois secondes, il se penchait, baissait la voix et chuchotait quelque chose à l'oreille d'une des femmes. Puis il se redressait, la giflait par-derrière avant de reprendre ses allées et venues, son couteau toujours à la main, et Susan avait senti ses entrailles se nouer, son index hésitait au-dessus de la touche "Arrêt", mais elle n'avait pas arrêté la vidéo et ensuite il était trop tard pour appuyer sur la touche. Elle avait vu ce qu'elle avait vu, et cette horreur absolue l'avait ramenée aux meurtres de Gainesville, à son Année des Deux Danny. L'époque et le lieu se rappelaient à elle avec insistance. Mais elle ne voulait pas écrire là-dessus, ou bien elle n'était simplement pas prête, alors elle avait longtemps fixé son écran, et lui était venue cette scène où elle attendait, surveillant le bureau de l'agent de probation de son père.

Elle but à petites gorgées son café froid. Entre les branches du chêne, le ciel avait perdu toute couleur. Elle referma le fichier et son ordinateur avec les e-mails de Bobby, qu'elle n'avait toujours pas ouverts. Il se produisait avec lui quelque chose qu'elle n'avait pas anticipé. Parce qu'il l'encourageait à s'écouter, elle revenait aussi à ce qu'elle cherchait depuis des années. Pas de corps tiède contre le sien au lit. Pas de regard amoureux ni pressant sur elle. Son ennemi, dans l'immédiat au moins, était tenu à distance.

Mais sa chambre lui semblait à présent trop petite. Trop silencieuse et immobile. Elle avait besoin de courir.

Peu après elle longeait la vieille allée, en débardeur et en short, chaussures de sport aux pieds. Il faisait chaud, elle sentait l'odeur des pins et des eucalyptus, et le soleil était presque au zénith, le pire moment pour courir. Mais elle courait quand même, s'élançait vers le sud sur le bitume de la route.

18

Daniel se réveille derrière le volant de son pickup. Il avait incliné son siège et seul le ciel est visible de l'autre côté du pare-brise, un lambeau de nuage pareil à un drap déchiré. Ça lui rappelle un détenu de l'aile des longues peines qui était monté sur son lavabo pour se pendre. Un salaud de riche qui battait sa femme et ses enfants depuis des années, et avait atterri en prison pour détournement de fonds.

La chaleur le fait transpirer. Par ses vitres baissées, il entend le chuintement de freins à air comprimé et le grondement assourdissant des semi-remorques. Il a soif, envie de pisser, et il faudrait qu'il mange quelque chose. Fixée par du scotch à son tableau de bord, la photo de Susan. Il la contemple. Elle semble le regarder droit dans les yeux, bien plus belle que sa mère ne l'a jamais été. Il se redresse pour s'asseoir. De l'autre côté de l'échangeur du New Jersey et des eaux de l'Hudson River, le soleil tape sur les gratte-ciel de New York, ville où il n'est jamais allé. Depuis ce parking de la plus grande aire d'autoroute qu'il connaisse, la pointe méridionale de Manhattan ressemble à un foutoir de verre et de béton dédié au commerce, le plus haut bâtiment s'élevant à l'emplacement des deux tours jumelles détruites. Daniel l'avait vu en photo dans le journal, et de plus près on dirait un assemblage de vitres aussi longues que larges, surmonté d'une sorte de flèche de trois cents mètres de hauteur, peut-être davantage.

Pendant les mois juste après le 11 Septembre, il y avait partout des drapeaux américains : flottant au sommet de mâts nouvellement installés sur le porche des maisons, ou sous forme de stickers sur le pare-chocs des voitures, ou ornant la galerie des pickups et claquant au vent. Et ça faisait du bien d'être quelque temps unis dans la haine. Ça faisait du bien d'entrer dans un magasin ou à la bibliothèque des semaines plus tard, et de voir que les gens savaient au premier coup d'œil qu'il n'était pas un de ces terroristes. Pas lui.

Hier, assis devant l'ordinateur de la bibliothèque, il a tapé : *Comment rédiger son testament.* À sa droite sur le bureau, la lettre à sa fille. Il l'avait pliée en quatre pour qu'elle rentre dans l'enveloppe, mais elle faisait plusieurs pages et était plus épaisse qu'il ne le pensait. Il sentait sécher peu à peu la sueur sous son tee-shirt après avoir marché depuis le garage. D'habitude il se rendait à celui de Port City pour pouvoir prendre un café dans le centre-ville pendant la révision de son pickup, mais Angie's Repairs était plus proche de la bibliothèque et du bureau de poste. Apparaît sur l'écran une page lui indiquant les huit étapes à suivre. Avec la souris, il clique sur "Imprimer".

Après son passage à la banque, quand il avait demandé au type devant le Starbucks s'il était avocat et savait quelque chose sur la rédaction d'un testament, l'homme avait répondu dans un éclat de rire qu'il n'avait jamais été avocat, mais par correction il avait dit à Daniel avec le respect que tout bon citoyen doit aux vieillards et aux mourants :

"C'est moins cher de le faire soi-même. Allez simplement sur internet.

— Mon Dieu, avait dit la jolie femme, je regrette que mon mari n'ait pas eu cette idée." Elle s'était esclaffée, avait posé la main sur l'épaule de l'homme et leur avait souri, à lui et à Daniel, avant de disparaître au coin de la rue.

Daniel a tapé *Eckerd College* sur son clavier, et avant même qu'il ait pu ajouter où ça se trouvait, le lien est apparu, et d'un clic il a découvert une photo couleur de tout le campus. Une vue aérienne des bâtiments, d'un terrain de sport en longueur pour l'athlétisme et d'une plage de sable blanc bordée d'une mer bleue. Il y avait aussi les points verts des palmiers, l'éclat des vitres et des chromes des voitures, et le sentiment qu'il regardait quelque chose de bien plus ancien que lui – l'image d'un endroit où les gens étaient heureux longtemps avant votre naissance.

Des photos d'étudiants ont suivi. Garçons et filles. Bronzés et en tee-shirt blanc, ils avaient l'air tellement jeunes et en bonne santé que de savoir sa Susan parmi eux, eh bien, il s'est senti rabaissé, sale et profondément dans l'erreur, et il a failli tout arrêter : la lettre, le voyage, tout. Mais en bas de l'écran à gauche, en grandes capitales noires sur fond blanc, il y avait les mots : CONTACTEZ-NOUS. Attiré par eux comme par un aimant, il ne pouvait qu'y voir un signe. Il a pris un crayon dans le gobelet sur l'appui de fenêtre et noté l'adresse. Il n'avait pas de carte routière, mais un jour où il devait conduire Rudy Schwartz jusqu'à

West Roxbury pour Thanksgiving, la responsable du Club des anciens lui avait montré Google Maps sur son ordinateur. Il a cliqué dessus. Il ignorait où vivait sa fille mais savait où elle travaillait, et il a tapé l'adresse, puis la sienne : 26, Butler Place, Salisbury, Massachusetts. Aussitôt est apparu son itinéraire détaillé, de chez lui à Eckerd College en passant par le Connecticut, New York, le New Jersey, l'Ouest et le Sud du Maryland et de la Virginie, les deux Carolines, la Géorgie et Jacksonville, et tout droit le long de la côte ouest de la Floride. En haut de la page, la distance : 2 256 kilomètres. Il pourrait la couvrir en deux longues journées, environ mille kilomètres et douze heures de route chaque fois. Mais son état l'obligerait à s'arrêter plus souvent qu'il ne le souhaiterait. Il ferait peut-être le trajet en trois fois, donnant à Susan le temps de recevoir sa lettre et de s'habituer à l'idée de sa venue. D'ailleurs il devrait envoyer la lettre au tarif prioritaire pour qu'elle arrive le lendemain. Et avant l'heure de fermeture du bureau de poste en face de la bibliothèque.

Il a imprimé, puis a repris sa lecture sur la rédaction d'un testament. En l'absence de ce document, ce qu'il possédait irait de toute façon au membre de la famille le plus proche, mais ce "bénéficiaire" devrait être identifié, il y aurait une "période d'attente", et il refusait que Susan croie qu'il n'avait pas pensé à elle. Il parcourut la liste des conditions à remplir. Elle semblait longue et détaillée, mais tant pis. D'après le point n° 5, il ne pouvait pas *rédiger le testament à la main*. Et le point n° 7 précisait qu'il devait le signer devant deux témoins. Qui ? Enfin, le point n° 8 stipulait qu'il devait donner l'original à *une personne qui veillerait à son exécution* en son nom. Qui ça ? Rudy Schwartz ? Elaine Muir ? Ils auraient probablement disparu avant lui. Il allait devoir réfléchir et il aurait plus de deux mille kilomètres pour le faire, parce qu'il n'y avait plus de temps à perdre.

Il ouvre sa portière, palpe la liasse de billets dans la poche de son pantalon. Pour dix-huit dollars et quelques cents, lui a assuré le postier, sa lettre sera à St Petersburg aujourd'hui mercredi avant quinze heures. Au moment de payer, Daniel a sorti la somme qu'il avait retirée à la banque, quatre mille en billets de cent. Il en a tendu un au postier, un type joufflu, mal rasé et de petite taille, avec d'épaisses lunettes de myope.

“Ça alors, vous avez gagné au loto ?”

Daniel n’avait jamais été doué pour ce genre d’échanges. Il aurait bien répondu à l’homme que ça ne le regardait pas, mais il était content d’envoyer enfin cette lettre et son interlocuteur voulait juste plaisanter, alors il s’est forcé à sourire et a attendu sa monnaie sans rien dire.

Il descend de son pickup et verrouille les portières. Ses hanches et le bas de son dos le brûlent, il se sent nauséeux à cause de son estomac vide qu’il va devoir remplir. Quand il a quitté sa cour en marche arrière à l’aube, les murs de son atelier étaient du même rose que les pêches et il en mangerait bien une. Peut-être avec un Coca glacé et quelques crackers.

19

Loïs, installée dans un fauteuil chez Marianne, dégustait un cognac. La soirée avait été une réussite. Même si elle aurait aimé fumer une cigarette de plus, elle était heureuse d’être là et d’observer à quel point Walter et Marianne étaient captivés par Suzie, assise entre leurs hôtes sur un canapé en cuir qui devait faire près de quatre mètres de long. Derrière eux, les poutres verticales soutenant un plafond lambrissé encadraient une immense baie vitrée, et Loïs admirait la vue. À la lumière du couchant, les hectares de prairies d’herbe de Saint-Augustin, les bosquets de palmiers nains, les îlots de chênes et de noyers d’Amérique prenaient des tons brun-roux, lui rappelant les automnes dans le Nord du pays dont elle gardait la nostalgie.

Susan, magnifique avec ses boucles d’oreilles et sa robe imprimée (et malgré ses cheveux courts), évoquait les écrits d’un médecin russe que Walter venait apparemment de découvrir depuis qu’il avait pris sa retraite. Toute la soirée, il avait bu ses paroles avec l’avidité d’un homme qui viendrait de renoncer à l’alcool, le sourire un peu trop insistant, détaillant son visage et son corps comme s’il n’en revenait pas d’avoir chez lui une femme de ce calibre. Et comme elle parlait si intelligemment des livres, eh bien il était conquis.

Loïs en éprouvait de la fierté ainsi que, oui, admettons-le, une certaine jalousie. Walter lui semblait l’homme le plus beau et bienveillant qu'elle ait rencontré. À soixante-huit ans, il était grand, avec des cheveux blancs assez longs pour boucler sur sa nuque ridée et bronzée. Il avait des yeux bleus enfoncés dans leurs orbites, où se lisait le pragmatisme d'un homme d'affaires-né, mais aussi une certaine chaleur et le goût de la vie. Ce soir-là il portait une chemise à col ouvert, un pantalon kaki et des santiags marron au cuir usé mais bien cirées. Depuis l'arrivée de Loïs et de Susan trois heures plus tôt, il sirotait discrètement de la tequila avec des glaçons et un trait de citron vert.

Il ne cherchait pas ses mots et ne tenait pas de propos stupides comme Gerry autrefois. Au contraire, plus il buvait, plus il semblait se concentrer sur tout ce que Susan disait. Marianne, l'air à la fois lasse et ravissante dans sa robe bleu marine, les jambes croisées telle une lady, acquiesçait sans cesse de la tête comme si elle aussi avait lu ces anecdotes du médecin russe, alors que c'était pure politesse de sa part, Loïs le savait. Elle croisait par intermittence le regard de Loïs, lui souriait, et Loïs souriait en retour, même si elle refusait de se faire passer pour mieux informée qu'elle ne l'était.

"Sérieusement ?" Walter parlait d'une voix sourde, un peu pâteuse à vrai dire. "Il soignait les paysans bénévolement ?

— Je ne suis pas sûre qu'il ait jamais fait payer *quiconque*." Susan éclata de rire. Elle aussi buvait du cognac. Marianne la questionna sur ses propres écrits, et Loïs se rendit compte de la fascination de Walter pour ce médecin russe qui faisait profiter autrui gratuitement de tout ce qu'il avait appris. Marianne lui avait confié au fil des ans la générosité de Walter envers ses ouvriers : quand l'un d'eux avait tué quelqu'un en conduisant en état d'ivresse, Walter avait payé sa caution, puis son avocat, et même subvenu aux besoins de sa femme et de ses enfants pendant ses trois ans de détention. La mère d'un Mexicain chargé de s'occuper du bétail était tombée malade au pays, et Walter réglait tous ses frais médicaux. Il y avait d'autres anecdotes de ce genre. Et puis il y avait la façon dont il s'adressait à tous ceux qu'il rencontrait : que ce soit un vieux brocanteur en fauteuil roulant dans Oak Street ou le directeur de la banque avec qui il pêchait le marlin, Walter regardait tout le monde droit dans les yeux comme si chacun était aussi important que n'importe qui d'autre.

Trop beau pour être vrai, franchement, et Loïs découvrait soudain la faille dans cette façade trop parfaite, faille dont elle soupçonnait d'ailleurs l'existence depuis des années. Les femmes. Si on le laissait ce soir-là courtiser Susan, on ne pourrait plus l'arrêter. Pendant que Suzie, le visage tourné vers Marianne, évoquait le roman qu'elle écrivait, Loïs voyait que son amie et employée, tout en écoutant, jetait également des coups d'œil en direction de Walter assis de l'autre côté de leur invitée, enregistrant où il posait les yeux, en l'occurrence sur les genoux et les cuisses de Susan. Consciente de ce que racontaient ces coups d'œil, Loïs éprouva envers Marianne une solidarité qui la surprit.

"Donc l'action se déroule au Mexique ? demanda Marianne.

— Oui, à Culiacán." Suzie chercha le regard de Loïs qui comprit pourquoi, mais l'eau avait coulé sous les ponts depuis ce jeune Mexicain.

Walter posa son verre vide sur la table basse. "Vous êtes allée là-bas pour faire des recherches ?

— Non, j'ai lu beaucoup de choses. Et j'ai grandi avec les gens d'ici, vous savez." Susan semblait s'excuser. Des rougeurs apparurent à la base de son cou et de ses clavicules. Enfant, ça lui arrivait quand elle avait honte ou était surprise en flagrant délit de mensonge, et Loïs déclara : "Ma petite-fille lit plus de livres que n'importe qui."

Walter se tourna vers Susan et lui sourit comme à une fillette. Il se leva, saisit son verre vide et s'attarda devant elle. "Je suis allé plus d'une fois à Culiacán. Si vous avez besoin d'en savoir plus sur la ville, je serai ravi de vous aider."

Loïs l'aurait parié. Susan le remercia et Marianne lui sourit, sans quitter des yeux Walter qui allait dans la cuisine et mettait des glaçons dans son verre.

Loïs posa son cognac sur la desserte près d'elle et se hissa hors de son fauteuil. Que six soit la limite ou non, l'heure de sa cigarette était arrivée. La pièce tangua un peu avant de retrouver son immobilité, et Loïs se baissa pour prendre son sac. "Excusez-moi, les filles. Je vais en griller une.

— Tu n'as pas déjà fumé tes six, Noni ?

— Qui t'a demandé ton avis ?

— J'adore quand vous l'appelez « Noni ». Vous avez toujours employé ce diminutif ?

— Toute ma vie."

Loïs emporta cette réponse avec elle sur la terrasse. *Toute ma vie.* Le soleil était couché, le ciel comme embrasé au-dessus des prairies et des pins ponderosa. Il faisait plus chaud dehors qu'elle ne s'y attendait. Peut-être l'effet du cognac et de cette lumière brun-roux sur les terres de Walter, qui avait fait remonter le souvenir de ses automnes d'adolescente, et de femme mariée puis solitaire.

Toute ma vie. La sienne touchait à sa fin, elle le sentait, même si elle éprouvait peu de tristesse, seulement de la lucidité. Elle sortit une cigarette de son paquet de Carlton, l'alluma, s'accouda à la rambarde et tira une longue bouffée voluptueuse. Il restait encore des petits plaisirs comme celui-ci. Ou comme le fait que ces premiers jours avec Suzie se passaient étonnamment bien. Même en fin d'après-midi, quand elle était entrée dans la cuisine, l'avait vue préparer une marinade pour le dîner et lui avait dit : "Non ma chérie, ce soir nous sommes invitées chez Marianne", ça n'avait pas provoqué un des drames d'autrefois.

Quoi ? Tu n'aurais pas pu me prévenir, merde ?

Comment je pouvais deviner que tu ferais la cuisine ? Tu ne lèves jamais le petit doigt dans la maison...

Va te faire foutre, Loïs. Et Susan plus jeune aurait jeté sa cuiller de bois contre le mur avant de quitter la pièce en trombe le plus bruyamment possible. Mais ce soir-là, rien de tout ça. Elle avait simplement cessé de tourner sa sauce et répondu avec un haussement d'épaules : "Aucun problème, je ferai cuire tout ça demain soir."

Quel changement !

Or sa petite-fille avait des problèmes, non ? Son mariage moribond avec un homme très bien (meilleur que Walter, apparemment), son manque de foi en ce qu'elle écrivait, le fait qu'elle ait vécu sa vie entière sans se fixer. Loïs se retourna, souffla sa fumée et regarda par la baie vitrée Walter se rasseoir sur le canapé. Susan écoutait Marianne, approuvant de la tête tout ce qu'elle disait, et Loïs s'en voulut de ne pas avoir entendu grand-chose de ce qu'elle avait expliqué sur son roman.

Mais *qui* écrivait des romans, de toute façon ? Sa vie entière, le père de Loïs avait fait les trois-huit à l'usine textile Malden Mills, aidant à tout confectionner, des uniformes militaires aux manteaux en fourrure synthétique. Sa mère était femme au foyer. Parmi les oncles et tantes de Loïs, il y avait des policiers, des infirmières, quelques commerçants et deux pompiers. Son cousin du New Hampshire était devenu documentaliste dans un lycée, mais aucun autre membre de la famille ne s'était approché aussi près des salles emplies de livres et de leurs lecteurs, sans parler de leurs auteurs.

Linda avait été la première à aimer lire et écrire. Et elle avait appris plus vite que les autres enfants. Elle était passée en moins d'un an des livres d'images aux romans jeunesse. Avant d'avoir Linda, Loïs ne se souvenait pas d'être jamais allée dans une bibliothèque publique. Mais quand Linda avait eu huit ou neuf ans, tout avait changé. Elles s'étaient mises à emprunter six livres à la fois, le nombre maximum autorisé, et Linda les lisait en moins d'une semaine. Au collège et au lycée, son cours préféré était l'anglais et elle aimait les dissertations. Loïs en avait gardé quelques-unes, ainsi que le journal de Linda, même s'il contenait peu de chose et si elle n'avait pas réussi plus d'une fois à s'asseoir pour le lire. Le ton de l'écriture de Linda n'était pas celui qu'elle avait dans la vie, ce qui donnait à Loïs le sentiment de n'avoir jamais connu sa propre fille.

Il y avait pourtant un aspect positif. Avant de découvrir ce journal, elle n'avait jamais totalement compris pourquoi Linda avait quitté le lycée. Avant, sa fille obtenait toujours les meilleures notes, et il y avait son amour de l'écriture. Pourquoi avoir abandonné ses études ? La réponse se trouvait à la première ou à la deuxième page.

Être intelligente ne sert qu'à faire le vide autour de soi.

Or l'intelligence n'était pas seule en cause. C'était le fait d'être à la fois intelligente et belle – ce que les gens des classes supérieures, eux, voulaient pour leurs filles, du moins à en croire certaines séries télévisées. Si on était fille d'avocat, de médecin ou de PDG, mieux valait être intelligente et belle pour briller dans ces écoles et universités privées, dans ces cocktails où l'on pouvait se trouver son propre PDG si on ne l'était pas soi-même.

Mais dans le milieu d'où venaient Loïs et Gerry, une fille ayant à la fois l'intelligence et la beauté passait pour une pimbêche et était rejetée.

Alors Linda avait à son tour rejeté ceux qui la rejetaient, quitté le lycée, et…

Nom d'un chien.

Loïs écrasa sa cigarette sur la rambarde. C'était une sorte de bois exotique et elle se ravisa, balayant la cendre de sa main nue.

Il me faut quelqu'un de différent des autres, comme moi. Cette phrase était écrite dès la première ou la deuxième page. Le journal de Linda était un cahier à couverture jaspée, sur laquelle elle avait collé avec du scotch une photo tirée d'un magazine : un soleil couchant au-dessus de l'océan. À côté, elle avait dessiné le signe de la paix et la croix, même si Loïs et Gerry n'avaient jamais emmené leurs enfants à l'église.

Loïs avait découvert ce journal entre le matelas et le sommier du lit de Linda dans son ancienne chambre qu'elle partageait avec Paul. Peut-être ne l'avait-elle pas emporté parce qu'au fond d'elle-même, elle savait qu'elle ne pourrait rien garder de personnel hors de la vue de cet Ahearn. Quelques mois seulement s'étaient écoulés, et le simple fait de retourner dans cette chambre avait terriblement coûté à Loïs, la pièce tournant autour d'elle tandis qu'elle retirait les draps pour les laver. C'était alors qu'elle avait trouvé le cahier. Assise au bord du matelas, elle l'avait ouvert, vu la jolie écriture de sa fille – mélange de script et de cursive –, et puis non. Elle l'avait refermé, ne l'avait pas rouvert avant un an au moins.

Il me faut quelqu'un de différent des autres, comme moi. Linda décrivait ensuite la première fois où elle avait vu Ahearn tout là-haut dans sa cabine de DJ à l'Himalaya. Elle avait été attirée par sa voix, sa foutue *voix*.

"Je me suis dit que tu aurais besoin d'un cendrier." Marianne s'encadrait dans la porte-fenêtre, tendant une coquille Saint-Jacques pour que Loïs y mette le mégot de sa cigarette, un geste que celle-ci trouva à la fois touchant et insultant. "Merci."

De l'autre côté de la vitre, Walter se penchait vers Susan sur le canapé comme s'il lui confiait quelque chose qu'il n'avait jamais avoué à personne.

“Susan est un trésor, Loïs. Un vrai trésor.

— Walter l’apprécie, c’est sûr.

— Je savais qu’elle lui plairait.” Marianne jeta un coup d’œil vers eux. Elle croisa les bras et contempla la prairie dans l’obscurité, seulement bordée d’un liséré rouge au-dessus de la pinède.

“Tu aurais dû la voir il y a dix ans.

— Son mari, tu l’aimes bien ?

— C’est le meilleur homme qu’elle ait jamais eu et, crois-moi, elle en a eu beaucoup.”

Marianne hocha la tête, même si elle semblait ailleurs. Elle referma les bras sur sa poitrine comme pour se protéger du froid au lieu de cette chaleur moite de la Floride, à laquelle Loïs ne s’était jamais vraiment habituée.

“Le tien est déjà allé voir ailleurs, non ?

— Oh, Loïs.

— Écoute, le mien m’a refilé une chaude-pisse, nom de Dieu.”

Marianne secoua la tête. “Ça s’est passé il y a longtemps.” Elle se tourna vers la fenêtre. Walter acquiesçait à quelque chose que disait Susan, et Marianne regarda Loïs, puis la nuit. “Susan lui ressemble un peu, j’en ai peur. Je l’ai vu dès qu’elle est entrée dans la boutique.

— Alors pourquoi nous avoir invitées, mon chou ?

— Sans doute parce que j’aime me punir.

— Mais de *quoi* ?”

Elle haussa les épaules. “Je n’en sais rien. De ne pas être assez bien.” Elle eut un geste évasif en direction de son visage, et Loïs aurait dû aller la réconforter, mais la soirée s’était si bien passée qu’elle ne voulait pas la voir tourner en scène de ménage. L’état de son amie la contrariait, et pourtant cette loyauté sans faille envers son mari était ce qui faisait d’elle une si bonne employée.

“Désolée d’avoir posé cette question, ma chérie.

— Au contraire, je m’en félicite. Je n’en avais encore jamais parlé à personne.

— Qui était-ce ? Sa secrétaire ?

— Non, c’est toujours *moi* qui lui ai servi de secrétaire.” Marianne lança un nouveau coup d’œil de l’autre côté de la vitre. Susan écoutait Walter, mais elle paraissait distraite, prête à se lever pour rejoindre les deux femmes dehors. Marianne baissa la voix. “C’était une femme rencontrée dans un avion.

— Oh, *s’il te plaît.*

— Ça a duré trois ans.

— Mon Dieu, tu l’as découvert comment ?

— Une facturette.

— Quand ?

— Les garçons étaient au lycée. Mais ce n’était pas entièrement sa faute, je…

— Je *quoi* ? Épargne-moi ça, mon chou.”

La voix de Susan se rapprochait. Elle s’était finalement levée et fit un signe de tête à Walter, toujours assis sur le canapé, avant de franchir la porte-fenêtre pour gagner la terrasse. Elle avait son verre vide à la main, mais ne semblait pas se rendre compte qu’il était vide.

“Vous avez une maison superbe, Marianne. Merci pour cet excellent dîner.”

Excellent, c’était vrai, bien que Loïs ait trouvé le rôti de porc un peu sec et manquant d’ail. Marianne remerciait à son tour Susan, de la même voix chaleureuse et enjouée que durant toute la soirée. Plus d’une fois à la boutique, Loïs l’avait vue passer ainsi d’un mode à l’autre en une fraction de seconde. Assise à la caisse, son ordinateur portable sur les genoux, Loïs cherchait de nouvelles ventes aux enchères ou effaçait des spams pendant que Marianne époussetait tous les meubles, l’air pensif, voire triste, ce qui agaçait toujours Loïs, parce qu’au fond, quelles raisons avait-elle d’être triste, *elle* ? Puis le carillon de la porte tintait, un client potentiel entrait, et aussitôt le visage de Marianne s’éclairait, elle se redressait et posait son chiffon pour accueillir la personne qui était là, comme si elle n’avait attendu qu’elle toute la journée.

Cette histoire entre son mari et cette femme de l’avion surprenait Loïs sans la surprendre, car les hommes sont comme ils sont, après tout, mais elle l’amenait à se demander, à nouveau, si l’on connaissait jamais réellement quelqu’un. Le cœur de chacun était à fleur de peau, et à la fois si sombre, si infini, à des années-lumière.

La prison en bordure de la route était éclairée comme le parking d'un centre commercial. Quatre lampadaires brillaient au-dessus de l'aire réservée aux visiteurs et sur les bâtiments à un étage abritant les cellules, et Loïs se félicitait de ne pas avoir à conduire de nuit. Au volant dans le halo qui émanait du tableau de bord, Susan avait le visage d'une femme de son âge, cette beauté sur le déclin, et Loïs éprouva pour elle une tendresse qu'elle n'avait pas ressentie depuis très longtemps. Le moment semblait venu de lui confier son bonheur de l'avoir auprès d'elle, et l'amour qu'elle lui portait. Mais elle n'avait jamais trouvé les mots facilement, même pour Paul et Linda. Combien de nuits blanches avait-elle passées à regretter de ne pas les avoir dits à sa fille plus souvent qu'elle ne l'avait fait ? Et il y avait à présent sa Suzie, la fille de sa fille, mais ses seules paroles furent : "Devine ce que m'a confié Marianne, sur la terrasse ?

— Quelle femme adorable, Noni.

— Oui, eh bien pas assez adorable, apparemment.

— Que veux-tu dire ?

— Walter a eu une liaison.

— Non ! Quand ça ?

— Il y a des années. Avec une femme rencontrée dans un avion."

Susan hocha la tête et rétrograda dans le virage après la prison, ses phares illuminant l'orangeraie plongée dans la pénombre, puis un amas de fourrure poisseuse, à moitié sur la chaussée, à moitié sur le bas-côté.

"Oh, c'est un chien." Susan ralentit et contourna ce qui était en fait un berger allemand couché sur le flanc comme s'il dormait, des éclaboussures de sang autour de la tête et du museau. Loïs détourna le regard.

"On dirait ma Lilly.

— Tu devrais reprendre un chien.

— Non, ils meurent trop vite.

— Je regrette que tu m'aies parlé de Marianne et de Walter.

— Pourquoi ?

— J'aimerais croire qu'il existe au moins un couple digne de ce nom en ce bas monde.

— Il y en a un, mon cœur. Bobby et toi."

Susan accéléra, changea de vitesse, et Loïs revit le visage de ce grand mari le Noël précédent, debout devant le fourneau et souriant à Susan avec des yeux si pleins d'amour. On aurait dit qu'il la connaissait vraiment et acceptait tout ce qu'elle était, n'était pas et ne serait jamais, mais Suzie n'avait semblé lui adresser qu'un demi-sourire en retour. Comme s'il dirigeait vers elle une lumière radieuse alors qu'elle était prisonnière de ces satanées ombres.

"Ne sois pas comme moi, Susan.

— Ah oui ? C'est-à-dire ?"

Loïs dut déglutir et ses yeux s'emplirent de larmes. Que lui arrivait-il, merde ? "Ne repousse pas le bien. N'aie pas peur de lui."

Susan mit son clignotant et s'engagea sur l'allée de Loïs. Dans l'habitacle, l'air était lourd, étouffant, et Loïs baissa la vitre de son côté pour respirer l'air un peu plus frais du dehors.

"Il faut laisser ton mari t'aimer, Suzie."

Susan se gara devant la maison, coupa le contact et éteignit les phares. "Pourquoi dis-tu ça ?

— Parce que tu ne rajeunis pas, et que je vois ce que je vois, voilà pourquoi.

— Il ne faut donc pas que je l'aime, moi aussi ?"

Loïs tira sur la poignée de sa portière et sortit une jambe. "L'un découle de l'autre, ma chérie. Ça marche dans les deux sens." Loïs se hissa hors de la voiture. Elle huma l'odeur des aiguilles de pin, de l'écorce des chênes et des berges de la rivière derrière sa maison. Elle avait fini par aimer cet endroit qui lui appartenait, même si elle se sentirait toujours davantage chez elle dans le Nord du pays, avec ses habitants, hommes et femmes, parlant si vite qu'ils sembleraient impolis ici, et son océan trop froid pour s'y baigner, bien que Gerry y soit entré dans son plus beau costume avec à la main l'urne contenant les cendres de leur fille.

Elle avait laissé l'éclairage extérieur allumé au-dessus de la porte. Les marches de sa terrasse étaient dans l'ombre et désertes. Oui, il faudrait un chien pour les dévaler en signe de bienvenue.

20

Susan, recroquevillée sur son lit, revoyait en boucle ce rôti de porc dans son assiette, ce chien mort au bord de la route, et soudain elle se leva, courant dans la salle de bains, soulevant le couvercle de la cuvette des WC et tombant à genoux, secouée par des haut-le-cœur alors que le dîner de la veille au soir jaillissait dans l'eau claire, immobile.

Elle vomit, pensa au guacamole dans un bol en bois sur la table basse de Walter et Marianne : sa surface avait si vite bruni. C'était peut-être *ça*, la cause ? Cette image la fit vomir à nouveau, puis elle tira la chasse d'eau et se redressa, les mamelons douloureux sous son tee-shirt.

Non. Pas ça. Impossible. Mais quand elle palpa l'un d'eux, tout son ventre frémit. Merde, exactement ce qu'elle avait déjà éprouvé deux fois. Une nausée la traversa. Elle avait apporté sa plaquette de pilules, en avalait une chaque matin avant de boire son café, mais n'aurait-elle pas oublié d'en prendre une à St Petersburg ? Durant ces horribles semaines où elle ne ressentait plus rien ? Ni pour son mari, ni pour Corina Soto, ni pour ce deuxième master et tout ce qu'elle pensait avoir envie d'apprendre. Il suffisait d'un ou deux comprimés oubliés pour que son corps, tel un chien tirant sur sa laisse jusqu'à ce qu'elle cède, s'empresse de pondre un ovule.

Elle se brossa les dents, se lava les mains et le visage, les sécha sur la serviette la plus proche. Elle sortit dans le couloir, dépassa la cage d'escalier et s'approcha de la petite fenêtre qui surplombait l'allée. Elle entrouvrit les rideaux, mais seule sa Honda était garée en contrebas, reflétant déjà le soleil du matin. Si Noni avait eu elle aussi des vomissements, elle ne serait pas à la boutique. Susan laissa retomber le rideau et scruta le couloir. Comme toujours, la porte de Noni était fermée pour maintenir la fraîcheur dans sa chambre, mais celle de Susan était grande ouverte et le soleil inondait le sol. Les gens vomissent souvent. Ce n'était sans doute qu'un virus. Rien de plus.

Susan passa la matinée assise dans la véranda, ses pieds nus sur le châssis de la fenêtre, son ordinateur appuyé contre ses genoux, sans réussir à travailler. Déjà son ancienne chambre la rendait claustrophobe, et le souvenir même de ce qu'elle avait écrit la veille ranimait cette haine de soi qui anéantissait tout effort de volonté. Elle aurait dû manger quelque chose, mais la seule pensée de la nourriture, même d'un yaourt, lui retournait l'estomac. Elle n'avait pas davantage envie d'un café, ni de toucher à l'eau du verre posé près d'elle. Il fallait absolument qu'elle se remette au travail, mais au lieu d'écrire elle ouvrit ses e-mails, commençant par les plus anciens, ceux de Bobby. Elle lut le premier : *Joue de ce saxo en plastique et rentre ensuite à la maison. Ton mari qui t'aime, Bobby*

Bobby adossé contre le fourneau dans sa chemise hawaïenne délavée, une tasse vide à la main, avec sa barbe grisonnante de trois jours et son regard inquiet.

Le second e-mail était identique, et elle voyait d'ici les longs doigts de son mari appuyer deux fois sur "Envoyer".

Noni lui avait dit la veille au soir de ne pas avoir peur du bien. De ne pas le repousser. Quelque chose comme ça.

Mais quand Loïs avait-elle eu peur du bien ?

Il y avait aussi un e-mail de Phil Bradford, mais elle attendrait pour le lire. Il y serait question de l'abandon de Corina, et elle n'était pas prête à se faire rabrouer par un romancier médiocre qui voulait la mettre dans son lit. L'intérêt témoigné depuis des années par des hommes qui n'avaient qu'une idée en tête était la dernière chose qu'elle attendait de son "mentor". Elle regrettait de n'avoir pas eu vent des rumeurs qui circulaient sur lui, mais c'était ainsi, et les paroles de Loïs ayant mis quelque chose en branle, elle savait que si elle ne se mettait pas aussitôt à écrire elle ne le ferait jamais. Elle ouvrit son fichier, sans un regard pour sa dernière phrase sur Danny Rolling.

Lorsque Loïs m'a parlé de ma famille, je savais depuis le début sans le savoir. Nous avions quitté le parc d'attractions quand j'avais douze ans, mais avant cela, parfois dans un rayon de supermarché, un homme ou une femme me dévisageaient comme s'ils savaient quelque chose de mon passé, du temps où j'étais petite et leurs enfants aussi, et devinant que l'on ne m'avait rien dit ils se demandaient quand je saurais, du moins c'était le sentiment que j'avais.

Il arrivait que Noni s'arrête avec son chariot pour bavarder avec eux, avec les hommes surtout. Elle se recoiffait d'un geste et se redressait, mettant légèrement sa poitrine en valeur, affichant un large sourire alors qu'elle se forçait, je le savais. Elle semblait toujours à l'affût d'un nouvel homme, meilleur que le précédent, sans lequel jamais elle ne se sentirait totalement saine et sauve.

Mais je vivais depuis toujours avec le sentiment que ma famille avait eu des ennuis, qu'il y avait quelque chose de mauvais en moi, même si je n'en prenais conscience qu'en voyant Noni se mettre en colère, me traiter de traînée ou de petite garce ingrate, et c'était à elle que j'en voulais.

Je lui en voulais pour tout.

Je lui en voulais pour mon acné, mes joues couvertes de boutons. Je lui voulais pour mes sautes d'humeur. Tantôt j'adorais tout : le gargouillis de la Bone River, la lumière du soleil sur les aiguilles de pin, l'odeur de la margarine Crisco qui fondait dans la poêle. Tantôt je détestais tout : mon visage, notre petite maison sur cette route de campagne, les relents de tabac froid des cigarettes de Noni qui imprégnaient rideaux et fauteuils, mais aussi ce même gargouillis de la Bone River, cette satanée lumière du soleil et cette foutue margarine en train de fondre. Alors tout me dégoûtait et elle aussi, et quand elle m'appelait pour dîner, je criais depuis ma chambre que je n'avais pas faim, putain. "Tout le monde n'est pas obligé de manger autant que toi, tu sais !"

Parfois Loïs encaissait en silence, mais la plupart du temps, non. Elle montait l'escalier quatre à quatre et débarquait dans ma chambre, échevelée, son fond de teint dilué par la sueur, la voix tremblante à cause de l'essoufflement. "Ne t'avise pas de me parler comme ça, petite garce pourrie gâtée ! Tu te crois trop grande pour une fessée ? Eh bien non. Maintenant bouge-toi les fesses et descends dîner immédiatement." Tantôt j'obéissais, tantôt non, mais alors elle en avait assez et mangeait seule dans la cuisine.

Un jour, j'avais fermé ma porte à clé avant que Noni ait pu gravir l'escalier, mais elle défonça le montant. "J'en ai marre. Tu veux vivre avec la famille de ton père ? C'est ça ? Parce que dans ce cas je fais tes bagages tout de suite !"

J'y avais pensé plus d'une fois.

J'avais une photo de ma mère, mais aucune de mon père. Dès que je demandais pourquoi à Loïs, elle se fermait et marmonnait quelque chose sur ma famille paternelle, trop pauvre pour posséder un appareil photo. Cela renforçait mon amour pour mon père. Il était mort jeune avec la femme qu'il aimait, alors que la vie commençait à lui sourire. Noni avait beaucoup de photos de ma mère, un album entier.

À quinze ou seize ans, j'ai trouvé en revenant du lycée une photo sur mon bureau. C'était un portrait de ma mère que je n'avais encore jamais vu, et Loïs l'avait mis dans un cadre en bois qui semblait neuf pour une fois. Ma mère est dehors, dans ce parc d'attractions dont je gardais le souvenir. Son visage est en gros plan. Derrière son épaule droite, un vendeur de barbe à papa dans un halo blanc, et juste au-dessus un coin de ciel rose. Ma mère a les cheveux longs, bruns, et ils tombent sur ses épaules dénudées par son débardeur. Elle a une chaînette d'or au cou, les yeux trop maquillés, les joues d'un rose trop vif à cause du blush qu'elle appliquait pour cacher ses boutons comme je l'ai fait moi aussi. Elle sourit, mais d'un air gêné, presque agacé.

Elle était belle, mais avait l'air pauvre et vulgaire, prête à coucher avec le premier garçon qui lui parlerait gentiment.

Je ne pouvais la quitter des yeux. Elle avait quinze ou seize ans, le même âge que moi à l'époque. Au retour de Noni avec un sac de courses dans chaque main, je l'ai remerciée pour la photo et elle m'a d'abord regardée comme si elle ne comprenait pas de quoi je parlais. Puis elle a souri : "Tu lui ressembles de manière troublante, tu sais."

Ce fut sans doute l'une des rares fois où je ne lui ai pas dit ce que je pensais : Mais elle a l'air vulgaire, Noni.

Je l'ai aidée à ranger le lait, le beurre et les boîtes de soupe en conserve, et lui ai posé des questions sur ma mère que j'avais déjà dû lui poser, mais là, avec dans ma chambre cette photo où elle ressemblait à une sœur jumelle plus brune, je voulais en savoir plus.

Les choses que Noni m'a dites sur ma mère :

Elle adorait la plage. Un jour, à six ou sept ans, elle s'était élancée dans les vagues, avait été happée par le courant, et mon grand-père avait juste eu le temps de la rattraper.

Elle détestait la pluie et l'automne, même si elle aimait la neige.

Quand son petit frère était né, elle aimait le tenir dans les bras, mais plus tard c'était elle qui commandait. Elle lui ordonnait de se débarbouiller. De ramasser ses jouets. "Ne parle pas la bouche pleine." D'après Noni, elle répétait souvent cette phrase.

La bouche des gens la dégoûtait. Elle ne supportait pas que son père mâche du chewing-gum ou se brosse les dents devant l'évier de la cuisine. Elle lui reprochait d'être "grossier".

Elle ne mangeait pas grand-chose. "Comme toi, ajoutait Noni. Tu as un appétit d'oiseau."

Elle détestait que Noni et Gerry se disputent. Elle accourait de sa chambre en leur criant d'arrêter. "Et tout de suite !"

Noni racontait que Gerry disparaissait plusieurs jours d'affilée, et qu'à son retour ma mère se blottissait contre lui sur le canapé devant la télévision. Elle lui apportait une canette de bière s'il le lui demandait.

Elle restait souvent dans sa chambre et détestait devoir la partager avec Paul. Sur le sol en béton, elle avait peint une ligne rouge entre leurs lits. Paul avait son côté, elle le sien, et si une chaussette de Paul tombait du mauvais côté, elle se mettait en colère.

Elle se mettait souvent en colère. Toujours d'après Noni, "c'était le feu sous la glace", surtout en famille. À l'extérieur, elle gardait son calme.

Elle adorait lire mais détestait l'école qu'elle avait fini par quitter, sans prévenir Gerry ni Noni. Chaque matin pendant une semaine, elle avait marché jusqu'à l'arrêt de bus et continué son chemin. Elle s'asseyait sous le porche d'une villa de location fermée pour l'hiver et lisait toute la journée. Quand un courrier du lycée était arrivé la semaine suivante, Loïs avait demandé des explications et ma mère avait répondu : "Tu as besoin d'un coup de main à Penny Arcade, maman."

Noni avait les larmes aux yeux en me le racontant. Et elle me l'a raconté plus d'une fois. Mon grand-père avait une maîtresse et faisait affaire avec des malfrats, ou des types louches, comme disait Noni. Elle croyait que c'était la cause de la mort de son mari, mais vers la trentaine, à l'époque où je vivais avec Brian Heney ou Tony Riccio, j'ai fini par trouver sur internet l'avis de décès de mon grand-père. Il était mort peu après notre installation à toutes deux en Floride. Gerard L. Dubie, originaire de Salisbury, Massachusetts… mort à cinquante-neuf ans d'un infarctus à son domicile de Woonsocket, Rhode Island. Il avait une épouse prénommée Joan Marie. Les trois enfants de son second mariage étaient mentionnés, puis son fils Paul et ma mère – sa fille "décédée avant lui" – et enfin ses quatre petits-enfants. Je me demandais si j'étais du nombre. J'ai imprimé l'annonce et l'ai envoyée à Noni. Quelques jours plus tard, j'ai reçu un e-mail d'elle :

On pourrait croire que quelqu'un m'aurait prévenue.

Quand je suis partie pour Gainesville à dix-huit ans, j'ai emporté la photo encadrée de ma jeune mère, ainsi qu'un polaroïd de Noni et moi à Disneyland. J'avais douze ans et j'étais encore toute potelée, mal coiffée sous un chapeau de paille trop grand que ma grand-mère venait de m'acheter. Elle s'en était également offert un. Puis elle avait demandé à un jeune père de famille qui passait avec femme et enfants de nous prendre avec son appareil à elle. Sur la photo, Noni, gigantesque et ravissante, me serre contre elle devant une fontaine ; nous avons l'air tellement heureuses, et nous l'étions sans doute.

C'était avant que mon corps ne change. Avant que je ne me mette à détester le lycée, ma personne, et Noni qui nous avait fait déménager en Floride. Qu'avait de mal l'endroit où nous étions avant ?

Mes souvenirs de ma vie dans l'ancien appartement de ma mère derrière Penny Arcade :

Je dormais dans le lit de Noni. Sa chambre était sombre, les draps avaient l'odeur de sa chevelure, de son rouge à lèvres et de la fumée de ses cigarettes. Au pied du lit se trouvait un téléviseur noir et blanc. On ne captait pas bien les chaînes, Noni enveloppait l'antenne dans du papier alu et l'animateur Mister Rogers souriait comme à travers une tempête de neige.

Noni pleurait beaucoup.

Paul était souvent absent.

Papy Gerry était une grande ombre à l'entrée de Penny Arcade, avec en bruit de fond le tintement des machines à sous, le fracas des flippers et le brouhaha des voix.

Dans la chambre de Paul, qui avait aussi été celle de ma mère, il y avait encore la fameuse ligne rouge entre les deux lits, mais elle disparaissait sous le linge sale de Paul, ses canettes de Coca vides, ses albums de bandes dessinées avec en couverture des soldats partant au combat, le visage sévère.

Je mangeais devant la télévision, mon assiette posée sur mes genoux.

Le visage de Noni s'arrondissait de plus en plus, elle perdait ses cheveux et avait des poches sous les yeux.

Il y a eu l'après-midi après les cours où un homme a mis des barreaux à nos fenêtres.

Paul faisait des pompes et des abdos dans sa chambre. Il avait les cheveux coupés ras.

Tôt un samedi matin une dispute éclata entre papy Gerry et lui. Des cris retentirent dans la galerie de jeux. Je regardais des dessins animés en pyjama, mangeant des céréales Honeycomb à même la boîte ; il y eut un choc contre la porte de communication avec la galerie, elle s'ouvrit brutalement et Paul entra en trombe dans la pièce où j'étais. Il avait la bouche en sang, et si j'ai revu Gerry après ce matin-là, je ne m'en souviens pas.

Nous étions à l'étroit, il n'y avait pas assez de fenêtres, et Noni avait recouvert celles qui existaient d'épais rideaux. J'avais l'impression de vivre dans un sous-marin dont un membre de l'équipage se serait noyé, personne ne sachant qui serait le prochain.

Il y avait la lumière faiblarde de notre cuisine. Et une voix d'homme, même si elle ne s'adressait pas à moi. Elle était grave et l'air semblait vibrer comme si elle venait des profondeurs de l'océan.

Il y avait un bras velu, un fil de téléphone jaune, et... cette voix. Elle emplissait la maison comme une baleine. "Blessée." Je connaissais ce mot, il s'élevait dans les airs telle une bulle. Et aussi "fille". Ou bien "vie" ? Peut-être "vie".

21

Le téléphone sonnait. Susan leva les yeux de son écran et vit, au lieu d'une plage et de l'océan, l'ombre des chênes, la mousse espagnole, le tapis d'aiguilles de pin qui s'étendait jusqu'à la rivière.

La sonnerie cessa. Il y eut un cri d'oiseau au fond des bois, et à nouveau la sonnerie ; Susan posa son ordinateur sur la table à côté d'elle et courut répondre dans la cuisine. Cette pulsation insistante résonnait entre ses oreilles, et si de mauvaises nouvelles l'attendaient au bout du fil, la cause ne pourrait venir que de ce qu'elle avait écrit ce matin-là.

"Allô ?

— Bon, tu es là. Écoute, ma chérie, je sais que tu travailles, mais j'ai besoin que tu ailles emprunter le pickup de Walter. Il y a une vente aux enchères à Punta Gorda, il faut que j'y sois et la fichue présentation a commencé il y a une heure."

L'espace d'un instant, Susan se sentit à côté de la plaque. Qui était Walter ? Et comment pourrait-elle conduire un pickup ? Elle n'était qu'une enfant, encore que non : là, sur la table de la cuisine il y avait une liasse de factures, un paquet de cigarettes entamé, un cendrier plein et la tasse à café de Loïs, avec des traces de rouge à lèvres. Ainsi qu'un paquet de crackers, des sablés au citron dans un sachet en cellophane et une pile de catalogues de jouets contre le mur, sous les rideaux sombres suffisamment entrouverts pour que filtre un rai de lumière qui semblait s'adresser à elle.

"C'est d'accord, Suzie ? *Susan ?*

— Oui ?

— Bon, tu vas chercher ce pickup ou pas ?"

Elle aurait bien demandé pourquoi Marianne ne pouvait pas le faire, ou Walter qui était à la retraite, ou Loïs elle-même. Mais de telles questions paraissaient déplacées : sa grand-mère lui offrait le gîte et le couvert, elle avait besoin d'un service et il fallait le lui rendre. "Entendu, Noni. J'y vais tout de suite.

— Ne laisse pas Walter te donner le vieux pickup. Le nouveau a un plus grand plateau."

Susan assura qu'elle y veillerait, raccrocha et retourna dans la véranda, trouvant quelque chose d'obscène à son ordinateur portable ouvert. Elle tenait à peine sur ses jambes. Elle prit son verre, but deux gorgées d'eau qui lui restèrent sur l'estomac. Mais elle demeurait envoûtée par l'enfant qu'elle avait été comme par un écho qui l'attirait. L'essentiel était qu'au fond elle *voulait* continuer à écrire, et qu'après avoir rendu service à Loïs, elle se remettrait au travail le plus vite possible.

Pour Loïs, c'était l'un de ces rares moments où Don lui manquait cruellement. Les ventes aux enchères étaient sa spécialité. Il aimait par-dessus tout bavarder avec les dames qui s'occupaient des inscriptions et flâner, sa carte d'enchérisseur en poche, parmi les biens exposés. Après tant d'années, Loïs, elle, ne savait jamais trop ce qui avait réellement de la valeur ou pas. Plus un objet était ancien, mieux c'était, bien sûr, à condition qu'il soit en bon état et ne coûte pas trop cher à restaurer. Don lisait des livres et des articles sur ce qu'il recherchait. Il prenait sa voiture pour aller à des séminaires animés par des experts. Quand il arrivait à une vente, il avait déjà une idée précise de ce qu'il convoitait et du prix qu'il était prêt à payer. Loïs se fiait à son intuition et avait de la chance de s'en être si bien sortie au fil des ans. Elle le devait pour beaucoup à Marianne et en avait conscience.

"Walter nous a laissé de l'essence ?" La fine couche de poussière sur le tableau de bord exceptée, le pickup de Walter était aussi propre que le jour où il l'avait acheté. Un comportement typique des menteurs et des tricheurs, de se soucier des apparences, songea Loïs. Mais elle appréciait la climatisation et c'était Susan qui conduisait, minuscule derrière le volant et clignant des yeux à cause du soleil.

"Le réservoir est à moitié plein.

— Quel radin."

Susan lui jeta un coup d'œil. Elle n'était pas maquillée, et ses cheveux semblaient aplatis d'un côté comme après une nuit de sommeil. Elle était encore jolie, mais faisait plus que son âge et lui souriait avec ironie.

"Qu'y a-t-il, Suzie ?

— Rien. Simplement tu ne tolères pas qu'on fasse le moindre faux pas, non ?

— Parce que lui s'est contenté d'un faux pas pour atterrir entre les jambes d'une autre ?"

Susan laissa échapper un gloussement, différent de son rire charmeur de la veille au soir ; il semblait davantage venir de la vraie Susan, même si elle était pâle, avait l'air un peu distraite et accélérait pour doubler un camion au pare-chocs couvert d'une croûte de boue séchée, avec cinq ou six Mexicains assis à l'arrière. Le vent rabattait leurs cheveux sur leur visage tanné, et Loïs vit l'un d'eux sourire en parlant à un autre. Suzie demanda : "Tu te souviens de la dernière fois qu'on est allées ensemble à Punta Gorda en voiture ?

— Non. Franchement non.

— Bien sûr que si."

Alors la mémoire lui revint. Elle n'y pensait plus depuis des années. Susan avait classe ce jour-là, mais peu importait. La veille au soir elle avait une fois de plus oublié son heure limite de retour, et Loïs, en peignoir et en pantoufles, roulait deux fois trop vite dans Arcadia après minuit, cherchant la Chevrolet El Camino de ce jeune Mexicain. La voiture n'était ni devant la maison où il louait une chambre à une famille de cueilleurs d'agrumes, ni sur le parking d'un centre commercial ou d'un bar. Loïs s'efforçait de ralentir mais, affolée, elle croyait entendre son cœur crier dans ses veines : *Je ne te perdrai pas toi aussi. Je ne te perdrai pas toi aussi. Je ne te perdrai pas toi aussi.*

Deux fois elle était tombée sur une voiture de police à l'arrêt le long d'un trottoir. Une partie d'elle lui disait de se ranger pour expliquer la situation aux policiers, mais l'autre non. S'ils trouvaient ce Mexicain et si c'était un clandestin, Suzie le perdrait à cause d'elle et elle-même perdrait Suzie à coup sûr.

Ce ne fut qu'en obliquant pour reprendre la route vers le nord, le faisceau de ses phares éclairant le pont sur la rivière, qu'elle eut l'idée de descendre jusqu'au camping et vit rougeoyer les feux arrière de la Chevrolet garée sous les chênes. Le reste fut un mélange de corps dénudés, de cris et de hurlements, le jeune Soto remontant son jean et elle-même sortant brutalement sa petite-fille de la Chevrolet. Il y avait eu quelques égratignures, quelques gouttes de sang, et cette nuit-là elle avait dormi dans le couloir sur un fauteuil devant la chambre de Susan. Il y avait eu ce coup de fil matinal au médecin de Loïs à Punta Gorda, puis ce long trajet en voiture sans un mot, Susan les bras croisés et refusant d'attacher sa ceinture.

"Contre toute attente, je n'ai pas eu à te faire monter de force dans cette maudite voiture.

— Je crois que tu m'avais dit où nous allions. Je me sentais adulte.

— Tu étais un phénomène. Jamais je n'ai vu quelqu'un d'aussi pressé de se débarrasser de son enfance." Pourtant si, et le rouge monta aux joues de Loïs sous le regard de Susan.

"Noni ?

— Il faut que je mange quelque chose.

— Je te dois des excuses. Plusieurs, en fait." Une lueur de sincérité dans ses yeux sombres, elle ouvrit la bouche comme pour ajouter quelque chose.

"Oh je t'en prie.

— Non, je t'en ai vraiment fait voir."

Loïs, la gorge serrée, eut envie de dire à sa petite-fille que ça aurait pu être bien pire, mais elle ne pensait pas pouvoir trouver les mots, et par ailleurs les champs s'interrompaient, un toit de tôle étincelait au soleil. Celui d'une station-service avec un distributeur de boissons à l'extérieur, et il y aurait sans doute une supérette à l'intérieur. "Arrête-toi là, ma chérie. Je vais tourner de l'œil si je ne mange pas."

La vente aux enchères se tenait à Punta Gorda Isles, un quartier d'immenses villas en bordure de canaux d'eau de mer, dont Loïs avait entendu parler mais qu'elle n'avait jamais vu. Alors que Susan longeait lentement West Marina Avenue, Loïs découvrait ces villas de part et d'autre, des monstres en stuc couleur crème sous leur toit de tuile, à l'ombre des palmiers et des banians. Dans certaines, des jardiniers cubains ou mexicains entretenaient les massifs de fleurs, et chacune possédait un sentier menant à un ponton privé. Il y avait des bateaux à moteur de toutes tailles, suspendus pour la plupart au-dessus de l'eau par des palans. Les allées étaient dallées ou recouvertes de brisures de coquilles d'huîtres, et la vue de ce luxe mettait Loïs hors d'elle. Qui *étaient* ces gens ? Parce qu'à moins de vivre parmi eux, on ne les voyait jamais. Même leurs voitures étaient à l'abri derrière les portes fermées de leurs garages surdimensionnés, et Loïs se souvint de l'ouragan Charley en 2004, ou était-ce 2005 ? Il avait balayé tout ce confort et montré qui était le maître. Loïs savait qu'il ne fallait pas se réjouir du malheur des autres, mais elle l'avait fait quand même. Elle n'allait pas s'en priver.

Devant la septième ou huitième villa sur sa droite un petit dais blanc était dressé, son mât central orné d'un fanion qui pendait mollement par cette chaleur. La rue se terminait en cul-de-sac face à la plus grande demeure du quartier, quatre étages entièrement vitrés derrière un haut mur en stuc, lui-même entouré de palmiers. L'allée devait faire vingt-cinq mètres de long, et pas question pour Loïs de marcher plus que nécessaire. “Gare-toi devant ce château, ma chérie.

— On bloquera l'accès à leur allée.

— En partie seulement. Et alors ?”

À l'intérieur de la salle des ventes se pressaient tant d'acquéreurs potentiels que la climatisation semblait en panne. Le sol du hall d'entrée était carrelé d'une sorte de porcelaine blanche à l'italienne, et le visage des hommes et des femmes qui le traversaient pour pénétrer dans les pièces de réception trahissait une cupidité sans nom. Loïs en reconnut certains, mais pas tous. Derrière eux s'élevait un escalier sans contremarches, aux marches du même métal brillant que les rambardes rappelant celles d'un yacht. L'endroit puait l'argent, et Loïs pressentit qu'elle n'ajouterait pas grand-chose à son inventaire ce jour-là.

Près d'elle, Susan fixait un tableau sur un mur dans la montée d'escalier. Le portrait d'un homme à peu près du même âge que Walter, l'air aussi séduisant et aisé, le cou sans une ride au-dessus de sa cravate bleu marine impeccablement nouée.

"Sans doute le propriétaire défunt, dit Loïs.

— Je ne pensais pas qu'on serait *chez* quelqu'un.

— Eh bien si, ma chérie. Sa femme vient de mourir elle aussi. Les enfants vendent ce qui reste. Viens, allons inspecter la marchandise."

La première pièce était plus sombre et fraîche. Des palmiers en pots disposés devant les fenêtres tenaient lieu de stores et heureusement, car la table à abattants contre le mur n'était pas une copie du style Duncan Phyfe mais certainement un original. Sans être une experte, Loïs savait reconnaître des meubles anciens en acajou quand elle en voyait. Phyfe, un ébéniste écossais travaillant à New York fin XVIIIe, avait la réputation de ne pas hésiter à débourser mille dollars pour faire venir de Cuba une grume d'acajou. Un antiquaire qu'elle connaissait, Carl Quelque Chose, était agenouillé près de la table, cherchant une signature dessous, alors que Don avait dit à Loïs que Phyfe signait rarement le moindre meuble. Elle donna un coup de coude à Susan. "Tu vois cette table ? Elle pourrait se vendre à plus de cinquante mille dollars.

— Cinquante *mille* ?

— C'est sans doute une œuvre originale."

Les enfants vivants avaient dû prendre ce qu'ils voulaient. Le parquet – en teck ou en bambou – gardait la trace du tapis, probablement persan, qui le recouvrait auparavant. De minces fils d'acier, fixés dans les moulures du plafond, étaient visibles sur les murs nus. Au centre de la pièce, deux femmes examinaient attentivement un canapé en bois doré. L'une d'elles était penchée en avant, retenant ses lunettes d'une main, palpant de l'autre un accoudoir.

"Si le bois est doré à la feuille, autant partir tout de suite, Suzie.

— C'est le cas." Carl Quelque Chose passait avec une canette de Pepsi et un gros chéquier. "Et la table est bien de Phyfe."

La première femme se redressa et la seconde caressa ce qui ressemblait à du satin gris sarcelle, même si Loïs se doutait que c'était une étoffe plus ancienne et moins fragile. Un damassé ou quelque chose d'approchant. Elle avait le mot sur le bout de la langue. Don aurait trouvé tout de suite et le lui aurait donné sans froisser sa susceptibilité.

Au fond de la villa, une voix masculine annonça le début de la vente. Loïs eut des palpitations et faillit tourner les talons pour partir, mais Susan se penchait à son tour, sur deux lampes en porcelaine de Dresde parmi les plus ravissantes que Loïs ait vues. Leur pied se composait de deux figurines en porcelaine blanche, deux amoureux enlacés au pied d'un arbre, leurs jambes disparaissant sous la longue robe de la jeune femme. Les plis de sa robe étaient recouverts d'une dentelle raffinée et l'homme regardait au loin, comme si son amoureuse venait de lui confier un secret qu'il ne révélerait jamais – celui-ci était en sûreté avec lui et la jeune femme aussi, au pied de cet arbre pour l'éternité.

"Ces lampes te plaisent ?

— Je crois bien que oui."

Loïs en prit une et la retourna. À la base du pied figurait le dessin pâli d'une couronne bleue à cinq pointes. La marque de fabrique d'un atelier de céramique de Dresde, célèbre à la fin des années 1880. Ou un peu plus tôt ? Elle avait oublié mais savait que cette couronne bleue était ce qui comptait, et elle reposa la lampe avec soin.

"Bon, tu sors deux mille dollars et elles sont à toi. Je peux même en tirer plus sur eBay.

— Tu plaisantes." Susan la dévisagea. Même sans maquillage, en débardeur, jean et sandales, avec ses cheveux trop courts et en bataille par-dessus le marché, elle semblait étrangement à sa place parmi toutes ces richesses. Elle avait toujours eu une certaine classe. Pas seulement à cause de ses nombreuses lectures ou de son désir de devenir écrivaine et professeure d'université. Cela venait d'autre chose qui paraissait l'éloigner de sa grand-mère, même si ce n'était pas le cas ce jour-là. Loïs avait plaisir à lui montrer un aspect de son existence. L'homme au fond de la villa lançait un dernier appel à l'intention des retardataires, et Loïs fit quelque chose dont elle avait souvent envie mais qu'elle se permettait rarement. Elle prit sa petite-fille par la main pour la guider à travers ces pièces vides et lumineuses.

22

Walter était debout sur sa terrasse, dans l'ombre mouchetée de soleil d'un noyer d'Amérique. Susan gara le pickup neuf à côté de sa vieille Honda Civic, coupa le contact et sortit dans la chaleur du dehors. Devant elle, le garage pour quatre voitures était grand ouvert et elle aperçut un établi, des outils et une petite voiture de sport sous une bâche. Elle avait soif et un peu faim, et alors qu'elle s'approchait des marches en bois de la terrasse, elle se rendit compte que Walter l'attendait. Derrière lui se trouvait une table de jardin sous un parasol ouvert, avec un pichet de thé glacé et deux verres. Ses cheveux argentés encore humides étaient coiffés en arrière, et il avait à la main un gros livre de poche et ses lunettes.

"Elle a acheté quelque chose ?"

Susan éclata de rire. "Oui. Deux lampes pour lesquelles il n'y a même pas eu besoin de la banquette arrière." Elle lui tendit les clés du pickup. "Merci quand même.

— Il n'y a pas de quoi." Il prit les clés et désigna de la tête la table derrière lui. "Vous avez le temps de boire quelque chose ?"

Son ordinateur l'attendait, il y avait cette envie de continuer à écrire. Mais ce thé glacé était alléchant, et elle reconnut dans la main de Walter l'édition Penguin Classics d'un recueil de nouvelles de Tchekhov. Un peu de théine et une conversation littéraire l'aideraient à retourner à la place qui était la sienne.

Elle accepta, remercia, le laissa lui offrir une chaise à l'ombre du parasol. Une Mexicaine sortit de la maison et posa sur la table une assiette d'œufs à la diable, d'olives noires et de crackers.

"Je ne savais pas si vous aviez mangé ou pas.

— Non, c'est parfait." Même si la vue de ces œufs lui levait le cœur.

L'employée disparut à l'intérieur de la maison, et Walter prit le pichet pour emplir le verre de Susan. Il se pencha et elle sentit son eau de toilette, ainsi que son odeur un peu sucrée de vieille tequila. Au-delà de la terrasse, le jaune des champs s'étendait jusqu'à une pinède bleutée sous le soleil.

"J'ignore comment vous faites, dit-il.

— Quoi donc ?

— Pour lire tous ces livres." Il sourit avec tristesse et tapota de l'index le Tchekhov. "Je viens de terminer « L'Évêque » et j'ai envie de me trancher la gorge."

Elle n'avait pas lu cette nouvelle depuis longtemps et ne l'avait jamais traitée en cours, mais elle se souvenait encore de l'atmosphère étouffante de la chambre où agonisait le vieil évêque, de son sentiment de s'être trompé de vie et de sa certitude d'être vite oublié, ce qui s'était produit.

Elle but lentement une gorgée de thé. Sa fraîcheur et l'acidité du citron lui firent du bien, même si elle préférait le thé glacé de Bobby, sucré au sirop d'agave. Son mari lui manquait. Vraiment. "Mais vous ne trouvez pas que cette nouvelle est belle ?"

Il acquiesça de la tête. Il s'était coupé en bas de la mâchoire gauche en se rasant. Il la dévorait des yeux comme tant d'hommes, mais il avait quelque chose de désarmant. Elle l'avait déjà perçu en lui empruntant son pickup quelques heures plus tôt : un lion qui ne chasse plus mais regarde encore les gazelles.

"Autrefois je lisais des thrillers." Il sourit. Susan mit un cracker et une olive sur sa soucoupe. "Vous aimiez ?

— Je croyais que oui. Ils me donnaient l'impression d'être le héros de mon propre film d'action. Mais ça…" Il plaqua deux doigts sur le recueil, l'un avec une bague en argent ornée d'une turquoise, la plus grosse chevalière que Susan ait vue. Elle eut la sensation de se retrouver avec Saul Fedelstein, moins le plaisir décomplexé que prenait Saul à collectionner les trophées.

"Ce bon sang d'évêque. Tchekhov me donne le sentiment d'être cet évêque, et qui diable a besoin de ça ?

— Vous pensez que vous serez oublié ?" Elle n'avait pas eu l'intention de poser une question si personnelle, mais c'était le cas, et Walter dévisagea Susan comme si elle venait de lui ouvrir une porte. Il posa les yeux sur ses lèvres, sur son décolleté, et leva son verre. "J'ai tout bonnement l'impression que ce brave médecin russe m'a prescrit de m'asseoir devant un miroir et de le fixer quelque temps.

— C'est l'effet que doit produire l'art, selon certains." Elle entendait d'ici la voix de Bobby, sentait sa grande main sur sa hanche nue. *Susan, la vie n'est rien d'autre qu'un immense foutoir. Trop lui donner forme est un mensonge.* "Mon mari ne serait pas d'accord, toutefois.

— Ah bon ? Pourquoi ?" Walter contemplait la main de Susan refermée sur son verre. Son ton avait une agressivité qu'elle reconnaissait. Même les lions qui ne chassent plus restent à l'affût dès qu'un autre mâle vient rôder près des gazelles.

"Il pense que la vie est un gigantesque merdier et qu'en tirer de jolies histoires édifiantes est malhonnête.

— Il fait quoi ?"

Curieux que le sujet n'ait pas été abordé la veille au soir, pas avec Walter en tout cas. Marianne lui avait demandé ce qu'enseignait son mari, mais Walter, sirotant sa tequila sans quitter Susan des yeux, semblait écouter une musique d'un autre temps. Là il paraissait légèrement désarçonné, scrutant le visage de Susan comme s'il se préparait à être trahi.

"Il est musicologue.

— Un musicien ?

— Non, un universitaire. Il étudie les musiciens et leurs œuvres."

Walter hocha la tête. Une marque de mépris, et Susan n'apprécia pas. Elle porta son verre à ses lèvres, but une gorgée en deux fois.

"Mais la musique ne produit-elle pas le même effet que la littérature ?

— Pas le genre de musique qu'il écoute.

— C'est-à-dire ?

— Seulement du jazz d'avant-garde un peu hermétique. Je ne sais pas trop si d'autres que lui écoutent ça." Elle se mit à rire, mais en ayant la sensation d'ouvrir le tiroir à caleçons de son mari et de désigner à Walter ceux avec des trous, ou avec des taches d'urine ayant résisté au lavage. Or cette petite perfidie de sa part n'avait rien de nouveau, non ? Il lui avait toujours fallu cela pour changer d'homme : une amplification des défauts du premier et une forme d'aveuglement sur les qualités du second. Quand elle était passée de Brian Heney à Edward LeBlanc, c'était parce que l'un buvait et l'autre pas. Avec Marty Finn et Saul Fedelstein, c'était à cause de la bisexualité du premier, alors que le second ne désirait qu'elle et possédait quelque chose qu'elle n'avait jamais vu de près : une fortune solide, apparemment sans fond, et la liberté de travailler ou non qui allait avec. Quand elle avait quitté Louis pour Alan Chenier, elle n'avait pas hésité à dire à Alan que Louis était le type le moins séduisant qu'elle ait connu et qu'il le savait, raison pour laquelle il ne pensait qu'à baiser.

Ces trahisons étaient aussi naturelles à Susan qu'enlever un manteau pour en essayer un autre, mais cette fois elle ne ferait pas ça à Bobby. Il était plus un ami pour elle qu'aucun homme avant lui. Et il lui arrivait quelque chose dont elle ignorait jusque-là le besoin ou l'envie : elle se réconciliait avec la femme qui l'avait élevée ; peut-être pour la première fois depuis sa petite enfance, elle éprouvait de l'amour pour Loïs.

"Je n'ai jamais vraiment compris les universitaires." Walter avait baissé la tête, cherchant le regard de Susan comme la veille au soir. Il semblait la jauger, la voir comme un objet de grande valeur, mais qu'il ne savait pas encore comment intégrer à son patrimoine. "Vous savez ce qu'est qu'un rémora ?

— Non.

— C'est un poisson-pilote. Il passe sa vie entière accroché aux marlins ou aux requins, à se nourrir de leurs restes et de leurs excréments.

— Vous êtes en train de dire que les universitaires sont des parasites ?

— Je dis qu'ils vivent du travail d'autrui.

— Moi je dirais que les banquiers le font davantage que les universitaires, non ? Par ailleurs, ces derniers sont aussi des créateurs. Mon mari a écrit un livre magnifique sur la musique qu'il aime.

— Désolé. Je ne voulais pas vous offenser.

— Il faut que j'y aille.

— Mangez d'abord quelque chose."

Cette olive noire lui paraissait grotesque, et même si elle aurait dû manger le cracker, le prendre maintenant lui donnerait l'impression de signer un contrat qu'elle n'était pas prête à honorer. Elle resta quelques minutes de plus afin de ne pas passer pour impolie. Elle s'extasia sur la vue depuis la terrasse et Walter acquiesça sans la quitter des yeux, comme s'il avait conscience d'être allé trop loin et se demandait quelle attitude adopter. Elle se leva, le remercia pour le thé et pour son pickup, puis se retrouva au volant de sa vieille Honda qui lui fit l'effet d'un kart après l'énorme engin, et où elle aurait pu faire cuire quelque chose sur le tableau de bord tellement il faisait chaud. Ruisselante de sueur, elle baissa les quatre vitres et accéléra, passant sous les arches en chêne du ranch de Marianne et de Walter pour retrouver la chaussée goudronnée de l'I-17 en direction du nord. Elle mit la climatisation qui lui souffla dans les cheveux l'air chaud du dehors. Ses mamelons étaient à nouveau douloureux, mais elle s'efforça de ne pas y penser car elle se sentait purifiée par sa bonne conduite, et même sans le vouloir elle ne pouvait s'empêcher de se parer de toutes les vertus. Au lieu de trahir Bobby elle lui était restée loyale, et dès son retour chez Loïs elle répondrait à son e-mail. Peut-être même l'appellerait-elle, rien que pour entendre sa voix, et la folle exubérance des sonorités d'Ornette Coleman emplissant la maison en son absence.

III

23

En milieu d'après-midi au nord de Baltimore, Daniel se lasse de son livre audio et interrompt l'enregistrement. Non pas qu'il en ait assez, mais n'écoutant que d'une oreille il doit sans cesse revenir en arrière, et même là il reste distrait.

Le titre, *Une histoire populaire des États-Unis*, l'a intrigué à cause de l'adjectif "populaire". L'acteur qui lit a une voix grave un peu rocailleuse, et le livre commence par l'arrivée de Christophe Colomb sur le rivage de ce qu'il prend pour les Indes et l'Asie. Or ce sont les Bahamas, habitées par les Arawak que Colomb et ses hommes ne tardent pas à tuer ou à réduire en esclavage, marquant leur territoire comme les anciens détenus l'ont toujours fait.

Ceux du gang Ping On de Chinatown étaient parmi les pires, bien qu'aucun d'eux n'ait été envoyé à Norfolk. Danny en avait toutefois vu quelques-uns à Walpole. Des petits salauds de Chinois plus tatoués que n'importe qui. L'un d'eux avait essayé de s'en prendre à un Irlandais de Winter Hill et ça avait chauffé quelque temps, même si Danny, alors à Norfolk, n'avait eu que des échos : un mort de chaque côté, poignardés à deux jours d'intervalle, après quoi tout était rentré dans l'ordre.

Chinatown. Il y allait encore pendant ses longues balades après le travail, restait au bord de l'eau, allumait une Winston et la fumait lentement sur Atlantic Avenue en longeant les hôtels du port. Ils étaient construits en acier, granit poli et verre teinté, et quand Daniel passait devant leurs somptueuses entrées, les portiers à épaulettes dorées le regardaient sans le voir comme s'il était un nuage de vapeur sortant d'une bouche d'égout. Jamais il ne serait un homme d'argent. Jamais il n'avait pensé en avoir envie à l'époque. Mais quand il était en taule, au moins les matons le voyaient. Là-bas au moins, il existait.

D'où venait ce désir soudain qu'on le respecte ? C'était une erreur. Pour qui se prenait-il ? Il avait de la chance de marcher librement, il devait s'en souvenir. Ne jamais l'oublier. Mais avait-il vraiment de la *chance* ? Bon, il avait effectué sa peine, mais sans payer sa "dette", car c'était impossible avec ce qu'il avait fait, et il trouvait presque cruel qu'on l'ait laissé sortir.

Il avait découvert Chinatown aux premiers froids. Un peu avant il s'était acheté un blouson en jean avec une doublure chaude, s'était fait couper les cheveux et raser ses favoris. Il avait aussi perdu un peu de poids, et il préférait toujours flâner le long du port, voir l'eau et le vol des mouettes au-dessus de lui, humer l'odeur des pétoncles, du métal rouillé et des embruns. Malgré le passé, il n'avait jamais cessé d'aimer les senteurs du bord de mer. En face de Fort Point Channel s'étendaient plusieurs hectares d'usines et d'entrepôts en brique que l'on convertissait en bureaux et en restaurants. Un soir de novembre où tombaient quelques flocons, il avait également vu trois chapiteaux de cirque blancs et une grande roue illuminée par des ampoules rouges et blanches, comme celle sur laquelle il était monté avec Linda et Suzie un autre soir longtemps auparavant ; leur fille encore petite était assise entre eux et Linda la tenait à deux mains, sa longue chevelure lui découvrant le visage tandis que leur nacelle s'élevait toujours plus haut, jusqu'à ce qu'ils aperçoivent les eaux noires de l'océan avant de redescendre et de remonter… Il avait tourné les talons et traversé Atlantic Avenue en trombe, se faisant klaxonner par un camion, courant sous la neige à la lumière des lampadaires, tête baissée et les mains dans les poches. Devant lui se dressaient les tours du quartier des banques, leurs vitres comme autant de reflets fluorescents derrière lesquels des hommes et des femmes travaillaient tard le soir, et à faire quoi ? South Station se trouvait sur sa gauche dans Summer Street et il avait envisagé d'entrer dans la gare, de prendre un train pour quelque part, n'importe où, mais son agent de probation aurait fait un signalement et il serait retourné derrière les barreaux, où il n'aurait pas pu aller se balader le soir.

Au pied de la façade en béton trois hommes étaient assis sous une bâche, enveloppés dans des couvertures et du papier journal, le visage invisible. Daniel avait rejoint le trottoir d'en face, évitant les voitures, puis il avait coupé par Kneeland Street et vite atteint Chinatown, les néons de ses bars, de ses blanchisseries et de ses restaurants chinois.

Il avait l'impression de fuir quelque chose tout en étant attiré par autre chose, qui se révéla être debout près d'un petit bar du nom de Pinky's Lounge. Dans la vitrine clignotait l'enseigne lumineuse Miller High Life, mais le deuxième *l* de Miller était éteint. Et là, à l'ombre d'un pressing, une femme fumait une cigarette. Elle avait des escarpins blancs à semelles compensées d'une vingtaine de centimètres de hauteur, les jambes nues et une minijupe, blanche elle aussi. Son manteau de fourrure synthétique était boutonné jusqu'en haut, ses cheveux noirs lui tombaient sur les épaules, de grands anneaux d'argent pendaient à ses oreilles, mais c'était surtout la façon dont elle se tenait, un bras replié sous les seins tandis qu'elle tirait sur sa cigarette à l'extrémité rougeoyante.

Linda. *Sa* Linda, ressuscitée devant un pressing fermé.

Et qui le regardait droit dans les yeux. Comme autrefois, comme si elle l'attendait et qu'il ait fini par venir, et Daniel, deux mains semblant lui tordre l'estomac, s'était retourné pour vomir sur un rideau baissé. Il s'était essuyé la bouche et avait jeté un coup d'œil au trottoir d'en face alors qu'une berline s'arrêtait, que Linda ressuscitée se penchait par la vitre ouverte côté passager, montait et disparaissait.

Le lendemain soir, même s'il se l'était interdit, il avait à nouveau marché jusqu'à Chinatown. La neige avait cessé. Il faisait plus froid, son blouson en jean doublé et son bonnet de laine ne suffisaient pas. Et tandis qu'il tournait dans la rue du Pinky's Lounge, les mains dans les poches, les épaules recroquevillées à cause du froid, il se répétait de faire demi-tour, d'aller simplement longer le chenal et humer l'odeur des embruns et des cargos rouillés, de penser à n'importe quoi sauf à cette femme. Mais là, devant le pressing, sur le trottoir éclairé par l'enseigne lumineuse du bar, un homme la plaquait contre le mur, les mains autour de sa gorge. Elle ruait dans le vide et son sac à main battait contre le dos de l'agresseur. Ils ne faisaient aucun bruit, et déjà Daniel s'élançait vers cet homme aux cheveux blonds en brosse, au cou épais ; de la femme il n'entrevoyait que le haut de sa tête et le reflet de sa chevelure, ses escarpins et son sac à main qui glissa de son épaule. Son premier coup de poing atterrit au creux de la joue de l'homme. Celui-ci lâcha prise, la femme s'affala et l'agresseur pivota sur lui-même, offrant à Daniel une cible parfaite. Ce visage, il le revoit aussi nettement que vingt ans plus tôt : les petits yeux et le visage bouffi d'un maton, ouvrant la bouche pour reprendre son souffle et réagir à ce qui lui arrivait, le bras droit gesticulant sans but. Et dans la fraction de seconde précédant son deuxième coup de poing, Daniel comprit qui ce salopard lui rappelait : Polaski, Polaski la brute sadique, et si Willie Teague lui avait réglé son compte des années auparavant, pas Daniel, mais il le fit alors par un crochet du droit qui projeta l'homme à terre sur le dos, son crâne heurtant le béton, et il se déchaîna contre lui, roua de coups de pied son visage à découvert, et curieusement cet homme devenait Chucky Finn, Chico Perez et tous les autres. C'était comme danser au son d'une vieille chanson avec de vieux souliers dans une pièce qu'on n'avait jamais vraiment quittée, et Danny le Réacteur n'aurait sans doute pas cessé de frapper sans les cris et les hoquets derrière lui. Déchirants, ceux d'une femme réellement blessée, ils l'arrêtèrent net. Il avait craché tout ce qu'il avait à cracher, la porte se refermait déjà, alors il se releva, jeta un seul coup d'œil derrière lui et se figea.

Danny – oui, c'était Danny qui avait réagi ainsi – redevint Daniel, accroupi auprès de cette femme. Il voyait qu'elle était chinoise. Ses cheveux noirs lui recouvraient les épaules comme ceux de Linda autrefois et son long cou, plus blanc, ressemblait également à celui de Linda, mais elle était défigurée, et Daniel, encore fou de rage, avait failli rouer à nouveau de coups de pied la tête de ce salaud pour la mettre en charpie sous sa chaussure. Il devait toutefois penser à sa liberté conditionnelle, et puis il y avait cette femme qui hoquetait et toussait, le sang ruisselant de son nez sur ses lèvres tuméfiées, sur ses dents et son manteau en fausse fourrure.

Il l'avait aidée à se relever. De l'intérieur du Pinky's lui parvenaient les rythmes syncopés d'un jukebox, le brouhaha d'un jeu télévisé, des gloussements et des rires. Elle se redressa et l'écarta. "Va te faire foutre !" Elle s'éloigna en titubant comme si elle était soûle, se tordit la cheville droite, se pencha pour enlever ses escarpins qu'elle garda à la main tandis qu'elle repartait pieds nus en pleurs, laissant derrière elle le Pinky's Lounge et une congère de neige sale pour tourner dans la rue adjacente.

Son sac à main s'était vidé sur le trottoir. Daniel s'était baissé, avait remis dedans une bombe d'autodéfense, quatre préservatifs neufs, deux mignonnettes de vodka, un briquet Bic et quelques billets de banque, puis il avait rejoint la jeune femme et cette fois elle n'avait rien dit, avait seulement continué à pleurer, à saigner du nez et à renifler jusqu'à son immeuble. La porte d'entrée était abîmée et taguée, et la cage d'escalier en béton couverte de poussière. Elle s'était tournée vers lui et il avait senti des relents d'alcool. "Va te faire *foutre*, j'ai dit." Mais alors qu'elle gravissait l'escalier jusqu'au deuxième étage, il l'avait quand même suivie. Deux fois elle avait failli tomber en arrière et il avait tendu le bras pour la retenir, puis une fois devant sa porte elle lui avait arraché son sac à main, prenant sa clé. Elle s'était remise à pleurer et, obligée d'essuyer sur sa manche le sang qui coulait de ses narines, n'arrivait pas à insérer la clé dans la serrure. Daniel la lui avait reprise et elle lui avait répété d'aller se faire foutre, mais sans tenter de le repousser ni de résister quand il l'avait suivie à l'intérieur, et elle s'était assise devant sa petite table de cuisine pendant qu'il allait chercher une serviette éponge, de l'eau chaude et du savon.

Son logement était encore plus exigu que le sien, une seule pièce avec une kitchenette, et une salle de bains où l'on ne pouvait même pas entrer sans que la porte heurte le siège des toilettes. Son nez et ses lèvres n'arrêtaient pas de saigner, et son œil gauche disparaissait déjà sous ses paupières boursouflées. Elle se lamentait en chinois et en anglais, écartant la main de Daniel dès qu'il lui appliquait la serviette humide et chaude sur les lèvres ou sur l'œil. Ses jointures à lui saignaient aussi. Lâchant un juron en chinois, elle était brusquement allée s'étendre sur son lit sous la fenêtre.

Pourtant elle n'avait pas protesté quand il lui avait posé un chiffon humecté d'eau froide sur l'œil. Ni quand il lui avait retiré son manteau en fausse fourrure taché de sang, ni quand il avait étendu une couverture sur elle et s'était assis dans la petite cuisine jusqu'à ce qu'elle cesse de pleurer et de renifler, et qu'elle s'endorme.

Il était longtemps resté assis là. Elle ronflait doucement, le visage tourné contre le mur. Il ne voyait que le bas de sa joue et ses cheveux noirs. Quelque chose de terrible venait d'arriver à cette jeune femme, mais quelque chose de bénéfique venait indéniablement de lui arriver à lui. Assis sur cette chaise en métal devant cette table pliante dans le studio minable d'une prostituée, il avait conscience de son *utilité*. Comme s'il était à nouveau un mari. Éprouvant la joie d'être payé après quarante ou cinquante heures passées à décaper de la peinture écaillée, à calfater des fissures entre les bardeaux, à hisser des échelles, à plonger son pinceau dans la peinture fraîche, à en recouvrir le bois couche après couche sous le soleil qui lui brûlait les épaules, une brûlure dont il tirait fierté parce qu'ensuite venait le chèque, puis l'argent liquide qu'il déposait sur la caisse de Penny Arcade pour que Linda le dépense à sa guise. Ce regard qu'elle avait quand elle levait les yeux vers lui, comme si elle savait qu'il serait toujours là, tel un chêne ou la pierre angulaire des fondations d'une maison. Elle prenait leur pickup pour aller acheter à manger, lui laissant Susan encore bébé, et il jouait avec elle, la faisait rire, lui changeait sa couche en cas de besoin, la promenait en sautillant à travers le bungalow, serrée contre son épaule, lui chantonnant une berceuse jusqu'à ce qu'elle s'endorme, qu'il la pose dans son berceau et ressente alors ce qu'il ressentait pour cette jeune femme, l'amour paternel en moins.

Celle-ci n'avait pas bougé, ni même détourné le visage du mur. Daniel s'approcha du lit, se pencha et retint son souffle pour écouter le sien, qui produisait un chuintement en s'échappant de ses lèvres tuméfiées. Elle avait l'œil poché, une croûte de sang séché sous les narines. Le chiffon mouillé qu'il lui avait posé sur l'œil était en tas sur le matelas près du radiateur. Il le prit et le mit dans l'évier de la cuisine. Fixée sur la porte du frigo avec du scotch, une photo polaroïd d'elle avec une jeune serveuse dans un restaurant chinois. Elles étaient enlacées et riaient, pareilles à des adolescentes avec leurs épaules blanches et osseuses, et leur long cou mince, celui de la prostituée orné d'une chaîne d'or. Toutes deux avaient un rouge à lèvres carmin, qui avait taché les dents de la serveuse.

Daniel avait quitté le studio, était descendu dans la rue. Le ciel blanchissait entre les immeubles, il faisait plus froid que depuis le début de l'hiver, son nez et ses oreilles le brûlaient. Il avait besoin de dormir quelques heures avant d'aller au salon de coiffure et de prendre son service. Mais dans l'air flottait la senteur douceâtre du pain en train de lever, venant d'une boulangerie à une cinquantaine de mètres vers l'est et qui servait du café. En fait il avait envie d'y entrer pour acheter un café et une viennoiserie toute chaude, qu'il rapporterait à cette femme blessée que *lui*, et personne d'autre, avait aidée. Lui, Danny Ahearn.

Le soir même, couché dans son studio en face de North Station, avec le grondement du métro aérien toutes les cinq minutes, il avait revu cette prostituée chinoise qui n'était pas Linda mais se tenait exactement comme elle quand elle fumait une cigarette, et il s'était imaginé longeant le parc d'attractions main dans la main avec elle, la chaleur du soleil sur leur peau, les rythmes saccadés dans les amplis de l'Himalaya plus loin devant eux, les odeurs de beignets, de pizzas au fromage fondu et de cigarettes mentholées, et cette main dans la sienne était devenue celle de Linda, la prostituée avait disparu, Linda était à nouveau là en chair et en os, les fesses nues au creux de ses paumes, l'enserrant de ses jambes alors qu'il plongeait en elle pour la première fois, au son des claquements et cliquetis des wagonnets de l'Himalaya, et des cris de joie des filles.

Pouvoir ressentir ça une fois encore.

Le bonheur.

C'était le reflet dans un miroir brisé de vieilles photos perdues et impossibles à retrouver, mais la vue de cette femme lui avait au moins apporté cela. Il était donc retourné là-bas. Même s'il se l'interdisait, il avait repris le chemin de Chinatown. La neige n'était pas revenue. Le froid plus intense traversait son blouson et son bonnet de laine. Mais la prostituée debout contre le mur du pressing à côté du Pinky's Lounge était encore moins couverte que lui, avec ses bas résille troués. Et ce n'était pas la fille qui ressemblait à Linda. Elle était plus ronde, portait une perruque blonde et une veste en cuir jaune à moitié déboutonnée pour laisser voir son décolleté. Elle avait aperçu Daniel debout sur le trottoir d'en face.

"Hé, *toi* ! Tu veux t'amuser ?" Elle traversait la rue sans attendre sa réponse. Il avait reculé, tourné les talons, et s'était éloigné.

"Pédé !"

Il avait accéléré le pas vers l'ouest, dépassant une mercerie où une affiche couverte de sommes en dollars et d'idéogrammes était placardée dans la vitrine, puis avait longé une rue avec plusieurs bureaux fermés, la boutique d'un tailleur, et un magasin de produits de beauté à la porte barricadée et cadenassée. Dans Kneeland Street, une voiture de la police de Boston était garée le long du trottoir devant un club de strip-tease ; l'un des flics sirotait un café derrière le volant, l'autre riait devant l'entrée avec le videur. Son gros crâne rasé avait rappelé à Daniel celui de Chucky Finn, et le sentiment de revenir à un passé maudit lui avait noué l'estomac. Le flic au volant l'avait fixé, et Daniel, les mains enfoncées dans ses poches, avait quitté Chinatown.

Il n'y avait pas remis les pieds. Il luttait contre l'envie d'y retourner, les femmes et lui ne faisant pas bon ménage. Fin de l'histoire.

Mais alors qu'il met son clignotant et regarde dans le rétroviseur, il trouve cette formule fausse, car les histoires n'ont jamais de fin. Même quand on n'est plus là, ce qu'on laisse derrière soi reste vivant d'une façon ou d'une autre. Toutes ces chaises qu'il a rempaillées au fil des ans : des gens s'assiéront dessus longtemps après qu'il sera mort et enterré. Et s'ils les font à leur tour rempailler, un homme ou une femme retirera des trous dans les traverses quelques débris des cannes de jonc qu'il y avait insérées.

Quant à la chair de sa chair, elle n'a sans doute aucun souvenir de lui. Ce qu'elle sait de lui doit être épouvantable. Mais l'histoire n'a pas à s'arrêter là. Sa lettre à sa fille, ses efforts pour la revoir, cela fera aussi partie de leur histoire commune.

Il a de nouveau ce poids brûlant dans le ventre et le bassin, et le soleil l'éblouit lorsqu'il prend la sortie au ralenti pour entrer dans une station Mobil afin de se soulager, et de s'acheter une paire de lunettes noires bon marché s'il y en a. Il a si longtemps réduit ses besoins au minimum qu'il mérite bien ça, et il ira peut-être aussi se chercher une pêche quelque part. Une pêche bien juteuse.

24

Susan était debout sur la terrasse devant la maison, son portable collé à l'oreille. Elle écoutait sa propre voix sur leur répondeur, à Bobby et à elle, et n'en aimait pas le son. Elle trouvait son annonce trop froide. Et sa voix fatiguée, voire déprimée. "Vous êtes bien chez les Dunn. Laissez un message. Merci."

Cela lui ôtait toute envie d'en laisser un. "Bobby, c'est moi. Il faut qu'on change notre annonce. On dirait celle d'une mégère. Si ça se trouve, c'est ce que tu penses. Et si c'est vrai, je ne t'en veux pas. J'appelle juste pour dire que tu me manques. J'ai l'impression d'avancer dans mon travail."

Elle regretta d'avoir dit ça. Dire ce genre de choses pouvait se révéler un piège. "En tout cas, rappelle. T'embrasse."

Pourquoi pas "Je" t'embrasse ? Parce qu'elle ne l'aimait plus assez, c'était ça ? En seulement quelques jours loin de leur petite cuisine rouge, de leur grand lit et de la citation d'Ornette Coleman inscrite sur le mur du bureau de Bobby ? Loin de ses plantes vertes, de ses livres, et de son bureau où elle avait tenté de devenir Corina Soto, mais sans trouver le ton ?

Il fallait qu'elle se remette au travail, mais où en était-elle restée ce matin ? À une petite fille debout dans la pénombre de la cuisine de ses parents. À une voix d'homme, un bras velu et un fil de téléphone jaune. Au mot "blessée".

Elle fourra son portable dans sa poche et pénétra dans la maison, mais une fois dans la cuisine, des palpitations l'obligèrent à s'asseoir. Elle eut à nouveau conscience de ses mamelons douloureux au contact de son tee-shirt, et si elle fermait les yeux et posait la tête sur la table, elle s'endormirait sur-le-champ. Non, ce n'était pas un virus. Absolument pas.

Elle se releva, saisit ses clés, et peu après elle se garait sur le parking d'un Walgreens qui n'existait pas autrefois. Dans la parapharmacie climatisée et bien éclairée, elle acheta un test de grossesse à une adolescente avec des lunettes à monture rouge. Susan lui demanda où se trouvaient les toilettes, et la regardant comme si ce genre de question n'était pas de son ressort, la jeune fille désigna le fond du magasin : "Au bout du rayon n° 11." Susan la remercia et se retrouva assise sur le siège des WC dans un box des toilettes femmes, scrutant le minuscule écran du test. Elle imagina ses chevilles dans les étriers, la froideur de cette lumière blanche au-dessus d'elle, pour la troisième fois putain, et bon sang comment avait-elle encore pu se laisser avoir ?

La première fois, elle ignorait qui était le père. Il aurait pu s'agir de Peter Wilke, de Chad ou de ce garçon de Miami avant Peter, ou de Sanjit, ou encore… elle ne voulait plus y penser. Mais elle en avait parlé à Andrea, sa colocataire, et ensuite l'avortement était derrière elle, Andrea lui tendait deux comprimés de paracétamol et un verre d'eau, remontait la couverture jusqu'à son menton et lui préparait des brownies. La deuxième fois, le père était Brian Heney mais elle ne lui avait rien dit, parce qu'elle savait qu'il voudrait le garder pour la garder, elle.

La porte des toilettes s'ouvrit, une femme urina dans un box voisin. Susan examina le test. Toujours rien sur l'écran. Elle avait quarante-trois ans, Bobby dix de plus. Ils travaillaient tous les deux. Enfin, *lui* travaillait. Non, elle aussi. Il y avait ce nouveau texte qu'elle écrivait. Et cet engagement envers Phil Bradford, et son deuxième master. Il y avait… quoi ? La femme tira la chasse et alla aussitôt vers les lavabos. Susan entendit l'eau couler du robinet, puis le séchoir à mains au souffle bruyant, interminable, et soudain apparut une ligne rouge, puis deux, et merveille des merveilles, putain quelle *merveille*, le séchoir se tut alors que la porte s'ouvrait, se refermait, et que le silence revenait dans la pièce.

Durant le lent trajet de retour, le soleil semblait trop brillant, les orangers trop orange, le ciel trop bleu. Les vitres de Susan étaient entrouvertes, mais curieusement le vent était comme assourdi ; dans le virage après la prison, elle vit derrière le grillage et les barbelés les tables en béton de l'aire des visites en plein air, et que pouvait-elle faire d'autre à présent que se remettre au travail ? Elle avait l'impression de découvrir une facture si astronomique qu'elle ne pourrait jamais la payer, mais l'échéance n'étant pas pour tout de suite, elle préférait la fourrer dans un tiroir.

De retour dans la cuisine de Noni, elle se fit du café. Tandis qu'il s'écoulait goutte à goutte du filtre, elle vida le cendrier de Noni dans la poubelle et le nettoya. Elle lui lava sa tasse et enleva les traces de rouge à lèvres sur le rebord, touchée que Noni en ait mis ce jour-là et rien d'autre. Ni eye-liner ni blush. Rien. Alors qu'autrefois elle avait réellement la main lourde.

Susan prit une banane sur le plan de travail et se força à la manger lentement. Soudain le téléphone sonna, c'était Loïs, et Susan avait sincèrement envie de préparer le dîner pour elles deux, mais la seule pensée des blancs de poulet crus marinant dans l'huile d'olive lui donnait la nausée, et même si l'odeur du café ne lui revenait pas trop non plus, elle s'en versa tout de même une tasse et monta dans sa chambre, se demandant où Bobby pouvait bien être un après-midi en semaine avant la reprise des cours, et se reprochant de ne pas s'être assez souvent interrogée sur ce que son mari faisait de ses journées.

Sa chambre était fraîche, le nouveau climatiseur gémissait doucement devant la fenêtre. Elle s'assit à son ancien bureau, ouvrit son ordinateur, son fichier, et reprit là où elle s'était arrêtée.

Peut-être "vie".

Elle se glissa dans la peau d'une version plus jeune d'elle-même, contemplant les murs hauts de six ou sept mètres de la prison de Norfolk au début du mois de septembre 1991. Le ciel était bleu azur au-dessus des rouleaux de barbelés déployés sur ces murs, et Susan les fixait derrière le volant de la Corolla d'occasion offerte par Don pour son diplôme de fin d'études secondaires. Elle avait parcouru près de deux mille trois cents kilomètres en moins de vingt heures, ne s'arrêtant qu'une seule fois en Virginie après avoir failli s'endormir et rentrer dans le rail de sécurité. Elle avait un peu moins de deux mille dollars en poche, les pourboires gagnés en travaillant tout l'été à Gainesville dans un bar pour amateurs de sports, buvant trop, fumant trop, partageant un appartement avec une Chinoise mutique qui étudiait l'informatique et conservait son lait et ses œufs dans un placard de la cuisine. Deux serveurs draguaient Susan depuis le début, et le dernier soir, alors qu'elle fermait le bar avec l'un d'eux, soûle après plusieurs shots de Patrón, elle avait baisé avec lui sur la banquette de son pickup garé derrière les bennes à ordures. Il était trapu, avec des épaules carrées, des bras musclés et le crâne rasé. Il sentait la sueur et le citron vert, et s'était mis à pleurer après avoir joui, lui confiant qu'il était fiancé, et s'il trompait sa fiancée, comment réussirait-il à ne pas tromper sa femme ?

Depuis que Loïs lui avait appris la vérité sur son père, Susan savait qu'elle partirait à sa recherche. C'était la principale raison qui l'avait fait rester à Gainesville et gagner de l'argent, une fois son diplôme obtenu : retourner à Arcadia aurait signifié retrouver la haine de Noni envers son père, la peur de Noni et son revolver, cette putain de boutique d'antiquités qui rendait Susan claustrophobe, et qui n'était rien de plus qu'un autel des morts et disparus.

N'en pouvant plus de conduire, elle s'était arrêtée sur une aire d'autoroute au sud du Maryland, sous l'éclairage extérieur faiblard du bâtiment abritant les toilettes. Elle s'était installée sur la banquette arrière, avait verrouillé les portières et s'était couchée avec un tee-shirt sur le visage. À cinquante mètres de là, sept ou huit énormes semi-remorques étaient alignés les uns à côté des autres, et elle se représentait leurs chauffeurs comme des hommes de l'âge de son père, peinant à trouver le sommeil sur la couchette de leur cabine, pensant à leur femme et à leurs enfants restés à la maison. Une vision sentimentale, elle le savait, et l'endroit où elle allait dormir n'était pas sûr, mais ses yeux la brûlaient, elle était trop fatiguée pour s'inquiéter, et à cause du temps qu'il lui faudrait sans doute pour retrouver son père, elle n'allait pas commencer à claquer son argent pour une chambre dont elle n'avait pas besoin. Pas dans l'immédiat, en tout cas.

Dans ma chambre à l'Holiday Inn j'avais mis un pantalon anthracite en rayonne, un chemisier gris clair et un pull léger. Je portais mes chaussures noires à talons plats, mais je n'avais ni collier ni bracelet, seulement des piercings en argent à chaque oreille et un peu d'eye-liner.

C'était un jour de semaine ; le bitume du parking de la prison s'effritait, les mauvaises herbes poussaient dans certaines fissures, et la plupart des voitures étaient des berlines sombres avec les plaques minéralogiques bleues du Massachusetts. Difficile de ne pas me sentir coupable de quelque chose en passant sous l'arche de granit pour accéder à une petite cour. De part et d'autre, une pelouse clairsemée, grillée par le soleil, jonchée de mégots. Je m'imaginais mon père fumant une cigarette, même s'il n'était plus détenu là, et de toute façon je me trouvais dans l'espace de liberté devant les murs de béton qui dominaient le bâtiment dont je gravissais les marches pour pénétrer à l'intérieur.

Susan s'interrompit, but quelques gorgées de café. Il avait refroidi, était amer, mais descendait sans difficulté. Elle fixait des yeux le mur au-dessus de son lit sans le voir. Il avait dû lui falloir d'abord affronter un surveillant en uniforme. Voire un détecteur de métaux ou une fouille plus ou moins poussée. Une salle d'attente. Mais tout ce qui lui venait – et ne l'avait jamais vraiment quittée – était cette femme assise en face d'elle derrière son bureau encombré, avec une plaque en cuivre : *Directrice adjointe Murphy*.

"Il n'est plus chez nous." Ses yeux étaient sans expression, elle portait une veste bleu pâle aux épaules rembourrées. Robuste, elle avait dix ou quinze ans de plus que moi et une peau blême de fumeuse – la plupart des mégots sur la pelouse devaient être les siens. Au-dessus d'elle un portrait du gouverneur du Massachusetts était accroché au mur dans un cadre, ses cheveux roux et drus séparés par une raie sur le côté, et il me souriait avec condescendance dans son costume comme tous les anciens étudiants que j'avais rencontrés : je me félicite d'être moi, parce qu'être moi signifie être au-dessus de tout le monde et très bientôt je serai au-dessus de toi.

"Mais où est-il ? Vous ne pouvez pas me le dire ?

— Il n'est plus chez nous." La directrice adjointe Murphy se faisait plaisir et je regrettais de m'être habillée comme pour un entretien d'embauche. Je regrettais aussi d'être jeune, mince, et bronzée après mes bains de soleil entre deux services au bar.

"Il est en liberté conditionnelle ?"

Elle se contenta de me dévisager. À moins que non. Elle prit peut-être des documents sur son bureau sans s'occuper de moi. Les deux souvenirs paraissent plausibles. Mais je savais qu'il me fallait prononcer le mot que je ne voulais pas prononcer, sans avoir conscience avant de l'avoir prononcé que je ne voulais pas le faire. "Je suis sa fille."

Je l'avais déjà informée que je cherchais mon père, mais ce dernier mot aida sans doute, même si j'eus l'impression d'être une menteuse.

Elle me tendit une carte de visite. "Comme je l'ai dit, il n'est plus chez nous."

Je sortis du parking au ralenti, regardant sans cesse dans mon rétroviseur ces hauts murs épais, ce mirador qui disparut à ma vue lorsque la route s'enfonça dans les bois après un virage, et que je roulai vers l'ouest pour rejoindre l'autoroute et ma chambre à l'Holiday Inn.

L'agent de probation de mon père s'appelait Nicholas Xenakis, et son bureau se trouvait à Lawrence. C'était l'une de ces villes industrielles au bord du fleuve Merrimack, que je connaissais de nom mais où je n'étais jamais allée, et que Xenakis soit grec me parlait. Comme si j'étais embarquée dans une odyssée tragique, et qu'à l'approche de ma destination j'aie perdu toute envie de l'atteindre.

J'avais seulement envie de voir cet homme qui était mon père. Noni ne possédait aucune photo de lui, et internet n'existerait pas avant quelques années. La seule photo de ma mère que j'avais sur moi était ce polaroïd d'elle devant le parc d'attractions, si jeune et si jolie, mais vulgaire et peu sûre d'elle.

À l'Holiday Inn je me changeai, enfilai un débardeur, un short et des tongs, puis je rendis la clé de ma chambre et repris l'autoroute vers le nord. C'était il y avait si longtemps. J'ai peut-être d'abord pris une chambre à Lawrence avant d'aller à la plage. À moins que je ne sois d'abord allée à la plage, rien de certain, mais je sais qu'avant toute chose je voulais revoir cette avenue en bord de mer. L'atlas routier Rand McNally était ouvert sur le siège du passager, et à peine une heure plus tard je quittais l'autoroute et longeais des centres commerciaux, des drive-in, des salles d'exposition de concessionnaires automobiles, le hangar à bateaux d'une marina et les maisons de plain-pied qui remplaçaient les mobile homes d'autrefois.

Je baissai mes vitres et respirai l'air parfumé par les aiguilles de pin. Après une station-service à l'abandon j'obliquai vers le nord, me perdis et atterris dans le New Hampshire sur une route à deux voies bordée de supermarchés, de magasins de vins et de spiritueux, d'un bureau de tabac, d'une armurerie, et d'un salon de tatouage près d'un restaurant mexicain en contreplaqué jaune, avec un seul pickup sur le parking à midi. J'étais affamée, mais je voulais manger à la plage. Je fis demi-tour et récupérai une route vers l'est qui passait devant un motel et un minigolf au centre duquel trônait un ours orange géant, flanqué d'un magasin de pneus. La maison de mon amie Kimberly Mitchell se trouvait autrefois dans les bois juste derrière et je me demandai si elle vivait encore là, même si je ne voulais pas la voir. Je ne voulais voir personne.

Puis les bois firent place à un marécage, et j'aperçus le parc d'attractions à un peu plus d'un kilomètre vers l'est. Sous le bleu intense du ciel de septembre il avait l'air miteux, et c'est maintenant seulement, en écrivant ces lignes, que je comprends pourquoi je tenais tant à revenir sur place. Avant que Noni ne m'ait révélé la vérité un an plus tôt, je me souvenais d'avoir vécu derrière Penny Arcade après le départ de mon grand-père et de Paul. Je me souvenais de l'exiguïté de notre appartement sombre et de la chaleur à l'extérieur, ou du froid. Il y avait le fracas constant des vagues se brisant sur le sable humide, l'odeur des praires frites et de la barbe à papa durant la saison, les tintements des flippers, les explosions des jeux vidéos, le choc des boules de billard. Et la fumée des cigarettes de Noni, et parfois les hurlements ou les rires d'un ivrogne au-dehors. Et les deux téléviseurs allumés nuit et jour. Et le parfum de l'eau de toilette et de la laque de Noni, les lumières tournoyantes des manèges et les cris des enfants.

Il y avait toutes ces joies triviales au cœur de tout cet immense chagrin que j'avais cru causé par une voiture tombée d'un pont une nuit, mais depuis que Noni m'avait avoué la vérité, je commençais à me remémorer une autre nuit et mes souvenirs de ce lieu semblaient être un produit de mon imagination.

Plus que tout, je voulais voir la maison que j'avais habitée avant de vivre avec Loïs.

Une sonnerie allègre. Susan jeta un coup d'œil à son téléphone portable, vit que c'était Bobby et éteignit l'appareil. Une partie d'elle se réjouissait qu'il appelle, mais pas maintenant. Il était toujours si doué pour savoir ce qu'elle ressentait et lire dans ses pensées. Elle but encore une gorgée de café en fermant les yeux. Au goût de ce liquide froid succéda la sensation d'avoir à la main une part de pizza. Venant de chez Tripoli's sur le Midway. Même sauce rouge vaguement sucrée, même fromage fondu, mêmes serviettes en papier qu'elle tenait dessous en mangeant. Ce souvenir lui leva le cœur.

Je n'étais pas retournée là-bas depuis que j'avais douze ans, or j'en avais désormais vingt et un. Le site paraissait plus petit et sordide, comme s'il avait fait son temps depuis tellement d'années qu'il était aussi obscène qu'un vieillard en slip de bain. Je mangeai une part de pizza et allai me promener.

La plupart des boutiques bordant le Midway étaient fermées, leurs vitrines barricadées. Quand j'étais gamine, un tourniquet permettait d'accéder aux attractions pour enfants et au chapiteau des autos tamponneuses, mais à la place ne restait qu'une benne à ordures recouverte d'une bâche bleue déchirée par les mouettes pour en sortir les immondices.

C'était un jour de semaine en septembre et je savais qu'il n'y aurait pas foule, mais je ne m'attendais pas à ce que l'endroit soit si désert. À l'extrémité du Midway, je contournai la rambarde pour descendre sur la plage et contemplai l'océan quelque temps. Dans le sable, quelques canettes de Coca et de bière, vides, et la moitié d'une planche de surf en polystyrène, tandis qu'une bouteille allait et venait sur les rouleaux. À ma gauche se trouvait un bâtiment sur pilotis dont je me souvenais, avec au pied de l'un d'eux un tee-shirt rouge accroché à un clou rouillé, et je fis demi-tour, allant vers le sud en direction de Penny Arcade et de notre ancien logement, à Noni et à moi.

La galerie de jeux était encore là, les portes grandes ouvertes comme autrefois, mais avec seulement quelques machines à sous à l'intérieur – pas de Skee-Ball, de tables de billard ni même de flippers. Deux ou trois adolescents séchant les cours se tenaient devant des jeux vidéos aux noms en lettres lumineuses, *Smash TV*, *Area 51* ou *Lethal Enforcers*, et l'air en transe ils appuyaient par à-coups sur leur manette pour abattre des ennemis ou faire sauter des véhicules blindés. Ils me rappelaient beaucoup Paul, et l'envie me prit peut-être de lui téléphoner plus tard, même si je ne crois pas l'avoir fait.

Mon oncle, qui était comme un frère. Je n'ai partagé que trois années de sa vie. J'avais trois ans et lui quinze, puis j'ai eu six ans et lui dix-huit et il s'est engagé dans l'US Air Force. Si j'avais des souvenirs de lui à l'époque, il ne m'en reste que quelques-uns : Paul assis à côté de moi sur le canapé noir devant la télé, enfournant des chips ou des Cracker Jack dans sa bouche ; Paul de retour sous les lumières clignotantes de la galerie de jeux ; Paul accoudé au capot de sa première voiture sur le parking derrière notre appartement. C'était une berline à quatre portes, longue et bleue avec des pneus à flanc blanc. Il portait une chemise à rayures rouges et blanches, avait une canette de bière à la main, et il me souriait comme s'il venait d'apprendre un important secret sur la vie mais refusait de me le révéler.

"Viens là, Suzie." "Va au diable." Une moitié de moi lui rappelait sa grande sœur, l'autre moitié celui qui la lui avait enlevée.

Au fond, un mur de parpaings cachait l'emplacement de la porte de notre appartement. Je me précipitai dehors et contournai le bâtiment jusqu'au parking où Noni garait notre voiture le plus près possible de notre porte d'entrée. Celle-ci était en métal, et les fenêtres de part et d'autre avaient des barreaux qui me donnaient toujours l'impression d'être en prison. Mais il n'y avait plus d'appartement. À sa place, d'imposants poteaux de bois soutenaient un étage construit au-dessus de la galerie. Là où étaient notre cuisine et notre séjour se trouvaient une moto, un barbecue à gaz, et un hamac tendu entre deux poteaux. La chambre de Noni était devenue une place de parking déserte. La chambre de ma mère et de Paul était remplacée par une terrasse en béton avec une table ronde et quatre chaises entourées d'une chaîne cadenassée. Sur la table, une batte de Wiffle ball et un tube décoloré de crème solaire.

Ces objets n'étaient peut-être pas sur cette table, mais ce sont eux que je vois maintenant. Prise de colère, je descendis à toute vitesse l'avenue le long de la plage à la recherche de mon bungalow natal, et ce fut encore pire.

Tout un pâté de maisons avait été rasé, à la place duquel se dressait un immeuble résidentiel de trois étages recouvert de bardage en PVC. Chaque logement disposait d'une petite terrasse, et ceux du troisième étage avaient sans doute vue sur l'océan au-delà des bungalows en bordure de la plage. J'en reconnus certains. Ils avaient des bardeaux à l'ancienne, des volets, des toits rafistolés avec du goudron, parfois des gouttières tordues et rouillées que prolongeaient des tuyaux d'évacuation enfouis dans le sable. Les marches au pied de la porte d'entrée, pour ceux qui en avaient, étaient en béton fissuré ou en planches tellement déformées par le soleil que la tête des clous dépassait.

Dans mes souvenirs, mon bungalow avait des marches en béton et se situait à deux ou trois cents mètres de la plage, avec vue sur d'autres bungalows tout aussi modestes. Un chien aboyait. Un peu plus loin quelqu'un faisait rugir son moteur. Le vent du large soufflait, la température baissait et je regrettai d'avoir laissé mon pull dans la voiture. À moins que la température n'ait pas baissé. J'écris peut-être cela uniquement parce que je suis assise dans une chambre à la climatisation trop puissante, à Arcadia en Floride vingt-deux ans plus tard. Mais j'avais fini par retrouver notre ancien bungalow, même si c'était comme revoir un vieil ami qui se serait fait couper les cheveux ou aurait perdu beaucoup de poids.

Il s'appelait toujours Ocean Mist – Brume océane – mais la plaque semblait neuve, avec des bords chanfreinés et peints en vert foncé. Le bardage, en PVC comme celui de l'immeuble, était d'un blanc immaculé et les marches en béton avaient disparu, remplacées par une terrasse au plancher et aux pilotis en plastique imitant le bois. Une véritable corde était tendue de l'un à l'autre, et près de la porte une bouée de sauvetage orange des garde-côtes était accrochée au mur.

On entendait une radio. Ou un téléviseur. Mais on aurait plutôt dit des voix radiodiffusées, et je me souviens d'avoir frissonné malgré le soleil en fixant cette porte qui ouvrait directement sur notre cuisine au lino jaune. Et soudain la nouvelle propriétaire était sortie par cette porte.

Elle devait avoir le même âge que moi aujourd'hui. Un chapeau la protégeait du soleil, son nez et ses lèvres étaient blancs à cause de l'écran total. Le gobelet qu'elle avait à la main contenait apparemment du Coca ou du thé glacé, et sur la petite table à côté de sa chaise longue un livre de poche ouvert était posé à plat. Je me demandai ce qu'elle lisait. Elle restait plantée là et me dévisageait.

"Je peux vous aider ?

— J'ai vécu ici autrefois.

— Qui n'a pas vécu ici ? C'est une location."

Peut-être n'avons-nous pas dit cela, mais je n'ai pas oublié l'antipathie qu'elle m'inspira, surtout quand elle s'assit et prit son livre comme pour me donner congé. Par-dessus le marché elle lisait un roman merdique. Un de ces pseudo-thrillers écrits à plusieurs sous le même nom.

"Ma mère est morte dans cette maison.

— Pardon ?

— Quand j'étais petite. Elle a été poignardée."

Elle parut se figer sur sa chaise longue avec son livre sur les genoux. Je ne devais pas avoir l'air très à mon aise non plus.

"Je crois qu'il faut que vous partiez."

Je sais qu'elle a prononcé cette phrase, parce qu'elle correspondait presque mot pour mot à la voix qui résonnait dans ma tête. *Il faut que je parte.*

Mais il y avait quelque chose que je détestais chez elle. Ce n'était pas son impolitesse. C'était ce qu'elle, ou le nouveau propriétaire, avait fait à notre bungalow. Ils l'avaient rendu joli et anodin, me donnant le sentiment de voir en trois dimensions le mensonge que je devais gober depuis que j'avais trois ans, et cette femme avec son chapeau, ses lèvres et son nez blanchis par l'écran total, et son livre merdique aurait aussi bien pu être une gargouille gardant la fosse au fond de laquelle ma mère avait été précipitée et oubliée.

"Il faut que je voie l'intérieur."

Je ne me souviens plus quand les hurlements avaient commencé. Je sais seulement que je voulais voir la cuisine, mais il y eut la façon dont cette femme hurla le mot "flics". Avec cet accent du Nord que j'entendais uniquement chez Loïs ces neuf ou dix dernières années.

"Je les appelle tout de suite, putain." Elle s'était levée de sa chaise longue, maintenait avec sa hanche la porte-moustiquaire ouverte, et en se tordant le bras elle décrocha le combiné de son téléphone fixe. Il était blanc lui aussi, alors que le nôtre était jaune moutarde, mon père au bras velu le plaquant contre son oreille. À quoi bon entrer et voir encore plus de ce foutu blanc, de toute façon ?

Je tournai les talons, et repartis droit vers le Midway et ma voiture. J'avais le visage en feu, la gorge nouée, et il se peut que j'aie à mon tour hurlé quelque chose à cette femme, je n'en suis pas certaine. Peut-être quelque chose sur son livre de merde. Ou sur les mensonges.

Ensuite je conduisis trop vite, regrettant de n'être pas montée sur cette terrasse en faux bois pour pénétrer dans le bungalow. De n'être pas allée d'une putain de pièce à l'autre.

Je roulais vers le sud. Je doublais à gauche et à droite. Vision fulgurante d'un visage de conductrice qui m'insultait derrière sa vitre, de son regard noir, de ses dents blanches. Je suivis les panneaux indiquant Lawrence, et une fois sur le pont traversant le fleuve je regardai vers l'ouest les usines tout en longueur qui bordaient les rives polluées, les cheminées de brique qui s'élevaient dans les airs, et me revint ce poème sur l'incendie de l'usine Triangle Shirtwaist que j'avais lu en classe. Des immigrantes étaient mortes par dizaines en sautant dans le vide depuis des bâtiments comme ceux-ci, dont les issues de secours étaient fermées à clé.

Je m'engageai à trop vive allure sur la bretelle de sortie, à gauche mes pneus heurtèrent le rail et je ralentis, haïssant Loïs. Pourquoi m'avoir dit la vérité ?

Au milieu de mon Année des Deux Danny, je lui envoyai une liste de questions :

Mon père buvait-il ?

Était-il violent quand il avait bu ?

Les gens l'aimaient-ils ?

Avait-il des amis ?

Ses parents l'insultaient-ils ?

Son propre père le frappait-il ?

Sa mère le maltraitait-elle ?

Il y avait également cette question à laquelle toutes les autres conduisaient, tels des lemmings sautant d'une falaise :

Qu'avait fait ma mère pour…

Le reste de la question était une obscénité, je le savais. Mais je conservai la première partie, rayai le mot "pour" et postai ma liste à Loïs.

Sa réponse arriva quelques jours plus tard.

Ton père est un criminel et ta mère t'adorait. Qu'avait-elle fait ? Elle était une bonne mère pour toi. La meilleure des mères.

S'il te plaît prends soin de toi là-haut.

Susan s'interrompit une nouvelle fois. Elle avait déjà écrit sur ce qui suivait. C'était par là qu'elle avait commencé. Par sa chambre dans un motel de Lawrence, dont la fenêtre ouvrait sur un parc. Du deuxième étage elle avait vu deux hommes et une femme de son âge se passer une bouteille à l'ombre d'un orme malingre, un chien courir après une balle de tennis que lui lançait un type obèse en short. Des canettes de bière vides au pied d'une sorte de monument aux morts. Mais quelle importance ? L'essentiel était le moment où elle avait demandé à un policier de lui indiquer Canal Street et où elle avait trouvé le bureau de Nicholas Xenakis.

Elle fit défiler le texte jusqu'à la fin du passage, relut la dernière ligne : Qu'était donc Susan pour lui ? Qu'était-elle pour quiconque ? Elle but une dernière gorgée de son café froid.

Peu de temps après, Susan Lori redescendit vers le sud, faisant étape à Statesboro, Géorgie, où elle s'attarda parce que c'était une ville universitaire avec de nombreuses librairies. Et puis elle se retrouva à vivre avec Delaney. Elles travaillaient dans le même restaurant, frais et ombragé, où l'on servait des plats à base de produits de saison et du poulet bio aux professeurs et aux étudiants du campus au bout de la rue. Grâce à l'argent gagné dans le bar de Gainesville, Susan avait pu louer un studio exigu à l'arrière d'une maison appartenant à un couple gay qui buvait et se disputait. Le plus jeune des deux fumait sous le pacanier du jardin, et de sa fenêtre elle l'observait parfois, tirant de longues bouffées avec ce déhanchement féminin, les yeux rivés au sol comme s'il rassemblait son courage pour aller s'excuser.

Elle semblait ne faire qu'observer les autres, désormais. Depuis son voyage dans le Nord, elle était apparemment entre deux eaux. Revoir son père ne l'intéressait plus et elle en avait fini avec ses études. Le travail n'était qu'un moyen de gagner assez d'argent pour se loger et se nourrir, acheter des livres neufs ou d'occasion dans la librairie à deux cents mètres du restaurant et, allongée sur le lit de son studio, se glisser une fois de plus dans d'autres vies que la sienne. Comme du temps où âgée de quinze ans, assise à même le sol de la bibliothèque du lycée d'Arcadia, elle se plongeait dans un énième livre, les esprits imaginaires sur la page la rendant indifférente à ses semblables.

À ceci près qu'elle était également de plus en plus indifférente à son propre sort. Elle fumait trop, ne mangeait que lorsqu'elle avait faim, et seulement un bol de céréales ou une carotte défraîchie qu'elle trempait dans du beurre de cacahuètes, si elle avait pensé à en acheter. Le pire, c'étaient les jours de congé, car même avec un livre sur les genoux des voix invisibles semblaient résonner dans le studio : *Mocheté boutonneuse ! Petite garce pourrie gâtée ! Il n'est plus chez nous. Il n'est plus chez nous. Il n'est plus chez nous.*

Et elle buvait trop. Uniquement du vin au début, deux ou trois verres. Mais elle était passée au bourbon et s'éveillait le matin tout habillée sur le canapé ou en travers du matelas, le visage pareil au lit d'une rivière à sec dont elle aurait eu les cailloux dans la bouche, son petit studio silencieux lui faisant l'effet d'une tombe.

En fin d'après-midi elle allait travailler avec la gueule de bois, et s'étonnait toujours que les gens attablés lui sourient comme à une personne normale, comme si elle n'était pas devenue une créature nocturne inutile, incapable de servir les clients.

Mais son apparence n'avait pas changé. Ses clients masculins flirtaient avec elle, et l'un d'eux lui déclara n'avoir jamais vu de femme aussi captivante. C'était l'adjectif qu'il avait employé. Assis à une table d'angle, il avait levé les yeux vers elle en disant cela, souriant derrière ses lunettes à monture épaisse qui lui agrandissaient légèrement les yeux au-dessus d'une barbe hirsute. Sans doute un assistant d'enseignement dans une université, spécialiste d'histoire de l'art ou de sciences politiques, et Susan Lori, debout devant lui avec son plateau vide à la main, retrouvait le plaisir d'être désirée, mais que lui avait apporté celui-ci hormis un sentiment de frustration ? Pas à cause du sexe en soi, mais du fait d'être désirée à ce point. Quel rapport avec ce qu'elle voulait vraiment ?

"Comme c'est aimable. Allez donc vous faire foutre."

L'homme eut l'air d'avoir reçu un fruit pourri en pleine figure, et alors qu'il cherchait ses mots pour répondre, Susan tourna les talons et retourna précipitamment dans la cuisine. Elle avait l'impression de foncer dans l'obscurité tous phares éteints, mais elle commençait aussi à croire possible de vivre heureuse sans homme jusqu'à la fin de ses jours. Alors qu'elle avait toujours tablé sur ce fameux compte en banque invisible qui semblait toujours provisionné, quelque chose de nouveau se produisait ; l'idée ne l'avait encore jamais effleurée que rien ne l'obligeait à dépenser cet avoir.

À la fin de son service, elle s'asseyait au bar et commandait un bourbon à Delaney. Celle-ci correspondait aux clichés de la beauté féminine, seins généreux et hanches rondes, cheveux courts teints en noir avec des racines auburn. Elle avait des pommettes saillantes, des lèvres fines et six piercings en argent le long du lobe d'une oreille, chacun représentant un minuscule animal – un renard, une tortue, un léopard, un serpent, un aigle, un porc-épic –, même si Susan ne les avait pas encore vus de près. Ce qu'elle voyait, c'était que Delaney semblait la voir, *elle*.

Pas de cette façon qui conduisait les hommes à la qualifier de "captivante", mais d'une autre façon, sans doute plus profonde.

"Tu as l'air à la dérive. On te l'a déjà dit ?" Penchée près d'elle au-dessus de l'évier du bar, Delaney faisait la vaisselle.

"Non.

— Eh bien c'est le cas." Elle souriait. Elle avait presque fini son service et se versa un verre d'eau gazeuse sur des glaçons.

De la tête, Susan Lori désigna le verre. "Pas de bourbon ?

— Ça ne me réussit pas.

— Et le vin ?

— Encore moins.

— La bière ?

— Incompatible avec moi, putain. Je ne bois pas.

— Alors pourquoi tu es barmaid ?"

Delaney planta une paille dans son verre et aspira une gorgée d'eau gazeuse, fixant Susan des yeux comme si elle pesait le pour et le contre. Sa gorgée avalée, elle répondit : "Les heures sont compatibles avec celles d'une poétesse.

— Ah bon ? Moi aussi j'écris.

— Des poèmes ?

— J'ai menti. Je n'écris pas. Je commence des choses, mais... je me contente surtout de lire.

— « Un écrivain est un lecteur qui a l'esprit d'émulation. »

— Pardon ?

— Saul Bellow.

— Rien lu de lui.

— Moi je ne lis pas les écrivains hommes, point barre. Plus maintenant, en tout cas."

Cela paraissait stupide, mais cet automne-là du moins, Susan Lori fut intriguée. "Pourquoi ?"

Delaney la dévisagea. "Parce qu'il existe d'autres voix, voilà pourquoi.

— Comme la tienne ?

— Oui, comme la mienne."

À partir de là les choses se brouillaient. Susan savait qu'elle aimait le premier poème de Delaney qu'elle avait lu, et elle savait aussi qu'elle était assise sur la terrasse de la maison en bois louée par Delaney quand elle l'avait lu. Elle revoyait Delaney en short et pieds nus, les ongles de pieds sans vernis et coupés court, les genoux repliés contre la poitrine tandis que Susan finissait de lire un poème sur l'amour d'une vieille dame pour les motos, bien que celle-ci ne soit jamais montée sur un de ces engins et n'y monterait probablement jamais. On entendait dans le dernier vers les cliquetis d'un moteur qui tourne puis le silence d'un cimetière, et Delaney y allait un peu fort sur les sentiments au goût de Susan, mais l'émotion était bien là, et savoir que ce poème avait été écrit par une femme qu'elle connaissait et avec qui elle travaillait lui donna envie d'écrire quelque chose elle aussi.

Elles prirent l'habitude de se retrouver quelques matins par semaine dans un café à trois rues du campus. Elles partageaient une petite table contre un mur recouvert de vieux posters de groupes de rock des années 1970 – Golden Earring, Grand Funk Railroad, Black Oak Arkansas – et elles écrivaient. Puis chacune lisait à l'autre ce qu'elle avait écrit.

La première nouvelle de Susan Lori date de cette époque. Non, en réalité il ne s'agissait que de quelques scènes racontées du point de vue d'une jeune femme qui, regagnant son appartement après les cours, découvre le torse nu de sa colocataire morte dont la tête trône sur leur platine, la bouche entrouverte comme si elle voulait finir une phrase, bien que la protagoniste n'ait curieusement pas remarqué ce détail.

Delaney était sceptique.

"Allons, elle aurait immédiatement vu la tête. Tu écris au ralenti. Tu fais dans le porno gore."

Porno gore. Ces mots avaient trotté quelque temps dans la tête de Susan Lori. La vérité était que Delaney n'aimait pas ce qu'elle écrivait. Bon, elle admirait certaines de ses phrases, mais pas le sujet qu'elle avait choisi.

"Parce qu'enfin, je sais que tu étais présente et tout ça, ma belle, mais tu ne veux pas écrire sur quelque chose de moins scabreux ?"

Comme quoi ? aurait voulu demander Susan Lori. *Comme ta poésie polémique de femelle ? Où chaque poème vante la supériorité du féminin sur le masculin ? Comme si l'un pouvait exister sans l'autre ?* Elle le pensait littéralement, comme si c'était une affaire de sperme et d'ovules, mais elle y voyait aussi un autre sens, et finissait par se dire qu'en fait, elle pourrait se passer définitivement d'un garçon ou d'un homme.

Puis Delaney avait invité Susan Lori à s'installer chez elle, ce qu'elle fit par un après-midi doux et venteux où il y avait de la pluie dans l'air, et à partir de là, elle eut moins la sensation de stagner entre deux eaux que d'avoir trouvé un refuge au chaud et au sec.

Un refuge. Elle avait oublié cet aspect. Mais comment avait-elle pu oublier *ça* ? C'était central, non ? Comment avoir pu oublier que durant cet automne, cet hiver et ce printemps avec Delaney, elle s'était sentie étrangement protégée ?

En l'absence de climatiseur nous dormions ensemble, nues, devant un ventilateur. Un matin elle me réveilla en me caressant avec sa langue et cela me parut aussi naturel que de flotter sur l'eau, même si ce n'est pas ce que je préfère.

J'appris à lui faire la même chose. Ça ne me plaisait pas trop. Je m'attachai à son goût et à son odeur, et parce que j'avais un corps semblable je trouvai si vite comment faire que c'était comme parler une langue étrangère en rêve.

Delaney m'offrit Rilke, et Rilke m'offrit ceci : "La beauté est le début d'une terreur que nous sommes à peine capables de supporter."

Mais face au désir de Delaney pour moi je me sentais comme une alcoolique essayant de se mettre au thé glacé.

Dehors une voiture s'arrêtait. Loïs et sa Volkswagen. Merde. Susan aurait dû avoir mis le riz à cuire. Le rouge aux joues elle déglutit, comme surprise à faire quelque chose de pervers. Elle revoyait le vagin de Delaney. À quelques centimètres de son propre visage.

Il n'était ni beau ni laid, mais cette odeur et ce goût… Susan Lori avait fini par les désirer avec une force qui l'étonnait. Faire jouir Delaney avec ses doigts et sa langue lui procurait aussi une certaine satisfaction, pas très différente de la fierté qu'elle tirait d'un travail bien fait : servir une table de quatre avec chaleur et efficacité ; avoir rédigé jusqu'à l'aube des dissertations brillantes de la première à la dernière phrase. Mais quand c'était Delaney qui la caressait, son plaisir à elle tenait un peu des remerciements de pure forme pour un cadeau que l'on n'a pas demandé ni souhaité. Un pull que l'on ne portera jamais, une écharpe dont on sait qu'on l'offrira à quelqu'un d'autre.

"Suzie ?" Loïs l'appelait au pied de l'escalier.

"J'arrive !" Un grognement lui échappa, un ricanement d'autodérision. Nom d'un chien, fallait-il vraiment mettre ça par écrit ?

À l'époque, s'abstenir de relations hétérosexuelles lui avait toutefois apporté une sérénité et une lucidité merveilleuses. Et puisque Delaney ne buvait pas, Susan non plus, ou très peu, et quand elle s'asseyait devant la table de ce café pour écrire en face de son amie et amante d'un temps, ce qui lui venait était son intérêt pour cet autre Danny, celui de Gainesville.

"Tu t'identifies trop à ces filles." Delaney lui rendit son carnet. À cause d'un rhume, elle avait la lèvre inférieure gercée et les yeux légèrement brillants. "Bon sang, on dirait que tu es jalouse qu'il ne t'ait pas tuée, *toi*."

Elle se trompait. Ce n'était pas de la jalousie, mais autre chose, la conviction que si cet autre Danny devait tuer quelqu'un, il n'aurait pas fallu que ce soient des filles bien. Ça aurait dû tomber sur une étudiante qui méritait d'être punie.

Une étudiante comme elle.

Oui, ça aurait dû tomber sur moi.

"Tu veux que je mette le riz à cuire ?

— Entendu. Je descends *tout de suite*."

Putain.

Ça aurait dû tomber sur moi.

Susan effaça cette dernière phrase.

... Une étudiante comme elle.

Elle entendait Loïs sortir des ustensiles dans la cuisine. Sans doute une casserole pour le riz. Et sans doute avec dépit, parce que sa petite Suzie restait la peste peu digne de confiance qu'elle avait toujours été. "Les belles paroles ne valent rien, jeune fille." Combien de fois avait-elle entendu cette phrase ?

Ce qui changea durant ces mois d'entre-deux avec Delaney dans sa maison de location à l'ombre des chênes verts, à un kilomètre et demi d'un campus plein de jeunes gens et de jeunes filles, fut que Susan Lori cessa d'avoir le sentiment qu'elle ne valait rien. Il restait la honte. Il restait cette ville industrielle au bord de ce fleuve pollué, avec son parc sans pelouses servant de repaire aux pochards et sa rue principale aux commerces fermés pour moitié, avec un flic dans sa voiture de patrouille garée en face du bureau de l'homme chargé de surveiller celui qui avait contribué à donner la vie à Susan, mais lui avait pris sa mère. Il restait ce parc d'attractions miteux le long de la plage. Mais certains d'entre nous viendront toujours de la face sombre et souterraine des choses, tels des champignons retournés dans un bois, des asticots grouillant dans les entrailles d'un chien mort sur un talus, ou une jeune femme recroquevillée sur un lino jaune devant Susan Lori qui l'appelait sans fin.

Mais pendant quelques mois au moins, Susan Lori ne fit rien l'obligeant à donner plus qu'elle ne recevait. Puis Delaney lui annonça qu'il était temps pour elle de partir, qu'elle portait un "bagage" trop lourd et que vivre auprès d'elle finissait par ressembler à un travail à plein temps.

"Suzie ? Tu *descends*, oui ou non ? Tu comptes en faire quoi, de ce poulet ?"

Ensuite il y avait peut-être eu Brian Heney. Peu importait qui, seul comptait le fait que Susan Lori ne tarderait pas à mettre de nouveau son sort entre les mains d'un homme qui retirerait d'un compte des sommes qu'il n'avait pas gagnées, et elle non plus ; seule comptait cette sensation déprimante, vertigineuse, qu'elle dépensait un héritage maléfique dont elle ne pouvait pas se débarrasser assez vite.

25

Dans sa chambre à l'Econo Lodge au sud de Richmond, Daniel est allongé sur son lit, chaussures aux pieds. Il a mal aux yeux et au dos, une douleur lancinante qui ne passe pas. En prenant possession de sa chambre il a baissé les stores, mais des voix lui parviennent du dehors, une femme qui appelle un homme prénommé Bob ou Rob, lequel lui répond en criant : "Tiens, voilà pour *toi* !"

Les chances que Susan accepte de le voir sont infimes, sans parler de ce que lui a dit cette femme d'affaires dans le restaurant du motel voilà moins d'une heure. Il n'avait mangé que deux bouchées de son steak, mais elles lui restaient sur l'estomac comme deux pierres chaudes et il préférait partir. La femme en question était assise au bar. En jupe noire et chemisier blanc, avec un attaché-case en cuir à ses pieds. Elle pianotait sur son téléphone portable posé près d'elle. Elle semblait avoir la quarantaine, l'âge de Susan.

Il avait hélé le garçon, lui demandant de lui apporter sa note au bar. Puis il s'était dirigé entre les tables désertes vers cette inconnue qu'il ne voulait pas effrayer, même s'il savait quelle impression il donnait, quel air il avait.

Au bar la serveuse l'avait toisé. Elle versait du vin blanc dans un verre. Elle l'avait mis sur un dessous-de-verre et fait glisser vers la femme d'affaires. “Le menu ?

— Oui, merci.” La cliente avait levé la tête, souri à la serveuse, et avait alors vu Daniel debout à un tabouret du sien. Sans cesser de sourire, elle avait laissé son index descendre sur l'écran de son portable.

“Je ne veux pas vous déranger, mademoiselle.”

Elle n'avait pas répondu ni levé les yeux de son portable. À quoi Daniel *jouait*-il, de toute façon ?

La serveuse avait posé un menu à côté du verre de la cliente et observait Daniel du coin de l'œil comme s'il risquait d'être sa première source d'ennuis dans un service jusque-là sans histoires. “Quelque chose vous ferait plaisir ?

— Juste regarder les informations.” La télévision retransmettait un match de baseball, le lanceur faisait une grimace en voyant la balle s'élever au-dessus de sa tête. La femme d'affaires avait une bague de fiançailles, un bracelet d'argent au poignet. Elle appuya sur une touche, l'écran de son portable s'éteignit, et elle prit le menu en buvant son vin à petites gorgées.

“Votre note, monsieur.” Elle était sur le bar. Daniel sortit ses billets de la poche de son pantalon et en posa un de cent dollars dessus. La cliente fit mine de n'avoir pas vu la liasse, mais elle s'était redressée sur son tabouret, et Daniel sentit que les choses venaient de changer entre eux, que ces quatre mille dollars dans sa poche le rendaient moins dangereux, ou peut-être plus, mais en tout cas il avait attiré son attention et le moment était venu de tenter sa chance.

“Je veux juste vous poser une question. Ensuite je m'en vais.”

Elle leva les yeux du menu et les posa sur Daniel, le dévisageant pour la première fois. Il avait conscience d'éventuelles éclaboussures de vernis sur son pantalon kaki, du col élimé de sa chemise jaune, des poils blancs qui en dépassaient, de ses lunettes sales qui pendaient à son cou.

“Écoutez, j'ai vraiment beaucoup de travail.”

Le visage en feu, il aurait aussi bien pu être l'adolescent qu'il avait été avant de devenir la Voix, celui que les filles lorgnaient comme s'il était le pitbull d'un voisin, qu'il fallait ignorer ou faire piquer.

“Merci, monsieur.” Le garçon avait laissé le reçu et la monnaie, et Daniel ne quittait pas des yeux cette inconnue qui aurait pu être la sœur de sa fille. Elle avait les cheveux bruns, les yeux noisette, mais son nez un peu busqué comme le sien la privait de la beauté qui aurait pu être la sienne, même si elle ne se comportait pas comme une femme sans charme, plutôt comme une de ces têtes pensantes habituées à diriger une équipe de créatures à leur image.

“Ma fille est professeure d’université.

— Tant mieux pour elle.” Sa voix n’était ni chaleureuse ni froide. Elle avait rallumé son portable.

“Désolée, j’ai une réunion tout à l’heure.

— Je ne l’ai pas revue depuis qu’elle était toute petite. Je descends en voiture jusqu’en Floride pour la voir.”

Son interlocutrice le fixait à présent, comme si elle ne savait pas trop comment réagir.

À nouveau il avait les joues brûlantes. Le bas de son dos le brûlait aussi, il avait les jambes en coton. Il se retenait d’une main au bar pour rester debout. “S’il s’agissait de votre père, vous accepteriez de le revoir après tant d’années ?

— C’est à elle d’en décider, non ?

— Oui, mais vous avez son âge et…

— Tout dépendrait de la raison pour laquelle il est resté si longtemps absent.” Elle se pencha pour prendre son attaché-case et sortit un ordinateur portable qu’elle ouvrit sur le bar. Elle l’alluma en sirotant son vin, le visage, la joue et le cou soudain éclairés par le halo pâle de l’écran. Une fois Suzie couchée, Linda aimait regarder la télévision toutes lumières éteintes, et quand il s’asseyait près d’elle sur le canapé, les bras et les jambes lourds d’une journée supplémentaire à monter sur des échelles et à en descendre, à transporter des pots de peinture pour en recouvrir couche après couche bardeaux et huisseries, la peau des mains rêche et les doigts gonflés, il adorait voir sa femme de profil éclairée par ce même halo, riant devant un bel acteur ou une émission stupide. Même cela suffisait à réveiller sa maladie du soupçon et il s’efforçait de la chasser, car Linda était sur leur canapé, dans leur maison et *avec lui*, non ? Ce n’était qu’un halo vacillant sur son visage.

"Cet homme vous importune, madame ?" Le garçon venait de poser près d'elle des couverts enveloppés dans une serviette en papier.

"Non, c'est seulement... que j'ai une réunion tout à l'heure.

— Vous avez entendu, monsieur."

Ces pierres au creux de l'estomac. Son visage devant un feu invisible. Cette douleur dans les reins et les hanches, et les paroles de cette femme comme autant de coups de pied dans la tête. *Tout dépendrait de la raison pour laquelle il est resté si longtemps absent.*

Il avait pris sa monnaie, laissant quelques pièces et un billet de dix dollars pour le garçon. La cliente pianotait sur le clavier de son ordinateur et son écran affichait la vidéo d'un homme souriant, avec une cravate et derrière lui d'autres hommes avec une cravate eux aussi ; Daniel aurait voulu la remercier mais s'était ravisé, et alors qu'il se dirigeait vers la sortie, les ascenseurs et sa chambre à l'étage, il se voyait déjà reprendre le volant de son pickup le lendemain dès l'aube et remonter vers le nord, vers son mobile home, son atelier et sa petite cour intérieure à l'ombre des pins, même si maintenant, allongé sur son lit, il sait qu'il n'en fera rien.

Il regrette de n'avoir pas photocopié sa lettre à la bibliothèque. Il garde en mémoire presque tout ce qu'il a écrit, mais ce n'est pas assez, et pourquoi avoir raconté toutes ces foutaises sur le Réacteur et la maladie du soupçon ? Susan va le prendre pour un fou.

Sur la table, la liste de conseils pour rédiger son testament qu'il a imprimée. Mais il faut qu'il trouve une machine à écrire, ou un ordinateur et une imprimante. Sa fille professeur en aurait sûrement une, et il l'imagine dans un de ces bureaux d'universitaires qu'il a vus dans les films, avec des étagères chargées de livres, une grande table de travail devant de hautes fenêtres ouvrant sur les arbres et les pelouses du campus, et au mur les diplômes de Susan encadrés. Peut-être à côté de photos de son mari et de ses enfants. Et de dessins aux crayons de couleur.

Linda aimait dessiner. Elle achetait à Susan des albums qu'elles coloriaient ensemble. Puis Linda s'était lassée de ce coloriage, avait acheté du papier blanc, et avec Suzie Woo Woo elles faisaient tous les dessins qui leur passaient par la tête. Ceux de Linda n'étaient ni bons ni mauvais. Beaucoup de marguerites et de soleils radieux, et même un petit chien marron. Ce genre de choses.

Elle gardait tous ceux de Suzie, même de simples lignes violettes en travers d'une page. Elle fixait les meilleurs d'entre eux sur l'encadrement de la fenêtre au-dessus de l'évier de la cuisine. Des gribouillis orange, des ronds rouges, un autre qui ressemblait à un amas de branches noires.

L'estomac de Daniel se noue, son front se couvre de sueur. Il revoit ce soir lointain, lui debout, Linda gisant sur le sol à ses pieds, entend encore les sons qu'elle produisait, puis plus rien. Le Réacteur restait figé, le souffle court, sourd et muet à tout, une vraie merde qui ne savait se servir que de ses poings. La maladie du soupçon avait eu le dernier mot. Ce n'était rien que Danny ait pu voir, seulement un sentiment qui lui faisait prendre un malin plaisir à se dire que tout convergeait : Linda souriant à Bill, le frère de Squeeze, et se déhanchant devant lui ; Linda fumant devant Penny Arcade comme en signe de connivence, un bras replié sous les seins ; Linda l'embrassant sur la bouche, se laissant entraîner sans résistance sous l'Himalaya, enlevant son short quand il avait baissé le sien et se donnant à lui si facilement. Trop facilement.

Dans la petite cuisine de l'Ocean Mist, elle lui avait crié qu'elle en avait marre. Elle partait, elle emmenait Suzie. "Et tu ne peux pas m'en empêcher, merde !"

Ce *tu ne peux pas* avait toujours fait démarrer le Réacteur au quart de tour : *tu ne peux pas* être des nôtres ; *tu ne peux pas* parler à cette jolie fille ; *tu ne peux pas* fréquenter les joueurs de basket, les beaux parleurs, les frimeurs qui arrivent au lycée en Mustang ou en Dodge Charger ; *tu ne peux pas* échanger ton nez busqué, ton acné, ou tes yeux si rapprochés que tu as l'air d'un débile. *Tu ne peux rien* y changer.

Tu peux seulement faire taire les rieurs.

Tu peux seulement les empêcher de se moquer de toi sous ton nez.

Tu peux seulement empêcher ta femme de partir en emmenant ta fille.

Mais là il avait déconné. Tout venait du départ de Linda. Il savait que si elle le quittait elle pourrait coucher avec qui elle voulait. Et il adorait sa fille, vraiment, même s'il aurait dû tenir compte de sa présence à deux mètres à peine.

Une sensation de brûlure sous ses côtes. Il est obligé de s'asseoir. Sa bouche s'emplit de salive, il sait ce qui va suivre, il se lève et court vers la porte ouverte de la salle de bains, vomit du vin et des bouts de viande dans le lavabo, puis, à genoux devant la cuvette des WC où son urine rose d'avant le dîner est encore là, il a un haut-le-cœur et vomit à nouveau, un filet de bile entre deux rots. Il pose le front sur ses avant-bras. Les relents de ce qu'il a évacué flottent dans l'air, cette pourriture douceâtre de la mort et de la vie qui se côtoient.

Ses lunettes lui rentrent dans la poitrine. Il se relève, tire la chasse d'eau, voit que sa monture de lunettes est tordue et que le lavabo éclaboussé de vomi a besoin d'être nettoyé. Il se sent mieux, même si ses jambes semblent s'enfoncer dans la boue à chaque pas. Il faut qu'il retourne se coucher.

Il se rince la bouche, nettoie le lavabo avec un gant de toilette humide. Il le met à sécher sur la tringle du rideau de douche, regagne son lit et s'assoit au bord du matelas. Enlevant ses lunettes restées autour de son cou, il les examine de près et redresse la monture. Il les replie et les pose sur la table de nuit. Il se recoucherait bien, mais il y a cette douleur persistante au creux de ses reins et il se remet debout, heureux que ses jambes le portent encore. Il prend sur la table la liste de conseils sur "Comment rédiger son testament". Il rapporte les pages imprimées sur son lit, remet ses lunettes et se cale contre l'oreiller. Il se demande combien de têtes s'y sont posées. Combien de femmes s'y sont adossées ? Combien d'entre elles étaient seules comme lui, combien étaient au lit avec quelqu'un d'autre ?

Il glisse le second oreiller derrière sa tête et lit la première phrase de la liste :

Recensez les informations personnelles dont vous aurez besoin pour votre testament. Doivent figurer votre nom au complet, votre date de naissance, votre statut marital et, si vous êtes marié(e), le nom de votre conjoint(e), ainsi que le nom, la date de naissance et l'adresse de vos enfants, même si vous ne comptez rien léguer à l'un ou à plusieurs d'entre eux ; le nom, la date de naissance et l'adresse de toute personne que vous comptez mentionner dans votre testament ; et le nom, la date de naissance et l'adresse de celle qui agira en votre nom après votre décès pour l'exécution de votre testament.

La véritable adresse de sa fille. Daniel s'imagine déjà dans un jour ou deux sur le campus de son université. Si elle refuse de le voir, de l'approcher, comment découvrira-t-il où elle vit ? Il devra se contenter d'indiquer son adresse professionnelle, voilà tout. Et qui diable "agira en son nom" ? Il pense à celui qui était son agent de probation des années auparavant, à ses chewing-gums à la nicotine – même s'il lui arrivait de descendre fumer dans la rue –, à ses poches sous les yeux. Mais il était réglo. Il rappelait la loi à Daniel sans jamais le regarder comme s'il n'était rien. Ni d'ailleurs comme s'il était quelqu'un, simplement comme s'il faisait partie de l'énorme machine pénitentiaire qui distribue chaque semaine leur chèque aux agents de probation. S'il est encore en vie, il pourrait lui rendre ce service.

Et il y a cette dame du Club des anciens, Marnie ou Marjorie. Robuste et à peine plus jeune que lui, elle lui sourit chaque fois qu'il vient demander pour qui il doit faire le chauffeur ce jour-là. Elle a les yeux bleus, un double menton tout pâle, et il parie qu'elle boit volontiers un verre de vin le soir. Elle aussi pourrait lui rendre ce service.

Faites l'inventaire de ce que vous possédez, c'est-à-dire de tous vos biens mobiliers et immobiliers – actions, obligations, liquidités, propriétés et reconnaissances de dettes – et de leur valeur estimée.

Ça, c'est facile. Tout ira à sa fille : son pickup, son terrain, son atelier et son mobile home. Tout. Ainsi que ses liquidités à la banque, soit, en tenant compte des 4 000 dollars qu'il a retirés, 8 000 dollars et quelques. Il avait payé son terrain et son mobile home 97 000 dollars, qui lui venaient de l'assurance-vie souscrite par Liam et gardée par sa mère pendant des années. Son atelier et la palissade autour du terrain apporteraient une plus-value. Susan devrait toucher plus de 100 000 dollars pour l'ensemble. Pourtant Daniel l'imagine gardant tout. Ce serait bien, non ? Un lieu de vacances pour elle et sa famille. Pourquoi pas ? Le terrain n'est qu'à trois ou quatre kilomètres de la plage. Mais pourquoi voudrait-elle retourner là-bas ? Croyait-il vraiment qu'elle voudrait y emmener ses *enfants* ?

Debout dans cette cuisine jaune mal éclairée. Avec l'écho des hurlements de Linda : *tu ne peux pas peux pas peux pas !* À ses pieds, elle ne bougeait plus et il fallait appeler les secours. Il avait expliqué à la régulatrice au bout du fil que sa femme était blessée, mais durant de longues minutes il ne retrouvait plus le nom de leur rue, seulement celui de leur bungalow, Ocean Mist. C'était ce qu'il lui avait sans doute dit. *Le bungalow Ocean Mist.* Et il avait soudain vu Suzie, trois ans, debout à sa gauche avec ses boucles brunes. La bouche barbouillée de glace au chocolat, elle fixait sa mère des yeux, puis elle avait voulu lui parler, et entendant le son de sa voix il avait retrouvé leur adresse et l'avait communiquée à la régulatrice avant de raccrocher. Il avait ouvert en grand la porte de la cuisine, et pris sa fille dans ses bras pour l'emmener dans leur chambre, à Linda et à lui.

Sur la table de chevet de Linda il y avait une pile de livres pour enfants qu'elle lisait à Suzie. Depuis que leur fille était un peu plus grande, ils la laissaient souvent s'endormir entre eux le soir et rester là jusqu'au matin, et il n'y avait rien de mieux que de s'assoupir en écoutant une histoire lue par Linda, ou la petite voix de Suzie la questionnant sur une comptine qu'elle ne comprenait pas, car elle adorait les comptines.

Réfléchis un peu. Quelle quantité d'eau cinquante-cinq éléphants peuvent-ils boire ?

L'auteur était un médecin qui réalisait lui-même les illustrations. Des créatures loufoques au long nez, aux oreilles tombantes et aux grands pieds. Un jour, Suzie avait désigné le livre de lui qu'elle préférait, même si elle en estropiait le titre ou l'appelait "celui sur les éléphants". Il s'intitulait *Oh, the Thinks You Can Think*, et ce soir-là, calé contre les oreillers et installant Suzie près de lui, la tête contre son épaule, Danny avait ouvert ce livre et commencé à lire.

"Mais je veux voir *maman.*

— *Et d'où vient*
Que tant de choses
Vont vers le Bien ?
Tu peux réfléchir à ÇA
Jusqu'à samedi prochain."

Ces vers n'ont jamais quitté Daniel. Quand il était en taule, ils couvraient le tourbillon des autres voix. Ces vers, et la voix de Suzie : "Est-ce que maman va bien ?"

De son bras, il avait serré sa fille contre lui, et alors qu'il tenait le livre à deux mains devant eux, il s'était produit quelque chose qui l'avait surpris alors que ce n'était pas surprenant : il redevenait la Voix. Il se revoyait là-haut, au micro dans la cabine du DJ de l'Himalaya, derrière cette vitre sale en plexiglas qui le séparait des lumières du parc d'attractions, prenant le temps d'articuler chaque mot, de lui donner assez de souffle pour flotter jusqu'au suivant et former une mélodie à laquelle on ne pouvait pas résister, tandis qu'en contrebas Linda le regardait comme s'il était un saint, entré dans sa vie uniquement pour l'emmener quelque part où tout irait mieux.

Mais Suzie n'écoutait pas, son corps ne cédait toujours pas au sommeil contre le sien. Elle répétait qu'elle voulait voir sa maman, et que faire d'autre que la serrer plus fort contre lui ? Ses cheveux sentaient l'océan, car l'heure du bain ne venait qu'après le dîner. Elle sentait la crème à la noix de coco dont sa mère l'avait enduite plus tôt. Elle sentait la glace au chocolat qu'il n'avait pas essuyée sur son visage, et il y avait cette autre odeur, presque aussi sucrée mais plus ancienne, des éclaboussures qui séchaient sur le dos de sa main droite et sur son avant-bras, à quelques centimètres du visage de leur fille et il ne fallait pas qu'elle voie ça, mais il avait continué à lire – non, la Voix avait continué à lire – une comptine loufoque après l'autre. Sous l'une d'elles était dessiné un gosse sautant d'un plongeoir en bois dans une énorme mare, bras et jambes écartés, avec un sourire béat comme s'il se fichait de tout.

La Voix n'en finissait pas de lire, Danny tournait lentement les pages. Le dessin d'une créature tenant son bébé dans ses bras illustrait une comptine sur les baguettes, et Suzie avait commencé à se tortiller et à réclamer sa mère, mais la Voix lui avait dit que sa maman avait besoin d'être seule. "Parfois, quand tu es malade tu préfères être seule."

Quant à l'illustration où l'on voyait ce gosse plonger à plat ventre, souriant et les yeux fermés, sa queue de cheval ondulant dans les airs, Danny aurait bien voulu être à sa place – non, il y était déjà, suspendu dans les airs, attendant que la suite des événements s'accélère. Malgré tout, une pensée lancinante comme une brûlure de cigarette sur sa peau l'incitait à se lever, à s'élancer dans la cuisine pour secourir Linda de son mieux. À prendre un torchon à vaisselle et à l'appliquer sur ce qu'il avait fait. À tenter de ralentir ou d'arrêter l'hémorragie. Mais il n'était pas naïf. Il savait ce que visait le Réacteur avec l'objet qui avait ensuite atterri bruyamment dans l'évier. Il s'en prenait toujours à la source brûlante du mal – le sourire moqueur, les dents des rieurs, le cœur infidèle –, Danny ne trouvait même pas le mot, il ne sentait plus en haut de son bras que l'écho du bruit sourd de cette lame transperçant les chairs, ne voyait plus que le regard posé sur lui par sa femme, son expression empreinte de la même certitude que du temps où elle levait les yeux vers lui, vers la Voix tout là-haut, loin au-dessus d'eux comme à présent où il faisait la lecture à Susan, son minuscule torse blotti contre le sien, son pied nu posé sur son genou à lui.

Deux ambulanciers étaient arrivés les premiers. Des coups à la porte résonnaient de plus en plus fort, couvrant la Voix. Un homme criait des mots comme "appelez les secours". Comme "urgences". Comme "blessée". Suzie connaissait celui-là, elle leva la tête et dit : "Papa ?", mais la Voix lisait toujours, et Danny avait à nouveau serré sa fille contre son cœur, plus près du livre ouvert dans sa main, de ces créatures loufoques illustrant des comptines, comme si la vie était censée n'être qu'une grande aventure amusante avec des créatures sympathiques. Et bon sang pourquoi fallait-il tout prendre au sérieux ? Pourquoi Danny devait-il prêter attention à ce type sérieux devant la porte ? Il ne voit donc pas que je suis en train de lire un livre à ma fille ? Il ne voit donc pas qu'elle a trois ans et que tout va bien se passer ? Et ce n'était pas une drôle de coïncidence, que ce soit aussi lui qui s'était occupé de Bill, le frère de Squeeze ? Danny le savait parce que cet homme avait les cheveux coupés en brosse – ce qui ne se faisait pas à l'époque –, parce qu'il était obèse et avait un grain de beauté sur le cou, encore que Danny n'ait pas remarqué ce détail la fois précédente. Des questions fusaient, mais elles flottaient dans les airs comme des débris dans le sillage que laissait la Voix, prenant tout son temps, sans la moindre hâte. Puis la voix de Suzie avait fusé à son tour, et sa question ne portait pas sur une comptine ou une illustration, mais sur sa mère, et Danny lui avait tapoté le dos et répondu : "Maman reçoit de l'aide, maintenant. Elle va bien. Tout est OK." *OK* était un bon mot, un mot parfait qui ne faisait pas du tout l'effet d'un mensonge, pas avant que dans l'encadrement de la porte soit apparu le visage d'un flic, puis d'un deuxième, puis ils avaient été quatre dans leur chambre à Linda et à lui, et tout allait bien jusqu'à ce que l'un d'eux tente de prendre Suzie et de l'emmener, et que le Réacteur se déchaîne comme il ne l'avait encore jamais fait, au point que des semaines plus tard il gardait plusieurs contusions sur le cuir chevelu, des démangeaisons laissées par ses points de suture au menton, des élancements dans les épaules et dans les coudes à force d'avoir été menotté et entravé, mais ce n'était rien à côté du froid de l'absence du corps de Suzie contre son flanc. Rien n'était pire que ça.

C'est la dernière fois qu'il l'a touchée, et l'une des seules fois où il lui a fait la lecture. Linda s'en chargeait, pas lui. Il se demande maintenant si Susan se souvient encore qu'il lui a lu ce livre. Elle avait trois ans. Peut-être que oui.

Mais croit-il réellement que ce sera tout ce qui lui restera de cette nuit-là ?

Un rire de femme dans le couloir, puis une voix d'homme. La porte d'une chambre voisine s'ouvre et se referme. Daniel fixe des yeux la feuille dans sa main sans la lire. La langue pâteuse, un goût de bile dans sa bouche sèche, il tend l'oreille, à l'affût d'autres sons. L'homme et la femme dans la chambre à côté ou en face de la sienne ont des voix jeunes, ils n'ont pas plus de trente ou quarante ans. Et le rire de cette femme… il exprime quoi ? La confiance. Comme si elle vivait avec cet homme depuis quelque temps et savait qu'il prendra soin d'elle. Il ne veut que son bien. Il n'est pas avec elle uniquement à cause de ce qu'elle le laissera peut-être lui faire dans cette chambre. Elle tient une grande place dans son cœur. Tout cela est dans son rire, et c'est difficile à supporter.

Sa vessie le brûle. Il a la sensation qu'on lui broie les vertèbres.

Sa femme à lui tenait aussi une grande place dans son cœur, vraiment. Mais elle se comportait comme si elle était en cage, ce qui était la vérité – il ne le nie pas. Pendant ces ultimes semaines, le serpent de la jalousie s'était insinué dans chaque circuit du cerveau de Danny, et même chez lui il n'ouvrait la bouche que pour interroger ou donner des ordres. "Tu vas directement à la galerie et au retour tu ne traînes pas. Tu n'adresses la parole qu'aux clients. S'il y a quelqu'un que tu connais, tu l'ignores, compris ? Comment se fait-il que tu aies mis du rouge à lèvres ? Tu n'en mets jamais. Non, on ira *ensemble* faire les courses. Pourquoi tu l'as regardé, celui-là ? Comment se fait-il que tu ne me racontes plus rien ? Autrefois tu me parlais. Ce jean est trop moulant. Mets autre chose. Il y avait qui, à la plage ? Tu étais assise seule ? Je ne veux pas que tu parles avec les forains, tu m'entends ? Même un seul. Ce ne sont pas tes amis. Tu m'as, moi."

Pourtant il croyait l'aimer. Il voulait l'aimer.

Un gémissement. Daniel croit d'abord qu'il vient du passé, il y a quarante ans, du temps où tout allait bien avec Linda ; elle lui prenait le visage à deux mains, le sien tressautant à chacun de ses assauts, le regardait droit dans les yeux et laissait échapper le même son que celui dans la chambre voisine. Celui de cette inconnue qui gémit de plaisir. Il se retient de se lever pour aller coller son oreille à la cloison et mieux entendre.

Au fond, ses moments les plus heureux avec Linda n'étaient pas ceux-là, mais ensuite, quand ils se laissaient gagner par le sommeil, allongés côte à côte. Le dos nu et tiède de Linda contre son torse, il savait qu'il ne serait plus jamais seul et n'en revenait pas d'une telle chance. Après avoir été la Voix, il avait cela, et il ferait tout pour le préserver.

Les gémissements sont plus sourds, le sommier grince et de temps à autre la tête du lit heurte la cloison mitoyenne. Daniel prend la télécommande du téléviseur mais ne sait pas trop sur quelle touche appuyer, et il n'a jamais aimé la télévision. Pendant les quelques années où il a eu un poste, la moindre série était pleine de couples ou de familles : maris séduisants, épouses jolies et drôles, beaux enfants, amis ayant réussi et présentant bien. Dans chaque épisode quelqu'un avait des ennuis – un patron colérique, un collègue de travail qui s'incrustait, une lettre laissée dans le mauvais tiroir et trouvée par la mauvaise personne –, mais en une demi-heure tout s'arrangeait et se terminait par des embrassades et des rires. Cela lui donnait le sentiment d'être un visiteur solitaire venu d'une lointaine planète glaciale, dans laquelle il n'avait jamais été le bienvenu non plus, et il avait beau zapper, même les séries policières étaient trop bien ficelées : les méchants étaient arrêtés et finissaient en taule, et les flics respirant la santé, la droiture et l'optimisme semblaient déjà prêts pour l'affaire suivante.

Que restait-il, à part les programmes sportifs, les jeux et les informations ? Mais le contenu et la présentation de ces dernières étaient formatés, comme si la vie ressemblait à un escalier que vous emprunteriez tous les jours, celui d'un magasin géant empli de produits clinquants qu'avec un peu de bonne volonté, de chance et de capacité à grimper droit vous pourriez faire vôtres, n'ayant alors plus aucune raison de vous plaindre.

Le calme est revenu dans la chambre voisine. Daniel se demande si les sons qu'il a entendus sont réels ou imaginaires. Puis la tête du lit recommence à heurter la cloison. Il se lève et s'approche de la table avec sa liste, prend le stylo posé sur le petit bloc au pied de la lampe. Les trois dernières consignes sont de taper son testament, puis de le dater et de le signer en présence de deux témoins. Enfin il lit :

Faites au moins deux copies. Donnez l'original à la personne qui exécutera le testament en votre nom, donnez-en un exemplaire à votre conjoint(e) et gardez-en un pour vous, que vous laisserez chez vous en lieu sûr.

Il revoit dans sa cuisine le tiroir où il range sa calculette et son bloc-notes avec le prix des rempaillages. Il pourrait y mettre son testament. Mais en cas d'incendie, ou de dégât des eaux ? Il devrait peut-être acheter un petit coffre-fort chez Home Depot. Non, un marginal entrant par effraction dans le mobile home pourrait croire qu'il contient des objets de valeur. Autant ne pas attirer l'attention.

Cinq ou six coups brefs contre la cloison, un silence, puis des murmures, et à nouveau le rire de cette femme. Plus serein, gorgé d'amour.

L'homme et elle sont maintenant dans la salle de bains. Bruits de tuyauterie. Réels, ou imaginaires ? Daniel remet ses lunettes, retourne sa feuille et écrit au verso :

Daniel Patrick Ahearn, 28 novembre 1949, 26 Butler Place, Salisbury, Massachusetts

Célibataire

Aussitôt il raye ce mot et le remplace par : *Veuf.*

Son visage et son cou s'empourprent bien que ce soit le terme exact, quoi qu'on en pense. Il retourne à nouveau la feuille, relit la fin de la consigne, puis reprend au verso :

Susan Lori Ahearn Dunn, Eckerd College, Floride

Il corrigera plus tard. Il continue :

Personne désignée pour m'exécuter

Il s'interrompt, raye *m'* et ajoute : *mon testament.*

Une porte se ferme. Un rire étouffé, celui de l'homme cette fois, qui redonne espoir à Daniel. Un signe qu'il va dans la bonne direction : ce testament, ce voyage vers le sud, l'envoi de la lettre à sa fille, qu'elle a sans doute déjà lue au moins une fois. Quelle était la formule finale ? Il voudrait s'en souvenir, mais non. Pourvu qu'il lui ait écrit qu'il l'aimait. Il espère bien l'avoir fait.

26

Le portable de Susan avait sonné et elle parlait à son mari, ce qui permit à Loïs d'aller chercher dans sa voiture les lampes en porcelaine de Dresde. À l'ouest le couchant donnait des reflets dorés aux aiguilles de pin sur l'allée gravillonnée. De la cuisine lui parvenait l'odeur du poulet en train de frire. Suzie avait trouvé une station de radio cubaine ou mexicaine, des voix d'hommes chantaient en espagnol au son d'accords de guitare et de cuivres claironnants, et la vie même semblait être une fête tapageuse et ensoleillée. Difficile de ne pas remarquer le changement survenu chez sa petite-fille. Même si Suzie était entrée dans la cuisine en s'excusant de son retard à mettre le dîner en route, elle avait l'air… "heureuse" n'était pas le mot. Elle ne se maquillait toujours pas et ses cheveux courts étaient en désordre. Elle paraissait également trop mince, mais on aurait dit qu'elle rayonnait de l'intérieur, si ça avait un sens. Dans un premier temps Loïs s'en était agacée, sans trop savoir pourquoi. Elle n'avait pas vraiment faim et se moquait bien que leur dîner ne soit pas prêt. Le fait que Suzie ait trouvé à s'occuper dans cette maison expliquait peut-être que pour une fois elle se sente bien. Pourquoi n'y arrivait-elle pas, quand elle était gosse ? Cela aurait diablement facilité les choses. Bien qu'à l'époque, la lecture ait eu un peu le même effet sur elle. Elle passait des heures dans sa chambre, puis descendait encore sous le charme d'un monde lointain que Loïs n'était jamais invitée à partager. Ensuite les années garçons avaient commencé, et avec elles ces satanées disputes ininterrompues entre elles deux.

Mais ce soir-là Suzie semblait lire dans les pensées de Loïs. "J'ai beaucoup écrit aujourd'hui, Noni, avait-elle annoncé.

— Tu n'avais pas dit que tu n'étais pas douée pour l'écriture ?

— Si. Simplement je finis par ne plus m'en soucier."

Loïs se serait bien passée de cette musique espagnole. On en entendait trop en ville, mais à elles deux, Suzie et elle faisaient flotter une légèreté festive dans l'air de cette vieille maison sombre, et Loïs se réjouit que sa petite-fille soit toujours au téléphone, car elle pouvait ainsi emballer ces deux lampes qu'elle avait décidé de leur offrir, à Bobby et à elle.

Bon, Marianne n'y était pas pour rien. Juste avant de fermer la boutique pour déjeuner, Loïs lui avait confié à quel point ces deux lampes plaisaient à Susan, et Marianne s'était tournée vers elle : "Tu devrais leur en faire cadeau, à elle et à son mari."

Si elle n'avait pas employé le mot "mari", Loïs ne ferait sans doute pas cela. Ses affaires marchaient plutôt bien, mais les deux lampes étaient une belle acquisition, et onze cents dollars représentaient une somme. Pourtant cette idée l'avait habitée tout le repas, tel un fragment d'un beau rêve, et là, assise au bord de son lit avec un rouleau de papier cadeau et cherchant du scotch dans le tiroir de sa table de nuit, elle éprouvait la même impatience qu'autrefois, les soirs précédant les anniversaires et les Noël de ses enfants, ou à Pâques lorsqu'elle emplissait des paniers d'œufs et de lapins en chocolat dans du papier doré ou rose. Quand ils étaient plus grands, elle cachait pour eux des dollars en argent qu'elle avait envoyé Gerry chercher à la banque, même s'il l'aidait rarement, et au fond elle appréciait d'être seule pour exprimer son amour maternel que peut-être, oui, d'accord, elle ne savait pas trop leur montrer en dehors de ces fêtes. Chaque année en décembre et en avril, en octobre pour l'anniversaire de Linda et en août pour celui de Paul, et plus tard en mai pour celui de Suzie, Loïs avait une chance de leur prouver qu'elle les aimait, et souvent, tandis qu'elle emballait leurs cadeaux, sirotant parfois un verre de vin ou un alcool fort, les larmes lui montaient aux yeux, et elle ne pouvait qu'espérer que ces cadeaux leur plairaient. Et leur diraient tout ce qu'elle-même ne semblait jamais réussir à leur dire.

Mais où était ce foutu ruban adhésif ? Elle sortit du tiroir trois ou quatre catalogues de meubles et de jouets, des offres publicitaires d'eBay, deux flacons de comprimés sur ordonnance qu'elle n'avait jamais eu à prendre. Et aussi l'étui cassé de lunettes qui n'étaient visibles nulle part, un paquet non entamé de mouchoirs en papier, son revolver chargé qu'elle ne rangeait plus dans son coffret. Elle le prit par la crosse et le posa près d'elle sur le matelas. Et le scotch était là, niché parmi les pièces de monnaie, les trombones et les épingles à cheveux : un lot de deux rouleaux tout neufs, acheté sans pouvoir dire quand ni pourquoi.

Marianne avait enveloppé les deux lampes dans du papier bulle, et les avait posées côte à côte dans une de ces boîtes en carton couleur ivoire qu'elles faisaient venir du New Jersey en nombre. Après avoir fait tenir le couvercle avec du chatterton sur les côtés, elle avait aidé Loïs à leur trouver de plus beaux abat-jour dans l'arrière-boutique. Ils occupaient toute une étagère : en verre ou en toile, en forme de cloche ou de tambour, ovales, rectangulaires ou carrés, de style Empire, victorien ou Arts & Crafts. À la lumière poussiéreuse du soleil, entre deux appliques, Loïs avait vu trois abat-jour cloches en soie gris perle. Juste ce qu'il fallait : deux d'entre eux étaient en bon état, presque de la même couleur que les figurines en porcelaine des deux amoureux, la forme convenait et la soie se mariait bien avec la dentelle coulée de la robe de la jeune fille.

Et puis Marianne semblait un peu plus joyeuse après le déjeuner. Elles avaient mangé au Sawgrass, et devant leur steak salade et leur thé glacé Loïs avait raconté en détail les nombreuses liaisons de Gerry, la MST qu'il lui avait transmise, ses excès de boisson, ses dépenses inconsidérées qui l'avaient laissée à sec, bien qu'elle ait pu garder Penny Arcade. Marianne hochait la tête en tamponnant ses lèvres avec sa serviette entre deux bouchées. Loïs voyait, comme elle l'espérait, son amie comparer son sort au sien, et encore n'avait-il pas été question du trou noir béant au centre de la vie de Loïs.

Durant le bref trajet à pied vers la boutique, Marianne avait serré sa main dans la sienne et dit : "Je sais quelle chance j'ai, Loïs. Je le sais." Et Loïs ne pouvait nier sa joie de lui avoir remonté le moral, mais la compassion sincère de Marianne l'irritant malgré tout, elle avait répondu : "De toute façon, mon chou, aucune de nous n'en sortira vivante." Sans doute pas ce qu'il aurait fallu dire, mais quand Loïs ne gaffait-elle *pas* ? Cet échange au déjeuner avait au moins eu le mérite de les mettre sur un pied d'égalité, et une fois les nouveaux abat-jour choisis, Marianne était allée en voiture acheter un grand sac à poignées dans lequel ils attendaient à présent au salon. Les doigts de Loïs semblaient trop gros pour les ciseaux tandis qu'elle découpait le papier cadeau trouvé dans sa penderie. Un motif de Noël – des guirlandes dorées sur des branches d'épicéa –, mais elle n'avait rien d'autre et c'était l'intention qui comptait.

Au rez-de-chaussée, Susan avait baissé le volume de la musique et Loïs entendait sa voix. D'abord volubile, elle trahissait à présent une certaine inquiétude ou une attention plus soutenue. *Nom d'un chien*, pensa Loïs. *Il n'a pas intérêt à la quitter maintenant que j'ai fait tout ça.* Elle s'interrompit et se redressa. Après lui avoir confié qu'elle ignorait si elle aimait son mari ou non, comment Suzie prendrait-elle ce cadeau destiné à Bobby et à elle ? L'accuserait-elle encore de ne pas l'avoir écoutée ? Combien de fois, plus jeune, Susan lui avait-elle lancé au visage : "Putain Loïs, tu ne me *comprends* pas !" À moins qu'elle ne l'ait crié qu'une fois, mais Loïs, blessée, avait revu Linda qui n'élevait jamais la voix devant elle, qui s'était simplement éclipsée sans avoir demandé le moindre conseil.

Mais en bas Susan riait et ce ne pouvait être que bon signe, même s'il vaudrait peut-être mieux lui offrir à *elle* ces lampes d'amoureux. Pourquoi pas ? Elle les avait si longtemps admirées, dans cette espèce de château à Punta Gorda. Offre-les-lui donc à *elle*, vieille bique.

Le volume de la musique remonta au rez-de-chaussée, l'animateur radio se mit à parler à toute vitesse en espagnol de Dieu savait quoi, Loïs ne reconnut que les mots "Ernie's Dodge Trucks", et soudain Suzie l'appela au pied de l'escalier.

"*Noni ?*

— Ne monte pas !

— Ça va ?

— *Très* bien.

— Bobby arrive. C'est OK ?

— Ce soir ?

— Oui, *ce soir*.

— OK pour moi, Suzie Q."

Susan éclata de rire. Suzie Q, comme dans la chanson. Loïs n'avait pas employé ce surnom depuis des années. Tant d'années. Et quelle bonne surprise, que Bobby vienne ! Ce couple n'avait sans doute besoin que de cela. Ou du moins Susan. S'éloigner un peu pour y voir plus clair. Loïs rabattit dans le sens de la longueur le papier sur la boîte et le fixa avec un morceau de scotch. Ce serait bien d'avoir à nouveau un homme dans la maison. Cela faisait combien de temps ? Susan avait amené Bobby il y avait un an ou deux, mais ils n'étaient restés qu'un après-midi. Paul n'amenait jamais sa famille. Loïs devait toujours aller en voiture à Miami. Walter et Marianne étaient venus dîner un soir, mais voilà longtemps. Avant, il y avait eu Don, et aussi l'un des nombreux petits amis de Susan, Brian Quelque Chose, ce marin pêcheur roux qui fumait des cigarettes roulées, parlait peu et couvait Suzie des yeux comme s'il ne tarderait pas à la dévorer.

Loïs finit d'emballer la boîte contenant les deux lampes, la retourna avec soin et alla chercher dans sa penderie le sac où elle rangeait les rubans. Mais la pièce tangua, son torse et ses jambes devinrent comme de la pierre puis comme des ossements d'oiseau : il valait mieux qu'elle n'essaie pas de descendre elle-même cette boîte. C'était déjà assez périlleux de l'avoir montée dans ce sac à poignées, alors tant pis, elle ferait venir Susan jusqu'ici, quelle importance ?

Il était temps de s'offrir un verre de vin et un bon dîner avant l'arrivée de son sympathique petit-fils par alliance, même si elle ne le voyait pas ainsi en nouant un ruban doré au centre de la boîte, sur un motif doré lui aussi. Elle le voyait comme un ami – une amitié qui n'avait commencé qu'à Noël dernier dans la petite maison de Susan et de Bobby à St Petersburg, avec en bruit de fond cette étrange musique de jazz, Bobby lui souriant tandis qu'il coupait avec elle des légumes en dés pour le repas qu'ils partageraient tous les trois, la lumière du plafonnier de la cuisine se reflétant sur son crâne chauve et Susan ayant disparu quelque part dans la maison, comme pour leur faire à tous deux cadeau de ce moment.

Susan lavait une laitue dans l'évier, et Loïs se versa un verre de merlot avant de s'asseoir lourdement sur sa chaise devant la table. D'habitude elle ne fumait pas avant de dîner, mais une cigarette irait très bien avec ce vin, et elle ouvrit un nouveau paquet, en prit une et l'alluma avec le briquet qu'elle laissait toujours sur l'appui de fenêtre. Dehors, une lumière rose pêche baignait les chênes et les pins, et Loïs ne se souvenait pas de la dernière fois où elle s'était sentie aussi bien. La nicotine circulait dans ses veines comme une amie fiable, le vin réchauffait son visage et son décolleté, son adorable Suzie préparait le dîner, son mari était en route. Et il y avait ce cadeau très coûteux qui les attendait tous les deux à l'étage – oui, "tous les deux" : c'était son premier mouvement, alors pourquoi ne pas s'y tenir ?

Susan ferma le robinet, disposa les feuilles de laitue sur le plan de travail recouvert de serviettes en papier.

"Ce sera un plaisir de voir Bobby. Tout va bien ?"

Susan se tourna vers elle. Le bas de son débardeur était mouillé, et elle avait bel et bien maigri. Ses cheveux ne ressemblaient à rien. Elle devrait faire un effort pour l'arrivée de son mari et Loïs sentit les conseils se bousculer dans sa gorge, mais préféra boire une gorgée de vin. Elles avaient trop souvent pris cette route.

"Tout va bien. Il dit qu'il a une lettre importante pour moi.

— C'est-à-dire ?

— Eh bien, j'ai peut-être vendu quelque chose.

— Sur eBay ?"

Susan sourit et eut un haussement d'épaules désabusé. "Il s'agit d'une nouvelle. Je l'ai écrite il y a longtemps, mais Bobby m'a convaincue de la terminer et de l'envoyer à un éditeur, ce que j'ai fait.

— Je pourrai la lire quand ?

— Tu veux vraiment la lire ?

— *Oui*. Combien de fois faut-il que je te le dise ? Elle parle de quoi ?

— Ça ne va pas te plaire.

— Écoute, ma belle. Comment saurais-tu ce que *moi* j'aime ?" Elle tira une bouffée, plissa les yeux et fixa Susan en soufflant sa fumée. "Alors ?

— Les meurtres de Gainesville.

— Oh, génial.

— Je t'avais prévenue.

— Je n'ai pas dit que ça ne m'intéressait pas. C'est… tu imagines à quel point c'était dur pour moi de te savoir là-bas, à l'époque ?

— Je crois que oui.

— Moi je crois que non." Loïs n'alla pas plus loin, à moins que ce n'ait été les mots eux-mêmes. Susan n'avait apparemment rien remarqué. Loïs secoua la tête. "En tout cas, je veux la lire.

— Entendu." Susan enfila une manique, ouvrit la porte du four et sortit le poulet fumant. Des senteurs de romarin et de citron brûlé se répandirent. Elle planta une fourchette dans les blancs et les retourna, puis remit le plat au four.

"Bon, quand Bobby sera là on devrait fêter ça, ma chérie."

Susan sourit, mais, toute pâle, elle posa la manique sur le plan de travail, alla dans le couloir et entra dans la salle de bains du rez-de-chaussée, refermant la porte derrière elle. "Ça va ?" Loïs toussa, puis tira une autre bouffée. La pièce était soudain un peu trop silencieuse. "Suzie ?"

Un bruit de chasse d'eau, et Loïs entendit sa petite-fille dire d'une voix étouffée qu'elle revenait tout de suite. Son verre à la main, elle se redressa. Elle essayait de se représenter où Bobby et Susan mettraient ces lampes chez eux à St Petersburg. Peut-être dans leur salle de séjour qui était aussi le bureau de Bobby, une lampe de part et d'autre de leur canapé moelleux. Elle espérait qu'elles plairaient autant à Bobby qu'elles avaient semblé plaire à Susan, et elle trouvait ça drôle, tout bien réfléchi. Ces deux tourtereaux enlacés au pied d'un arbre, c'était un peu trop romantique pour Susan, non ? À moins qu'elle n'ait justement eu besoin de ça, d'un peu de romantisme.

La porte de la salle de bains s'ouvrit, et Susan réapparut dans la cuisine. Du dos de la main, elle écarta une mèche de cheveux de son front, le regard comme assombri par une émotion que Loïs n'avait pas vu venir.

“Ça va ?

— Quelle petite conne égoïste j’étais, en ce temps-là !

— Comment ça ? Quand ?

— Quand je suis retournée à Gainesville. J’aurais dû savoir ce que ça te ferait, à toi surtout.”

Loïs eut son geste évasif, comme si ce dont Susan parlait avait aussi peu d’importance que d’avoir oublié d’aller chercher le courrier ; ses yeux se mirent pourtant à la picoter et, incapable de croiser le regard de Susan, elle voulut prendre une cigarette, mais déjà sa petite-fille traversait la pièce, ses bras nus enserraient les épaules de Loïs, sa joue se posait sur sa tête. “Je suis désolée, Noni. Tellement désolée.”

Loïs hochait la tête. Elle tapota le dos de Susan, huma la peau tiède de son épaule et, en proie à un mélange de gratitude et de gêne, elle aurait voulu à la fois qu’elle s’écarte et qu’elle reste. Sans bouger. Comme ça. Aussi longtemps qu’il le faudrait pour que tout aille bien à nouveau, ce qui ne serait jamais, jamais le cas. *Alors rends grâce pour ça*, se dit-elle, *rends grâce pour ce moment*, parce qu’elle avait eu tellement besoin d’entendre ces paroles, non ? Non pas celles de Susan sur Suzie l’adolescente, mais à cause de ce qui leur était arrivé, à elle et à sa famille, et qui ne devrait jamais arriver à aucune famille, en aucun lieu.

“OK, ma chérie. OK. Tu vas faire brûler ton poulet. Il faut que tu ailles voir.”

Mais Susan ne desserrait pas son étreinte, et Loïs ne savait plus si c’était pour sa grand-mère ou pour elle-même, et quelle importance ? *Contente-toi d’apprécier ce moment*, se répétait-elle, *pour une seule fois, bon sang, apprécie le bien que ça fait.*

27

Une brûlure au pénis. Il faut que Daniel aille pisser. Il sort ses jambes du lit côté gauche, mais il y a plus de place que normalement. Et à sa droite, où sont passés le mur et la fenêtre de son mobile home ? Et la veilleuse de son chauffe-eau, qu’il voit toujours devant lui dans sa kitchenette sans porte ?

Un hôtel.

En Virginie. Cette femme d'affaires au bar. Il se retourne et scrute les chiffres orange fluo du réveil : 4 : 46.

Sa hanche aussi le brûle et il se lève, contournant le lit dans l'obscurité. Un rai de lumière filtre sous la porte en face de lui. Il cherche à tâtons l'interrupteur du couloir, et la lumière crue qui jaillit l'éblouit. Un judas dans la porte. Sur la moquette, une feuille de papier repliée. Un flot de chaleur lui embrase la poitrine, le visage – *C'est quoi ?* ***Qui ?*** – et il ne voit pas qui d'autre que Susan. La lettre lui est réexpédiée. Mais comment aurait-elle su où le trouver ? Et si vite ?

Il se baisse pour la ramasser, les genoux raides, cette hanche brûlante irradiant dans son dos et son bassin. Il déplie la feuille, c'est sa note. Comme s'ils voulaient le voir partir au plus vite.

Il entre dans la salle de bains sombre, laisse la lumière éteinte et la note d'hôtel près du lavabo, tente d'uriner. De ses reins la brûlure monte en puissance et il se soulage brièvement dans la cuvette, puis à nouveau cette brûlure qui est comme le passage du temps que personne d'autre que lui ne perçoit, et pour la première fois depuis longtemps, non seulement il se sent seul, mais il a peur de la solitude dans ce silence infini. Comme s'il n'était jamais sorti de taule. Comme si ses vingt-trois années dehors se résumaient à ces voix lui disant de ne pas rester chez lui, d'aller rempailler des chaises au soleil, d'errer dans les rues de Port City comme un fantôme, de fréquenter la bibliothèque, ses étagères de livres audios, ses postes informatiques. Et à cette bibliothécaire plus grande et plus âgée que les autres qui se souvient probablement d'avoir vu son visage dans des journaux jaunis. Et à sa mère sur son lit d'hôpital avec dans les yeux tant d'amour pour lui, son fils, le fils du peintre, la Voix, incapable de se maîtriser, et devenu un vieil homme qui pisse du sang et qui a le même sentiment qu'après quatorze ans et huit mois entre les murs : le temps lui est compté, et il est prêt à quitter la terre où il a vécu, mais il a peur de l'endroit où il va.

Peur de ce qui adviendra. De tout.

Une plainte s'élève, et il a tellement envie de revoir sa mère. Pas vieille et malade, mais quand elle était encore jeune, assise près de lui dans son tablier tandis qu'il lui lisait ses bandes dessinées. Il s'était encore fait renvoyer de l'école, et elle le traitait comme s'il venait d'accomplir un exploit ou en accomplirait un bientôt.

Il faut qu'il quitte cet hôtel, il sent que dehors dans le noir l'autoroute l'attend.

Il secoue son sexe, tire la chasse d'eau et se lave les mains. L'eau est tiède et il se rince trois fois le visage. Il devrait se doucher, et aussi se raser, se recoiffer, changer de vêtements. Il lui reste environ mille cinq cents kilomètres à parcourir, dix-huit ou vingt heures de route. Il n'arrivera pas ce soir, mais demain, oui sans doute, et il veut être présentable durant tout le voyage. Plus question de fixer des inconnus, ni même de leur adresser la parole. Plus de vin.

Il ferme le robinet, allume le plafonnier. Encore une lumière crue, l'homme dans le miroir est vieux et laid, le visage trempé, cette trogne luisante aux yeux écarquillés que seule une mère pourrait aimer.

Daniel roule en silence dans l'obscurité, ses phares éclairant la chaussée de la 95 en direction du sud. Juste avant d'emprunter l'autoroute, il s'est arrêté chez Jiffy Mart pour faire le plein, acheter un café long et une boîte d'aspirine. Il en a avalé quatre avant de prendre le volant, sans eau, et il sent encore leur trace poussiéreuse dans sa gorge, même quand il boit son café brûlant qu'il souhaiterait encore plus fort.

Il ne sait plus si on est mercredi ou jeudi, mais il est encore trop tôt pour qu'il y ait de la circulation, seulement de rares semi-remorques devant et derrière lui. À gauche, au-dessus des formes sombres de ce qui ressemble à des bois et à un lotissement, une fenêtre éclairée apparaît çà et là, ou la lumière vacillante d'un lampadaire entre les arbres. Vers l'est le ciel est un bandeau gris pâle, et Daniel pense à l'océan : il n'est allé que deux fois au parc d'attractions depuis son retour, faisant le tour du Midway sans même s'arrêter ni descendre de son pickup.

Trois ans avant la date de sa libération, il avait eu droit à des permissions, mais sa mère vivait encore près de la plage à l'époque et il ne voulait pas retourner là-bas. Il en était incapable. Personne d'autre n'acceptant de l'accueillir, il était resté en détention, et quand sa mère est venue le chercher trois ans plus tard après la levée d'écrou, en la prenant dans ses bras il a eu l'impression de serrer un sac d'os. Elle avait cette odeur de talc, de peau sèche et de laine, et on aurait dit qu'elle pleurait, même si, quand elle avait desserré son étreinte, ses petits yeux étaient secs et son nez busqué toujours le même que le sien ; elle avait parlé de Dieu et du retour au foyer, et s'il y a eu d'autres embrassades Daniel ne s'en souvient pas.

Le ciel commence à s'éclaircir, son rideau sombre est lentement tiré vers l'ouest. Le rail central de l'autoroute est plus facile à voir, et en contrebas de l'autre voie un ruban d'eau traverse des terres alluviales verdoyantes. Il y a maintenant quelques voitures, avec leurs feux arrière rouges devant lui, leurs phares entêtants comme des abeilles dans son rétroviseur. Il sait qu'il roule trop lentement une fois encore, et il s'en moque. Il boit à petites gorgées son café pas assez fort qui refroidit et envisage d'écouter son livre audio. Mais non, ça lui fait du bien de rouler ainsi, en silence.

Allongé près de Suzie sur le lit, lui faisant la lecture. Il y avait – il fallait le dire – une certaine paix. Comme après la tempête, après le vent et la pluie, quand revient le calme. Et le beau temps.

IV

28

Susan était nue sous son drap, une jambe sur la hanche de Bobby. Le lit de son enfance était trop petit pour deux, mais elle s'en moquait. Ça lui faisait du bien d'être à nouveau allongée près de son mari. Il était nu lui aussi et elle sentait encore son poids sur elle, en elle, et l'avidité de sa langue. Elle revoyait le visage de Loïs à l'ombre dans la véranda et celui de Bobby, tous les deux hilares comme deux amis reprenant leurs échanges exactement où ils s'étaient interrompus. Bobby avait apporté du vin rouge, ils en avaient ouvert une bouteille, l'avaient terminée et en avaient ouvert une autre, même si Susan n'en avait bu qu'un demi-verre, ce qu'aucun d'eux n'avait apparemment remarqué. Elle s'était dit que ce vin ne lui réussissait pas, mais non. Il lui réussissait très bien, trop bien, mieux que le poulet dont elle n'avait mangé que deux bouchées, mais chaque gorgée de vin lui donnant la sensation de précipiter une décision qu'elle n'avait pas prise, elle préférait ne pas finir son verre. De son côté Loïs fumait trop, bien plus que la limite permise, et elle avait rallumé la radio qui diffusait des chansons d'amour mexicaines. Difficile de ne pas voir à quel point elle appréciait Bobby et aurait voulu que ça marche entre Susan et lui.

Pourtant Susan avait bel et bien été heureuse de le retrouver, non ? Son "hello" à la fois timide et joyeux devant la porte, la voix de Loïs l'invitant à entrer, sa haute silhouette au crâne chauve s'avançant doucement dans la lumière et le sourire chaleureux qu'il leur avait adressé à toutes les deux, même si, quand

Susan s'était levée pour le serrer contre elle, il avait scruté son visage comme s'il y cherchait quelque chose.

Noni lui avait demandé s'il avait dîné et il avait répondu que oui.

"Alors buvons, avait-elle lancé. Et maintenant, où est cette lettre importante ?"

Susan avait servi un verre de vin à son mari et le lui avait tendu, mais il restait là sans bouger, son regard allant de Loïs à elle. Jamais Susan ne l'avait vu ainsi. Il semblait confronté à un type d'épreuve auquel il ne s'était pas préparé, et elle dut lui expliquer : "J'ai dit à Loïs que tu avais une lettre pour moi.

— Oh merde." Il avait eu un geste d'impuissance. "Je suis désolé. Je l'ai oubliée à la maison." Il s'était tourné vers Noni, avait parlé du stress en début de semestre et du fait qu'il ne savait pas où donner de la tête, mais des rougeurs apparaissaient sur son cou et Susan avait su qu'il mentait. Elle ne croyait pas qu'il lui ait déjà infligé ça et eut la certitude déprimante de n'avoir vendu aucun de ses écrits. Elle n'avait aucun foutu talent. Ensuite elle avait eu pitié de Bobby, obligé de mentir pour trouver une raison de la voir. Cela l'irritait et l'éloignait de lui. Et lui rappelait pourquoi elle avait dû prendre quelque temps ses distances. Il avait simplement plus besoin d'elle qu'elle n'avait besoin de lui.

Mais ces ruminations n'avaient pas duré. Loïs s'était plainte de tout ce qu'elle oubliait chaque jour, à commencer par le fait qu'elle avait une boutique dont il fallait s'occuper. "Vous pensez la vendre un jour, Loïs ? avait demandé Bobby.

— Non. Je claquerai probablement en vendant un miroir allemand à une garce friquée.

— Elle a vraiment la bosse du commerce, Bobby. Tu aurais dû la voir à cette vente aux enchères où on est allées. Elle leur en a bouché un coin."

Bobby avait croisé le regard de Susan. Les rougeurs sur son cou s'estompaient, bien qu'il ait semblé vouloir se justifier. Et être soulagé du tour pris par la conversation. Soudain Loïs avait dit : "Suzie, il y a quelque chose sur mon lit pour vous deux. Tu peux aller le chercher ?"

Susan avait la bouche sèche et envie d'eau fraîche. Elle ne quittait pas des yeux les deux lampes en porcelaine blanche de

Dresde sur son bureau. Leurs abat-jour en soie étaient plutôt ivoire que blancs, et la sophistication de leur forme en cloche soulignait un peu trop celle des deux figurines enlacées du pied de lampe. Le tout était mièvre et kitsch, mais non dépourvu d'une certaine beauté. Comme les lumières d'une grande roue aperçues à un ou deux kilomètres de distance la nuit, et sachant combien Loïs avait payé ces lampes, Susan était à la fois touchée et reconnaissante. Il fallait qu'elle aille faire pipi.

Elle dégagea sa jambe de la hanche de Bobby. Il ronflait doucement, et l'image du revolver sur le lit de sa grand-mère lui revint. Il était posé entre des catalogues, des flacons de médicaments et un rouleau de scotch. À côté se trouvait une grande boîte emballée dans du papier cadeau aux couleurs de Noël, et avant de la prendre Susan avait remis le revolver dans le tiroir qu'elle avait refermé. Elle n'avait pas vu cette arme depuis plus de vingt ans et ne savait trop que penser de sa présence. C'était sans doute une bonne chose pour Noni qui vivait seule dans ce lieu isolé, même si Susan éprouvait un sentiment de malaise, et revoyait en urinant et en se brossant les dents les dernières lignes qu'elle avait écrites. Une fois encore sur les garçons avec qui elle avait baisé, et sur cet héritage maléfique qu'elle dépensait.

Une lumière gris pâle filtrait par la fenêtre au-dessus de la douche. Il était tôt. Elle avait les jambes lourdes et l'estomac vide, mais n'imaginait pas pouvoir avaler quoi que ce soit. Elle voulait se remettre au travail. Sa réaction de la veille au soir à l'absence de lettre d'acceptation lui faisait l'effet d'une régression, d'un retour de l'ancienne Susan qui avait encore besoin que ses écrits lui apportent une certaine gratification, une certaine gloire. Or ce dont elle avait besoin, c'était de continuer à écrire, tout de suite, pour le plaisir d'écrire et rien d'autre.

Nue dans le couloir sombre, elle jeta un coup d'œil à la porte fermée de la chambre de Loïs. Entendant le ronronnement sourd du climatiseur, elle espéra que sa grand-mère dormirait une heure de plus et Bobby aussi. Elle pensait pouvoir boire un peu de café, mais ça attendrait. Dans sa chambre, elle enfila des sous-vêtements propres, puis le short et le débardeur restés sur le sol avec les vêtements et les sandales de Bobby. Elle ouvrit son ordinateur portable, son fichier, et relut les dernières lignes de la veille : cette sensation déprimante, vertigineuse, qu'elle dépensait un héritage maléfique dont elle ne pouvait pas se débarrasser assez vite. D'où elle était, elle voyait le long pied nu de Bobby dépasser du lit. Il avait les orteils déformés et des durillons. Elle écrivit : Quand j'ai rencontré Saul, j'enseignais en tant qu'assistante au Miami Dade County Community College et je vivais avec Marty Finn. Marty se produisait dans un petit théâtre d'avant-garde du quartier de Coconut Grove et, parce que j'avais déjà vu la pièce, je l'attendais dans un bar près de la plage. J'avais les cheveux longs à l'époque, je portais de grands anneaux aux oreilles et savais quelle apparence j'avais, je le sais depuis que j'ai seize ans et que Gustavo, ivre, s'est arrêté devant la vitrine de la boutique de Noni et m'a aperçue en train de lire à la caisse.

Suis-je superficielle à ce point ? Je n'en sais rien. Je n'en suis pas sûre. Quand Saul Fedelstein avait surgi près de moi, j'étais là depuis près d'une heure, il sentait le gin et la crème pour bébé, ses cheveux blancs étaient coiffés en arrière, sa chemise avait le col ouvert. Il avait posé un coude sur le comptoir et m'avait dévisagée. Derrière nous, des voix et des rires d'hommes et de femmes couvraient la mélodie que jouait le pianiste. Du jazz, peut-être. Je ne m'en souviens plus trop. Seulement de Saul faisant signe au garçon et commandant un Blue Glacier.

"Un quoi ?

— Je vous ferai goûter."

Il n'avait pas proposé de m'en commander un, et quand son cocktail était arrivé dans un verre à apéritif, il me l'avait tendu et j'en avais bu une gorgée. C'était fort. Un goût de vodka et de gin, et d'autre chose de sucré. Puis il avait fait pivoter le verre et l'avait porté à ses lèvres, les posant exactement là où j'avais posé les miennes.

Je sirotais un pinot grigio. Le genre de vin que l'on boit en attendant qu'il se passe quelque chose, or il se passait quelque chose, la chaleur du cocktail embrasait mon sternum.

"Qu'est-ce que c'est ?

— Vous n'avez pas d'alliance.

— Je vous ai posé une question."

Soudain Marty avait débarqué en compagnie de Troy et de trois autres types que je connaissais sans les connaître. Avec son sourire sincèrement adorateur aux lèvres, et les trois ou quatre épis que j'aimais dans ses cheveux roux et drus. Alors que ses amis et lui se dirigeaient vers le bar, Saul avait sorti sa carte de la poche de son pantalon en soie et l'avait glissée sous mon verre. “Quand vous aurez fini ici, appelez-moi. On pourrait s'amuser.”

S'amuser ? Comme quand on joue à un *jeu* ? Même dans son enfance, Susan cherchait rarement à s'amuser. Combien de fois Kimberly Mitchell, sa meilleure amie là-haut dans le Nord, ne lui avait-elle pas dit : “Tu n'as qu'une envie, c'est lire. Ce n'est pas *amusant*.” Or elle n'avait rien d'amusant. Pour personne, d'ailleurs. Ni pour Marty ni pour Brian Heney avant lui, avec ses cheveux longs, son dos musclé, ses doigts couverts des cicatrices faites par les hameçons et les chaînes d'ancres. Susan le voyait encore porter à ses lèvres, entre l'index et le majeur, une de ses cigarettes roulées, et, clignant des yeux à cause des reflets du soleil sur l'eau, lui mettre la main aux fesses, même en public. Voilà ce qu'elle leur offrait, à lui et aux autres. Son corps, et la croyance naïve qu'*elle* était donc à eux.

“Tu ne laisses aucune place à la joie, chérie.” C'est la dernière chose que Marty m'ait dite avant de me quitter. Il avait passé l'index sur mes sourcils, un geste que j'aimais bien, même si là, debout près de sa Cooper jaune pleine à craquer un mercredi après-midi, je l'avais ressenti comme une malédiction et avais reculé d'un pas, regardant la voiture s'éloigner. J'étais rentrée chez moi et m'étais allongée sur mon lit. J'avais contemplé la moitié de la penderie réservée à Marty, ses deux portes encore ouvertes, quelques cintres sur une tringle éclairée par le plafonnier, avec un de mes foulards en soie sur l'un d'eux. Marty me l'avait emprunté pour un bal, et je le lui avais tendu avec la sensation de ne pas donner assez. J'aurais préféré qu'il l'emporte ; il était chaleureux et bienveillant, une autre femme l'aurait aimé mais pas moi, et je me retrouvais seule dans cet appartement silencieux. Trop silencieux. Trop vide. Les deux choses que ma part d'ombre adorait.

Moins d'une semaine après le départ de Marty, j'avais retrouvé la carte de Saul et l'avais appelé. *On pourrait s'amuser.*

Elle ne s'était pas amusée. Mais Saul fut le premier homme – et le seul – qui ne voulait d'elle rien de plus que ce qu'elle voulait de lui, c'est-à-dire qu'on lui fiche la paix, mais pas au point de se retrouver couchée pendant des jours sans rien ressentir, en proie à ce néant que des années plus tard son mari surnommerait son "ennemi".

Le sommier grinça. Bobby se tourna dans son sommeil et se mit sur le dos, ses bras en croix occupant toute la place.

Est-ce un hasard si je n'ai été mariée qu'une fois, à un homme se consacrant intellectuellement à un musicien dont l'œuvre célèbre le chaos ?

Oui, mais cette interprétation n'était que partiellement vraie.

Le poète Jack Gilbert : "Enseignez-moi la mortalité, et par la peur faites-moi vivre au présent." J'avais épousé Bobby parce que j'avais peur de ne pas l'épouser.

Installée sur un banc en béton au soleil devant le foyer des étudiants, je mangeais entre deux cours une salade posée sur mes genoux. Un groupe de jeunes gens étaient assis à l'ombre des pins une vingtaine de mètres plus loin. Ils riaient et parlaient trop fort comme à leur habitude. Ils semblaient sortir de la salle de sport, leurs débardeurs tachés de sueur laissaient voir leurs épaules et leurs bras aux biceps saillants. Ce n'était pas le genre de look qui me faisait de l'effet, mais je n'étais pas indifférente à cette santé et à cette virilité. Puis l'un d'eux m'avait aperçue sur mon banc et avait adressé un signe de tête aux autres ; le silence se fit et je devins l'objet d'une attention qui me flattait et m'agressait à la fois. Je changeai de position comme pour m'exposer au soleil sous un autre angle, et là, sur le banc voisin, était assise une jeune femme vêtue d'un short et d'un haut de maillot de bain, à la chevelure dorée et bouclée, aux épaules et au décolleté lustrés par la sueur.

Mes années d'invisibilité commencent. Je traverserai la pelouse du campus entre deux étudiantes en tee-shirt et jean moulants, boots aux pieds, parlant de tout et de rien, annonçant la date d'un colloque ou répondant à une question sur un devoir, et je remarquerai un jeune homme peut-être pas si jeune venant de la direction opposée et dont le regard ira d'une étudiante à l'autre sans s'arrêter sur moi, comme si je n'existais pas.

C'est nouveau, et c'est un peu comme passer de la santé à la maladie, comme imaginer ce que représente la perte d'un membre : on ne peut plus se fier à ce qu'on tenait pour acquis, et l'on n'y peut pas grand-chose.

Je m'étais retrouvée dans la petite cuisine rouge de Bobby Dunn qui poêlait des épinards, apparemment indifférent à ce qui pouvait rester de ma beauté et s'adressant à cette partie de moi-même que je m'efforçais de montrer en cours, mon amour des nouvelles qui me faisaient plonger dans le cœur d'autrui, sombre et sans fond.

La passion de Bobby parlait sans doute à la mienne qui semblait infinie, contrairement à nos corps, et je l'avais épousé.

Donc tu ne l'aimes pas du tout ? Cette voix intérieure, Susan ne la transcrivit pas, car elle avait les joues en feu comme lorsqu'on a honte de monopoliser la parole. C'était à Corina Soto qu'elle devrait s'intéresser. Pas à ces Antimémoires en forme de solipsisme. Pas à ça.

Saul Fedelstein debout sur le balcon de leur suite, surplombant la mer Tyrrhénienne. C'était la fin du mois de juin, il portait un costume de lin blanc, sa chemise en soie était ouverte sur sa poitrine bronzée, il avait coiffé en arrière avec du gel le peu de cheveux qui lui restaient, et alors que le soleil se couchait sur Capri, il venait de lui apprendre que cette île avait appartenu à Rudolf Noureev, qu'elle était connue pour "ses week-ends hédonistes et ses orgies romaines". Il avait dit cela avec un discret hochement de tête en buvant son Negroni. C'était typique de sa part. Comme s'il y avait participé. Derrière lui le mur du balcon en pierre blanche prenait sous cette lumière la couleur des nectarines, et le costume de Saul également, Saul au dos un peu voûté par l'âge qu'il ne pouvait plus nier avoir atteint. Ils venaient de faire l'amour, mais il avait d'abord dû prendre deux comprimés, et il lui fallait plus longtemps pour bander et encore plus longtemps pour jouir ; elle n'en pouvait plus et était à présent étendue sur une chaise longue, avec un Negroni elle aussi et l'envie de quitter cet endroit pour rentrer chez elle.

Mais où ça ? Sur le yacht de Saul à Naples ? En Floride ? Dans leur maison à Loïs et à elle, au détour d'une route de campagne à Arcadia ?

Il regardait vers le nord les villas jaunes construites à flanc de collines parmi les pins, les châtaigniers et les oliviers. À droite sous une petite tonnelle était posé un bol empli de citrons, Susan Lori sentait leur parfum et avait failli dire à Saul : *Comme si tu avais jamais participé à une orgie !* Mais elle s'était tue. Il y avait eu le coup d'accélérateur retentissant d'une moto quelque part, un rire d'homme qui leur parvenait d'un restaurant de plage. Son vagin la brûlait, elle trouvait soudain son amant grotesque et avait envie de se soûler.

Saul la regarda de haut. De sa poche de poitrine dépassait un triangle de soie bleu. Il lui souriait, mais son sourire était moins chaleureux que dubitatif. "Tu n'es plus si amusante que ça, Susan."

Elle avait rougi.

"On mange, on boit, on baise, mais tu es ailleurs, ma chère." Il avait décrit un vague mouvement circulaire avec son verre, où les glaçons s'entrechoquèrent. "Je crois qu'on devrait s'arrêter là." Il avait parlé du même ton que plus d'un an auparavant, quand il avait glissé sa carte de visite sous le verre de vin de Susan. On pourrait s'amuser. Et Susan Lori comprenait une fois de plus pourquoi il avait si bien réussi en affaires : il se basait simplement sur les chiffres réels – pas ceux qu'il espérait, ceux qu'il avait sous les yeux – et prenait aussitôt la décision qui s'imposait.

"N'aie pas l'air si vexée.

— Je ne suis pas vexée." Or elle l'était. Sauf avec Marty (et bien sûr Gustavo), elle partait toujours la première. Que se passait-il ?

Ce soir-là, il l'avait emmenée dîner sur la plus haute montagne au-dessus de Positano. C'était l'un des rares établissements modernes de la côte amalfitaine, et un quart de l'étage principal semblait flotter dans les airs au-dessus des rochers et de la mer en contrebas. Saul leur avait réservé une table devant l'imposante baie vitrée au fond de la salle éclairée aux chandelles, et il avait commandé du champagne, de la bruschetta et des raviolis frits.

Au cours du trajet en taxi vers le sommet de la montagne, il avait gardé le silence comme si elle était une subordonnée venant d'être rétrogradée et qu'il ménageait sa susceptibilité. Mais là il était loquace. Il buvait longuement et soulignait la beauté de la vue, du soleil couchant sur la mer. Elle paraissait étale et d'un grenat profond qui était pour Susan la couleur même de la mélancolie, et tandis que Saul évoquait les yachts privés au mouillage, leurs propriétaires et les autres plaisirs à découvrir le long de la côte dont il avait pour certains fait l'expérience avant sa deuxième femme, elle ne quittait pas des yeux son visage vieillissant et, la gorge serrée, elle hocha la tête pour retenir ses larmes.

Nouveau grincement du sommier : Bobby s'était mis en appui sur un coude. Le visage un peu bouffi, il lui souriait et elle crut le voir couché nu à même le sol du restaurant de Positano. Elle aurait voulu qu'il se rendorme.

"J'avance un peu dans mon travail."

Il approuva de la tête. Elle se concentra à nouveau sur son écran. Ses doigts se remirent à pianoter.

Soudain, Saul s'était mis à parler de Rachel, sa fille cadette, qui avait six ans de plus que Susan. "Tu lui ressembles.

— Comment ça ?

— J'ai longtemps pensé qu'elle n'avait pas d'ambition, mais je me trompais."

Si elle avait dit quelque chose de plus à Bobby, elle ne s'en souvenait pas. Il s'était levé du lit de son enfance, et elle n'avait pas eu un regard pour lui.

"Je t'ai déjà parlé d'elle.

— Pas tant que ça."

À la lueur des chandelles il la dévisageait. Des airs d'accordéon italiens s'échappaient de haut-parleurs dissimulés dans le plafond. La salle climatisée sentait la cire fondue, les raviolis frits à l'huile d'olive que le garçon posait devant eux, et les tomates cuites à l'étouffée de la bruschetta. Saul reprit : "Je ne m'en suis pas aperçu tout de suite, mais...

— Quoi ?

— Tous ces livres que tu lis.

— Les gens lisent, Saul.

— Oui, bon. Rachel aussi lisait beaucoup, et elle s'est suicidée."

Cette révélation n'assombrit qu'une fraction de seconde l'humeur de Saul. Il s'était penché en avant. Il lui prit le poignet et le garda dans sa main. "Tu es une fille brillante. Fais quelque chose de ta vie."

Quel cliché. Un autre soir, elle aurait sans doute repoussé sa main. Et lui aurait dit d'aller se faire foutre ou baiser une femme plus jeune que la plus jeune de ses filles. Mais ce soir-là les larmes lui étaient montées aux yeux, elle avait acquiescé de la tête et dit : "Merci."

Jamais encore il ne lui avait pris la main ainsi. Il n'y avait aucun désir de sa part. Aucune adoration sexuelle, seulement le geste d'un homme d'un certain âge qui voulait aider une jeune femme à s'élever, et elle n'avait pas envie qu'il lui lâche la main.

Un bruit de chasse d'eau. Noni était levée. Bobby s'habillait, le regard de Susan sur ses fesses nues quand il enfila son caleçon.

Il mit son short et son tee-shirt, ramassa ses sandales. “Il y a du café”, cria Noni en bas dans le couloir.

Bobby fit un clin d’œil à Susan et l’incita d’un signe du menton à rester devant son ordinateur. “Je vais t’en chercher une tasse.”

Elle s’entendit le remercier. Elle devrait s’interrompre sans tarder, mais pourquoi ?

Quand ils étaient rentrés aux États-Unis, Saul avait donné à Susan un chèque de dix mille dollars pour l’aider à démarrer. Elle avait eu le sentiment d’être une call-girl, mais comment décrire autrement ces mois passés avec Saul Fedelstein ?

Non, c’était plus que ça. Certes, ils cherchaient tous deux à se satisfaire sexuellement, mais il y avait aussi eu d’autres moments entre eux. Lorsqu’ils étaient assis sur les coussins moelleux à l’arrière du yacht, buvant du vin et admirant le coucher de soleil sur la mer, il posait la main sur son genou et lui faisait un clin d’œil comme si elle était la meilleure chose qui lui soit arrivée depuis longtemps, comme s’il savait qu’un jour elle réussirait. Souvent elle se réveillait avant lui dans la cabine aux senteurs de teck tiède et d’embruns, aux hublots derrière lesquels le ciel était d’un bleu prometteur, et elle restait allongée là quelque temps à le regarder dormir. Les oscillations du bateau au rythme du ressac représentaient pour elle la vraie vie. Rien de figé ni de permanent, et à la vue du front ridé de Saul, de sa bouche un peu molle, de sa barbe de trois jours toute blanche et de son cou à la peau fanée, elle éprouvait envers lui une étrange gratitude. Comme s’il s’efforçait de résoudre pour elle un problème dont elle n’avait pas conscience.

Puis il s’était débarrassé d’elle, et elle avait loué un appartement exigu trop vide, trop silencieux, et son chagrin était comme un poids autour de son cou. Elle pleurait beaucoup. Et dormait trop. Elle tentait de lire, mais avait fini par acheter un petit téléviseur devant lequel elle passait des heures sans vraiment regarder quoi que ce soit, fumant cigarette sur cigarette, s’enfilant une bouteille de vin si bon marché que Saul n’en aurait pas voulu sur son bateau. Elle revoyait sans cesse son visage ridé et si bronzé que c’en était presque comique à la lumière de la bougie au centre de leur table. Elle sentait sans cesse sa main dans la sienne.

Et elle s’est suicidée.

Ce n’était pas le genre de chose qu’elle-même ait déjà envisagé, mais entendant au-dessus des flots ces paroles de Saul à propos de sa fille cadette, elle s'était sentie guidée vers une porte maudite sur laquelle il fallait que d'une façon ou d'une autre elle en sache plus.

En août cette année-là, son compte en banque se vidant, elle avait signé un contrat pour enseigner trois cours dans une université au nord de Miami. Mais après un an d'enseignement dans des classes entières d'étudiants, certains très jeunes, d'autres de son âge voire plus, elle avait un sentiment d'imposture et s'attendait à être démasquée d'un jour à l'autre. C'étaient des cours de composition littéraire, et elle donnait beaucoup de sujets pour avoir beaucoup de copies à corriger.

L'automne avait été éprouvant. Pour la première fois elle avait couché avec un étudiant, qui se prénommait Gary. À vingt-quatre ans, il venait de reprendre ses études après s'être engagé dans l'armée et avoir servi en Irak. Il gardait les cheveux coupés ras, portait en toutes circonstances une casquette de baseball délavée, avait un peu de ventre, des bras trapus et des jambes aux muscles saillants. Son premier devoir était une réflexion sur "un événement significatif" de sa vie, et alors que les autres étudiants évoquaient l'agonie d'un grand-père ou d'une grand-mère, un divorce ou un grave accident de voiture, son texte était le premier jet d'une longue description d'un lever de soleil dans le désert. Il était rédigé de manière un peu abstraite, sans la moindre ponctuation, mais ce qui l'avait impressionnée en le lisant dans son studio, un verre de vin rouge à la main, c'était la subtilité de sa structure : la réflexion ne portait pas du tout sur le lever du soleil ni sur le désert. Le sujet était en réalité ce à quoi Gary ne faisait allusion qu'une fois : une camionnette pleine de hadjis morts au premier plan. Il décrit ensuite les couleurs du soleil, le paysage uniformément plat, et vers la fin de l'essai seulement on apprend où se trouve le narrateur depuis le début : sur le toit en terrasse du bâtiment qu'il est chargé de protéger. Et dans les dernières lignes seulement on découvre ses doigts sur la détente du M16 dont, quelques heures plus tôt, il a vidé le chargeur sur les phares de la camionnette qui se rapprochaient – une de ces camionnettes dans lesquelles voyagent les familles. Mais le soleil se lève et il le regarde "répandre sa lumière sur la terre souillée".

"Le café." Bobby posa la tasse sur le bureau, près de l'ordinateur portable ouvert.

"Merci." Écrire sur Saul et les autres semblait déloyal à Susan. Bobby se pencha vers elle, lui embrassa le haut du crâne, et elle eut à nouveau un sentiment d'imposture, car elle savait que ce n'était pas ça, *écrire*. Ça, ce n'était que le journal vaniteux de sa petite vie laborieuse, voilà tout. Mais elle ne pouvait nier que les mots lui venaient comme jamais auparavant.

Elle savait que Phil Bradford détesterait, mais elle s'en fichait. Elle l'enverrait peut-être à Diana Clark. Mais pourquoi ? Susan avait beau l'aimer et la respecter, elle se fichait aussi plus ou moins de ce qu'elle pensait.

... le regarde "répandre sa lumière sur la terre souillée".

Elle obéissait simplement à cette pulsion obscure et muette qui lui faisait tirer cela d'elle et le mettre par écrit, et peu importait au fond si quelqu'un lisait le résultat ou non.

Les assistants d'enseignement partageaient un bureau. L'après-midi où elle devait recevoir Gary pour discuter de sa dissertation, Susan Lori l'avait pour elle seule.

Susan revoyait encore sa casquette de baseball rabattue sur son front. Elle revoyait son tee-shirt jaune qui faisait paraître ses bras plus sombres et le revoyait lui, ne la quittant pas des yeux tandis qu'elle le complimentait sur son devoir. On aurait dit qu'il écoutait sans écouter. À moins qu'assis là, tellement immobile et silencieux, il n'ait été requis par une autre conversation qui se déroulait en même temps dans sa tête, sur ce qu'il voulait, et ce qu'il voulait c'était elle.

Susan Lori avait eu tort de penser qu'elle maîtrisait la situation. Elle était installée en face de lui à la table de travail qui tenait lieu de bureau, et quand elle avait pointé ses fautes de grammaire et de ponctuation, et ses erreurs techniques, il avait répondu : "J'ai beaucoup d'histoires à raconter." Il avait la voix aussi grave que Brian, avec dedans du sable et de la fumée en plus, et il lui avait souri, et contre toute attente elle avait accepté de prendre une bière avec lui.

"Suzie ?" La voix de Noni l'appelant au pied de l'escalier. Il y avait le bourdonnement sourd du climatiseur, puis Bobby descendant les marches, sa voix à lui dans le hall. Alors que Susan s'apprêtait à répondre à sa grand-mère, elle avait entendu la porte d'entrée se fermer, puis la Volkswagen démarrer, son mari dévoué protégeant sa solitude pour qu'elle puisse suivre son chemin et se retrouver.

Gary l'effrayait. Quand ils couchaient ensemble, il lui mettait une main autour de la gorge. Sans serrer au début, mais quand elle détournait le visage il lui saisissait le menton et grognait : "Regarde-moi. Regarde-moi." Elle avait les cheveux longs à l'époque, et il la retournait sur le lit, la pénétrait par-derrière, enroulait sa chevelure autour de son poing et tirait. Elle lui demandait d'arrêter mais il tirait plus fort, elle devait se tordre le cou pour se dégager, et tout ce qu'il disait c'était : "Tu es sûre ? Tu es vraiment sûre ?"

Elle l'était, et pourtant elle l'avait laissé entrer chez elle trois ou quatre soirs en deux semaines et avait chaque fois couché avec lui. Il avait de grandes mains aux doigts épais. Le dernier soir, il lui avait serré le cou jusqu'à ce qu'un voile noir lui tombe devant les yeux et qu'elle flotte au-dessus d'une mer grenat avec Saul, tous deux frappant à une porte d'acier et Saul répétant : "Rachel, Rachel", après quoi Gary avait desserré son étreinte et Susan Lori, reprenant son souffle, lui avait hurlé de foutre le camp.

C'était après minuit. Elle vivait au premier étage à l'arrière d'un immeuble. Le jardin, une bande de pelouse avec une clôture grillagée le long d'un caniveau en béton, était éclairé par un lampadaire dont la lumière se reflétait sur la fenêtre de la chambre de Susan. Gary, nu dans un fauteuil, fumait une cigarette.

"J'ai dit : « Dégage ! » " Elle était agenouillée sur son lit, enveloppée dans le drap. Elle s'attendait à quelque chose, sûrement rien de bon, mais ne savait comment l'empêcher.

"Tu te comportes comme si tu valais mieux que tout le monde.

— Va-t'en, Gary.

— Tu te prends pour une enseignante, alors que tu ne fais qu'étaler combien de foutus livres tu as lus.

— J'appelle les flics.

— Moi je vois clair dans ton cirque. Tu n'es qu'une putain de détraquée et tu le sais."

Détraquée. Elle n'avait pas vu ni entendu ce mot depuis très longtemps. Une partie d'elle avait dressé l'oreille comme un chien que son maître appelle, et elle n'avait pas répondu.

“Mais c’est cool. Je suis détraqué moi aussi. Voilà pourquoi on est ensemble.”

Elle buvait lentement son café. Il était brûlant, un peu trop fort, et son estomac vide n’appréciait pas. Le drap de dessus traînait par terre, comme Bobby l’avait laissé.

“S’il te plaît va-t’en.”

Gary prenait son temps. Il avait éteint sa cigarette en l’écrasant sur l’accoudoir du fauteuil. Il s’était levé et habillé lentement.

“Et on n’est pas ensemble.”

Il s’était penché vers elle, lui avait glissé une mèche de cheveux derrière l’oreille. “C’est ce que tu crois.” Il avait ramassé ses chaussures, traversé le séjour pieds nus et quitté l’appartement. Il avait laissé la porte ouverte, et elle était encore enveloppée dans le drap quand elle l’avait refermée et verrouillée.

Au cours suivant, la place de Gary était vide. Susan Lori ne pouvait que s’en féliciter, espérant qu’il avait laissé tomber son cours. Mais quand elle avait quitté le parking de la faculté pour rentrer chez elle, la Jeep marron de Gary était en travers de la rue. Il avait jeté sa cigarette, s’était remis au volant et l’avait suivie. Elle s’était garée sur son emplacement. Elle envisageait d’appeler la police avec son portable quand la Jeep s’était arrêtée à sa hauteur, et Gary, tout sourire, avait brandi deux ou trois feuilles de papier. La visière de sa casquette était légèrement redressée. Il était rasé de près et semblait sortir de la douche.

“J’ai écrit autre chose.

— Tu aurais pu me le donner pendant le cours.

— En fait je suis en congé.

— De la fac ?

— De toi.

— Alors pourquoi m’avoir suivie chez moi ?

— Pas toi, la fausse Susan. Professeure Putain.”

Elle aurait dû lui demander de partir immédiatement. Il lui avait tendu son texte – “Les détraqués que j’ai connus” –, mais elle avait trop attendu, et il l’avait enlacée et accompagnée jusqu’à la porte de son appartement comme s’ils étaient en couple, comme s’ils ne faisaient qu’un depuis longtemps.

Elle but un peu plus de café. Elle avait à nouveau envie de faire pipi. Mais elle se revoyait encore dans ce séjour, sur ce canapé de location – écossais avec des accoudoirs en bois, couverts des cicatrices noires laissées par les brûlures de cigarettes.

Assis en face d'elle, Gary l'observait et attendait.

Cela remontait à près de dix ans et elle ne pouvait tout reconstituer, surtout après ce qui avait suivi, mais l'écriture de Gary reposait une fois de plus sur des images, et beaucoup lui restaient encore en mémoire.

Sa mère debout en haut de l'escalier, ivre morte et nue. Il avait douze ans, avait ramené un copain après la classe, et elle avait traité son fils de "pédé".

La collection de magazines que son frère aîné gardait sur le sol de leur penderie. D'autres femmes nues, mais celles-là étaient attachées ou enchaînées et n'avaient visiblement pas l'air d'aimer ça.

Les mains de son père, que la maladie avait transformées en "poings de bébé". Ses muscles atrophiés qui ne lui laissaient que la peau sur les os dans ses vêtements "autrefois trop justes".

Jessica, la petite amie de Gary. Quand il pensait à elle, il ne se souvenait que de ses seins, de ses dents, et de la mesure d'éloignement qu'elle avait obtenue contre lui.

Susan Lori lui avait jeté un coup d'œil. Il avait croisé ses jambes nues, et elle voyait pour la première fois une longue cicatrice rose allant de sa cheville à son genou.

Il y avait la petite fille hadji qui s'éloignait d'une place de marché bombardée. Le visage et les épaules recouverts par la poussière des gravats, ses cheveux poisseux plaqués d'un côté de son crâne. "Et le pire" : son petit sourire triste. Comme si elle était au bord des larmes mais ne pouvait pas pleurer.

Quand Gary était enfant, il voyait un ivrogne conduire une tondeuse autotractée sur le terre-plein central de l'autoroute pour gagner de quoi s'acheter sa bouteille quotidienne.

Il y avait aussi le chat de son voisin qui "se croyait tout permis, putain".

Susan s'arrêta. C'était là qu'elle avait compris qu'elle risquait gros, et elle ne voulait pas revoir ces images à présent : Gary de retour au pays, attirant le chat sur sa terrasse avec une boîte de sardines ouverte avant de "lui éclater le crâne". Il racontait ensuite être allé en voiture dans un autre quartier avec son Colt .45 et avoir abattu deux chiens à trois rues d'intervalle. Le premier était attaché par une laisse au pilotis d'une terrasse ; le second aboyait sur une pelouse en bordure du trottoir au passage de Gary, qui lui avait tiré dessus depuis sa Jeep roulant au ralenti.

Et cette vieille dame en fauteuil roulant "chez maman". Elle avait perdu tous ses cheveux, devait avoir plus de quatre-vingt-dix ans, s'était barbouillée de rouge à lèvres et lui souriait "comme une vieille pute". La dernière page évoquait une succession de prostituées. Sa mère à nouveau. D'anciennes petites amies. L'ex-femme de son frère, partie avec leur fils et jamais revenue. Il y avait des prostituées d'aéroport et des prostituées de bar. Des épouses de militaires, les "putains de la base". Des prostituées dans les salons de coiffure et au guichet des banques. Dans les restaurants, dans la rue et dans les salons de tatouage. Des infirmières prostituées, des docteures prostituées, des prostituées de centres de désintoxication. Les pires, ces salopes qui étaient censées vous aider. "Comme la Professeure Putain qui lit en ce moment ces lignes, bordel."

C'était sa phrase exacte, mot pour mot. Une ombre qui flottait en elle depuis, mais elle ne l'avait encore jamais mise par écrit, et maintenant qu'elle l'avait fait, impossible d'arrêter. La bouche sèche, elle tapait à toute vitesse.

Elle avait reposé cette dernière page, et tout était peut-être venu de la façon dont elle regardait Gary. À moins que rien n'ait pu l'empêcher de faire ça, puisqu'il s'était jeté sur elle avant même qu'elle n'ait ouvert la bouche. Un choc violent et un éclair blanc, une pluie de coups lui faisant tout voir en vert et en rouge, ce poing cramponné à son tee-shirt tandis que de l'autre il continuait à faire fuser des couleurs vives dans son cerveau. Il y avait ses hurlements et sa tête à elle qui cognait contre le mur. Il y avait eu ce craquement en haut de sa joue, et l'idée étrangement lointaine, comme une petite voix au fond d'un puits, qu'elle allait mourir.

"Tu te sers des gens, bordel ! Tu m'entends ? Tu *te sers d'eux* !"

Il était tellement plus fort qu'elle, son tee-shirt partait en lambeaux, ses bras étaient inertes le long de son corps. Alors qu'il n'en était apparemment qu'au début, elle s'était soudain retrouvée couchée sur le côté à même la moquette, la porte avait claqué, elle était enfin seule.

Susan s'arrêta. Ses doigts frémissaient au-dessus du clavier. La pièce était fraîche, mais elle sentait la sueur perler sur sa nuque. Elle but une gorgée de café, il était presque à température ambiante.

Dès qu'elle avait pu tenir debout, Susan Lori avait fermé sa porte à clé, s'était assise au pied et avait fondu en larmes. Dans sa tête des douleurs battantes semblaient ranimer un incendie, une de ses paupières commençait à se refermer et son nez saignait dans sa bouche. Elle avait craché dans sa paume pour voir. Durant toutes ces années passées à lire et à rêver d'écrire, elle croyait chercher la vérité, mais ce jeune vétéran de guerre avec qui elle n'aurait jamais dû coucher ne venait-il pas de la lui envoyer à la figure ?

Tu *te sers* des gens.

C'était vrai. Des hommes, en tout cas. Mais pas plus qu'ils ne se servaient d'elle. Et comment l'avait-il deviné ? Savait-il depuis le début pourquoi elle avait couché avec lui ?

Pourquoi ?

Parce qu'après avoir été plaquée par Saul, elle se demandait si elle possédait encore ce qui lui était toujours venu si facilement. Et ce type avait compris qu'elle était aux manettes, qu'il n'était que la machine. Mais avait-il aussi compris à quel point elle redoutait depuis toujours d'être seule ?

Avait-il vu *autre chose* que ce qu'il voulait voir, putain ? Susan Lori avait alors regretté de ne pas avoir le revolver argenté de sa grand-mère, elle s'imaginait le braquant sur Gary juste avant qu'il ne se jette sur elle avec ses poings incroyablement lourds, et appuyant plusieurs fois sur la détente.

Elle s'était relevée, était allée dans la salle de bains. Elle était défigurée. Elle avait humecté d'eau tiède un gant de toilette, l'avait appliqué sur son nez et ses lèvres. Sa pommette gauche avait gonflé. Au lieu de se rendre aux urgences en voiture ou d'appeler une ambulance, elle avait pris trois aspirines, empli un sac plastique de glace pilée, et s'était allongée sur son lit en le posant sur la moitié de son visage.

Cette violence avec laquelle Gary lui tirait les cheveux et la pénétrait. "Tu es sûre ? Tu es vraiment sûre ?" Comme s'il voyait clairement ce que les autres n'avaient jamais vu : les entrailles noires de sa honte, son incapacité à aimer quiconque l'aimerait. Ce qu'avait perçu Gary, c'était sa détermination à n'aimer personne.

Bobby. Susan contemplait le lit vide. La tasse qu'il lui avait apportée. Elle revoyait son sourire confiant. Ses talents de cuisinier et son hospitalité. Les deux lignes rouges sur le test de grossesse qu'elle avait jeté dans la poubelle des toilettes femmes du Walgreens. Il fallait qu'elle arrête d'écrire. Qu'elle aille passer un peu de temps avec lui, et qu'ils parlent. Parce qu'elle ne pouvait pas avouer qu'elle ne l'aimait pas.

Elle était aussi détraquée que Gary. Susan Lori avait décroché son téléphone et appelé la police.

Un bruit de moteur au-dehors. La Kia de Bobby. À leur dernière visite, en automne deux ans plus tôt, il avait déniché un album introuvable de Coltrane dans une boutique d'Oak Street et partait sans doute l'explorer à nouveau, mais en écoutant sa voiture s'éloigner, elle se sentit plus déçue que soulagée. Elle traversa le couloir pour aller faire pipi. Se lava les mains sans se regarder dans le miroir de la salle de bains. Dans la cuisine elle prit une tasse propre et se versa du café, mais l'odeur lui déplut et elle le vida dans l'évier, emplissant la tasse d'eau. Elle prit une banane sur le plan de travail et la monta à l'étage avec sa tasse. Il lui semblait avoir longtemps creusé à quatre pattes au fond d'une mine. Mais dans le passé il y avait des miroirs de chaque côté, une barre de projecteurs derrière elle, une tribune emplie de lecteurs et de lectrices qui la dévisageaient, pleins d'espoir. Or à présent il n'y avait plus qu'elle à genoux dans la terre, elle, cet inconnu et personne d'autre, et pour la première fois peut-être elle entrevoyait quelque chose de réel à moins d'un mètre devant elle, quelque chose qu'elle ne pouvait découvrir qu'avec des mots, des mots qui ne mentiraient pas.

L'heure était au scandale. Gary avait été arrêté, il y avait eu un communiqué de la police dans le journal, suivi d'un coup de fil gênant avec le directeur du département de Susan Lori, au sujet de sa "relation inappropriée" avec un étudiant. Elle avait démissionné avant d'être licenciée, une plainte avait été déposée contre Gary et le juge avait refusé de le libérer sous caution, l'écrouant jusqu'à l'audience.

Non, c'était trop froid. Elle écrivait comme une journaliste. "Laisse simplement chier dans le ventilo, mon chou." Diana Clark. Susan aurait voulu lui parler de tout ça, de ce qu'elle écrivait et comment, mais pas maintenant.

Moi :

Il est assis à l'autre bout de la salle d'audience dans sa combinaison vert pomme de détenu. Il s'est laissé pousser la barbe et les cheveux, ce qui lui adoucit les traits, le fait paraître un peu désorienté, et je dois lutter contre l'envie de réviser ma version de ce qu'il m'a fait.

Six semaines ont passé. J'ai retrouvé mon visage, même si mon œil gauche semble un peu moins ouvert qu'avant. Il cligne parfois et larmoie. Auparavant j'avais les pommettes saillantes mais elles semblent maintenant asymétriques, celle de gauche un peu plus large et plate. Une fine cicatrice traverse ma lèvre supérieure en son centre.

Il ne nie rien. Puis la condamnation tombe, on l'escorte menotté hors de la salle d'audience et il tourne la tête vers moi comme si j'avais fait précisément ce qu'il savait que je ferais, et qu'il s'en fichait : *le soleil répand sa lumière sur la terre souillée.*

Susan Lori :

Ce qui reste de cet automne et de cet hiver au nord de Miami, ce n'est pas la condamnation de Gary à deux ans de prison. Ni l'emménagement dans un appartement plus proche de l'océan, où elle vivait de ce qui lui restait de l'argent donné par Saul en attendant de trouver du travail. Ni qu'elle se soit mise à vérifier chaque soir sans faute, comme jamais auparavant, que sa porte et ses fenêtres étaient bien fermées.

Ah bon ? Quand avait-elle vérifié, avant cela ? C'était Loïs qui avait peur. Loïs qui avait fait fixer des barreaux aux fenêtres de leur ancien appartement derrière Penny Arcade. Loïs qui avait fait poser deux verrous sur les portes d'entrée et de derrière dans leur maison au bord d'une route de campagne. Et fait remplacer toutes les fenêtres du rez-de-chaussée par d'autres fermant à clé, qu'elle n'ouvrait jamais et recouvrait de doubles rideaux, transformant la maison en un cocon climatisé. C'était Loïs qui possédait un revolver.

Si, en fait, Susan Lori s'était bel et bien mise à vérifier les verrous à cette époque-là. Elle imaginait sans cesse Gary libéré et cherchant à la retrouver. Elle imaginait aussi d'autres hommes venant la chercher, des inconnus, mais pourquoi l'auraient-ils fait ? Elle quittait rarement son appartement. Cette nouvelle manie de vérifier les verrous en pleine nuit, c'était comme entendre des bribes d'une mélodie venant d'un horizon qu'elle avait fui pendant des années pour finir par danser sur cette musique. Jamais Susan Lori n'avait éprouvé les craintes qui traversaient sa grand-mère, mais c'était comme avoir grandi avec quelqu'un ayant survécu à Auschwitz et prendre ses jambes à son cou à la vue d'un svastika.

La luminosité de la chambre n'était plus la même, le soleil éclairait son lit défait. Par la fenêtre, les feuilles du chêne semblaient presque trop vertes, le ciel au-delà pareil à un camaïeu de bleus prêt à se fragmenter.

Mais plus que tout cela, il y avait eu son visage durant les jours et les semaines suivant son agression. Et le regard des gens sur ce nouveau visage.

Elle ne sortait de chez elle que s'il le fallait, principalement pour aller au supermarché Kroger à un kilomètre et demi dans la même rue. Les femmes, jeunes ou vieilles, la dévisageaient avec pitié, certaines avec un air entendu, et une ou deux parmi les plus âgées avaient visiblement eu envie de venir lui parler. Avec les hommes et les jeunes gens, c'était différent. À sa vue ils haussaient le sourcil comme en découvrant dans un paquet cadeau arrivé par courrier un objet cassé qu'il allait falloir retourner. Un jeune de dix-sept dix-huit ans qui fumait une cigarette adossé à la façade du Kroger, un skateboard à ses pieds, avait levé le nez de son portable en la voyant et hoché la tête comme si elle le décevait.

Elle se sentait extrêmement vulnérable. Non pas à cause de son visage, mais parce que l'extérieur de sa personne était désormais aussi laid que l'intérieur. Comme si elle arpentait les rayons écorchée vive, les entrailles visibles, luisantes et puant le sang séché.

C'est l'après-midi, presque l'hiver. Tous les bungalows sont cadenassés, les attractions fermées ; certains stands qui vendent de la barbe à papa, des pizzas et des beignets sont obturés par des planches.

Paul veut me montrer quelque chose. J'ai six ans, lui dix-huit. Il fait froid, bien que le soleil brille. Paul a un nouveau blouson militaire, vert et trop grand pour lui, et il pense avoir l'air d'un soldat, mais à mes yeux il est simplement mon oncle qui veut s'engager dans l'armée parce qu'il aime tuer de faux soldats à Penny Arcade.

"Viens là, j'ai quelque chose à te montrer."

Il me sourit. Je n'aime pas son sourire. Il s'accompagne toujours d'un pinçon, d'une gifle ou d'un croche-pied, et d'un rire moqueur. Je tourne les talons pour m'enfuir, mais il me saisit par le bras pour m'emmener sur la plage. J'ai du mal à marcher. Je lui hurle de me lâcher. Nous sommes entre deux immeubles, et derrière lui l'océan roule ses vagues en silence. Soudain il m'entraîne sous l'attraction qui passe une musique assourdissante en été. Il y a des pilotis imposants, un plancher de bois au-dessus de nous, et il fait sombre là-dessous, on sent l'odeur des algues et de la marée. Je voudrais m'en aller, mais j'ai aussi envie de savoir ce que Paul veut me montrer.

"Tu vois ?" Il désigne quelque chose sur une brique grise. Un objet rouillé et poudré de sable. Il le prend : un pistolet.

"C'est un vrai ?

— Oui, Je l'ai trouvé, et je vais tuer ton père avec.

— Mon père est mort."

Tuertonpèreavec

Ce n'est qu'un son dans sa mémoire. Au même titre que le rire de papy Gerry devant la télévision, que le crissement d'un disque rayé à l'écoute d'une chanson qu'elle a oubliée : *tuertonpèreavec, tuertonpèreavec, tuertonpèreavec.*

Puis Paul braque le pistolet vers moi, je cours vers la lumière, et il rit sans pouvoir s'arrêter.

Son oncle Paul obèse, qui détestait son travail dans le fret aérien et avait au fil des ans collectionné avec un soin jaloux près de trente armes de poing et fusils, et même un AK47. Trois ou quatre étés plus tôt, dans son jardin où des hot-dogs et des hamburgers cuisaient sur le gril, il lui avait tendu l'AK47 et elle avait été surprise de sa légèreté.

"Mais pourquoi tu as besoin de ça, Paul ?"

Le visage rouge et en sueur, ses cheveux clairsemés coupés au ras des oreilles, il avait ouvert des yeux ronds comme si elle était demeurée : "Pourquoi je n'en aurais *pas* besoin, tu veux dire."

Il lui avait repris l'AK47 en secouant la tête. "Retourne les hamburgers, d'accord ?"

Il avait disparu dans la maison avec sa nouvelle arme, et Susan avait eu l'impression de reprendre avec lui un pas de deux familier. Son oncle-frère qui – à l'image de Loïs, sa mère – l'invitait puis la repoussait.

Une sonnerie de téléphone. Plusieurs sonneries.

Tuertonpèreavec

Elle se leva, longea le couloir jusqu'à la chambre de Loïs, plongée dans la pénombre. Il faisait froid, le climatiseur tournait à fond. Elle décrocha le téléphone. "Oui ?" Étrange, la sensation d'avoir encore six ans et de vieillir année après année jusqu'à redevenir la Susan de quarante-trois ans qui reconnaissait la voix de son mari au bout du fil : "Ça avance ?

— Pardon ? Comment ?

— Fais une pause. Je t'invite à déjeuner." Il demanda si elle voulait le retrouver dans le centre-ville ou s'il devait venir la chercher.

"Et j'ai réellement une lettre importante pour toi, Susan.

— Alors pourquoi avoir dit que tu l'avais oubliée à la maison ?

— Je t'expliquerai au déjeuner. Je viens te chercher ?"

Elle accepta et raccrocha, comme si le mot "déjeuner" suffisait à lui donner envie de rester où elle était. Et qu'entendait-il par "une lettre importante" ? Qu'il n'y aurait pas de service d'enseignement pour elle au printemps ? C'était un peu tôt pour ce genre d'annonce, mais les postes d'assistants étaient toujours les premiers supprimés, surtout si l'on n'avait pas enseigné pendant un semestre. Ce devait être ça. Et Bobby la ménageait. Il l'aimait, donc il la ménageait.

La chambre de Loïs ressemblait à une crypte. Les stores extérieurs étaient remontés à mi-hauteur, mais les fenêtres étaient recouvertes de rideaux en dentelle encadrés par des doubles rideaux. Loïs avait à peine repoussé son édredon en se levant tôt ce matin-là ; sa table de chevet était couverte de poussière. Sur une pile de catalogues de jouets et d'exemplaires du magazine *People* étaient posés un réveil à affichage numérique, un étui à lunettes vide et trois flacons de médicaments. Susan lut les étiquettes : warfarine, Lipitor, Cymbalta. Elle savait que les deux premiers étaient censés réguler l'hypertension et le taux de cholestérol de Loïs, mais pourquoi Cymbalta ? Elle avait vu à la télévision des spots publicitaires pour ce produit. Une femme d'un certain âge dans sa cuisine, l'air anxieuse, et la même trente secondes plus tard, souriant au soleil. Des angoisses ? Encore ?

Susan alla dans la salle de bains au bout du couloir, avec l'intention de se doucher et de se laver des lieux où elle avait passé toute la matinée, en compagnie de cette petite fille qui courait pour échapper à sa famille sur la plage, courait pour échapper à son oncle-frère, à son pistolet rouillé et à son rire moqueur. Cette petite fille qui courait, courait, courait. "Tu te sers des gens. Tu *te sers d'eux*." Elle avait aussi l'intention de se préparer pour sa prochaine destination, pour un rappel supplémentaire du fait que plus de la moitié de sa vie était sans doute derrière elle et qu'elle était une fois encore à la dérive, que son mari représentait la seule chose stable de son existence, que par-dessus le marché elle était enceinte, et tout ce qu'elle avait réellement envie de lui dire, c'était : *"Viens là, va au diable."*

29

Il est plus de midi, le soleil brille haut dans le ciel sur les champs de coton, de maïs, de soja peut-être, Daniel n'en est pas sûr, mais ils s'étendent sur des hectares de part et d'autre de l'autoroute dans ces plaines de Caroline du Nord, dont son voyage en bus il y a des années ne lui a laissé aucun souvenir. Bientôt il traverse le fleuve Roanoke et jette au passage, par-dessus le parapet d'acier du pont, un coup d'œil aux eaux boueuses qui lui renvoient les reflets du soleil.

Il y a aussi un îlot tout en longueur, un simple bosquet d'érables et de pins, et un lopin de terre calcaire où gît un pneu de tracteur.

Lors de son précédent arrêt il s'est garé sur le parking d'une aire de la route 66 et a marché lentement jusqu'aux toilettes hommes devant une rangée de semi-remorques. Il avait le dos raide et une douleur qui semblait provenir d'au-delà des muscles et des os, et qui est encore là quelle que soit la façon dont il s'assoit sur son siège. Avant de quitter l'aire, il a fait le plein et s'est acheté un Coke glacé et un sachet de chips, bien qu'il ne l'ait pas ouvert et n'ait rien mangé depuis le steak de la veille au soir, mais son corps semble s'en accommoder. Il ne peut pas dire qu'il est en forme, mais une sorte de feu intérieur brûle en lui et il se sent attiré vers ce qui l'alimente.

Il regarde sans cesse la photo de Susan fixée au tableau de bord avec du scotch. L'espace d'un instant, sous la lumière crue et monotone du soleil on dirait un cliché anthropométrique, et à nouveau il sait que tout ce que Susan a de beau et de bon ne peut lui venir que de sa mère. Alors pourquoi voudrait-elle le voir, *lui* ?

Le pont et le fleuve sont maintenant derrière lui. Les champs font place à des parkings goudronnés, à des voitures et à des camions qui étincellent au soleil. Un hypermarché Walmart, un magasin de pièces détachées automobiles, une église baptiste toute blanche. Le livre audio tourne depuis un certain temps, mais la voix du narrateur est une pluie de mots ininterrompue et seules quelques gouttes lui sont parvenues : *les femmes, les Indiens des Plaines, les conseils des hommes saints.*

Daniel se penche et monte le son.

Quand une tribu perdait son chef, une femme le remplaçait. Les femmes apprenaient le tir à l'arc et étaient armées de couteaux, car chez les Sioux elles étaient censées pouvoir se défendre contre une agression. Et la cérémonie marquant l'entrée dans la puberté de chaque jeune fille sioux devait rendre celle-ci fière de ce qu'elle était :

"Prends le bon chemin, ma fille, et les troupeaux de bisons aussi vastes et sombres que l'ombre des nuages courant sur la prairie te suivront… Sois digne de confiance, respectueuse, douce et modeste,

ma fille. Et marche la tête haute. Si la fierté et la vertu des femmes se perdent, le printemps reviendra mais la piste des bisons sera envahie par l'herbe. Sois forte, aie en toi le cœur chaleureux et vaillant de la terre. Aucun peuple ne peut être vaincu tant que ses femmes ne sont ni faibles ni déshonorées…"

Un coup de klaxon assourdissant derrière lui, puis un éclair blanc dans son rétroviseur, et un pickup tout neuf accélère pour le doubler à gauche. Il a juste le temps de voir un jeune homme au volant lui faire un doigt d'honneur. Puis une plaque minéralogique de Caroline du Nord et un hayon blanc qui s'éloigne. Il roule à quatre-vingts kilomètres-heure à peine. Voilà un moment que voitures et semi-remorques le dépassent les uns après les autres, mais avant que ce jeune type ne le prenne mal, Daniel n'avait pas remarqué sa lenteur. Elle lui était familière. Comme ces gens le doublant à toute vitesse pour aller faire des choses importantes. Or il y a maintenant quelqu'un qui l'attend, ou qui sait du moins qu'il va venir, et lui qui a toujours roulé lentement sait qu'aujourd'hui il roule encore moins vite.

Le narrateur du livre audio est passé à autre chose. Il parle de 1756 et d'une jeune fille du nom d'Elizabeth Sprigs qui écrit à son père une lettre sur sa servitude. Daniel a envie d'écouter, mais ces paroles sur une femme qui défend ses droits sont prises dans le flot de ses pensées et il doit revenir en arrière.

Encore un coup de klaxon. Il accélère.

Au sein des tribus zuñies du Sud-Ouest, par exemple, les familles élargies – les principaux clans – avaient à leur tête une femme, dont le mari était venu vivre avec elle après avoir quitté sa propre famille.

Un matin, quelques semaines après Labor Day, le Midway était désert, sans voitures ni flâneurs, et Danny aidait Liam à restaurer les chevaux de bois du manège Broadway Flying Horses. Liam avait une mallette en cuir emplie de pinceaux fins et refusait de laisser Danny s'en servir pour faire la moindre retouche, mais chaque cheval devant être nettoyé et décapé avant qu'il puisse le repeindre, Danny s'y employait quand Linda était arrivée près du manège et avait dit : "Salut."

Le temps était doux et ensoleillé, et elle portait un débardeur. Sa chaînette d'or scintillait sur sa peau brune. Elle ne souriait pas, mais sans avoir l'air sévère. Elle paraissait plutôt effrayée, ou contrariée ou perplexe, ou les trois à la fois. À l'époque Danny bandait rien qu'en la voyant et avait lancé un regard furtif vers l'autre côté du manège, où Liam peignait à genoux, avant de dire "Salut" à son tour.

"Viens là."

Elle n'avait pas besoin de demander. Lâchant son chiffon et son seau, il s'était approché assez près d'elle pour l'embrasser sur la bouche. Mais elle avait tourné la tête et lui avait donné une tape sur l'épaule : "Je vais avoir un bébé."

Presque comme si ça ne le concernait pas. Comme s'il s'agissait de quelque chose dont elle devait s'occuper seule. D'autres types auraient fui ce genre de nouvelle. D'autres types y auraient vu une lourde chaîne qu'on leur passait au cou et l'obligation de marcher seul dans une eau glacée. Mais pas Danny. À ses yeux le monde lui offrait la première vraie chance de sa vie, et d'autres ne pourraient que suivre.

Toutes les horreurs imaginables subies par les esclaves noirs lors de leur transport vers l'Amérique ont dû être dix fois pires pour les femmes noires, qui représentaient souvent un tiers de l'effectif. D'après le récit d'un marchand d'esclaves :

"J'ai vu des femmes accoucher alors qu'elles étaient enchaînées à des cadavres que nos surveillants ivres n'avaient pas évacués… entassées tête-bêche elles mettaient souvent leurs enfants au monde en ruisselant de sueur dans la chaleur brûlante de cette cargaison humaine… Sur le pont du bateau était enchaînée une jeune négresse qui avait perdu la tête peu après avoir été achetée et traînée à bord."

Daniel laisse tourner l'enregistrement, même s'il n'écoute pas. Il pense sans cesse à ces jeunes Indiennes armées de couteaux pour se défendre. Et il imagine Linda le frappant la première. Il l'imagine écarquillant les yeux alors qu'en proie à la maladie du soupçon il se jetait sur elle, puis le devançant, tirant le couteau de l'étui à sa ceinture comme l'aurait fait une Sioux, lui plantant la lame en pleine poitrine et tuant le serpent de la jalousie lové dans son cœur.

Jamais encore il n'a envisagé cette possibilité. Dix mille fois il s'est tout représenté sauf ce qui est arrivé, mais chaque fois il finit par ne pas faire ce qu'il a fait. Il a souvent rêvé que Linda s'enfuyait par la porte de la cuisine. Il y a eu beaucoup de représentations d'un dénouement heureux, mais jamais d'elle l'attaquant la première.

Le bus d'une colonie de vacances le double à gauche. Derrière chaque vitre sont agglutinés des adolescents en tee-shirt rouge, et le véhicule est une ruche bourdonnante de bavardages, de rires et de pitreries. Si Danny avait autrefois été dans ce bus, il aurait été le gosse muet à l'écart des autres et regardant par la vitre. Et si Will Price n'avait jamais entendu sa voix quand il était sur l'échelle ce fameux matin, il serait encore ce gosse. Mais si Will Price n'avait pas entendu sa voix, jamais Linda Dubie n'aurait levé les yeux, jamais elle ne l'aurait vu derrière ces parois en plexiglas sale dans son blazer rouge, le micro contre ses lèvres. Jamais elle ne l'aurait attendu sous les néons orangés de Joe's Playland, jamais elle ne lui aurait dit qu'il était le meilleur, jamais il ne l'aurait raccompagnée chez elle, et qui sait si un malheur se serait produit ?

Mais il n'aurait pas sa fille, non ?

Il jette encore un coup d'œil à la photo de Susan sur le tableau de bord. Elle ressemble à sa mère, a cette même lueur presque intrépide dans ses yeux bruns. Comme si elle comptait faire tout ce qui lui plaît quand ça lui plaît, bon sang, et qu'il n'y ait rien à faire pour l'en empêcher. Il aurait tellement mieux valu que cette femme grandisse avec sa mère qui aurait fini par épouser quelqu'un de bien.

Il prend sa canette de Coke, l'ouvre et boit une longue gorgée sucrée. Le Coke n'est plus glacé mais passe bien, et Daniel pourra sans doute manger bientôt quelque chose. Il est à nouveau en pleine campagne. De part et d'autre, de minces rideaux de pins séparent l'autoroute de champs où des plants verdoyants poussent dru dans leurs sillons au soleil. À moins que Linda n'ait pas épousé quelqu'un de bien. Qu'elle se soit contentée de trouver un nouveau jeune homme avec qui narguer Gerry et Loïs. Il avait parfois ce sentiment. Comme si elle avait choisi le seul garçon qu'aucun d'eux, surtout Loïs, n'apprécierait jamais, sans doute l'une des raisons, voire la principale, pour laquelle elle n'avait pas parlé de se débarrasser de ce bébé qui grandissait en elle.

"Tu comptes m'aider à l'élever, ou pas ?"

Ce ne sont peut-être pas ses mots exacts, mais il la revoit encore relever le menton comme pour dire qu'avec ou sans lui, elle l'élèverait ; il avait alors dû comprendre qu'elle ne l'aimait pas assez, et tout ce qu'il avait fait à partir de là, il l'avait fait tel un homme essayant d'attraper et de garder une colombe volant à travers sa maison.

Même les femmes blanches et libres, qui n'étaient pas à bord en tant qu'étudiantes ou qu'esclaves, mais comme épouses des premiers colons, voyageaient dans des conditions particulièrement pénibles. Dix-huit femmes mariées firent la traversée sur le Mayflower. *Trois étaient enceintes, et l'une d'elles accoucha d'un enfant mort-né avant d'accoster. Les accouchements et la maladie éprouvaient durement ces passagères : le printemps venu, seules quatre de ces dix-huit femmes étaient encore en vie.*

Il interrompt l'enregistrement. Il en a assez de ce livre. On dirait que la seule chose que nous ayons tous en commun est le combat que nous menons pour venir au monde, où nous vivons ensuite dans de profondes souffrances. Mais où sont donc les joies ?

Comme le parfum de l'océan et l'odeur de la peinture fraîche.

Ou quand, blottis nus l'un contre l'autre, la brise marine soulevant les rideaux blancs de leur chambre, Linda lui avait dit : "C'est tellement joli."

Comme manger une part de pizza au soleil.

Ou sentir la minuscule oreille de Suzie collée contre sa poitrine, entendre sa voix flûtée : "Il bat tellement fort, papa."

Ou jouer aux dames avec Pee Wee Jones.

Ou la petite pluie qui tambourine sur le toit de son mobile home.

Ou quand il sirotait une tasse de café soluble sur la couchette de sa cellule dans la lumière bleutée de l'aube.

Ou quand, se promenant les mains dans les poches à Port City un après-midi de printemps, ses cheveux clairsemés coiffés en arrière, une passante lui avait souri.

Ou comme maintenant, alors que les rayons déclinants du soleil éclairent sur le panneau indicateur vert de l'autoroute, à une centaine de mètres devant lui, les noms de villes inconnues : *Smithfield, Benson, Dunn.*

Dunn. À soixante-cinq kilomètres environ. Ce nom ne peut qu'être une heureuse coïncidence. Un signe minuscule mais encourageant, et c'est là qu'il s'arrêtera pour trouver des toilettes. Là qu'il se forcera à manger quelque chose avant de reprendre la route une fois de plus, vers le sud.

30

Le Sawgrass était faiblement éclairé et devait sa fraîcheur à la climatisation, même si les pales du ventilateur fixé à la charpente tournoyaient lentement. Au bar, un couple obèse entre soixante et soixante-dix ans buvait de la bière en piochant dans une corbeille de frites, et à un ou deux mètres d'eux une suspension éclairait le centre d'une table de billard tendue de feutrine bleue. Un support ne contenant que trois queues était fixé au mur lambrissé de pin, et décoré de quelques posters des groupes ayant joué sur la scène en contreplaqué noir dans un angle de la salle. L'endroit tenait lieu de boîte de nuit pour les propriétaires de ranchs, leurs employés et les commerçants locaux, et Susan s'étonna de n'y avoir jamais mis les pieds un vendredi ou un samedi soir, d'avoir fui vers Gainesville et continué à fuir.

Apparemment la barmaid assurait aussi le service en salle et Bobby lui commanda du thé glacé et des tacos au poisson, bien que Susan lui ait dit qu'elle n'avait pas faim. Il avait souri et répondu : "Il faut manger, chérie." Comme s'il savait quelque chose, bien que ce soit impossible. Encore qu'il ait le droit de savoir, non ? Susan n'en était pas sûre. Pas plus qu'elle ne se souvenait de la dernière fois où elle avait écrit si longtemps et en remontant si loin ; elle pensait même s'y remettre en fin d'après-midi. Non qu'elle ait cru produire quelque chose d'extraordinaire. C'était à cause de ceux vers qui l'écriture l'avait entraînée. Saul et Gary. Paul et son pistolet rouillé.

Bobby souriait toujours en revenant à leur table avec du thé glacé dans deux énormes chopes. Il était dans la même tenue que la veille au soir – chemise hawaïenne délavée, short trop grand et sandales – et elle avait presque oublié la maigreur de ses mollets velus. Accrochée au dossier de sa chaise, la sacoche en cuir dans laquelle il transportait ses cours. Elle était assez large et profonde pour contenir également des disques vinyle et il annonça en avoir trouvé un dans la boutique d'Oak Street, qu'il lui montrerait quand ils auraient bu leur thé glacé.

"C'est une expérience !" Il posa sa chope devant elle. Il n'y avait pas de rondelle de citron, la paille était trop courte et un autre jour elle l'aurait renvoyée, mais pas aujourd'hui. Pendant le trajet vers le centre-ville, les cheveux humides et son maquillage réduit au minimum, elle s'était sentie à la fois vidée et comblée, gagnée par une douce fatigue mais prête à écrire encore, éprouvant pour la première fois depuis longtemps le sentiment presque vertueux de gagner sa vie. Même la conscience de ce qu'elle portait en elle n'y changeait rien, car elle gardait l'impression d'avoir du temps, de n'avoir rien à dire ni à faire dans l'immédiat concernant cette facture impayée au fond d'un tiroir fermé.

"Tu as l'air en forme, Susan. Tu as dû avancer dans ton travail."

Elle acquiesça de la tête, bien que le mot *travail* ne lui ait pas semblé le bon. "Sauf que j'écris le genre de merde que je déteste.

— Simplement parce que tu n'aimes que la fiction.

— Je n'aime pas les Mémoires.

— Mais c'est ce que tu es en train d'écrire.

— Pas si je ne les montre à personne.

— Et si c'est réussi ?"

L'espoir jaillit en elle. Elle voulait que ce soit réussi. Elle voulait que ça vaille la peine d'être lu. Mais elle avait cessé d'imaginer quelqu'un la lisant vraiment. Pas même Phil Bradford, qui était pourtant payé pour ça. Surtout pas lui.

"Ça part dans tous les sens, Bobby. J'écris d'à peu près tous les points de vue possibles.

— On dirait du free-jazz, chérie. Pas de dominante tonale." Il lui sourit à nouveau, chercha dans sa sacoche et sortit le disque. Sur la pochette, la photo d'un Noir avec une épaisse moustache, un bonnet de laine et des lunettes d'aviateur. Les jambes croisées, il semblait bouche bée, comme captivé par quelque chose au loin. Cecil Taylor, *Live in the Black Forest.*

"Incroyable ce qu'on peut dénicher dans cette foutue ville, Susan. Ornette venait du R'n'B, mais ce type-là a eu une formation classique. Il a appris le solfège et le piano, mais comme

Coleman il a enfreint toutes les règles. Ses partenaires devaient suivre ce qu'il jouait au piano, et il n'a jamais écrit une seule note. Ornette, au moins, notait certaines choses, mais pas Taylor. Il avait vraiment tout dans la *tête*, bon sang." Bobby hochait la sienne en contemplant ce musicien séduisant sur qui il avait sans doute beaucoup écrit, et Susan se revit sur la terrasse de Walter sous le grand parasol. *Vous savez ce qu'est un rémora ? C'est un poisson-pilote.*

Bobby poursuivait ses explications sur Taylor et sa musique, mais elle n'écoutait pas. Elle l'observait. Il avait mis ses lunettes et lui lisait un extrait du texte au dos de la pochette, avec une telle passion sur le visage et dans la voix. Chez d'autres hommes la passion ne s'adressait qu'à elle, c'était comme être ensevelie au fond de l'océan sous une tonne de roses. Comme être entraînée par Paul à l'ombre d'une jetée où il avait trouvé un pistolet rouillé.

"Moi j'ai écrit des choses dont j'avais totalement perdu le souvenir."

Bobby posa le disque. "Ah bon ?" Il le glissa dans sa sacoche.

Susan haussa les épaules. "Oui. Des choses bizarres, c'est tout.

— Quel genre ?

— Oh, tu sais, des trucs cons de mon enfance."

Il la dévisagea. La sueur faisait légèrement briller son crâne chauve. Il but lentement une gorgée de thé glacé, reposa la chope, fouilla dans sa sacoche et brandit une enveloppe timbrée.

"C'est le département d'anglais qui me l'a fait suivre. On l'a déposée dans ma boîte." Il la fit glisser vers elle, et elle sut aussitôt que ça n'avait rien à voir avec la faculté parce que la lettre était trop épaisse et avait été envoyée par la poste. Elle était adressée au professeur Susan Dunn. L'écriture avait quelque chose d'enfantin et d'appliqué. *Non, pas toi. La fausse Susan. Professeure Putain.* Gary. Une fourchette brûlante lui retourna les entrailles, mais elle posa soudain les yeux sur les mots en haut à gauche de l'enveloppe. Ils étaient écrits avec moins de soin, comme à la hâte, et ce qu'ils signifiaient tendit instantanément l'atmosphère, comme s'il y avait de l'électricité dans l'air. Face à elle, Bobby n'était plus qu'un ovale de chair au-dessus d'une chemise hawaïenne délavée. *Daniel Patrick Ahearn.*

Bobby disait quelque chose. Ses paroles étaient autant de bulles montant des profondeurs de l'océan. Le cœur de Susan se mit à cogner dans sa poitrine comme un petit poing contre une porte verrouillée, et prenant une inspiration elle demanda : "C'est quoi, Bobby ? C'est quoi, putain de merde ?

— Ouvre."

Elle lui lança la lettre. "Non, toi.

— Tu es sûre ?

— Comment a-t-il pu me *retrouver* ? Comment a-t-il su que j'enseignais ?

— Google ?

— Mais comment se fait-il qu'il connaisse mon nom d'épouse ? Comment est-ce possible, putain ?"

L'obèse installé au bar tourna vers elle sa tête aux cheveux grisonnants, la fixa, et elle eut envie de lui casser la figure. Il retourna à sa femme et à ses frites. Elle ne tenait plus en place et se leva. "C'est la merde, Bobby. La merde totale."

Il remit ses lunettes. Ouvrit l'enveloppe et en sortit une liasse d'une douzaine ou d'une quinzaine de pages. Susan reconnut l'écriture appliquée de l'adresse. D'abord elle n'avait pas le titre de "professeur". Qu'est-ce qu'il en savait, putain ? De quel droit se permettait-il de faire ça ?

"Rassieds-toi, chérie. C'est à toi de lire cette lettre, pas à moi.

— Je ne veux pas la lire." Elle se rassit pourtant, il la lui tendit, et elle lut la première ligne comme une gorgée de liquide empoisonné auquel on aurait voulu donner un goût sucré :

Susan, ma fille chérie,

Je n'ai aucun droit de t'appeler ma fille chérie. Mais malgré tout ce qui s'est passé

"Votre déjeuner. Bonne continuation." La barmaid posa devant eux une assiette emplie de mets aux couleurs vives, qui sentaient la laitue et le poisson cuit à la vapeur. Puis il y eut la voix de Bobby la remerciant, le tintement des couverts enveloppés dans une serviette en papier, et Susan lâcha la lettre, courant le long du bar vers un large couloir aux murs recouverts de posters, vers les toilettes sombres et fraîches où elle vomit dans un lavabo. Ma fille chérie ? Nom de *Dieu*. Elle vomit à nouveau et se rinça la bouche à l'eau froide. Elle rinça aussi le lavabo, secouant la tête à la pensée des trois mots qui lui revenaient en boucle : *Daniel Patrick Ahearn.*

À leur table Bobby l'attendait, son assiette intacte. "Ça va, chérie ?" Elle fit un signe de dénégation, lui dit de manger, s'assit et reprit la lettre. *Mais malgré tout ce qui s'est passé, tu es bien ma fille. Notre fille.*

Ta mère était une très bonne mère. J'espère que c'est le souvenir que tu conserves d'elle. Elle ne méritait pas

Ces pages lui brûlaient les mains. Elle lut plus vite.

Susan, autrefois j'étais Danny.

Aujourd'hui tu es adulte, je peux donc te le dire. Danny était incapable de réfléchir ou de prendre du recul, il réagissait au quart de tour. Il aurait pu être le héros des bandes dessinées qu'il lisait quand il était gosse, on l'aurait appelé le Réacteur.

Il racontait avoir été "le nouveau" à l'école, sous-entendant qu'on se moquait de lui, mais qu'il ne tenait pas plus d'une minute ou deux. Il était comme chauffé à blanc. La grand-mère paternelle de Susan s'efforçait de le calmer par son amour. *Mais c'est alors que je… que Danny a trouvé une autre sorte d'amour et qu'il a tout gâché.*

Il y avait des ratures, mais Susan put déchiffrer le mot *Ta* et le mot *mère*. Un goût de poussière et de cendres dans la bouche, le cœur en travers de la gorge, elle continua de lire cette longue histoire où des types sur une plage donnaient à Danny l'impression de ne pas mériter sa femme qui *parlait peu, mais il n'y en avait que pour toi. Suzie Woo Woo.*

Suzie Woo Woo, un écho d'un écho intérieur.

Il expliquait ensuite que Linda avait quitté le lycée à seize ans, qu'elle adorait la plage et le parc d'attractions, qu'elle lisait beaucoup et était solitaire. *N'oublie pas qu'elle parlait peu, et si tu es non seulement belle mais muette, les autres filles te croient prétentieuse et te tiennent à l'écart.*

Oui, pensa Susan. En effet. Elle jeta un coup d'œil à Bobby. Il l'observait toujours et mangeait lentement. Il semblait vouloir lui demander quelque chose, mais gardait le silence.

Elle poursuivit sa lecture : son père avait tabassé un homme dont le seul tort avait été de poser les yeux sur Linda et de faire une "moue méprisante" à la vue de Danny, et celui-ci avait perdu confiance en elle parce qu'elle ne l'avait pas accompagné quand on l'avait traîné en prison.

Ces ordures de forains ne lui avaient jamais inspiré confiance, mais se méfier d'elle ne lui serait jamais venu à l'idée. Elle l'avait choisi. Elle et lui ne faisaient qu'un, et depuis le premier jour ils ne pouvaient se passer l'un de l'autre. Danny avait perdu la tête, Susan. Cette expression ne convient pas vraiment, car on dirait que je cherche à l'excuser. Ce n'est pas le cas. Il a mérité tout ce qui lui est arrivé, et même davantage. Mais pendant quelque temps il était devenu fou. Voilà ce que j'essaie de dire. Et quand les gens sont fous, ils ressemblent tellement à des ivrognes ou à des toxicos que c'est comme avoir une conversation avec des extraterrestres. Impossible de communiquer avec eux. Linda n'y arrivait pas…

Il ajoutait que derrière les barreaux il était devenu encore plus fou, qu'il était surveillé pour risque suicidaire. Mais il n'avait pas eu la force de mettre fin à ses jours. De toute façon un homme meilleur aurait d'abord pensé à sa fille. Déjà orpheline de mère, elle l'aurait été doublement. Mais Danny n'était pas un homme. Il n'était rien.

"Il faut manger", dit Bobby, sa chope de thé glacé à la main. Derrière lui le bar était désert et la barmaid zappait sur un téléviseur dont Susan n'avait pas remarqué la présence. "Il me donne tant de foutues explications à son sujet.

— Des justifications ?

— C'est tellement…" Tellement quoi ? Cette longue lettre d'un homme qu'elle ne connaissait pas, qui l'avait à jamais privée de sa mère. Il était qui, putain, pour lui raconter toutes ces conneries ? Comme si elle en avait quelque chose à foutre, de ses années de taule ? "Merde, Bobby, je suis tellement en colère.

— Tu devrais peut-être finir de la lire plus tard."

Je vois que tu es professeure et je suis très fier de toi. "Je ne peux pas lire ça." Elle envoya promener les pages en direction de Bobby. Elles atterrirent contre son assiette, se repliant en partie sur elles-mêmes. "Il m'écrit qu'il est *fier* de moi. De quel droit ?

— Tu devrais manger quelque chose." Bobby prit la lettre. Il récupéra l'enveloppe près de l'assiette de Susan.

“En plus il n’a aucune notion de ce qu’est une foutue virgule, ou la grammaire, ou… Je ne peux rien avaler.” Elle se leva. “Il faut que je boive quelque chose.”

Elle alla droit au bar. Leur barmaid/serveuse avait sélectionné une chaîne culinaire sur laquelle une jolie brune souriait à la caméra devant un fourneau avec une poêlée de champignons et d’oignons. Le volume était au minimum, la voix du chef pareille à celle d’un rêve oublié que l’on entend encore après le lever du jour. La barmaid parlait à Susan qui se rendit compte qu’elle n’avait pas eu un regard pour elle jusqu’à présent. La soixantaine, elle portait une chemise en jean à boutons nacrés et avait des cheveux secs de fausse blonde avec des racines blanches, un visage mince et ridé, un rouge à lèvres qui avait perdu son éclat sauf aux commissures de sa bouche. Elle avait l’âge qu’aurait eu la propre mère de Susan et s’enquérait de la nourriture.

“Pardon ?

— Ça a été ? Aimeriez-vous autre chose ?

— Oui, une vodka *on the rocks.*”

Alors que la barmaid emplissait un verre de glaçons, Susan ne voulait déjà plus de vodka. Elle ne savait pas ce qu’elle voulait. *Je vois que tu es professeure et je suis très fier de toi.* Cette journée caniculaire de mai à Gainesville. Elle, gravissant l’escalier métallique jusqu’à l’estrade de fortune, pavoisée de fanions. Et recevant par un soleil radieux, en nage sous sa toge et sa toque, son diplôme des mains du doyen souriant, tandis qu’au sein de la foule fusait le “Yo, Susan !” de Paul qu’elle cherchait désespérément des yeux.

Danny avait perdu la tête, Susan. Ça voulait dire quoi, merde ? Les gens perdaient tout le temps la tête et ils ne faisaient de mal à personne.

Mais ce simple mot : *Susan.* Il l’interpellait. Par son caractère direct. Sa sincérité, peut-être. Elle n’en savait rien. La barmaid avait repris la parole et Bobby lui tendait dix dollars. Susan leva les yeux vers lui. Il lui portait la même attention soucieuse que la veille au soir en pénétrant dans la cuisine. “Tu veux que je te la lise ?

— Non. Oui. J’en sais foutre rien.” Elle saisit le verre frais et ruisselant, puis le reposa. “Allons ailleurs.

— Très bien." Bobby demanda s'ils pouvaient emporter le déjeuner auquel elle n'avait pas touché, et la barmaid posa une boîte en polystyrène sur le comptoir avant de disparaître dans la cuisine. Bobby retourna à leur table récupérer le déjeuner de Susan, sa sacoche contenant l'album *Live in the Black Forest*, et cette lettre d'un homme qui se disait fier d'elle, ce foutu Daniel Patrick Ahearn qui se faisait autrefois appeler Danny.

31

Assise en tailleur dans sa vitrine, Loïs vaporisait de l'eau et du vinaigre sur sa peau de chamois. Elle astiquait encore un miroir qu'elle ne se souvenait pas d'avoir acheté, une pièce du XIXe siècle et de style rococo italien celui-là, et après en avoir déjà fait briller trois – deux miroirs de commodes victoriennes et un miroir œil-de-bœuf anglais au cadre doré écaillé – elle transpirait à grosses gouttes. Marianne en cherchait d'autres dans l'arrière-boutique, et alors que Loïs commençait à épousseter le verre et à effacer les traces de doigts, elle vit Susan et son mari sortir du Sawgrass. Bobby avait sa sacoche de cuir à l'épaule comme une femme ou un aristocrate, de petites lunettes de soleil rondes sur le nez et le crâne luisant de sueur. Il semblait guider Susan vers sa Kia, et sa petite-fille n'avait pas l'air en forme. Ses cheveux courts étaient une fois de plus en bataille et elle-même presque maigre, et agitée en prime.

Quoi encore, Seigneur ? Ils avaient passé une si bonne soirée la veille tous les trois, et quand Susan et Bobby avaient ouvert leur cadeau devant elle dans la cuisine bien éclairée, ces lampes en porcelaine de Dresde avaient tellement paru leur plaire, à Bobby surtout, qui jetait sans cesse des coups d'œil à sa femme comme si ces amoureux tenant lieu de pieds de lampe pouvaient recoller les morceaux de quelque chose.

Avant d'aller retrouver Susan pour déjeuner avec elle, Bobby était passé à la boutique et avait montré à Loïs l'album acheté chez Midge Perkins. Cette petite garce au profil aquilin vendait n'importe quoi datant d'avant 1975 ; Loïs ne l'aimait pas et avait failli le dire à Bobby, mais il était si enchanté de son achat qu'elle avait gardé ses réflexions pour elle.

“Tu n’aurais pas dû, Noni. Vraiment tu n’aurais pas dû”, répétait Suzie la veille au soir tout en ne cessant d’effleurer la dentelle en porcelaine de la robe de la figurine, et Loïs savait qu’elle avait eu raison. Mais tous deux avaient à présent l’air si grave en disparaissant dans la petite voiture de Bobby pour longer Oak Street vers l’ouest. Cette gamine allait-elle *un jour* rester avec le même homme ?

“Tu veux que je continue ?” Marianne tenait un miroir carré dans un cadre noir et doré. Une mèche de cheveux lui retombait sur l’œil gauche et la sueur perlait sur sa lèvre supérieure, mais son rouge à lèvres restait impeccable. Loïs avait soif et des courbatures dans les épaules. Sa robe d’été était collée à ses omoplates. “Oui, merci. Je deviens trop vieille pour ça, mon chou.”

Elle étendit les jambes, Marianne posa son miroir et lui offrit une main secourable qu’elle accepta. Il lui fallait un verre d’eau et une cigarette, mais tandis qu’elle retraversait sa boutique dans la pénombre aux odeurs de bois ciré et de vinaigre, le gargouillis sourd des déshumidificateurs était couvert par ses propres paroles résonnant dans sa tête. “Trop vieille pour ça.” Pas pour épousseter des miroirs exposés dans une vitrine qu’elle referait sans doute une semaine plus tard, mais pour se demander si sa petite-fille, qui avait quarante-trois ans, nom d’un chien, finirait un jour par trouver le bonheur.

32

Juste avant Dunn, le ciel s’assombrit et il se met à pleuvoir. Daniel n’a toujours pas faim, mais il a besoin d’aller aux toilettes et prend la sortie, traversant bientôt au ralenti une ville d’immeubles à deux étages en brique et en béton dont les façades vitrées ruissellent sous la pluie. Apercevant un café-restaurant, il se gare sur un petit parking à côté d’une berline aux jantes éclaboussées de boue.

Sa douleur au bas du dos irradie le long de ses jambes ; il vérifie la présence de sa liasse de billets dans la poche de son pantalon, s’extirpe lentement de son pickup et verrouille les portières. La pluie est tiède et agréable. Il reste là un moment les yeux fermés, le visage offert. Un véhicule passe dans un grondement sur la chaussée mouillée derrière lui, il rouvre les yeux et longe le trottoir jusqu'au café-restaurant. La salle, lumineuse et pleine de brouhaha, sent le café et les hamburgers. Une jeune fille avec un tablier sur son jean moulant et une cafetière à la main l'appelle "Monsieur". Et ajoute avec un sourire : "Asseyez-vous où vous voulez."

Il demande où sont les toilettes et elle les lui indique en brandissant sa cafetière vers le fond de la salle, derrière une table de personnes âgées. Une vieille dame très classe aux traits délicats lui sourit lorsqu'il passe près d'elle, et il entre dans les toilettes hommes avec le sentiment d'être déjà venu à Dunn en Caroline du Nord alors qu'il n'y a jamais mis les pieds. Refermant la porte du box derrière lui, il se sent encore plus seul que tôt ce matin : une malheureuse feuille morte emportée par le vent à travers champs, et il ne lui reste plus beaucoup de temps. Ce qui sort de lui ne semble pas contenir d'urine. À la vue de l'eau rouge foncé de la cuvette il a soudain envie d'appeler à l'aide. Mais appeler qui ? Et à quoi bon ?

Les yeux de Linda. Assombris par l'effroi puis par la conscience du sort qui l'attendait et la volonté de l'affronter, le tout en quelques battements du cœur de Danny, son cœur à la fois empoisonné et poison. Elle avait plus de cran qu'il n'en aura jamais.

Il tire la chasse d'eau et se lave les mains dans l'un des trois lavabos. Le miroir ovale est rayé, avec en haut à gauche un sticker aux tons passés en forme de poisson. *Jésus Vous Aime.*

De l'autre côté de la porte, des rires, des voix, tous les bruits joyeux et l'animation des vivants, et il pense à son testament. Il doit finir de le rédiger, et trouver ensuite une machine à écrire.

Évitant de se regarder dans le miroir, il ouvre le robinet d'eau froide. Il recueille l'eau au creux de ses paumes et se rince trois fois le visage en grelottant des pieds à la tête. Il se voit devenu squelette. Lors de sa libération conditionnelle, il avait pris son courage à deux mains pour demander à sa mère où Linda était enterrée.

"Dans l'océan, mon chéri."

Il regrette ce choix. Les proches de Linda devraient avoir un lieu où se recueillir. Il déclenche le sèche-mains qui lui souffle son air brûlant sur les doigts. Même si de telles pensées lui sont interdites, c'est là qu'il aurait voulu aller : dans le même cercueil et la même fosse que Linda, elle et lui blottis l'un contre l'autre avec le parfum de l'océan au-dehors, une petite brise soulevant doucement leurs rideaux blancs.

33

Ils étaient garés sur le parking de l'ancien lycée de Susan, sous un palmier sabal leur offrant peu d'ombre, et Bobby laissait le moteur tourner pour faire marcher la climatisation. Les deux pare-soleil étaient baissés. Ses lunettes sur le nez, il lisait la lettre en silence et Susan attendait qu'il arrive où elle s'était interrompue au restaurant. *Là où il écrit qu'il est* ***fier*** *de moi, putain.* Le parking était presque désert, hormis la camionnette blanche d'une entreprise de peinture et un pickup avec une galerie à laquelle étaient fixées deux échelles.

"Bon Dieu, chérie." Bobby la fixait, les yeux écarquillés derrière ses lunettes, les pages de la lettre de son père sur les genoux. "Il est apparemment…

— Apparemment quoi ?

— Eh bien, sincère." Il lui caressa l'épaule. "Désolé.

— Bon… fais-moi la lecture. Mais saute tout ce délire sur le fait qu'il était…" Elle n'arrivait pas à prononcer le mot. Il lui obstruait la gorge. Bobby baissa la tête et lut à voix haute : " *« Ce ver de la jalousie dont je t'ai parlé ? Eh bien c'est devenu un serpent noir dans mes veines, au point que j'avais tout le temps peur. Qu'est-ce que j'y pouvais ? J'étais le Réacteur. »*

— Ce foutu « Réacteur » ?

— Il n'est peut-être pas tout à fait sain d'esprit, chérie. Tu es sûre de vouloir entendre le reste ?

— Non."

Bobby lui posa la main sur le genou. L'un des peintres fumait une cigarette sous le porche du lycée. Un homme de petite taille aux bras maigres et bronzés. "Bon, ne t'arrête plus, Bobby. Finissons-en, d'accord ?

— Entendu." Il retira sa main et elle le regarda lire, lui, son premier et seul véritable ami.

Il lisait le passage où son père racontait en détail avoir espionné sa propre femme, quittant son travail au milieu de la journée pour la prendre en flagrant délit d'adultère mais la trouvant toujours “*« très occupée dans la galerie ou avec toi »*. *« Chaque mot que je t'écris, Susan, raconte l'histoire d'un homme qui a changé. »*

— Nom de Dieu.”

Bobby croisa son regard et continua.

“ *« Chère Susan,*

Ce mal dont je souffrais a disparu depuis longtemps, c'est tout ce que je voudrais te dire. Cette maladie du soupçon. Ce serpent dans mes entrailles. Rien de tout ça – absolument rien – n'avait quoi que ce soit à voir avec toi.

Tu dois aussi savoir que j'ai essayé de te retrouver. » ”

Le lycée devenait flou à travers le pare-brise, les grandes portes vitrées s'embuaient, le visage de Bobby également. Elle sentit qu'il avait remis la main sur son genou.

“On y est presque. *« Après cinq ans de liberté conditionnelle, j'ai eu le droit de sortir de l'État, j'ai quitté mon emploi de coiffeur et pris le bus pour la Géorgie. Mais j'ai changé d'avis, Susan, et je suis rentré chez moi. Je ne voulais pas te déranger, et je ne veux pas non plus te déranger maintenant, mais… »* ”

Bobby ne quittait pas la page des yeux, il faisait la moue.

“Qu'y a-t-il ? Lis, putain. Qu'y a-t-il donc ?

— *« … mais dans quelques jours je vais quand même venir te voir pour une fois et j'espère que tu seras d'accord.*

Ton père qui t'aime

Daniel Patrick Ahearn »

— C'est tout ? Quand ça ? Ça veut dire quoi, *dans quelques jours* ?

— Il ne le précise pas.”

Elle saisit la lettre. “Tu l'as reçue quand ?

— Hier.”

Elle relut la dernière phrase en silence : *Je ne voulais pas te déranger, et je ne veux pas non plus te déranger maintenant, mais dans quelques jours je vais quand même venir te voir pour une fois et j'espère que tu seras d'accord.*

Ton ~~papa~~ père qui T'AIME

"… « *qui* T'AIME » ? Grand Dieu."

Elle ouvrit brusquement la portière et sortit dans la fournaise. L'air sentait l'écorce de palmier et les gaz d'échappement de la voiture de Bobby, son cœur cognait contre son sternum, son visage et son cou se couvraient de sueur. Un autre peintre s'avançait sous le porche, puis au soleil pour rejoindre son pick-up. Un masque anti-poussière pendait à son cou. Il la dévisagea en contournant le pickup pour abaisser le hayon et prendre un seau vide en plastique. Elle pensa à son père, peintre lui aussi. Elle se le représenta enveloppant son rouleau avec de la cellophane et remontant dans sa voiture pour surprendre sa mère Linda avec un autre homme sur la plage. Ce foutu serpent qui s'était insinué en lui et qu'il appelait le *serpent du soupçon*. Le peintre referma le hayon et détailla le visage, les seins et les jambes de Susan.

"Qu'est-ce que tu regardes, enfoiré ?"

Le peintre était déjà reparti, agitant le bras dans les airs comme il l'aurait fait avec un de ces SDF qui crient en entendant des voix. Bobby descendit de sa voiture. "Allez, chérie, dit-il. On s'en va."

34

Le soleil brillait encore, mais au-delà des orangeraies le ciel semblait bas et lourd, un long nuage jaune stagnait au-dessus des pinèdes. Il était de la couleur de l'air à la saison des ouragans, dans laquelle ils venaient d'entrer bien qu'ils aient été jusqu'à présent épargnés. Loïs rétrograda pour tourner et emprunter la route secondaire, accéléra devant la prison où les tables de l'aire des visites étaient désertes derrière la clôture grillagée, puis fonça vers sa maison. Fatiguée et mourant de soif, mais sans aucun appétit, elle comptait dire à Susan et à Bobby de se débrouiller pour le dîner.

Après avoir laissé Marianne finir d'exposer les miroirs dans la vitrine, elle s'était installée dans son fauteuil, luttant contre l'envie d'allumer une cigarette. Elle avait trop fumé la veille au soir, au moins le double de son quota quotidien, et resta à contempler sa collection de poupées Sue Herschel sur l'étagère en face de son bureau, chacune semblant la regarder avec insistance comme si elles attendaient qu'elle leur apporte à manger ou les emmène s'amuser un peu. Sur l'étagère voisine, une corde à sauter de 1912 aux poignées de bois noircies par des mains d'enfants, une diligence des années 1830 tirée par deux étalons blancs, une arche de Noé allemande. Sur l'un de ses pignons était peinte une colombe avec un rameau d'olivier dans son bec. Juste en dessous, un piano miniature Schoenhut aux minuscules touches jaunies et une figurine des années 1920 : Mickey Mouse jouant d'un orgue de Barbarie. À côté de lui, un petit camion aux couleurs de la marque de ketchup Heinz que Bobby aimait bien, de même qu'il aimait bien venir à la boutique, et pourquoi pas ? Il avait écrit un livre sur les œuvres d'un musicien. Pourquoi ne serait-il pas le genre d'homme capable d'apprécier celles des bons fabricants de jouets et de meubles ?

La voix de Marianne fredonnant une mélodie près de la vitrine couvrait le ronronnement des déshumidificateurs. Loïs somnolait et voyait en rêve le grand mari sympathique de Susan vendre à cette garce de l'Ohio le miroir Biedermeier avec un large sourire, et Susan à nouveau âgée de seize ans, assise dans ce même fauteuil, un livre de poche ouvert sur les genoux.

À son réveil, Marianne parlait avec un couple devant le bureau en noyer d'un ancien planteur. L'homme et la femme étaient jeunes, tous deux avec des lunettes, et Loïs les catalogua aussitôt comme des cadres de Tampa ou de St Petersburg. Ils devaient travailler devant un ordinateur toute la journée, mais ne voulaient que des antiquités pour meubler leur intérieur sans enfants, et elle se leva à grand-peine pour sortir fumer. Assise dans son fauteuil de jardin sous l'escalier de secours, elle réfléchit à ce qui lui restait de son rêve : Bobby et Susan héritant de la boutique, Bobby prenant les rênes.

Elle aurait dû s'en vouloir de voir les choses ainsi, mais non. Les vieilles choses avaient de la valeur pour Bobby, il était bienveillant, et le premier homme dans la vie de Suzie à l'être aussi avec elle. Il semblait la prendre telle qu'elle était, lui laissant la liberté dont elle avait besoin, mais elle, est-ce qu'elle le traitait bien ? Elle avait passé son existence à quitter un homme pour un autre, comme certains changent de voiture au-delà d'un certain kilométrage. Bobby devait le savoir et ne le tolérerait pas. Il avait sans doute remis les pendules à l'heure pendant ce déjeuner.

Loïs l'espérait. De son point de vue, sa petite-fille n'avait toujours pensé qu'à elle. Tous ces livres, toutes ces pages qu'elle écrivait, toutes ces interrogations. Devenir propriétaires d'un commerce pouvait être ce qu'il leur fallait. Ça avait réussi à Loïs et à Gerry, du moins avant que les choses tournent mal. Ce jour au début du printemps où ils avaient signé pour l'achat de Penny Arcade, il faisait froid et gris mais ils étaient allés se garer près de la plage, et Gerry ayant la clé, il s'était accroupi dans son manteau et son costume-cravate, les cheveux gominés et coiffés en arrière, sa Chesterfield allumée aux lèvres, pour remonter l'imposant rideau métallique qui grinçait en s'enroulant au-dessus d'eux, et ils étaient entrés main dans la main. En ce temps-là Penny Arcade ne contenait que quelques jeux, deux tables de ping-pong, un billard, et le *Skee-Ball* qui occupait tout le mur côté sud. Il n'y avait aucun des flippers ou des machines à sous qui causeraient tant d'ennuis plus tard, et Gerry nourrissait de grandes ambitions. Debout dans l'ombre de ce qu'ils construiraient ensemble, il paraissait si jeune, si beau et joyeux qu'elle ne l'avait jamais aimé autant qu'alors, son mari tuyauteur d'origine française qui avait emprunté à des oncles et à des amis chaque dollar du versement initial et tout remboursé deux ans plus tard. C'était encore un type bien, en tout cas elle le croyait, et en voyant l'appartement du fond elle n'avait eu aucune envie d'y vivre. Elle n'en aimait pas l'exiguïté et la pénombre, et ils louaient à l'époque une jolie ferme dans les bois à quelques kilomètres de la plage. Il y avait une pelouse, une terrasse derrière la maison, et l'été Loïs aimait s'asseoir avec la petite Linda dans la piscine gonflable. Paul, le bébé, était déjà né, et cet après-midi-là Loïs et Gerry avaient déposé les deux enfants chez leur oncle Gio afin de pouvoir envisager leur nouvelle vie.

"Pense à l'argent, ma douce." Gerry l'appelait ainsi, et elle savait que ce serait une folie de ne pas occuper cet appartement. Ils économiseraient davantage en y vivant qu'en le louant, d'autant qu'ils en étaient propriétaires comme de Penny Arcade.

Quand ils étaient entrés dans ce qui deviendrait la chambre de Linda et du bébé, il y avait un matelas et un sommier laissés par le précédent propriétaire – un Italo-Irlandais d'à peine soixante ans qui prenait sa retraite "fortune faite", d'après Gerry. Tout heureux, son mari avait enlevé son manteau, l'avait déployé sur le matelas, puis avait fait asseoir Loïs, l'appelant Douce ô ma douce, lui avait retiré ses bottes de caoutchouc, ses bas et sa culotte, avait remonté sa robe et l'avait pénétrée, et il n'y avait plus eu que son souffle sur la gorge de Loïs, "Douce ô ma douce", le fracas à la fois proche et lointain des vagues sur la plage, le sentiment qu'ils faisaient ensemble l'ascension d'un arc-en-ciel chatoyant et que jamais l'un d'eux ne laisserait tomber l'autre.

Loïs dut ralentir pour obliquer vers son chemin de terre. Voilà si longtemps qu'elle n'avait pas pensé à Gerry de cette façon. Elle avait presque oublié qu'ils avaient connu de bons moments, et pourtant si, et de toute manière Bobby n'avait rien de commun avec Gerry. Bobby était *vraiment* un type bien. Même si à l'approche de la maison sa voiture était invisible, il n'y avait que celle de Susan, elle-même assise sur les marches, les coudes sur les genoux, son téléphone portable et un verre d'eau à côté d'elle. Elle semblait être là depuis longtemps.

Formidable. Ça recommence.

Loïs coupa le contact, prit son sac à main et descendit de sa Volkswagen, son cœur battant plus fort comme chaque fois qu'elle se levait désormais. L'air chaud et immobile sentait les aiguilles de pin et le goudron de la couverture du toit, qu'il faudrait refaire sans trop tarder. "Tout va bien ?" cria-t-elle d'où elle était.

Susan leva les yeux et haussa vaguement les épaules. "Il faut que je te parle de quelque chose.

— Ne me dis pas que vous avez rompu.

— Non.

— « Non » tu ne vas pas me dire ça, ou « Non » vous n'avez pas rompu ?" Son sac à main sur l'épaule, elle se dirigea vers les marches de la terrasse. Elle respirait plus difficilement qu'elle n'aurait dû. Sa petite-fille avait les jambes légèrement écartées, on voyait sa culotte bleu pâle.

"Il va me falloir une boisson forte ?

— Tu ne veux pas t'asseoir ?

— Non, mais je veux bien une gorgée de cette eau."

Susan lui tendit le verre et Loïs en but la moitié avant de le lui rendre. Elle était en sueur. "Très bien. Maintenant dis-moi. Qu'est-ce qui ne va pas ?

— Il y avait bel et bien une lettre importante pour moi hier.

— Bobby est parti la chercher ?

— Non, il l'avait déjà."

Susan dut voir Loïs changer d'expression car elle ajouta : "Il a jugé que ce n'était pas le moment.

— Donc tu n'as pas vendu cette nouvelle, ma puce. Et alors ?

— Non…

— Quoi donc, Suzie ?

— J'ai reçu une lettre de mon père."

Loïs revit d'abord Gerry, ses cheveux gominés et coiffés en arrière, son sourire conquérant. "Douce ô ma douce." Mais soudain une porte dérobée s'ouvrit en elle et Linda surgit dans les bras de cet Ahearn au gros nez busqué, aux yeux trop rapprochés, qui portait son blazer rouge comme s'il était un prince de sang royal et non un vulgaire forain. Et sa Linda dans son tablier de caissière, à jamais happée par ces grands bras couverts de taches de rousseur.

Loïs s'assit lourdement au bord d'une marche, se penchant en avant pour reprendre son souffle, mais les battements de son cœur résonnaient et tournoyaient dans sa tête comme des chauves-souris. Susan avait posé la main sur son bras.

"Ça va ?"

Loïs fit oui de la tête, mais ça n'allait pas du tout.

"J'ignore comment il m'a retrouvée, Noni."

La mère d'Ahearn. Cette simple d'esprit avait appelé un dimanche en fin d'après-midi. Voilà deux ans, peut-être plus. Elle avait expliqué qu'elle allait mourir et voulait juste dire au revoir à sa petite-fille : *"Comment as-tu trouvé ce numéro, Mary ?*

— Ton frère me l'a donné, Loïs. Il est dans l'annuaire."

Typique de Gio. Il n'avait jamais refusé quoi que ce soit à une femme. Assise devant la table de sa cuisine, Loïs laissait sa cigarette se consumer dans le cendrier. C'était la fin de l'automne, peu avant la fête de Thanksgiving qu'elle passerait avec Paul et sa famille à Miami. Une lumière dorée traversait les vitres, et Loïs avait dû se laisser plus ou moins attendrir par cette femme que la famille Dubie avait privée de sa petite-fille. Assez, en tout cas, pour lui offrir quelques miettes : *"Elle est mariée. Maintenant elle s'appelle Dunn. Je ne t'en dirai pas plus, Mary, et je te serai reconnaissante de ne pas me rappeler."*

"Ça va toujours ?

— C'est ma faute, Suzie. J'ai donné ton nom d'épouse à sa mère. Ta grand-mère paternelle. Avoue, elle t'a retrouvée ?

— Non."

Loïs la revoyait dans ses tabliers ou ses robes trop longues, même en plein été, cette femme au visage sans charme qui parlait toute seule et avait épousé "Magic Mick Ahearn". On aurait dit une paysanne des campagnes d'autrefois, et Loïs n'aurait pas été surprise qu'elle n'ait su ni lire ni écrire. Réentendre sa voix après tant d'années avait le même effet que celle d'un médecin vous apprenant le retour d'une tumeur, et durant des semaines après lui avoir parlé au téléphone, Loïs regretta de lui avoir donné ce nom. Elle avait failli appeler Susan pour l'en informer, mais ç'aurait été comme prendre une pelle pour exhumer quelque chose qu'il valait mieux laisser enfoui. "Où est cette *lettre* ?

— Dans ma chambre." Susan avait paru se redresser. "Noni ?

— Quoi ?

— Il dit qu'il veut venir me voir."

Danny Ahearn, tellement plus grand que Linda qu'il étreignait trop fort, leurs deux silhouettes bleuies par les lumières de Penny Arcade. Loïs assise à l'arrière de cette voiture de police, se retenant pour ne pas hurler et se ruer à l'intérieur auprès de sa fille, mais elle serrait contre elle Suzie en pleurs, et Ahearn sortait par la porte de cette cuisine entre quatre ou cinq policiers, menotté, lançant des coups de pied, le visage en sang. La façon dont, debout devant la cour dans sa combinaison de détenu, il s'était tourné vers Gerry, Paul et elle, articulant des mots qui la transperçaient encore.

"Tu ne peux pas le revoir. Je ne le permettrai pas. J'appellerai les flics.

— Je ne crois pas que ce soit une infraction, Noni."

Loïs se tourna vers elle. Jamais Suzie n'avait été assise le dos si droit. Les mains croisées sur les genoux, menton relevé, elle rassemblait visiblement son courage pour… pour *quoi* ? "Ne me dis pas que tu veux le voir.

— Je ne sais pas si je veux le voir ou non. J'ai simplement estimé que tu devais savoir.

— Mais pourquoi ? Susan, c'est un…" Sa gorge était comme prise dans un étau, sa respiration haletante.

"J'ai failli ne rien te dire, mais Bobby a pensé que tu avais le droit de savoir.

— Il a fichtrement raison de penser ça. Ton père est *où* ?

— En route vers chez nous.

— Comment ça ?

— Parce que la lettre a été envoyée au tarif prioritaire."

Les marches de la terrasse auraient aussi bien pu être un bateau, l'allée gravillonnée une mer démontée. "Tu veux dire qu'il est peut-être *déjà* là-bas ?"

Susan tripotait son téléphone portable. "Pas encore. Et il n'a pas notre adresse, pour autant qu'on le sache.

— Je t'interdis de voir cet homme, Susan. Je te *l'interdis*.

— Je n'ai plus seize ans, Noni.

— Mais pourquoi en aurais-tu *envie* ?

— Je ne suis pas sûre d'en avoir envie. Simplement ça me paraissait être un manque de respect de ne pas au moins t'informer."

Dans la lumière déclinante de l'après-midi, Susan semblait aborder en beauté la quarantaine malgré la maigreur de ses bras et de ses jambes, ses cheveux coupés trop court et son maquillage réduit au minimum. Sa mère, elle, aurait soixante ans, mais elle n'atteindrait jamais cet âge, n'est-ce pas ? Pas plus qu'elle n'avait atteint celui de Susan, ni même la trentaine. Sa vie lui avait été volée par ce Danny Ahearn si laid et dérangé, et de quel *droit* croyait-il pouvoir rendre visite à Susan aujourd'hui ? *Aujourd'hui !* Loïs avait les joues en feu, le front moite, et les paroles qui lui vinrent l'aidèrent à se lever. "Je vais le tuer. Que Dieu ait pitié de moi, je vais le tuer.

— Loïs."

Elle s'était levée et montait vers la porte d'entrée. "Et je vais t'accompagner.

— Sûrement pas.”

Loïs avait atteint la terrasse, mais la maison tanguait sous ses pieds, elle tendit le bras pour garder l'équilibre et saisir la poignée noire de la porte-moustiquaire, dont la noirceur envahit ses yeux jusqu'à ce qu'elle voie seulement le seuil des marches que son épaule et un côté de son crâne avaient heurté, et Susan criant son prénom sans fin.

35

À mi-chemin de sa traversée de la Caroline du Sud, les stations chrétiennes se succèdent et Daniel éteint l'autoradio. Une heure plus tôt la pluie a cessé et il a suivi des yeux le coucher du soleil sur les champs de soja plus à l'ouest. Une bande de lumière subsiste encore sous la masse de nuages sombres au-dessus de l'autoroute et les feux arrière devant lui sont trop brillants, trop rouges. Il a mal au dos et aux hanches. Il laisse derrière lui des villes du nom de Turbeville, Manning, Summerton. Santee, Branchville, Smoaks et Yemassee. Elles lui rappellent la guerre de Sécession et un passé lointain sans qu'il sache pourquoi, si ce n'est que chaque kilomètre parcouru lui donne le sentiment de descendre vers une zone inconnue et dangereuse, et de ne rien pouvoir y faire.

D'après la carte il se trouve à un peu moins de cinq cents kilomètres de St Petersburg, environ six heures de route s'il ne s'arrête pas. Le bol de chili con carne dont il a mangé la moitié en Caroline du Nord lui pèse sur l'estomac, mais dans une station-service de St George il a acheté une bouteille d'un litre de Coca qui est calée entre son siège et la console centrale, et dont il boit quelques gorgées de temps à autre. Le Coca semble aider sa digestion et la caféine lui fouetter le sang, tels les coups de pied d'un maton faisant lever les détenus dès que les lumières s'allument. Il roule depuis l'aube, mais pourquoi s'arrêter ?

Il revoit cette jeune serveuse à Dunn, si ravissante et chaleureuse. Il était à peine assis à une table dans un angle près de la fenêtre qu'elle lui apportait le menu, toujours avec sa cafetière à la main. Après avoir commandé son chili con carne, il a eu du mal à ne pas admirer son joli postérieur moulé par son jean, même s'il a aussitôt détourné le regard comme devant un jardin clos dont le propriétaire ouvrirait soudain la grille sur une profusion de fleurs. S'il avait une petite-fille, ce qui n'est pas impossible, elle pourrait avoir l'âge de cette jeune femme qui lui a servi son chili avec des crackers, lui adressant un grand sourire lorsqu'il lui a laissé un billet de vingt dollars pour un repas qui en coûtait huit.

Il espère qu'il a des petits-enfants. Ce serait au moins quelque chose. Et ils ne seraient peut-être au courant de rien. Ils seraient peut-être encore trop jeunes.

Mais c'est trop demander. Vraiment trop. Si Susan a des enfants, pourquoi le laisserait-elle les rencontrer ? Il pourra s'estimer heureux s'il réussit à la voir, elle.

Il jette un coup d'œil à la photo sur le tableau de bord. Le bas s'enroule un peu sur lui-même et elle a légèrement glissé sur le côté. Il pose le pouce sur le scotch, appuie fort et longtemps, conscient que ça ne changera rien. Encore un coup de klaxon, et il se concentre sur la chaussée bien éclairée droit devant lui.

Rouler jusqu'à destination sans faire étape n'est sans doute pas une bonne idée. Ses yeux le brûlent, la moitié inférieure de son corps est comme cousue à son siège, et il roule encore plus lentement que d'habitude. Depuis qu'il est en Géorgie, par trois fois les véhicules derrière lui se sont rapprochés dangereusement, lui faisant des appels de phares avant de le doubler en klaxonnant, deux à gauche, un à droite. Les panneaux indicateurs défilent : Pooler, Garden City, Savannah, Tybee Island, Pembroke, Richmond Hill. Une fois de plus ces noms le ramènent à la guerre de Sécession, et une fois de plus il est assailli par la crainte d'être lui-même en train de remonter le temps. Ce qu'il a pourtant fait toute sa maudite vie, depuis sa première incarcération.

C'est vrai, mais il n'est pas le seul. Pee Wee Jones, par exemple. Ce fameux après-midi où ils jouaient tous les deux aux dames sur la couchette de Pee Wee, qui venait de prendre un pion à Danny et avait lâché : "Tu voudrais bien rejouer ce coup, Danny A, mais impossible.

— Exact.

— Eh oui, ce qui est fait est fait.
— Ouais.”

Ils s’étaient tus quelque temps, étudiant le damier. Pee Wee avait déjà les tempes grisonnantes, et sur le mur derrière lui était affiché un de ses dessins au crayon : une femme nue avec une coiffure afro, les mains sur les hanches et les jambes écartées comme si elle vous mettait au défi de ne pas regarder.

“Si je pouvais revenir en arrière, jamais je ne boirais tout ce gin. Je n’aimais même pas le gin, mais je l’ai bu. Et avant d’y voir clair j’avais explosé la cervelle de mon papa. Vingt ans à prendre des coups et encore des coups, j’ai dû en avoir marre.
— Tu l’as abattu ?
— Je les ai abattus tous les deux.”

Danny n’avait pas demandé de qui il parlait. Ça ne se faisait pas. Et comme Pee Wee semblait être totalement ailleurs, Danny lui avait soufflé deux de ses dames faites maison.

“Je ne pense qu’à ça : retourner là-bas et vider cette bouteille sans en boire une goutte. J’ai dû me rejouer la scène plus de dix millions de fois. J’achète quand même la bouteille, mais je la jette dans une poubelle, je rentre chez moi et ça s’arrête là.”

Danny n’avait rien dit. À moins que si, mais Daniel ne s’en souvient plus, seulement à quel point Pee Wee lui avait manqué, après avoir été transféré à Walpole pour s’en être pris à Polaski qui l’avait traité de sale nègre une fois de trop. Et Danny s’était retrouvé avec les autres comme McGonigle qui, si toutefois il lui arrivait de revenir en arrière, ne le faisait que pour rechercher le même frisson ou tout ce qu’il avait pu ressentir d’autre en faisant… quoi ? Daniel se croyait-il meilleur que lui ? Oui, parce que McGonigle regrettait seulement de s’être fait prendre.

Devant lui, après un panneau indiquant le site historique de Fort Morris, un autre annonce une aire pour faire le plein, se nourrir et passer la nuit. Il vérifie dans son rétroviseur, mais il n’y a que deux phares solitaires à cinq cents mètres derrière lui. À près de vingt-deux heures un jour de semaine, la plupart des bons citoyens doivent être déjà couchés. Son mobile home lui manque, l’air tiède soufflé par le ventilateur, le tambourinement d’une petite pluie sur le toit de tôle. Que fait sa fille en ce moment ? Il ne se pose plus la question depuis des années. Il aimerait dire qu'il ne l'a jamais fait, mais si. Simplement il avait cessé de penser à elle. À plus d'un titre elle était devenue comme les personnages de ses livres audios une fois qu'il les a écoutés. Comme s'ils ne lui laissaient que l'enveloppe desséchée de ce qu'ils avaient été, une chrysalide accrochée à l'écorce d'un arbre.

À un détail près : toutes ces chrysalides étaient réellement vides, alors que celle de sa fille ne l'a jamais été.

A-t-elle lu sa lettre seule ? A-t-elle attendu que ses enfants soient au lit ? Ou bien l'a-t-elle ouverte aussitôt, dans son bureau de professeure ? Comment avait-il commencé, déjà ? Il se souvenait des premières lignes, mais après ?

Susan, ma fille chérie,
Je n'ai aucun droit de t'appeler ma fille chérie.

Un bon début, non ? N'aurait-elle pas envie de continuer, voyant sa lucidité ? Mais la suite ? Pourquoi avait-il fallu qu'il raconte ces foutaises, ces histoires de Réacteur et de serpent du soupçon ? Voulait-il l'apitoyer sur son sort ? Non, mais il fallait qu'elle sache qui il était, qu'en fait il n'était… que quoi ? Un gosse ? Un petit garçon jaloux ? Et qui voulait maintenant qu'*elle* s'occupe de lui ?

Voulait-il vraiment ça ? Le *veut*-il ?

La sortie de l'autoroute se rapproche, il prend la voie de droite, ses phares éclairant un sac-poubelle éventré sur le bas-côté. Des vêtements sont dispersés, un sweat violet et un pantalon blanc qui lui rappellent la plage jonchée d'immondices. Le tribunal mettait les détenus en liberté conditionnelle là où ils avaient commis leur crime et Daniel ne s'était pas formalisé de vivre avec sa mère, mais la proximité du parc d'attractions lui avait été pénible. Sa mère avait vendu le Sea Spray et acheté un autre bungalow dans la partie nord du Midway, à trois cents mètres de l'océan. Le jour de sa libération, au début du printemps, il était sorti faire une longue promenade. Quelques plaques de neige recouvraient encore le bitume et le sable, le parc d'attractions était fermé en attendant la saison, encore qu'à le voir il n'y ait plus de véritable saison. Le chef-d'œuvre de son père, le manège Broadway Flying Horses, avait disparu – vendu à quelqu'un qui l'avait démonté et expédié sur la côte Ouest, apprit-il plus tard. Penny Arcade aussi était à moitié vide et démolie, on avait construit une résidence sur pilotis à la place de l'appartement où vivaient les Dubie. Ce premier après-midi, il n'était pas allé plus loin. La présence à quatre cents mètres au sud de leur ancien bungalow, à Linda et à lui, était en lui comme une fiole de poison qui se serait brisée s'il avait marché jusque-là, son contenu circulant dans ses veines, atteignant sa tête et son cœur.

Le front de mer semblait avoir curieusement rapetissé, les bâtiments paraissaient moins hauts, la plage de sable plus étroite, l'eau plus sale que dans ses souvenirs. Le pire avait été de se diriger vers l'Himalaya sans voir l'Himalaya, remplacé par une nouvelle construction sur une jetée métallique. Percée de grandes et hautes fenêtres, entourée d'une terrasse aux rambardes étincelantes. Sur une banderole aux tons passés tendue d'un côté et datant de la saison précédente, on lisait : *Les Outlaws, 10 août-13 septembre*. Daniel l'avait longuement contemplée avant de tourner les talons et de regagner au plus vite le bungalow où sa mère, debout devant la cuisinière dans son gilet boutonné jusqu'en haut, parlait toute seule en mélangeant son *Irish stew*, ce ragoût d'agneau qu'elle savait être son plat préféré.

"Bien sûr que je les ai lavés, ne me dis pas le contraire." Entre deux phrases ne s'adressant à personne elle fredonnait une chanson inconnue, de la voix grêle et tremblotante d'une femme plus vieille qu'elle, soixante ans seulement à l'époque même si elle commençait déjà à se voûter, et il était resté là à se reprocher ce qu'il lui avait infligé, lui cette merde ayant connu son heure de gloire dans une cabine de plexiglas et de contreplaqué à deux mètres et demi au-dessus du sol, qui brillait là-haut comme la lune et devait y briller toujours, de même qu'on devait se souvenir de lui comme d'un prince tout de rouge vêtu s'étant élevé grâce à sa voix, la seule bonne chose dont il ait hérité. Mais tout avait été rasé en une journée par un bulldozer.

Très vite il avait trouvé du travail dans une entreprise de peinture de Portsmouth. Il avait trente-neuf ans, dix de plus que son employeur, un grand gars sympathique qui avait quitté la fac pour gagner de l'argent. Il avait décroché un contrat pour construire un immeuble de trente logements au bord de la Piscataqua River. Il dirigeait une équipe de six hommes, jeunes et bruyants pour la plupart, auxquels Daniel ne se mêlait pas pendant le travail. À l'heure du déjeuner, rassemblés dans ce qui serait bientôt l'entrée de l'immeuble, ils mangeaient assis à même le sol. Chaque jour à l'aube, la mère de Daniel lui préparait un pique-nique : deux sandwichs à la mortadelle, un sachet de chips, deux ou trois cookies aux pépites de chocolat qu'elle confectionnait avec de la pâte surgelée. Mais ses collègues se vantaient trop des bons moments qu'ils s'étaient offerts ou allaient s'offrir, la conversation tournait toujours autour de leurs beuveries, des bars, des attractions qu'ils allaient essayer ou d'un match dont Daniel n'avait même pas entendu parler, et bien sûr des femmes, celles qu'ils avaient baisées ou aimeraient baiser. Comme au lycée Daniel observait de l'extérieur, le problème étant que ces types ne connaissaient rien à rien, ne se doutant visiblement pas à quel point les choses pouvaient déraper, raison pour laquelle il ne déjeunait plus avec eux, restant manger dans la pièce qu'il peignait les sandwichs de sa mère imprégnés d'odeurs de peinture fraîche.

Ses collègues le prenaient mal. Un soir, sur le trottoir à la fin de leur journée de travail, Ricky, un maigrichon avec un bras tatoué de plusieurs dragons verts, lui avait lancé : "C'est quoi le problème, Ahearn ? On n'est pas assez bien pour toi ?"

Daniel s'était tourné vers lui. Le jeune homme affichait un sourire de façade et les autres, patron compris, l'observaient. Daniel avait soudain senti la chaleur du Réacteur lui brûler les mains et aurait volontiers réglé sans attendre son compte à cette demi-portion comme autrefois, mais il était en liberté conditionnelle, et puis Danny n'existait plus depuis longtemps. Il s'apprêtait à expliquer qu'il aimait la solitude quand son employeur était intervenu.

"Arrête de déconner, Rick. Il peint foutrement mieux que tu ne le feras jamais.

— Hé, je voulais juste lui casser un peu les couilles." Rick avait allumé une cigarette et tourné les talons, s'éloignant sur le trottoir avec un nuage de fumée au-dessus de l'épaule. Les autres discutaient déjà de l'endroit où ils iraient boire une bière et regarder la retransmission d'un match de basket important, et leur patron avait visiblement envie de se joindre à eux.

"Ça te dirait, Daniel ? On se commandera des ailes de poulet."

Mais pour ces premiers mois de liberté, Xenakis lui imposait d'être chez lui à partir de vingt heures. Il fallait qu'il rentre. "Non, ma mère est malade."

Son jeune employeur avait seulement paru un peu déçu. Il avait demandé aux autres de lui commander ses ailes de poulet, il les rejoindrait une heure plus tard, et Daniel et lui avaient pris l'autoroute en silence dans la camionnette de l'entreprise, qui sentait l'enduit et les bâches poussiéreuses. C'était aussi l'odeur de la vie de Danny autrefois, avec celle de l'océan et du sable humide de la plage, et quinze ans après il se retrouvait au cœur de la tourmente où tout avait mal tourné. Il fallait qu'il parte, et vite.

"Ta mère n'est pas vraiment malade, n'est-ce pas ?"

Un des phares faiblissait, projetant une lumière vacillante sur la chaussée. Daniel la fixait des yeux. "Non.

— Tu as d'autres projets, c'est cool.

— Je dois respecter l'heure de retour fixée par mon agent de probation.

— Tu fais de la taule ?" Le ton était aussi enjoué que d'habitude, mais Daniel sentait l'atmosphère s'alourdir entre eux et se demandait pourquoi il n'avait pas menti. Peut-être à cause de sa solitude. Peut-être dans l'espoir d'avoir un ami.

"J'en ai fait.

— Une histoire de drogue ?"

Daniel n'avait pas répondu. S'il lui disait la vérité, il risquait de perdre son emploi. Et de ne jamais être son ami.

Après ce trajet, les choses avaient changé. Son patron lui témoignait encore du respect et le complimentait souvent pour la qualité de sa peinture au pinceau ou au rouleau, pour la propreté et l'efficacité de son travail, mais avec trop de précautions, comme s'il redoutait de l'irriter. Et il avait sans doute parlé à un ou deux membres de l'équipe, car ils semblaient se méfier de lui comme d'un scorpion près de leurs pieds. Au moins, quand Daniel était son propre patron, il travaillait presque toujours seul et ça lui réussissait. Il avait toujours mieux travaillé seul.

Le soir, il s'asseyait avec sa mère dans la petite salle de séjour pour regarder la télévision. Elle aimait les vieilles séries et les vieux acteurs comme Jackie Gleason, ou Lucille Ball avec son mari à l'accent espagnol. La mère de Daniel riait à chaque gaffe de Lucille. Mais lui-même ayant du mal à rire des maladresses d'un couple heureux en mariage, il finissait par se lever et aller dans sa chambre qui servait de lingerie à sa mère. Après la mort de Liam, elle s'était mise à faire de la couture, surtout des robes pour fillettes, dont elle faisait don ou qu'elle vendait au propriétaire d'un magasin de prêt-à-porter de Seabrook. Une douzaine de petites robes étaient rangées sur des cintres à l'intérieur de la porte de la penderie, et Daniel, fatigué par sa journée de travail et allongé sur son lit, sa lampe de chevet allumée et sa mère riant aux éclats dans la pièce voisine, contemplait ces robes. *Papa ? Je suis là. Tu vois ? Je suis bien* ***là***. Il avait demandé son transfert dans une autre ville dès qu'il l'avait pu.

Il lui fallait un emploi dans lequel il ne serait pas obligé de parler aux gens. Le salon d'un coiffeur pour hommes à Boston n'était pas le meilleur endroit. Il faisait ses huit heures, coupait les cheveux et rasait les visages en s'efforçant de parler de la pluie et du beau temps, mais il avait la réputation d'être peu bavard, et pour le taquiner les habitués se plaignaient de son manque de répondant puisqu'il n'affichait pas ses opinions, pas même sur les joueurs des Celtics et des Bruins ou les candidats à la présidentielle.

Il ralentit au volant de son pickup pour étudier les possibilités qui s'offrent à lui. À sa droite, une station-service ouverte, avec un Holiday Inn et un Fairfield Inn juste derrière. Mais il voit à sa gauche la forme sombre d'une colline et deux motels au sommet, un Marriott et un Hampton Inn. Le second porte le nom de la plage au nord de Salisbury près de chez lui et le fait qu'il soit en hauteur lui plaît, car il aurait peut-être une chambre avec vue sur les alentours. Accélérant pour arriver en haut de la colline, il s'entend encore expliquer à son agent de probation qu'il voulait travailler ailleurs, faire autre chose. Xenakis s'était concentré sur la cigarette éteinte qu'il avait toujours entre l'index et le majeur.

“Tu sais faire quoi d'autre ? Restaurer des meubles, non ?

— Rempailler des chaises."

Il avait alors connu ses meilleures années dans cette petite ville proprette qu'il n'aurait jamais dû quitter.

Andover avait une place centrale et des immeubles en brique à l'ancienne, avec des linteaux de granit au-dessus de vitrines étincelantes qui laissaient voir les robes, vestes ou tenues de ski neuves exposées à l'intérieur. La ville avait aussi de bons restaurants aux menus affichés sous une vitre éclairée près de l'entrée, et seules des voitures récentes stationnaient le long des trottoirs, conduites par des gens ayant tous l'air d'être allés à l'université et d'occuper des postes importants dans les gratte-ciel de Boston, ou bien à Andover dans une banque, un cabinet d'avocats, ou chez un concessionnaire automobile. Avec l'accord de son agent de probation il avait trouvé à Lawrence, la ville voisine, un emploi dans une firme restaurant du mobilier, et loué un studio près de la place centrale, à l'arrière d'une maison avec d'autres locataires. Composé d'une kitchenette, d'une salle de bains, et meublé d'un lit et d'une table, son logement donnait sur une étroite pelouse en pente bordée de haies touffues d'au moins trois mètres de haut. Il y avait un garage pour deux voitures et une allée cimentée, et après seulement trois mois passés à réparer des tables et des chaises, ainsi que des bureaux et des tables de nuit anciens, Daniel s'était vu offrir une augmentation par son nouvel employeur, un Dominicain chaleureux prénommé Hector. Il lui avait dit qu'il était surtout doué pour le rempaillage des chaises. Hector en avait parlé à ses clients, et Daniel avait bientôt eu son propre espace de travail dans l'entrepôt, près d'une des fenêtres aux carreaux cassés qui surplombaient le fleuve. Là, au son de la musique espagnole diffusée par une chaîne stéréo portable sur le sol derrière lui et des cris de ses collègues hispaniques, il tendait et entrelaçait des cannes de jonc humides, et se réjouissait en regardant le soleil se refléter sur les eaux marron du fleuve de travailler à nouveau seul.

Une nuit, il avait rêvé de son père. Liam lui souriait, debout devant le parc d'attractions dans sa combinaison blanche de peintre et attendant qu'il le rejoigne, parce que Danny avait le matériel et Liam ne pouvait rien faire sans. Contrairement à son habitude dans la vraie vie, Liam ne s'impatientait pas. Il était bienveillant et calme, comme si le père et le fils avaient tout leur temps. Et Daniel, se réveillant aux premières lueurs de l'aube qui filtraient de part et d'autre de ses stores baissés, avait eu le sentiment que la longue absence de son père et son silence étaient pour lui comme une fracture ouverte jamais refermée.

Il aurait dû aller aux obsèques. Mais tout le monde le connaissait. Tout le monde savait ce qu'il avait fait. Et il aurait dû rester à Andover où on ne lui témoignait que du respect, où il était Ahearn le rempailleur ou simplement Daniel, et si quelqu'un le connaissant prononçait son nom, celui-ci sonnait aussi clair à ses oreilles que le pied d'une commode victorienne en noyer sur lequel une tape ne révèle aucune partie vermoulue.

Durant toutes ces années à Andover, jamais sa mère n'avait vu son studio. Un ou deux dimanches par mois il prenait un taxi pour lui rendre visite lorsqu'elle revenait de la messe, et ils mangeaient devant la télévision le déjeuner qu'elle avait sans doute préparé avant l'aube : souvent un rôti de porc accompagné d'une sauce en boîte, d'une compote de pommes en bocal, de petits pois surgelés qu'elle faisait cuire jusqu'à les réduire en purée ou presque. Elle avait toujours mieux réussi les petits-déjeuners. Assis devant ce qui était au programme, souvent un film classique d'une époque où chaque homme semblait porter un costume et un chapeau, chaque femme une robe et un collier de perles, il lui était difficile de ne pas se sentir comme Danny renvoyé une fois de plus de l'école et seul avec sa mère, Liam étant au travail : Danny le fauteur de troubles et elle qui l'aimait quoi qu'il ait pu faire.

Un après-midi, le repas fini, il l'avait observée alors qu'elle regardait le film du jour. Elle avait encore son tablier sur ses vêtements du dimanche, ses cheveux gras et clairsemés étaient ramenés en arrière. Dans la tiédeur du canapé, le ventre plein et la respiration laborieuse, il percevait à quel point il faisait partie d'elle au même titre qu'un bras ou une jambe, que son foie ou un de ses reins : elle ne pouvait pas davantage le repousser que se couper la tête.

Jamais sa propre femme ne lui avait donné ce sentiment. Jamais. Tout était donc la faute de sa mère.

Voilà ce qu'il pensait alors. Sincèrement. Ce dévouement maternel l'avait rendu incapable de vivre avec une autre femme.

Il attendait de sa Linda qu'elle se sacrifie elle aussi pour lui. Sa mère n'aurait pas dû se montrer si indulgente.

Puis les années Andover s'étaient évaporées une à une, elle avait eu quatre-vingt-trois ans puis avait disparu. Ses années de liberté conditionnelle étaient alors derrière lui. Il avait retrouvé sa liberté de mouvement mais avait passé trois mois dans le bungalow de sa mère, près du parc d'attractions où il n'avait pourtant pas remis les pieds. Avec une partie de l'argent qu'elle lui avait laissé, il s'était acheté son pickup Toyota Tacoma au volant duquel il allait faire un tour à Port City. Là-bas c'était différent. On ne le connaissait pas. Il n'était pas Ahearn le rempailleur, il n'était personne.

Le palais de justice, un cube de brique rouge à trois étages, se trouvait en lisière du centre-ville. Il surplombait un étang où vivaient des canards, et où les oies du Canada faisaient étape chaque automne lors de leur migration vers le sud. De grands érables et des chênes imposants l'entouraient, et sur ses rives des bancs étaient vissés dans le béton, chacun avec une plaque de cuivre au nom de son donateur. Quarante ans plus tôt il n'avait fait qu'entrevoir cet étang depuis la salle d'audience, mais à présent il allait s'y promener et nourrir les canards, luttant contre la sensation de flotter nu dans les airs, puisque le cordon ombilical qui le reliait à sa chère mère et à tout ce qu'il y avait de bon et de familier était désormais coupé, desséché et enterré avec elle au Long Hill Cemetery, à cinq kilomètres de la plage et assez près de l'autoroute pour entendre le bruit de la circulation. Liam aussi était enterré là, sous une pierre tombale en granit si étroite que son nom tenait à peine.

Voilà pourquoi Daniel avait acheté ce mobile home. Pour être près de ses parents.

Et maintenant, debout dans sa chambre d'hôtel au quatrième étage, il scrute la nuit tombée sur la Géorgie. Çà et là, l'éclat intermittent d'une lampe à une fenêtre, peut-être, ou d'un lampadaire lointain sur une route à travers une pinède. Les points lumineux rouges d'une tour de télécommunications à l'horizon paraissent lui faire des clins d'œil dans les ténèbres, et il ne peut s'empêcher d'y voir un rappel lancinant. Il a roulé plus de seize heures d'affilée. Ses vertèbres lombaires semblent être la proie d'un feu cruel qui va s'étendre au reste de sa personne, et dans la salle de bains derrière lui il a rendu l'eau de la cuvette des toilettes aussi rouge que ces points lumineux, mais l'envie d'uriner est encore là, il a la bouche pâteuse, et ses yeux lui font mal jusqu'à son cerveau où seuls ces mots résonnent :

Repose-toi, Ahearn. Dors. Dors jusqu'à ce que tes yeux se rouvrent, puis rédige ce testament, tape-le, et fous le camp à St Petersburg. Va retrouver Suzie.

36

Susan regagna la maison à plus de vingt et une heures, ses phares balayant la Volkswagen rouge de Noni encore devant la terrasse, là où elle l'avait garée. La maison était plongée dans l'obscurité et Susan chercha l'interrupteur à tâtons, une odeur de rideaux poussiéreux, de tabac froid et de poulet de la veille flottant autour d'elle. Elle sentait approcher trop vite le moment où cette vieille baraque dans les bois lui reviendrait pour moitié, or elle n'en voulait pas.

Même affamée, elle ne pouvait prendre le temps de manger quoi que ce soit. À la lumière du plafonnier de la cuisine, elle ouvrit le réfrigérateur et en sortit un morceau de poulet emballé, mais quand elle défit le papier alu les relents de viande lui levèrent le cœur et elle remit le tout en place, puis gravit l'escalier dans le noir jusqu'à sa chambre, allumant aussitôt cette pièce d'où venait apparemment tout ce qui arrivait. À ses pieds, le sac cadeau vide ayant contenu les abat-jour des deux lampes en porcelaine de Dresde qui trônaient sur son bureau, avec ces figurines d'amoureux enlacés et leur fil électrique enroulé autour d'eux comme un serpent. Devait-elle les emporter ? Non, elle ne rentrait chez elle que jusqu'à… Jusqu'à ce que quoi, nom d'un chien ? Allait-elle vraiment là-bas pour rencontrer son *père* ? Cette façon dont il avait signé *Ton papa*, avant de rayer ce mot et de le remplacer par *Ton père*, comme s'il savait à quel point elle lui en voudrait d'avoir écrit *Ton papa*.

"Tu as besoin de le voir." Le bras de Bobby autour de sa taille alors qu'ils étaient assis côte à côte sur son lit après le retour du parking de son ancien lycée. Le genou de Bobby contre le sien. Et sa patience devant cet accès de rage qu'elle n'avait pas vu venir.

"Non, je n'ai *aucun* besoin de le voir. Ce n'est qu'une merde, putain." Incapable de rester assise plus longtemps, elle s'était levée pour arpenter la chambre de son enfance, s'en prenant à tout ce dont cet homme l'avait privée. Le mot *mère* était revenu plus d'une fois, et elle s'était mise à hurler. À cause des grands-parents qu'elle n'avait jamais connus, ainsi que ses cousins de ce côté de la famille, peut-être. À cause de l'absence de justice, et comment pouvait-on infliger une telle chose à un autre être humain puis être remis en liberté ? À cause du fait que, sans lui, elle n'aurait pas eu à déménager en Floride dans cette petite ville puante de bouseux, ni à passer sa vie avec sa foutue grand-mère maternelle déprimée et autoritaire. Mais alors qu'elle hurlait ces choses, la gorge à vif et en présence de son mari imperturbable, ce qui l'assaillait comme une poussée de fièvre qu'elle ne pouvait plus ignorer, c'était le verbe *aimer*, ce *T'AIME* que son père avait écrit en majuscules au-dessus de son nom et qui allumait en elle un incendie, non seulement parce qu'il avait eu la cruauté de l'écrire mais aussi, oui, oh oui, parce qu'elle avait besoin de le lire. Plus encore, elle avait besoin de ressentir ce qu'il y avait derrière, alors oui, elle avait besoin de voir et peut-être de rencontrer l'homme qui l'avait écrit, peu importait ce qu'elle-même avait écrit sur le fait que Susan Lori à Lawrence, Massachusetts, ne veuille plus le revoir. C'était vingt ans plus tôt. Vingt ans. Et à ce moment-là les larmes étaient venues, et tout en refusant que Bobby la prenne dans ses bras, elle lui avait dit : "Il faut que tu sois avec moi.

— Entendu, chérie. Entendu."

Sur son lit fait était posé le sac de voyage qu'elle avait préparé plus tôt, et sur le bureau son ordinateur portable, tel un portail magique qui aurait fait apparaître cette lettre dans son enveloppe à côté de lui, fait apparaître l'homme qui venait la voir "dans quelques jours". *Tuertonpèreavec*. Paul s'était moqué d'elle quand pour fuir la jetée du Frolics elle avait couru vers le soleil hivernal. Mais à présent, elle trouvait tout ce qu'elle avait commencé à écrire dans cette chambre aussi dérisoire que le mode d'emploi d'une gigantesque et indispensable machine qui s'était mise en route toute seule et l'emmenait où il lui fallait aller, qu'elle le veuille ou non, car la vie de chair et de sang était toujours plus réelle et captivante que de simples mots.

Elle s'assit à son bureau, ouvrit la lettre et la contempla. C'était l'écriture appliquée d'un homme qui avait rarement ressenti la nécessité d'écrire quoi que ce soit dans sa vie.

Susan, ma fille chérie,
Je n'ai aucun droit de t'appeler ma fille chérie.

Elle replia ces pages et les remit dans l'enveloppe. Loïs sur son lit d'hôpital. La façon dont elle avait détourné la tête et refusé de dire une parole de plus à sa petite-fille. C'était l'ancienne Loïs qui, lorsqu'elle la regardait, semblait ne voir que des ennuis présents ou à venir. Le médecin était noir et bel homme. Il avait parlé d'un simple évanouissement, mais ajouté que Noni était déshydratée, sa tension artérielle "anormalement élevée", son taux d'oxygène trop bas, et qu'ils préféraient la garder en observation jusqu'au lendemain.

À l'arrivée de l'ambulance, Noni avait déjà repris connaissance sur la terrasse. "Pas question. Je ne bouge pas d'ici." Mais sa voix était à peine audible, son visage livide, et elle avait laissé un grand ambulancier lui mettre un masque à oxygène et l'attacher sur un brancard qu'un collègue l'avait aidé à hisser sur une civière. Alors qu'elle suivait l'ambulance dans sa voiture, Susan pensait à son père tabassant un homme simplement parce qu'il avait souri à sa mère, et c'était sans doute une erreur d'avoir dit la vérité à Loïs. Mais quand Bobby avait déclaré qu'elle avait le droit de savoir, lui était revenue en mémoire l'odeur des cheveux de Noni lorsqu'elle s'était penchée pour la serrer contre elle devant la table de la cuisine – un mélange de cigarettes Carlton, de peau de vieille dame et d'air déshumidifié de la boutique – et qu'elle s'était excusée d'avoir été une sale petite peste égoïste en partant à Gainesville après tous ces meurtres sans penser à la douleur que cela risquait de réveiller chez Loïs. Non, elle avait eu raison de lui parler de cette lettre, même si elle aurait dû savoir quel effet cela aurait sur Loïs, et sur elles deux.

"Tu vas y aller que ça me plaise ou non, hein ?" La voix éraillée de Noni semblait venir du haut de sa poitrine, mais elle gardait cette pointe d'agressivité qu'elle avait toujours eue. Son bras perfusé paraissait tuméfié. Susan, assise dans le fauteuil près de la table de lit, s'était dit que leurs relations apaisées de la semaine écoulée avaient subi un coup d'arrêt et qu'elle redevenait la Suzie d'autrefois, soutenant le regard dur de sa grand-mère sans rien lui dire de ce qu'elle voulait entendre.

"Je ne sais pas, Noni.

— Oh si, tu le sais."

Et Loïs avait détourné la tête à l'instant où Marianne entrait, bien maquillée et l'air inquiet. Susan l'avait remerciée et ne s'était pas attardée.

Elle prit l'enveloppe et la glissa dans la sacoche de son ordinateur portable. Mettant celle-ci en bandoulière, elle empoigna son sac de voyage et éteignit, mais s'arrêta dans la pénombre puis longea le couloir jusqu'à la chambre de Loïs, froide comme une tombe. Elle trouva l'interrupteur du plafonnier, ouvrit le tiroir de la table de chevet et sortit le revolver. Il était lourd, le quadrillage de la crosse rugueux contre sa paume. Elle n'en voulait pas, mais ne pouvait pas non plus le laisser dans ce tiroir où Noni risquait de le retrouver. Elle était vieille et affaiblie, et Susan serait probablement de retour avant sa sortie de l'hôpital, mais tout de même.

Elle le fourra dans la poche latérale de son sac de voyage et quitta la chambre si froide de sa grand-mère, éteignant le plafonnier d'un geste sec.

37

Seule dans sa chambre, Loïs attendait l'infirmière qu'elle venait de sonner pour la deuxième fois, mais tous semblaient être devenus des inconnus pour elle : Susan si distante, avec un calme que Loïs ne lui avait jamais vu ; Marianne et son incapacité soudaine à dire autre chose que : "Repose-toi, mon chou. Tu as vraiment besoin de repos." Même Walter était passé, restant planté là dans son beau costume comme s'il arrivait d'un dîner avec des banquiers ou des propriétaires de ranchs. Il avait le visage rougeaud des buveurs de martini et de cognac, et une lourde cravate bolo turquoise autour du cou. Tous se comportaient comme si c'était *elle* qui avait un problème. Comme si *elle* n'allait pas bien. Son médecin n'avait fait que passer, lui aussi. Un jeune Noir avec d'épaisses lunettes de myope, qui parlait lentement d'une voix grave, déjà expert dans l'art d'apporter de mauvaises nouvelles. Bon, son hypertension s'était aggravée et son taux d'oxygène était insuffisant, et alors ? Elle était trop grosse, elle fumait trop et elle était *vieille*, bon sang. Elle s'était seulement évanouie.

"Nous aimerions vous garder en observation.

— Non. Pas question.

— Mais pourquoi, Loïs ?" Marianne était assise dans le fauteuil à son chevet. Même pour cette visite, elle s'était changée – tunique crème et pantalon marine – et remaquillée, et croisait sagement les mains sur ses genoux.

"Ne t'en mêle pas, Marianne. S'il te plaît."

Le médecin – avec un badge au nom du Dr M. Johnson – s'était penché pour vérifier la poche de sa perfusion, avant de poser les yeux sur elle comme sur une corvée supplémentaire dont il n'avait pas le temps de s'occuper dans l'immédiat. "Si vous partez, madame Dubie, ce sera contre mon avis médical. Vous devrez signer une décharge.

— Très bien. Apportez-la-moi."

Mais il était parti sans un mot de plus, et Marianne était restée assise à la dévisager. "Loïs…

— Rentre chez toi, Marianne. Toi aussi, Walter. Nom de *Dieu*.

— Viens, chérie." Walter avait posé la main sur l'épaule de Marianne et fait un clin d'œil à Loïs qui avait détourné le regard, même si elle ne voyait que le fin rideau bleu la séparant du lit voisin, et peu importait qui diable l'occupait. Les doigts frais de Marianne avaient étreint les siens, et Loïs avait sèchement repoussé cette main secourable mais sacrément ignorante, car une fois de plus Marianne ne comprenait *rien*.

Imagine, chère Marianne, qu'un de tes grands fils vivant heureux à Miami ou à Los Angeles n'ait pas vécu assez vieux pour connaître ce bonheur, parce que la personne qui était censée l'aimer et s'était engagée à partager sa vie dans la maladie et la santé, pour le meilleur et pour le pire, etc., l'avait *tué* ? Imagine alors, Marianne – toi qui n'as d'autre problème que le foutu cœur volage de ton richard de mari –, imagine que cette personne qui s'en serait prise à ton fils chéri n'ait pas été exécutée comme elle aurait dû l'être. Non, au lieu de ça elle aurait seulement fait quinze ans dans une de ces prisons où on suit des cours pour apprendre un métier. Avec l'autorisation d'en sortir chaque week-end à condition de bien se conduire et de rentrer à l'heure dite. Imagine enfin, très chère Marianne, qu'après ces quinze ans qui ne représentent même pas la durée de vie de l'enfant qui t'a été volé, on ait laissé sortir son meurtrier en lui souhaitant bonne chance.

Et que maintenant, une vingtaine d'années plus tard, il veuille venir voir sa fille que tu as élevée à sa place, ce qui n'était pas une sinécure. Elle avait la beauté de sa mère mais ne se mêlait pas aux autres, passait sa vie dans les livres, puis elle s'est mise à coucher avec chaque garçon qui s'intéressait à elle. Et qui donc avait pour tâche de la protéger de ces garçons, Marianne ?

Le monitoring cardiaque de Loïs bipait plus vite, les lignes vert fluo sur l'écran étaient en dents de scie. Le brassard du tensiomètre lui serrait par intermittence le haut du bras, et elle avait la bouche et la gorge aussi sèches que le lit d'une rivière en été. Elle se redressa et appuya longuement sur le bouton de la sonnette. "Il me faut une *infirmière*, bon sang !" Elle se laissa retomber sur son oreiller au moment où un médecin entrait, dans une tenue du même bleu pâle que celle des infirmières. À la vue de son visage poupin et de ses cheveux grisonnants, elle le catalogua comme un homme qui, après avoir fait le même métier toute sa vie, avait eu envie de changer et d'opter pour la médecine. "Vous êtes médecin ou infirmier ?

— Je suis votre infirmier. Que puis-je pour vous, madame Dubie ?

— Me débrancher de tout ce bazar et me donner cette décharge à signer pour que je puisse partir. Je dois le répéter combien de fois ?

— Vous souhaitez partir ?

— Oui, je l'ai dit au médecin il y a des heures."

L'infirmier étudiait le moniteur. "Votre tension artérielle est encore terriblement élevée, madame Dubie.

— Apportez-moi cette décharge, sinon j'arrache tout ça moi-même, vous avez compris ?"

Il resta là, posant sur elle un regard auquel Loïs ne s'attendait pas, comme s'il voyait quelqu'un en souffrance et compatissait. La chambre se mit à tourner autour d'elle, car elle ignorait ce qu'elle allait faire à part rentrer chez elle, faire asseoir Susan et lui parler, tenter de l'empêcher de franchir une fois de plus cette satanée porte pour aller voir qui bon lui semblait. Comme si le temps n'avait pas passé. Ni toutes ces années à crier en vain pour que Suzie ne franchisse pas la porte, et voilà que sa petite-fille voulait maintenant voir celui à cause de qui Loïs était devenue cette femme méfiante et angoissée, celui qui lui avait tout pris et qui, oui, lui prendrait aussi Suzie.

L'infirmier lui avait posé la main sur l'épaule. Elle leva le bras et referma les doigts sur son poignet velu et le cuir souple de son bracelet de montre. "Je vous en supplie, il faut absolument que je rentre *chez moi*."

38

Bobby déchargeait le revolver de Loïs. Susan et lui étaient assis côte à côte sur le canapé de son bureau peu après vingt-trois heures, seulement éclairés par la lumière venant de la cuisine et celle de la lampe de bureau de Bobby, posée sur une pile de livres et de copies. La pièce entière était envahie par des piles de livres et de copies. Alignés dans la bibliothèque sur le mur du fond, des ouvrages que Susan avait vus quantité de fois, mais dont elle n'avait jamais regardé le titre de près : *Jazzology*, *Le Livre de la théorie du jazz*, *The Realm of Musical Sound*, *The Chord Scale Theory & Jazz Harmony*, *After Modern Jazz : The Avant-Garde and Jazz Historiography*, *Ma vie en mi bémol*. Aucun roman ni recueil de nouvelles, qui étaient les seuls livres dans son bureau à elle, près de la salle de bains où elle s'était coupé les cheveux un jour à deux heures du matin. Au-dessus de la bibliothèque était inscrite la citation d'Ornette Coleman, peinte en noir par Bobby un soir où il s'était plus ou moins soûlé avec une bouteille de vin rouge et avait failli brûler sa thèse. *Voilà comment j'ai toujours voulu que les musiciens jouent avec moi : à une multiplicité de niveaux. Je ne veux pas qu'ils me suivent. Je veux qu'ils suivent leur chemin, mais pour être avec moi.*

Elle pensa à la foutue jalousie de son père qui coulait dans ses veines. Ce "serpent du soupçon". C'était quoi, putain ? En donnant ce nom à sa pathologie, il en atténuait la gravité, la rendait presque acceptable. Bon Dieu.

Il n'y avait aucun bruit pour une fois, seulement le bruissement des climatiseurs. Bobby supportait rarement le silence. Même quand il écrivait ou notait des copies, il passait du jazz. Quand elle-même avait du travail, elle lui demandait de prendre ses écouteurs, et comme il avait besoin d'aller et venir, elle fermait désormais sa porte et mettait des boules Quies, mais pour quoi, pour qui ? Pour Corina Soto qui l'avait conduite à Susan Lori qui l'avait conduite à *tuertonpèreavec* ? Et par-dessus le marché elle se retrouvait enceinte. Charmant.

"Cette arme est sale, chérie.

— Elles ne le sont pas toutes ?

— Je veux dire que celle-ci a besoin d'un bon nettoyage." Il avait fait basculer le barillet et scrutait chacun des six trous, les balles à côté de lui sur un exemplaire du magazine *JazzTimes*. Avec en couverture la photo d'un certain Freddie Hubbard qui chantait, sa trompette dans les mains. Deux des balles en travers de sa bouche entrouverte.

"Qu'est-ce que tu connais aux armes à feu, Bobby ?

— Je viens du Texas, merde. Mon père en possédait au moins six ou sept."

Elle le dévisagea. Pourquoi n'arrivait-elle pas à lui soutirer le moindre détail concernant son père, hormis le fait qu'il avait été assureur ? "Tu as tiré avec ?

— Pas besoin. J'avais les miennes." Bobby plaça le revolver de Loïs sur le visage de Freddie Hubbard. Il lui en avait sûrement déjà parlé. Elle l'avait sûrement interrogé sur son passé, et il lui avait déjà fait cette réponse.

"Tu avais des armes ?"

Il leva les yeux vers elle. "J'en ai encore.

— Ah bon ? Pourquoi je n'étais pas au courant ?"

Il haussa les épaules. "L'occasion ne s'est pas présentée." Il posa sa grande main sur le genou de Susan, la tête et le visage en contrejour dans le halo de la lampe derrière lui. Elle pourrait être assise avec un inconnu, à cause de toutes les questions qu'elle ne lui avait jamais posées sur ce qu'il faisait ni sur qui il était avant leur rencontre.

Tu te sers des gens. Tu te ***sers*** *d'eux.*

"Il est sans doute trop tard pour qu'il vienne ce soir, mais je préférerais vraiment qu'on ait une heure approximative d'arrivée, chérie.

— Bobby ?" Sa voix avait jailli de sa gorge serrée comme une flèche.

"Ne t'inquiète pas.

— Pardon d'être une mauvaise épouse."

Bobby posa le bras sur le dossier du canapé et se pencha vers elle. De l'index il lui effleura la joue. "D'où sort cette phrase débile ?

— Je suis quelqu'un de froid, Bobby. Je l'ai toujours été."

Il lui embrassa la tempe, huma ses cheveux. "Et si je ne suis pas d'accord ?

— Je ne sais même pas comment ton père gagne maintenant sa vie. Est-ce que je t'ai seulement posé la question ?

— Il est mort." Il lui embrassa de nouveau la tempe, et elle eut envie de le repousser.

"Tu sais pourquoi je me suis coupé les cheveux ?

— Non.

— Parce que je ne…" Allait-elle lui faire du mal à lui aussi ? À *Bobby* ?

"Parce que quoi, chérie ?

— Parce que je ne ressens *rien*, Bobby. Je ne…

— Foutaises. Je pense que tu ressens au contraire tellement de choses que tu es submergée et que tu n'éprouves plus rien.

— Même l'amour ?

— Pour moi, tu veux dire ?" Sa voix était si calme et posée, sans trace de peur ni de désir, qu'elle se tourna vers lui. Ses yeux ressemblaient à deux ombres. Elle sentait l'odeur de sa transpiration. "Oui.

— Et si je n'en ai pas besoin ?

— C'est du grand n'importe quoi, Bobby. Je suis ta *femme*.

— Oui, mais bon, le grand n'importe quoi c'est quand une moitié de chacun de nous fonce dans une sorte de tunnel sombre vers l'autre moitié qui attend l'enfoiré le plus rapide du lot pour qu'elle et lui ne fassent qu'*un*. C'est ça le grand n'importe quoi." Il contempla le mur de son bureau avec un hochement de tête. "Et au bout de neuf mois de plénitude et de multiplication des cellules, ce *un* est précipité dans la lumière et le bruit d'un monde de merde où on le salue par une bonne claque pour le faire respirer, après quoi chacun passe le reste de son existence à tenter de retrouver cette foutue plénitude vécue durant neuf mois dans une tiédeur et une pénombre merveilleuses." À son tour il se tourna vers elle. "Voilà pourquoi on fait l'amour, chérie, voilà pourquoi tu lis toutes ces nouvelles, pourquoi tu t'efforces de convaincre tes étudiants de les lire : en quête de cette plénitude. Je me fiche que tu croies m'aimer ou pas. Je sais que tu aimes ce qu'il y a entre nous. Et ça tu le ressens, non ?" Son index effleura de nouveau la joue de Susan.

Quand il lui avait demandé de l'épouser, ils étaient assis côte à côte sur ce même canapé. C'était un dimanche en fin de matinée, ils avaient tous deux bu trop de café, elle l'avait laissé lire les premières pages de *Corina Soto* et il avait dit que c'était génial. Pas ingénieux, génial. Il avait dit qu'elle allait écrire un grand roman, qu'elle devrait retourner à l'université et s'inscrire en master. Assise là, seulement vêtue de sa culotte et du tee-shirt trop grand dans lequel elle avait dormi, la bouche sèche à cause de tout le café qu'elle avait bu, elle l'avait cru parce qu'il ne lui racontait jamais de salades. Le week-end précédent elle avait lu toute sa thèse, surprise du plaisir qu'elle y prenait et de la qualité de l'écriture pour un texte universitaire. Il ne ressemblait pas du tout aux lectures théoriques qu'elle avait dû faire en licence, à cette prose si truffée d'abstractions qu'elle devait relire presque chaque phrase pour la comprendre. Les phrases de Bobby avaient la même générosité que lui, ne perdant jamais de vue l'intérêt du lecteur. Et dans le choix de chaque mot il y avait curieusement quelque chose de chaleureux, ou du moins le sentiment d'être accompagné par la haute silhouette de Bobby qui vous souriait avec confiance, sûr que vous comprendriez sans qu'il doive vous noyer sous des platitudes et des généralités, et d'innombrables notes de bas de page.

Là était l'essentiel. La confiance de Bobby. Il avait la certitude qu'une note juste conduirait à la suivante et ainsi de suite sans qu'il faille trop réfléchir, que si quelque chose fonctionnait cela continuerait, que la vie même n'était qu'une vaste improvisation approximative, que l'on n'arrivait à rien sans faire un pas dans l'inconnu, et que le pire serait de rester assis à trop vouloir lui donner forme. Mais on pouvait et on devait saisir la note qui se présentait, et il avait déclaré : "Marions-nous demain. Juste après les cours.

— D'accord." Sa réponse avait fusé spontanément. Parce qu'ils partageaient le sentiment d'avoir trouvé cette *plénitude* féconde, qui lui avait permis à elle de se remettre à écrire, puis de s'inscrire à son second master dans le Vermont : un sommet d'où elle était retombée dans ce marasme qu'elle connaissait si bien, n'ayant plus envie de rien, seulement de se coucher et de dormir des jours durant. À présent, assise près d'un homme qu'elle pensait ne pas mériter, elle sentait presque cette autre existence croître et se multiplier en elle, et alors qu'elle n'avait jamais dit la vérité aux garçons concernés les deux fois précédentes, elle éprouvait le besoin de la dire à son mari. Elle pouvait au moins faire ça.

"Bobby ?

— Allons nous coucher, chérie." Il se leva et la prit par la main. Soulagée, elle le laissa l'aider à se lever. Le revolver déchargé de Loïs trônait parmi les balles éparses telle une poule couvant ses œufs, une moitié du couple à qui Susan devait la vie se rapprochait d'elle à toute vitesse qu'elle le veuille ou non, et elle se promit de dire la vérité à Bobby le lendemain matin. Ce serait le meilleur moment. Puis Bobby éteignit la lampe, et Susan suivit son mari dans l'obscurité.

39

Les lumières vertes et violettes de Penny Arcade, Linda dans les bras de Danny Ahearn. Son blazer rouge, ses mains immenses et son nez busqué. Et Linda qui se laissait étreindre. Puis Loïs vit dans sa tête Linda devenir Susan, une Susan de quarante-trois ans au corps amaigri et aux cheveux trop courts qui laissait cet homme l'étreindre comme il avait étreint sa mère, et elle eut envie de vomir. Son taxi s'éloignait sur la route et les trois marches jusqu'à sa terrasse auraient aussi bien pu être trois cents. Son cœur était un oiseau se jetant contre les barreaux de sa cage, l'obligeant à s'arrêter et à s'appuyer à la rampe pour reprendre son souffle avant de pouvoir continuer. Elle sentait le parfum des aiguilles de pin, entendait la rivière à travers les arbres, mais l'absence de la voiture de Susan à l'emplacement habituel était pour elle comme les traces de rouge à lèvres sur l'épaule d'une chemise de Gerry, car, oui, elle avait déjà connu des trahisons. Comment Susan pouvait-elle lui faire *ça* ? Comment sa petite-fille avait-elle pu partir attendre cet homme-là ?

Cette façon dont il s'était tourné vers eux dans la salle d'audience pour dire : "Je suis désolé." Il avait le visage et le cou écarlates, les poignets menottés, mais on aurait cru qu'il s'était contenté de voler leur voiture et de l'emboutir. Comme s'il n'avait pas eu l'intention, dans cette cuisine… oh mon Dieu non, non, il ne fallait pas qu'elle retombe dans ce brasier, dans cette noirceur. Il ne fallait pas qu'elle revoie cent fois, mille fois, nuit après nuit après nuit, Linda subir ce qu'elle avait alors subi. Non, pas ça. Pas ça.

Je vais le tuer. Ces mots sonnaient intérieurement telle une berceuse calmant l'oiseau affolé dans sa poitrine, et son cœur sembla se ressaisir et ralentir pour suivre une trajectoire qui la mena dans sa maison, la porte d'entrée n'étant même pas fermée à clé, nom d'un chien, car Suzie, déterminée à parvenir à ses fins, en oubliait tout le reste. Eh bien pas ce soir. Non. Pas maintenant. Combien d'*années* de sa vie Loïs avait-elle passées à se représenter cet homme remis en liberté ? Combien de nuits blanches à l'imaginer buvant un verre de lait ou une tasse de café ? Ou bien s'éveillant frais et dispos, et mangeant ses œufs au bacon tandis que le soleil entrait à flots par la fenêtre ? Combien de fois avait-elle pensé à lui se promenant et s'emplissant les poumons d'air pur ? Ou s'achetant un journal et s'asseyant sur un banc dans un parc pour le lire ? Ou écoutant de la musique à la radio ? Riant devant une émission de télé ? Buvant une bière dans un bar bondé, blaguant et frimant entre hommes ? Combien de fois l'avait-elle vu en pensée avec une autre femme ? Faisant l'amour dans des draps blancs alors qu'il aurait dû être mort ? Qu'il aurait dû être torturé lentement avant d'être abattu. Oui, torturé. Ça aussi, elle l'avait imaginé. Et elle n'en avait pas honte. Elle avait même imaginé Paul et elle s'en chargeant. Partant en voiture dans le Massachusetts pour retrouver Ahearn là où il se terrait. Son fils l'assommant puis le fourrant dans le coffre, avant de rouler vers une forêt où ils ligoteraient ce monstre de Danny Ahearn à un arbre pour, oui, s'acharner sur lui avec des lames de rasoir, un couteau, des pinces, un piolet, une torche électrique et une corde – tout ce que son fils et elle auraient pu trouver – jusqu'à ce qu'il implore la pitié de celle qui ne viendrait jamais à son aide. Quinze ans. Mon Dieu, *quinze* années de misère. Elle n'avait gravi que la moitié de l'escalier pour monter à l'étage, et il fallait qu'elle se repose. Elle se sentait la tête vide, le cou moite mais la gorge sèche. Son fils avait ravalé sa rage. Son Paul dont le rêve de devenir soldat puis pilote de chasse s'était perdu sous les bourrelets de graisse et une collection d'innombrables armes à feu. C'était la faute de Gerry. Les injures dont il le couvrait : gros tas, petite merde, saloperie de fainéant. Et il injuriait aussi Linda. Idiote, il la traitait d'idiote. Alors que pouvait-elle faire d'autre que lui donner raison ? Ensuite Loïs avait élevé Suzie, sa petite-fille, la première de la famille à entrer à l'université. Sa Suzie qui aimait les garçons, oui, mais qui aimait aussi lire et écrire, et voulait réussir dans l'existence. Et qui *avait* réussi. Professeure d'université. La petite Susan de sa Linda. Imaginez. En prime elle écrivait un livre. Et elle avait un mari qui l'adorait et la traitait mieux que n'importe quel homme que Loïs ait connu.

Loïs avait repris son ascension, la rampe de l'escalier dure et usée sous sa paume. Elle revoyait le visage et le cou écarlates de Danny Ahearn, ses yeux trop rapprochés alors qu'il la regardait par-dessus son épaule dans cette salle d'audience. Paul était adolescent et avait pointé l'index et le majeur en direction d'Ahearn comme un pistolet. Elle avait été fière de lui. Combien de fois, après la sortie de prison d'Ahearn, assise à côté du téléphone, avait-elle failli appeler son fils ? Trois fois ? Quatre fois ? Une fois même avec son revolver chargé sur les genoux. Mais Paul était marié, il avait un fils, un bon emploi dans le fret aérien, et non, elle ne voulait pas le perdre lui aussi. Ni se perdre elle-même plus qu'elle ne l'avait déjà fait. En roulant seulement un ou deux kilomètres vers le nord, elle aurait permis à Ahearn de continuer à lui voler tout ce qu'il pouvait. Son attention. Cette attention constante, vigilante, qu'elle lui portait, et à lui seul. Et après ? Le retrouver, l'abattre et se retrouver elle aussi entre les quatre murs d'une de ces cellules qu'il n'aurait jamais dû quitter ?

Non. Elle avait rangé son revolver, faisait des heures supplémentaires à la boutique. Allait dans les ventes aux enchères avec Don et trouvait des prétextes pour retourner à la boutique le soir, pour s'asseoir parmi tous ces meubles et ces jouets fabriqués avec amour par des morts. Sa terreur se dissipant, elle se mettait à prier pour qu'Ahearn souffre de tout ce dont un homme pouvait souffrir. Elle lui souhaitait un cancer, une polyarthrite, de devenir sourd et aveugle. Elle priait pour qu'il se fasse écraser et reste paralysé, enfermé dans un hospice où des soignants cruels le laisseraient moisir dans ses excréments, avec des escarres qui le brûleraient jusqu'à la moelle. Elle priait – comme elle l'avait fait chaque soir pendant sa détention – pour qu'il soit poignardé, et de plusieurs coups de couteau, mais lentement, si lentement. Après l'arrivée des ordinateurs, elle avait lutté contre l'envie de le chercher sur internet, bien qu'elle l'ait fait une fois, très tard un soir où elle avait trop bu. Elle avait tapé : *Daniel Ahearn* et fixé ce nom comme on fixerait une cicatrice chéloïde sur la peau d'un amant, effaçant ensuite chaque lettre avant de se lever et de s'éloigner à toute vitesse de l'ordinateur.

Mais la vie avait repris ses droits. Susan s'était épanouie, ses seins et ses hanches aussi, et son acné s'était estompée comme un mauvais souvenir. Elle avait l'abondante chevelure brune et la beauté sauvage de sa mère, même si Suzie semblait davantage consciente de sa beauté que Linda. Jamais Linda n'avait paru savoir ou croire qu'elle était belle. Encore la faute de Gerry. Et la sienne à elle, Loïs, qui n'avait pas pris sa défense, qui avait laissé Gerry dire ou faire ce qu'il voulait dans l'espoir qu'il *resterait*.

La prière des remords. Après Linda – après sa mort –, Loïs la récitait chaque jour et chaque nuit, paupières closes et affrontant le regard de sa fille. Parfois encore petite, une joue barbouillée de sauce à pizza. Parfois plus âgée, dix-sept ou dix-huit ans, debout dans l'entrée de Penny Arcade avec les bras croisés et son tablier de caissière sur les hanches. Elle regardait Loïs avec le même air apitoyé que si souvent de son vivant. Pressée de partir vivre de son côté et de ne surtout pas ressembler à cette femme qui laissait son mari dire ou faire ce qu'il voulait.

Combien de fois Loïs ne se l'était-elle pas reproché ? Durant sa vie horriblement courte, Linda avait pu voir l'indifférence complète d'un homme pour sa femme. Si son père s'absentait pour acheter de nouvelles machines à sous ou envisager l'ouverture d'une autre galerie de jeux vidéos, à son retour il ne posait aucune question à Loïs sur ce qu'elle avait fait ou pensé pendant qu'il était parti. Si elle emmenait les enfants se promener le long du parc d'attractions, il était trop heureux qu'elle y aille seule. Il avait rarement un geste tendre, sauf s'il avait envie d'elle. Il ne lui donnait aucun conseil, mais si elle se plaignait il la giflait, et le reste du temps il semblait à peine la *voir*. Puis du jour au lendemain Linda avait épousé le premier garçon qui lui accordait toute son attention, un garçon qui avait fait d'elle une marionnette.

Je suis désolée, Linda. Tellement, tellement désolée, ma chérie. S'il te plaît. S'il te plaît pardonne-moi. S'il te plaît, mon cœur, je t'en supplie. Je suis tellement désolée.

Ensuite, avec Suzie, une seconde chance lui avait été donnée, ça n'avait pas été facile, mais elle avait protégé sa petite-fille et veillé sur elle autant que c'était humainement possible. Suzie n'y avait pas été sensible, et alors ? Cette fois Loïs avait fait son devoir, et ce soir qu'elle soit maudite, vraiment *maudite*, si elle laissait cet homme poser ses yeux trop rapprochés sur Suzie. Sur son mari et sur sa maison. Qu'elle soit maudite si elle laissait Ahearn respirer le même air qu'eux.

Si elle le laissait simplement respirer.

Elle arrivait presque au terme de son existence, mais voilà quarante ans qu'elle avait une dette envers sa fille, et l'heure était venue pour elle de s'en acquitter enfin, et en totalité.

Elle alluma dans sa chambre. Elle respirait plus difficilement qu'elle n'aurait dû, avait une nuée d'abeilles blanches au coin des yeux et la bouche aussi pâteuse que sa langue. Alors qu'elle s'asseyait lourdement sur son lit, elle vit que le tiroir de sa table de chevet était déjà ouvert. Sur ses catalogues, les deux rouleaux de scotch, l'étui à lunettes cassé, le paquet intact de mouchoirs en papier et un flacon de médicaments périmés. L'oiseau dans sa poitrine était aussi immobile qu'une pierre tombale. Inutile de soulever les catalogues pour vérifier, ils étaient bien à plat, mais elle fouilla tout de même dessous et les sortit, ne trouvant au fond du tiroir qu'un tapis de pièces de monnaie, de trombones et d'épingles à cheveux. Comment avait-elle pu être aussi bête ? Susan était assise si droite et muette sur les marches de la terrasse, et plus tard à l'hôpital. Comme si elle avait pris une décision grave, et que Loïs ne puisse rien y faire. Strictement rien.

40

Les mains en appui sur la poitrine tiède et moite de Bobby sous elle, semblant le chevaucher de toute sa hauteur, si loin de son visage dans le noir, elle percevait sa propre moiteur tandis qu'il allait et venait en elle, et avec lui chaque garçon et chaque homme depuis Gustavo. Il y avait l'obscurité de leur chambre aux ombres familières : la tête de lit tendue de cuir que Bobby avait héritée d'une tante aveugle, leurs lampes de chevet éteintes dont les deux formes sombres veillaient de part et d'autre tels des centurions. Elle ignorait où elle mettrait les lampes en porcelaine de Dresde offertes par Loïs, mais plus que leur dentelle c'était la tête de la femme posée sur la poitrine de son amoureux, sa robe lui recouvrant les jambes, qui avait retenu son attention. Bobby poussa de petits cris de plaisir, suivis par les siens dont elle espéra qu'il les entendrait comme autant d'excuses. Il avait raison : ce qu'elle avait épousé à leur mariage, c'était moins lui que cette plénitude dont il avait parlé. Cela ne pouvait-il pas suffire ? Aimer la vie que l'on partageait avec quelqu'un encore plus que celui avec qui on la partageait ?

Bobby bougeait plus vite en elle et alors qu'elle se penchait en avant pour l'accueillir, la joue contre la sienne, son téléphone portable sonna à quelques centimètres de sa tête sur la table de nuit. Elle se redressa.

"Ne réponds pas, chérie."

Mais elle avait vu le nom de Noni, ce qui signifiait qu'elle appelait de chez elle et avait quitté l'hôpital. "Merde."

Les doigts de Bobby lui rentraient dans les hanches et il jouit soudain en elle, toujours avec ce même son, comme s'il redevenait un jeune garçon pressé de devenir un homme pour vivre ça.

"C'est Loïs. Elle appelle de chez elle."

Avec un profond soupir, Bobby laissa retomber ses bras le long de son corps. Elle s'écarta de lui, se leva, saisit son portable et alla s'asseoir, nue, sur la cuvette des toilettes. Elle écarquilla les yeux pour déchiffrer l'heure à la lueur verte de l'écran. 12 : 41. Elle imagina Loïs debout dans sa cuisine bien éclairée, une cigarette entre l'index et le majeur, s'inquiétant une fois de plus pour sa petite-fille alors qu'elle aurait dû être couchée, et dans un lit d'hôpital. Susan faillit rappeler, mais pas avant d'avoir senti s'écouler ce que Bobby avait laissé en elle.

Elle s'essuya et tira la chasse. Elle posa son portable sur le réservoir des toilettes et se lava les mains à l'eau chaude. Le portable sonna de nouveau, son halo bleu semblant répondre à une question que Susan n'avait même pas pensé à poser. Elle sécha ses mains sur ses cuisses, prit son portable et appuya sur l'écran.

"Noni ?

— Où est mon revolver, Suzie ? Pourquoi as-tu pris mon *revolver* ?"

41

Le ciel voilé du matin est d'un gris lumineux, et Daniel a pris le volant il y a un peu moins d'une heure quand il traverse la St Mary's River pour entrer en Floride. À la verticale au milieu du pont, un grand panneau rectangulaire : *Welcome to Florida, the Sunshine State*, le *o* de *Florida* étant remplacé par une orange mûre à point. Il avait dormi profondément, même si ce qu'il a rêvé le poursuit telle une liste de choses importantes à faire qu'il aurait oubliées. Son mobile home figurait dans le rêve, Pee Wee Jones assis à sa table devant un jeu de dames comme s'il attendait Daniel pour faire une partie. Dans sa cour des jeunes filles riaient, mais en mettant les lunettes noires achetées à la station-service, Daniel ne retrouve plus qui elles étaient ni pourquoi elles riaient.

C'est sa première longue nuit, plus de neuf heures, depuis quelque temps, et il a pris une douche, s'est débarbouillé deux fois, s'est rasé lentement devant le miroir. À en croire la carte, St Petersburg est à moins de cinq heures de route au sud, ce qui le ferait arriver vers seize heures dans la ville où vit sa fille. Il ne connaît toujours pas son adresse. En sortant de l'ascenseur ce matin, il est passé devant le bureau de la réception, une petite pièce vitrée avec des ordinateurs et une imprimante, et il a pensé y entrer pour taper son testament. Mais il lui faut l'adresse de sa fille, et il ne sait pas qui charger d'exécuter son testament après sa mort.

Comment va-t-il la retrouver ? En se rendant à son université ? Et si elle refuse de le recevoir ?

Mais il veut simplement la voir, *elle*. Et voir sa réaction quand elle le verra, lui. Rien de plus. S'il peut seulement croiser son regard, même depuis l'autre extrémité d'une pièce ou d'une pelouse avec des palmiers, alors elle comprendra. Elle saura ce qu'il ressent pour elle.

C'est du moins ce qu'il espère.

Il dépasse les panneaux indiquant Yulee, Fernandina Beach, et Jacksonville. Des voitures le doublent à gauche et à droite, et en prenant la sortie il fait une embardée et roule bruyamment sur l'accotement de la voie de décélération avant de regagner la chaussée. Malgré sa nuit de repos, il se sent aussi fatigué qu'après avoir rempaillé des chaises ou coupé des cheveux dix heures durant. Pour son petit-déjeuner il a bu la moitié d'un Coca acheté au distributeur, et il va devoir reprendre de l'aspirine pour desserrer l'étau de ce poing brûlant autour de son dos et de ses hanches. De l'autre côté du rail, la cime d'un pin solitaire dépassant d'un haut mur antibruit en béton lui donne l'impression d'être de retour en prison. Comme s'il n'avait jamais vraiment retrouvé la liberté, même après en avoir fini avec Xenakis et l'obligation de rentrer à l'heure dite, même après avoir acheté son terrain et s'être mis à son compte. Même après avoir parcouru près de deux mille cinq cents kilomètres sans devoir informer quelqu'un ou demander l'autorisation. Mais qu'est-ce qu'il croit ? Il n'y aura qu'un seul moyen pour lui d'être libre.

Il regarde une fois de plus la photo de sa fille sur le tableau de bord. C'est sa Linda ressuscitée, sa Linda debout au soleil devant le manège Broadway Flying Horses, avec ce brusque mouvement de tête : "Je vais avoir un bébé." Et ce bébé ressemble comme deux gouttes d'eau à sa mère, avec ses yeux qui vous attirent pour mieux vous repousser.

À nouveau le bruit de ses pneus sur l'accotement, on dirait un maton donnant un coup de pied dans sa couchette pour le faire lever, et avec le sourire, bordel.

Souris, Ahearn. *Souris*, bordel !

42

Loïs s'engagea dans la rue de Susan et de Bobby et se gara à une centaine de mètres de chez eux, le long du trottoir d'en face. D'où elle était, elle voyait leurs deux voitures dans l'allée du garage, la Kia noire de Bobby semblant toute petite à côté de la Honda de Susan. Loïs avait pris la route juste avant l'aube, les prairies d'herbe de Saint-Augustin et de palmiers nains paraissant bleues puis vert sauge à mesure que le soleil s'élevait au-dessus des pins, dans un halo gris qui aggravait encore les maux de tête de Loïs. Ils étaient revenus vers une heure du matin, quand elle avait raccroché au nez de Susan qui lui disait : "Il est chez nous, Noni. Je ne crois pas que tu en aies besoin dans l'immédiat.

— Il est à *moi*, jeune fille, pas à toi. De quel *droit* ?

— Tu le sais bien.

— Et toi tu le protèges. Jésus Marie Joseph, tu *protèges* cet homme.

— Non c'est toi que je protège."

Et Loïs avait raccroché. Ou peut-être pas. Peut-être seulement après avoir hurlé quelques phrases bien senties. "Tu te prends pour qui, de vouloir me protéger ? Depuis quand tu te soucies de *moi* ?"

Mais non, elle avait dû rêver ça lorsqu'elle avait fini par s'endormir quelques heures plus tard. En raccrochant, elle avait pensé se mettre en route sur-le-champ, mais elle se sentait si fatiguée, à bout de forces, et soudain Don était là. Debout dans la boutique, portant la même chemise écossaise que chaque jour ou presque en hiver. Les coudes étaient si élimés que plus d'une

fois Loïs lui avait dit de la jeter, en vain. Ses cheveux grisonnants noués sur la nuque en catogan, ses lunettes autour du cou, il lui souriait tandis que Susan, devant le bureau de Loïs, parlait aussi posément qu'au téléphone et que la veille, assise sur la terrasse. À ceci près que dans le rêve Susan était redevenue adolescente, dans un short trop court, un livre de poche à la main. Aucun hurlement. Aucun objet jeté à terre. Elle expliquait à Loïs avec calme pourquoi elle ne devrait pas avoir le droit de posséder une arme à feu. C'était le mot qu'elle avait employé, et c'était la première fois que Loïs l'entendait dans sa bouche. Et Don semblait prendre le parti de Suzie. Son sourire disait qu'il était fier d'elle et que toi, Loïs, tu ferais bien de l'écouter. Puis il avait disparu, et Soto, ce jeune Mexicain pas si jeune que ça, avait pris Susan par la main et ils avaient traversé l'arrière-boutique pour sortir, se retrouvant non pas sur le parking mais à Penny Arcade où Ahearn, en blazer rouge de l'Himalaya, les poignets menottés, regardait Loïs par-dessus son épaule et répétait : "Je suis désolé."
À cette heure matinale, des voitures et des SUV stationnaient encore sur les allées des voisins de Susan. C'était un quartier résidentiel aux maisons avec des façades en stuc et des pelouses bien entretenues, la plupart avec des sentiers bordés de marguerites des savanes et de pervenches jusqu'au porche abritant leur porte d'entrée. Les propriétaires de la maison à droite de Loïs avaient tapissé de galets et de coquillages le sol au pied d'un palmier, et installé deux bancs en fer forgé de part et d'autre du tronc comme pour inviter chaque passant à s'asseoir et à oublier ses soucis. Sur le trottoir d'en face, la porte d'entrée d'une maison bleue s'ouvrit sur un homme en chemise et cravate buvant tranquillement son café dans un gobelet. Ses clés à la main, il appuya sur une commande qui alluma les phares de sa berline, puis s'installa au volant et démarra sans un regard pour Loïs. Elle sentait des flammes jaillir par intermittence derrière ses yeux. Il lui aurait fallu un café à elle aussi, mais elle n'avait pas faim, et ne savait pas non plus comment s'y prendre pour faire ce qu'elle avait à faire.

Il lui arrivait d'oublier une bouteille d'eau minérale ou de Pepsi entamée sur sa banquette arrière. L'une ou l'autre lui aurait été utile et elle se retourna pour vérifier, mais ce simple mouvement fit légèrement tanguer sa voiture. Il y avait des catalogues épars, un pull bleu resté là depuis l'hiver précédent et recouvrant à présent la crosse d'un fusil de chasse, mais ni eau ni Pepsi.

Elle pourrait laisser la voiture là et aller frapper à la porte de Susan, mais qu'obtiendrait-elle à part un petit-déjeuner et un sermon parce qu'elle avait quitté l'hôpital ? À quoi d'autre s'attendre qu'à la muraille de pierre derrière laquelle Suzie se retranchait depuis qu'elle avait lu cette lettre ?

Loïs avait besoin de la lire. Il *fallait* qu'elle la lise. Qu'avait donc pu écrire cet homme pour convaincre Susan d'accepter de le voir ? Mon Dieu, il était le mal personnifié. Toutes ces lettres qu'il avait envoyées avant leur installation en Floride. *Administration pénitentiaire #53345* : elle revoit encore ce matricule écrit de sa main, comme le nom de Susan, et elle revoit sa propre main mettant à la poubelle chacune de ces lettres, non ouverte.

Juste en face de la maison de Susan, un pickup neuf sortit d'une allée puis accéléra vers la route principale où la circulation était plus dense. À l'autre extrémité de la rue, des chênes et des pins de Sibérie entouraient l'université de Susan et les immeubles du campus. À Noël, l'hiver dernier, Bobby et elle lui avaient fait visiter les lieux en voiture, désignant le bâtiment où Bobby avait son bureau. D'un blanc éclatant et presque entièrement vitré, il surplombait un étang artificiel en lisière duquel un grand héron bleu se tenait sous un palmier. Loïs avait eu durant tout son séjour le sentiment que Suzie avait enfin trouvé sa place. Tout ce qu'il lui restait à faire était de l'accepter, au lieu de s'éloigner une fois de plus en laissant tout en plan derrière elle.

Il y a quelque chose qui ne va pas chez moi, Noni. C'était au début de la semaine, elles étaient toutes deux assises dans la véranda avec un verre de vin. Loïs avait peut-être eu tort de ne pas l'emmener voir un psy quand elle était plus jeune. Un "officier de police judiciaire", une femme chaleureuse en uniforme bleu marine, lui avait donné le nom de plusieurs médecins "spécialistes des traumatismes". Mais Loïs ne s'y prenait pas comme ça. Elle s'était toujours méfiée des médecins, surtout des psychiatres. Ils soignaient les fous, or sa petite-fille semblait loin d'être folle. Elle avait vu ce qu'une enfant pouvait voir de pire, et Loïs avait sa propre stratégie. Elle lui montrerait simplement un million de choses ensoleillées, rassurantes et joyeuses. Pendant toute son enfance. Elle enfouirait ces moments horribles sous une avalanche d'amour.

Mais à cause du comportement présent de Susan qui l'obligeait à venir jusque-là attendre la venue de cet homme, et à cause de ce mur de silence derrière lequel elle était assise si droite, mon Dieu, on aurait dit que les quarante dernières années n'avaient pas eu lieu. Comme si sa Suzie restait enchaînée à cette nuit atroce dans cette cuisine, et à présent celui qui en était la cause venait resserrer encore les chaînes autour du cœur de Susan jusqu'à ce qu'il cesse de battre.

Non, je vais le tuer. Je vais le tuer. Que Dieu ait pitié de moi, je vais le tuer.

Loïs fouilla dans son sac à main, les doigts tremblants. Elle alluma une Carlton, mit le contact et ouvrit les vitres. Ce fusil de chasse avait été mis dans le placard de l'arrière-boutique du vivant de Don. Il l'avait acheté avec quatre autres lors d'une vente d'héritage, ainsi que l'armoire vitrée qui les contenait. Il avait également rapporté une selle et cinq ou six chapeaux de cowboy, que Loïs avait exposés dans sa vitrine et vendus en moins d'un mois. À l'époque Suzie était adolescente. Loïs s'en souvenait parce que sa petite-fille, pour une fois d'humeur taquine, avait mis le stetson noir sur sa tête et, posant comme pour une photo, avait croisé ses bras et ses jambes nus avec un sourire complice, l'air de dire : *Eh oui c'est bien moi, ta petite rebelle hors-la-loi.*

Loïs n'ayant pas de licence pour vendre des armes à feu, Don avait trouvé des acheteurs au noir pour ces fusils, sauf pour celui sur la banquette arrière, qui avait passé près de trente ans dans un coin du placard de l'arrière-boutique, derrière d'épais rouleaux de brocart acquis par Don sur un coup de tête. Il avait affirmé que c'était du brocart authentique, qui valait deux cents dollars le mètre mais lui avait coûté trois fois rien. "Qui sait, Lo ? On pourra peut-être tapisser nous-mêmes certains sièges."

C'était ce qui lui manquait le plus chez lui. Sa foi en la capacité de chacun à se former par soi-même et à créer sa propre réussite. Sans mendier quoi que ce soit. Sans passe-droits. Simplement en se mettant au travail. En retroussant ses manches et en apprenant de ses erreurs.

Mais elle, que connaissait-elle aux fusils de chasse ? Rien. Elle savait à peine manier le revolver que Susan lui avait volé. Elle ne s'en était servie qu'une seule fois, un après-midi où Don avait insisté pour qu'elle apprenne et l'avait accompagnée sur la berge de la Bone River. La secousse de l'arme dans sa main, la déflagration, l'odeur de la poudre, puis le petit trou qui n'était pas là, dans cette souche vermoulue, avant que Loïs n'appuie sur la détente. La puissance de cet objet en métal brillant dans sa main l'avait effrayée autant que fascinée, et ne l'incitait à ne trouer de balles que le corps d'un seul homme.

Elle tira longuement sur sa cigarette, soufflant la fumée par la vitre. Quelqu'un d'autre sortit de son allée en marche arrière, une jeune femme conduisant au son d'une musique déversée dans ses oreilles par des écouteurs blancs. Comment entendrait-elle une sirène derrière elle ? Ou un coup de klaxon ? Ou les cris d'un enfant ?

Mais Loïs garda son calme à cette pensée. Il fallait qu'elle prenne un antidouleur pour ses maux de tête, oui, mais depuis qu'elle avait sorti à la lumière d'une ampoule poussiéreuse ce fusil rangé derrière des rouleaux de brocart qu'elle n'utiliserait jamais, depuis qu'elle avait laissé derrière elle sa vitrine sombre pour prendre la route au petit jour, une forme de sérénité et de lucidité la gagnait, chassant les idées noires et les angoisses qui l'assaillaient et l'étreignaient depuis le passage des gyrophares bleus derrière les fenêtres de son appartement de Penny Arcade, il y avait si longtemps. Pas de sirènes. Seulement ces gyrophares. Un premier, un deuxième, et le troisième dans un vrombissement de moteur. Le corps de Loïs ayant compris avant elle, elle s'était levée pour sortir et courir vers le bungalow de sa fille mariée.

Mais maintenant elle n'avait ni balles ni cartouches, peu importait le mot. Dans sa boutique il ne lui avait fallu qu'un instant pour accéder au chargeur du fusil, et le trouvant vide elle avait inspecté toutes les étagères du placard. Elles étaient pleines d'un bric-à-brac qu'elle n'avait jamais réussi à évacuer : une hélice ébréchée des années 1930, une diligence en plomb sans chevaux ni cocher, trois voitures de course Alfa Romeo miniatures sans une seule roue, la collection de clous à tête carrée de Don, datant d'avant la guerre de Sécession, mais aucune boîte de munitions. Rien.

Des rires d'enfant. Ou des pleurs ? Non, c'étaient des rires et ils lui parvenaient de la maison sur sa droite, celle avec les bancs en fer forgé au pied du palmier. Des rires étouffés, qui filtraient par une fenêtre fermée, mais ils ressemblaient à ceux d'une petite fille qu'on chatouillait. Puis une voix de femme, et Loïs avait alors remarqué des dessins à la craie sur le trottoir, des gribouillis orange et verts allant jusqu'aux marguerites des savanes. Linda, sa joie d'être mère, le sourire qui éclairait son visage dès qu'elle regardait sa fille, la chatouillait et l'appelait Suzie Woo Woo.

Loïs écrasa son mégot de cigarette dans le cendrier déjà plein, mit le contact et la climatisation. Elle avait soudain la peau moite, et un minibus quittait son emplacement le long de la bordure du trottoir à deux maisons de celle de Susan. Il était temps de s'en aller. Il lui fallait une pharmacie pour acheter un antidouleur, puis une armurerie. Elle espérait que son portable à clapet était chargé pour qu'elle puisse appeler les renseignements, et qu'il se trouvait dans son sac à main où elle l'oubliait pendant des semaines d'affilée. Elle recula jusqu'au bout de la rue en s'aidant des rétroviseurs. Faire demi-tour lui aurait encore donné des vertiges, tourner la tête aurait troublé son calme du matin.

43

Par la fenêtre de la cuisine Susan vit une voiture passer, se leva, puis se rassit le cœur battant. Bobby était parti voilà un peu plus d'une heure et elle ne lui avait toujours rien dit. Elle comptait le faire lorsqu'ils prendraient leur café, mais il avait une réunion en début de matinée dont elle ignorait l'existence et quand il lui en avait parlé, sa sacoche à l'épaule, le soulagement l'avait gagnée à l'idée que ce n'était pas encore le moment. Une fois devant la porte, il avait croisé son regard. "Je ne devrais pas sécher cette réunion ?

— Non, vas-y, je m'en sortirai.

— Mais s'il arrive tu m'appelles, d'accord ?"

Susan avait répondu qu'elle le ferait. Puis il était parti, et elle se sentait incapable de toucher à son café ou même d'y poser les yeux. Elle s'inquiétait aussi pour Loïs. Quand Noni lui avait raccroché au nez la nuit précédente, elle l'avait rappelée tout de suite, en vain. Dès son réveil elle avait réessayé, mais toujours pas de réponse. Elle l'avait alors appelée sur son vieux portable à clapet, tombant sur la voix de synthèse du répondeur. Bon, il était tôt et Noni dormait sans doute encore, mais Susan revoyait la peau grisâtre de sa grand-mère la veille au soir à l'hôpital. Elle revoyait la chair flasque et tuméfiée de ses bras. Loïs pouvait être éveillée et refuser de décrocher. Susan espérait que c'était le cas, qu'elle redevenait la Loïs d'autrefois. Dans quelques minutes elle ouvrirait la boutique avec Marianne, et Susan appellerait à ce moment-là.

... je cours vers la lumière, et il rit sans pouvoir s'arrêter.

Cela s'était-il seulement produit ? Oui, parce qu'elle sentait encore la douceur du sable sous ses semelles, la difficulté de courir vite en dérapant à chaque pas, la froideur de l'air sur son visage et la méchanceté du rire de Paul.

Papy Gerry marche vers les vagues en costume sombre. Il a une cravate noire et une chemise blanche tendue à craquer sur son ventre. Elle le voit de l'endroit où elle se trouve sur la plage. Dans les bras de Noni qui la serre contre sa poitrine. L'odeur écœurante de ses cheveux laqués. Ses yeux barbouillés de mascara. Elle pleure tant qu'elle doit reposer Suzie sur le sable.

C'était nouveau.

La brutalité de ce contact avec le sol fit prendre conscience à Susan qu'elle dévalait le flanc d'une colline dont elle ne savait rien. Elle se mit à taper sur son clavier pour continuer sur son élan.

Je suis en robe. Une robe bleue, froncée à la taille. Je ne quitte pas des yeux papy Gerry si bien habillé qui mouille ses vêtements. Il tient devant lui quelque chose que je ne vois pas. Une mouette criaille. Noni pleure toujours. Des algues brunes jonchent le sable à mes pieds. Je n'ai jamais aimé les algues à cause de leur ressemblance avec des serpents morts, et je recule d'un pas dans mes souliers du dimanche. Ils sont noirs, très jolis, et mes socquettes blanches ont de la dentelle.

Noni me prend par la main. Il y a d'autres personnes sur la plage. Des adultes, eux aussi dans des vêtements sombres. Ma tante Gina porte une longue robe qui semble prête à se déchirer parce qu'elle attend un bébé.

Mon oncle Gio a un costume de la même couleur que ma robe, les cheveux coiffés en arrière, et des lunettes noires alors que le ciel est couvert. Mes cousins plus âgés sont là. Mike dans une chemise blanche à manches courtes qui laisse voir ses bras tout maigres, avec une cravate à rayures.

Tina a dans ses bras l'un de mes cousins encore bébé. M. Price, qui possède tout le parc d'attractions, a les pieds dans les algues et les bras croisés sur la veste de son costume d'un marron brillant. Un de mes petits-cousins rit, une tante ou un oncle se met en colère, il se tait, et le costume de papy Gerry est de plus en plus mouillé. Il a de l'eau jusqu'au ventre, même si je ne vois que son dos, le dos de son costume noir, et ses bras qui bougent soudain. Il soulève quelque chose au-dessus de sa tête et vide le contenu, une poudre blanche et grise qui tombe sur l'eau. Elle flotte à la surface, puis se fragmente et coule. Les sanglots de Noni sont comme une brûlure dans mon oreille, elle me serre trop fort la main, ça me fait mal, je voudrais qu'elle me lâche, je pleure à mon tour, Noni me lâche la main et je me mets à courir. Je m'enfuis.

Susan se leva. Cette petite fille. Cette gamine qu'elle avait été. Jamais encore elle n'était allée si profond. Elle se rassit.

Je m'étais enfuie.

Elle n'avait même pas remarqué qu'elle était revenue à la première personne. Elle s'en fichait.

Ensuite, un repas de fête, même si personne ne rit, même s'il y a trop de silences. On est au restaurant. Papy Gerry est encore tout mouillé, et il s'est assis dans un fauteuil près d'une fenêtre. Son pantalon colle à ses jambes. Ses chaussures laissent des taches sur la moquette rouge, et par la fenêtre on aperçoit une grande roue et une tête de clown au-dessus du parc d'attractions pour enfants.

J'ai envie d'y aller. De faire des tours de manège. Papy Gerry est assis à côté de M. Price, ils boivent un jus marron dans des petits verres, et papy Gerry parle tout bas en hochant la tête et en disant des gros mots, et M. Price aussi, mais il parle encore plus doucement et tapote sans cesse le bras de papy Gerry.

Mes tantes en noir. Elles bourdonnent comme des abeilles autour de Noni. On me pince l'épaule. C'est mon oncle Paul qui me sourit, le visage crispé, ses doigts continuent à me pincer et je me dégage en disant : "Aïe !"

Il a les joues pleines de boutons et un double menton. Comme Mike, il porte une chemise blanche mais par-dessus son pantalon, et il me met dans les mains une part de gâteau au chocolat sur une serviette en papier. Je sais que Noni lui a dit de me la donner, et je n'en veux pas.

Je veux rentrer chez moi.

Chez moi…

J'étais debout devant la bassine, trempée, et elle me séchait les cheveux dans une serviette éponge blanche. Je riais, elle aussi, et elle répétait : "Suzie Woo Woo, ma Suzie Woo Woo !" Je sentais le savon et le shampoing, il y avait la blancheur de la serviette éponge, et chaque fois qu'elle la retirait de ma tête je retrouvais ses épaules bronzées, son joli visage, son sourire et ses rires, et elle me disait : "Ma petite Suzie Woo Woo !" avant de me remettre la serviette sur la tête, et je riais moi aussi, et elle me soulevait dans les airs et j'aurais voulu que ça ne s'arrête jamais.

Il y avait les épaules de mon père, sa grande tête luisante de sueur, ses mains autour de mes chevilles alors que je dominais la fête foraine, ses sons, ses senteurs de barbe à papa et de beignets à la cannelle, et tous les enfants obligés de marcher seuls vers les lumières et le bruit assourdissant des attractions, mais j'avais une attraction rien que pour moi, et soudain c'était fini. Fini.

Mon oncle Paul avait toujours été plus grand que moi. Il me pinçait et me traitait d'enfant gâtée. Il me donnait des coups de pied quand Noni avait le dos tourné. Papy Gerry avait disparu, lui aussi. On aurait dit qu'il s'était en allé dans son costume mouillé.

Avec Noni, c'était comme vivre dans le ventre d'une baleine triste. Il faisait sombre, on étouffait, et Noni me prenait sans cesse dans ses bras mais je n'étais plus Suzie Woo Woo. Noni ne souriait jamais.

La façon dont elle me regardait. Nous étions dans la cuisine. J'étais à table, mes pieds ne touchaient pas le sol. La télévision marchait. Des gens riaient, mais leurs rires sonnaient faux. L'arrière de la tête grassouillette de Paul dépassait du canapé. J'avais des spaghettis dans mon assiette. Noni me dévisageait. Elle avait l'air à la fois effrayée et en colère, puis elle avait fondu en larmes, s'était approchée de moi et m'avait serrée trop fort contre elle en répétant : “Je suis désolée. Je suis désolée. Je suis désolée, ma chérie.”

On aurait dit qu’elle m’avait fait du mal et qu’elle voulait que je lui pardonne, mais moi je ne voulais qu’une chose : rentrer chez moi.

Susan contemplait ces deux derniers mots. Chez elle, ça avait toujours été chez Noni. Leur appartement au fond de Penny Arcade. Leur maison au milieu des pins et des chênes à près de deux mille cinq cents kilomètres au sud. Mais le chez-elle d’avant, s’il en restait quelque chose, c’était cette cuisine étouffante, ce lino jaune, ce fil du téléphone contre le bras de son père. Cette voix caverneuse, une baleine prête à plonger.

Assise nue devant l’ordinateur de Macio. Elle n’avait pas revu cette scène depuis des années. Elle écrivit : Puis internet serait inventé et la petite fille devenue une jeune femme y rechercherait son père et trouverait une photo de lui. En première page de la *Daily Gazette*, un quotidien local de Port City, Massachusetts. Cette ville au bord du fleuve où sa grand-mère l’emmenait parfois en voiture pour lui offrir un cornet de glace, ou seulement pour se promener et lécher les vitrines des magasins de prêt-à-porter qui ouvraient à l’époque. Une moitié de la ville était en plein essor, l’autre apparemment à l’abandon. En gros titre au-dessus de la photo : “Ahearn condamné pour avoir mis sa femme à mort.”

Il y avait dans le choix des termes quelque chose de biblique, qui déplaisait à la jeune femme ; on employait cette expression pour un dragon ou un serpent à plusieurs têtes qu’il fallait exterminer, pas pour une épouse et mère qui ne méritait en rien ce qui lui était arrivé. La jeune femme découvrait cet article assise devant l’ordinateur de la chambre d’un bassiste nommé Macio, avec qui elle vivait alors. Il était plus de minuit, il faisait une chaleur caniculaire, elle était nue et en sueur, les pires conditions dans lesquelles voir son père pour la première fois : sur la photo il fixait l’objectif, et semblait donc la regarder droit dans les yeux. Les poignets menottés à une chaîne autour de sa taille, en combinaison de détenu, il franchissait une porte du palais de justice entre deux policiers en uniforme. Il avait les yeux trop rapprochés, le nez busqué, les cheveux si courts que ses oreilles décollées ressortaient. La jeune femme entendait encore les paroles de sa grand-mère : “C’était un connard grand et moche, il le savait, et ta pauvre mère ne pouvait même pas respirer sans lui demander la permission.”

La lettre de son père sur la table. Elle avait besoin de revoir cette photo. Vingt ans plus tôt, elle ne l'avait même pas imprimée, et si elle y avait pensé depuis, c'était à la manière dont on se rappelle un détail après une cuite, par exemple un abat-jour jauni par la chaleur de l'ampoule près d'un lit qui n'était pas le vôtre.

Elle alla sur Google et tapa : *Ahearn condamné pour avoir mis sa femme à mort.* Voyant que l'article ne s'affichait pas, mais seulement d'autres Ahearn, dont un juge qui avait infligé une peine sévère à l'épouse d'un conseiller municipal, elle tapa : *Port City Daily Gazette.* Alors apparut la même photo, à quelques détails près. Il n'était pas en combinaison de détenu. Il avait les poignets menottés et franchissait une porte du palais de justice entre deux policiers en uniforme, mais il était en costume-cravate alors qu'elle l'avait vu différemment durant toutes ces années. Ce qui la faisait douter de l'exactitude des autres souvenirs qu'elle avait gardés.

En revanche c'était le même gros titre, et le même visage ingrat au nez proéminent et aux oreilles décollées. Le problème était qu'il avait l'air d'une brute épaisse. Mais sa lettre, ce n'étaient pas les pensées d'un idiot. Sûrement pas.

Oh, bon sang, allait-elle devoir rester assise "quelques jours" à l'attendre ? Il avait envoyé sa lettre au tarif prioritaire quarante-huit heures plus tôt. Et s'il avait pris l'avion aussitôt après l'avoir postée ? S'il avait loué une voiture et cherché leur nom sur Google ? Pouvait-il seulement trouver leur adresse ainsi ?

Elle revint à la barre d'accueil de Google et tapa : *Susan Dunn, St Petersburg, Floride.* La réponse s'afficha en une seconde : *Susan Dunn, St Petersburg, Floride – Whitepages.* Elle ouvrit d'un clic : *Un profil Whitepages pour "Susan Dunn, St Petersburg FL", et 35 profils possibles.*

"Trente-cinq !" Elle lut jusqu'en bas de l'écran.

1) Susan Dunn
Âge : 54-60
Adresse actuelle : St Petersburg, FL
Ancienne adresse : Inconnue
Proches : Aucun proche connu

2) Susan Dunn
Âge : 40-44
Adresse actuelle : St Petersburg, FL
Ancienne adresse : Hallandale Beach, FL
Proches : Robert Dunn

Hallandale ? Son dernier appartement, à trois cents mètres de l'océan. *Proches : Robert Dunn ?* Nom d'un chien. Il y avait même sa tranche d'âge et, à droite de ces intrusions, la mention : *Voir le profil*, sur laquelle elle cliqua, et là, bien visible aux yeux de tous, figurait non seulement leur adresse, à Bobby et à elle, mais un plan de leur quartier avec une flèche rouge indiquant leur maison. En haut à droite de l'écran, deux cases : *Voisins* et *Itinéraire*.

Un mauvais pressentiment lui noua l'estomac. Elle jeta un coup d'œil par la fenêtre, se leva et se précipita dans sa chambre. Ouvrit le tiroir de sa commode, sortit un jean et l'enfila. Enleva sa chemise de nuit, prit un chemisier violet sur une étagère de la penderie et le passa par la tête. Elle avait oublié le soutien-gorge mais n'avait plus le temps, et ramena ses cheveux en arrière d'un geste avant de saisir son sac à main resté par terre.

Dans la cuisine, une fois la sacoche de son ordinateur portable refermée, elle glissa la bandoulière sur son épaule et celle de son sac à main sur l'autre épaule. Elle récupéra ses clés dans le bol en céramique près du fourneau et s'arrêta à la porte. Elle regarda de nouveau par la fenêtre. Seule sa Honda Civic était dans l'allée, à côté d'une vieille tache sombre sur le béton. Le ciel au-dessus des maisons voisines était d'un gris presque blanc, les frondes de leurs palmiers totalement immobiles. Il n'y avait aucune autre voiture en stationnement. Aucune. Et d'abord de quel *droit* venait-il chez elle, putain ? Pour *qui* se prenait-il ?

Elle poussa la porte, la referma à clé derrière elle, sentant sa tête, sa nuque et son dos vulnérables alors que le pêne s'engageait dans la gâche. Elle rejoignit rapidement sa voiture, posa la sacoche de son ordinateur et son sac à main sur la banquette, puis démarra en marche arrière sans boucler sa ceinture, sans réfléchir à sa destination, sans rien se dire sauf ces mots : *Je ne l'attendrai* ***pas****. Ce n'est pas à moi de rester assise à attendre que* ***lui*** *veuille bien arriver.*

44

Entre des prairies verdoyantes et des centres commerciaux se succèdent Lawtey, Starke, Waldo et Hawthorne. Puis Lochloosa Lake, Island Grove, Citra, et un lotissement tentaculaire alors que Daniel roule vers l'ouest et oblique vers le sud sur l'I-75, en direction d'Ocala et de Marion Oaks. Peu après apparaissent les panneaux indiquant Tampa et St Petersburg, et il est de plus en plus assailli par le doute. Jamais il n'aurait dû écrire cette fichue lettre. Et encore moins annoncer sa venue.

De sa fille, pas une lettre quand il était en détention. À sa cinquième année derrière les barreaux, elle avait huit ans. À la dixième elle en avait treize, puis quatorze, puis quinze. À sa libération, dix-huit. Elle aurait pu lui écrire alors, mais elle ne l'a pas fait, et pourquoi voudrait-elle le voir maintenant ?

Elle ne voudra pas. Elle ne veut pas.

L'aiguille de sa jauge d'essence est presque au minimum, il devrait prendre la prochaine sortie, faire le plein et remonter vers le nord.

Mais après ? Avoir dit qu'il venait et ne pas le faire ? Et si elle a *vraiment* envie de le revoir ?

"Tu vois comment tu es ?" Il entend encore la voix de Sills. Il disait tout le temps ça. Danny, en retard pour l'atelier de coiffure ou de rempaillage, se dépêchait de traverser la cour derrière deux codétenus, marchant sur la pelouse pour les doubler, et Sills, l'attendant les bras croisés à l'entrée de l'atelier, hochait la tête : "Tu vois comment tu es ? Je pourrais te coller un rapport, Ahearn." Il ne le faisait jamais et avait dans les yeux ce sourire dont Danny savait qu'il ne le méritait pas mais qui lui faisait chaud au cœur, et c'est ce qu'il ressent en prenant la sortie pour Ocala : il veut quelque chose à quoi il n'a pas droit, demande quelque chose qu'il ne devrait jamais obtenir.

La mort de Sills a toujours perturbé Danny. Il y avait beaucoup de surveillants que Willie Teague aurait pu abattre, et personne ne les aurait regrettés, mais pas Sills. Il était d'une droiture à toute épreuve. Certains matons étaient trop accommodants et ne duraient pas longtemps. Ils commettaient l'erreur de se lier avec des détenus et se faisaient prendre pour avoir introduit des sachets de dope, des magazines pornos, des mignonnettes d'alcools forts. L'un d'eux, Kenny Yameen, avait accordé à un taulard de Winter Hill une rencontre en tête à tête avec sa copine dans le bureau du directeur adjoint juste avant la fin des heures de visite. Mais Yameen avait également filmé les intéressés à leur insu et eu le tort, un soir de beuverie, de passer la cassette chez lui à des collègues aussi soûls que lui. Après s'être fait pincer, il avait déménagé et changé de nom, pas à la demande de l'administration pénitentiaire, mais parce que ce détenu de Winter Hill lui ne l'avait plus à la bonne.

Sills, lui, était réglo sans se laisser manipuler, sévère mais pas chiant, et il regardait toujours Danny droit dans les yeux, d'homme à homme. Puis il s'était effondré avec un trou dans la poitrine. Danny était resté là où l'attendait toujours Sills, à l'entrée de cet atelier désormais silencieux et vide, et il était redevenu le Réacteur debout devant une autre porte, parce que lui aussi avait infligé à quelqu'un d'autre ce que Willie Teague venait de faire. Très vite le dernier coup de feu de Willie avait retenti, comme pour sortir Daniel de sa rêverie et lui rappeler son retard à s'acquitter d'un devoir, mais il n'en avait pas encore conscience.

Devant lui, un semi-remorque transportant des voitures neuves. Leur pot d'échappement est rutilant, les sculptures de leurs pneus bien visibles, et lorsque le camion déboîte sur la gauche apparaît une station-service RaceTrac. Sous l'enseigne, l'inscription : *Cacahuètes, Cadeaux, Tee-shirts*. Il devrait manger quelque chose, peut-être juste un sachet de cacahuètes.

À l'ombre de l'auvent au-dessus des pompes il descend lentement de son pickup. Vérifie que sa liasse de billets est bien là et sent les vapeurs de l'essence qui imprègne le béton tiède. Il entend une radio. On dirait une chanson d'amour interprétée par une femme. Sur l'emplacement voisin, un jeune homme noir nettoie son pare-brise avec le lave-glace. La portière côté passager est ouverte et Daniel aperçoit une dame à l'intérieur. Elle est bien plus âgée que le jeune homme, porte une robe et un collier de perles, et tient son sac à main posé sur ses genoux. Elle regarde droit devant elle, sourit au jeune Noir, et Daniel sait qu'elle est sa mère. Quand il ouvre la porte vitrée couverte de stickers publicitaires pour Red Bull et un chewing-gum à la nicotine, sa propre mère lui manque. Elle n'allait jamais très bien, elle n'avait pas d'amies et parlait toujours avec cette voix dans sa tête, mais elle avait pour lui l'amour d'une mère pour son fils. Et quoi qu'il arrive plus au sud dans la ville de sa fille, personne ne pourra enlever cet amour à Daniel Ahearn. Personne. Pas même Danny.

45

Au rayon pharmacie, son sac à main au bras, Loïs fronçait les sourcils devant les étagères emplies d'antalgiques et d'antipyrétiques. La douleur derrière ses yeux ressemblait aux électrochocs d'un appareil qu'elle aurait voulu débrancher, et pourtant elle se sentait toujours étrangement calme, malgré un fourmillement dans les jambes.

Après avoir quitté la rue de Susan, elle s'était retrouvée sur l'I-275 en direction du sud. La première sortie l'avait conduite sur un pont au-dessus de l'eau et de douzaines de bateaux au mouillage sous le ciel d'un gris lumineux, puis vers un bosquet de palmiers rabougris et l'immense parking d'un Walmart à l'intérieur duquel elle était à présent. Une jeune employée accroupie à un ou deux mètres d'elle réassortissait une étagère avec le contenu d'un bac en plastique. “Où est l'Advil ?”

La jeune fille redressa la tête, les joues couvertes d'acné, et Loïs s'en voulut de l'avoir interpellée ainsi. Mais elle se leva avec le sourire. “L'Advil ? Ici, madame.” Elle saisit un flacon sur l'étagère que Loïs venait d'inspecter et le lui tendit avec le même sourire. Une fois débarrassée de son acné, elle serait ravissante.

“Merci, mon chou. Y a-t-il une armurerie pas trop loin ? Mon fils part à la chasse.” Elle avait menti sans ciller. Quel calme. Et à nouveau, le sourire chaleureux de cette jeune fille. Elle avait aussi des boutons sur le front, la malheureuse, et ses sourcils auraient eu besoin d'être épilés.

“Oui, madame. Au rayon sports.” Elle indiqua l'extrémité de l'allée. “Juste après l'électroménager et la décoration intérieure. Voulez-vous que je vous montre ?

— Je vais trouver, mon chou. Merci. Écoutez…”

L’employée la dévisagea, son sourire soudain plus hésitant. Loïs faillit lui dire de se rincer le visage à l’eau froide pour resserrer ses pores. C’était le conseil qu’elle avait donné à Suzie, et à Linda avant elle. Mais cette jeune fille n’avait visiblement pas conscience du mauvais état de sa peau – elle n’essayait pas de la couvrir de fond de teint – et de quel droit Loïs lui en parlerait-elle ? “Vous êtes très jolie. Je tenais à vous le dire, mon chou.

— Merci.” L’employée revint aussitôt à sa tâche, se tenant plus droite, et Loïs, repartant avec son Advil, vit que son compliment lui avait fait du bien. Elle s’en félicita, en même temps que lui revenait son mutisme d’autrefois avec Suzie sur ce point. Mais comment aurait-elle pu la complimenter ? Si elle lui avait trop dit qu’elle était belle, sa petite-fille aurait cru n’avoir pas d’autre atout. Combien de fois avait-elle répété à Linda qu’elle était jolie ? Cent fois ? Cinq cents ? Combien de fois, l’après-midi dans sa chambre au fond de Penny Arcade, avait-elle fait asseoir sa fille devant le miroir de sa coiffeuse, lui demandant de lever la tête vers elle et de fermer les yeux pour qu’elle puisse appliquer du mascara sur ses longs cils ? Elle sentait encore le petit menton de Linda sous ses doigts, la main menue de sa fille sur son genou. “Tu as tellement de chance, Linda Lou. Tu as mes traits, ma puce. Tu seras une beauté comme ta maman, mais en mieux. Tu verras, tu seras la plus belle pour aller danser.”

En face des caisses, Loïs sortit d’un distributeur réfrigéré une bouteille d’eau minérale, l’ouvrit et en but plusieurs gorgées. Elle posa la bouteille sur une étagère de bombes de dégrippant et s’y reprit à plusieurs fois pour ouvrir le flacon d’Advil, son sac à main se balançant à son bras. De l’index elle creva l’opercule, fit tomber deux comprimés dans sa paume et les avala avec un peu d’eau, assourdie par les bavardages autour d’elle, les tiroirs-caisses qui s’ouvraient et se fermaient, les grincements de roues des chariots, la complainte d’un chanteur de country diffusée par la sono. Au fond du magasin un bébé braillait et elle avait hâte de s’en aller. Elle referma le flacon d’Advil, laissant la bouteille d’eau sur l’étagère pour ne pas s’encombrer – *Tant pis, je reviendrai la chercher* –, et longea l’allée centrale entre des portants chargés de tee-shirts et des étagères entières de sous-vêtements pour enfants aux couleurs vives de dessins animés, certains à l'effigie de Spider-Man.

Il faisait trop frais, elle aurait eu besoin du pull dans sa voiture. Et il fallait qu'elle contacte Marianne, qui avait dû appeler l'hôpital dès le matin. Elle aurait ensuite tenté sa chance sur le fixe de Loïs. En l'absence de réponse, elle pouvait très bien faire un saut chez elle en voiture. Ou appeler Susan si elle avait son numéro, ce dont Loïs doutait. Même à l'intérieur de sa bulle de calme l'envie sourde mais insistante de regagner la rue de Susan la démangeait. Un jeune homme était debout derrière une vitrine horizontale aux compartiments éclairés, pleins de pistolets noirs ou chromés de différents calibres, à canon long ou court, apparemment prêts à vous tirer dessus.

Essoufflée, elle aurait aimé s'asseoir. Elle posa bruyamment son sac à main sur la vitrine.

"Je peux vous aider, madame ?"

Encore quelqu'un de poli. Elle n'aurait pas dû laisser sa bouteille d'eau sur cette étagère. Elle chercha du regard un tabouret, sans succès.

"Vous comptez acheter une arme à feu aujourd'hui ?"

Le même mot que dans son rêve. L'employé avait les deux paumes à plat sur la vitrine, et Loïs voyait un réseau de veines bleues sous la peau lisse et pâle de ses avant-bras nus. Il était jeune, avec une moustache duveteuse et un petit bouc. *Clay Moore*, lut-elle sur son badge. Posé à droite près de lui, un gobelet en polystyrène contenant du café dont l'arôme lui parvenait et qu'elle aurait bien bu. "Non, juste des balles ou ce qu'on met dans un fusil.

— Aucun problème, madame. Pour quel calibre, quel type de canon et quel gibier ?

— Je vous demande pardon ?

— Pour votre fusil.

— Je ne sais pas. Ce n'est pas le mien. Il est à mon fils. Donnez-moi ce que vous avez."

Le jeune Clay Moore sourit de toutes ses dents, irrégulières mais aussi blanches que s'il utilisait un dentifrice spécial. "Ce serait très dangereux, madame. Vous ne voulez pas que votre arme vous explose à la figure.

— Ce fusil n'est pas à moi, mais à mon fils.

— Vous n'avez pas le calibre ?
— Non, je n'y connais rien. Il a deux canons.
— Superposés ou côte à côte ?
— Côte à côte, je crois. Il est dans ma voiture. Vous pouvez venir voir ?"

Clay Moore parut enfin réaliser à qui il avait affaire. Elle était partie sans se maquiller, n'était même pas sûre de s'être coiffée ni de porter autre chose que sa culotte et cette vieille robe dans laquelle elle avait froid à cause de la climatisation. Il jeta un coup d'œil à son sac, à sa montre, à ses doigts : pas d'alliance, seulement une perle montée sur un anneau d'argent que Don lui avait fait fabriquer sur mesure peu avant sa mort.

"Mon fils part à la chasse. Il en a besoin.
— Bon, le seul gibier de saison, ce sont les sangliers et les lapins.
— J'ignore ce qu'il chasse. Vous ne pouvez pas venir voir ce fusil ?
— En fait cette information a son importance.
— Disons les sangliers." Oui, les sangliers. Un grand sanglier très laid.

Clay Moore sourit à nouveau, puis se retourna vers un homme aux cheveux bouclés, avec une cravate et un gilet sans manches siglé Walmart, qui était assis devant un ordinateur. "Je reviens, Robert. Il faut que j'aille voir le fusil de cette dame."

Devant sa Volkswagen sous le ciel voilé, dans la chaleur plus intense sur ce parking qui s'était rempli, Loïs prit conscience de n'avoir pas payé le flacon d'Advil qu'elle avait à la main. Mais cette chaleur lui faisait du bien, et dès qu'elle aurait acheté ce qu'il lui fallait, elle chercherait un café ou une boulangerie, ou les deux, après quoi elle retournerait dans la rue de Susan. Qui sait ? Peut-être même irait-elle frapper à sa porte. Histoire d'en avoir le cœur net.

"C'est un bon vieux Mossberg, madame, mais en très mauvais état."

À la lumière du jour, l'employé semblait moins jeune que sous les néons du magasin. Il avait les yeux cernés et quelques poils blancs dans son bouc. Près de la portière arrière, le fusil ouvert à la main, il inspecta une dernière fois l'intérieur des deux canons avant de le refermer d'un coup sec. "Votre fils nettoie parfois ses armes ?

— Je n'en sais rien. Je lui dirai de le faire.

— C'est une question de sécurité, madame. Personne ne devrait chasser avec un fusil dans cet état.

— Il marche ?

— Oui, mais mal, et il pourrait…

— S'il vous plaît donnez-moi juste les balles qu'il faut, mon ami. J'ai des choses à faire."

Il la dévisagea quelques instants. Ses yeux s'attardèrent sur la chair fanée de ses bras nus, s'arrêtant à peine sur ses seins flasques qui attiraient tant les regards autrefois, et lui donnant l'impression que désormais elle n'avait plus grand-chose à perdre et qu'elle devait se dépêcher. Oui, bon sang, se dépêcher.

Il déchiffrait une inscription le long d'un canon. "Calibre 12/70." Il l'interrogea du regard. "Vous ne savez vraiment pas ce qu'il chasse ?

— Je vous l'ai dit, des sangliers.

— Des cartouches pour un deux-coups devraient faire l'affaire." Il se pencha à l'intérieur de la VW pour remettre le fusil de Don sur la banquette. Loïs sortit de son sac sa carte de crédit et un billet de dix dollars.

"Ça ne vous ennuie pas d'aller me les chercher ? Je ne me sens pas très bien.

— Aucun problème." Il prit la carte. "Je peux vous convaincre d'acheter aussi un kit de nettoyage ?"

Elle fit non de la tête. "Gardez les dix dollars, mon ami. C'est pour vous.

— Je n'ai pas le droit d'accepter les pourboires, madame, j'en ai peur. Je reviens tout de suite."

Elle allait lui demander d'emporter l'Advil pour l'ajouter à la note, mais il partait déjà d'un pas vif vers les portes automatiques de l'entrée, et de toute façon elle n'avait jamais eu l'intention de voler ce flacon. Elle le paierait plus tard. Sans doute.

Elle se laissa lourdement tomber sur son siège derrière le volant, mit le contact et ouvrit toutes les vitres. Après avoir eu froid quelques instants plus tôt, elle avait trop chaud et mit la climatisation en route, orientant un aérateur vers son visage. Il lui aurait fallu la bouteille d'eau restée près des bombes de dégrippant, et ce Clay Moore ferait bien de revenir, car elle perdait le calme dont elle avait besoin pour arriver à ses fins. C'était à cause de cette fichue bouteille d'eau, et de ce fichu flacon d'Advil si elle se reprochait d'enfreindre la loi, elle qui avait toute sa vie respecté les règles que d'autres se permettaient d'ignorer, mais pas elle, pas Loïs Dubie. Sans parler de ce fusil sur sa banquette arrière, pareil à un énorme stylo pour un contrat qu'elle n'était pas sûre de vouloir signer de son nom ou de sa main. Même si, quand Clay Moore retraversa le parking, son pantalon kaki flottant autour de ses jambes maigres, la carte de crédit de Loïs dans une main et un sac plastique blanc dans l'autre, elle signa pourtant la facturette, prenant le sac plastique et sa carte avec un sourire et une gratitude qui venaient non pas de ces vingt dernières minutes, mais des vingt-trois dernières années où elle n'avait pu faire la seule chose qu'il aurait fallu faire. Le lourd sac plastique posé à côté de son sac à main, elle démarra et quitta le parking, une mouette solitaire dérivant dans les airs devant elle et s'élevant d'un coup d'ailes au-dessus du pont avant de disparaître à sa vue.

46

Assise près de la fenêtre dans un Starbucks sur Gulf Boulevard, Susan appela la boutique de Noni, dont le téléphone se mit à sonner au bout du fil. Dehors sur la terrasse, un couple du même âge que ses étudiants était assis à une petite table ronde, tous deux en short et en tongs, la jeune femme riant à quelque chose que le jeune homme venait de dire. Le téléphone de la boutique sonnait toujours, finalement interrompu par le répondeur et la voix chaleureuse de Marianne informant que le magasin était ouvert de onze à dix-neuf heures. Susan raccrocha et appela chez Noni. Pas de réponse non plus, et Susan l'imagina les yeux écarquillés, déchiffrant le nom du correspondant sur le téléphone de la cuisine et laissant sonner. Elle fut tentée d'appeler à nouveau le portable à clapet de sa grand-mère, mais il devait être éteint au fond de son sac à main. Elle vérifia l'horloge sur l'écran de son ordinateur. Elle avait une heure et demie devant elle jusqu'à l'ouverture de la boutique et rappellerait à ce moment-là. Une odeur de café et de cannelle lui donna envie de manger quelque chose, peut-être un scone.

"C'était un connard grand et moche, il le savait, et ta pauvre mère ne pouvait même pas respirer sans lui demander la permission."

Elle descendit de trois ou quatre lignes sur la blancheur scintillante de l'écran. En bruit de fond, de la musique latino : un accordéon, des cuivres et une batterie qui lui rappelèrent l'Amérique du Sud, le Mexique, Gustavo. Elle se revit sur le lit de Gustavo, avec lui.

Gustavo ne sachant pas lire, je lui faisais la lecture. La chambre qu'il louait était au rez-de-chaussée, il soulevait le store et m'aidait à grimper à l'intérieur. Après l'amour on fumait une cigarette et, la tête sur son épaule, je lui lisais des passages de mon livre du moment. *Jane Eyre*, je pense, ou *Les Hauts de Hurlevent*. Non, c'était *Jane Eyre*, car au début Gustavo me demandait toujours pourquoi Jane était envoyée dans la chambre rouge.

"Parce que sa tante est méchante.

— Comme ton *abuela*."

Dans sa voix perçaient son sourire moqueur mais aussi sa sincérité. Environ un mois plus tôt, il lui avait demandé pourquoi elle vivait avec sa grand-mère et non pas avec sa mère ou son père, et elle lui avait raconté son tragique petit conte de fées auquel elle croyait encore à l'époque, l'histoire de la voiture de ses parents coulant à pic dans des flots glacés. Gustavo s'était penché sur elle et lui avait embrassé trois fois le front et les sourcils. Il lui avait dit qu'il l'aimait. Et Susan Lori avait eu le sentiment d'ouvrir, rien que pour pouvoir entendre ces deux mots, une porte qui aurait dû rester fermée. Il lui avait avoué ignorer que les livres contenaient des vies réelles, et être touché par l'histoire de cette jeune fille qui, vivant si loin et il y avait si longtemps, lui rappelait sa propre enfance.

Pour la première fois, je découvrais le plaisir d'offrir à quelqu'un quelque chose d'utile. Durant ces après-midi où je faisais la lecture à Gustavo, je me sentais un peu comme une sainte : en possession d'une expérience profondément personnelle et enrichissante mais à la portée de tous, et même si je devais souvent m'interrompre pour expliquer à Gustavo certains mots, certaines expressions anglaises, j'avais l'impression de détenir un pouvoir et de le lui transmettre.

Cher Inconnu…

Susan Lori aimait surtout Gustavo parce qu'il la guidait vers ce qu'elle pouvait faire, même s'il faudrait des années pour qu'elle le fasse, et soudain il avait disparu.

Aucun petit mot. Aucun coup de fil.

Seulement son absence implacable.

Susan contempla cette dernière ligne. Elle jeta un coup d'œil par la fenêtre. Ses doigts se remirent en mouvement.

L'après-midi, il venait la chercher au lycée. Travaillant dans l'équipe du soir à l'orangeraie, il passait dans sa Chevrolet El Camino et ils avaient un peu moins d'une heure jusqu'au moment où il devait partir pointer. Elle avait souvent faim et il l'emmenait acheter un burrito et un Coca au drive-in du Taco Bell. Ou bien ils allaient prendre un café quelque part. Parfois, s'ils avaient trop envie tous les deux, il la conduisait en voiture jusqu'à sa chambre de Pinellas Street et, ses propriétaires étant au travail dans les champs ou ailleurs, ils faisaient l'amour si vite qu'elle avait à peine le temps d'enlever son jean et ses dessous. Les murs de la chambre étaient nus. Rien non plus sur la petite commode, sauf une Vierge Marie en plastique et une cartouche de cigarettes. Susan Lori prenait la pilule, Loïs y avait veillé. Le médecin de Punta Gorda avait remis une ordonnance à Susan après ne lui avoir posé que deux questions.

"Quel âge as-tu ?

— Seize ans.

— Tu as des rapports sexuels ?

— À votre avis ?"

Il avait attendu, ses yeux gris la fixant par-dessus ses lunettes. Comme si elle le mettait en retard pour le reste de sa journée et s'il lui laissait environ une seconde avant de s'occuper de choses plus importantes.

"Oui."

Dès que Gustavo avait joui, toujours en elle, il lui disait en anglais et en espagnol qu'il l'aimait. Et elle lui disait à son tour ces deux mots. Elle les lui disait parce qu'elle était sincère, parce que les soirs et les dimanches après-midi où il ne travaillait pas, mais où le parfum de la pulpe d'orange imprégnait encore ses vêtements, ses cheveux et sa peau, il lui demandait de lui lire des passages de ses livres préférés, et elle avait la sensation de le laisser pénétrer dans certaines parties d'elle bien plus intimes que celle entre ses jambes. Elle commençait à penser à la suite, à imaginer qu'ils chercheraient un logement ou qu'elle emménagerait chez lui, vivrait avec lui dans sa petite chambre à l'arrière de cette maison de Pinellas Street. À moins qu'ils n'aillent s'installer très loin.

Et quand il me déposait à l'entrée de la route de campagne quelques heures plus tard, même les soirs où je savais que Loïs se mettrait en colère contre moi, je me sentais parfaitement bien. Ni salie. Ni honteuse. Ni dépravée. Juste comme quelqu'un ayant de plus hautes aspirations qui ne porteraient leurs fruits que si elles étaient partagées.

Puis il y avait eu ce lundi après-midi d'avril où Susan Lori attendait debout sur le parking du lycée. Les bus étaient partis. Les élèves qui avaient une voiture aussi. Elle se tenait à l'ombre étroite d'un palmier sur une bande de terre entre le parking des enseignants et celui des élèves. Mme Schmidt, sa professeure de maths, avait rejoint sa voiture en plein soleil. Son sac en bandoulière d'un côté et son cartable de l'autre, elle cherchait dans son trousseau la clé pour ouvrir sa portière, clignant des yeux en direction de Susan adossée au palmier. Ruisselante de sueur. Mourant de soif. Prête à s'en aller.

"Je peux te déposer ?"

Susan avait remercié et répondu que non. "Mon copain arrive." Jamais elle ne l'avait appelé ainsi, même en son for intérieur, et elle se réjouissait de ces mots sortis spontanément.

"Eh bien attends à l'intérieur, mon chou. Ici tu risques une insolation." Elle s'était éloignée au volant de sa voiture et Susan Lori n'avait pas bougé.

Au bout d'une heure, elle était partie à pied vers la maison de Pinellas Street où vivait Gustavo. Elle savait qu'il serait au travail, mais il fallait qu'elle s'en assure. Il pouvait être malade. Il pouvait avoir besoin d'elle. L'allée était déserte. Près du perron, une jardinière en béton qu'elle n'avait jamais remarquée. Elle était fissurée sur toute sa hauteur et du terreau s'était répandu sur le sol.

Gustavo n'étant pas réapparu le lendemain après-midi, Susan avait marché jusqu'à la cabine téléphonique du Taco Bell pour appeler l'orangeraie. Il faisait très chaud à l'intérieur, ça sentait l'urine, les parois de verre étaient sales et rayées. On l'avait mise deux fois en attente avant qu'une voix d'homme ne lui dise, sans la saluer : "Il travaille plus ici.

— Quoi ? Qui ça ?

— Soto. C'est bien pour Soto que vous appelez, non ? Il a démissionné." L'homme avait raccroché, et il ne restait que la tonalité, les voitures qui passaient, les battements de mon cœur dans ma bouche aux mâchoires serrées. J'avais continué à pied vers la maison de Pinellas Street, un break rouillé était garé dans l'allée et j'avais frappé à la porte. Une femme m'avait ouvert, une vieille Mexicaine, et je lui avais demandé où je pouvais trouver Gustavo.

"Stavo ? Il est rentré au pays.

— Quand ?"

Elle avait haussé les épaules. De l'intérieur de la maison arrivaient des relents d'huile chaude. La télévision était allumée, et Susan Lori avait reconnu l'odeur des tortillas en train de frire. "*No lo sé*. Il est rentré dans sa famille. Je fais de la cuisine." Elle avait souri et refermé la porte.

Par la fenêtre, au-delà de la terrasse déserte et de la promenade, il y avait les eaux immobiles et vertes du chenal, les tours et les immeubles résidentiels sur la rive opposée, et devant elle Gulf Boulevard où des voitures passaient à toute vitesse.

Susan Lori restait sur le perron comme si elle n'avait rien entendu. "Rentré dans sa famille." Sa mère et sa sœur. Elle avait frappé à nouveau. Attendu, frappé encore. Personne ne venant, elle avait contourné la maison jusqu'à la chambre de Gustavo, avait soulevé le store et grimpé à l'intérieur. Une latte du plancher avait grincé sous son poids. Elle s'était approchée sans bruit de sa porte ouverte et l'avait fermée. Son lit était fait. Les murs toujours nus. Elle avait ouvert les tiroirs de sa commode, vides et sentant le bois sec. Il n'y avait pas de cigarettes. Pas de Vierge Marie.

Elle s'était assise sur le lit de Gustavo. Puis s'y était allongée, et recroquevillée. Son oreiller gardait une vague senteur d'oranges, de sueur, et d'elle.

Des jours et des nuits durant, elle n'avait fait que pleurer et dormir. Pendant près d'une semaine elle avait dit à Noni qu'elle était malade, et quand elle avait dû retourner au lycée elle ne s'intéressait plus aux autres élèves, garçons et filles, ni à son travail scolaire ni même à ses lectures. Tout ce sur quoi elle posait les yeux – les voitures des professeurs au soleil sur le parking, un lézard vert sur le trottoir, un smiley tagué sur un mur des toilettes –, tout ne lui renvoyait que l'image d'un monde sans amour. Et le sentiment qui circulait dans ses veines était : *Bien sûr.*

Comme après une longue journée ensoleillée, quand viennent le vent et la pluie et que ce n'est pas vraiment une surprise.

Il fallait qu'elle s'interrompe pour appeler Noni. Pourvu qu'elle ne soit pas allée à la boutique ce matin, mais sûrement que si. Elle voulait entendre sa voix. Ce ton légèrement agressif et ce *Jésus Marie Joseph* avec l'accent du Nord. Elle voulait s'excuser.

Mais de quoi ?

Les joues en feu, elle déglutit et hocha la tête. Elle écrivit :

Je m'étais livrée à Gustavo bien plus intimement que je ne l'ai jamais fait avec la femme qui m'a élevée. Et plus d'un mois après sa disparition, sa lettre était arrivée. Susan Lori l'avait sortie de la boîte à lettres en revenant du lycée. Sur l'enveloppe, de grands timbres avec la mention *Aeromexico* en travers du profil d'un soldat des temps anciens. Il n'y avait pas l'adresse de l'expéditeur, mais celle-ci à l'encre noire :

Suzin Dooby
Country Road
Arcadia, Florida USA

J'avais sans doute déchiré l'enveloppe pour l'ouvrir et lire la lettre sur-le-champ. À moins que je ne l'aie emportée en courant dans la maison. Je ne m'en souviens plus. Mais c'était comme respirer une bouffée d'air frais. Comme si cette atmosphère pesante, lugubre, était chassée par une main bienveillante, car une terrible erreur avait été commise et après ce malentendu tout rentrerait dans l'ordre.

Suzindooby,

Mon fils est très malade. Je t'ai menti. Je suis désolé. Je ne t'oublie jamais.

Gustavo Soto

Le papier à lettres était de la couleur des couchers de soleil, avec des guirlandes de roses aux quatre angles, et elles me brûlaient les doigts.

Je relisais si souvent cette lettre qu'elle était devenue autant une malédiction qu'une prière : *Je t'ai menti. Je ne t'oublie jamais. Je t'ai menti. Je ne t'oublie jamais.*

Des années plus tard, souffrante et couchée avec de la fièvre, alors que je vivais avec un homme ou un autre, j'avais tapé son nom sur internet. Mais il y avait tellement de Gustavo Soto, la plupart au Mexique, des vieux, des gros, des gangsters au cou tatoué, un homme d'affaires en smoking au soleil. Un pêcheur à la peau burinée, un jeune homme à l'air grave enlaçant une jeune femme en robe blanche. Et enfin, un prêtre. Je m'étais attardée sur son visage. Il se tenait bien droit et la tête haute comme Gustavo, comme s'il savait exactement qui il était et ne s'en excuserait jamais. Ce n'était pas mon Gustavo, bien sûr, mais j'avais longuement contemplé cet homme. Puis j'avais éteint mon ordinateur et dormi d'un sommeil agité.

Un prêtre ? Oui, parce que le temps passé avec Gustavo était sacré pour moi. Et durant tous les mois d'abattement qui avaient suivi, j'avais compris que l'âme ne se révélait que dans cette profonde souffrance, que si l'âme existait elle devait être notre noyau d'éternité amoureux du monde.

Encore fallait-il que le monde nous aime, or il ne m'aimait pas.

Ma joue sur l'épaule nue de Gustavo, mon livre à quelques centimètres au-dessus de son torse soulevé par sa respiration. Comme j'aimais sa peau douce et glabre. Son odeur et sa peau moite de sueur contre la mienne. Sa langue entre mes jambes ou dans ma bouche, même quand elle avait le goût du tabac ou de moi. Personne d'autre ne m'écouterait jamais plus intensément lui faire la lecture. On aurait dit qu'il s'efforçait de comprendre avec moi non seulement l'anglais mais l'histoire, afin de pouvoir y entrer lui aussi, pour déverrouiller la porte qui le conduirait à celui qu'il était censé être et à la vie qui l'attendait.

Et soudain il m'avait quittée, et en découvrant qu'il n'avait partagé avec moi qu'une partie de lui-même alors que j'avais tout partagé avec lui, j'ai sans doute appris à faire la même chose. Baiser avec les étudiants de Gainesville, c'était comme les inviter dans une partie de moi tandis qu'une autre, la plus intime, celle qui aimait, s'enfermait dans une pièce tout au fond et laissait la porte close jusqu'à ce que tout soit terminé. Après ces ébats maladroits et passionnés, surtout avec Peter Wilkes à la peau si pâle, je sortais de la pièce du fond, ouvrais mon livre et lui faisais la lecture, même s'il ne m'écoutait jamais aussi attentivement ou avec autant de curiosité que Gustavo. Il se contentait de me regarder comme si j'étais une actrice disant son texte, ça le faisait bander et il voulait refaire l'amour.

Puis il avait eu Chad du New Jersey et tous les autres, avec qui je n'essayais même pas. Ils pouvaient avoir mon corps tandis que mon noyau intérieur s'enfermait à clé dans la pièce du fond, ou bien m'avoir moi quand j'en sortais, mais aucun ne pouvait avoir les deux à la fois comme Gustavo quand j'avais seize ans. Ensuite il y avait eu Delaney, à qui j'avais offert les deux parties de moi à la fois, mais sa langue, ses doigts et sa bouche ne me suffisaient pas, et enfin il y avait eu Bobby et sa passion pour le free-jazz de Coleman, cette lumière dans son regard et la sueur qui perlait sur son crâne lorsqu'il poêlait des épinards devant son fourneau et me faisait partager tout ce qu'il aimait.

Cela m'avait donné envie de partager à mon tour, mais je ne l'avais pas fait. Je m'étais contentée de venir vivre avec lui. Je lui ouvrais mes jambes pendant que ce que j'aimais restait dans la pièce du fond, porte fermée. Mais pas à clé. Je la laissais entrouverte et j'écoutais la musique chaotique et dissonante qu'aimait ce Bobby Dunn. Au fil du temps, je recommençais à aimer ce que j'aimais autrefois et j'avais repris mon roman mexicain. Un dimanche, après avoir bu trop de café, la porte désormais ouverte sur ce qui me tenait à cœur, j'avais fait lire *Corina Soto* à Bobby, il m'avait dit que c'était génial, il était sincère et j'avais senti que je me levais pour quitter la pièce du fond, et le lendemain, au bureau d'état civil en face du parking d'un magasin Staples sur Seminole Drive, nous nous étions mariés.

Ensuite, quand nous faisions l'amour, je ne me repliais plus dans la pièce du fond mais sans me glisser pour autant dans les jambes, le ventre et la poitrine de la femme que j'étais. Je me retrouvais suspendue entre les deux, une stagnation que mon ennemi adorait, et pour finir je ne ressentais plus rien. Ni pour Corina, cette pauvre jeune Mexicaine de Culiacán. Ni pour mon mari Bobby Dunn. Non que j'aie cessé de l'aimer, puisque je n'étais jamais tombée amoureuse de lui. Il n'y avait eu aucun coup de foudre, seulement une sortie prudente de la pièce du fond pour approcher de… quoi ? Cette plénitude. Autrement dit…

La confiance. La foi. Se laisser aller à croire que tout irait bien.

Mon visage dans le miroir. Je ne ressens rien à sa vue, je ne ressens rien en prenant une mèche de cheveux d'une main, les ciseaux de l'autre, et en me mettant à couper.

Le crépitement de la pluie sur le béton. Elle s'abattait sur la terrasse et le chenal. Remontant le boulevard, le conducteur d'une berline avait mis ses essuie-glaces qui faisaient un bruit de claquettes. La musique latino était remplacée par du blues, les riffs d'une guitare électrique entrecoupant la plainte d'un harmonica. Derrière le comptoir, une jolie femme noire riait avec quelqu'un que Susan ne voyait pas. Il fallait qu'elle appelle sa grand-mère. Elle avait besoin d'entendre sa voix stridente.

Ces moments de son enfance où elle posait la joue sur les seins généreux de Noni. Où elle entendait sa respiration assourdie. Et les battements réguliers de son cœur, très loin.

47

La ville de Tampa est presque derrière lui, un assemblage de béton, de verre et de parcs traversé par des voitures et des bus, aux trottoirs envahis par les passants, certains ouvrant leur parapluie à cause du déluge, et Daniel a juste le temps d'entrevoir un marché de petits producteurs – longue tente mouillée, cageots d'oranges et de tomates, vendeur en tee-shirt trempé, cigarette aux lèvres – avant que la voie rapide ne l'entraîne vers un pont enjambant la baie qui s'étend sur des kilomètres au nord et au sud. Il y a des bateaux en mer, même sous cette pluie. Le pont n'en finit pas, et Daniel est reconnaissant pour cette vue sur l'horizon, bien qu'elle lui rappelle le parapet du Tobin Bridge, ce dimanche matin où il avait failli sauter dans les flots en contrebas.

Il pose les yeux sur la photo de sa fille, toujours sur le tableau de bord. Il pense pouvoir manger quelque chose. Le sachet de cacahuètes acheté dans la station-service est bien passé, et il a envie d'œufs. Il y a sûrement un café-restaurant servant des petits-déjeuners toute la journée. Mais il devrait peut-être attendre. C'est quelque chose qu'il pourrait faire avec…

Il va trop vite en besogne.

Les deux mains sur le volant, il sent son cœur battre au creux de ses paumes et au bout de ses doigts. À l'autre extrémité du pont sur la baie se trouve St Petersburg, et ensuite ? Aller jusqu'à l'université de sa fille ? Et si elle n'y est pas aujourd'hui ?

Il devra alors se renseigner. Découvrir où elle habite. Elle est sans doute dans l'annuaire. Il doit pouvoir mettre la main sur celui de St Petersburg et chercher son nom. Puis il pourra appeler chez elle, mais après… ? Il a des brûlures d'estomac. Aussi lancinantes que celles qui prennent son dos et ses hanches en étau, et les œufs au plat ne lui font plus envie. Il allume l'autoradio. Il veut de la musique ou un flash d'information pour penser à autre chose, mais tombe sur son livre audio. Le narrateur cite un texte de loi des années 1600 en vieil anglais et Daniel éteint aussitôt. À travers le va-et-vient de ses essuie-glaces, il suit une Dodge Charger jusqu'à l'autoroute où elle le distance, ses roues à jantes larges soulevant deux gerbes blanches. Sans doute un jeune conducteur. Faisant ce que font ceux de son âge.

La pluie diminue et il lui faut des toilettes. Il faut aussi qu'il étudie la carte. Il ne devrait plus être qu'à une quinzaine de kilomètres de l'université de sa fille mais n'en est pas sûr. À droite et à gauche entre les pins et les palmiers, des mobile homes et des maisons de plain-pied en bois et en brique par centaines, autant de vies vécues avec d'autres, et à nouveau il revoit Suzie assise sur ses genoux, l'oreille collée contre sa poitrine. *Il bat si fort, papa. Il bat si fort.*

48

Sortie trop tôt de l'autoroute, Loïs traversait un quartier déshérité. L'abri de garage d'une maison sur sa gauche s'était effondré ; dans l'allée voisine une brouette rouillée contenait un vieux climatiseur, et un jeune obèse assis en tee-shirt sous la pluie sur son perron suivit du regard la voiture de Loïs. Advil ou pas, ses maux de tête revenaient, et malgré son appréhension elle était impatiente d'arriver chez Susan. Elle devrait demander à quelqu'un la direction de l'université, ce qui la ramènerait vers la rue de Suzie. Et elle devrait appeler Marianne.

Elle se gara le long d'un parking à l'abandon, laissa tourner le moteur, puis chercha son portable à clapet dans son sac à main et l'alluma. La batterie était presque déchargée. Plissant les yeux pour distinguer les touches, elle appela le numéro de sa boutique.

“Beaux Meubles et Jouets Anciens ?” La voix polie et dynamique de Marianne l’agaçait, même s’il n’y avait pas mieux pour répondre au téléphone. Mais pourquoi fallait-il qu’elle parle comme si la boutique était à elle alors que le nom de Loïs était inscrit sur l’auvent ?

“Marianne, c’est moi.

— Loïs, mon chou, mais où es-tu ? Est-ce que tout va *bien* ? J’ai appelé l’hôpital et appris que tu étais partie. J’ai tenté toute la matinée de te joindre chez toi. Mon Dieu, j’allais t’envoyer Walter.

— Je vais très bien, Marianne.

— Tu es chez toi ?

— Écoute, je ne viendrai pas à la boutique aujourd’hui. Je voulais juste te prévenir.

— Loïs…

— Je te rappelle, Marianne. À plus tard.”

Elle tapota les touches jusqu’à ce que son portable s’éteigne. Puis elle rabattit le clapet, déposa l’appareil au fond de son sac, et bizarrement ses doigts tremblaient un peu. Mais bizarrement elle se sentait bien, comme si elle venait de dire quelque chose de beaucoup plus important.

Dans une station-service, elle baissa sa vitre et demanda à l’employé qui remplissait son réservoir où se trouvait l’université.

“Laquelle ?” Il devait avoir cinquante ans, était blanc, mâchait du chewing-gum et aurait eu besoin de se raser. Il avait de beaux yeux bleus, le savait et lui souriait avec l’assurance des hommes à femmes, ce qui ne l’avait jamais impressionnée.

“Eckerd. Il y en a une autre ?

— Prenez l’I-275, puis la sortie vers 22e Avenue.” Il jeta un coup d’œil sur la banquette arrière et vit forcément le fusil, mais il se borna à lui faire un clin d’œil en retirant du réservoir le pistolet de distribution et, le visage écarlate, elle lui tendit sa carte de crédit. Elle quitta la station au plus vite.

Les trombes d’eau qui s’abattaient sur la voie rapide se calmèrent à son retour dans le quartier de Suzie. Elle longea lentement plusieurs rues inondées aux allées désertes et aux maisons silencieuses avant d’atteindre celle de Susan. Seule la voiture de Bobby était garée dans leur allée, et Loïs en eut des sueurs froides. Suzie était-elle déjà partie retrouver son père ? Arrivait-elle trop tard ?

Malgré le ballet des essuie-glaces, elle ne quitta pas des yeux la voiture de Bobby en réintégrant la même place de stationnement. Les gribouillis à la craie sur le sol devenaient un ruisseau d'une couleur indéterminée s'écoulant parmi les marguerites des savanes, et elle resta immobile un moment. Elle prit une profonde inspiration sans réussir à reprendre son souffle. Elle fixa le sac plastique Walmart sur le siège du passager avec méfiance, comme s'il allait mordre. Puis elle le posa sur ses genoux et sortit la boîte de cartouches. Winchester. Ces fichus westerns que Gerry aimait tant regarder, en chaussettes les pieds sur la table basse, sirotant ses whiskys soda pendant que des hommes à cheval en descendaient d'autres en pleine rue. Oh, il adorait, mais lui-même n'était qu'un lâche. Toutes ses fanfaronnades après l'arrestation d'Ahearn. Combien de fois Loïs l'avait-elle écouté se vanter le soir, sous l'effet du whisky, des "gens" qu'il connaissait au sein de "l'organisation" ? De ses "amis de Providence" qui feraient tuer Danny "en un rien de temps". Et dans les faits ? Rien, voilà tout. Loïs, elle, ne pensait chaque jour et chaque nuit qu'à mourir, à sortir de cet appartement de Penny Arcade pour aller se jeter dans l'océan. Mais il fallait aussi penser à Paul, et désormais à la petite Suzie qui avait tout vu, et Loïs mise à part, sur qui pouvait-elle compter ?

"Sur personne. C'était toujours à moi de me débrouiller, non ?" *Loïs va le faire. Loïs s'en occupera. Loïs, Loïs, Loïs.* La pluie tambourinait sur le toit de sa voiture. Elle faillit se casser un ongle en arrachant le couvercle de la boîte de cartouches, mais qu'aurait-elle cassé ? Voilà des années qu'elle n'avait plus les ongles longs et manucurés. Et ses cheveux… Elle allait naguère chez sa coiffeuse une fois par semaine, parfois deux l'été. Quand avait-elle arrêté les frais ? Après la mort de Don ? Ou même plus tôt, après le départ de Susan ?

Les cartouches étaient en plastique vert. Elle en sortit une. Elle était lourde, avait l'odeur du neuf, et sa base en laiton étincelait, mais les mains de Loïs tremblaient violemment alors qu'avant elle était si calme, et quand elle se tourna vers la banquette arrière sa VW se remit à tanguer et des taches noires tourbillonnèrent devant ses yeux. Allait-elle devoir braver la pluie et se pencher sur cette banquette pour charger l'arme ? Et ensuite ? Rester assise à guetter Danny Ahearn qui, pour ce qu'elle en savait, était peut-être à cette minute avec Suzie ? Et s'il ne venait que le lendemain ou le surlendemain ? Allait-elle vraiment attendre pour l'abattre sous les yeux de sa petite-fille, déjà témoin de ce qu'avait souffert sa mère ?

Loïs produisait un son étranger à ses oreilles, sa poitrine se soulevait à chaque inspiration et il n'y avait pas assez d'air. Comme si une sœur jumelle pleurait ; non pas elle-même, mais une Loïs plus jeune à qui la Loïs plus âgée aurait tourné le dos des années auparavant. Celle qui tenait dans ses bras la petite Suzie en robe bleue sur cette plage à marée basse. Celle qui regardait son Gerry affronter les vagues avec les cendres de leur fille dans une boîte à café. Celle qui avait vu ces affreuses cendres, si peu de chose, tellement plus légères qu'elles n'auraient dû l'être, tomber en une seule fois dans l'océan, se répandre aussitôt à la surface de l'eau et se dissoudre comme si Linda n'avait jamais existé.

"Oh mon ange. Oh mon petit ange." La cartouche glissa des mains de Loïs et roula sur le sol à ses pieds. Elle se moucha, essaya de respirer mais il n'y avait toujours pas assez d'air. Rien à faire. Ses essuie-glaces marchaient. Son moteur tournait. Sous la pluie devant elle, la voiture du mari de sa petite-fille trônait dans l'allée comme un phare sur son rocher ; Loïs posa la boîte de cartouches près de son sac à main et passa la première pour parcourir la distance, à la fois si brève et si longue, qui la séparait de leur maison.

49

Susan était debout sous l'auvent du Starbucks, son téléphone collé à l'oreille. Il pleuvait toujours mais le soleil revenait, se reflétant sur une flaque du parking qui était du même jaune pâle que le ciel. Le téléphone fixe de Noni sonnait au bout du fil, et Susan imaginait sa grand-mère morte dans son lit, sa peau flasque encore plus grise qu'à l'hôpital la veille au soir.

“Tu te prends pour qui, de vouloir me protéger ? Depuis quand tu te soucies de moi *?”*

“Réponds, Loïs.” Dans sa voix résonnait l’appréhension d’un chagrin dévastateur. Qu’est-ce qui lui avait pris de l’abandonner ainsi à l’hôpital ? Avait-elle seulement songé à lui laisser un mot ? Non. Pas plus qu’elle ne s’était réellement mise à la place de sa grand-mère, car jamais il n’y avait eu de petite peste aussi égoïste et préoccupée d’elle-même que Susan Ahearn Dubie Dunn. Et Bobby se trompait. Elle n’aurait pas dû parler à Loïs de la lettre. C’était encore pire que d’avoir repris le bus pour Gainesville où Danny Rolling rôdait encore librement, mais Susan, trop obsédée par sa propre histoire, n’avait même pas pensé à ce qu’endurait sa grand-mère.

Pourquoi lui avoir parlé de cette lettre ? Parce que selon Bobby elle avait le droit de savoir ? Et que cacher la vérité aurait été manquer de respect à Loïs et la traiter comme une enfant ? Non, foutaises. Elle en avait parlé à Noni parce qu’une partie d’elle-même voulait lui faire du mal. Une partie d’elle-même lui tenait encore rigueur de lui avoir dit la vérité autrefois. Il aurait été tellement plus facile durant toutes ces années de croire que sa mère et son père étaient morts dans les bras l’un de l’autre.

Susan appela le numéro du portable de Loïs, tout en sachant qu’elle ne l’utilisait jamais. Après cinq sonneries, elle appela aussi la boutique. Marianne répondit aussitôt de sa voix bien élevée et un peu trop posée mais où s’entendait une compassion sincère, même au téléphone, comme si d’où elle était, elle serrait la main de Susan dans les siennes.

“Marianne, c’est Susan. Ma folle de grand-mère est-elle venue à la boutique aujourd’hui ?

— Non, ma puce, non. Mais elle m’a appelée, et je l’ai trouvée bizarre. Elle m’inquiète.

— Elle est chez elle ? Elle ne décroche pas.

— Elle ne me l’a pas dit, Susan. Je ne veux pas être indiscrète, mais y a-t-il un problème que je puisse aider à résoudre ?”

Susan fixait la flaque sur le parking. Une femme d’affaires corpulente dans un tailleur-pantalon ocre lui sourit en poussant la porte du Starbucks pour entrer. Les larmes aux yeux, Susan avait la gorge nouée par un amas de choses non dites, même si elle aurait voulu tout révéler, à commencer par la vie qui croissait en elle. Oui, à commencer par ça. "Je ne sais pas, je…"

La sonnerie d'un double appel. Elle retira le portable de son oreille, vit son propre numéro de fixe, et son cœur fit un bond car Bobby ne pouvait appeler que pour une chose : l'autre Danny, son "père". Mon Dieu, il était arrivé ?

"Je dois y aller, Marianne. Merci." Le bout des doigts pareil à de la cire chaude, elle rappela Bobby qui répondit dès la première sonnerie.

"Chérie ?

— Il est *là* ?

— Non, mais ta grand-mère, oui. Et elle ne va pas bien. Où es-tu ?"

Un soulagement soudain puis la douche froide de la déception, comme si on vous prenait dans les bras pour vous consoler avant de vous repousser. Une sensation si familière, au fond. Si diablement familière.

"Je n'ai pas pu rester seule.

— J'aurais dû annuler cette réunion.

— Que fait Loïs ?

— Elle est aux toilettes. J'aimerais lui faire à manger, mais on n'a pratiquement plus rien. Tu ne peux pas rapporter quelque chose ?"

Une jeep se gara sur le parking, un homme de grande taille en descendit. Il regarda Susan de la tête aux pieds et elle lui tourna le dos, disant à Bobby : "D'accord, je m'en occupe." Elle entendit le conducteur de la Jeep ouvrir la porte du Starbucks derrière elle et ajouta : "Je serai à la maison très vite." Ces derniers mots lui semblaient si naturels, autant que l'eau, l'air, le feu et le ciel, alors pourquoi le nier ? Le temps n'était-il pas venu de ne plus nier l'évidence ?

50

Le feu met du temps à passer au vert, et par la vitre côté passager Daniel ne quitte pas des yeux l'université de sa fille, comme électrisé. D'où il se trouve, rien d'impressionnant. Derrière un vague bosquet de pins et de chênes, plusieurs bâtiments épars au soleil, la pluie ayant cessé pour de bon même si son pare-brise ruisselle encore, et il remet ses essuie-glaces en marche lorsqu'un coup de klaxon derrière lui le fait tourner à gauche vers l'entrée d'Eckerd College.

Il faudrait d'abord qu'il soit plus présentable. Ces derniers kilomètres, il a gardé sur son volant l'itinéraire qu'il avait imprimé, ses lunettes noires par-dessus ses lunettes de travail, et s'il entend encore un foutu coup de klaxon, il... Quoi ? Il fera *quoi* ?

Il ne s'attendait pas à ce que l'université soit si près. Il a encore besoin d'aller aux toilettes, veut se brosser les dents et se donner un coup de peigne, mais il approche de la guérite de l'agent de sécurité. Peinte en blanc, presque entièrement vitrée, elle lui rappelle la prison, le regard inquisiteur du maton à son entrée au réfectoire, dans l'atelier coiffure ou la salle de cours.

Mais l'agent lui fait signe de passer avec un sourire avant même qu'il s'arrête. Par la porte grande ouverte de la guérite il voit un homme d'un certain âge assis sur un tabouret, les cheveux grisonnants, le visage bronzé et avenant. Pas d'uniforme, juste une chemise, un short kaki et des chaussures de sport, et il a un journal ouvert sur les genoux. Daniel le salue de la main et passe.

C'est de bon augure. Vraiment. Tout comme le soleil de l'après-midi qui brille à nouveau, faisant scintiller la pelouse mouillée autour d'un étang artificiel derrière lequel se trouve un bâtiment moderne encore plus blanc que la guérite dans son rétroviseur. À sa gauche, à travers une rangée de palmiers, d'autres bâtiments modernes, avec des pans inclinés pour les fauteuils roulants, d'immenses baies et portes vitrées. De l'un d'eux sortent trois jeunes femmes qui se dirigent vers un parking. L'une est noire, les autres blanches, et toutes trois sont en short, en débardeur et en tongs. La jeune Noire montre aux autres quelque chose sur son portable, elles se mettent toutes à rire, puis un barbu avec une cravate les dépasse pour rejoindre sa voiture, sûrement un professeur, et Daniel ne se sent pas prêt. Pas encore. Et si sa fille surgit d'un de ces bâtiments ? Et si elle pose les yeux sur son pickup rouge immatriculé dans le Massachusetts et voit sa vieille trogne de soixante-trois ans qui la fixe ?

Se souvient-elle seulement de ce à quoi il ressemblait ? A-t-elle vu une seule photo de lui ?

Il longe une étroite allée goudronnée. Elle est tapissée d'aiguilles de pin humides et de quelques feuilles vertes : il a dû pleuvoir plus fort ici que sur l'autoroute. Il roule devant des parkings à moitié vides. Toujours cette brûlure dans le dos et les hanches. Et cette pesanteur dans le bassin qu'il supporte depuis avant Tampa. Il faut qu'il se gare et trouve des toilettes. Et qu'il se rende présentable.

Deux étudiants marchent d'un côté de l'allée en bavardant. Leur tee-shirt trempé laisse voir la musculature de tant de jeunes maintenant, tous bâtis comme Jimmy Squeeze sur qui plus personne ne se retournerait aujourd'hui. Daniel baisse sa vitre, ralentit pour leur demander de lui indiquer des toilettes, mais ils ne font pas attention à lui et il en reste muet, continuant sa route jusqu'au parking suivant. Dans la voiture garée près de la sienne, une rouquine parle à toute vitesse dans son portable qu'elle tient face à son visage. Elle a l'air contrariée, et même d'où il est assis, même en remontant sa vitre, il entend la voix du correspondant. Il semble se défendre comme si elle faisait erreur, mais l'erreur c'est Daniel qui l'a commise en venant sur ce campus avant de se sentir prêt. Il devrait repartir, chercher une station-service où se soulager tranquillement et refaire sa toilette. Mieux, il devrait descendre dans un motel et prendre le temps de faire les choses bien. Il porte son meilleur pantalon kaki, mais comme sa chemise il aurait besoin d'un coup de fer, et même si Daniel s'est douché et rasé tôt ce matin, il ferait mieux de recommencer.

Alors qu'il va passer la première, une vive douleur à l'extrémité de son pénis l'alerte. Il lui faut absolument des toilettes.

"Putain, Ethan, je te l'ai pourtant dit ! C'est vrai, en plus !" Même assourdies, les vociférations de la jeune femme alourdissent l'atmosphère et il songe que l'histoire même du monde se joue peut-être là : des gens incapables de s'entendre qui communiquent leur souffrance à tout le monde.

Il cherche dans son sac de voyage la trousse de son rasoir.

"Arrête de déconner, tu n'as jamais dit ça ! Tu mens, Ethan."

Linda l'insultait plus souvent qu'il ne l'insultait. "Tu es malade, Danny ! Tu es malade de la *tête*, putain !"

Il vérifie une fois de plus la présence de la liasse de billets dans la poche de son pantalon. Il verrouille son pickup, se retourne vers la jeune femme derrière son volant, mais elle regarde droit devant elle à travers son pare-brise, son joli visage enlaidi par le ressentiment, et Daniel traverse l'allée, puis un parking plus grand, les jambes raides, se dandinant comme un ours. La plupart des voitures sont immatriculées en Floride, mais l'une d'elles vient de l'Alabama, une autre de l'Illinois, et il pense à tous ces jeunes qui font leurs bagages et partent étudier dans une université lointaine. Cette idée n'a effleuré personne à son adolescence, ni sa mère, ni Liam, ni lui-même.

Près du bâtiment suivant, il monte sur une pelouse protégée par une bordure pour atteindre un trottoir en béton sous une marquise. La façade est vitrée du sol au plafond et à l'intérieur, dans un gymnase éclairé par des néons, garçons et filles font de la musculation et du vélo d'exercice ensemble pendant que l'un d'eux, au crâne rasé, s'acharne pieds nus contre un long sac de sable noir. Il a les mains bandées, son tee-shirt lui colle à la poitrine et au ventre, et Daniel se dit qu'il y aura des toilettes quelque part.

Il s'écarte pour laisser sortir une jeune Asiatique en survêtement par une porte latérale et il entre. En face de lui, un grand bureau avec un étudiant travaillant devant un ordinateur. Contre le mur, un distributeur empli de boissons réfrigérées de toutes les couleurs dans des bouteilles en plastique. À côté, la porte ouverte sur le gymnase où une radio diffuse du rap – encore un jeune criant sa colère en argot de la rue – ponctué par le *tump tump* des coups de pied dans le sac de sable, et il entend une voix féminine mais ne peut plus attendre pour se soulager. Il s'approche du bureau. L'étudiant lève lentement la tête, ce qui réveille ce sentiment qu'il doit demander la permission avant de pouvoir faire quoi que ce soit, même pisser, et en prime à un très jeune homme aux biceps saillants sous son tee-shirt.

"Corps enseignant ?"

Il a l'impression qu'on lui parle en langage codé. L'étudiant a les cheveux noirs, son menton et ses joues ne sont pas rasés, seulement son cou.

"Non, j'ai besoin des toilettes.

— Au deuxième étage. Au fond du couloir à gauche."

Le bas-ventre pareil à un essaim de frelons, Daniel sait qu'il n'aura pas le temps de monter. Un garçon et une fille en sueur sortent du gymnase et prennent un couloir qu'il n'avait pas vu. Sur le mur, un panneau : *Vestiaires hommes – Vestiaires femmes*, avec une flèche dans la même direction. "C'est une urgence, mon pote. Je ne peux pas utiliser les toilettes des vestiaires ?

— Vous êtes un parent en visite ?"

Une onde de chaleur dans sa tête. "Oui, je suis de passage."

L'étudiant l'inspecte du regard et Daniel se félicite de s'être rasé ce matin. Et de porter son meilleur polo au col à peine élimé. Et d'avoir encore ses lunettes autour du cou, ce qui lui donne l'air du vieux con inoffensif qu'il est. "D'accord. N'oubliez pas de signer en repartant, monsieur."

Monsieur. Encore un bon présage. Comme le grésillement déclenchant l'ouverture de la porte qu'il s'empresse de franchir avec la trousse contenant son rasoir, au son du rap encore plus assourdissant et dans une odeur de tapis de sol moites, de désinfectant et de sueur. À nouveau une voix féminine. Et si sa Susan était là ? Et si elle faisait de la gymnastique en ce moment ? Il rejoint rapidement le fond du couloir. Les murs sont recouverts de photos de groupe sous verre : des joueurs de basket, de baseball et de foot, bien alignés et souriant à l'objectif. Certains se tiennent par l'épaule, leur regard disant leur certitude que ce moment restera comme l'un des meilleurs de leur vie, un moment mérité et prometteur, et curieusement Daniel se revoit côte à côte avec Pee Wee Jones dans une rangée de détenus devant le quartier des longues peines, les membres du gang de Winter Hill derrière eux, entre les Italiens de North End et les gars de Charleston. Il y avait aussi des Black Panthers et quelques désaxés asociaux. Et même McGonigle l'étrangleur, avec ses favoris et ses longs cheveux noirs plaqués en arrière par la gomina, et au dernier rang les matons, les brutes sadiques comme Polaski, mais également Sills ressuscité, l'unique surveillant intègre sur cette photo de racketteurs, de junkies, de violeurs, de voleurs, de dealers, de braqueurs, et de coupables d'un seul meurtre comme lui, Daniel Ahearn, qui sent en pénétrant dans ce vestiaire pour étudiants remonter en lui un vieux mélange de tristesse et de colère, écho retentissant d'une porte qui lui a été claquée au nez.

Le premier box est ouvert et Daniel pisse du sang avant même d'avoir pu fermer le verrou derrière lui. Ça le brûle. La douleur lancinante dans son dos et ses jambes semble s'écouler par un entonnoir jusqu'à l'organe qu'il tient dans sa main. Sur le mur, le dessin d'une bite éjaculant dans une chatte le fait revenir quarante ans en arrière, il contemple un graffiti dans la cellule du poste de police près de la plage après s'en être pris au frère de Jimmy Squeeze, Linda ne l'ayant même pas suivi alors que les deux flics l'emmenaient de force, elle était simplement restée en arrière, bouche bée, portant la main à ses lèvres en le regardant partir.

Elle ne l'aimait pas. Elle avait peur de lui et il aurait dû la quitter à ce moment-là, mais il était faible. Et encore plus aujourd'hui. Pas seulement à cause de ses jambes. Ni de ce sang produit par la maladie qui lui ronge les entrailles. Mais il ressent ce même besoin, à en avoir le souffle court et la chair de poule, d'être avec celle qui l'aimera.

Avant qu'il ne soit trop tard.

Avant qu'il ne disparaisse pour de bon.

Susan. Suzie Woo Woo. Sa petite voix aiguë et inquiète, alors qu'assis sur le canapé, le visage dans les mains, il faisait semblant de pleurer parce qu'il ne la trouvait pas. "Je suis là, papa. Tu vois ?" Ses doigts lui effleurant les yeux, le nez, la bouche. "Je suis bien là."

51

Les murs de la cuisine de Bobby étaient rouges. Loïs avait dû le remarquer à Noël, mais elle ne s'en souvenait plus alors qu'elle tentait de reprendre son souffle, assise à la petite table, et que Bobby lui remplissait un verre d'eau du robinet. Quand elle était aux toilettes le soleil était revenu, même s'il pleuvait encore, si ses cheveux et sa robe étaient mouillés, et si elle grelottait. Bobby posa le verre devant elle. "Un instant." Il disparut dans son bureau et revint avec une fine couverture de laine dont il lui recouvrit les épaules. Elle le remercia. À moins qu'elle n'ait seulement cru le faire, car il ne disait rien et restait assis en face d'elle, son crâne chauve reflétant le soleil qui entrait par la fenêtre.

Il portait un tee-shirt bleu sombre et la regardait, les coudes de ses bras velus sur la table, comme s'il attendait qu'elle parle la première. Si n'importe qui d'autre faisait ça – surtout Marianne –, elle se levait et partait, ou disait à cette personne d'aller se faire voir. Mais pas avec le mari de Susan. Absolument pas. On entendait en sourdine dans son bureau ce jazz loufoque, farfelu, qu'il aimait tant. Elle le trouvait discordant. Comme si une bande d'ivrognes jouaient avec des instruments en plastique sur un bateau en train de couler. Elle ne devrait pas se fier à quelqu'un qui appréciait ce genre de musique, et pourtant si. Depuis Don, jamais elle ne s'était sentie aussi désarmée devant un homme, et voilà qu'elle pleurait à nouveau, en proie aux mêmes sanglots irrépressibles qui l'avaient accompagnée jusqu'à la porte de Bobby. Elle baissa les yeux, secoua la tête, et il se leva pour détacher une feuille du rouleau d'essuie-tout puis se rassit, une de ses mains venant se poser avec chaleur sur celles de Loïs. Elle prit la feuille et se moucha. "Elle ne se rend pas compte, bon sang. Elle n'a pas d'enfants, donc elle n'a pas *idée*, Bobby. Pas la moindre.

— Vous devriez boire un peu d'eau, Loïs.

— De ce que c'est. Que quelqu'un fasse ça à la chair de votre chair. Elle n'en a pas la moindre idée. Sinon, elle n'envisagerait pas une seconde de rencontrer… doux Jésus, je ne peux même pas prononcer son *nom*.

— Elle ne l'a pas encore rencontré."

Un oiseau blanc fit irruption dans la tête de Loïs, battant des ailes. "Alors où est-elle ?

— En train de nous chercher de quoi manger. Je l'ai appelée pendant que vous étiez aux toilettes."

Loïs serra le verre d'eau entre ses mains. "Il faut que je voie cette lettre, Bobby.

— C'est sans doute à Susan d'en décider.

— Que vous a-t-elle dit ?

— Tout, je crois.

— Quand ?"

Bobby eut un hochement de tête. De son bureau leur parvenait le cri strident d'un saxophone et il semblait ne pouvoir s'empêcher de l'écouter, de trouver belle sa laideur, et Loïs se sentit elle aussi très laide, assise là en face de lui. Pas à cause de ses cheveux mouillés et de son absence de maquillage. Ni de toute sa personne vieillissante et flétrie. Non, à cause de la laideur sans fard de sa propre histoire, son histoire de mère qui n'avait pas su protéger sa seule et unique fille. Les larmes lui montèrent encore aux yeux, et elle les sécha avec la feuille d'essuie-tout jusqu'à s'en faire mal et voir des champignons noirs sous ses paupières.

"Vous avez tous dû vivre un enfer, Loïs. Je suis tellement navré de ce qui s'est passé."

Elle prit la plus longue inspiration possible. Elle avait trop chaud sous cette couverture, mais ne voulait pas l'enlever. Elle posa la feuille d'essuie-tout, but une gorgée d'eau et remit le verre sur cette table qui semblait à la fois trop loin et trop près.

"Elle vous a dit qu'elle était *là* ? Parce qu'on pense que oui. On pense qu'elle a tout vu de ses propres yeux."

Bobby parut en rester muet d'inquiétude, et son amour pour sa femme était visible. "Elle ne se souvient probablement pas de grand-chose.

— Eh bien moi je me souviens. Et si elle avait un peu d'amour pour moi, elle n'envisagerait même pas de voir ce meurtrier.

— Elle vous aime beaucoup, Loïs.

— Foutaises." La colère monta en elle aussi soudainement que si on lui flanquait une batte de baseball dans les mains. "Elle n'a jamais aimé que les livres. Les livres, toujours ces foutus *livres*. Elle ne s'aime même pas elle-même. Tous ces…" Un garçon après l'autre. Loïs les voyait encore défiler, couvant sa Susan de leurs yeux affamés. Tous des losers et des dégénérés. "J'espère que vous savez à quoi vous attendre avec elle, c'est tout ce que je peux dire.

— Je le sais. Je crois le savoir." Bobby hocha vaguement la tête avec un demi-sourire.

"Vous *croyez* le savoir ? Mince, Bobby, mieux vaut que vous le sachiez, je vous le répète. J'ai donné à cette petite tout ce que j'avais, nom d'un chien. Vous pensez que ça a été facile de l'élever ? Eh bien non. Ce n'était pas une sinécure. Et je n'ai jamais eu envie de venir m'installer ici. C'est pour *elle* que je l'ai fait. Pour la mettre à l'abri. Pour repartir de zéro afin que je ne…" En larmes une fois de plus, elle se tamponna le visage avec sa feuille d'essuie-tout détrempée, la couverture glissant de ses épaules. On n'entendait plus que la batterie, les baguettes tapant non pas sur la caisse mais sur les bords métalliques à un rythme que Loïs connaissait trop bien, rapide et irrégulier, et tout risquait de déborder. C'était le son de sa peur qui revenait en force, de son remords sans fond de n'avoir pas protégé sa Linda, comme si les semaines de dévastation après l'avoir perdue ne dataient pas de quarante ans plus tôt ; en cet instant elle regrettait de ne pas être assise dans sa boutique, entourée du sol au plafond par des meubles et des jouets anciens aux senteurs de châtaignier ciré, d'étain et de vinaigre à faire briller les miroirs, tandis que les déshumidificateurs aux quatre coins de la pièce émettaient leur gargouillis apaisant et que Marianne époussetait tous ces objets ravissants, de si belle facture qu'ils duraient depuis des lustres et continueraient à durer.

Bobby lui remit la couverture sur les épaules. Dehors une voiture s'arrêta dans l'allée, le bruit du moteur qu'on coupait résonnant dans le cœur de Loïs comme l'écho d'un cri qu'elle aurait dû entendre il y avait très longtemps, mais auquel elle était restée sourde. Oh Seigneur, elle n'avait *rien* entendu.

52

La VW de Loïs occupait la place le long de la voiture de Bobby, mais ce fut un tel soulagement de la voir. Susan se gara derrière, coupa le contact, et une fois la sacoche de son ordinateur en bandoulière, elle prit la pizza et les salades achetées en chemin. Dans les toilettes de la pizzeria elle avait eu des nausées mais n'avait pas vomi, et à présent elle allait commencer par s'excuser auprès de Loïs de l'avoir abandonnée ainsi la veille au soir. Alors qu'elle descendait de sa voiture et fermait la portière avec sa hanche, elle inspecta sa rue du regard. Déserte, seuls les reflets du soleil jouant sur les pelouses mouillées. Il y flottait une odeur de sauce marinara et de béton humide, et elle se sentit à nouveau nauséeuse, tout en ayant la même impression de vivre au ralenti qu'en vacances, comme si les activités habituelles étaient suspendues pour que puisse advenir quelque chose de plus important, peut-être même quelque chose de bien, et la lettre de son père lui faisait l'effet d'une bribe de rêve dont elle n'aurait dû parler à personne parce qu'il ne viendrait sans doute même pas, nom d'un chien.

Remontant l'allée, elle jeta un coup d'œil à l'intérieur de la voiture de sa grand-mère. Sur la banquette arrière, un fusil. Et sur le sac à main de Noni à l'avant, une boîte ouverte de cartouches Winchester. Elle crut d'abord n'avoir rien vu de plus anormal qu'un panier à linge et un sac de courses, mais ils se transformaient en serpent mocassin lové au ras de ses pieds nus et son cœur était plaqué contre sa colonne vertébrale par les dents brûlantes d'une fourchette. *Oh non, jeune fille. Non. Pas question.* Tant d'années où Noni avait tout contrôlé, et ce qui lui échappait elle tentait tout bonnement de le tuer dans l'œuf, non ? Le soir où elle avait ouvert la portière de la voiture de Gustavo et pris Susan par les cheveux pour la faire sortir de force, et toutes ses transgressions au fil des ans, grandes et petites, son refus de reconnaître sa part de responsabilité, sa tendance à condamner tout le monde sauf elle-même. Susan ouvrit brutalement la porte-moustiquaire. La sacoche de son ordinateur oscilla, la pizza et les salades vacillèrent, mais Bobby apparut dans l'entrée et les lui prit des mains avec un sourire et un clin d'œil, même si son expression changea à la vue de ce que disait son visage à elle. Tandis qu'il faisait des commentaires flatteurs sur la nourriture, la posant sur le plan de travail et cherchant des assiettes, Susan restait figée au centre de la cuisine, toisant sa grand-mère qui levait les yeux vers elle.

"Putain, Loïs, tu as apporté un *fusil* chez moi ? Tu as perdu la tête ?"

Loïs était assise le dos courbé, un plaid appartenant à Bobby sur les épaules. Ses cheveux raides et clairsemés laissaient par endroits voir son cuir chevelu, l'absence de maquillage soulignait ses cernes et son air traqué, la chair de ses bras était ratatinée. Devant elle était posé un verre d'eau. Elle serrait entre ses mains couvertes de taches de vieillesse une serviette en papier roulée en boule et venait à l'évidence de pleurer, chose que Susan n'avait pas vue ni entendue depuis qu'elle était petite. La colère qui l'avait fait entrer avec fracas reflua en partie comme la marée, mais plantée là, elle se sentait aussi curieusement manipulée. Contrôlée d'une nouvelle façon, peut-être en désespoir de cause.

"Je t'avais dit que j'allais le tuer."

Bobby jeta un coup d'œil à Susan, puis alla vers la porte d'entrée et sortit. De son bureau s'échappait la plainte erratique du saxophone de Coleman, et le visage de Loïs sembla se recroqueviller, de ses yeux des larmes se mirent à ruisseler. Elle ferma les paupières de toutes ses forces et secoua la tête. "Je ne peux pas croire que tu veuilles le *voir*. Après ce qu'il a fait à ta mère. Comment oserais-tu, Suzie ? Oh comment *oserais*-tu ?"

Il y eut le claquement sourd d'une portière, puis d'une autre, et la porte de la cuisine s'ouvrit sur Bobby qui passa près d'elles avec le fusil et la boîte de cartouches pour les emporter dans son bureau. Loïs se cacha le visage dans les mains, le plaid glissant sur ses épaules nues et sa robe d'été. Susan n'avait jamais remarqué son dos si voûté, mais la peau de ses épaules paraissait presque aussi douce que celle d'une femme de son âge à elle, plus ou moins celui de Noni quand tout était arrivé, et depuis elle avait porté ce fardeau, jour après jour, tout en élevant sa petite-fille qui ne rêvait que de s'éloigner au plus vite d'elle et de sa boutique de "beaux" objets. Susan sentit son visage se contracter bizarrement. Alors qu'elle s'approchait de Noni pour poser la main sur ses épaules secouées par des sanglots, Bobby revint dans la cuisine. Il avait arrêté l'enregistrement et les seuls sons dans la pièce étaient ceux de Noni qui reniflait et se mouchait en répétant : "Il me faut une cigarette, bon sang."

53

Daniel entend une douche couler à proximité, il enlève soudain ses chaussures et ses vêtements derrière un rideau décoré de dauphins bondissants. Des voix traversent l'eau qui jaillit. Celles de jeunes gens. Elles résonnent dans l'air tandis qu'il se lave, rince la mousse qui s'écoule dans la bonde à ses pieds, ferme les robinets. De la vapeur s'élève de sa peau toute chaude, et elle le tiraille comme cette douleur dans son dos et ses jambes.

Une serviette éponge. Il a oublié ce détail. Depuis les vestiaires, les voix des étudiants à nouveau, deux ou trois, et l'un d'eux s'esclaffe : "T'es tellement *gay*, Peterson !

— Ah oui ? Et cette fille qui veut absolument coucher avec moi ?"

La conversation continue, mais Daniel n'écoute plus, il tire le rideau et se dirige nu vers les lavabos. Il cherche des serviettes en papier pour se sécher, n'en trouve pas, seulement une rangée de sèche-mains électriques fixés au mur. Il déclenche le plus proche et s'accroupit devant pour qu'il lui souffle son air tiède sur la poitrine, le ventre, le pénis, le haut des jambes. Il se tourne pour recevoir cette chaleur sur le bas du dos et se sent ridicule. Un vieux fou imprévoyant et malade.

L'un des jeunes gens entre. En short, les abdominaux bien visibles, il pose sur Daniel le regard de celui qui voit chaque jour ce genre de choses et s'en passerait bien. Un autre étudiant arrive, le sèche-mains s'éteint et Daniel retraverse la pièce à moitié sec, l'étudiant s'écartant devant lui tel un matador devant le taureau.

De retour dans son box, il remet son boxer et son pantalon kaki dont le tissu colle à ses jambes humides. Vérifie que sa liasse de billets est toujours dans sa poche, enfile son polo, prend la trousse avec son rasoir et repart vers les lavabos où les deux étudiants sont toujours là. Celui qui est le plus près de Daniel applique du gel sur ses cheveux courts qu'il hérisse sur le devant entre le pouce et l'index. Tous deux sont minces et musclés, difficile de ne pas imaginer ce qui leur arriverait en prison. Daniel sort son rasoir et sa crème à raser. Sa question jaillit sans prévenir : "Vous savez où je peux trouver le professeur Dunn ?

— Il enseigne quoi ?"

L'interrogation vient de son voisin occupé à former une pointe avec ses cheveux avant de l'aplatir et de recommencer.

"Elle. L'anglais.

— Je ne l'ai jamais eue, et toi, Eric ?

— Je suis en sciences de l'ingénieur. On ne fait pas d'anglais.

— Désolé, mon vieux. Par contre le département d'anglais est à Seibert Hall.

— C'est où ?" Avec son peigne, Daniel ramène ses cheveux en arrière. Debout devant le miroir avec ces deux jeunes, il se sent comme un troll débarquant d'une forêt lointaine et d'une époque dont ils n'ont même pas entendu parler.

"Juste en face, de l'autre côté de la pelouse, mec." Il incline la tête vers la droite. "À une cinquantaine de mètres dans cette direction. Vous ne pouvez pas le rater."

Daniel opine du chef. Il voudrait remercier, mais c'est comme si cet étudiant lui avait enfoncé son index dans le cœur. Une cinquantaine de mètres. La distance entre l'auditorium de Norfolk et l'atelier. Il y a quarante ans, et là il peut rejoindre ce bâtiment en quelques minutes. Mais il n'est pas prêt. Il faut qu'il s'achète des vêtements plus présentables. Il doit…

Quoi ? Penser à ce qu'il va *dire* ?

Oui.

Il s'enduit les joues et le menton de crème à raser, passe son rasoir sous l'eau froide, mais sa main tremble comme celle d'un gosse, et si jamais il se coupe ? Et si après tout ce temps elle le voit avec du sang sur le visage ?

La dernière fois que lui l'a vue, il avait la main et le bras éclaboussés de sang. Elle avait trois ans. Trois ans… Elle était blottie contre lui, la joue sur sa poitrine. Et maintenant il est là, mais il n'est pas prêt.

Il ouvre le robinet d'eau chaude, la fait couler au creux de ses paumes et enlève la crème à raser de son visage.

54

Loïs se reposait sur le canapé à deux places dans le bureau de sa petite-fille, sous une couverture légère, pieds nus, alors que Bobby et Susan parlaient à voix basse dans la cuisine. D'où elle était, elle voyait la table de travail de Susan, étonnamment bien rangée. Une boîte en plastique transparent pleine de trombones, un pot avec des stylos et des crayons. Une ramette de papier entamée jouxtant une tasse à café et quelques livres en pile, de poche ou à couverture cartonnée. Dessus, une boîte de mouchoirs en papier dont l'un dépassait de la fente comme une langue blanche, et au mur un tableau ne représentant rien de connu, seulement des coups de pinceau rouges et noirs que Loïs ne pouvait fixer trop longtemps sous peine de se sentir tomber dans un précipice. Elle ferma les yeux, prit une profonde inspiration et tenta de se détendre.

Pleurer lui avait fait du bien. Oui, sacrément. Elle ressentait le même genre de bonne fatigue qu'après l'amour il y avait si longtemps, comme si son cœur, ses poumons et autres organes avaient été délicatement nettoyés avec un chiffon humide et tiède par une main bienveillante. Pourquoi avoir tout gardé à l'intérieur pendant si longtemps ? Mais c'était une question stupide, elle le savait. Même à la mort de Don, elle n'avait versé que quelques larmes devant sa tombe à Ocala. Il lui manquait, oui, et elle regrettait qu'ils n'aient pas eu plus de temps ensemble, mais même pour lui elle n'avait pu reprendre le chemin des larmes, car c'était un chemin interminable qui vous laissait les yeux rouges et les narines gercées, avec l'écho sans fin de sanglots pathétiques auxquels tout le monde semblait rester sourd et indifférent.

Sauf la petite Suzie. Elle apportait des mouchoirs en papier à sa grand-mère. Se pelotonnait contre elle sur le lit et posait la tête sur sa poitrine. "Ne sois pas triste, Noni, disait-elle. Tout va bien. Tout va bien."

Loïs se demandait si Susan gardait le moindre souvenir de cette époque. Et quand elle pensait au logis de son enfance, que revoyait-elle ? Leur ancien appartement au fond de Penny Arcade où elle avait vécu jusqu'à douze ans ? Le bungalow d'avant ? Cet Ocean Mist que sa mère s'était donné tant de mal pour transformer en nid d'amour. Linda avait demandé à son mari et à son beau-père, ce Magic Mick silencieux, de peindre les murs en blanc, puis elle avait ourlé des rideaux blancs qu'elle avait accrochés aux fenêtres. Elle avait disposé de jolis bibelots sur les étagères, et sur l'appui des fenêtres qu'elle maintenait ouvertes tout l'été pour faire entrer le vent du large.

Ou bien Suzie revoyait-elle leur maison dans les bois près de la rivière et de la route secondaire ? Loïs espérait que oui : c'était là qu'elle avait cessé de pleurer, après tout, mais là aussi qu'elle avait commencé à crier. Et comment n'aurait-elle pas crié, avec Suzie qui ruait dans les brancards ? *J'essayais juste de te protéger !* C'était bien ça qu'elle avait hurlé entre deux sanglots une demi-heure plus tôt ?

"Tu ne peux pas tout contrôler, Loïs. Tu as toujours eu ce problème."

Ils étaient tous trois assis autour de la table, Bobby mangeant sa part de pizza, Susan chipotant avec sa salade et Loïs fumant une cigarette, calée contre le dossier de sa chaise. Fumer l'avait calmée quelque temps, mais Suzie lui avait à nouveau reproché d'avoir apporté chez elle un fusil chargé, et elle avait une fois encore senti la moutarde lui monter au nez, même si tout ce qu'elle avait dit semblait déjà loin, très loin, et en même temps aussi proche que l'air qu'elle respirait. "Il n'est pas chargé, mais il va fichtrement l'être.

— Formidable, Noni." Susan s'était levée. Elle flottait un peu dans son jean, ne portait pas de soutien-gorge, et ses cheveux bruns et courts rebiquaient derrière son crâne comme si elle sortait du lit. Elle avait jeté sa serviette sur son assiette. "Donc je vais te perdre toi aussi." Et elle avait quitté la pièce. Bobby avait souri tristement à Loïs et enfourné une bouchée de salade. *Te perdre toi aussi*. Que Suzie ait ce genre de pensée n'avait même pas effleuré Loïs. Elle en était restée sonnée, avec un vague sentiment d'égoïsme et, oui, de gratitude d'avoir entendu cette phrase, mais alors qu'elle allait se remettre à sangloter, elle s'était ressaisie et avait déclaré : "Il faut que je m'allonge, Bobby, j'ai besoin de me reposer."

Dans la cuisine, Susan et son mari parlaient toujours à voix basse. Toutes les trente secondes environ, Suzie élevait légèrement la voix et Loïs distinguait une parole ou deux. "Non, Bobby… elle a **toujours**… alors qu'est-ce que je suis censée… un putain de **fusil** ?" Elle avait le même ton qu'adolescente, dès que Loïs voulait lui imposer une heure limite de retour ou lui interdire de voir tel ou tel : la voix de sa petite-fille devenait alors aussi stridente et dépitée qu'à présent. Loïs en retirait l'impression que les gens ne changeaient jamais, ce qui était bien le cas.

Puis il avait eu ce "mon **père**". Comme si une main s'était refermée sur la gorge de Loïs. Voilà des années que Susan n'avait pas prononcé ces deux mots devant elle, et pour sûr Loïs n'aimait pas leur intonation, comme si elle avait tenu Danny Ahearn à l'écart de sa petite-fille sans en avoir le droit, et subitement elle envoya promener la couverture et se redressa, la tête lourde, sortant les jambes des coussins. "J'entends tout, là-bas ! Si tu as quelque chose à dire, Susan, merci de bien vouloir me le dire *en face*."

Elle s'était redressée trop vite, le bureau de Susan devint flou et son cœur cognait contre ses côtes. Puis Bobby entra dans la pièce. Elle ne vit de lui que son crâne chauve et deux longs bras avant de distinguer son visage chaleureux et inquiet, et alors qu'il allait dire quelque chose Susan vint se planter devant lui. "Pourquoi tu ne peux pas voir les choses de *mon* point de vue, Loïs ?

— Je n'ai fait que ça toute ta vie, jeune fille.

— Quoi ?

— Oui. Et comment ! Pendant tout ce temps, nom d'un chien. Tu crois qu'une seule journée s'est écoulée sans que je n'aie pas pensé à ça ?

— À « ça » ? Et à *moi* ? Je n'ai peut-être même pas du tout envie d'aller le voir, mais putain je voudrais avoir le droit d'y *réfléchir* sans redouter que tu ailles braquer une de tes foutues armes sur quelqu'un, nom de Dieu." Susan tourna les talons, faillit bousculer Bobby au passage et disparut dans le couloir. La porte de la chambre à coucher claqua, puis Bobby tira vers lui le siège de sa femme et s'y assit face à Loïs. Il croisa ses longues jambes et dit : "Ce n'est pas moi qui vous en voudrai d'avoir envie de le tuer, Loïs."

Elle avait à nouveau des maux de tête. Comme si un bandeau lui enserrait l'avant du cerveau. Elle était assise au bord du canapé mais avait la sensation qu'on la plaquait au fond, et même en prenant de profondes inspirations, elle avait toujours le souffle court.

55

Depuis le balcon de sa chambre à l'étage de La Habana Inn, Daniel voit de l'autre côté de la rue le sable humide de la plage de St Petersburg et le golfe du Mexique, sur lequel le soleil miroite si intensément en fin d'après-midi qu'il lui faudrait les lunettes restées dans son pickup. Il l'a garé le long du trottoir d'en face, entre un camping-car et une berline d'importation. Au-delà, de grands palmiers et une paillote au toit comme neuf abritant un bar. Devant, plusieurs tables sous de vastes parasols dont il ne voit que le haut, bien qu'il entende une voix d'homme interpréter une chanson de Don McLean en s'accompagnant à la guitare, ce qui lui rappelle le passé et il n'en a pas envie. Il y a une atmosphère festive dans l'air, le sentiment d'avoir atterri en un lieu réservé aux bons moments, et il regagne sa petite chambre où il baisse le store et où, encore ébloui par le soleil, il ne voit que des ombres flotter. En montant l'escalier avec sa clé et son sac de voyage, il a remarqué le panneau *Réception* orné d'un espadon bleu au-dessus d'une porte. Quand il se sera acheté des vêtements neufs, il ira demander l'annuaire et commencera ses recherches.

Il ne remettra pas les pieds à l'université. Il l'a pressenti en tournant à gauche dans la rue principale juste après la guérite de l'agent de sécurité. Aller là-bas était une erreur. Non seulement pour lui, parce qu'il n'était pas prêt, mais pour sa fille. Et s'il était entré dans son bâtiment, avait frappé à sa porte, et qu'elle ait refusé de le voir ? Elle se serait donnée en spectacle devant ses collègues. Elle aurait été mêlée à quelque chose de moche sur son lieu de travail. Il a en partie l'impression d'être venu pour lui et rien que pour lui. En quoi ces retrouvailles peuvent-elles lui faire du bien à *elle* ?

Il l'ignore.

Sur le trottoir à présent, parmi les odeurs propres au golfe du Mexique – fientes de mouettes, algues sèches et hydrocarbures d'une plateforme lointaine –, il oublie déjà être passé devant un réceptionniste qui paraissait tout petit derrière son comptoir, même s'il entend encore sa voix : "Bonne soirée, monsieur." Le soleil désormais voilé est encore à un mètre au-dessus de l'horizon, et Daniel s'apprête à traverser pour récupérer ses lunettes noires dans son pickup, mais elles ne valent pas grand-chose et au coin de la rue, sous la mezzanine d'un pub où hommes et femmes boivent, rient et bavardent, se trouve la vitrine d'un magasin de vêtements où trône un mannequin avec des lunettes de soleil et un panama, et il s'approche tandis que le guitariste près de la plage chante qu'aujourd'hui sera le jour de sa mort.

Daniel connaît cette chanson mais elle ne l'attriste pas, il se promet simplement de se montrer digne le moment venu. Car ce moment vient pour tout le monde, et Daniel a certes les jambes frêles et maigres d'un gamin et ne pisse plus que du sang, mais il commence à apprivoiser la douleur dans son dos, ses hanches et ses jambes, et il y a des rires au-dessus de lui, la chaleur de l'air marin sur sa peau et une liasse de billets au fond de sa poche alors qu'il entre dans le magasin Vintage Joe's.

À l'intérieur, une musique très différente. Un morceau classique, du violoncelle. L'endroit sent les cigares et le lin propre, et il y a plusieurs portants avec des chemises hawaïennes aux couleurs vives, les étagères sont garnies de pantalons bien pliés – marron, gris, bleu – et les costumes occupent tout un mur sous une douce lumière dorée qui leur donne l'apparence d'être les plus beaux dont un homme puisse rêver. Lui-même n'en a jamais possédé qu'un. Celui que sa mère et Liam lui avaient acheté pour son procès. Il l'a porté chaque fois qu'il le fallait, et après sa condamnation, après l'index et le majeur du petit frère de Linda pointés sur lui comme pour lui tirer une balle en pleine tête, il l'a gardé jusqu'à son incarcération, même si quinze ans plus tard, le jour où il a quitté Norfolk, il s'est refusé à le mettre quand sa mère est venue le chercher. Il l'avait appelée pour lui dire d'apporter ses anciens vêtements de travail, ce qu'elle avait fait, et il a demandé au maton chargé de sa levée d'écrou de donner ce costume au premier détenu qui en aurait besoin pour une audience. À la mort de sa mère tant d'années auparavant, par un après-midi glacial où des congères bordaient encore la chaussée, il avait repassé sa meilleure chemise pour les obsèques, s'était acheté une cravate noire et un pull neuf. Mais pas question de remettre une veste. À près de soixante-quatre ans, il n'a jamais voulu faire d'élégances.

Sa voix couvrant le violoncelle, une femme vient de s'adresser à lui. Et pas derrière la vitrine en verre dans laquelle sont alignés des lunettes noires et d'autres objets étincelants qu'il a du mal à identifier. Debout à un mètre de lui, elle a ce charme des femmes de cinquante ans qui semblent savoir que leur beauté est derrière elles et qu'elles peuvent se contenter d'être ce qu'elles ont toujours été. Celle-ci est chaleureuse, un peu ronde, avec des cheveux bruns aux racines argentées. Au lieu de s'excuser de ne pas l'avoir entendue, il dit : "Je ne sais pas.

— Moi si." Elle sourit. "Je dirais quarante-deux. Tenez…" Elle tend le bras pour approcher de sa poitrine une veste vert pâle. "C'est une Joseph Abboud. Une veste d'été. Essayez-la." Elle la lui présente de façon qu'il y glisse les bras, ce qu'il fait, un à la fois. Elle tire sur le col, tapote les épaules, lisse le dos, et Daniel en a les larmes aux yeux, le chant du violoncelle emplissant l'air et refluant comme si le temps se distendait devant lui, alors que cette femme le guide vers un miroir en pied sous un présentoir de panamas. Devant son reflet dans cette veste neuve sur son polo le plus propre et son pantalon kaki, il a la sensation de voir une vieille maison au bardage à moitié arraché sur laquelle on n'aurait posé qu'une partie du nouveau. Mais il se réjouit que la veste lui aille, qu'elle lui donne l'air d'être cultivé, d'avoir de l'argent à la banque et des loisirs après une vie de travail.

La vendeuse a de nouveau posé la main sur son épaule. Une main à la fois légère et lourde, et il n'a pas envie de bouger.

"Cette couleur vous va bien. Puis-je vous trouver un pantalon assorti ?

— Oui."

Elle recule et jette un coup d'œil à son tour de taille. "Quarante-quatre ?

— Je n'en sais rien." Or il le sait. Une fois par an il va en voiture au Walmart de Seabrook acheter le nécessaire, et sa taille de pantalon est toujours la même : 42-44. Depuis des années. Gravée dans le béton. Ou le métal. Pourquoi ne lui dit-il pas qu'elle a raison ?

Parce qu'il veut qu'elle sorte son mètre ruban comme elle le fait maintenant. Il veut qu'elle lui dise de lever les bras pour vérifier son tour de hanches, et qu'il puisse sentir sa chevelure – la peau tiède de son cuir chevelu, le mot *gardénia* lui vient à l'esprit – puis le mètre ruban qui retombe, et qu'il l'entende déclarer qu'elle avait raison. "Quarante-deux pour la longueur ?

— Oui."

Pendant qu'elle passe en revue les pantalons pliés sur l'étagère, il aperçoit son alliance ornée d'un vieux diamant sans éclat, et il est à nouveau Danny roulant vers Port City avec cinq cents dollars en poche qu'il avait entièrement dépensés pour acquérir le plus petit diamant de la boutique, et pourtant quand il avait passé l'alliance au doigt de Linda dans ce bureau de l'état civil, elle avait souri en l'admirant comme si c'était la plus belle bague qu'elle ait jamais vue, et lorsqu'ils étaient sortis sur les marches de granit elle l'avait fait pivoter au soleil en disant : "Regarde, elle *scintille*."

"Celui-là irait bien." La vendeuse approche de sa taille un pantalon d'un vert un peu plus clair. Ses jointures effleurent la ceinture et le bas du ventre de Daniel, le violoncelle descend dans les graves, des notes qui lui font l'effet d'un très ancien appétit qui n'a jamais disparu. Cette femme… Le soin qu'elle met à s'occuper de lui, comme sa mère lui préparant un deuxième petit-déjeuner après son renvoi du lycée, puis s'asseyant près de lui dans son tablier tandis qu'il lui lisait des extraits d'*Enemy Ace* et lui parlait de son héros préféré, le Marteau de l'Enfer.

"Allez essayer ce pantalon dans la cabine. Je vais chercher une chemise qui aille."

La cabine n'est qu'un angle du magasin dissimulé par un paravent japonais, chaque panneau représentant une geisha ou un homme coiffé d'un chapeau pointu. Ce pantalon qui a la douceur de la soie est un peu ample à la taille, mais Daniel a toujours sa vieille ceinture. Une chemise atterrit mollement en haut du paravent. "Essayez celle-ci." Couleur crème avec un motif de minuscules palmiers de la même teinte, elle lui va mieux que le pantalon, et quand il sort de derrière le paravent après avoir remis la veste, la vendeuse lui sourit. "Très distingué." Il sait qu'elle est sincère, même si elle hoche la tête en posant les yeux sur ses chaussures délacées au cuir usé. "Mon Dieu, il va vous falloir un accessoire en croco avec cet ensemble. Vous avez quelque chose ?

— Non.

— Voulez-vous une ceinture ? J'ai ce qu'il vous faut." Elle tourne les talons, le conduit vers la vitrine en verre et choisit une ceinture brillante sur le présentoir à côté. Daniel la lui prend des mains et la glisse sous les passants de son nouveau pantalon.

En faisant cela, il remarque le bout éculé de ses chaussures et se rend compte qu'elle a raison à leur sujet, mais il a le sentiment d'en faire trop : c'est une chose d'être présentable devant sa fille, une autre d'avoir trop belle allure.

Comme s'il avait très bien vécu sans elle.

Ce qui n'est pas le cas. Vraiment pas.

"Non ?"

Daniel rougit, retire la ceinture neuve et la lui rend. "Je vais me contenter des vêtements.

— Vous êtes sûr ?" Elle lui sourit à nouveau, mais son sourire est légèrement taquin, comme si elle le connaissait depuis plus longtemps qu'en réalité et avait gagné le droit de se comporter ainsi, alors que non.

"Juste les vêtements." Daniel repart vers la cabine improvisée. Il n'est pas entré dans ce magasin pour acheter ce genre de tenue. Seulement un pantalon décontracté et un polo. Peut-être une paire de chaussures neuves.

La musique a encore changé. Quand ? Il reconnaît la voix d'une chanteuse de jazz noire évoquant un gentleman qu'elle a connu autrefois, avec en bruit de fond le tintement des verres dans un bar, un homme qui tousse. Daniel devait être petit garçon quand elle interprétait cette chanson. La guerre était finie depuis quelques années, Liam Ahearn était resté dans la Navy et repeignait les avions des hangars de Lakehurst dans le New Jersey, le terrain d'aviation où cet énorme dirigeable avait explosé avant-guerre, et la mère de Daniel répétait : "J'étais toute petite à l'époque, Danny, mais je m'en souviens. Personne ne peut me dire le contraire. Le ciel entier s'était embrasé. Le ciel entier, Danny."

Liam, le marin silencieux qui avait sans doute fait durant la guerre des choses dont il n'avait jamais parlé à son fils. Mais la dernière fois que Danny avait porté un costume, Liam, en chemise blanche et cravate noire, voûté sur son banc de la salle d'audience près de la mère de Danny, regardait son fils comme s'il ne l'avait jamais vu, et comme s'il lui rappelait d'autres hommes qui étaient de sacrées ordures.

Daniel rapporte à la vendeuse les vêtements sur son bras. Elle est debout derrière le comptoir. L'éclairage de la vitrine en verre lui laisse étrangement le visage dans l'ombre si bien qu'elle paraît moins chaleureuse. Il pose le pantalon, la chemise et la veste sur la vitre. Dessous, exposées sur une étoffe blanche et satinée, plusieurs paires de lunettes à monture dorée, leur étui en cuir ouvert à côté d'elles, et Daniel désigne des lunettes noires d'aviateur comme celles que Will Price portait autrefois. "Je vais prendre celles-là.

— Les Ray-Ban ?

— Oui."

Il veut bien de ces lunettes, mais pas de ce costume. A-t-il oublié qui il *était* ?

Elle les lui tend, à nouveau tout sourire. "Vous êtes là pour affaires ?

— Non. Oui."

Elle éclate de rire. "Vous ne savez pas. C'est bon signe. Vous aimez ce que vous faites."

Mettre des cannes de joncs à tremper dehors dans un seau au soleil. Les insérer dans des trous percés à la main plus d'un siècle auparavant par quelqu'un qui n'est plus de ce monde. Entrelacer les tiges avec son crochet et ses doigts jusqu'à ce que le motif ressemble à une œuvre d'art tout en ayant la souplesse nécessaire. Oui, il aime son travail, c'est vrai, mais la vendeuse met des lunettes à monture rouge, retourne l'étiquette sur la manche de la veste et inscrit le prix sur un bordereau. Daniel lui tapote le poignet. Elle a un léger sursaut et il retire sa main, prêt à s'excuser. "Seulement les lunettes.

— Ah bon ?" Elle le dévisage derrière ses lunettes, et son ton surpris, vaguement inquiet, est celui qu'elle aurait avec un ami. Un ton qu'il entend depuis des années dans les cafétérias et les restaurants, mais s'adressant rarement à lui, voire jamais.

"Je ne suis entré que pour ces lunettes." Il les brandit sans les avoir essayées.

"Vous avez conscience qu'elles coûtent à elles seules plus cher que vos trois vêtements." Elle sourit en disant cela, et il la fixe sans répondre. Derrière ses lunettes à elle, ses grands yeux bienveillants. "Ce magasin est un dépôt-vente."

Daniel examine la veste "d'été", le pantalon de soie et la chemise. "Ils ont déjà été portés ?

— Nous préférons dire déjà achetés. Mais, vous savez, par ces hommes qui ont les moyens de ne les mettre qu'une ou deux fois avant de les jeter comme des assiettes en carton. Car enfin, regardez ceci." Elle se penche sur l'étiquette accrochée à un bouton d'une manche de la veste. "Soixante-quinze dollars. Neuve, elle en vaudrait facilement quatre cents ou cinq cents. Faites ce que vous voulez, bien sûr. Simplement ces vêtements vous vont très bien, voilà tout."

Encore ce sourire. Comme s'ils se connaissaient depuis longtemps, comme si elle savait tout de lui, mais c'était il y a une éternité, et pourquoi ne pas s'offrir de beaux vêtements pour passer du bon temps ?

"Je les prends.

— Oh, parfait. Voulez-vous toujours les Ray-Ban ?"

Il acquiesce de la tête et les lui tend. Sous l'étagère des lunettes, une rangée de pinces à billets : certaines en argent, l'une d'elles avec une turquoise au centre, d'autres en or, une autre encore en acier noir bordé de minuscules étoiles rouges. Will Price avait toujours une pince à billets sur lui, et Daniel n'en a pas revu depuis et n'y pensait plus. Price les payait tous en liquide, sortant les billets de la poche de son pantalon, bien pliés dans leur pince incrustée de diamants, après quoi il les distribuait comme toutes ces réparties auxquelles Danny ne trouvait jamais les mots pour répondre. Seuls lui venaient ceux qu'il devait dire dans sa cabine de l'Himalaya du temps où il était la Voix. Et s'il pouvait maintenant aller voir sa fille dans le blazer rouge, la chemise et le pantalon blancs qui avaient fait sa réputation, il le ferait. Elle verrait ce qu'avait vu sa mère. Un homme qui n'avait pas les deux pieds dans le même sabot. Et qui, si les choses avaient pris une autre tournure, aurait pu lui aussi devenir un Will Price.

"Voulez-vous également une de ces pinces ?

— Oui, celle en argent.

— Avec la turquoise ?

— Oui. Merci.

— Je vous en prie…" Elle tourne la tête vers lui, laissant le dernier mot en suspens, toujours souriante, attendant qu'il donne son prénom.

"Danny. Je veux dire… Daniel.

— Karen. C'était un plaisir."

Il hoche la tête, le visage en feu lorsqu'elle lui remet la pince à billets et qu'il cherche dans sa poche de quoi payer. Mais quand il sort la liasse, elle est à l'évidence trop épaisse pour cette pince, et une moitié lui échappe et se répand sur la vitre, une trentaine de billets de cent dollars, quelques-uns de dix et d'un dollar, et il est mortifié d'avoir montré à cette femme quelque chose qu'il n'aurait pas dû.

"Mon Dieu, vous avez braqué une banque ?

— Non." Une fois encore, le visage brûlant.

"Bien sûr que non." Avec un petit rire, elle plie ses vêtements pas si neufs et les glisse dans un sac. Une trompette solitaire transperce le brouhaha de ce bar il y a si longtemps, et Daniel voudrait dire à cette Karen qu'il a honnêtement gagné chacun des dollars sur la vitre, qu'il n'a jamais volé un sou. Jamais. En prison durant tous ces automnes, ces hivers, ces printemps et ces étés, un cycle quinze fois répété, il ne comprenait pas les détenus qui préparaient leurs mauvais coups : les braqueurs de banques de Bunker Hill, les mafieux de North End, de Winter Hill et de Providence, des types qui avaient entièrement prévu à qui ils s'en prendraient, quand et comment.

Mais pas Danny Ahearn. Raison pour laquelle il appréciait tant Pee Wee Jones, parce qu'ils se retrouvaient tous deux en taule pour un crime qu'ils n'avaient au départ jamais voulu commettre. Mais ils l'avaient commis. Et pas à moitié, nom de Dieu.

Il regroupe une douzaine de billets de cent dollars et les range dans sa pince en argent incrustée d'une turquoise. Il demande à Karen si elle l'a enregistrée, elle répond que oui, et il glisse la pince dans sa poche avant de reconstituer le reste de la liasse. La porte d'entrée s'ouvre. Il se retourne et voit un couple de son âge, ou plus vieux. L'homme tient la porte à son épouse, deux sacs à poignées à la main ; il est bronzé, les quelques cheveux qui lui restent sont ramenés sur le haut de son crâne, et son tee-shirt marron décoré d'un coucher de soleil sur la poitrine souligne son ventre proéminent. Sa femme a gardé ses cheveux presque blancs mais bien coiffés, et ils mettent en valeur son joli visage rond. Elle passe en revue les chemises hawaïennes. "Oh regarde, chéri. Tu vas en trouver une. Tu vas forcément en trouver une ici."

L'homme esquisse un sourire, ses yeux parcourent le présentoir et se posent sur Daniel, qu'il salue de la tête comme s'ils étaient dans le même bateau : une épouse à qui il faut faire plaisir, même si cela signifie acheter et porter une chemise dont on n'a réellement ni envie ni besoin. Les *épouses*, vous savez.

V

56

Susan était assise au bord de son lit, les doigts en travers de sa gorge nouée par une nausée qu'elle ne pouvait plus ignorer. Sa bouche s'emplissait de salive, elle eut un haut-le-cœur et se précipita dans la salle de bains, la porte claquant derrière elle alors qu'elle s'agenouillait et qu'un liquide brûlant jaillissait dans la cuvette des WC à sa grande honte. Le sperme et l'ovule. Son père et sa mère. Impossible de se couper de l'un ou de l'autre bien qu'elle les ait à peine connus, et voilà qu'elle vomissait dans ses toilettes, et pourquoi avait-elle été si négligente ?

Un petit coup à la porte, la voix étouffée de Bobby : "Ça va ?" La porte se rouvrit derrière elle, et la grande main de Bobby se posa sur son front. Elle s'écarta. "Tout va bien.

— Tu crois que c'est ce que tu as mangé ?

— Peut-être.

— Loïs veut partir, mais à mon avis elle ne devrait pas prendre la route."

Susan vomit encore. Les relents de ses entrailles lui piquaient les narines, toute sa personne était puante, au fond. Le visage crispé de Noni levant les yeux vers elle dans la cuisine. *Comment oserais-tu, Suzie ? Oh comment* ***oserais****-tu ?*

"Je vais la conduire.

— Je peux le faire, chérie.

— Non, Bobby. J'en ai envie. Suis-nous simplement pour que je puisse rentrer *à la maison*." Sa gorge se noua de nouveau à cause de ces trois mots, même si Bobby ne sembla rien remarquer et

la prit par l'épaule en disant : "Je l'accompagne dehors. Tu es sûre que ça va ?
— Je vais bien, Bobby. Vraiment, chéri."

57

Le réceptionniste de l'hôtel a été utile, et heureusement que Daniel avait descendu l'escalier dans ses nouveaux vêtements déjà portés, car lorsqu'il a demandé s'il y aurait un annuaire, l'homme derrière son comptoir en chêne ciré l'a regardé avec plus de respect qu'avant et a répondu : "Nous n'avons pas d'annuaire, monsieur Ahearn, mais je serai très heureux de vous aider." Il s'est mis à pianoter sur son clavier, disant à Daniel de lui donner la ville, et le nom de la personne qu'il recherchait.

"St Petersburg. Susan Dunn." Il a eu l'impression de révéler un secret qu'il aurait dû garder pour lui.

"Je vois plusieurs possibilités. Vous connaissez son âge ?
— Quarante-trois ans."

Depuis le 5 mai dernier. Daniel, grippé, avait gardé le lit toute la journée au lieu de travailler. Il n'a pas vu passer un seul 5 mai sans penser à cet anniversaire et avoir le sentiment qu'elle était là quelque part. Sans penser à Linda qui aimait lui faire un gâteau et acheter au supermarché IGA un tube de pâte à base de sucre glace pour le décorer. *Joyeux anniversaire, petite Suzie Woo Woo.*

"Susan et Robert Dunn ?
— Je ne sais pas.
— Dans cette tranche d'âge, il n'y a pas d'autre entrée au nom de Susan Dunn, monsieur Ahearn. J'imprime ?
— C'est à St Petersburg ?
— Oui. Vous savez où se trouve Eckerd College ?"

Daniel longe la rue de sa fille en voiture, sentant les battements de son vieux cœur jusque sur son visage bien rasé. Dans cette veste dont les épaules remontent contre son col, il consulte la feuille portant l'en-tête de La Habana Inn sur ses genoux :

Susan et Robert Dunn,
137 Osprey Lane, St Petersburg, Floride.

Les numéros impairs étant à gauche, celui de la maison de sa fille doit y être aussi… 133, 135. Il roule aussi lentement qu'un flic et redoute d'attirer l'attention, mais ce doit être la maison voisine. Un étage, une façade en stuc vert artichaut, et il a soudain un goût de sciure dans la bouche. Une Honda grise est garée dans l'allée. La *sienne* ? L'espace d'un instant il revoit Suzie debout au milieu de leur séjour, dans un short à fleurs et un tee-shirt bordé de dentelle, riant à cause de quelque chose qu'il venait de dire ou de faire, et il lui aurait appris à conduire. Bien sûr que oui. Il est presque devant cette voiture et cette maison, il lève encore le pied et plisse les yeux pour déchiffrer les chiffres en métal noir vissés sur l'encadrement de la porte d'entrée : 137. Les fenêtres sont petites, la plupart avec des voilages, il a un coup au cœur et accélère jusqu'au stop au bout de la rue.

Sur la route à plusieurs voies devant lui, la circulation intense des heures de pointe, dans les deux sens. Il ressent un fourmillement dans les doigts et les orteils, aperçoit l'université à deux pas de l'autre côté, les pins, les chênes, la guérite de l'agent de sécurité devant laquelle il est passé deux fois. Il regarde dans son rétroviseur latéral mais ne distingue que l'extrémité de l'allée de sa fille et d'une pelouse. Est-ce bien sa voiture dans cette allée ? Celle de son mari ?

Un SUV blanc s'arrête derrière lui. Conduit par une blonde aux épaules nues. Elle tape mécaniquement de l'index et du majeur sur son volant, même si elle n'écoute pas de musique, alors il tourne à droite pour s'insérer dans le flot de véhicules et revoit les femmes mariées de Port City, ces superbes avocates, professeures et mères de famille aux vies si remplies. Susan leur ressemble sans doute, et il doit d'abord l'appeler. Il sait où elle vit, mais maintenant il faut qu'il l'appelle.

Des voitures le doublent à droite. Il jette un coup d'œil à la photo de Susan sur son tableau de bord. Il doit trouver un téléphone. Le soleil voilé à l'horizon ne lui fait pas mal aux yeux, ces lunettes noires sont la meilleure chose qu'il possède. De part et d'autre de la route, des terrains de golf dans une lumière bleu-vert, des hommes en pantalon blanc dans des voiturettes blanches roulant d'un trou à l'autre, ou bien attendant avec d'autres sur la pelouse que l'un d'eux tape dans la balle.

Quand il était près de la plage et regagnait sa chambre à pied, il avait croisé plusieurs couples et vu cinq ou six dames sortir de la paillote en riant. L'une d'elles allumait une cigarette pendant qu'une autre les prenait en photo avec son téléphone. Elles étaient apparemment plus âgées que lui et il les a crues divorcées ou veuves, mais non, se dit-il maintenant, elles avaient assez joué au golf pour la journée, leurs maris y jouaient encore, et ils se retrouveront tous plus tard pour prendre l'apéritif et dîner, et quel étrange et magnifique endroit que cette ville. Une sorte de paradis où ils auraient gagné le droit d'aller, mais ils sentent l'horloge tourner et l'idée est de profiter de chaque minute autant qu'ils le peuvent.

Un peu plus loin devant lui apparaît le péage du Pinellas Bayway permettant de rejoindre la plage. Il ralentit et tend un dollar à l'employé souriant. Il porte une chemise hawaïenne ouverte sur la poitrine et le salue aussi chaleureusement que s'il le voyait chaque jour depuis des années. Il met le dollar dans son tiroir et une pièce de vingt-cinq cents sur la paume de Daniel. "Passez une merveilleuse soirée."

Daniel se sent soudain ridicule dans ce costume, et l'envie le démange une fois de plus de faire demi-tour vers le nord et de rentrer chez lui. Il sait où vit sa fille. Il a vu où elle travaille. Et il a cette photo d'elle qu'il peut réimprimer quand il le souhaite. Sa petite Suzie a réussi sans lui – très bien, même –, et pourquoi débarquerait-il dans sa vie ? Ce qu'il devrait faire, c'est retourner à l'hôtel et rédiger son testament sur un ordinateur du bureau de la réception. Il peut simplement mettre l'adresse de Susan, taper le reste et rentrer chez lui chercher quelqu'un pour exécuter ce testament.

Mais il est là. Il est *là*.

Tout comme la douleur lancinante dans ses hanches et ses jambes, et qui semble également logée au bas de son ventre. Avant toute chose, trouver des toilettes, et alors que le pont descend vers le croisement avec Gulf Boulevard il découvre sur sa gauche un hôtel haut de gamme à plusieurs étages, du même rose que certaines fleurs portant ce nom. Mais le regard que lui jette le jeune voiturier en blanc quand il gare son vieux pickup rouge sous la marquise, en descend et lui tend les clés ! Il a remarqué le costume de Daniel mais aussi son pickup, et fixe des yeux ses chaussures de travail.

"Vous êtes un client de l'hôtel, monsieur ?"

Un poids cruel comprime la vessie de Daniel. "Non. Je n'en ai pas pour longtemps." Il tourne les talons et se dirige vers les imposantes portes vitrées.

"Je dois vous donner un ticket, monsieur."

Daniel répond qu'il revient tout de suite, puis pénètre dans le hall de l'hôtel avec la sensation de se retrouver à l'époque de sa splendeur où, des années avant sa naissance, les mondanités se succédaient. Sur le sol en marbre devant lui se reflète la lumière dorée d'un lustre de cristal suspendu en hauteur, le plafond étant soutenu par des colonnes jusqu'aux baies donnant sur les eaux grises du golfe du Mexique. Il y a de la musique, les notes mélodieuses d'une harpe, et à droite, dans un salon aux canapés et aux fauteuils moelleux, est assise la jeune femme en robe noire dont les doigts pincent les cordes de cette harpe, légers comme un papillon voletant d'un brin d'herbe à un autre. Il y a aussi le brouhaha des voix et des rires, et un élancement dans le ventre de Daniel. Il repère les toilettes hommes encadrées par deux palmiers dans des jardinières en acajou, entre et va droit à un urinoir entre deux parois de marbre gris étincelant.

Il se concentre sur une veine blanche dans la pierre et patiente. Ferme les yeux et entend quelqu'un siffloter : l'employé des toilettes, un Noir à chemise blanche et nœud papillon rouge devant lequel il est passé en entrant sans le voir. L'air enjoué qu'il sifflote doit être de son invention. Daniel hoche la tête à la pensée qu'on puisse être de bonne humeur à un tel poste. Même lui n'a jamais occupé un emploi d'aussi bas étage, et alors qu'un filet d'urine brûlante sort finalement de lui, puis un autre, il s'en veut d'avoir fait irruption sans saluer cet homme.

Il urine et attend. Urine et attend. Ses bras et jambes lui semblent à la fois légers et lourds, creux et pleins de poussière. Il devrait boire quelque chose. Il devrait manger quelque chose.

Mais d'abord appeler sa fille, non ? "Je ne sais pas.

— Moi non plus, monsieur. Le Seigneur m'est témoin, je ne sais pas." Il pouffe de rire, Daniel fait tomber sa dernière goutte d'urine et recule sans regarder ce qu'il laisse derrière lui, la chasse d'eau de l'urinoir se déclenchant toute seule. L'employé, une serviette éponge blanche repliée sur l'avant-bras, lui ouvre le robinet du lavabo.

"Et comment allons-nous aujourd'hui, monsieur ?" Il est chauve, la peau brune de sa tête et de son visage est lisse, mais il a le blanc des yeux jaunâtre. Daniel se rend compte qu'il est âgé, nettement plus âgé que lui, et voilà où il termine ses jours.

"Bien."

L'homme a le même sourire radieux que s'il venait de lui raconter une longue histoire où tout est bien qui finit bien dans le meilleur des mondes. "Tant mieux, monsieur. Tant mieux."

Il désigne un distributeur argenté de savon liquide. Daniel tend ses paumes, puis les frotte l'une contre l'autre. Dans le miroir, le reflet d'un homme bien habillé avec des lunettes de soleil. Le reflet d'un autre Will Price. "Il me faut un téléphone, dit-il.

— Oui, monsieur. Il y en a un au bar dans le hall. Il est là depuis la construction de ce palace.

— Quand ça ?

— Oh, 1925. J'avais deux ans." Il secoue la tête avec un sourire et ferme le robinet, posant la serviette pliée sur les mains mouillées de Daniel.

"Vous avez donc… Près de quatre-vingt-dix ans ?

— Ah non, monsieur. Je suis encore un galopin en culotte courte." Il se remet à rire, plus fort cette fois. Il sort un peigne étroit et fin, Daniel lui rend la serviette et prend le peigne pour recoiffer les cheveux qui lui restent. "Vous avez des enfants ?

— Cinq à ma connaissance." Il secoue à nouveau la tête, reprend le peigne puis tend à Daniel un petit vaporisateur en verre, index posé sur le bouchon. "De l'aftershave, monsieur ?"

Daniel acquiesce de la tête, paumes ouvertes, puis tapote son visage avec un liquide au parfum d'un jardin la nuit dans un pays lointain. Il questionnerait bien ce vieillard sur ses enfants. Vivent-ils près d'ici ? Les voit-il ? Il voudrait savoir ce qu'ils pensent du fait qu'il travaille si bien habillé dans des chiottes. Alors qu'à son âge il devrait… quoi ?

“Je plaisantais, monsieur. Je suis avec la même femme depuis soixante-huit ans. Imaginez. Soixante-huit ans !” Il rit encore et offre à Daniel un bonbon à la menthe. Daniel le dévisage sans rien dire, mais avec le sentiment d'avoir sous les yeux quelque chose de bien et d'intime qu'il n'a aucun droit de regarder, et il sort sa pince à billets de sa poche gauche, ajoutant un billet de cent dollars à ceux d'un et de cinq dans un pot en verre sous le miroir.

“Non, monsieur. Je ne peux pas accepter. Non, monsieur.

— Mais si vous pouvez.” Daniel défait le papier enveloppant le bonbon et pose celui-ci sur sa langue, son goût âpre et sucré comme un reproche et une bénédiction tandis qu'il regagne ce hall somptueux à la recherche du bar et de son très vieux téléphone.

58

Passagère dans sa propre voiture, Loïs contemplait des champs de palmiers nains sous un ciel couleur d'urine. Susan avait réglé l'autoradio sur une station d'informations tout en bas de la bande FM, de celles où les présentateurs parlaient comme des professeurs d'université. Loïs ne les écoutait jamais à cause de la condescendance qu'elle percevait dans leur voix, mais elle préférait ça au silence, ni Susan ni elle n'ayant dit un mot depuis St Petersburg. C'était elle qui avait pris la parole la dernière fois. “Si tu refuses de penser à moi, pense au moins à ta *mère*, Susan. Pense à elle.”

Non, c'était Susan, parce qu'elle avait répondu : “Je n'en crois pas mes oreilles.” Elle avait hoché la tête sans quitter la route des yeux et paru sur le point d'ajouter autre chose, mais non. À présent l'atmosphère était pesante. Dans le rétroviseur latéral, Loïs voyait la Kia noire qui les suivait et le grand mari de Susan au volant. L'idée de rentrer venait d'elle, mais se faire conduire et escorter ainsi lui donnait le sentiment d'être une enfant ayant enfreint les règles, et aussi que tout ce pour quoi elle avait travaillé si dur lui échappait. Le sentiment que Susan ferait exactement ce qui lui chantait que ça plaise à Loïs ou pas, et vous savez quoi ? Ainsi soit-il. Elle était fichtrement trop vieille et fatiguée pour continuer à se battre. Donc ainsi soit-il, nom d'un chien.

“J’arrête.

— Quoi ?” Le présentateur expliquait quelque chose sur la Syrie. Susan baissa le son. “Qu’as-tu dit, Loïs ?

— Donc maintenant je suis Loïs. Quand je n’essaie pas de te *« contrôler »*, je suis Noni, mais le reste du temps je suis Loïs. Charmant. J’ai dit que j’arrêtais.”

Susan lui jeta un coup d’œil. Dans cette lumière de fin d’après-midi après une journée entre pluie et soleil, elle avait le teint blafard et Loïs aurait presque voulu retirer cette dernière tirade. Le présentateur parlait de l’ISIS et Susan arrêta l’autoradio.

“Arrêter *quoi* ?

— De m’inquiéter pour toi, voilà. Qu’est-ce que tu *crois* ?”

C’était sorti plus brutalement qu’elle ne le souhaitait. Elle regarda droit devant elle la route goudronnée qui la ramenait vers sa ville aussi ancienne que les objets de sa boutique. Elle espérait que Marianne y serait encore. Elle voulait s’excuser d’avoir été désagréable avec elle à l’hôpital, et comme elle avait besoin de parler, elle espérait aussi que Marianne accepterait de prendre un verre et de dîner quelque part. Il fallait l’informer que le meurtrier de Linda avait envoyé une lettre à Susan. Qu’il était en route pour la voir.

“Ce n’est pas toujours ce que j’ai ressenti, tu sais.” Susan avait lâché cette phrase tout en se concentrant sur la route, les deux mains sur le volant. Loïs s’apprêtait à lui demander comment diable elle aurait pu savoir comment *ses* inquiétudes étaient perçues, mais Susan poursuivit : “J’ai toujours eu l’impression qu’une partie de toi me détestait, Noni.

— Oh Jésus Marie Joseph…

— Si, je t’assure. Et puis quand tu m’as révélé la vérité sur mes parents, tout a commencé à se clarifier pour moi.

— Comment peux-tu dire des choses pareilles ?”

Susan lui lança un regard noir, bouche bée comme si ce qu’elle allait ajouter venait seulement de s’imposer à elle, et qu’elle se sentait toute petite et muette face à cette évidence. “Parce qu’une moitié de moi vient de lui.”

Loïs avait les joues en feu. Elle se remit à contempler les champs. Au loin, une ferme solitaire aux murs blancs était entourée de cinq ou six chênes verts avec de la mousse espagnole suspendue à leurs branches, telle une maladie incurable. Elle avait du mal à déglutir. Elle se força à se tourner vers sa petite-fille : "Si tu ne sais pas ce que je ressens pour toi, alors je ne le sais pas moi-même." Mais il lui semblait qu'une partie d'elle dissimulait quelque chose, qu'une partie d'elle mentait.

"Tu vois ? Tu ne peux même pas le reconnaître, Noni. Parce que tu sais que j'ai raison.

— Oh oui, Suzie, tu as toujours raison, n'est-ce pas ? Mademoiselle Je-sais-tout qui lit ses fichus livres. Mademoiselle la professeure d'université. Tu es la plus intelligente, n'est-ce pas ? Moi je ne suis qu'une vieille femme qui t'a consacré sa vie *entière*. Range-toi sur le bas-côté, je préfère voyager avec Bobby.

— Quoi ?

— Tu m'as entendue, Susan. Range-toi tout de suite, bon sang."

Sa petite-fille la dévisageait comme si elle était folle, et c'était peut-être le cas, mais elle ne resterait pas assise une minute de plus dans sa propre voiture pour s'entendre dire ce qu'elle ressentait ou pas.

"Très bien." Susan roula trop vite sur les gravillons, qui crépitèrent sous la voiture de Loïs comme des balles.

59

"Vous êtes bien chez les Dunn. Laissez un message. Merci."

C'est la voix d'une femme que Daniel ne connaît pas et connaît à la fois, et il ne peut détacher les yeux du lambris de noyer ciré devant lui. Il a mis un certain temps à appeler ce numéro, et il est assis sur un strapontin tendu de cuir rouge. Il ne voit rien à travers les vitres en verre dépoli de la porte à double battant de la cabine, mais il entend les voix venant du bar, les rires de deux hommes, une femme haussant le ton pour les couvrir. Plus de harpe aux cordes pincées, mais à nouveau du jazz, le même genre que dans le magasin où il a acheté ce costume et les lunettes noires juchées au-dessus de son front.

Il a encore à l'oreille le combiné plaqué or, et dans sa boîte crânienne résonne un long bip strident après lequel il sait qu'il est censé parler. Il raccroche. Sur l'étagère où le téléphone est posé, un bloc de papier au nom de l'hôtel et un stylo dans un étui noir. Daniel l'a sorti afin de noter le numéro donné par l'opératrice, et soudain il met ses lunettes de vue pour le relire, glisse une deuxième pièce de vingt-cinq cents dans la fente, compose à nouveau le numéro sur le cadran mobile à l'ancienne. Et il retrouve la mémoire. Il se revoit composer un autre numéro dans sa cuisine, sa fille si petite debout à sa gauche. Il a la tête vide. Et dans la bouche l'amertume d'un poison. La voix de cette femme sur le répondeur, impossible que ce soit celle de sa Linda et pourtant si, et la revoilà : "Vous êtes bien chez les Dunn. Laissez un message. Merci."

Il en a le souffle coupé. C'est ce même ton à-prendre-ou-à-laisser. Comme lorsqu'elle lui avait annoncé au soleil près du manège Broadway Flying Horses qu'elle était enceinte. "Tu vas l'élever avec moi ou pas ?"

Un deuxième long bip. Daniel n'a pas élevé cet enfant avec elle. Non, encore qu'il l'aurait fait. Le silence après le bip est un abîme de ténèbres où il ne doit pas s'enfoncer, sinon les choses ne rentreront jamais dans l'ordre. Elles ne pourront jamais... "C'est, c'est Daniel Ahearn, ton... Je suis arrivé. C'est tout. Je suis là." Il devrait en dire plus. Il a tellement plus à dire.

60

Susan suivit la voiture de son mari sur le petit parking gravillonné derrière la boutique de Loïs. Il devait être plus de dix-sept heures, et Marianne, sous l'escalier de secours, fermait à clé la porte de l'arrière-boutique. Dans son chemisier et sa jupe bien repassés, elle se retourna en entendant les deux voitures, l'air las jusqu'à ce qu'elle reconnaisse la VW de Loïs. Elle sourit et salua de la main, mais parut perplexe quand Susan lui fit signe à son tour. Puis elle sembla apercevoir Loïs assise à côté de Bobby dans la Kia noire et attendit là, son sac et les clés dans une main, l'autre lissant sa jupe.

La portière de Loïs s'ouvrit en premier. S'agrippant au toit de la Kia pour se lever et descendre de voiture, Loïs posa à peine les yeux sur Susan avant de lui tourner le dos, d'empoigner son sac à main, de claquer la portière et d'aller d'un pas décidé rejoindre son unique amie et employée derrière la voiture de Bobby. Il était sorti lui aussi. Il regarda Susan avec ce haussement de sourcils et ce sourire complice qu'il avait devant l'indéchiffrable, comme l'était de toute façon la vie selon lui – *il faut l'accepter, chérie, se laisser porter par elle et ne pas trop tenter de lui donner forme.*

Elle se sentait à nouveau nauséeuse. Longeant Pinellas Street derrière la voiture de Bobby, elle avait cherché des yeux l'ancienne maison de Gustavo, mais elle n'était plus là. Un tourbillon brûlant se déchaînait dans son ventre et il lui fallait un Coca glacé.

Tu es la plus intelligente, n'est-ce pas ? Moi je ne suis qu'une vieille femme qui t'a consacré sa vie ***entière****.*

Et lui, qu'avait-il fait ? Son "père" ?

Avait-elle besoin de le revoir au point de faire ainsi souffrir Noni ?

D'un geste de la main, Loïs indiqua à Marianne de rouvrir la boutique, et d'où il était Bobby croisa le regard de Susan. Il lui fit un clin d'œil comme pour lui conseiller d'entrer une minute, mais elle ne voulait pas se retrouver dans cette pénombre digne d'une morgue. Elle voulait rentrer à la maison et se coucher. Se pelotonner et dormir jusqu'à ce que tout se calme. La souffrance de Loïs et sa colère prévisible. Les échos de la lettre de son père, et en particulier l'écho de ses recherches pour la retrouver. Il disait avoir pris un bus pour la Géorgie, puis changé d'avis de peur de la "déranger". Eh bien là, il la dérangeait sûrement, non ? Et n'étaient-ce pas que des *mots* ? Des mots délirants, en prime. Ces allusions à des personnages de bandes dessinées, cette façon de parler de lui-même à la troisième personne, sans avoir jamais, elle en prenait soudain conscience, jamais une parole ou une phrase de remords. Ce qui s'en approchait le plus était quand il reconnaissait n'avoir aucun droit de l'appeler sa fille chérie. Et quand, plus loin, il écrivait que Danny méritait tout ce qui lui était arrivé et pire. Mais jamais, jamais la moindre excuse.

Bobby suivait Marianne et Loïs dans la boutique. Elle eut la sensation de voir quelque chose d'essentiel lui échapper et descendit de la VW de Loïs en criant : "Bobby ! Il faut qu'on y aille ! Maintenant !" Sa voix et ses intonations étaient celles de Loïs. Curieux, non ? On aurait dit sa grand-mère.

61

Il aurait dû lui laisser son numéro à La Habana Inn. Pourquoi ne pas lui avoir laissé son numéro ?

Parce qu'il savait qu'elle n'appellerait peut-être pas. Et il ne voulait pas courir ce risque.

Le bar est lui aussi en marbre gris, et Daniel passe et repasse la main dessus, enfonçant le bout des doigts dans une ou deux veines ébréchées. La pièce bruisse de voix enjouées, le jazz a fait place à du rock, une chanson qu'il ne reconnaît pas, de même qu'il ne reconnaît pas l'homme dont il voit le reflet dans le miroir derrière les bouteilles de rhum, de bourbon et de whisky. Sa veste "d'été" vert pâle, sa chemise à col ouvert, et les lunettes coûteuses remontées sur le haut de son front le font ressembler au genre de type qui négocie ses contrats sur un terrain de golf ou un yacht, et qui n'est entré que pour passer quelques coups de fil. Il a toujours les yeux trop rapprochés, le long nez busqué de sa mère, les oreilles décollées de son père, et ses lunettes de vue autour du cou, mais aussi l'apparence de quelqu'un dans la force de l'âge, récompensé de tous ses efforts, et pourquoi ne pas se montrer à son avantage quand il reverra enfin sa fille ? Pourquoi ne pas ressembler à un père désormais capable de prendre soin d'elle ?

Une main jeune pose devant lui une serviette en papier blanc ivoire. "Bonsoir, monsieur. Que puis-je vous servir ?"

Les cheveux bruns du barman sont plaqués en arrière par du gel comme ceux de McGonigle autrefois, mais il a le regard plus vif.

"Juste un verre de vin.

— Rouge ou blanc, monsieur ?

— Rouge.

— Je viens de servir un pinot de Californie. Voulez-vous le goûter ?

— Oui, bien sûr."

Il devrait rappeler sa fille. Lui demander s'il peut venir la voir chez elle. Mais après ?

Il s'assoit dans le fauteuil le plus proche. Tendu d'un tissu soyeux, il réserve à son poids le même accueil qu'un vieil ami sur qui on peut compter, même si Daniel ne connaît pas grand-chose à l'amitié. À l'autre extrémité du bar, un couple noir, elle et lui penchés au-dessus d'une chandelle bleue et d'un seau à glace argenté contenant une bouteille de champagne. Elle toute pimpante, rouge à lèvres écarlate et cheveux permanentés, les grands anneaux d'or à ses oreilles effleurant la peau brune de son cou. Lui en veste sombre et cravate sur une chemise orange, son front touchant presque celui de sa compagne lorsqu'ils rient ensemble.

Pee Wee Jones pourrait très bien être encore de ce monde, c'est vrai. Il avait été condamné pour homicide involontaire, et il se peut qu'il soit libre. Les criminels ne sont pas censés se fréquenter entre eux, mais la période de liberté conditionnelle de Daniel a pris fin il y a des années. Il devrait chercher Pee Wee sur internet. Peut-être même à son hôtel, sur l'ordinateur du bureau de la réception. Mais quel est son vrai nom ? Daniel n'a jamais connu son véritable prénom.

Ce barman pourrait être le petit frère de McGonigle. Il place un verre vide sur la serviette en papier de Daniel puis verse un centimètre de vin. Daniel attend qu'il continue, or il reste immobile face à lui, la bouteille à la main. Daniel croise son regard.

"Voudriez-vous le goûter, monsieur ?"

Il boit une gorgée de ce vin aussi parfumé que le soleil sur les pins à torches au-dessus de son mobile home, et sa chaleur se répand en lui comme une bonne nouvelle qu'il aurait oublié de fêter. Il approuve de la tête, le barman lui remplit son verre avant d'évoquer le dîner, et Daniel a dû avoir l'air intéressé car un long menu apparaît sur le marbre devant lui.

Un rire de femme. Il se tourne dans sa direction, mais deux fauteuils plus loin le dos d'un homme de grande taille accoudé au bar lui bloque la vue et il doit se contenter d'un reflet dans le miroir. Celui d'une blonde très bronzée, même si sa chevelure ressemble à une perruque, et dont les formes généreuses lui rappellent Loïs. Il se demande si elle est encore en vie. Elle aurait environ quatre-vingts ans, mais elle aussi peut très bien être encore de ce monde.

C'est criminel qu'on t'ait laissé sortir. J'espère qu'on t'en a fait baver là-bas. Si tu viens chercher Susan, tu le regretteras.

Le chagrin qu'il lui a causé. L'a-t-elle emporté dans la tombe ? Ou bien est-ce qu'il la suit partout, comme celui de Daniel ?

Bon, il respire encore, non ? Assis là en costume, dégustant un verre de vin dans un bar cossu. Et avec une telle somme d'argent en poche, il devrait aller retrouver sa fille sans attendre pour tout lui donner jusqu'au dernier sou.

"Je vais le faire. Je vais le faire."

Le jeune barman passe près de lui, deux canettes de Heineken dans une main, deux verres avec de la glace dans l'autre. Il s'arrête et se penche. "Vous disiez, monsieur ?"

Daniel secoue la tête. "Rien. J'ai tout ce qu'il me faut.

— Pas de dîner ?"

Ce n'est pas ce qu'il veut dire, mais non bien sûr, pas de dîner. Qui diable est-il pour manger dans un endroit pareil ? Le barman acquiesce machinalement avec ce respect qu'on doit enseigner dans les écoles professionnelles, et se dirige vers l'extrémité du bar où le couple noir est installé. Daniel a dans le bas du dos et les hanches la sensation d'être assis sur des lames de rasoir brûlantes. Il boit une longue gorgée de vin. Son estomac est plus vide que jamais et le vin lui monte à la tête, lui embrumant le cerveau. Le grand type à sa droite enlève son coude du bar et demande d'un geste au sosie de McGonigle de leur offrir à tous une tournée.

Mais Daniel devrait manger quelque chose. Il faut qu'il mange.

La blonde se remet à rire et il l'observe dans le miroir. Elle a des épaules rondes à la peau très brune mais de fines lignes blanches en travers du cou, là où son double menton a arrêté le soleil. Il l'imagine sur une chaise longue avec un livre, ses gros seins à l'air. Elle porte un collier d'or triple rang et lève son verre de martini, toujours en riant, avant d'en boire une lampée. On dirait une de ces hôtesses d'un autre temps, au centre des regards et sur qui tout le monde comptait pour bien manger et s'amuser, et il revoit un dîner dominical chez le frère de Loïs. Leur fille venait de naître et Linda était sur le canapé avec elle endormie dans les bras. Pour ces dîners, l'oncle Gio et son épouse dressaient une immense table pliante dans leur salle de séjour parce que c'était la pièce la plus vaste de la maison, avec un bow-window donnant sur le jardin et la rue. Assise à un bout de la table, Loïs racontait une histoire. Sûrement une histoire drôle, car ses frères et leurs femmes riaient tous. Les yeux de Danny allaient de Loïs à Linda et au bébé sur le canapé. Le jour tombait, et sa petite famille était bien installée dans la pénombre du bow-window. Linda lui souriait d'un air ensommeillé et il avait compris que ce n'était pas la première fois qu'elle entendait cette histoire, mais Loïs paraissait tellement heureuse de la raconter à nouveau. La dame de ce bar raconte elle aussi une histoire, les yeux brillants comme ceux de Loïs à ce dîner, comme si la vie était une gigantesque fête et une suite de bonnes histoires que rien ne devrait vous empêcher de raconter encore et encore. Jamais. Rien ne devrait vous priver de voir la vie ainsi.

Daniel finit son vin. Des éclats de verre semblent racler ses deux os du fémur et il s'agite sur son siège. Il faut qu'il aille chercher le tube d'aspirine dans son pickup. Merde, il avait dit au jeune voiturier qu'il revenait tout de suite. Mais soudain il revoit Loïs dans la salle d'audience à son procès. Allant à la barre lire sa déposition. Ses paroles lui étaient longtemps restées en mémoire, parce qu'elle avait parlé de Linda enfant. Et si travailleuse ensuite, si attentionnée pour son petit frère Paul, si douée pour le calcul, et capable de lire un livre entier en une seule journée. Elle avait enfin évoqué la beauté de Linda, bien qu'elle n'en ait jamais "fait étalage". *Faire étalage*. Il avait gardé cette expression en tête au tribunal et en détention, à Walpole puis à Norfolk. Elle avait mis du temps à s'effacer.

Loïs portait un gilet gris et une robe noire, elle avait comme toujours les cheveux crêpés et le visage très maquillé, les lèvres rouge foncé, et malgré tout il avait l'impression de voir un rosier qui aurait fané au soleil et se souvenait sans cesse de son air heureux à table chez son frère Gio, de cette joie de vivre qui semblait la caractériser jusqu'au jour où était arrivé Danny Ahearn dit la Voix.

Le grand type qui lui tourne le dos rit à son tour, et Daniel fait signe au sosie de McGonigle qu'il voudrait le menu. Il n'a aucun droit de dîner là mais il sent ses forces refluer, il redoute qu'elles ne reviennent jamais et regrette de n'avoir pas sauté du Tobin Bridge ce dimanche matin il y avait si longtemps. C'était le moins qu'il aurait pu faire pour Loïs et sa famille. Et peut-être aussi pour Suzie. Sa fille vers la maison de laquelle il va rouler dès qu'il aura mangé quelque chose, un repas qu'il ne mérite pas mais prendra quand même.

62

À l'ouest de Pine Level, Susan demanda à Bobby de se ranger pour qu'elle puisse vomir.

"Tu es sérieuse ?

— S'il te plaît, Bobby." Avant l'arrêt complet de la voiture elle ouvrit la portière, pencha la tête au-dehors, et un jet de vomi atterrit sur le sol mouvant. Bobby se gara et alluma les feux de détresse. Ils clignotaient au même rythme que le cœur de Susan et elle vomit encore sur les gravillons de la bande d'arrêt d'urgence, près d'une canette de Budweiser à moitié comprimée et d'une socquette blanche tire-bouchonnée.

Bobby avait posé la main sur son dos. Elle se dégagea d'un haussement d'épaules, défit sa ceinture et descendit sur le bas-côté de l'I-70. Un semi-remorque passa à toute vitesse, l'effet de souffle la faisant vaciller. Le soleil se couchait au-dessus d'un bosquet de pins des marais et de chênes chevelus, et devant elle s'étendait un océan d'éleusine d'un vert pâle si lumineux qu'elle dut fermer les yeux. Elle se pencha de nouveau, les paumes sur les genoux, alors que son mari s'approchait. "Tiens, chérie."

Se retournant, elle le vit avec une bouteille d'eau entamée à la main. Elle referma les yeux et fit non de la tête.

"Tu as mangé quoi, ce matin ?

— Ce n'est pas ce que j'ai mangé, Bobby." Elle se redressa et le regarda. Son grand mari texan, chauve et bienveillant. Amoureux excentrique d'une musique dingue et chaotique. "Je suis enceinte, putain."

Il la dévisageait. "Ah bon ?

— Oui."

Il contempla le champ d'éleusine et but une gorgée d'eau. Il avait visiblement une question à lui poser, sans trouver les mots.

"Je n'ai pas pris ma pilule pendant quelques jours. Je ne sais pas, j'ai juste… j'ai oublié." Elle voulait lui dire que c'était déjà arrivé.

"Eh bien…" Il se tourna vers elle. "C'est une bonne chose, non ?

— Tu trouves ?

— Tu ne trouves pas ?

— Je n'en sais rien." Mais elle avait envie de prendre ses jambes à son cou. De courir jusqu'à ne plus pouvoir courir.

63

Je pourrais mourir ici. Voilà ce que pensait Loïs en s'affalant dans le fauteuil derrière son bureau tandis que Marianne papotait. Les déshumidificateurs gargouillaient doucement et dans l'air se mêlaient des odeurs de noyer ciré, de cuir ancien et de poussière grasse. Les dernières lueurs du jour sur Oak Street filtraient à l'intérieur, lustrant les guéridons, les trumeaux et les canapés ; un rai de lumière tombait à l'oblique sur les étagères des poupées Herschel aux yeux ouverts mais indifférents, et les jouets près d'elles – des chevaux Schoenhut, le camion Kilgore ou celui d'un cirque des années 1930 avec l'inscription *Sous le plus grand chapiteau du monde* – donnaient l'impression que des petits garçons allaient venir les chercher. Ce jeune escroc qui avait tenté de lui en acheter un pour trois fois rien la semaine précédente… eh bien on ne la faisait pas à Loïs, et quel bonheur de respirer à nouveau. Elle avait tout raconté à Marianne sur cette lettre venant du diable en personne, et même sans écouter chaque mot de son amie au visage fatigué mais ravissant, elle se félicitait de l'indignation dans sa voix. Marianne trouvait indigne, oui, *indigne*, que "cet homme" ait "le toupet" de faire "une chose pareille".

"Et bien sûr je ne te reproche pas d'avoir eu envie de l'abattre, Loïs. Mais je suis terriblement soulagée que tu ne l'aies pas fait."

Pourtant quelque chose sonnait faux, et Loïs se pencha pour observer Marianne de plus près. Celle-ci était assise face à elle de l'autre côté du bureau, dans un fauteuil en rotin du XIXe faisant partie d'un lot que Loïs n'avait jamais pu compléter, si bien que c'était devenu le fauteuil de Marianne. Et elle se tenait si droite et immobile qu'elle n'avait visiblement pas tout dit. Ce qui ne plaisait pas à Loïs. Vraiment pas.

"Bon." Marianne jeta un coup d'œil à ses genoux puis leva les yeux vers elle. "Je peux sans doute comprendre que Susan veuille au moins le revoir, mon chou. Il est…

— *Quoi ?* Son *père* ? Ne me dis pas qu'il est son *père*, Marianne. Moi j'ai été son père *et* sa mère. Jésus Marie Jos… Tu prendrais ça comment, *toi* ? Si un de tes précieux fils avait été poignardé par sa propre épouse ?

— Voyons, Loïs…

— Pas de *Voyons, Loïs* avec moi. Oh, toi tu te réjouirais sûrement que tes petits-enfants aillent voir cette femme." Les mots suivants, quels qu'ils aient pu être, s'arrêtèrent net dans sa gorge. Son cœur était un vieux paysan sous une tente sombre, et à l'extérieur il y avait Susan avec sa petite voix : *Parce qu'une moitié de moi vient de lui.*

Elle avait en partie raison. L'aimer et l'élever, ç'avait été comme nourrir en son sein un serpent venimeux en le prenant pour un chaton. Or c'était Linda le chaton, Linda que tout le monde semblait avoir oublié sauf Loïs. Alors que Marianne marmonnait de vagues excuses, Loïs revoyait sa fille, âgée de quinze ans, peignant à quatre pattes une ligne rouge sur le sol de sa chambre. Elle avait d'abord demandé l'autorisation, et Loïs avait dû la lui accorder sans écouter, car Linda se servait de vraie peinture rouge vif, mais le sol était en béton, alors pourquoi pas ? Elle avait enroulé le tapis, l'avait mis debout dans un angle, et avait obligé Paul – cinq ou six ans à l'époque – à rester sur son lit pendant qu'elle trempait le pinceau dans le petit pot de peinture, puis l'égouttait soigneusement sur le couvercle avant de tracer, en plusieurs coups de pinceau, une ligne bien droite. Elle s'était fait une queue de cheval, la bretelle de son soutien-gorge dépassait de son débardeur, elle portait un short en jean et avait les jambes pâles, donc c'était sûrement l'hiver parce qu'elle vivait tout l'été au soleil. Assis sur son lit, le petit Paul grassouillet regardait avec fascination sa grande sœur diviser leur chambre en deux si calmement, lui expliquant : "Voilà ton côté, Paul, d'accord ? C'est comme ton monde à toi. Et ce côté-ci est mon monde à moi, d'accord ? Je ne peux pas aller dans ton monde sans te demander la permission, et pour aller dans le mien tu dois me la demander aussi. D'accord ?"

Sa Linda, qui s'efforçait toujours d'éviter les disputes, apportant une bière à Gerry et regardant la télévision avec lui pour qu'il ne s'énerve pas contre Loïs. Quittant le lycée pour aider à Penny Arcade. Ne disant pas un mot sur le genre d'homme qu'elle avait épousé.

Loïs, au bord des larmes, faisait non de la tête à tout ce que disait son amie, justement parce que c'était son amie. Une véritable amie, et soudain : "Oh Marianne, je suis désolée. Je suis juste tellement… désolée."

64

Ses lunettes aux verres sales sur le nez, Daniel étudie son menu où certains termes lui donnent le sentiment de sortir de prison pour la première fois, de tout trouver trop clinquant, trop bruyant, et dans une langue qui n'a jamais été vraiment la sienne : *pousses de chou kale, amandes marcona et jus de pomme. Sauce gastrique citron soja, vinaigrette champagne mignonnette, gelée de sirop d'érable au vinaigre de xérès.* À chaque ligne un mot qu'il comprend est associé à d'autres qui lui sont inconnus. Du gibier avec une *purée de courge butternut* et du *coulis de groseille.* Du caviar de Sibérie à cent vingt-cinq dollars. Et du homard du Maine, dont le nom lui saute aux yeux, mais enfoui parmi d'autres comme *pappardelle* ou *truffe.*

"Quelque chose vous ferait plaisir, monsieur ?" Le petit frère de McGonigle se penche plus près, le volume sonore augmentant sous l'effet de toutes ces bières, de tous ces verres de vin et ces martinis. Le grand type empêche toujours Daniel de voir la femme blonde en train de raconter une histoire sans cesse interrompue par ses propres éclats de rire, et tout en haut du menu il repère trois mots auxquels il se raccroche comme un homme entraîné et piétiné par la foule. "Oui, donnez-moi des beignets de crabe." Remportant le menu, le jeune et séduisant barman retourne s'affairer derrière le bar.

Il a maintenant un second. Un gosse maigre dans une chemise blanche aux épaules trop larges, qui fournit un effort démesuré pour soulever un seau de glace et le vider dans le bac sous le bar. *Jésus sauve, mon frère.* Tel Mike White ressuscité, le gosse passe sa langue sur sa lèvre inférieure en vidant un deuxième seau de glace dans le bac, avant de donner avec sa paume deux petits coups sur le fond du récipient. Et voilà aussi Pee Wee Jones, à l'extrémité du bar avec sa femme. À cause du grand type, Daniel se tord le cou pour le voir lui faire le baisemain. C'est peut-être la femme qu'il avait dessinée nue, debout les jambes écartées et les mains sur les hanches, celle de ce croquis affiché au-dessus de son lit, et ça fait du bien de les revoir ensemble.

Le second du barman pourrait être un cousin de Johnny Sills. Alors qu'il sert un bourbon au voisin de la conteuse blonde hilare, ses traits sont empreints de la même expression de tristesse bienveillante, comme si tout ce qu'il a vu de mal avait forgé le visage qu'il offre au monde.

Le sosie de McGonigle pose devant Daniel un couteau et une fourchette en argent enveloppés dans une serviette en lin tels des objets de contrebande. Puis arrive une assiette de beignets de crabe dans une sauce orange et l'odeur est celle de la fête foraine, il est avec Linda à l'entrée de Penny Arcade, Linda dégageant son bras d'un geste sec, reprenant son visage de jeune fille, les yeux assombris par la peur. "Tu me fais *mal* !" Massant son bras endolori, elle avait tourné les talons pour aller retrouver le fracas et les lumières bleues et rouges des jeux vidéos et des flippers, les liens de son tablier de caissière noués avec soin au creux de ses reins. Cette boucle formée par les liens du tablier, elle faisait toujours de l'effet à Danny.

Tu me fais mal.

Elle l'avait répété dans leur chambre. En chemise de nuit rose, les cheveux sur les épaules, sa lampe de chevet allumée, et son bras avait heurté l'abat-jour lorsqu'elle s'était écartée de Danny.

Elle l'avait répété à la plage dans un pull à col roulé noir, s'écartant à nouveau de lui, tandis que la petite Susan, accroupie en manteau d'hiver sur le sable découvert par la marée, cherchait des coquillages.

Elle l'avait encore répété dans la cuisine quand il avait voulu lui offrir une bague ornée d'un rubis, trouvée devant le Frolics. "Putain, Danny, ça *suffit*. Avec toi je ne peux même plus *respirer*, nom d'un chien." Mais pourquoi avait-il fallu qu'elle repousse sa main si brutalement ? Pourquoi ne l'aurait-il pas ensuite prise par le bras ? Pourquoi n'aurait-il pas eu envie qu'elle ressente à quel point elle le faisait souffrir, *lui* ?

Le brouhaha du bar est maintenant aussi assourdissant qu'un son prolongé auquel on s'habitue tellement qu'on l'entend à peine. Comme l'Himalaya en contrebas, toutes ces voitures violettes lancées à pleine vitesse sur leurs rails bien huilés et leurs montagnes russes en contreplaqué usé, et toutes ces filles poussant des cris, leurs voix joyeuses résonnant comme le crépitement de la pluie.

65

Susan était allongée du côté de son mari sur le lit, la joue contre son oreiller frais. À leur retour, Bobby lui avait préparé une tisane, et elle n'avait pas touché à la tasse sur la table de nuit mais se sentait mieux. Elle était contente qu'il sache, même si la décision à prendre planait sur eux comme une menace. "Chérie ?" Bobby passa la tête dans l'entrebâillement de la porte. "Il faut que tu entendes ça. Il faut que tu viennes écouter immédiatement." Le parquet craqua sous son poids lorsqu'il regagna la cuisine puis son bureau où il n'y avait que deux choses à écouter, or l'une d'elles n'était pas allumée. Susan bascula ses jambes hors du lit et se leva trop vite, la pièce tournant autour d'elle quand elle se précipita dans le couloir vers le bureau de son mari. Il était debout devant sa table de travail, l'index sur la touche du répondeur. "C'est lui."

Elle acquiesça de la tête, seulement pour dire qu'elle avait compris et non pas qu'il devait appuyer sur cette touche, mais il appuya et la voix de son père retentit. Une voix plus jeune qu'elle ne s'y attendait, grave, avec l'accent des classes populaires de Nouvelle-Angleterre. *Je suis arrivé. C'est tout. Je suis là*. Bobby porta sur elle le même regard que sur quelqu'un ayant reçu une balle en plein cœur. Puis il la prit par l'épaule, et pour la première fois de la journée elle n'eut pas envie de s'écarter.

Il décrocha et appela les renseignements. Derrière lui le store était tiré, et sur sa table le faisceau de la lampe éclairait le revolver de Loïs, les balles et la boîte de cartouches. Le fusil était contre l'une des étagères pleines à craquer.

C'est… c'est Daniel Ahearn, ton…

Il n'avait pas pu prononcer le mot. Elle s'en félicita. Il ne faudrait jamais qu'il puisse le prononcer. Bobby nota un numéro de téléphone et raccrocha.

"Bobby…

— On fait quoi ?"

Mais dans sa tête à elle, cela devint : *On jette l'éponge ? On arrête tout ?* Et dans ses veines le sang palpitait de plus en plus fort, parce que oui, quelque chose grandissait bien en elle et c'était son père. Son propre père.

"Bobby ?

— C'est à toi de choisir."

Non, pas cette fois-ci. Pas maintenant.

Il l'observa quelques instants. L'air plus voûté que d'habitude, le ventre un peu plus proéminent sous son tee-shirt sombre, il ressemblait à un père d'un certain âge. À un homme aux enfants déjà grands. Sans doute acquiesça-t-elle de la tête car il composa un numéro qu'il avait dû mémoriser. Une voix de femme répondit. Oui, celle d'une femme. Son épouse ? Il avait amené sa foutue nouvelle *épouse* ?

"Désolé, je me suis trompé de numéro." Bobby interrompit la communication. Il avait encore le combiné à l'oreille. Son visage était dans l'ombre, mais sa tête inclinée de côté disait son amour de l'ironie, des choses en désordre improvisant leur musique à elles. "Il est au Don CeSar, chérie. Il est descendu dans ce maudit palace rose."

Susan avait les genoux repliés contre la boîte à gants et Bobby était au volant. Dans la salle de bains elle s'était lavé les dents et mis du déodorant, mais avait renoncé au blush et à l'eye-liner.

Tu plaisantes, putain ? Tu vas te faire belle pour ***lui*** *?* Mais elle ne voulait pas non plus avoir l'air aussi mal fichue qu'elle l'était. Dans la chambre elle avait enlevé son débardeur, trouvé un soutien-gorge propre et un chemisier noir sans manches qu'elle ne repassait jamais. Elle avait donné un coup de brosse à ses cheveux courts et regardé son reflet dans le miroir au-dessus de son bureau. À la vue de ses yeux cernés, l'adjectif *blême* lui était venu à l'esprit. Elle paraissait blême.

Bobby les conduisait vers l'autre extrémité de la baie aux eaux couleur de canneberges, le coucher de soleil sur le golfe du Mexique déchirant le ciel en lambeaux pourpre et orangé. Son mari se tourna vers elle et de la tête désigna son ventre. "On en parle ?"

Il la fixait et elle faillit lui répondre de garder son attention sur la route. "Oui. Mais pas tout de suite, Bobby. Plus tard, d'accord ?"

Sans la quitter des yeux, le visage impénétrable dans la pénombre, il opina vaguement du chef avant de regarder droit devant lui.

"Merci." Elle avait la bouche sèche. Les bras croisés sous les seins comme si elle avait froid alors que ce n'était pas le cas, elle contemplait de l'autre côté de la baie les manoirs en grès entre les palmiers royaux, au pied desquels les yachts blancs au mouillage semblaient tellement plus petits que celui de Saul, et elle revoyait son père tel qu'elle l'avait vu la dernière fois. Le temps qu'il avait passé debout sur le trottoir devant l'immeuble de son agent de probation, comme s'il ne savait que faire ensuite tant qu'on ne le lui dirait pas. Ces longs favoris et ce nez busqué, tout chez lui étant immense et massif, ses mains et ses pieds, ses épaules et ses avant-bras. Ce coup d'œil qu'il avait lancé au bout de la rue dans sa direction à elle, sa fille de vingt et un ans qui l'observait, assise à une table de restaurant derrière une fenêtre, puis cette façon de traverser la rue en bougeant à peine les bras. Comme si une partie de lui était encore menottée et incarcérée.

La route descendait vers Gulf Boulevard, et sur la gauche se dressait le Don CeSar, palace de huit étages du même rose que le Pepto-Bismol et surmonté de quatre tourelles à toits de tuiles, sous lesquelles les fenêtres de ses centaines de chambres étaient toutes éclairées. Susan n'y avait jamais mis les pieds parce que c'était le genre d'établissement où Saul l'aurait emmenée. On aurait dit le fantasme d'un gangster au temps de la Prohibition, la dernière folie des années folles, un sapin de Noël rose, et une nausée monta en elle bien qu'elle n'ait plus rien à vomir. Repliée sur ses genoux, la photo qu'elle avait imprimée juste avant de quitter la maison avec Bobby : son père, jeune, en costume et menottes aux poignets, encadré par deux policiers à l'entrée du tribunal.

Dieu merci le feu passa au rouge et Bobby s'arrêta derrière un vieux couple sur une moto Honda. "Je ne me sens pas de taille, Bobby. Vraiment je ne peux pas y aller.

— Rien ne t'y oblige, chérie.

— Mais il est *là*, putain.

— Tu veux que j'aille le chercher ? Tu peux attendre dans la voiture, et si tu changes d'avis on repart."

Le feu repassa au vert, le couple sur la Honda tourna à gauche et Bobby les suivit, ralentissant comme eux pour obliquer à droite vers le Don CeSar.

"D'accord ? Tu attends dans la voiture ?

— D'accord." Même à ses propres oreilles sa voix était celle d'une petite fille. Le couple à moto accéléra et dépassa l'hôtel, et Bobby avança sous les arcades à l'éclairage discret jusqu'à l'entrée du Don CeSar. Devant eux un jeune voiturier en blanc ouvrait la portière d'une berline noire à un conducteur grisonnant en tenue de golf aux tons pastel. Susan l'inspecta du regard. Il avait le nez droit, les bras et jambes d'une minceur athlétique ; elle déglutit et eut envie d'un verre d'eau. Bobby baissait sa vitre pour héler le voiturier, la berline noire se garant un peu plus loin.

"Vous avez réservé une chambre, monsieur ?

— Non, je dois juste entrer une minute. Ma femme va attendre ici, c'est possible ?

— Je pense que oui, monsieur." Dix-neuf ou vingt ans au plus, il était très bronzé, avec des dents parfaites. Il sembla réfléchir comme avant de prendre une décision importante, puis recula d'un pas avant de désigner l'emplacement le plus éloigné, où stationnaient déjà un pickup rouge et une camionnette bleue avec plusieurs kayaks sur sa galerie de toit.

“Garez-vous là dans l’immédiat, monsieur.

— Ben voyons !”

Jamais Susan n’avait entendu cette expression dans la bouche de Bobby, ni cette intonation sarcastique, cette agressivité. Il alla se ranger entre la camionnette et le pickup.

“Je vais encore vomir.

— Tu veux venir ?

— *Non*.”

Il éteignit les phares et lui jeta un coup d’œil. Le moteur tournait toujours. Bobby avait gardé le short et le tee-shirt bleu sombre qu’il portait cet après-midi-là, et tout en s’en voulant de cette pensée, elle aurait préféré qu’il soit un peu plus présentable. Qu’il ait au moins mis un blouson.

“Je te laisse la clim, chérie.” Il se pencha pour l’embrasser sur le front et prit la photo posée sur ses genoux. “Je vais juste voir s’il est bien là. Je reviens dans une seconde.”

Il descendit de la voiture, et Susan, se retournant, le vit par-dessus le plateau du pickup croiser rapidement le voiturier qu’il salua de la main comme s’il était un habitué. Il disparut ensuite à l’intérieur, et elle se força à regarder droit devant elle et à respirer par le nez.

Je suis arrivé. C’est tout. Je suis là.

Face à elle, une rangée de palmiers en pot contre un treillage orné d’une guirlande lumineuse blanche. De l’autre côté, devant un mur en stuc haut d’environ trois mètres et percé d’une porte, une table ronde et quatre ou cinq fauteuils de jardin. Apparemment une zone fumeurs pour certains employés de l’hôtel, et elle rêva d’une cigarette. Elle n’avait pas fumé depuis des années mais là elle en mourait d’envie, à cause du pouvoir à la fois calmant et stimulant de la nicotine. Que faisait Bobby en ce moment ? Demandait-il le numéro de la chambre de son père ? Le lui donnerait-on seulement ?

Un goût désagréable dans la bouche, elle éprouva le besoin de sortir. Elle coupa le contact, quitta la voiture de son mari et contourna l’avant du pickup rouge pour rejoindre la zone fumeurs derrière les palmiers et le treillage. Au centre de la table, un cendrier en céramique plein de cendres et de mégots. Sur le dossier d’un fauteuil, un sweat-shirt d’un jaune éteint, bien qu'il fasse assez chaud pour qu'elle ait envie d'un verre d'eau. Ou de vin. Ou même deux ou trois.

De derrière le mur en stuc lui parvenaient des rires d'enfants, un bruit de plongeon dans une piscine. Des voix d'hommes et de femmes bavardant à voix basse, le tintement des verres et de l'argenterie. Et aussi de la musique, le chant pur de la trompette d'un jazzman, ces notes déchirantes mais compréhensibles que son mari refusait d'écouter. Dans la lumière accueillante de l'entrée, un autre voiturier passa en courant avec un trousseau de clés à la main, et elle s'adossa au mur, les bras croisés sous les seins. "Maman ! Maman ! *Regarde !*" Cette voix d'enfant la transperça comme des aiguilles sous les semelles de ses chaussures. Elle se retourna, essaya d'ouvrir la porte dans le mur, mais elle était fermée à clé.

Elle tenait toujours la poignée. *Maman. Maman.* Un homme marchait sous les arcades dans sa direction. À travers les ouvertures en forme de losanges du treillage, elle apercevait les lunettes noires remontées sur son front, une veste légère et une chemise blanche. Autour de son cou, une paire de lunettes de vue, et dans sa main droite le reflet de la lumière sur ses clés de voiture. Il se déplaçait lentement, lourdement, les bras presque immobiles ; l'estomac de Susan se noua, sa gorge se serra, et elle se figea contre ce mur telle une ombre.

66

Le voiturier sourit à Daniel et décroche les clés du pickup à l'intérieur d'une petite armoire encastrée dans le mur. Il se tourne vers l'extrémité des arcades, puis vers Daniel. "Votre véhicule est là-bas, monsieur. Voulez-vous que je le conduise jusqu'ici ?

— Non, ça va aller."

Daniel sort sa nouvelle pince à billets, en prend un de cent dollars. "Faites-moi la monnaie et gardez dix dollars.

— Merci, monsieur." Le jeune homme tire sa propre liasse de sa poche et compte quatre-vingt-dix dollars en billets de dix, de cinq et d'un dollar. Daniel a encore dans l'estomac les beignets de crabe qu'il a mangés trop vite, mais ils ont atténué les effets du vin et il a les idées plus claires malgré la fatigue. Une partie de lui est tentée de rentrer directement à son hôtel profiter d'une bonne nuit de sommeil. Et d'aller demain matin chez sa fille après avoir repris une douche, mangé des œufs et bu un café. Mais il lui a laissé un message sur son répondeur en début de soirée et se souvient de quelque chose que répétait Pee Wee. Après avoir damé un pion à Daniel, il se donnait une claque sur le genou : "Tu as vu ça, mon frère ? Impossible de ne pas saisir l'occasion. Il faut *aller de l'avant*."

Daniel rejoint son pickup, ses clés à la main et les jambes lourdes. L'air sent les gaz d'échappement et le chlore, et il entend encore ce message sur le répondeur de sa fille : *Vous êtes bien chez les Dunn. Laissez un message. Merci.*

Et lui, qu'a-t-il dit ? Qu'il était là. Comme si c'était une bonne chose. Et c'en est peut-être une. Mais pour qui ?

Son pickup est garé près d'une petite voiture noire, elle-même près d'une camionnette bleue au toit couvert de canoës ou de kayaks. Une guirlande lumineuse est tendue en haut d'une clôture treillagée derrière une rangée de palmiers, et un gosse crie en plongeant dans une piscine en plein air. Des haut-parleurs diffusent du jazz en sourdine, et alors qu'il ouvre sa portière il aperçoit entre les palmiers et à travers le treillage le torse d'une femme adossée au mur en stuc rose, un bras replié sous les seins, son autre main posée sur la poignée d'une porte extérieure. Linda fumant debout sous l'auvent de Penny Arcade. Sa femme qu'il surveillait depuis le toit du Frolics parce qu'il n'avait plus toute sa tête.

Voilà ce qu'il doit maintenant avouer à sa fille. Il doit quitter ce lieu hanté, rouler jusque chez elle et lui dire : *J'étais fou, ma chérie. J'étais malade.*

Il se met au volant et démarre en marche arrière. D'où il est, il ne voit que les jambes et les hanches de cette femme, son bras nu sous ses seins, sa main sur la poignée de la porte comme si elle s'apprêtait à disparaître dans un couloir ou à laisser quelqu'un sortir. Elle est aussi immobile que sur une photo d'un autre temps, et il se retourne pour reculer sous la lumière dorée des arcades, le voiturier en blanc le saluant de la main lorsqu'il s'éloigne.

67

Il l'avait regardée. Il s'était arrêté près de son pickup rouge, et l'avait regardée à travers les palmiers et le treillage. Elle ne voyait qu'une partie de son visage, mais lui la regardait, elle en était sûre, puis il était monté dans son petit pickup merdique et il était parti. Comme si, lui ayant empoigné les cheveux et s'y cramponnant, il l'entraînait dans la rue avec lui. Comment n'avait-il pas su que c'était elle qu'il voyait ? Elle l'avait bien reconnu, *lui*. Comment avait-il pu ne pas la reconnaître, *elle* ? À moins que si ? Avait-il compris que c'était elle et paniqué ?

Et ce costume. On aurait dit un retraité à l'affût d'une riche veuve. Il ressemblait à un foutu playboy.

Bobby apparut alors dans la lumière de l'entrée de l'hôtel, elle lâcha la poignée de la porte et, les mains sur les genoux, un mégot de cigarette filtre entre deux dalles à ses pieds, elle eut un haut-le-cœur. Elle vomit sur les dalles. Puis s'essuya la bouche et se dirigea vers son mari qui l'appelait.

La nuit tombait. De ce côté du pont sur la baie, les maisons au bord de l'eau étaient plus petites, des lampes allumées dans la moitié seulement d'entre elles parce que les gens riches ne les habitaient que quelques semaines chaque hiver. Les palmiers étaient éclairés par des veilleuses encastrées dans le sol, les quais par des balises vertes à tribord et rouges à bâbord, et Susan n'avait plus envie d'aller où elle et Bobby allaient. Elle aurait voulu être à nouveau sur le yacht de Saul, mais sans Saul. Se pelotonner seule sur l'immense lit de la cabine avec un livre et un verre de vin – sans amant, sans mari, sans foutu père.

Simplement avec le lent roulis du bateau. Comme bercée dans les bras d'une femme, une femme qui l'aimerait.

68

La nuit est tombée, il ne reste dans le rétroviseur qu'une tache pourpre sur l'horizon. De part et d'autre du pont, les maisons éclairées des gens fortunés bordent la baie, et Daniel retire les lunettes noires restées sur son front pour les poser sur le siège du passager. Le Yacht & Country Club Isla del Sol s'étend à sa gauche avec son imposante enseigne lumineuse aux caractères en relief, et il pense à tous les fantômes revenus hanter ce splendide palace rose d'une autre époque : McGonigle, Johnny Sills et Mike White. Pee Wee Jones, Polaski, et Loïs aussi. Loïs, sa belle-mère, et Linda, sa femme, un bras replié sous les seins derrière ces palmiers et cette clôture avec sa guirlande de petites lumières blanches.

Linda dégageant brutalement son bras. *Lâche-moi. Tu me fais mal !* Ces mots dont l'écho a résonné en lui des heures et des jours après qu'elle les avait hurlés. Lui faire mal était la dernière chose qu'il voulait – mais en était-il sûr ? Une partie de lui ne voulait-elle pas lui faire mal ?

Non, il voulait qu'elle partage ses sentiments, voilà tout.

Bon, alors c'est lui-même qu'il aurait dû poignarder.

La baie est maintenant derrière lui et il passe devant une petite place attirante sous ses luminaires urbains. En lettres de néon rouge : Tokyo Bay Japanese Restaurant & Sushi, et il entrevoit derrière la vitrine une femme à la caisse, ses cheveux noirs relevés pour former un chignon. Il doit dire à Susan qu'il a vécu seul, qu'il s'est efforcé de bien se conduire. Et c'est vrai. Mais ce costume est une erreur. Il ne devrait pas le porter. Il lui donne l'air d'un homme qui gagne bien sa vie, qui a réussi. Et ce n'est pas vrai. Il a vécu seul et il est si…

Ses hanches semblent se resserrer sur ses entrailles, sur son foie, ses reins, sa vessie et sa prostate létale, sur le temps même qui lui reste. Il approche déjà de l'université de Susan. À droite devant lui, entre les pins et les chênes, la guérite de l'agent de sécurité est un cube de lumière, et plus loin les bâtiments éclairés surplombent les palmiers comme autant de vieillards veillant sur des jeunes gens. Un endroit où il ne peut rien arriver de mal, et c'est là qu'enseigne sa fille professeure, sa Susan, la Suzie Woo Woo de sa Linda. De quel droit souillerait-il ces lieux ?

Les feux de circulation passent de l'orange au rouge, il freine, veut faire demi-tour pour regagner son hôtel, se changer et remettre ses vêtements de travail propres mais défraîchis. Il se sentira davantage lui-même. Il ressemblera à un homme ayant mené une vie modeste et solitaire, et qui s'y est fait comme il s'était fait à ces murs en béton hauts de six ou sept mètres, à ce petit carré de ciel bleu. De même qu'il s'est fait à l'idée de vivre dans la peau de l'auteur de l'acte qu'il a commis.

À sa gauche, le cliquetis d'un moteur diesel, celui d'une Ford F150 blanche arrêtée près de lui. Derrière les vitres fermées, la passagère est en train de parler. Ses cheveux grisonnants sont coupés court, elle porte des lunettes et a l'air contrariée, comme si elle exposait à la personne assise au volant son opinion sur ce qu'il ou elle a dit ou fait. Daniel se penche et aperçoit un homme avec une casquette de baseball. Le visage éclairé par le halo du tableau de bord, il opine du chef comme s'il approuvait totalement ce que raconte cette femme. Que ce soit sur lui ou sur quelqu'un d'autre, peu importe, il est d'accord avec elle. Sur tout.

Daniel revoit sa mère et Liam. Jamais Liam n'aurait levé la main sur sa femme, mais il la traitait comme un poste de radio allumé. Acquiesçant parfois de la tête à ce que disait cette radio, attendant qu'elle lui serve à manger et desserve. Qui savait ce qui se passait dans leur chambre quand Danny dormait ou lisait ses bandes dessinées à la lumière de sa lampe de chevet, mais difficile de les imaginer partageant ce que lui-même avait connu avec Linda, toujours les yeux dans les yeux, chaque mot ou chaque son qui venait d'elle étant pour lui un petit trésor.

Il n'était pas comme son père. Il n'avait jamais fait comme si sa femme n'existait pas.

Non, il la regardait seulement comme un foutu aigle regarde sa proie.

Il sent la chaleur contenue dans ses vieux tuyaux rouillés gagner ses mains sur le volant. S'en remettre au Réacteur avait toujours été si facile, simple et net, les mauvais sentiments étant aussitôt carbonisés, neutralisés par une mauvaise action. Mais comme la marée ils revenaient sans cesse, par vagues successives, et si durant toutes ces années il a pu rester lui-même, être Daniel, c'est uniquement en s'enfermant dans la solitude. Ce qu'il voudrait revoir sa mère à présent ! S'asseoir près d'elle devant une des émissions qui la faisaient rire. Sa mère aux cheveux clairsemés, avec son tablier. Et son habitude de parler aux personnages des séries télévisées comme s'ils étaient dans le séjour avec elle et son fils adulte, le criminel, le tueur, le Marteau de l'Enfer.

Daniel, à l'arrêt, attend qu'une moto accélère pour le doubler à gauche, puis il tourne dans le quartier aux maisons et aux jardins bien entretenus où vit sa fille avec sa famille. Imaginez. *Sa propre famille.* Sans lui ni sa mère, ni aucun de ceux dont elle est issue. Sa famille à elle. Rien qu'à elle. Il ne peut que l'admirer. Et ne peut-il pas se contenter de lui dire ça ?

Ses paumes sont moites sur le volant, il a la langue sèche, pâteuse, et ce bon vin ne lui laisse qu'un arrière-goût acide. Jamais encore il n'a eu aussi peur. Ni face à Chucky Finn et aux autres comme lui à Walpole. Ni à la vue de Mike White éventré pour des sachets de drogue. Ni même à la fin de son procès, lorsqu'il attendait menotté, la famille de Linda derrière lui, comme sa mère et Liam, que le juge décide de son sort.

Au bout de la rue il n'y a pas de stop, et il tourne lentement à gauche. Il baisse ses vitres avant, hume l'odeur des pelouses et de l'asphalte humides. Dans la maison de plain-pied qui fait l'angle, la baie vitrée sans rideaux laisse voir un téléviseur à écran géant allumé. Apparemment un western datant de son enfance, un bel homme armé d'une carabine, mais le canapé devant le téléviseur est vide, et il se revoit aidant Elaine à descendre de son pickup, l'entend encore lui parler comme s'il était quelqu'un de bien et l'avait toujours été. Quand il rentrera chez lui, il lui demandera d'être l'exécutrice de son testament. C'est à elle qu'il s'adressera.

Ses phares éclairent le panneau indiquant Osprey Lane au carrefour, et en obliquant lentement à gauche il sent ses bras trembler et des sueurs froides perler sur son sternum. Il n'a jamais été courageux. À chaque bagarre dans la cour du lycée et ensuite en prison, Danny ne faisait qu'étouffer sa peur dans le feu de l'action avant qu'elle ne le dévore. Mais Johnny Sills sortant de l'atelier coiffure pour maîtriser Willie Teague armé, Polaski se vidant de son sang à quelques mètres, c'était courageux. Daniel n'a rien fait de tout ça. Danny et Daniel n'ont jamais affronté calmement leurs peurs.

Les allées sont maintenant toutes encombrées par des voitures, et à quatre ou cinq maisons de là Daniel voit que la Honda est toujours dans l'allée de sa fille, sous l'éclairage extérieur de la porte d'entrée. Derrière deux fenêtres de la maison le halo d'une lampe est visible. Est-elle en train de lire ? Il se la représente allongée sur son lit avec un livre. Fait-elle la lecture à l'un de ses *enfants* ?

Comme lui-même la dernière fois qu'il l'a touchée ou vue. Son petit corps arraché à ses bras.

Il se rapproche encore. Il commence à freiner, un déferlement d'idées noires dans la tête. Va-t-il simplement se garer dans son allée ?

Non, il n'a aucun droit de le faire.

Aucun. Mais il est là, et à cinquante mètres de la maison de sa fille adulte il se gare le long du trottoir d'en face, coupe le contact et attend, phares éteints. Il ferme les yeux et réfléchit à ce qu'il va décider.

69

Bobby parlait. Il y avait des accélérations et des coups de freins, un virage à gauche puis un autre, et sa voix voletant comme un oiseau au-dessus des sièges avant et de la banquette arrière. Comme une sorte de folie dans l'air. Comme une maladie hors de contrôle. Mais cette folie et cette maladie étaient celles de Susan. Son mari disait que son père n'avait pas de chambre à son nom dans cet hôtel, que c'était "dingue" qu'ils se soient garés juste à côté de son "véhicule", encore un mot qu'elle ne l'avait jamais entendu employer, du même ton détaché que la première fois où il lui avait poêlé des épinards à l'huile d'olive dans sa cuisine rouge, évoquant avec son sourire complice le génie dont Coleman avait fait preuve en se passant d'accords récurrents, et le fait que rien ne nécessitait une forme codifiée, que rien ne revenait à son point de départ.

À ceci près qu'il se trompait. Elle avait vu son père, et là, bien calée contre le dossier de son siège, un bras replié en travers du front, elle redevenait petite fille, traversant sur ses épaules la magie de tous ces sons et toutes ces lumières dans des senteurs de ketchup, de barbe à papa, de fumée de cigarettes, de varech et de beignets. Avec l'envie de ne jamais le lâcher. Jamais. Mais elle connaissait aussi l'envie de s'enfuir. Les hurlements de son père. Sa voix assourdissante quand il se mettait en colère contre… qui ?

Maman. Maman, regarde !

Le visage de sa mère. Son beau visage, les yeux plissés par la fureur. "Laisse-moi *tranquille* !" Et elle prenait Susan dans ses bras, l'emmenait à toute vitesse au bout de la rue, et Susan ne voulait qu'une chose : revenir en arrière parce que… parce qu'elle l'aimait. Oui, elle l'aimait. Et il ne l'avait pas reconnue. Il ne savait pas qui elle était et ne le saurait jamais. Un goût amer dans la bouche, le goût de la bile qui avait séché sur ses dents, elle sentit la grande main de Bobby se poser sur son genou, l'oiseau et la voiture ralentissant tandis qu'il longeait leur rue. "C'est le même pickup, chérie. C'est *son* pickup."

En effet. Les phares de Bobby l'éclairaient et Susan voyait la rouille sur le pare-chocs arrière, les lettres et les chiffres poussiéreux de la plaque d'immatriculation du Massachusetts. Et aussi, de dos, sa tête et ses épaules dépassant du siège du conducteur. Les épaules de son père, grand Dieu. Les mains immenses de son père et sa foutue lettre. *Je ne veux pas non plus te déranger maintenant, mais dans quelques jours je vais quand même venir te voir pour une fois et j'espère que tu seras d'accord.*

Non ! Elle n'est pas d'accord. Absolument pas.

"Arrête-toi, Bobby. Arrête-toi.

— Chérie…

— Je t'ai dit de t'arrêter, putain !"

Alors que son mari se garait, elle ouvrit la portière et sortit sa jambe avant que la chaussée n'ait cessé d'avancer sous son pied. Puis elle descendit et marcha sur l'herbe avant de regagner la rue, de se diriger vers le petit pickup de son père dans le faisceau des phares de Bobby.

"Susan, attends."

Elle ne quittait pas des yeux la tête de son père s'encadrant dans la lunette arrière du pickup, sa tête massive et presque chauve. Les jambes et les bras en coton, un goût de cendres dans la bouche, chaque pas qu'elle faisait l'emportait comme une vague vers ce qui l'attendait, c'est-à-dire la portière de son père qui s'ouvrait et lui qui descendait lentement avant de se tourner vers la lumière. Ce vieil homme. Un vieillard dans un costume fripé et des chaussures usées, avec des lunettes de vue autour du cou, des yeux trop rapprochés et des oreilles décollées. Ébloui par les phares de Bobby, il ressemblait à un animal nocturne jailli d'un fourré, et elle crut voir les viscères noirs de sa propre honte ; c'était sa honte en personne qui se tenait là et l'appelait par son prénom : "Susan ? Suzie, c'est toi ?"

70

Daniel doit écarquiller les yeux dans la lumière des phares pour distinguer l'ombre qui vient vers lui. Elle a les cheveux courts, les hanches étroites, et c'est Linda qui marche à nouveau, avec ce léger déhanché donnant l'impression qu'elle traversait le parc d'attractions sur un courant que personne d'autre ne connaissait. Personne.

Sauf sa fille. Regardez-la. Sa fille.

À quelques mètres de lui, et elle l'a vu.

Enfin, enfin. Elle voit son père, Daniel Patrick Ahearn.

Il est obligé de prendre appui sur la poignée de sa portière ouverte, et sa voix monte du tréfonds de son vieux squelette malade mais plein d'espoir.

"Susan ? Suzie, c'est toi ?

— Ne m'appelle pas Suzie. Tu n'as aucun droit de m'appeler comme ça." Elle s'immobilise. Reste figée. "Pourquoi es-tu là ? Qu'est-ce qui t'a pris de venir *là* ?"

Un homme arrive aussitôt derrière elle. Grand et mince, dans un tee-shirt et un short sombres, il lui tapote l'épaule et s'approche de Daniel. "Monsieur Ahearn ? Je suis le mari de Susan. Je suis Bobby Dunn."

Le mari de sa fille est chauve. Il s'arrête à moins d'un mètre de lui. "On ne sait pas trop ce que vous cherchez ici, monsieur."

Daniel contemple cette ombre qui est sa fille Susan. Les bras croisés à présent, elle est toujours immobile comme si elle retenait son souffle. Comme si elle avait peur de lui. De *lui* ?

Mais pourquoi n'aurait-elle pas peur ?

Non ! Jamais. Elle ne devrait jamais avoir peur de lui. Jamais de la vie. Cette question même est une main de fer qui lui étreint les tripes puis les lui arrache. Sa petite Susan debout alors que le couteau atterrissait avec un claquement dans l'évier, sa mère s'écroulant sur le lino jaune. Sa fille à la bouche barbouillée de glace au chocolat, si petite et debout là, aussi immobile que maintenant. Fixant son père sans bouger parce que si elle bougeait, elle rendrait réel ce qui arrivait. Ça deviendrait tellement réel.

"Je suis désolé, je...

— Nom de Dieu."

Ses paroles ont eu l'effet d'une cigarette allumée qu'il lui aurait enfoncée dans la chair, et déjà elle a traversé la rue et remonte le trottoir, toujours les bras croisés comme si elle avait froid malgré la douceur de la nuit et la pluie qui vient.

Son géant de mari se retourne et la regarde s'éloigner. Daniel doit se cramponner à sa portière ouverte, le bassin en feu, ses jambes se dérobant sous lui.

Il devrait essayer de la rattraper.

Le mari de Susan s'approche encore. Daniel remarque la maigreur de ses jambes, ses pieds chaussés de sandales.

"C'est sans doute à moi de lui parler, monsieur Ahearn.

— Je ne...

— Pardon ?

— Je ne veux pas causer d'ennuis. Je suis juste... gravement malade, c'est tout."

Le mari de sa fille se fige à son tour et attend. Il reste là à l'observer comme s'il était prêt à le faire toute la nuit s'il le fallait, et Daniel comprend que c'est un type bien, peut-être même aussi correct que Johnny Sills, qui lui laissait toujours juste assez de liberté sans lui donner le sentiment d'avoir à mendier. Alors que Daniel aurait dû mendier ce peu de liberté, il le sait. Et il voudrait que Susan sache qu'il le sait.

"Je vais lui parler. Je reviens tout de suite, monsieur Ahearn."

Monsieur Ahearn. Quels mots étranges. Le respect qu'ils témoignent. Comme s'il y avait droit simplement parce qu'il est le père de Susan, sa femme.

Mais Bobby Dunn n'est peut-être au courant de rien. Susan ne lui a peut-être jamais parlé de ce qu'il a fait.

Daniel cligne des yeux dans les phares de la voiture vers laquelle le mari de sa fille repart rapidement. Il le voit se mettre au volant, puis le dépasser pour rejoindre leur allée où il se gare près de la Honda. *On ne sait pas trop ce que vous cherchez ici, monsieur*. Maintenant, il le sait. Daniel a du mal à déglutir, les larmes lui montant aux yeux lorsque le mari de sa fille se retourne vers lui avant d'arriver sous l'éclairage extérieur de leur porte d'entrée et de disparaître à l'intérieur.

71

Agenouillée à même le sol de son bureau, Susan regardait par la fente entre les rideaux, un poids sur la poitrine. Les phares de la voiture de Bobby éclairaient toujours cet homme, son père, qui s'appuyait d'une main sur sa portière ouverte comme s'il ne pouvait tenir debout autrement. Ses épaules imposantes paraissaient légèrement voûtées sous sa veste, et il avait tourné la tête pour suivre du regard Bobby regagnant leur allée. Derrière la portière, l'habitacle de son pickup était faiblement éclairé.

Sa voix elle aussi était faible. *Je suis désolé…* Comme s'il avait oublié d'apporter du vin pour le dîner. Ou le lait, putain. *Susan ? Suzie, c'est toi ?* Comme s'il l'appelait chaque jour ainsi depuis qu'elle avait trois ans.

Elle le regarda se retourner et fermer soigneusement la portière. Puis il resta planté là dans son costume visiblement trop étroit pour ses épaules, mais au pantalon trop large à la taille et trop long, le revers recouvrant le bas de ses chaussures et touchant le sol. Elle songea qu'il s'était peut-être habillé ainsi pour elle. Que c'était son idée de l'élégance.

“Chérie ?”

La voix de Bobby la fit sursauter. Elle souleva le rideau, son père jeta un coup d'œil dans sa direction et elle recula d'un bond comme si le mur avait pris feu.

“Tu veux faire quoi ?

— Rien. Je ne sais pas, je veux qu'il parte.” Mais elle voulait qu'il reste.

“Il a sans doute une maladie grave.”

En elle une bouffée de joie, puis une tristesse noire. “Il a dit ça ?
— Oui, et il n’a pas l’air très en forme.” Bobby s’approcha d’elle. Écarta une petite mèche de cheveux qui lui retombait sur le front puis posa la paume sur sa nuque. Il se pencha et elle sentit son odeur – cette odeur bien à lui, avec quelque chose de sucré qui pourrait devenir aigre sans que cela n’arrive jamais, et qui ne l’attirait ni ne la repoussait, si bien qu’elle était encore là, toujours là, n’allant nulle part.

“Je pense qu’il veut juste dire adieu, chérie.
— Comme c’est aimable.”

Bobby hocha la tête. “Je peux l’inviter à entrer dans la cuisine ? Juste quelques minutes ?”

La cuisine. Sa mère recroquevillée sur le lino au pied des placards. Sa longue chevelure en éventail. Elle semblait si calme. Si immobile sous le regard du père de Susan, debout près de l’évier.

Son estomac se souleva, elle bouscula son mari pour se ruer dans la salle de bains, se laissa tomber devant la cuvette des WC et vomit dans l’eau. Elle sentait Bobby derrière elle, et avec lui tous les hommes qui avaient défilé ces dernières années, voulant ce qu’ils voulaient quand ils le voulaient, la voulant *elle*, croyaient-ils, alors qu’aucun d’eux ne l’avait jamais véritablement connue, car elle leur avait très peu donné. Sauf à Bobby. Lui savait. À lui elle avait tout donné, et de toute façon il l’aimait, mais voilà qu’il voulait inviter chez eux cet autre homme, qui attendait dans la rue. À la fois le premier et le dernier des hommes, la honte de sa vie ; c’était elle que Bobby voulait inviter chez eux.

Elle ne vomissait plus. Elle rabattit le couvercle et s’assit dessus. Bobby, debout dans l’encadrement de la porte, empêchait la lumière de la cuisine d’entrer.

Susan ? Suzie, c’est toi ?

“Dis-lui qu’il a dix minutes, Bobby. Pas une de plus. Je lui donne dix putains de minutes.”

72

Le rideau bouge, et Daniel se demande si ce sont leurs enfants. Il n’est pas tard. Sauf s’ils sont trop jeunes, ils ne sont sans doute pas couchés. Mais il n'y en a peut-être qu'un. Un enfant unique comme Suzie.

Ne m'appelle pas Suzie. Tu n'as aucun droit de m'appeler comme ça.

Il n'aurait pas dû venir. Mais la voir. Entendre le son de sa voix. La regarder marcher, même après son "Nom de Dieu" pour toute réponse avant de s'éloigner, ça valait la peine. Parce qu'elle l'a vu. Elle a posé les yeux sur son père avant qu'il disparaisse.

Alors il a fait tout ça rien que pour lui ? Non. Il a des choses à lui dire. Mais lesquelles ?

La porte d'entrée se rouvre et il s'écarte un peu de son pick-up. Se tient les mains croisées comme devant le juge ou la commission de probation. Comme s'il attendait que les portes de la prison s'ouvrent après quinze ans, avec de l'autre côté sa mère qui l'attend.

Ce Bobby Dunn passe de son allée bien éclairée à l'obscurité de la rue. Il est très grand, et Daniel médite sur le fait que sa fille ait choisi quelqu'un de tellement plus grand que lui. Une douleur lancinante se réveille dans ses hanches et son dos. Au bas de son ventre un poids brûlant semble sur le point d'exploser, et il lui faut des toilettes. Tout de suite.

"Monsieur Ahearn ? Voulez-vous entrer une minute ?"

À nouveau, les larmes lui piquent les yeux. "Oui, merci." Le souffle court, il traverse la rue derrière Bobby Dunn et le suit dans l'allée, le sol tanguant un peu lorsqu'il se faufile entre les deux voitures, sorte de sas de verre et de métal avant la porte d'entrée que le mari de sa fille lui ouvre, et s'avançant à l'intérieur il voit des murs rouges.

C'est trop pour lui, son premier mouvement est de ressortir par où il vient d'entrer. Peut-il en croire ses yeux ? Oui, il y a des murs rouges, et la lumière du plafonnier, à la fois trop intense et pas assez, donne un air enfumé à la pièce. Sur le plan de travail et sur le fourneau, un carton de pizza, vide, et trois salades entamées dans des barquettes en plastique. Un enfant, donc. Un seul sans doute. Alors qu'il se demande si c'est un garçon ou une fille, Bobby Dunn le devance dans la cuisine. "Voulez-vous boire quelque chose, monsieur Ahearn ? Un verre d'eau ?

— Oui, mais il me faut des toilettes." Il veut s'excuser, sans trouver les mots.

“Pas de problème. Une seconde.”

Dans cette lumière il découvre que le mari de sa fille a la cinquantaine, et les épaules un peu voûtées comme souvent les hommes de grande taille. Il adresse un demi-sourire à Daniel puis disparaît dans un couloir sombre, Susan au bout quelque part, sa Suzie dans cette petite maison. Il doit s'agripper au plan de travail. Il entend des chuchotements saccadés, puis une porte se referme et Bobby Dunn réapparaît dans sa cuisine rouge.

“Au fond du couloir. Il y a de la lumière.

— Merci.” Daniel passe devant lui et longe le couloir. Dans des cadres sur les murs, des photos noir et blanc de musiciens de jazz. Une d'un Noir jouant du saxophone, les joues gonflées d'air, les yeux fermés, et une d'un Blanc au piano, lui aussi les yeux fermés, derrière de grosses lunettes.

Juste avant la salle de bains éclairée, une porte close à droite, derrière laquelle il sent la présence de Susan aussi sûrement qu'il sent son pouls. À nouveau cet écho sinistre, l'idée qu'il la terrifie, qu'elle a peur de son propre père, et il lève le bras pour frapper à sa porte.

Non, c'est *sa* maison. C'est elle qui fixe les règles, pas lui.

Il pénètre dans la salle de bains et ferme derrière lui. Bien trop longtemps, il attend debout devant la cuvette des WC de sa fille. Ses jambes le portent à peine, il a ce tremblement dans les genoux et s'appuie d'une main au lavabo. Ce n'est pas la première chose qu'il rêvait de faire, après tout ce temps. Sur le mur, une autre photo encadrée, une photo couleur, celle-là, sûrement prise d'un bateau car on y voit une plage de sable gris, des hommes et des femmes en maillot de bain sur leur serviette, et de jeunes enfants jouant au bord de l'eau. À l'arrière-plan, un restaurant en plein air, ses tables à l'ombre de parasols jaunes, et au-dessus des collines constellées de maisons en pierre aux murs peints en blanc, en ocre, et même en rouge, et soudain la brûlure descend et le quitte. Cette fois il baisse la tête pour voir la couleur qu'il laisse dans les toilettes de sa fille, et il se retient pour ne pas tirer la chasse d'eau avant d'avoir fini. Dans le couloir une porte s'ouvre et se referme, et ces bruits de pas sont forcément ceux de sa fille. Cette plage, on dirait qu'elle se trouve dans un autre pays, et il se demande quelles images il reste à Susan du parc d'attractions sur le front de mer. Garde-t-elle quelques bons souvenirs ? Même un seul ?

Il faut qu'il sorte de cette pièce. Il y est depuis trop longtemps.

Quand il a enfin terminé, après avoir tiré la chasse il prend deux ou trois mouchoirs en papier pour essuyer le rebord de la cuvette au cas où. Il rabat le couvercle, jette les mouchoirs dans la poubelle et se lave les mains. La savonnette ovale et verte a un parfum d'herbes aromatiques. Collé dessus, un cheveu brun, celui de sa Susan, la petite Suzie Woo Woo de Linda, et il mettrait bien cette savonnette dans la poche de sa veste, mais non. Il la repose sur le porte-savon. À côté, une petite bougie en forme de rose, sa mèche noirâtre enduite de cire durcie. Dans le miroir sa veste et sa chemise ressemblent aux vêtements d'un autre homme, un homme meilleur, et les lunettes de vue autour de son cou sont les seules choses honnêtes qu'il apporte ici, avec sa ceinture usée et ses vieilles chaussures.

Et les billets dans sa poche. Impossible de les oublier. Chacun a été honnêtement gagné. L'argent laissé par sa mère excepté, c'était son seul moyen de faire des économies et il veut que tout aille à Susan. Il veut lui dire que ses jours sont comptés et que tout ce qu'il possède est à elle. Il passe ses doigts humides dans le peu de cheveux qui lui reste, tend le bras vers la serviette bien pliée sur le porte-serviettes mais n'ose pas y toucher. Il se sèche les mains sur son pantalon et ouvre la porte. À l'autre bout du couloir, cette cuisine rouge, une petite table et trois chaises vides, et un verre d'eau claire posé là pour lui.

73

Elle aurait dû l'attendre dans la cuisine, mais elle n'a pas pu. La lumière y a toujours été trop crue et elle se sentirait mise à nu. Mais là c'était pire, car alors que Bobby restait auprès d'elle, lui parlant à l'oreille – "Et si on allait s'asseoir autour de la table, chérie ? À moins que tu ne préfères être seule avec lui" –, son père était apparu à l'entrée du bureau. Il regardait dans la cuisine le verre d'eau laissé pour lui par Bobby, mais s'était subitement retourné et les avait vus tous deux l'un près de l'autre devant la table de travail encombrée, la lampe allumée derrière eux. Il n'était qu'un homme massif et laid dans un costume froissé, mais elle se sentait prise au piège dans cette pièce à l'atmosphère étouffante et sur le point de l'être encore plus.

"Asseyez-vous, monsieur Ahearn", dit Bobby. Il pensait à la table de la cuisine, elle le savait, mais son père n'hésita qu'un instant avant d'entrer dans le bureau et de s'installer à l'extrémité du canapé la plus proche de la porte. Ses yeux allaient de Susan au fusil appuyé près de sa hanche contre les étagères, et à ce qui était sur la table. Noni. Son visage ruisselant de larmes et son dos rond, son air trahi lorsqu'elle s'était précipitée dans la boutique d'objets anciens fabriqués par des gens morts depuis longtemps.

"Je ne veux causer aucun…

— Tu sais à qui sont ces armes ?

— Non.

— À Loïs. La femme qui m'a élevée, tu te souviens d'elle ? Je l'ai informée de ta visite et elle est venue jusqu'ici pour te tuer.

— Chérie…

— Et ta *lettre*. Ta putain de lettre. C'était quoi, *ça* ? Comme si ta vie était une bande dessinée, et ma mère…" Une pierre brûlante dans la gorge, sa voix devint inaudible tandis que ses yeux s'emplissaient de larmes, qu'elle secouait la tête et tentait de déglutir sans y parvenir. Bobby avait posé la main sur son épaule et elle se dégagea pour s'avancer, mais c'était comme marcher pieds nus sur ce serpent mocassin au bord de la Bone River, et elle sécha ses larmes alors que son père hochait la tête. Son énorme et foutue tête. "J'étais…

— Quoi ?

— J'étais très jeune.

— Oui, eh bien moi aussi.

— Je le sais.

— Tu ne sais rien de moi. Absolument rien. Tu ne m'as même pas reconnue devant ce fichu hôtel. Et pourtant tu regardais *pile* dans ma direction."

Éclairé par la lumière de la cuisine, il restait assis là, perplexe. Ses immenses mains posées sur ses genoux ressemblaient à des serres, et son pantalon remontait de sorte qu'elle voyait ses chaussures éculées, ses chaussettes blanches, la peau pâle et glabre de ses mollets.

"Qu'êtes-vous venu nous dire, monsieur Ahearn ?

— Bobby…" Les mots qui venaient à Susan étaient comme bloqués dans sa gorge, la question de son mari lui donnant le sentiment d'être à son tour victime d'une trahison. Qui en avait quelque chose à foutre de ce que son père pouvait vouloir dire ? Et sa *mère*, qui ne parlerait plus jamais ? Sa mère, qui n'avait même pas atteint l'âge de vingt-cinq ans. Sa mère, qu'elle aurait pu connaître et aimer, et qui aurait pu l'aimer durant toutes ces années. Sa mère, la seule personne dont elle ait eu plus besoin que de quiconque.

Mais elle resta là sans un mot. Elle attendait. Elle croisa les bras dans ce silence étouffant et attendit ce que son père allait répondre.

74

Derrière sa fille blessée et furieuse un revolver est posé sous la lampe, au milieu d'une poignée de balles à l'enveloppe de cuivre étincelante. À côté, une boîte de cartouches de Winchester, et Susan est redevenue une ombre, les bras croisés comme sa mère, se déhanchant légèrement comme sa mère, avec la même moue que sa mère quand elle était en colère, or il la mettait tout le temps en colère. Il la vexait, l'énervait sans arrêt, jusqu'au jour où il l'avait fait définitivement taire, et c'était criminel de sa part d'être venu ici. Qu'est-ce qu'il croyait ? Que le temps avait passé ? Non, dans les bons moments il vous glissait entre les doigts comme de l'eau, mais quand les choses tournaient mal le temps s'arrêtait. Il s'arrêtait pour vous foudroyer du regard et ne perdait jamais de vue ce que vous aviez fait. *J'espère qu'on t'en a fait baver là-bas. Si tu viens chercher Susan, tu le regretteras.*

"Ta grand-mère est là ?

— Non."

Sa fille crache ce mot comme une gifle. Puis apparemment à bout de souffle, elle semble vouloir ajouter quelque chose, mais non. D'abord, quand l'a-t-il regardée, devant cet hôtel ? Il n'avait rien vu là-bas que des fantômes. Maintenant cette brûlure lancinante dans son bassin et son dos lui monte au visage, et il a envie de ce verre d'eau sur la table de la cuisine. Il est temps pour lui de dire quelque chose. N'importe quoi.

Il se force à jeter un coup d'œil à sa fille. Ses cheveux rebiquent en deux endroits comme si elle venait de se lever, et il la revoit à deux ou trois ans, debout près de son lit défait dans sa chemise de nuit blanche, les pieds nus, pâles et minuscules : elle tendait les bras, bondissait vers lui et il l'attrapait. *Fais-moi tourbillonner, papa. Fais-moi* ***tourbillonner*** *!*

"On s'amusait bien, toi et moi.

— Aucun souvenir.

— Je suis désolé, je…

— Oh, je t'en *prie*." La voix de sa Susan est celle de Linda du temps où elle en avait marre, où elle n'avait plus rien à lui offrir. Plus rien du tout.

Répartis dans ses deux poches sous ses doigts, les billets qu'il a apportés jusqu'ici pour elle. Il faut qu'il lui parle de son terrain, de son mobile home et de son atelier. Il faut qu'il lui dise combien d'argent il a mis de côté à la banque. Et que son pick-up, son lecteur de CD pour ses livres audios, ses outils de rempailleur de chaises, et deux ou trois gerbes de cannes de joncs, tout cela est à elle. Absolument tout.

Une vague noire déferle derrière ses yeux et le temps ralentit ou s'accélère, car le mari de sa fille lui tend ce verre d'eau.

"Ça va, monsieur Ahearn ?"

Daniel cherche dans sa poche droite, mais sa pince avec les billets est déjà sur ses genoux. "Oui, merci." Il prend le verre, boit de l'eau fraîche au goût métallique et sucré à la fois, et il a envie de dire à Susan qu'il l'aime, c'est tout. *Je n'ai jamais cessé. À chaque tic-tac d'une pendule. À chaque bouffée d'air que je respirais, à chaque battement de mon cœur je sentais que tu étais vivante quelque part, Suzie. Et je ne prie pas, mais si je le faisais, je prierais pour que tu ressentes toujours chaque prière comme les cercles du tronc d'un très vieil arbre, sur la présence duquel tu pourrais toujours compter et qu'on ne pourrait jamais abattre, parce que sinon le temps s'arrêterait. Il s'arrêterait et foudroierait du regard la personne qui aurait fait ça.*

“Qu’est-ce que c’est que *ça* ?” La peur s’entend dans sa voix. A-t-elle vraiment peur ? Vit-elle dans la peur depuis son arrivée ?

“N’aie pas peur de moi. Tu n’as pas à avoir peur.”

L’a-t-il dit ou l’a-t-il pensé ? Parce qu’elle regarde sa pince à billets et l’argent comme si c’étaient les maudits sachets de drogue de Mike White dans son ventre entaillé à coups de couteau. Son verre d’eau dans une main, de l’autre il montre les billets pour pouvoir parler à sa fille de son testament, pour pouvoir…

“Tu as intérêt à ce que ça ne soit pas pour moi. S’il te plaît ne me dis pas que tu vas me donner de *l’argent*.

— Je suis malade, Suzie. Je veux qu’il te revienne. Je veux que tu…”

Elle s’en va sans un mot, le contournant d’aussi loin que s’il était un trou dans le sol, un trou noir et sans fond. Il entend ses pas dans le couloir, une porte qui claque. Il a toujours sa liasse de billets à la main, encore plus d’argent dans son autre poche, et son visage brûlant est devenu moite, sa tête d’idiot se couvre de sueurs froides.

Le mari de Susan le dévisage. Il croise les bras et s’adosse contre les étagères pleines de livres. Daniel veut s’expliquer. Il veut lui dire qu’il n’est pas seulement un ex-taulard dans son nouveau costume d’occasion après avoir fait la pire chose qu’on puisse faire. Il veut lui dire qu’il lit, qu’il écoute des ouvrages d’histoire en livres audios. Et qu’il conduit des personnes âgées chez le médecin et au supermarché. Il veut dire au mari de sa fille la force de son amour pour elle. Et son refus de la déranger, raison pour laquelle il s’est toujours tenu à distance, alors qu’il n’aurait sans doute pas dû. Il aurait sans doute dû faire plus d’efforts.

“Vous voulez réellement que cet argent lui revienne, monsieur Ahearn ?

— Oui.” Le bras de Daniel s’engourdit, il le laisse retomber. Il est fatigué, plus que fatigué. Il fixe un livre de cette bibliothèque : *Le Livre de la théorie du jazz*. Et ces photos dans le couloir. “Vous êtes musicien ?

— Musicologue.”

Il ouvre des yeux ronds.

“J’étudie la musique.”

Daniel hoche la tête. Il boit un peu d'eau. "Vous avez un enfant, tous les deux ?

— Non."

Pour lui, le coup de grâce après une série de mauvaises nouvelles. Mais ces trois barquettes de salade entamées ?

"La grand-mère de Susan est venue ?

— Oui."

Bobby Dunn s'approche et s'assoit à l'autre extrémité du canapé. "Vous êtes gravement malade ? Si je ne suis pas indiscret."

Daniel hausse les épaules. "Je ne serai plus là l'an prochain.

— Je suis navré."

Daniel croise le regard du mari de sa fille. Lui non plus n'est pas bel homme et l'examine presque avec l'œil d'un scientifique, comme s'il était prêt à tout voir et à tout entendre sans juger : il veut simplement comprendre. *Musicologue.* Daniel n'a jamais entendu parler d'un métier pareil. "J'ai été DJ.

— À la radio ?

— Pour un parc d'attractions en bord de mer. Où Susan..." Un électrochoc dans son cœur, un poids en moins sur sa poitrine. "Je possède un terrain là-bas. Près de l'océan. Un endroit agréable. Avec des pins et une palissade neuve. Et un mobile home. C'est là que je vis. Je me suis fait construire un atelier pour le rempaillage.

— Vous êtes rempailleur de chaises ?"

Daniel acquiesce de la tête. "Mon pickup n'a que cent quarante mille kilomètres. J'ai aussi de l'argent à la banque."

Bobby Dunn opine lentement du chef. "Vous avez fait un testament ?

— J'ai commencé à le rédiger." Il revoit Elaine Muir lui sourire dans le cabinet de ce jeune médecin. Il pense au jour où il lui tendra son testament et lui demandera son aide, où elle verra le nom de sa fille, son adresse en Floride, et lui posera des questions. Ces satanées questions...

Celles qu'il a fuies toute sa vie.

"Vous avez d'autres enfants, monsieur Ahearn ?

— Non. Seulement Susan. Je n'ai jamais vécu avec une autre femme que sa m..." Il chasse le mot de sa tête. Déglutit et contemple la chaîne stéréo de cet homme, entourée de livres, et soudain quelque chose lui fait lever les yeux vers des mots peints en noir sur le mur. *Voilà comment j'ai toujours voulu que les musiciens jouent avec moi : à une multiplicité de niveaux. Je ne veux pas qu'ils me suivent. Je veux qu'ils suivent leur chemin, mais pour être avec moi.*

"Citation d'un jazzman auquel je m'intéresse. Ornette Coleman."

Daniel relit la dernière phrase. *Je veux qu'ils suivent leur chemin, mais pour être avec moi.*

Un bruit sec mais étouffé leur parvient à travers le mur, comme le claquement d'un tiroir.

"Je devrais sans doute aller lui parler." Bobby Dunn s'apprête à se lever, mais Daniel l'arrête d'un geste.

"Dites-lui que tout ce que j'ai, c'est grâce à l'héritage de ma mère. Dites-lui que ça vient de sa grand-mère."

Mais soudain, le grincement d'une porte, des pas rapides et légers, et sa fille est debout dans la lumière du plafonnier de la cuisine, sa fille en chemisier noir et en jean – la même femme que contre ce mur de l'autre côté des palmiers et du treillage, au torse éclairé de dos par de minuscules ampoules blanches –, et il l'avait bel et bien regardée, mais sans jamais voir ses traits. Il faut qu'il le lui dise, parce que maintenant seulement, pour la première fois elle n'a pas le visage dans la pénombre et il peut la voir, sa Susan adulte. Et elle est encore plus belle que sur la photo. Le visage menu, ses grands yeux sombres cernés de taches grises comme si elle n'avait pas dormi depuis longtemps, elle tient plusieurs feuilles de papier dans une main, ses lunettes dans l'autre. Mais elle n'a plus l'air en colère. Ce jeu auquel ils jouaient, où il faisait semblant de ne pas la trouver et de pleurer, et où Suzie, surgissant de derrière le fauteuil ou la penderie, venait se planter devant lui. *Mais je suis là, papa. Tu vois ? Je suis bien là.* Et il voyait entre ses doigts le visage qu'il voit à cette minute, exactement le même. On aurait dit qu'elle avait besoin de quelque chose que lui seul pouvait lui donner à ce moment-là. Lui seul. Alors il faisait durer le plaisir plus qu'il n'aurait dû, il le savait. Jusqu'à ce qu'il soit presque trop tard. Et maintenant c'est ce moment-ci qu'il voudrait faire durer. Il voudrait qu'il dure encore quarante ans.

“Pourquoi tu as fait ça ?” demande-t-elle d’une toute petite voix. Elle tient ses feuilles en évidence, et il reconnaît les mots écrits de sa main, ses ratures. “Toutes ces pages et… jamais tu ne dis pourquoi tu as fait ça, et…”

Son mari se lève.

“Jamais tu ne dis que tu regrettes.” Elle trébuche sur ce verbe, et si elle n’était pas si près de lui, Daniel irait droit vers cette table de travail, chargerait ce revolver et se tirerait une balle dans le cœur. Il le ferait. À cette minute même.

“Je n’avais pas toute ma tête. C’était comme si je…” Il lève les yeux vers Bobby Dunn qui l’observe, ses longs bras ballants. “Je croyais que ta mère m’appartenait. Je ne l’ai pas laissée…

— Quoi ?”

Il secoue la tête. Essaie d’avaler sa salive, en vain.

… suivre son chemin ***à elle****. Je voulais seulement qu’elle soit avec moi.*

“On n’aurait jamais dû me laisser sortir, Susan. J’aurais préféré que ça ne se fasse pas.” Il se force à la regarder. Il voudrait se lever, mais il redoute de l’effrayer et qu’elle s’enfuie pour ne plus revenir.

Il doit lui dire qu’il l’aime. Il doit au moins faire ça.

Elle est plus maigre qu’il ne le pensait, et plus brune de peau, comme si elle passait autant de temps au soleil que sa mère autrefois. Et il se félicite tellement qu’elle ne lui ressemble pas à lui. Qu’elle vive si loin de lui et depuis toujours. Et qu’elle n’ait jamais eu à se rapprocher de Danny.

Il toussote. S’oblige à soutenir son regard, et par pitié non, non, mais c’est le visage de Linda, juste après son geste : si calme, tout s’étant arrêté, tout devenant si évident pour elle, et le pire, c’est que ce soir-là il avait tenté de changer. En rentrant du travail, il avait ordonné aux voix dans sa tête de fermer leur sale gueule. Ordonné au serpent du soupçon de lui ficher la paix : Linda Dubie était à lui. Elle l’avait choisi. Lui avait donné la petite Susan. Et quand il était arrivé chez lui, Linda préparait du poisson. De l’églefin ou du cabillaud, il ne s’en souvient plus, seulement du fait que c’était du poisson blanc dans un plat, avec quelques morceaux de beurre dessus, prêt à aller au four, et Linda avait déjà pelé des pommes de terre et s’apprêtait à les découper pour faire des frites. “Tu as besoin d’aide ?” avait-il demandé. Et sans lui laisser le temps de répondre il lui avait pris le couteau, s’était mis à trancher la première pomme de terre, et Linda lui avait répondu : “C’est toi qui as besoin d’aide, Danny.” D’une voix sourde, haletante, elle avait ajouté d’autres choses, c’était comme un rocher qu’on pousse du haut d’une colline, qui roule d’abord lentement puis prend de la vitesse, et il se rendait compte que tout ce qu’elle lui disait, elle l’avait longtemps répété dans sa tête, très longtemps. Assez pour que le serpent dans ses veines sache que chacune des accusations qu’il lui sifflait aux oreilles était vraie, car pourquoi le quitterait-elle, si elle n’avait personne d’autre dans sa vie ? Et soudain il l’avait saisie par le bras, et elle avait résisté en criant : “Tu ne peux pas m’arrêter, Danny !” *Tu ne peux pas peux pas peux pas…* Pourtant il avait essayé de changer, elle ne s’en rendait donc pas compte ? Elle ne voyait donc pas qu’il n’était pas trop tard ? Il s’efforçait de devenir meilleur, et si ce n’était pas le cas il n’aurait jamais tranché cette pomme de terre, il n’aurait jamais tenu ce qu’il avait à la main, il n’aurait jamais… jamais… ça ne serait jamais…

“Jamais je n’ai aimé personne comme elle.” Encore ces larmes qui lui piquent les yeux. Sa main tremblante sur ses billets. Linda disparue, sa petite Susan disparue…

“Je n’ai jamais cessé de penser à toi, Susan. Toutes ces années, je…

— Je voudrais que tu t’en ailles.” Elle va poser ses lunettes et la lettre de Daniel sur la table de la cuisine. Elle reste debout, bras croisés sous ses seins.

Mais il doit lui dire ce qu’il a à lui dire.

Il jette un coup d’œil au grand mari chauve de sa fille, qui ne l’examine plus comme un scientifique. Il ne quitte pas des yeux sa femme dans la cuisine, et malgré la pénombre Daniel voit l’amour dans son regard. Il voit à quel point il s’inquiète pour elle.

Il voit qu’il ne ferait jamais ce que Danny a fait.

“D’accord.” Daniel pose son verre d’eau sur la table basse. Il se penche en avant et doit prendre appui sur l’accoudoir du canapé pour se lever, le revers de son nouveau pantalon recouvrant ses chaussures. Ses épaules sont à l’étroit dans sa veste, un élancement lui transperce le ventre, et il doit ressembler à un clown endimanché. À un vieux fou. Il a encore sa pince à billets à la main et la tend à Bobby Dunn qui la prend.

"On n'a pas besoin de ça."

Daniel se tourne dans la direction d'où vient la voix. Il s'apprête à expliquer à sa fille que cet argent vient de sa grand-mère, mais c'est un mensonge. Cet argent vient de lui. Chaque sou gagné en insérant une canne de jonc d'un trou à l'autre dans les traverses d'une chaise d'époque. En plein soleil ou à l'abri de la pluie, et parfois de la neige, dans son atelier, au son des gouttes tambourinant contre sa vitre, le narrateur d'un livre audio lui racontant l'Histoire, lui révélant tout sur l'existence de personnes ayant vécu longtemps avant lui, d'hommes ayant fait de bonnes actions et d'autres, si nombreux, qui en ont commis de mauvaises comme lui, et tout se répétant à l'infini, et qui en souffrait le plus ? Les femmes et les enfants. Toujours les femmes et les enfants. Comme Susan qui reculait et restait à l'écart, lui indiquant clairement la porte. Il voudrait lui rappeler qu'elle s'asseyait sur ses genoux pour écouter les battements de son cœur. S'en souvient-elle ? S'en souvient-elle seulement ?

Alors dis-le-lui.

Il cherche le regard du mari de Susan. Prend une inspiration qui n'emplit pas ses poumons et s'avance dans la lumière de la cuisine aux murs rouges. Il est assez près de sa fille pour la toucher. S'il s'arrête là, il pourra tendre la main vers la sienne, ou même vers son bras. Il pourrait se contenter de lui tapoter l'épaule. De sentir la chaleur de sa peau. Mais elle a les bras croisés et le regarde comme le dernier soir où il l'a vue. Comme si rien ne pouvait être pire que ce qui arrivait alors, et qu'il lui fallait rester aussi immobile et silencieuse que possible pour ne pas mourir. Et maintenant il doit se déplacer lentement et sur la pointe des pieds comme à l'époque, alors qu'il se dirigeait vers leur téléphone jaune, passait près de Suzie sans la toucher, sans dire un mot avant de composer le numéro et d'appeler les secours, Suzie répétant : "Maman ? Maman ?", après quoi il avait pris sa fille dans ses bras, l'avait emmenée dans la pièce voisine et reposée sur le sol pour prendre un livre et lui lire une histoire.

À la porte il se tourne vers elle. Cette femme ravissante. Cette femme en noir dans cette cuisine rouge. *Jamais tu ne dis que tu regrettes.*

Dis-le. Dis-le maintenant.

Bobby Dunn la rejoint. Il a toujours les billets de Daniel à la main, et Daniel voudrait lui donner aussi ceux qui sont dans son autre poche. Il voudrait terminer son testament et revenir juste assez longtemps pour que le mari de sa fille en prenne une photocopie, parce que la femme de cet homme est la meilleure chose qui soit venue de Danny Ahearn. L'unique bonne chose. La seule qui lui survivra et dont il veut que personne ne l'oublie.

Il a la main sur la poignée de la porte.

Un filet de sueur froide coule dans son dos. Il dit : "Merci pour…"

Elle le regarde droit dans les yeux. La gorge de Daniel se noue. "Je ne te mérite pas. Je ne t'ai jamais méritée."

Il sort et referme la porte derrière lui. La lumière de l'éclairage extérieur baigne leurs deux voitures, son pickup est dans la pénombre un peu plus loin sur la chaussée, et il a l'impression d'avoir bordé sa fille dans son lit et de lui avoir souhaité bonne nuit avant de monter dans son cercueil et de rabattre le couvercle. Il reste là, sent l'odeur de la pluie sur l'écorce des palmiers, sur le béton et les pelouses. Une voiture passe dans la rue, ses phares font place à ses feux arrière, puis plus rien. Et dans ce rien il éprouve le besoin de retourner à l'intérieur et de dire quelque chose à sa fille. Seulement deux mots. Devant la porte, au moment de frapper il se ravise. Il ferme sa veste et regagne son vieux pickup qui l'attend dans la semi-obscurité, tel un ami muet mais loyal.

VI

75

Un jour, quand Susan vivait seule et aux prises avec ses idées noires, elle était tombée très malade. Peut-être la grippe, elle ne s'en souvenait pas, seulement du fait que son lit n'était plus qu'un matelas solitaire sur une mer brûlante et illimitée, que les journées étaient longues, les nuits encore plus longues, et personne ne savait qu'elle avait disparu et à qui allait-elle manquer ?

À Noni. Oui, à sa grand-mère qui souffrait depuis si longtemps, encore que, comment Loïs pourrait-elle ne pas être soulagée elle aussi ? Oh ce qu'elle avait pu en faire voir à cette femme.

Le père de Susan debout dans la cuisine dans son costume et ses vieilles chaussures, ses lunettes autour du cou, sa main sur la poignée de la porte. *Je ne te mérite pas. Je ne t'ai jamais méritée.* Et une fois que la porte s'était refermée derrière lui, la corde tendue qui maintenait Susan debout depuis son enfance s'était rompue, elle s'était écroulée à genoux en produisant des sons qu'aucune créature vivante ne devrait jamais produire, et alors que Bobby tentait de l'aider à se relever, les mains sur ses épaules, elle s'était violemment dégagée comme s'il était Gary, parce que Bobby ne racontait que des conneries : Tous les accords étaient récurrents, quand on tentait de s'en passer rien n'était résolu, et cette situation-*là* ne le serait jamais parce que Susan ne voulait pas que cet homme parte, non, elle ne le voulait pas, et pourtant elle refusait de se lever et d'aller à la porte, et ces sons continuaient à jaillir d'elle alors qu'aucun n'avait jailli de sa mère, restée simplement recroquevillée et silencieuse, sans même dire adieu. Pas un baiser. Ni un sourire. Ni ses doigts caressant la joue ou les cheveux de Susan. Après quoi on avait emmené de force son père qui n'en finissait pas de hurler son prénom.

Je n'ai jamais cessé de penser à toi, Susan. Toutes ces années, je…

Et elle l'avait envoyé au diable. *Viens là, va au diable.* Mais il le fallait, car elle ne supportait pas…

Quoi ?

De l'aimer. Malgré l'acte qu'il avait commis. Parce que derrière tout ce qu'elle venait de lui crier chez elle, même après les questions qu'elle lui avait posées, mue par le besoin impérieux d'obtenir des réponses, elle sentait cet ancien amour pour lui tapi en elle comme un lac caché au fond des bois.

Et soudain les broussailles et les hautes herbes avaient été arrachées, et elle n'avait pas quitté son lit deux jours durant, peut-être trois. Car comment pouvait-elle l'aimer et continuer à aimer la femme dont il l'avait à jamais privée ? "Ma petite Suzie Woo Woo." Le beau visage bronzé de sa mère tout près du sien. La serviette éponge humide avec laquelle elle séchait du bout des doigts la tête de Susan. Et aussi cela : la voix de sa mère en deux endroits à la fois, Susan posant sa joue contre sa poitrine tandis que Linda lui faisait la lecture, si bien que sa voix était à la fois en l'air, comme le livre d'images, mais aussi dans son corps où Susan entendait les battements de son cœur.

Oh, comment sa mère avait-elle pu choisir quelqu'un qui lui ferait une chose pareille ? Comment avait-elle pu avoir un bébé avec un homme capable de *ça* ?

Les deux fois où elle s'était déjà retrouvée enceinte, Susan s'était interdit de penser au mot *bébé*. Ce qui croissait en elle lui donnait l'impression de la lier pour l'éternité à un garçon avec qui elle ne voulait plus rien avoir à faire. Voilà du moins ce qu'elle se disait, que c'était ce *garçon* qu'elle avait refusé d'aimer.

Le matin précédent, Bobby avait fini par aborder le sujet. Pendant une journée et demie il l'avait laissée dormir ou simplement se reposer, pelotonnée sous les draps et lui tournant le dos, à lui mais aussi à la porte donnant dans le couloir et conduisant à la cuisine, où elle n'avait remis les pieds qu'une ou deux fois depuis le départ de son père. Il venait de lui apporter des quartiers de pêche sur une assiette qu'il avait mise sur la table de chevet. Il était habillé pour aller travailler, sandales aux pieds, pantalon kaki pas repassé, une de ses nouvelles chemises hawaïennes sous son blouson gris. Après avoir posé l'assiette de quartiers de pêche, il l'avait fixée des yeux, elle fixant de son côté le motif de minuscules perroquets verts sur l'étoffe jaune de sa chemise.

"Je sais que tu as pas mal de merdes à régler, mais, Susan..."

Son ton avait brusquement changé. Elle avait levé les yeux vers lui. Il s'était rasé, ses joues paraissaient lisses et propres, mais son regard était assombri par quelque chose qu'elle n'avait encore jamais vu chez lui.

"Une femme avec qui j'ai vécu il y a longtemps..." Il s'était tu, puis raclé la gorge. "Elle a avorté sans m'en parler. On n'était pas faits l'un pour l'autre, mais, chérie..." Il s'était agenouillé et avait posé les deux mains sur le matelas, son visage à une trentaine de centimètres d'elle. "J'aurais aimé cet enfant. Tu m'entends, Susan ? Et je n'ai pas eu l'occasion de l'aimer, et qu'y a-t-il de meilleur que de pouvoir connaître *ça* ?"

Il l'avait dévisagée une bonne minute, peut-être plus, comme s'il ne pouvait partir avant que sa question ne soit entrée aussi profondément en elle que sa semence.

Plusieurs heures après son départ, elle avait sorti son ordinateur portable et ouvert son fichier pour se relire. Ces soixante pages n'avaient rien à voir avec ce qu'elle avait tenté d'écrire durant toute sa vie d'adulte. Ce n'était ni de la fiction ni de la littérature d'aucune sorte, mais au moins leur honnêteté l'impressionnait. Parce qu'à leur lecture, il devenait évident qu'elle avait également été une jeune fille perdue au fond des bois avec un lac dont elle avait toujours perçu la présence, sans pouvoir jamais se tremper dans ses eaux.

Mais comment s'était-elle égarée à ce point ? Elle avait toujours trouvé trop simple de croire que tout venait de la personnalité de son père et de ce qu'il avait fait. Il fallait qu'elle continue d'écrire là-dessus. Il le fallait, même s'il ne fallait sans doute pas en attendre la moindre réponse.

Cette sensibilité de ses seins, cette fatigue et ses nausées, même devant un quartier de pêche, cela avait dû commencer avant qu'elle ne se soit réinstallée chez Loïs. Ce qui signifiait qu'elle avait oublié de prendre sa pilule durant ces horribles semaines où elle ne ressentait plus rien. Le début de sa grossesse datait de ce moment-là, juste avant qu'elle ne se soit coupé les cheveux et n'ait écrit une seule ligne sur sa quête de son père. Au milieu de sa période la plus stérile, elle était tombée doublement enceinte.

La veille au soir elle avait envoyé ces pages à Diana Clark. Elle n'avait joint aucune explication, seulement ces mots dans la case "Objet" : *Dis-moi ce que tu en penses vraiment – xo, Susan.* Et tôt ce matin-là, en sortant de la salle de bains, elle était allée chercher une tranche de pain dans sa cuisine rouge et avait porté sur la porte d'entrée le même regard que celui du survivant d'un accident sur un tronçon d'autoroute jonché d'éclats de verre. Dans son bureau, elle s'était assise à sa table et avait rouvert son ordinateur. Elle n'avait qu'un e-mail, et il venait de Diana Clark. Ses doigts avaient tressailli. Dans la case "Objet", deux mots : *Ton livre !*

Suivaient deux paragraphes qu'elle avait parcourus rapidement, car ils comportaient trop de compliments. Comme si quelqu'un analysait votre façon de respirer ou de marcher. Ou de mourir.

Mais à la dernière ligne réapparaissait la Diana à qui elle avait réellement envoyé ces pages. Pas Diana la lectrice rigoureuse, mais celle qui avait l'âge qu'aurait eu sa mère, la Diana qui écrivait : *Mon chou, pourquoi tu ne m'as jamais parlé de tout ça ?*

Elle avait eu du mal à manger sa tranche de pain. Et avait relu deux ou trois fois la dernière ligne, les larmes aux yeux, car il y avait tant d'amour dans cette question, rien d'autre que de l'amour.

Elle avait rabattu le capot de son ordinateur et s'était allongée sur le canapé. Dehors, le vent se levait. Elle l'entendait souffler contre les vitres, et à travers les voilages le ciel paraissait jaune. Elle avait fermé les yeux. Elle n'avait plus envie de dormir, mais son ventre et ses jambes s'engourdissaient, elle s'était pelotonnée sur le côté, et quand elle se réveilla son tee-shirt était collé à son dos. La pluie cinglait ses fenêtres. Elle porta la main à son ventre. Sur sa table de travail, le témoin lumineux vert de son ordinateur s'allumait et s'éteignait à un rythme aussi régulier que celui de la respiration. Le visage de Bobby était de nouveau à une trentaine de centimètres du sien, avec son crâne chauve et dans les yeux ce profond attachement qui n'avait rien de possessif ; c'était plutôt comme s'il partageait avec elle un secret très important.

Une voiture passa. Elle entendit ses pneus rouler dans l'eau ; son père était sans doute de retour dans le Nord. Cet antique pickup rouge. Son corps malade ne serait plus là très longtemps. Elle referma les yeux, et l'image qui lui vint fut celle de ses chevilles dans les étriers, de ce vieux tube au néon au-dessus d'elle, à la fois si éblouissant et si lointain. Elle se leva, retourna dans la cuisine et ouvrit le réfrigérateur : une bouteille de vin blanc à côté d'un yaourt, qu'elle contempla tous les deux un long moment. Le moteur du frigo se remit en route avec un gémissement sourd. Soudain elle prit le yaourt et le mangea debout, lentement, les yeux rivés sur la porte d'entrée.

ÉPILOGUE

C'est un dimanche de mai, moins d'une heure après l'aube, et entre les arbres la rivière miroite sous le soleil matinal. Il a dû pleuvoir plus au nord parce que Loïs entend le chuintement du courant le long des berges. Les chasseurs de fossiles seront bientôt de sortie, et même s'ils l'ont souvent agacée au fil des ans – avec leurs fichues voix surexcitées par la découverte d'ossements d'animaux –, sa véranda d'où elle regardait, assise, leurs canoës de couleurs vives glisser sur l'eau entre les pins et les chênes va lui manquer.

Elle boit à petites gorgées son café aromatisé à la noisette en fumant une cigarette. Dans la maison, les cartons sont faits. Walter et deux de ses employés mexicains, d'un certain âge et d'une politesse irréprochable, s'en sont occupés. Elle tire une longue bouffée sur sa cigarette. Elle a l'impression que sa main et son bras appartiennent à quelqu'un d'autre, tellement elle a perdu de poids cet hiver et au printemps. Et elle est tout le temps fatiguée. Le simple fait de se lever et d'aller travailler en voiture est devenu une corvée insurmontable. Mais Marianne prendra soin de la boutique. Et Loïs n'a même pas eu à lui demander de conserver son nom.

Lors de la visite de Susan en septembre dernier, la dernière fois que Loïs l'avait vue remontait seulement à quelques semaines, mais elle semblait n'avoir jamais été plus en forme depuis ses seize ans, les jambes moins maigres, les hanches plus rondes et le teint plus coloré. Ses cheveux commençaient à repousser, et elle avait l'air insouciant et joyeux d'une femme profondément amoureuse. Elle avait dit que son livre avançait bien, mais ce n'était pas la meilleure nouvelle, et à l'annonce de celle-ci, Loïs avait regretté que Susan n'ait pas attendu pour en parler que sa grossesse soit plus avancée, même si elle avait gardé cette réflexion pour elle, Dieu merci ; de toute façon elle n'aurait pas pu articuler trois mots, la cuisine étant devenue floue alors que Suzie se levait de table pour venir la serrer dans ses bras, et ne voulait plus la lâcher.

Ce dont Loïs s'était sentie libérée en reprenant son exil dans cette maison n'est pas revenu la hanter, et si l'absence d'arme à feu lui déplaît, elle n'a plus aussi peur qu'avant. Non, ce n'est pas vrai. Sa vieille crainte que quelqu'un vienne enlever sa Susan est encore là, mais elle s'est transformée : ce qu'elle redoute désormais est qu'en cherchant tout ce qui peut mal tourner, elle néglige – durant le temps qui lui reste – tout ce qui s'est bien passé.

Avant de repartir chez elle, Susan était montée dans son ancienne chambre et en était redescendue avec les deux lampes en porcelaine de Dresde que Loïs leur avait offertes, à Bobby et à elle. Sa petite-fille de quarante-trois ans, enceinte, avait le même sourire radieux que dans son enfance et Loïs avait lancé : "Dis-moi juste à quoi il ressemblait."

Suzie ne s'attendait pas à ça, mais après un vague soupir et un hochement de tête elle avait répondu : "À quelqu'un de malade. Il était très malade, Noni. Et il n'est pas resté longtemps."

Deux soirs avant Noël, trop fatiguée pour se rendre à St Petersburg, Loïs s'est versé un grand verre de vin rouge et a fumé une cigarette jusqu'au filtre. Elle a péniblement pris une profonde inspiration, a allumé son ordinateur, puis a tapé son nom sur le clavier. Cent Daniel Ahearn se sont affichés. Elle a bu d'une traite un tiers de son verre et s'est remise à taper : *Daniel Ahearn, Massachusetts. Avis de décès.*

Et il était là. Dans le *Port City Daily Gazette*. Une demi-douzaine de lignes seulement :

Daniel P. Ahearn

28 nov. 1949-30 nov. 2013

Daniel P. Ahearn, 64 ans, résidant à Salisbury. Né à Palisades Park, fils de feu Liam C. et Mary (née Orlowsky) Ahearn. A purgé une peine de 15 ans d'emprisonnement dans les

établissements de l'administration pénitentiaire du Massachusetts, pour le meurtre au second degré de son épouse, Linda Dubie, 24 ans. Sa fille Susan Dunn, de St Petersburg, Floride, lui survit. Il a été inhumé au Long Hill Cemetary de Salisbury.

Oui, a pensé Loïs, *"survit"*. On en est tous là.

Elle a longuement contemplé l'avis de décès. Il venait d'avoir soixante-quatre ans. Exactement quarante ans de vie de plus que ce à quoi sa Linda avait eu droit. Son ancienne indignation se réveillant, elle a éteint son ordinateur et est allée dans la cuisine sans avoir rien de précis à y faire. Elle avait cru que, le moment venu, elle éprouverait une sorte… de quoi ? De satisfaction ? Mais elle se contentait de rester là, à regarder une cigarette se consumer au bord de la table de sa cuisine, et tout ce qu'elle éprouvait, c'était un sentiment de vide : elle se sentait aussi vide que la boîte à café que Gerry avait lancée dans l'océan après y avoir déversé son contenu.

Paul et Paul Jr. devraient bientôt arriver avec le camion. L'extension que Susan et Bobby ont fait construire pour elle est plus grande qu'il ne le faut, et elle regrette qu'elle occupe une grande partie de leur jardin. Un enfant a besoin d'espace pour jouer. Il a besoin d'un lieu sûr à explorer.

Mais les photos envoyées par Susan sur internet sont vraiment belles. Elle aura une kitchenette, un salon, une chambre derrière une cloison en briques de verre comme cela se faisait dans sa jeunesse. Les parquets sont en chêne verni, la salle de bains a un carrelage bleu et une douche italienne avec des barres d'appui en inox pour ses mains couvertes de taches de vieillesse. Il y a aussi un lavabo sur pied contre un dosseret en marbre blanc assorti au plan de travail de sa cuisine. Du marbre veiné de gris comme jadis.

Plus d'une fois, ces derniers mois, Loïs a dit par e-mail à Susan qu'elle dépensait trop d'argent pour elle, qu'elle devait en mettre de côté pour le bébé. Mais Suzie répond toujours la même chose : *Bobby a touché un héritage, Noni. Stop.*

Et au-dessus de son lit, un velux. Elle n'a jamais vécu dans une maison qui en possédait un, et elle attend avec impatience de pouvoir s'allonger dans l'obscurité pour contempler l'infini. Les objets anciens de sa boutique lui manqueront, mais qu'y a-t-il de plus ancien que ce qu'elle verra là-haut ? Place à la nouveauté, d'ailleurs, place au bébé de Susan, une fille née il y a trois jours seulement et pesant trois kilos cinq cents.

Susan lui a là aussi envoyé des photos sur internet, et il y en a une qu'elle regarde sans cesse. Celle du minuscule visage rose de son arrière-petite-fille contre le mamelon brun de sa petite-fille, les yeux du bébé encore fermés. Loïs n'avait jamais vu les seins de Susan, du moins pas depuis qu'elle avait dix ou onze ans, et cette photo a ouvert dans sa mémoire une porte qui en a ouvert une autre, celle, entrebâillée, de la chambre de Linda où, Paul parti quelque part, Loïs était entrée. C'était tôt le matin à la fin de l'été, et sa fille, debout près des rideaux de la fenêtre, avait à la main le soutien-gorge qu'elle s'apprêtait à mettre. Son visage, ses épaules, ses bras, son ventre plat et ses jambes étaient tout bronzés, mais ses seins étaient blancs. Ils étaient si ravissants et si blancs, et Linda ne lui avait pas reproché d'être entrée comme ça. Elle s'était simplement retournée et lui avait souri comme si elles venaient d'avoir une longue conversation à bâtons rompus qui était terminée, puis elle avait mis son soutien-gorge et enfilé son tee-shirt au nom de Penny Arcade. De ses mains elle avait ramené en arrière ses cheveux bruns, avait pris son tablier de caissière accroché à la poignée de la porte, dit au revoir à sa mère et déposé un baiser sur sa joue avant de disparaître.

Loïs écrase sa cigarette pour l'éteindre et se lève lentement. Elle entend toujours le chuintement de la rivière à travers les arbres. Hume les senteurs des aiguilles de pin mouillées, des berges limoneuses de la Bone River. Elle a obtenu un bon prix pour sa maison et en a mis une partie de côté, pour la fille de Suzie Woo Woo qui est aussi la petite-fille de Linda : Corina Linda Dunn.

Elle a tant à transmettre à cette enfant : le fait que nos vies étant brèves, même une longue vie comme la sienne, la seule chose qu'on devrait faire est de prendre soin les uns des autres. Voilà tout. *Mais c'est si difficile, ma puce. Pourquoi est-ce si difficile ?*

Une voix traverse les arbres. Un canoë glisse rapidement vers l'aval de la rivière. Loïs distingue trois personnes, chacune dans un gilet de sauvetage orange. À l'avant une femme aux cheveux noués sur la nuque a sa pagaie posée sur les genoux, dirait-on, et à l'arrière son mari se sert de la sienne comme d'un gouvernail. Il porte une casquette et des lunettes noires, et entre eux, au fond du canoë, l'enfant, garçon ou fille, Loïs n'en sait rien même si elle entend sa voix sérieuse et haut perchée : "Je crois bien que j'en vois un, maman. Arrête-toi, papa. On y est arrivés. Tu vois ? On y est *arrivés*."

REMERCIEMENTS

J'aimerais remercier ici mes amis et ma famille qui ont lu les premières versions de ce livre et m'ont donné leur point de vue inestimable : Stephen Haley ; Patricia Lowe Dubus, ma mère ; Suzanne Dubus, ma sœur ; Austin, mon fils aîné ; et surtout Fontaine, ma femme et ma première lectrice durant toutes ces années, qui a relu et commenté chaque nouvel état du roman, et contribué à l'améliorer. Comme toujours, ma profonde gratitude à Philip Spitzer, mon ami et agent, ainsi qu'à Lukas Ortiz et à Kim Lombardini. Enfin, personne n'a travaillé plus dur pour m'aider à mener ce roman à bien que mon éditrice de toujours, Alane Salierno Mason. J'ai beaucoup de chance de l'avoir auprès de moi.

OUVRAGE RÉALISÉ
PAR L'ATELIER GRAPHIQUE ACTES SUD
ACHEVÉ D'IMPRIMER
SUR ROTO-PAGE
EN JANVIER 2023
PAR L'IMPRIMERIE FLOCH
À MAYENNE
POUR LE COMPTE DES ÉDITIONS
ACTES SUD
LE MÉJAN
PLACE NINA-BERBEROVA
13200 ARLES

DÉPÔT LÉGAL
1re ÉDITION : MARS 2023
N° impr. : 101844
(Imprimé en France)